KB155455

나는 홍범도

나는 홍범도

2020년 08월 15일 초판 1쇄 발행
2023년 11월 11일 초판 2쇄 발행

지은이   송은일
펴낸이   조시현
펴낸곳   도서출판 바틀비
주 소   서울시 마포구 동교로8안길 14, 미도맨션 4동 301호
전 화   02-335-5306
팩시밀리   02-3142-2559
출판등록   제2021-000312호

홈페이지   www.bartleby.kr
인스타   @withbartleby
페이스북   www.facebook.com/withbartleby
블로그   blog.naver.com/bartleby_book
이메일   bartleby_book@naver.com

나는 홍범도

송은일 장편소설

비들비

하느님도 임금 영웅도 우리를 구제치 못하리.

우리는 다만 우리 손으로 해방을 이루리. 자유를 누리리.

춥고 덥고 배고프고 헐벗고 고될지라도

일제강도 무찌르고 우리나라 되찾으리. 꼭 찾으리.

간절한 의지 불굴의 용기로 싸우리. 빛나리.

끝내 끝끝내 이기리. 끝내 끝끝내 이기리.

| 차례 |

1
바람 불어오는 쪽으로

　강원도 회양 땅인 중봉中峰 꼭대기에 올라서면 동쪽으로는 옥녀봉, 비로봉, 월출봉, 국사봉 등이 건너다보인다. 남쪽으로는 김화 땅과 접한 구학산, 촉조봉 등이 보인다. 서쪽으로는 회양 땅 내에 있는 백아산, 마룡산, 병풍산, 철마령 등이 펼쳐 섰다. 북쪽으로는 통천 땅과 함경도 안변 땅을 접한 우동산, 망마암산, 장사봉, 풍류산, 연대봉, 백암산 등이 첩첩하다.

　중봉이 일대에서 제일 높은 산은 아니다. 비로봉이나 옥녀봉이나 국사봉보다는 좀 낮다. 그럼에도 범도는 중봉에 올라설 때마다 중봉이 중봉인 까닭을 알 듯했다. 다른 봉우리들에서 중봉을 건너다볼 때도 마찬가지다. 팔방으로 첩첩한 수백 봉우리 중에서 한중간에 있는 봉우리가 중봉이라는 게 느껴지기 때문이다.

　첩첩한 산들 가운데에 있으나 산세가 미친 호랑이 모양 험악한 중봉에는 깃들여 사는 사람이 드물다. 어느 산의 우묵한 곳이나 평평한 등성에는 초막이나 귀틀집, 너와집 몇 채씩 박혀 있고 마을도 드물지 않은데 중봉 자락에는 세 곳뿐이다. 유동 쪽으로 내려가는 길목인 벌집골에 세 집, 신흥 쪽으로 내려가는 산등성이에 네 집, 신읍 쪽으로 내려가는 골짜기인 먹패장골에 두 집.

범도는 4년 전 정월에 회양 큰 장거리에서 큰 눈을 만나 주막에 갇혀 있었다. 혼인한 지 23일 만에 아내를 놓치고 열 달쯤 된 즈음이었다. 소나기처럼 쏟아지는 눈이 아니라도 범도는 막다른 세상에 이른 차였다. 그 주막으로 먹패장골에 산다는 심 노인이 총을 메고 들어왔다. 심 노인은 포수였다. 방으로 들어온 노인은 오백 살쯤 됐을 성싶었다. 그렇게나 나이가 높아 보이는 노인이 이가 성성하거니와 총을 멘 게 신기해서 범도가 물었다.

— 할아버님, 연세가 어찌 되십니까?

노인이 무심히 대꾸했다.

— 여든 살이다.

노인에 따르면 먹패장골은 워낙 험하고 깊은 곳에 있어 길을 아는 자 이외에는 찾기 힘든 곳이었다. 그럼에도 세상에서 꺼져야 할 자들이 이따금 기를 쓰고 찾아드는 골짜기였다. 쫓기듯 먹패장골로 들어온 사람들은 몇 년, 몇십 년이고 살다가 살 만해지면 이런저런 이유로 사람 사는 세상으로 내려갔다. 대개는 먹패장골에서 나이 들어 세상을 떠났다.

심 노인과 한방에서 이틀을 묵었다. 사흘째 아침을 맞았을 때 노인을 따라 먹패장골로 들어오는 게 당연해졌다. 그렇게 먹패장골로 들어와 4년이 다 되어간다.

　얼마 전 범도는 장거리에 나가 고기며 버섯이며 약재 등을 넘기고 쌀을 팔아 돌아왔다. 심 노인은 지난 2월에 낙상을 해서 운신이 어려웠다. 그렇지만 범도가 집을 나설 때 얼른 돌아오라고 아이처럼 보챘던, 노인은 숨을 거둔 채 누워 있었다. 향년 여든넷이었다.

　심 노인이 돌아가고 나니 먹패장골이 휑하니 비어버렸다. 범도의 세상도 또다시 텅 비었다. 자신조차도 이곳에 없는 것 같았다. 이제 여기서 나를 기다리는 사람이 없으므로 저 어디로든 갈 수 있을 것인데, 갈 곳이 없었다. 갈 데 없으므로 콩대를 거뒀다. 수수와 좁쌀을 베어 터니 서너 되씩 됐다. 메밀은 한 말 가까이 수확했다. 옥수숫대와 수숫대를 잘라 나무 청 한쪽에 차곡차곡 쌓았다. 밥을 먹고 잠들었다. 잠결에 타타타, 작달비 쏟아지는 소리를 듣거나 우우, 부는 묏바람 소리를 듣기도 했다. 아침에 일어나면 보자기만 한 밭들을 다듬고 고랑을 타서 보리 씨앗 몇 줌씩을 뿌렸다. 장작을 팼다. 배고프면 밥을 먹고 날이 어두워지면 잤다.

　그러고 있는 차에 김 포수와 최 포수가 찾아왔다. 마당 아래쪽에 새로 생긴 무덤을 보고 금세 심 노인이 떠난 걸 알아보고는 절을 하고 올라온다.

　"지난봄에 낙상하셨다는 얘기 듣고 금세 가실 줄 알았는데 자네 덕에 오래 사셨네. 말년에 자네 만나시어 호강하셨지."

　마흔댓 살쯤일 김 포수는 보통 몸피이지만 등이 약간 굽었다. 이마가 툭 불거진 데다 입을 벌리면 송곳니가 드러나는 못생긴 얼굴이다. 그래도 웃으면 인상이 부드럽고 환해지는 사나이다. 김 포수보다 예닐곱 살 덜 먹은 최 포수는 몸이 다부지고 이목구비가 또렷해 인상이 환하다.

범도가 최 포수를 보는 건 오늘로 네 번째인데, 처음 볼 때 어쩐지 낯이 익었다. 어디서 만났을까. 최 포수를 두 번째 만났을 때 그가 낯익은 까닭을 깨달았다. 그는 11년 전인 갑신년(1884년) 겨울, 안변 민란 때 학성산성에 있던 민란군 중 한 사람이었다. 범도는 그를 향해 총구를 겨눴다가 그 옆 벽돌을 맞혀 돌가루가 튀게 한 적이 있었다. 그때 일에 대해 최 포수한테 묻지는 않았다.

"아저씨, 오늘이 며칠입니까?"

"어른 돌아가시고, 날이 가는지 오는지 모르고 지냈구먼. 구월 초 여드레네. 어른 가신 줄 알았으면 술이나 한 병 받아 왔을 텐데. 혹시 술 같은 거 있나?"

한가위 전날 장에 다녀왔다. 노인 가신 지 스무사흘이나 지난 것이다.

"할아버님께 셀 수 없이 많은 것을 배웠는데, 술 빚는 법은 못 배웠습니다."

"빈손으로 절한 게 죄송해 물어봤네."

"마침 점심 먹으려던 참인데 잠시들 계십시오."

정지간으로 들어온 범도는 대충 때우려던 점심을 두레상에 차린다. 반찬이라곤 지난봄에 담근 여러 나무순 장아찌와 여름에 담근 물외 장아찌뿐이다. 노인 계실 때는 아무 나무새라도 뜯어 데쳐 무치고, 기름내 나는 반찬 한 가지라도 올리려 애를 썼다. 작금에 혼자 마지못해 먹는 중에야 무슨 신경을 쓰겠는가. 아침에 밥을 하면 세

그릇을 떠서 소반에 올려 심 노인의 세 식구 묘소에 가져다 놓았다. 한 식경쯤 지나서 가지고 올라와 그릇들 뚜껑을 덮어 솥 안에 놓고 스스로는 물 부어놨던 누룽지를 떠다가 먼 산을 건너다보고 참새들 노는 모양이나 들여다보며 아침 끼니를 때우곤 했다.

김 포수가 정지간으로 들어오더니 아궁이 속을 뒤져 불씨를 찾아낸다. 불쏘시개를 올려 불을 살려놓고는 담배부리에 담뱃잎을 쑤셔 넣더니 불을 붙여 나간다. 범도는 솥 안에서 밥주발들을 들어내 소반에 올리고 물 한 대접씩 올려 마루로 나선다.

"웬 흰밥인가?"

"그때 장날, 할아버님 진지 지어드리려고 쌀 한 말 팔아 돌아왔더니 마루에 반듯이 누워 숨을 거두어 가셨더군요. 흰밥 지어드리려고 부리나케 돌아왔던 건데, 못 드시게 되었잖습니까. 제가 대신 호사를 누리고 있습니다. 아침에 산소에 올렸던 밥이라 식긴 했습니다만 흰밥이니 맛나게들 드십시오."

김 포수가 밥 한 숟가락을 떠서 마당 텃밭을 향해 던지며 고수레, 소리친다. 최 포수와 범도도 밥 한 숟가락 크게 떠서 텃밭으로 던진다. 마당에 모여든 참새들이 포르르 포르르 날아다니며 밥알을 쪼아댄다.

밥을 다 먹고 나서 김 포수가 자신의 바랑에서 총탄 다섯 집을 꺼내 건네준다. 똥글똥글한 총알이 한 집에 열 발, 오십 발이다.

"이건 그냥 쓰게. 화약이랑 화승타래는 남았나?"

"예, 오십 발에 쓸 만치는 있습니다."

"회양 장거리 주막에 들렀더니 자네가 날 찾았다고 하더구먼. 총알 떨어졌는가 보다 짐작은 했으나 금세 와볼 형편이 못 됐네. 자네 장에 왔다 가고 며칠 뒤에 호시기가 나타났거든. 단발령 마루에서 장안사로 내려가는 길목 삼암등三岩嶝에서 젊은 사냥꾼이 호시기한 테 호되게 찢겼다네.”

호시기라는 말에 범도 가슴이 낫날에 쓸린 듯 아리다. 여러 해 전 신계사 행자승으로 지내던 중에 지담 스님 심부름으로 옥녀봉 신충사로 가게 됐다. 심부름을 나서기 전 지담 스님으로부터 사람을 해치는 호시기가 옥녀봉 파랑재에 나타났다는 말을 들었다. 신충사로 오르는 길목에서 발을 접질려 주저앉아 있던 모지 스님을 만났다. 행자승 주제에 언감생심 비구니 스님한테 첫눈에 반했다. 반하지 않았어도 그 산중에 비구니 스님을 혼자 두고 오를 수는 없었을 테지만 대뜸 업어주겠노라 등을 들이대지는 않았을 것이다. 그이가 내외하느라 마다하면서 신충사로 가서 사람을 보내 달라고 했다. 그래서 호시기 얘기로 겁을 주었다.

— 호시기는 반달처럼 어여쁜 비구니 스님도 먹을걸요?

모지 스님, 그이가 호랑이한테 물려 죽을 팔자를 타고나는 바람에 어린 날 절간에 버려져 중이 되었다는 걸 알았더라면 그따위 농은 아니 했을 것이다.

“단발령에 나타난 호시기는 잡았답니까?”

“잡기는 무슨. 근동 포수들이 요즘 그 호시기 잡으려고 눈이 벌게져 산이란 산을 다 꿰고 다니지. 나도 같이 다니다가, 자네 어르신한테 여쭤보는 게 빠르겠다 싶어서 찾아온 것이고.”

심 노인, 포수 심갑술은 젊을 적에 한성으로 가서 병조 오위 군졸이 됐다. 이듬해 봄 오위군 훈련장에서 심갑술은 왕세자 눈에 띄어 익위사 별감이 됐다. 심갑술이 왕세자를 모신 지 세 해째 되던 경인 년 오월에 왕세자가 승하했다. 느닷없이 병석에 누운 지 며칠 만이 었다.

심갑술은 먹패장골로 돌아와 어릴 적 아버지와 더불어 했던 사냥 을 다시 시작했다. 서른 살에 통천 우동산에서, 마흔한 살에 곡산 대 각산에서, 마흔일곱 살에는 혜산에서 호랑이를 잡았다고 했다. 금강 산 일대 사냥꾼들 사이에서 심 포수는 전설 같은 존재였다. 포수들 이 이따금 이 먹패장골에 찾아오는 까닭이었다.

"어르신이 아니 계시니 하는 수 없고. 여천이 자네, 우리랑 같이 패를 이뤄보지 않으려나?"

이 먹패장골로 들어오면서 이름을 신계사 시절 법명이었던 여천 으로 자칭했다.

"동패요? 제가 뭘 안다고요."

"심 포수 어른께 사냥을 배운 자네 아닌가. 작년 봄에 내가 여기 들렀을 때 심 포수 어른이 자네를 넌지시 가리키면서 호랑이 열 마 리는 잡을 사람이라 하셨다네. 우리랑 함께하세."

김 포수는 회양 안풍사 시루골에 살고, 최 포수는 안변 서곡사 학 포에 산다. 이웃한 몇 개 군 포수들끼리는 서로 다 알고 지낸다. 혼 자 사냥을 다니지 않는 게 포수들 간의 불문율이다. 최소한 두 명은 짝을 이뤄 다니고 네댓 명이 패를 이뤄 다니기도 한다.

이들과 같이 다니면 모르는 사냥꾼들과도 만나게 될 것이다. 모 르는 그들 중에 평양 진위대 유등 같은 작자, 수안 종이공장 주인 박가 같은 사람, 원산 건달패거리 같은 사람이 없겠는가. 사람들에 섞여 지내게 되면 또 무슨 일이 생길지. 범도는 사냥을 아니 하며 살지라도 다시는 쫓기며 살고 싶지 않다.

"아니요, 아저씨. 저는 혼자 호시기를 쫓아보렵니다."

지금 불쑥 떠오른 생각이다. 가을걷이를 마쳤지 않은가. 머잖아 닥쳐올 삼동 내내 홀로 뭘 할 것인가. 결국 사냥을 나서게 될 터이다. 이왕 나설 바에는 호시기를 목표로 삼는 것도 괜찮을 성싶다. 쫓기는 대신 쫓아다녀보는 것.

"자네가 아무리 심 포수한테 배웠다고 해도 사냥은 혼자 하는 거아니야. 큰일 나."

단발령 마루에 나타났다는 호시기가 여러 해 전 옥녀봉 파랑재에 나타났던 그 호시기인지는 알 수 없다. 단발령에 나타난 호랑이가 진짜 호시기인지도 의문이다.

근동 제일 포수로 이름 날렸던 심 노인에 따르면 호랑이는 사람을 잘 먹지 않는다. 호랑이와 사람이 대면할 일이 워낙 드물거니와 호랑이들은 천지간에서 자신을 해칠 수 있는 유일한 존재가 총 가진 사람인 걸 안다고 했다. 호랑이는 몇십 리 밖에서도 사람 냄새와 총 냄새를 알고 제가 피한다고도 했다. 그렇기 때문에 호랑이한테 해를 당한 사람은 호랑이 가죽을 탐내 호랑이굴에 다가든 사냥꾼뿐이라는 것이었다. 호랑이는 제 굴을 더듬어 보고 나간 사람을 쫓아와 물어뜯을 뿐이라고.

호랑이는 생후 두 달이면 젖을 떼고 넉 달이면 먹이 사냥에 나선다. 두 해가량 어미와 같이 살면서 생존 기술을 익히고 생후 4년 정도면 성체가 된다. 30년쯤 사는 호랑이도 있다고 하지만 보통 15년에서 20년 산다. 그나마 사냥꾼한테 걸리지 않고 자연 속에서 살았을 경우다.

그렇게 호랑이 일생을 설명해준 심 노인은 범도한테 호랑이굴 찾는 법은 가르쳐주지 않았다. 호랑이는 영물이므로 찾아서 사냥하면 아니 된다고 했다. 호랑이 잡은 사냥꾼치고 본인은 물론 자손이 멀쩡한 경우가 없다는 것이었다. 자식 넷을 낳았으나 하나도 건지지 못한 심 노인 자신에 대한 자조이기도 했다. 심 노인은 막내딸 열일곱 살에 호랑이 잡아 판 돈으로 혼수 넉넉히 마련해 농사꾼 집으로 시집보냈다. 온갖 살림살이에 세 마지기 논문서를 얹어 시집간 그 딸은 아들을 낳고 나서 폐창에 걸려 시집에서 내쫓겼다. 먹패장골로 돌아와 이태를 앓다 숨을 거뒀다. 심 노인 내외 옆에 있는 무덤이 그 딸 것이었다.

─ 일부러 찾지 않았음에도 호랑이와 딱 마주쳤을 때는 어찌합니까?

범도의 질문에 심 노인이 대답했다.

─ 빛과 어둠이 어느 쪽인지를 먼저 생각해라. 호랑이가 어두운 쪽인가, 내가 어두운 쪽에 있는가. 호랑이가 밝은 쪽이면 나는 공격당하지 않을 것이다. 호랑이는 천생 사냥꾼이라 사냥하려 할 때는 제 몸뚱이를 어두운 쪽에 두기 때문이다. 그다음엔 호랑이와 나 사이에 여백이 있는지를 살펴야 한다. 내가 달아날 수 있을 만한 여백이 있는지를 보는 것이다. 여백이 있으면 뒤로 가만히 물러나고, 모든 게 꽉 차 여백이 없다 싶으면 그 자리에서 호랑이를 못 본 듯이

굴어야 한다. 내가 저를 해칠 뜻이 없음을 보여주는 게다. 와중에 호랑이 숨결이 거친지, 매끄러운지도 알아채야겠지. 그 순간 내게 맺힌 게 많다 싶으면 풀어헤쳐야 한다. 내게 맺힌 게 많아 숨결이 거칠면 호랑이는 저를 공격해올 적이라고 단정하고 털을 곤두세우며 덤비기 때문이다. 그 모든 상황 판단이 단숨에 이루어져야 하고, 피치 못할 시에는 단방에 호랑이 목 아래 부위를 정확히 쏘아 맞혀야 한다. 다른 곳을 맞히면 두 번째 총탄을 쏘기 전에 내가 죽는다.

지금 김 포수와 최 포수 앞에서 혼자 나서보겠노라 하지만 사실 범도는 호랑이를 사냥할 능력이 없고, 사냥할 생각도 없다. 호랑이를 세 번이나 잡았던 심 노인은 곁을 지켜주는 이 없이 홀로 세상을 떠났다. 홀로 죽는 호랑이처럼 홀로 죽을 수밖에 없는 게 삶일 제 호랑이를 잡았다는 유명세가 무슨 소용이겠는가. 범도 스스로 지난 4년 사이 자신이 산사람이 됐다고, 혼자서도 너끈히 살 수 있다고 여겼고, 누군가를 향해서는 큰소리도 쳤을 것이나 노인이 돌아가시고 나니 다 부질없게 느껴졌다.

"그러니까 혼자 하겠다는 생각은 치우고 우리랑 같이 다니세."

"홀로 해보다 아니 되겠다 싶으면 안풍이나 서곡으로 아저씨들을 찾아갈게요. 우선은 여러 사람 틈에 섞이지 않고 혼자 지내고 싶습니다."

"너무 오래 생각지 말고, 오는 보름까지 결정을 하게. 결정되면 산에서 내려와 읍내 큰 주막으로 오게. 보름날이 회양 포수계원들 모임 날이니 그날 자네도 포수계에 정식으로 입적하는 게 좋겠네. 호시기는 어찌하든지 이번 겨울을 함께 다녀보자는 것일세."

"결정이 나면 찾아뵙겠습니다만 저 아니라도 아저씨들과 동패 할 사냥꾼들 많으시잖아요."

"심 포수 어른이 자네 사냥 솜씨를 보증하신 바이거니와 근자에 총 좀 쏜다는 쇠부리들이 죄 정신이 없어졌지. 뭣 때문이냐고? 어이, 순득이! 자네가 설명 좀 해주게."

최 포수 이름이 순득인가 보다. 물을 마시던 최순득이 대접을 내려놓고 입을 연다.

"지난달 스무날 밤에, 왜놈 칼잡이 놈들이 대궐을 침범해 왕비마마를 죽였다는 말이 회양, 안변 큰 장거리까지 들어왔다네. 회양, 안변까지 들어온 소식이니 팔도에 다 퍼졌겠지."

왜놈 칼잡이와 대궐 왕비와 포수들! 참 뜬금없는 조합이다.

"왜놈들이 대궐에 들어가서 왕비를 죽였다고요? 어떻게요? 대궐 지키는 병사들은 다 뭘 했는데요?"

"왜놈들 수백이 대원군 비호 속에서 궐 담을 넘어갔다고 하니까 왕비 지키던 병사들을 다 죽였겠지."

"대원군이 왕비 며느리 죽이려고 왜놈들과 손을 잡았다고요?"

"대원군인지 뭔지 하는 늙은이에 대해 말할 것이 뭐 있나. 지난 동학란 때부터 왜놈들이 조선에 들어와서 조선 백성들을 죽여대다가 급기야 왕비마마까지 죽였으니, 머지않아 조선이 왜국이 되고 말 것이라는 말이 파다하다는 것이지. 해서 포수들이 작금 조선에서 호시기가 왜놈들인가, 진짜 호랑이인가, 헷갈리게 됐다는 것이고."

"왕비나 나라가 포수들한테 뭘 해줬다고 그게 헷갈립니까?"

"나라는 그냥 나라인 거지, 나라가 뭘 해줘야 나라인가?"

"포수들은 대개 나라하고 상관없이 살잖아요?"

"아니지!"

"나라에다 군역세, 총포세 낸다고요?"

"세역을 말하는 게 아니네. 예를 들어, 심 포수가 외손자와 평생 만나지 않고 산다고 해도 외손자라는 사실에는 변함이 없지 않은가. 외손자가 호시기 같은 놈한테 붙들려서 목숨이 위태롭게 됐다는 걸 심 포수 어른이 알게 됐다고 치세. 가만있을 수 있겠나? 총도 있는데? 그 총 한번 쏴보지 못하고 외손자보다 먼저 죽게 될지라도 구하러 나서긴 해야지. 또 내 부모형제가 호식이 앞에 놓여 있는 걸 내가 알았다고 치세. 내가 가만있을 수 있나? 총도 있는데? 죽든 죽이든 쫓아가야지. 마찬가지로 우리는 조선 백성으로 조선 땅에서 조선 짐승들을 잡으며 살지 않는가. 호랑이도 청국 호랑이를 잡는 게 아니라 조선 땅에 사는 호랑이를 잡는 것이고. 그러매 왜놈들이 쳐들어와서 조선을 향해 총질을 해대면 우리도 왜놈들을 향해서 총구를 겨눠야 하지 않는가? 놈들을 몰아내고 다시는 발을 못 붙이게 해야지."

11년 전인 갑신년에 범도는 한성에서 열 달가량 지냈다. 평양 진위대에서 차출되어 한성으로 파견된 별기대 소속이었다. 파견된 부대의 졸병이었을지라도 일본 등의 외세가 조선을 침략하려는 야욕을 모를 수는 없었다. 그래도 지금처럼 심하지는 않았다. 포수들 입에서 나라 걱정하는 말이 나올 정도는 아니었던 것이다.

"포수들이 모여서 그런 이야기를 한다는 겁니까?"

"포수들뿐만 아니라 장거리에 모인 이들이 다 그러지. 장꾼이건 농사꾼이건, 은점꾼이건 약초꾼이건. 그렇지만 정말 총을 들고 당장 왜놈들을 겨누고 나서야 하는지 그걸 알 수가 없는 거고. 어디선가 의병이 무어지고 있다는 소문이 들리긴 하지만 여기서는 어떻게 해야 하는지 모르는 셈이지. 왜놈들이 소총이라 부르는 신식 총으로 무장했는데 그 화력이 막강하다는 소문도 무성하고. 작년 동학전쟁 때도 동학군들이 왜놈들 기관총과 소총 앞에서 추풍낙엽이 됐다고 하더라고."

"어떻게 나설지 알게 되면 아저씨도 나서실 겁니까?"

"나는 나설 생각이 있네. 나처럼 나설 생각 있는 이들이 내 주변에 여럿이고."

"최 포수 아저씨, 지난 갑신년 동짓달에 안변 학성산성에 계셨습니까?"

그의 눈이 동그래진다. 동그래진 눈에 의혹이 서린다.

"자네가 그걸 어찌 아나?"

"제가 당시 진압군 편에 있었습니다."

"뭐? 자네가 몇 살인데 그때 진압군에 있었어?"

"감영군에 들면 꼬박꼬박 밥을 먹을 수 있다고 하기에 이른 나이에 입영했었죠. 그러다 한성으로 파견됐는데 제가 있던 파견부대가 안변 민란 진압군으로 나가게 됐고요. 아저씨는 성곽 위에서 성문으로 들어가려는 진압군을 겨냥하고 계셨고, 저는 성문 맞은편 숲속에서 진압군을 엄호하고 있었죠."

"앞문으로 들어오려는 듯이 보이려는 진압군 술책이었지. 우리가 앞문에서 그러고 있는 동안 진압군 절반이 뒷문으로 진입하고 있었으니까. 아! 그때 내가 고개 내밀었다가 총 맞을 뻔했는데, 자네가 쏜 것이었나?"

"그랬죠. 아저씨 이마에 총구멍을 내는 대신 벽돌을 맞혔고요."

"세상에 이런 인연이. 자네가 날 살린 것이잖아?"

"그때 아저씨가 돌아가실 운수가 아니었던 거겠죠. 아무튼 그때 아저씨가 민란군에 가담한 건 나라에 불만이 많았기 때문 아닙니까? 그런데 지금 의병이 되겠다 하는 건 일관성이 없어 보이는데요."

"그때 안변 군수 놈이 워낙 극악한 놈이라서, 그런 놈을 군수로 보낸 나라에 불만이 크긴 했지. 그렇다고 나라를 없애자거나 임금을 갈아치우자는 건 아니었지. 작금엔 나라가 없어질 형세가 아닌가. 그래서 의병 노릇이라도 해야 하지 않을까 싶은 것이고. 김용만 씨는 어떠신지 모르지만."

김 포수 이름이 용만이라는 사실도 범도는 지금 처음 듣는다. 사냥꾼들끼리는 이름 대신 사는 고을 이름을 넣어 불렀다. 회양 김 포수, 안변 최 포수, 덕원 우 포수, 곡산 윤 포수, 그런 식이었다.

"김 포수 아저씨 생각은 어떠신데요?"

"나는 모르겠네. 지금으로서는 당장 내 눈에 아니 보이는 왜놈들 찾아 나서기보다 호시기 잡아 한밑천 마련해 딸내미들 시집이나 보내고 싶으니까. 시집보내야 할 딸년이 아직 둘이나 있단 말이지. 자네, 진짜 처자식이 있나? 내 사위 될 생각 없어?"

"제가 뭣 때문에 거짓말을 하겠습니까. 같이 살 형편이 못 되어 제가 떨어져 나왔습니다만 아들이 다섯 살입니다."

아내 몸속에 있던 태아한테 금강이라는 이름까지 붙여 불렀다. 그랬건만 오만과 어리석음 때문에 그들을 놓쳤다. 그 생각을 하기 싫고 말하기는 더욱 싫었다. 어쩌면 어딘가에서 나무처럼 뿌리박고 살고 있을지도 모르는데 그들이 없다는 말을 어찌 입에 걸겠는가.

쩟, 혀를 찬 김 포수가 화승총과 바랑을 메고 일어난다.

"자네, 어떤 식으로든 생각이 정해지면 아무 쪽으로나 찾아오게. 여하튼 오는 보름은 회양 포수계 곗날이니 그날은 보도록 하세."

"잠깐들 기다리십시오."

심 노인 집 건너편 헛간에 손질한 노루 한 마리와 토끼 두 마리가 걸려 있다. 노인 돌아가시고 집이 빈 걸로 느끼는지 짐승들이 마당까지 들어왔다. 꿩들도 흔히 내려와 텃밭을 헤집었다. 마당까지 들어온 짐승들을 마루에 앉은 채 멀거니 쳐다보곤 했지만 올무에 걸려 울부짖는 노루와 토끼들은 관성처럼 거두어 손질했다. 칡넝쿨로 엮은 소쿠리 두 개에다 노루고기 두 덩이씩과 토끼 한 마리씩을 담는다. 노루고기는 앞뒤 다리 한 짝씩이고 토끼는 가죽을 벗기고 내장을 뺀 통째다.

"총알값 대신 드리는 거 아닙니다. 할아버님도 아니 계시는데 짐승들이 자꾸 올무에 걸려듭니다. 봉초와 바꾸십시오. 제가 아저씨들한테 봉초 사드리는 겁니다."

"담박골 연초밭에 떨어진 연초 잎이 있나 살펴보고 올라왔더니, 자네가 눈치챘나 보이."

먹패장골 길로 들어서기 전 마을이 담박골이다. 아주 옛날부터 연초 농사를 지어 마을 이름도 담박골이 됐다고 했다. 온 마을이 연초밭이기는 하지만 초여름이면 연초 농사가 끝난다. 초가을인 지금쯤은 잘 말린 연초 이파리를 썰어 봉초로 만들 때다. 심 노인이 연초를 태우지 않았고 범도도 연초를 배우지 않아서 연초 거래는 없었다. 그래도 짐승을 잡아다 다듬어 가지고 내려가면 여러 먹을거리와 바꿀 수 있었다.

"담박골에서 거래하시면 봉초를 더 많이 구하실 수도 있겠죠."

"알았네. 고마우이. 곧 보세."

사양치 않고 소쿠리를 걸머멘 두 포수가 골짜기를 나가 등성이를 넘어간다. 구불구불 오천육백여 걸음을 내려 걸으면 신읍리로 난 평지 길이다. 「반야심경」을 스물두 번이나 외어야 하는 길. 「반야심경」을 2만 번, 20만 번을 외운다 하더라도 이옥영한테 닿을 길을 안다면 그 길로 나서고 싶다고 생각하며 오르내리던 길이다. 이옥영과 홍금강이 이 세상 어딘가에 나무처럼 살고 있을 것이라고 기를 쓰고 생각하지만 생각일 뿐, 믿는 건 아니다. 그들을 만나기 위해서는 다른 세상으로 가야만 할 것이다.

그런데 다른 세상으로 가는 통로는 어디에 있을까. 우동산 총석대 천 길 낭떠러지나 금강산 만물초萬物草 최고봉에서 뛰어내리면 그곳에 닿을까. 호식이한테 먹히면 될까. 그곳에 닿으면 이 막막함에서 벗어날 수 있을까.

2
끝내 이긴다

김수협은 황해도 서흥 땅 감박산 자락 은바위골에서 태어났다. 동네 가운데 은빛을 띤 크고 너른 바위가 있어 은바위골이 된 동네였다. 바위가 동네 가운데에만 있었겠는가. 온 동네가 바위투성이였다. 김 부자 집이 종가였다. 동네 안팎에서 그나마 농사지을 만한 땅은 거의 그 집 소유였다. 동네 사람들은 그 집 땅을 소작 부치는 한편 산산골골 꿰어 다니며 늘 모자라는 먹을거리를 찾았다. 막내였던 수협은 부모가 다 돌아간 열여덟 살에 아예 약초꾼이 되기로 작정하고 동네를 떠나왔다.

산을 넘고 골짜기를 꿰다 보니 스물네 살 봄에는 강원도 회양 땅 백아산 아래까지 닿게 되었다. 그때는 운이 좋아 귀한 차가버섯을 일곱 송이나 땄다. 50년쯤 묵었음 직한 잔대며 20년쯤 된 산삼 세 뿌리까지, 걸망이 알찼다. 회양 큰 장거리에 가기 위해 닷새 만에 백아산을 벗어나다 보니 부로지 마을이었다. 그 마을을 비켜나려던 길목에서 나물 캐러 나온 박씨 댁 넷째 딸을 만났다. 첫눈에 반했다. 같이 나물을 캐 그이 광주리에 담아주며 수작을 걸었다. 처자가 싫어하는 기색 없이 말을 받아주었다. 이름이 달막이라 했다. 달막이는 딸막이라는 뜻이고 아들을 낳기 위해 계집자식한테 붙이는 이름이었다. 그이가 일어섰을 때 보니 절름발이였다. 그 탓에 스물두 살에도 시집을 못 가고 있었던 것이다. 달막이 절름발이라도 수협은 좋았다. 장거리에 가서 걸망에 든 것을 팔고 부로지로 돌아갔다.

박달막한테 장가들어 처가살이를 했다. 처가 전답이 제법 되는지라 머슴이 넷이나 됐다. 수협은 처가에서 상머슴처럼 일하면서도 늘 기꺼웠다. 처복은 그만큼이 다였던가. 혼인한 지 삼 년여 만에 첫아기를 낳던 아내가 끝내 출산을 못 하고 아기를 몸에 담은 채 숨을 거둬버렸다.

셋째 처형 삼복이 시집갔다가 자식을 못 낳자 서방이 소실을 봤다. 삼복은 종살이같이 될 게 뻔한 시집살이를 박차고 친정으로 돌아왔다. 달막이 수태하기 전이었다. 삼복이 돌아오면서 아들 없는 처가 살림이 그이 중심으로 흘렀다. 장인과 장모는 아들을 낳기 위해 소실을 두 번이나 들였으나 서출 딸 하나씩 더 얻었을 뿐이고 살림 축날 것이 무서워 양자는 아직 들이지 못한 상태였다. 달막이 세상 뜨고 넉 달이 지났다. 가을걷이가 얼추 끝난 열흘 전에 장인이 수협에게 말했다.

─ 삼복이하고 살림을 합쳐. 그리하면 당장 새집 지어 살림 내주고 논 닷 마지기에 밭 다섯 뙈기를 떼어주마.

막내딸 내외를 종이나 되는 듯 부려먹던 장인과 장모였다. 달막한테 아들 낳지 못한 분풀이를 해댔던 그들에게 수협은 평생 부려먹기 좋은 상머슴과 다름없었다. 수협도 아내와 함께라면 평생 처가 상머슴 노릇을 하려 했다. 이제 달막이 세상에 없으므로 수협은 그리하기 싫었다. 새집이며 전답이 같잖고 하찮았다. 처가에서 더 살고 싶지도 않았다.

갈 데가 없었으나 고향으로 갈 수는 없었다. 큰형네나, 둘째 형네나 한 끼니 객식구를 두려워할 만치 살림이 궁했다. 가을이 깊었으므로 곧 겨울이 닥칠 터. 몇 해간 머슴살이를 했더라면 한몫 지녔겠으나 처가살이를 한 덕에 수중에 지닌 게 없었다. 그래도 처가를 나오는데 처형이 은전 열 냥을 쥐여주며 덧붙였다.

"실컷 돌아다니다 돈 떨어지면 돌아오구려. 너무 오래 걸리지는 말고요."

처형 말에 담긴 속뜻을 헤아리고 싶지 않았다. 열 냥을 받아 지니고 처가에서 나온 첫날 수협은 회양 큰 장거리 여각으로 갔다. 방을 정하고 계집을 청해 술을 마시는데 비가 내렸다. 비 그친 이튿날은 흐렸다. 사흘째 되는 날은 스스로 움직이기가 싫었다. 그 사흘간 계집 끼고 먹고 마시고 자느라 석 냥을 썼다.

나흘째 되는 아침에 일어나 곁에 있는 계집을 보는데 스스로가 천박하고 비루했다. 밑 모를 아가리 속으로 내동댕이쳐진 것 같았다. 난생처음 느낀 그 비천함과 허무감에 구역질이 났다. 이런 꼴로 살아 무엇 하리. 울음이 터졌다. 통곡이 됐다. 돈 좀 있는 줄 알고 사흘 동안 갖은 아양을 부리고 엉너리를 떨던 계집이 놀라 뛰쳐나갔다.

장안사로 가서 머리 깎고 불목하니 노릇이나 하자 작정했다. 허드레 일꾼일망정 불목하니는 어엿한 절집 식구다. 절집 안팎 허드렛일을 그럭저럭 하노라면 의식주는 해결된다. 그리 지낼 만하면 계를 받아 행자 노릇 하고, 행자로 살 만하면 불경 공부해서 비구계 받고, 중 노릇 하며 살아도 무방하리라. 작정은 그러했으나 걸음은 더뎠다. 내가 절에서 살아낼 수 있을까 싶은 주저 때문이었다. 차라리 다시 약초꾼 노릇이나 할까 싶어 몇 번이나 산을 올려다봤다. 당장은 홀로 산을 탈 자신이 없었다. 달막과 더불어 산 몇 해 동안 심신이, 홀로 산을 더듬고 다닐 수 있는 약초꾼에서 땅에 붙박여 살아야 할 농사꾼으로 변한 것 같았다. 마룡산 지나고 백아산 돌며 사흘 걸렸다. 촉조봉을 넘어 구학산 거쳐 오며 다시 사흘이 지났다.

처가를 나온 지 열흘 만에야 금강산 단발령 마루, 장안사로 내려가는 길목에 닿는다. 금강산 만물초가 건너다보이는 삼암등. 영마루 길옆 너른 바위 세 개가 한 팔 간격으로 모여 놓인 곳. 지난 팔월 하순에 삼암등에 호시기가 나타나 사냥꾼을 해쳤다는 소문이 온 고을에 파다했다. 사냥꾼 몸을 갈기갈기 찢어놨다던가.

그 호시기가 여태 여기 있을 리 없다. 사냥꾼이 해를 당한 자리가 어딘지 알 만한 흔적도 눈에 띄지 않는다. 그사이 두어 차례 내린 비로 흔적이 사라졌거나, 주검을 수습한 사람들이 흔적을 지웠을 수도 있다. 예로부터 사람들은 호시기가 나타난 길목을 오래도록 피해 다닌다고 한다. 호시기를 무서워한다기보다 호식을 당한 사람 혼령이 그 자리에서 사람을 꾀어 호시기한테 데려간다는 속설 때문이다. 피치 못해 호식 당한 곳을 지나야 할 때는 길목에서 한 무리를 지을 때까지 사람을 기다렸다가 같이 움직인다. 수협은 될 대로 되라 싶어 홀로 올라왔다.

비슷한 생각을 한 사람이 또 있었던가. 사냥꾼 복색인 한 사람이 첫 번째 바위에 등 돌린 채 앉아 연기를 내고 있다. 연초 연기가 아니라 모닥불 연기다. 이쪽에서 낸 인기척을 느꼈을 텐데도 그는 돌아보지 않는다. 남색 바지저고리에 검정 쾌자를 걸치고 총띠를 두른 뒤태가 큼지막하다. 등이 곧은 걸 보니 젊은 사람이다.

그는 오른쪽 바위에다 가죽 천에 싸놓은 긴 물건을 뒀는데 총인 성싶다. 왼쪽 바위에다 짐을 풀어 펼쳐놓았다. 물주머니 두 개, 자그만 곡식 자루 세 개 등이 아예 살림 차린 모양새다.

수협은 홀로 장안사에 여러 차례 들렀으나 아내와는 한 번 갔다. 혼인하고 1년이 지나도록 아이가 생기지 않자 아내가 큰 절에 가서 기도하고 싶다고 했다. 금강산의 여러 큰 절 중에 가까운 곳이 장안사였다. 집에서부터 나흘 걸려 여기 이르렀다. 첫 번째 바위에 나란히 앉아 땀을 거두며 멀리 만물초를 건너다봤다.

─먼 옛날, 신라라는 나라 마지막 왕 아들이 이 영마루에 이르렀다가 저 만물초 경치에 반했대나. 날마다 저 만물초를 보면서 살기 위해 장안사로 내려가 머리 깎고 중이 되었대. 그래서 이 영마루에 단발령斷髮嶺이라는 이름이 붙었다는 거야.

수협이 어디선가 들은 이야기를 아내한테 해주었다. 그이가 힘없이 대답했다.

─풍경이 암만 멋져도 사람이 살 수는 없겠네. 특히 나는.

그이가 가여워 수협이 보듬었다.

―이곳에서 장안사까지는 대개 내리막길이라 이녁 힘이 덜 들 거야. 그리 가파르지도 않고.

　달막이 비로소 웃었다. 절룩이라 잘 걷지 못하는 그이는 스스로 걸을 때는 힘들어하고 수협에게 업혔을 때는 수줍고 미안해했다. 그이가 그 나이에 이르도록 가장 멀리 걸어간 데는 반나절 거리의 회양 큰 장이었다. 그나마 두 번 가봤을 뿐이고 동네 밖으로 나가본 적도 드물었다. 그런 사람이 나흘을 움직여 왔으니 오죽 힘들었으랴.

　이제금 수협도 아내와 함께 앉았던 바위에서 숨을 돌리며 한참 있어볼 참인데 누가 떡하니 앉아 있다. 바위를 차지한 것도 모자라 불 피워 고기를 굽는다. 천지간에 단풍이 들어 말라가는 즈음 아닌가. 자칫하다가는 불이 날 것이다. 어쩌면 곰이나 호랑이가 올지도 모른다. 늑대며 들개, 삵 같은 짐승들도 고기 냄새에 이끌려 모여들 것이다.

　"저기, 이보십쇼."

　수협이 부러 큰 소리로 부르자 사내가 느리게 돌아본다. 짐작했던 대로 젊다. 수염을 말끔히 밀어 낯빛이 밝고 새까만 눈썹 아래 쌍꺼풀진 두 눈이 시원하게 크다. 그런데 어이없게도 울고 난, 아니 울고 있는 눈이다. 눈자위에 눈물 자국이 진진하고 눈동자가 벌겋지 않은가.

　"우, 웁니까? 왜요?"

　"다 울었소."

　우냐고 물으면 아니라거나 연기 때문이라고 할 법한데 운 걸 시인한다. 그게 우습고도 신기해서 수협은 그가 앉은 바위께로 다가

든다. 세 바위 사이에 쟁개비를 화덕처럼 놓고 불을 피웠다. 나름 불조심을 한 셈인지 쟁개비 가장이에 놓인 큼지막한 돌멩이 세 개에 고깃덩이를 꿴 꼬챙이들이 걸쳐져 있다. 손바닥보다 넓적하고 두툼한 고기가 네 덩이나 된다.

"쟁개비로는 밥을 하거나 국을 끓이는 줄로만 여겼더니, 화덕 노릇도 하는군요. 암튼 그만 구워도 되겠는데요. 무슨 고깁니까?"

"산양이요. 집 근동 숲에다 올가미를 설치해두고 있는데 산양이 걸렸더라고요. 바람 잘 통하는 그늘에서 하루 말린 후 구웠던 거예요. 여기서는 데우기만 한 셈이고요. 같이 먹읍시다."

"집이 어딘데요?"

"중봉 남동쪽 자락에 박힌 먹패장골이요."

수협은 아직 중봉에 들어가보지 못했다. 시방으로 뻗은 길은 길 따라 이어지기 마련이고 천지간에 솟구쳐 있는 산들을 타는 일 또한 그러했다. 지금까지 수협이 벌인 숱한 산행은 중봉으로 이어지지 않았다. 언젠가 누군가로부터 중봉 산세가 워낙 험하다거나, 사나운 짐승은 많고 귀한 약초는 드물다는 말을 들었을 터였다. 그 탓에 은연중에 멀리해왔는지도.

"이 길 지나가는 사람들한테 나눠 먹일 셈으로 한꺼번에 굽는 겁니까? 호시기가 나타난 이 길에 사람이 언제 지나갈 줄 알고요?"

그가 눈물 자국 진진한 눈으로 씩 웃더니 꼬챙이 하나를 들어 건네준다. 수협은 새벽에 국밥 한 그릇 먹고 주막을 나와 내리 걸었던 터라 몹시 시장한 참이다. 등짐을 벗어놓고 옆 바위에 놓인 짐을 밀고 앉아 꼬챙이를 받아든다. 거죽이 바삭하게 익은 고깃덩이 무게가

족히 한 근은 될 성싶다. 하루 말렸다기에 질길 줄 알았더니 부드럽고 고소하다. 연신 먹는 수협을 쳐다보던 그가 씩 웃으며 입을 연다.

"내가 새벽 동트기 전에 여기 이르러 내리 있는데, 형씨가 처음 지나가는 사람입니다. 여태 빈속으로 있다가 고기를 데운 참에, 먹을 복 있는 형씨가 나타난 거죠. 아, 나는 홍범도입니다. 형씨 성명은 어찌 됩니까?"

"나는 김수협입니다. 무진년(1868년)생이고요."

"우리 동갑이네요. 어쩐지 더 반가운데요! 김 형, 어디로 가던 길입니까?"

"요 아래 장안사요."

"장안사엔 왜요?"

"이번 겨울을 불목하니 노릇 하면서 지내볼까 해서요. 그러시는 홍 형은 예서 뭘 하는 겁니까?"

내가 여기서 뭘 하고 있나. 무엇을 위해 여기 왔나. 범도는 그 생각을 하고 있었다. 평양 진위대에서 우영장 유등한테 대섰다가 영창에 갇혔다. 내일이면 참수형에 처해지기로 된 밤에 좌영장 주홍석이 탈출을 도와줬다. 그때가 열아홉 살 봄이었다. 이후 3년간 수안 종이공장에서 일했다. 주인 박가가 정해진 새경을 제대로 주지 않아 다투던 중 그를 밀쳤는데 죽어버렸다. 살인자가 되어 달아나던 길목에서 백인근을 만났다. 그와 함께 회양 쪽으로 걷던 중에 조선의 명맥에다 쇠말뚝을 박고 다니던 일본 놈을 만났다. 그놈을 죽였다. 신계사 의성 대사와 지담 스님을 만나 글을 깨치고 몸을 단련했다. 모지 스님 이옥영을 만나 사랑하고 혼인했으나 그이를 놓쳤다.

그이를 놓치게 했던 덕원 건달 여섯 놈을 찾아가 복수했다. 먹패장 골로 들어가 심 포수를 모시며 사냥을 배웠다. 그리고 사람을 해치는 호시기를 빙자해 여기 왔다. 열다섯 살에서 스물일곱 살에 이른 지금까지 내내 걸어와 이 삼암등에 이른 것 같았다.

"나는 호랑이 밥이 될 것인가, 호랑이를 잡을 것인가! 그 궁리 하고 있어요. 호랑이한테 나 여기 있다고 알려주느라 고기 냄새 피우는 거고요. 생고기 구울 때 풍기는 과격한 냄새가 나지 않아서인지, 호랑이가 기척이 없네요."

수협은 홍범도가 멀쩡하게 생겨가지고 엉뚱한 말을 아무렇지 않게 해댄다 싶다.

"호랑이 밥이 되기로 한 겁니까?"

"잡든, 잡히든 먼저 대면을 해봐야 할 것 같아서요."

"호랑이한테 잡히는 것이나 잡는 것이나, 여기서 고기 냄새 피우며 기다린다고 될 일은 아닐 성싶은데요?"

"궁리 끝나면 어떤 쪽으로든 움직여야죠."

범도는 손에 든 고기를 후후 불어 한 입 뜯고 나서 꼬챙이를 불위에 다시 걸쳐놓는다. 쟁개비 속 불은 거의 사윈 참이다. 물주머니 마개를 비틀어 크게 한 모금 마시고 나서 수협에게 건네준다. 수협이 반나마 먹어치운 고기 꼬챙이를 쟁개비에 걸쳐놓고 두 손으로 물주머니를 받는다. 물주머니 주둥이에 입을 대고 들이켜다가 크아, 하고는 진저리를 친다. 물인 줄 알고 마시다가 입에 불이 붙는 것 같은 독한 소주에 놀란 것이다. 범도가 흐흐 웃고는 입을 연다.

"거의 자란 숫양 반 마리와 바꾼 술이오."

"술을 좋아하오?"

"술 마셔본 일이 많지 않아서 좋아하는지 아닌지 잘 몰라요."

"그런데 어찌 비싼 고기로 술을?"

"세상엔 내가 모를 일투성이인데, 그중 하나가 사람이 술 취해 변하는 모습이에요. 몇 번 마셨을 때 조금씩 마신 때문인지 내 기분이 여느 때와 어떻게 다른지 알 수 없었거든요. 다른 사람들은 대개 아는 것 같은데 나는 모르는 많은 일들, 그중 한 가지라도 알려면 직접 해보는 수밖에 없겠다, 한 거죠. 그 첫 번째로 정해진 게 술이고. 취할 때까지 마셔보자고 작정했는데 어떨지 모르겠어요."

"두 번째엔 뭘 해볼 생각인데요?"

"말했잖소. 호랑이 밥이 될 것인가, 호랑이를 잡을 것인가. 호랑이 밥이 되면 내 세상이 끝나는 것일 테니 세상 끝나는 맛을 알게 될 것이고, 호랑이를 잡으면 호랑이 잡는 맛을 알게 될 것이고."

"홍 형이 호랑이 밥이 된다 할 제 호랑이는 이 삼암등에 나타났다는 호시기가 맞는 것 같은데, 잡는다는 호랑이는 어쩐지 달리 들리는데요?"

범도는 흐흐흥 웃고는 수협에게 손을 내민다. 술주머니를 받아 여러 모금을 마신다. 맛을 잘 모를 만치 술 마신 횟수가 드물었다. 물론 취해본 적도 없다. 술주머니 마개를 닫아 수협에게 건네준다. 수협이 주머니를 받아 무릎에 놓는다.

"드물게 썩 용감한 자, 혹은 드물게 아주 우둔한 자만이 모든 위험을 무릅쓴다는 말을 들은 적이 있어요. 나는 용감한가, 우둔한가! 용감함과 우둔함 사이에 앉아서 호시기를 불러다 앞에 두고 계속 그 말을 생각하고 있었어요."

"잡는 호시기에 대해서요?"

수협은 범도가 마음에 든다. 그가 우는 얼굴을 봤을 때 벌써 맘에 들었다. 천지가 울긋불긋한 단발령 마루에서 홀로 고기 구우며 울고 있는 사나이라니. 게다가 큼지막한 고깃덩이와 비싼 술을 덥석 덥석 내주는 너름새라니. 어쩐지 그를 따라 호랑이를 잡든지, 호랑이 아가리로 들어가든지 하게 될 것만 같다. 아니 이미 결정 났다. 수협이 자기 결정을 수긍하느라 고개를 끄덕이는데 범도가 다시 입을 연다.

"맞아요. 내가 잡아볼까 하는 호시기는 조선을 향해 총질 해댄다는 왜국 종자들입니다. 왜국 것들은 물론이고 청국 것들, 미국 것들, 영국 것들, 독일 것들, 로서아 것들, 불란서 것들. 어느 족속이건 조선을 뜯어먹으려 드는 것들은 죄 호시기일 테니까 되는 대로 잡아볼까 생각하는 거죠. 몇 마리나 잡을 수 있을지는 모르지만요."

말을 하고 나니 범도는 비로소 여기 앉아 있던 까닭을 알겠다. 결국 그거였다. 호시기 잡기. 호시기에 쫓기듯 살아왔던 지난날에서 돌아서서 호시기를 쫓는 다른 세상으로 들어가기.

"왜, 왜요? 그건 나라가 할 일이잖아요?"

수협은 자신의 심장이 급격히 뛰는 것을 느낀다. 어떤 빛 같은 게 가슴을 뚫고 들어와 심장을 건드린 것 같다. 가슴팍을 만지니 심장이 두둑두둑 날뛰고 있다.

"나도 그리 생각하는데, 나라가 그걸 못하는 것 같잖아요. 점점 더 못할 성싶고요."

"그렇다고 홍 형이 나설 까닭 있나요? 왜놈 잡았다고 나라에서 벼슬 시켜주거나 상을 줄 리도 없는데요?"

"그러게요. 백 가지로 생각해봐도 내가 나설 까닭은 없습디다."

"그런데요?"

"내가 나서지 않을, 나라고 나서지 말라는 까닭도 없더라는 것이죠."

"어째서요?"

"내가 아는 사람 중에 안변 최 포수라고 있는데, 그 아저씨가 열흘 전에 먹패장골을 찾아오셨어요. 그때 호시기 이야기며 왜놈들 이야기하던 중에 아저씨가 그러십니다. 내 부모형제, 처자식이 호시기 앞에 놓여 있는 걸 내가 알았다고 치면 내가 가만있을 수 있냐고. 죽든 죽이든 쫓아가야 하지 않느냐고. 마찬가지로 우리는 조선 땅에서 조선 사람으로 사는데, 왜놈들이 쳐들어와서 총질을 해대면, 우리도 왜놈들을 향해서 총구를 겨눠야 하지 않느냐고. 놈들을 싹 몰아내고 다시는 발을 못 붙이게 해야 하지 않느냐고."

"그런 말 듣고 왜놈들을 잡기로 작정했다는 거예요?"

"그 아저씨 말을 듣고 나니 예전에 스님께 들었던 이야기들도 생각납디다. 아, 나는 신계사에서 행자승 노릇을 한 적이 있어요. 그때 스승이셨던 지담 스님께 들었죠. 좀 전에 말한 용감한 자, 어리석은 자에 대한 경구도 지담 스님께 들은 말이고요. 김 형, 임진란 때 왜군을 물리친 이순신 장군, 알죠?"

"이순신 장군 모르는 조선 사람도 있답니까? 느닷없이 이순신 장군님은 왜 불러 모십니까?"

"신계사 지담 스님이 이순신 장군님의 직손이시래요. 그래서인지 지담 스님은 역사에 박식하시고, 선무도 고수이시기도 하셨어요. 암튼, 지담 스님에 따르면 수백 년 전에, 임진왜란이니 정유왜란이니 정묘호란이니 하는 큰 난리가 났을 때 나라를 구하고 백성을 구한 사람은 나라 녹을 먹는 벼슬아치나 관군만이 아니라 무수한 백성들이기도 했다는 거예요. 그중에는 이 금강산에 깃들여 있던 스님들도 많았다고 해요."

"그랬대요?"

"그랬대요. 그 백성들, 그 중들이, 나라에서 무슨 은혜를 받았겠어요? 은혜는커녕 관헌들이 자행하는 탐학과 주구誅求에 시달리며 살죠. 그럼에도 조선이 내가 사는 우리나라이기 때문에 의병으로, 승병으로 일어난 거라고요. 우리끼리는 죽네 사네 하며 싸우기도 하지만 외세에 침탈당할 때는 한 몸인 듯이 외세에 대적해야 한다고요. 그게 백성이라고요. 그렇지 못하면 우리 백성들끼리 싸울 일조차 없어져버린다는 말씀이셨죠."

참 어마어마한 이야기를 홍범도는 아무렇지도 않게 문자까지 써가며 한다. 그가 아무렇지 않게 하니 수협도 익히 알던 내용이었던 것처럼 연신 고개를 끄덕이고 있다.

"그래서, 호랑이한테 먹히는 것보다 떨쳐 일어나 호시기 같은 왜놈들을 잡기로 한 겁니까?"

"지금 생각 중이라고 했잖아요. 사실 아직 여러 어른한테 들었던 나라 위한 마음, 나라가 내 몸과 같다는 말씀들을 모두 수긍하는 건 아니거든요. 이 땅에 사는 사람들이라고 다 고운가요? 모두 고마운

가요? 천만에요. 동족이고 동포라고 여기고 싶지 않은 종자들 썼죠. 그런 종자들은 일본 것들과 쉽게 붙어먹을걸요. 이미 일본에 붙은 자들이 적지 않고요. 그런 자들은 끝없이 설치면서 동족을 해치겠죠. 그럼에도 내가, 어떻게 해도 질 수밖에 없는 싸움을 기어코 시작할 것인지! 귀 막고, 눈 감고, 입 다문 채 지금까지 그러했듯 앞으로도 나는 아무것도 모른다 하며 산속에서 올무에 걸린 토끼나 구워 먹으며 살 것인지. 생각하는 중이라는 거죠."

"어떻게 해도 지는 싸움이라고요? 총도 있는데?"

"총은 저들한테 천 배, 만 배 더 많죠. 저들과 우리를 비교하면 무장과 비무장이라고 할 만한 차이가 나고요. 무장과 비무장의 차이는 승리와 패배, 지킴과 앗김, 삶과 죽음을 갈라놓기 십상이죠."

"우리를 너무 미미, 허약하게 여기는 거 아니에요?"

"왜군들이 가진 신식 총과 기관총에 대해 들었어요. 우리는 기껏해야 화승총인데, 저들은 전군이 무라타 소총, 스나이더 소총이라는 걸로 무장했대요. 작년에 남녘에서 들고일어난 동학군들이 왜군들 앞에서 속수무책 당한 까닭도 그 신식 총과 기관총들 때문이라는 말이었어요."

"왜군들이 가진 무라타, 스나이더 총이라는 게 그리 막강하대요?"

"몇 해 전에 한성 군영 군관을 지낸 분께 들은 얘긴데, 30년 전쯤에 왜국에서는 호족들이 죽자 사자 싸워댄 큰 내전이 일어났대요. 물론 권력을 잡기 위한 싸움이었고요. 그때부터 왜국에서는 영국에서 수입한 신식 총을 쓰기 시작했대요. 그러다 쌈질에서 이긴 쪽이 현재 정권을 잡고 있고요. 그 후에 정권을 잡은 쪽에 있던 무라타라는 놈이 총의 성능을 더 강화시켰고 성능이 강화된 그 무라타 소총을 작년에 동학군들을 죽이는 데 썼다는 거예요. 일본이 청국과 조선 땅에서 벌인 전쟁 때도 그 소총을 썼고요. 그러니까 화승총 들고 소총 앞에 나서면 백전백패, 어떻게 해도 질 수밖에 없다는 거예요."

"왜군이든 일군이든, 대적하기로 작정했으면, 무슨 수를 써서든지 무라탄지 스나이던지를 뺏어야죠. 우선 한 자루 뺏고, 그 한 자루로 열 자루 뺏고, 열한 자루로 백열 자루 뺏고!"

쟁개비에서 고기 꼬챙이를 집어 올리던 범도가 우하하하, 웃어댄다. 그의 웃음소리 때문이기라도 하듯이 주변 나뭇잎들이 우르르 떨어진다. 낙엽 철이라 나뭇잎이 떨어지는 것이고 바람 불어 떨어지는 것인데도 수협한테는 범도 웃음소리가 나뭇가지를 흔들어댄 것만 같다. 천지간 나무들한테 간지럼을 태운 것 같다고 할까. 웃음을 그친 범도가 묻는다.

"나는 사냥꾼 노릇 하며 사는 셈인데 김 형은 무슨 일을 하오?"

"난 약초꾼이오. 처가살이를 했는데 얼마 전까지는 농사꾼이기도 했소. 몇 달 전에 아내가 아기를 낳다가, 못 낳고, 세상을 떴어요. 아내를 잃고 나니 질정이 없어져서 처가를 나왔죠."

아내 얘기를 하노라니 잠깐 잊고 있던 허망함이 되살아난다. 세상 전부를 잃어버린 것 같은 그 마음. 홍범도가 마치 안다는 듯이 가만있다가 묻는다.

"김 형, 총을 쏴본 적 있소?"

"만져본 적도 없소."

"활은 쏴봤소?"

"어릴 때 흔히 활과 화살을 만들어 놀잖소. 열다섯 때쯤에는 물푸레나무로 만든 활과 화살로 산토끼를 잡았소. 꿩을 잡은 적도 있고."

"약간만 연습하면 각궁도 잘 쏘겠구려. 활을 잘 쏘는 사람이 총도 잘 쏘는 것 같습디다. 그렇지만 총을 잘 쏜다고 이긴다는 보장이 없어요. 전황, 그러니까 전투판의 판세가 이기게끔 돼 있어야 승리한다는 거죠. 그런데, 조선에 들어온 일본군들은 신식 총과 기관총으로 무장한 정예군들이잖아요. 그 정예군이 들어온 까닭이 뭐겠어요?"

"새삼스럽게! 우리 조선을 뺏겠다는 것이죠."

"그렇죠. 남의 나라를 통째로 뺏기 위해 들어온 자들이 허술할 리없고요. 그들은 언제 어디서든 전투를 할 수 있게끔 훈련받은 정예군들이라는 거예요. 그런데 우리는, 관군들조차도 임진란 때와 비슷한 무기를 써요. 그나마 태반이 낡았어요. 10여 년 전에 듣기로 미국에서 와이플 총이라는 신식 총 4천 정을 들여왔다고 했지만, 그게 마지막이었을 게 뻔해요. 현재 조선은 병사들한테 신식 무기를 쥐여줄 힘이 없는 거죠. 새로이 만들거나 수입할 여력도 없고요. 현재 우리 조선에 병사가 얼마나 되는지는 모르지만 그 반수, 어쩌면 태반이 전투 능력이 없을 거고요. 오죽하면 일본 칼잡이 놈들이 궐에 쳐들어가서 왕비를 죽였겠어요?"

"일본 놈들이 왕비를 죽였대요? 언제, 왜요?"

"일본이 조선을 집어삼키려는 데 왕비 세력이 걸림돌이 됐겠죠. 왕의 부친이 대원군인데 대원군이 일본과 손을 잡았다는 말도 있어요. 바로 얼마 전에 일어난 일이래요."

"대원군이 왜, 일본 놈들하고 손을 잡아요? 우리 조선 왕 아버지인데?"

"권력을 갖기 위해서겠죠."

"그렇다고 일본 놈들과 손을 잡아요? 일본 놈들한테 조선을 내주는 꼴이잖아요."

"스스로는 일본 놈들을 잠시 이용하는 거라고 여기는 거 아니겠어요? 잠깐 손을 빌리는 것뿐이라고."

뭘 갖고 싶어 도둑놈 손을 빌려 도적질을 했을 때 갖고 싶었던 게 내 손에 들어올까. 그럴 리가 없다.

"왕은요?"

"왕은 처음부터 대원군 허수아비였던 모양이고요. 왕비가 나이 들면서 왕과 같이 권력을 키우니 대원군과 권력 싸움을 하게 된 거죠. 임오년에 군란이 일어났을 때는 왕비 세력이 청군을 끌어들여서 대원군을 청나라로 끌고 갔잖아요. 대원군이 3년여 만에 돌아와서 다시 왕비와 다투다가 일본 칼잡이들을 시켜서 시해한 거죠. 그게 조선에는 치명적인 패착이 된 거고요. 점점 암울해지겠죠."

"홍 형은 대체 그런 걸 어찌 다 압니까?"

"평양 군영에서 몇 해 지낸 적이 있어요. 와중에 한성으로 파견돼 열 달가량 지냈고요."

"나랑 동갑인데, 신계사에서 행자승으로도 살았다면서 군영에서도 몇 해를 지냈어요? 대체 언제요?"

"열다섯 살 2월에 입영했어요. 열아홉 살 2월에 군영을 나왔고요. 그 몇 해간 총기 좀 다뤄봤죠. 그리고 최근 몇 년 동안은 먹패장골에서 평생 포수로 지낸 어른과 살았어요. 어른께 사냥을 배웠죠. 저 화 승총이 그분 거예요. 그 어른은 지난달에 돌아가셨고요."

"아!"

"하여튼, 쏠 때마다 총알을 넣고 화약도 넣어야 하는 화승총으로 소총을 당할 수는 없다는 거예요. 소총은 점화선 같은 거 없이 격발 하고 방아쇠만 당기면 되거든요. 게다가 소총에는 총탄이 다섯 발 들어 있어서 연발할 수 있고요. 한 발 쏠 때마다 화약 재우고 총알 넣어야 하는 화승총으로 소총에 덤비는 건 바늘로 벼룩 잡는 것보 다 더 어렵다는 뜻이죠. 메추리알로 바위 치기? 나뭇잎 타고 동해 건너기? 그런 정도?"

"판세? 전투 판세를 우리가 만들어야죠. 토끼 한 마리 잡을 때 토 끼 모르게 살금살금 다가들 듯이요. 멧돼지 잡을 때도 그렇잖아요? 호랑이를 잡을 때도 마찬가지일 거고요. 바늘로 벼룩 잡기? 못 할 것도 없어요. 벼룩을 몰아 가두어 옴짝달싹 못 하게 해놓고 바늘로 찌르면 돼요. 그리고 뭣 때문에 메추리알로 바위를 쳐요? 메추리알 먹고 힘내서 다른 바위를 뽑아 쳐야죠. 동해는 뗏목이라도 만들어 서 건너야 하고요."

"우리라고 했어요? 김 형, 장안사 가서 지내겠다면서 언제 어떻게 벼룩 잡고 바위 뽑고 뗏목도 만들어요?"

"홍 형이 벼룩, 아니 왜놈들 잡으러 나설 거잖아요?"

"아직 결정치 않았다니까요."

"에헤이! 벌써 결정했으면서! 그래서 큰 장거리 가서 포수들한테 이런저런 말 다 듣고 예전 일들도 떠올린 거잖아요."

"장거리엔 고기 팔러 나갔던 겁니다. 어른 돌아가셔서 먹을 사람도 없는데 짐승이 자꾸 올무에 걸리지 뭡니까. 그래서 며칠 전 장에 가기 전에 올무를 다 걷어냈어요."

"물론 그랬겠지만 홍 형이 작정한 것도 맞을 거예요. 틀림없어 보여요. 그래서 나도 홍 형하고 같이 우리 조선에서 호시기 같은 일본놈들 몰아내는 의병 노릇 하기로 작정했어요. 나를 홍 형의 조수, 부관으로 써주세요. 활쏘기, 총 쏘는 법도 가르쳐주고요."

"우리 둘 다 총 한번 쏴보지 못하고 죽을 수 있을 건데요?"

"그럼에도 홍 형은 할 거잖아요. 홍 형이 하니까 나도 하겠다는 거예요. 하고 싶어요. 어차피 홍 형 혼자 하기는 힘들잖아요. 옆에서 화승총 점화선에 불붙여줄 사람이라도 있어야죠. 일본군한테 소총 뺏으면 들어줄 사람도 필요하고. 그리고 우리가 이렇게 나설 제 어디선가 다른 사람들도 나설 거 아니에요? 그러다 보면 우리와도 만날 거고요. 그들과 합치게 될 때도 혼자보다는 둘이 나을 겁니다. 훨씬 용감해질 수 있을 거고요."

"나는 아이 가진 아내를 못된 놈들한테 뺏긴 못난 놈이에요. 나는 지금 죽어도 애달파할 사람이 아무도 없는 빈 몸이라는 거고, 언제 죽어도 상관없는 놈이란 겁니다."

아! 수협은 아까 범도가 울던 까닭을 와락 이해한다. 잃고 뺏기는 것. 이 세상에 내 사람은 그 한 사람뿐이었으매 그를 잃은 슬픔에다 그이를 뺏겼다는 기막힘까지 더해졌으니 제정신으로 살아지겠는가.

"홍 형만큼 기막히지는 않을지라도 나 또한 애달파할 사람이 없기는 마찬가지요. 불목하니나 약초꾼으로 살다가 뜻 없이 죽는 것

42

보다 우리 조선에서 왜놈들을 몰아내는 일을 하다 죽는 게 훨씬 멋질 거 같소."

"나는 함께 지내던 어른 돌아가시고 다시, 천지간에 내 것이 하나도 없어서 지킬 것도 없다고 여겼어요. 이제 나는 뭘 하며 살아야 하나. 그런 참에 왜놈들 얘길 듣게 돼서 그놈들이나 잡아볼까 한 거예요. 내 평생 만나온 숱한 스승들께서 내가 이고 사는 하늘과 딛고 사는 땅이 결국 내 것이라고 말씀하셨다는 걸 떠올린 거고요. 내가 이고 딛고 살던 천지간이 내 것인가, 생각하다 보니 결국 내 것일 뿐만 아니라 지금까지 나를 살아 있게 한 무수한 사람들의 것이더라고요. 나는 내가 아무것도 아니라고 여겼는데, 그런 나한테 젖을 먹이고 밥을 먹게 하고 삶을 가르쳐준 이들이 천지간에 그득했다는 걸 비로소 깨친 거죠. 그들은 나를 잊었을지도 모르고, 나는 그들에게서 잊힐 수도 있을 만치 아무것도 아니지만 어쨌든 나는 이렇게 살아 있으니까요. 그들을, 그들이 사는 천지간이나 지켜볼까 한다는 거예요. 나는 지금으로선 대의명분 같은 게 없다는 거죠."

어린 날 전해 듣기로 초승달처럼 가녀렸던 어머니는 범도를 낳던 즈음에 하루 한 끼나 간신히 먹었다. 아기 담은 배만 불룩했을 뿐 피골이 상접했다. 아버지가 부역 나갔다가 허리를 다치는 바람에 몇 달째 운신을 못 하던 즈음이었다. 어머니는 자신에게 남은 피와 살과 뼈를 그러모아 범도를 낳았다. 아기 낳느라 미래를 모조리 당겨썼던 어머니는 핏덩이한테 빈 젖을 물려놓은 채 기진했고 아기 얼굴을 보지 못한 채 숨을 거뒀다. 어머니 스무 살 때였다. 젖동냥을 해서 아들을 키웠던 아버지는 범도 아홉 살에 버섯을 따러 나섰던 벼랑에서 추락했다. 아버지를 따라갔던 범도는 삽시간에 일어난 그 일을 꼼짝없이 지켜봐야 했다. 그리 높은 벼랑도 아니었건만 아버지는 끝내 눈을 뜨지 못한 채 세상을 떴다. 그렇게 아버지마저 잃었지만 숙부가 계시어 사람 꼴로 자랐다. 마을 사람들 덕에 외로운 줄도 몰랐다.

"나한테는 홍 형 말들이 전부 대의명분 같소. 내가 이제껏 그런 생각 한번도 못해봤는데, 홍 형 말 마디마디가 다 나한테는 그리 느껴져요. 난 홍 형하고 같이 의병 노릇 하고 싶어요. 같이 하게 해줘요."

범도는 부르르 진저리를 치고는 고개를 든다. 결심을 하고도 움츠렸던 맘이 비로소 풀쳐진다. 필연인 것처럼 동지를 만났지 않은가. 모든 일에 두 번은 없다고 했다. 매일 자는 잠도 다 다른 잠이라고 의성 대사께서 말씀하셨다. 의성께서는 사람은 누구나 자신이 원하는 대로 되어간다고 했다. 사람은 대개 자신이 생각지 못한 곳에 존재한다고. 자신에 대한 안개 같은 믿음을 갖고 있어 스스로를 보지 못할 따름이라고. 내가 무엇이 되고 싶은지 모르는 까닭은 내가 모른다고 믿기 때문이라고.

"불목하니로 사는 게 나았을 거라고 금세 후회하게 될지도 몰라요."

"후회되면 그만두겠노라고 말하겠소. 같이 합시다."

"김 형, 자신의 운에 대해 생각해본 적 있소? 운이 좋다거나, 운이 나쁘다거나."

"그런 식으로 생각해본 적은 없는 것 같은데, 왜요? 내 운이 좋아야 같이 하겠다는 뜻이오?"

"아니, 예전에 스승께서 하신 말씀이 떠올라 물어봤소. 이러셨소. 자신이 운이 나빠서 뭔가에 미치지 못한다고 생각하는 사람은 실상 힘이 없는 것이다. 스스로 갖춘 실력이 없거나 낮은 거다. 실력 갖춘 이는 운을 탓하지 않는다. 운에 의존하는 사람은 실력을 닦지도 않는다. 너는 네가 운이 나쁘다고 생각해본 적 있느냐?"

"뭐라고 답했소?"

"김 형처럼 말씀드렸소. 운에 대해 생각해본 적 없다고. 김 형과 내가 같은 생각을 가졌으니 실력도 함께 쌓아나갈 수 있으리라는 믿음이 생기오."

범도는 자신의 바랑 속으로 손을 뻗는다. 바랑 속에서 나무로 깎은 바리때를 찾아낸다. 빈 바리때를 수협에게 건네고 술주머니를 잡는다.

"둘이서 우습지만, 새 세상을 살기로 했으니 각인하는 의미로 통과의례 삼아 동지 결의를 맺읍시다."

수협이 고개를 끄덕인다. 범도는 바리때에다 술을 그득히 채운다. 이 삼암등에서 반나절이나 앉아 내가 뭘 하나 했는데 동지를, 김수협을 기다렸던 것 같다. 그러고 보면 고비마다 도와주고 살려주고 나갈 길을 가르쳐주고 함께해준 이들을 만났다. 사고무친이 아니었던 것이다.

"이제 동지로서, 또한 동갑내기 동무로서 말은 트는 걸로 하고, 반씩 나눠 마시면서 결의하지."

두어 식경이나 함께 보냈을까. 홀로 눈물 흘리는 사나이와 호시기를 향해 총을 겨누는 사나이까지, 수협은 여러 사람을 만나고 있는 성싶다. 신중하면서 대범하고 조심스러우면서 과격한 사나이. 잠깐 사이에 양 끝을 오가고 위아래를 오르내리는 사람. 자신의 꼬이고 뒤틀린 운명을 이기고 나섰을 것 같은 그. 그가 자기 운명을 이겼으니 사납고 사악하게 구축된 세상 질서를 깨부술 수도 있을 것이다. 수협은 스스로도 운명을 이겨낸 것처럼 뿌듯하다.

"단지斷指라도 해서 피 몇 방울 넣어야 하는 거 아닌가? 옛날얘기에 그런 거 나오잖아. 결의할 때 피를 나눠 마시는 거."

수협의 말에 웃은 범도가 고개를 젓는다.

"이제부터 우리는 총을 쏘아야 하므로 손을 보배처럼 여겨야 해. 손가락은 곱게 놔두고 대신, 결의를 다지기 위한 말을 한마디씩 하는 게 어떨까?"

"뭐라고 하지?"

"좀 거창하게, 조선을 지키는 우리, 져도 이긴다! 어때?"

"져도 이긴다? 나는 진다는 말이 싫은데? 조선을 지키는 우리, 끝내, 끝끝내 이긴다! 이렇게 어때?"

수협은 지키고 이긴다는 말을 처음 해보는 것 같다. 지키고 이긴다는 말이 이처럼 뭉클하고 벅찰 줄이야.

"음, 그게 더 좋네. 앞으로 우리 구호를 그렇게 하기로 하지. 구호하고 먼저 마시게."

"조선을 지키는 우리, 끝내 끝끝내 이긴다!"

큰 소리로 외친 수협은 두 손으로 받친 바리때를 입에 대고 우선 한 모금 마신 뒤 숨을 내쉰다. 범도가 웃으며 고개를 끄덕인다. 목으로 넘어가는 소주는 독하다. 독해서 시원하다. 평생 쌓인 불순한 것

46

들을 모조리 태우며 몸으로 들어간다. 동무를 얻고 동지를 얻고 지킬 것이 생겼다. 끝내, 끝끝내 이길 것이므로 지킬 수 있을 것이다. 이럴 때 감개무량하다는 말을 하는 것이겠구나, 싶다. 절반가량 마시고 바리때를 떼어내며 수협은 후아, 큰 숨을 쉰다. 거듭 숨을 쉬고 나서 바리때를 범도한테 넘긴다.

"조선을 지키는 우리, 끝내, 끝끝내 이긴다!"

수협처럼 크게 외친 범도가 한 모금 들이켜고는 일단 숨을 쉰다. 웃어 보이고는 남은 술을 마신다. 다 마시고는 빈 바리때를 쳐들었다가 내리며 웃는다. 농인 양, 장난삼아 치른 의식일지라도 수협은 새날을 맞아 새사람이 된 것 같다.

3
바늘 끝으로 벼룩 잡기

수협이 총격 연습을 거듭하느라 범도가 지니고 있던 화승이며 총탄을 전부 썼다. 수협이 쓸 총은 물론이고 둘이 쓸 총탄과 화승과 화약까지 전부 구해야 했다. 문제는 돈이었다. 수협이 가진 은자 여섯 냥과 범도가 지닌 닷 냥으로 얼마간의 총탄과 화승은 구할 수 있으나 총을 구하기는 어림없었다. 금성창金城廠 일대에서 몰래 거래되는 총 한 자루 값은 못해도 쉰 냥이었다. 어떻게 할까? 백방으로 생각해도 대안이 없었다. 훔칠 수밖에.

금성창이 있는 금성 땅 장거리로 들어왔다. 금성 김화 역참과 이웃해 있는 금성창은 기기국機器局 속문으로 강원도 최대 관군 창고이자 화약제조 공장이다. 예전에 범도가 속한 별기대가 안변 민란을 진압하러 갈 때도 금성창에 들러 총탄이며 화승을 지급받았다.

작금 금성창은 옛 명성이 무색할 만치 기강이 흐트러졌다. 그렇지만 명색이 군창軍廠이라 소속된 병사와 관속 수가 상당했다. 관군 물자가 오가는 길목인지라 구실아치며 예사 사람도 많았다. 포수들이 어렵잖게 구하는 총기며 총탄이 금성창에서 몰래 흘러나온다는 사실은 공공연한 비밀이었다. 을미년 현재, 조선과 조선 군대가 그러했다.

하룻밤 자고 난 범도와 수협이 금성창 주변을 살피고 있을 때 두 장거리에 일본군이 나타났다. 띄엄띄엄 봐도 2백 수 넘어 보인다. 놈들은 황갈색 바탕에 벌건 견장을 단 각 잡힌 군복을 입고 군모 쓰고 장딴지까지 감싸는 거먼 군화를 신었다. 검게 윤기 나는 소총을 똑같이 메고 있다.

놈들 진행 방향을 보자면 덕원포구를 통해 조선 땅에 들어온 군대다. 그들은 한성 방향으로 가는 길인 거고 김화 역참 일대에서 하룻밤 숙영할 태세다. 범도가 수협에게 속삭여 묻는다.

"저것들이 2백여 수 돼 보이잖아? 바다 건너 출정했는데 겨우 2백여 수만 왔을까?"

"아니, 이왕 나선 김에 아예 선단을 꾸려 왔을 수도 있지. 저것들은 1진이라고 볼 수 있을 거고."

"그렇담 2진, 3진 등이 있고, 그 수가 몇백 몇천일지 모르는데, 저것들을 눈으로 보고도 계속할 맘이 있나?"

수협이 상기된 얼굴로 답한다.

"말해 뭣해. 소총이 있다면 저것들을 퍽퍽 갈겨놓고 어찌 되는지 보고 싶지만, 있어도 참아야겠지, 지금은?"

수협이 일본군을 보고 겁을 내 의병 노릇 그만두자 하면, 범도는 아직 시작하지 않았다는 핑계로 한걸음 물러나 다시 생각해볼 셈이었다. 그런데 화승총도 없어 훔치러 온 주제에 수협은 소총 멘 놈들을 퍽퍽 갈겨놓고 싶다 한다.

"참아야지."

일본군이 하룻밤 묵고 도성을 향해 떠나간 뒤 두 사람은 금성창 안팎을 이틀간 더 살폈다. 일본군이 제 땅이라도 되는 양 조선 땅을 가로지르는 판국에 조선 군창 중 하나인 금성창의 경계는 십 년 묵은 바자울처럼 허술했다. 상부에서 어떤 경계령도 받지 못한 경비병들은 나른했고 일꾼들은 느른했다.

사흘째 되는 한밤중, 금성창 담을 넘은 두 사람은 창廠 뒤편 헛간에다 불을 질렀다. 명색이 화약류 다루는 곳인지라 헛간에 난 불로도 창 전체가 금세 소란해졌다. 그 틈에 총기 보관 창고로 잠입했다. 그젯밤과 어젯밤에도 몰래 들어와 위치를 파악해뒀다. 화승총 다섯 자루와 화승 네 뭉치, 총탄 육십 집을 들어내 묶은 뒤 짊어지고 창고를 빠져나온다. 두 사람이 가지고 달아날 수 있는 최대치다. 일본군이 관아 앞에다 진을 쳐도 못 본 체하는 군창 관헌일지라도 총 다섯 자루가 사라진 것을 알게 되면 난리 만난 양 소란을 피울 것이다. 총한 자루를 구하러 왔다가 다섯 자루나 훔쳐내기로 한 까닭이 그것이었다. 정신 좀 차리라는 것.

창 바깥에 두었던 짐을 아울러 꾸려 지고는 그믐밤 어둠 속에서 최대 속력으로 두 장거리를 벗어난다. 두 장거리에서 지낸 며칠 동안 총기를 구한 뒤 어디로 갈 것인지 정했다. 일본군이 덕원 땅 원산 포구로 들어와 한성으로 향하는 것을 알게 되었기 때문이다.

약초꾼이고 사냥꾼인 두 사람은 인근 몇 개 군 지형지세를 어지간히 꿰었다. 덕원에서 도성으로 향하는 역로에서 길 폭이 가장 좁고 험한 곳이 어딜까. 금세 의견이 일치했다. 함경도와 강원도를 경계 짓는 철령鐵嶺이었다. 철령 협곡.

날 샐 무렵에 회양으로 들어선 두 사람은 한낮이 되어서야 철령에 이른다. 범도는 11년 전 한성 별기대에서 안변 민란을 진압하러 갈 때와 한성으로 돌아갈 때 철령 협곡을 통과했다. 옥영과 북청으로 향할 때도 지났다. 아내 손을 잡고 걸을 때 길 양쪽에는 아롱다롱하게 핀 꽃들로 불이 난 듯했다. 아내는 어여쁘고 산천은 아름다웠다. 그 열흘 뒤 무슨 일이 생길지 상상조차 못했으므로 무서운 게 없었다. 살아 있음이 기껍고 아내 손을 잡고 걷는 스스로가 자랑스러웠다.

협곡에서 모퉁이를 돌아 산길을 두어 마장 오른다. 수협이 예전에 여러 번 노숙한 절벽 위다.

"여기가 양쪽 모퉁이 돌아 들어오는 사람이 가장 잘 보이는 지점이야."

절벽 가장이까지 열댓 걸음쯤 된다. 노간주나무가 군락을 지었는데 절벽에서 가까운 두 나무 사이가 옴팡하면서도 편평해 두어 사람 누울 만하다. 산을 더듬어 올라가노라면 고려조에 쌓았다는 철령산성 터가 있고 그 위에는 철령 봉수대가 있다. 어제 침략군 2백여 명이 이곳을 지나갔으나 봉화는 피지 않았다. 그건 덕원에서도 봉화가 오르지 않았다는 것이고 현재 조선에 외적 막을 군대가 없다는 뜻이었다.

범도는 노간주나무 앞쪽에 짐을 부려놓고 절벽 끝으로 다가든다. 협곡 길바닥에서 백 척 높이는 될 만한 절벽 위다. 길 저쪽은 경사가 반대편으로 기울어진 너덜겅이다. 너덜겅 넓이가 직경 한 마장쯤이다. 너덜겅 아래쪽은 음침하리만치 깊은 숲이다. 돌사태가 날 수 있는 위태로운 지대라 인적이 닿지 않아서다. 안변 쪽 모퉁이와 회양 쪽 모퉁이 양 방향으로 열린 시야가 두어 마장쯤이다. 서향으로 열린 절벽 맞은편은 몇십 리 저편 풍류산까지 훤하다. 단풍이 절정인 철이라 천지가 울긋불긋하다. 절벽 끝에서 협곡 지세를 살핀 범도는 안쪽으로 들어와 노간주나무 앞에 앉는다.

"뭔가 기다리기 좋은 곳이네."

"여기가 그렇더라고. 여기다 초막을 지어볼까 생각했던 적도 있다니까. 물이 멀어서 말았지."

수협은 바랑에서 볶은 쌀 봉지를 꺼내 내민다. 범도는 자신의 등짐에 매달려 있던 물주머니를 끄른다. 지난밤 금성창을 나와 내리걸어온 터라 지치고 허기졌다. 걷던 중에 볶은 콩이며 육포 등을 간간이 씹고 물을 마시기는 했으나 입에 넣는 게 코로 들어가는지 눈으로 들어가는지 모를 만치 바삐 왔다. 천으로 감싼 화승총 세 자루씩을 걸머진 행색이 워낙 유난한지라 이목을 피해야만 했다.

"오늘은 총기 점검하면서 여유 좀 부릴까?"

수협이 한 말에 범도는 고개를 가로젓는다. 총들을 나란히 눕혀놓고 화승과 탄알집을 줄줄이 꺼내놓으며 입을 연다.

"일본군이 한성에서 가까운 제물포로 들이닥치지 않고 먼 원산포구로 들어온 까닭이 뭘까?"

"왜나라 개놈들이 우리 조정, 우리 임금을 허수아비같이 여길망정 아직은 조심하는 것 아니겠어? 금성창에서 숙영하면서 별짓 아니 한 까닭도 그 때문일 것이고."

"왜군 후발대가 그제 아침에 덕원을 출발해 하루 60리씩 행군한다면 이미 이곳을 지나가버린 거로 보는 게 맞을 거야. 후발대가 어제 아침에 출발했다면 지금쯤 안변 역참이 있는 용지원 가까이 다가들고 있겠지. 해 질 녘에 용지원에 닿아서 숙영할 거고. 내일 이른 아침에 용지원에서 출발하면 내일 이 시각 이후에 이 길을 지나가겠지. 회양 작은 역인 하북원까지라도 가서 숙영하려고 서두를 테니 여기를 지나가는 건 해지기 전일 거고."

범도가 점검해 건네준 총에 화승타래를 엮고 화약을 밀어 넣으며 수협이 대꾸한다.

"왜놈들이 60리씩 행군하는 건 어찌 알아?"

"예전에 평양 진위대나 한성 별기대에서 지낼 적에, 행군할 때면 하루 60리 정도 움직였던 성싶어서. 놈들도 군인이니 비슷할 것 같고. 그렇다 할 때 놈들 2진이나 본진이 어제나 그제가 아니라 사흘 전에 원산에서 출발했다고 가정하면 어찌 되겠나?"

"오, 그러면 오늘일 수도 있네? 오늘 해 안? 두어 시간 안짝으로?"

"그럴 수도 있지 않을까? 그래서, 놈들이 오늘 이 길목을 지나간다고 전제하고, 우리 둘이 몇 놈까지 상대할 수 있을지도 생각해봐야지. 우린 사수가 둘이고 총이 여섯 자루야. 총알은 6백 개지. 자네 생각엔 우리가 몇 놈까지 상대할 수 있을 것 같아?"

"우리는 사수 둘이 아니라 사수 하나에 조수 하나지. 우리가 금성창에 있던 것 같던 2백 명을 상대치 못할 건 분명하고."

"한 소대가 25명이었고, 8개 소대였네. 소대장이 여덟 명. 말 탄 중대장 두 놈, 통역으로 보이는 두 놈까지. 내가 본 게 맞다면 금성창에서 숙영한 놈은 총 212명이었을 거야."

"그러니까! 그러면 자네 솜씨로 백 명쯤 상대할 수 있을까?"

"내 계산으로 자네와 내가 이 협곡에서 화승총 여섯 자루로 상대할 수 있는 적은 최대 서른 명이야. 백이나 2백 중 서른이 아니라 딱 서른이 이 협곡으로 들어왔을 때 말이지. 그나마 자네와 내 호흡이 척척 맞아 놈들 소총처럼, 거의 연발한다고 가정했을 때 가능한 거고. 놈들이 반격할 틈 없이 해치울 수 있는 숫자가 그만큼이라는 거야. 물론 이것도 가정이지만."

"그러면 놈들 백 수, 2백 수가 지나가면 우리는 꼼짝 못 하고 지켜만 봐야 하는 거네?"

"되레 우리가 들키지 않도록 숨을 죽여야겠지. 언제든 달아날 준비를 하고 있어야 하고."

"어유, 제기랄 왜놈들! 어째 끄떡하면 우리한테 쳐들어오고 지랄이야. 우린 간당간당 먹고사는데 뭐 탐나는 게 그리 많아서."

"저 북녘 간도에서부터 저 아랫녘 제주도에 걸쳐 있는 우리 조선은 반만여 년 전 단군왕검 적부터 전해진 '한 머리 땅'이래."

"한 머리 땅?"

"음. 조선이 한 머리 땅인 까닭은 작금에 청국과 로서아가 차지하고 있는 거대한 땅의 머리에 앉아 있기 때문이래. 고대적 대륙에 온갖 나라들이 생겼다가 스러지고 다시 생기길 반복했는데, 그러한 와중에 한 머리 땅에 자리하게 된 나라가 반만년 전의 옛 조선이라는 거야. 옛 조선 땅은 지금 조선과 같은 모양이 아니라 현재 청국으로 돼 있는 땅을 넓게 차지하고 있었다고 하고. 여하튼, 머리니까 생각이 나오는 곳이고, 생각은 아주 중요하잖아? 우리는 잘 모르지만 이 조선에 일본 놈들이 탐낼 게 많은 모양이라는 거야. 일본뿐이겠어? 미국, 영국, 독일, 로서아, 불란서 등등, 천지사방에서 조선을 탐내고 있다잖아. 청국은 말할 것도 없고."

"한 머리 땅이든 두 머리 땅이든, 제들한테는 남의 집이잖아. 아무리 탐이 난들 인두겁을 쓴 종자로서 총 쳐들고 함부로 남의 집 쳐들어오면 되나?"

인두겁을 썼으나 남의 목숨을 놀잇거리로 여기는 자들, 남의 삶을 제 뱃구레 채우는 수단으로만 취급하는 놈들이 조선에 드물지 않다. 그런 놈들이 다른 나라엔들 없을까. 그런 일이 나라와 나라 사이엔들 벌어지지 않으랴. 해서 사방 나라들에서 조선으로 들이닥쳐 찢어먹으려는 것인데, 일본 것들이 가장 세고 빠르게 닥친 것일 터.

"절대 안 되지. 그리 안 되게 해보려고 자네와 나도 나선 거고. 어쨌든 총들을 나란히 받쳐놓고, 화로에 불 담아 준비해놓고 번갈아 잠깐씩 눈을 붙이자고. 이 노간주나무 그림자가 한 뼘씩 움직일 동안, 한 식경쯤 되겠지? 내가 총 위치 잡아놓고 불 만들어놓을 테니 자네 먼저 눈을 붙이게."

"그럴까, 그럼?"

수협은 총을 내려놓고 바랑을 들고 노간주나무 사이로 들어와 눕는다. 햇살이 비쳐 눈이 부시다. 돌아눕는다. 간밤에 한숨도 못 자

금세 곯아떨어질 거라 여겼더니 여러 생각이 떠오른다. 단발령 삼암 등에서 범도와 만난 지 보름째다. 먹패장골로 들어가 지내면서 사격연습을 했다. 탁월한 스승의 가르침 덕에 수협은 자신의 기술이 오전 오후로 비약하는 걸 느꼈다. 사나흘 만에 최대 사정거리에서 열에 아홉을 맞힐 수 있었다. 표적을 향해 총구를 겨눴을 때 아무 생각도 나지 않았다. 표적에 집중하는 그 순간들이 몹시 좋았다.

범도는 일등 궁수이자 총격수였다. 그는 천생 사냥꾼이자 기습활동에 맞춤한 자질과 실력을 갖춘 상태였다. 그 모든 걸 가르칠 줄 아는 선생이었다. 그는 예전에 읽었다는 『손자병법』 내용을 생각나는 대로 설명해주었다. 전투를 계획하고 작전을 짜고 군형을 이루고 용병을 어떻게 하는지 등. 수협은 범도가 기억을 더듬어 설명하는 말들을 어렵지 않게 이해했다.

둘이 화승총으로 전투를 벌일 때는 범도가 사수로, 수협이 조수로 손발 맞춰 훈련했다. 뜻을 같이할 사람들을 만나 동패가 는다면 수협도 조수를 둔 사수가 될 것이다. 그전에 소총을 갖게 된다면 총기 없는 동패들한테 화승총 사격을 가르쳐 사수로 만들어야 한다. 수협은 자신이 잘 가르칠 수 있을 것 같았다. 잘 배우고 있으므로.

수협이 자는 사이 범도는 총 여섯 자루를 점검해 절벽 가장이 안쪽 낮은 바위에다 나란히 걸쳐놓는다. 화승과 탄알도 바위 위에다 쓰기 쉽게 배치한다.

수협이 자는 쪽 반대편에서 손에 닿는 노간주나무 마른 가지를 잡아당긴다. 지난여름 태풍에 부러졌다가 말랐을 큼지막한 가지가 마른 바늘잎을 가루처럼 부스러뜨리며 끌려 내려온다. 나뭇가지를 짧게 부러뜨려 사린다.

혼자 움직이노라면 늘 그렇듯이 아내가 떠오른다. 무슨 일이든 야무지게 잘하던 그이는 범도가 일하는 모습을 바라보는 것을 좋아했다. 신충사 아래 자작나무 숲에서 바닥을 고를 때, 주막 방바닥을 걸레로 훔칠 때, 이불을 펴거나 갤 때, 날마다 짐을 풀고 쌀 때 쳐다보며 재밌다고 종알댔다. 범도가 권총을 만지는 것도 흥미로워했다. 그리 재밌어하는데 고작 그만큼 보여줬다. 겨우 그만큼 누리고 어느 곳에선가 백골이 되어 구르고 있을지도 모를 사람. 그 혼령은 꽃으로 피었다 지고 있을지. 햇살로 떴다가 달빛으로 질지. 바람으로 흔들리다 물결로 떠다닐지.

아내가 살아 어딘가에서 꽃이 피고 지는 걸 보고 느끼며, 해 뜰 때 잠을 깨고, 달 뜰 때 잠을 자리라! 그리 여겨지지 않기에 그를 생각할 때마다 후회한다. 그 사람한테서 사랑을 배우지 말 것을. 사랑하지 말 것을. 사랑했어도 쫓아다니지 말 것을. 쫓아다녔어도 품지 말 것을. 혼례 올린 뒤 그 손을 잡고 근동 산속으로 들어가 화전이나 일구고 살 것을.

그 모든 일이 떠올라 후회하노라면 곧잘 눈물이 난다. 어떤 기막힌 일도 세월 지나면 무뎌진다는데 얼마나 지나야 무뎌진다는 것인지 범도는 수시로 살을 베인 듯이 아프고 쓰리다. 그리고 부끄럽다. 천지간에 나를 의지하던 단 한 사람. 그 한 사람을 지키지 못했지 않은가. 불가항력이었다고 할 수 없었다. 저 껄렁거리는 건달 여섯 놈쯤 내가 능히 제압할 수 있으리라고 여긴 오만과 어리석음 때문이었다.

불 피울 준비를 다 해놓고 수협을 깨운다. 드렁드렁 코를 골던 수협은 어깨를 살짝 흔들자 화들짝 놀라 일어난다.

"왜, 왜놈들 왔어?"

"안 왔고, 번서라고. 정신이 들겠어? 한 식경쯤 더 잘 테야?"

"아니, 아니. 난 충분해. 이제 자네, 눈 좀 붙여."

"불은 아직 피우지 않았어."

"어, 내가 피울게. 어서 좀 자."

"두 식경 후쯤에 깨우게."

"음."

범도는 손을 털고 수협이 빠져나온 자리로 들어와 눕는다. 노간주나무 두 그루가 팔짱을 낀 듯이 가지를 엇갈려 펼치고 있는 덕에 바닥에 누우니 천장 낮은 방처럼 아늑하다. 바닥에서는 오래 쌓인 노간주나무 바늘잎들이 곰삭은 듯 알싸한 향을 풍긴다.

잘 자요. 나도 잘게요.

속으로 속삭이며 눈을 감는다. 옥영을 만나기 전까지 여인을 몰랐기에 범도는 여인이 그토록 신기한 줄도 몰랐다. 여인은 사람이되 낯선 별에서 별처럼 지상으로 떨어진 존재가 아닐까 싶었다. 밤에 잘 때는 달콤한 향내를 새근새근 풍겼다. 색정을 나눌 때는 얼음도 녹이겠다 싶을 만치 뜨거웠다. 눈을 흘길 때는 괭이처럼 귀엽고 웃을 때는 세상 모든 꽃보다 어여뻤다. 그런 사람이라 눈앞에다 두지 않으면 불안했다. 주막에서 옥영을 방에다 두고 측간에 일을 보러 가서도 안심을 못했다. 옥영은 남정 복색을 하고 머리에 두건을 쓰고 초립을 얹고 다녔지만 그이가 여인임을 몰라보는 사람이 없었다.

쪽 찐 머리에 치마저고리를 입고 서방 뒤를 따르는 보통 아낙 모습이라면 오히려 눈에 덜 띄지 않았을까. 계집이 분명한데 사내 복색을 한 옥영을 사람들 거개가 눈여겨봤다. 도드라지게 고운 용모 때문인 성싶었다. 승복을 입고 알머리에 두건이나 송라를 쓰고 다닐 때는 승려 신분이 용모를 가려주었는데 그 보호막이 사라지자 맨얼굴이 드러나버렸다. 그이 옆에 있는 범도 머리가 밤송이 같은지라 더욱 눈에 띄는 것 같았다. 알머리 사내 옆에 있는 사내 복색의 알머리 여인. 사람들이 자신과 다른 행색에 그처럼 깊은 호기심을 갖는 줄 범도는 그때 여정을 통해 깨쳤다.

그 여정이 끝나 처가나 처가 근방에서 안정을 찾게 된 후라야 맘이 놓일 것 같았다. 처가가 어떤 상황일지 전혀 짐작할 수 없었으나 처가에서 살기는 어려울 거라고 생각했다. 열 살짜리 손녀를 절에 데려다 버린 할머니가 아직 살아 있을지. 그건 의문이었지만 장인, 장모도 딸자식 버리는 일에 찬성했지 않은가. 호랑이한테 물려갈 딸자식 팔자를 걱정했다기보다 자신들의 단명과 자식을 더 낳지 못한 불운을 딸자식 탓으로 돌렸음 직했다. 장인, 장모가 아들을 낳기 위해 첩실을 들였을 수도 있었다. 자식을 여럿 보았다면 진작 버린 딸자식의 귀환을 반길 턱이 없지 않은가. 그리 짐작하면서도 굳이 가보기로 한 건 물론 옥영 때문이었다. 전사가 어쨌든 생판 낯선 곳에서 아기를 낳기보다는 피붙이들 가까운 곳이 옥영한테 좋을 것이기 때문에.

도둑놈처럼 신충사에 드나든 다섯 달을 제외한다면 아내를 안고 잠든 밤은 겨우 스물세 밤이다. 신충사에서 안변 도호부까지. 그 스물세 밤 이후 2천여 밤마다 둘이 같이 잔 밤을 돌이킨다. 품에 안은 아내가 고른 숨소리를 내면 그 귓불에 대고 나 잔다고 속삭이곤 했다. 그러고 나면 쉽게 잠들었고 꿈 없이 깊이 잤으며 쉽게 깼다.

"이봐, 도. 일어나 봐."

잠깐 새 깊이 잠들었던가 보다. 모로 누운 채 눈을 뜨니 서쪽으로 기운 해가 발치까지 빛을 드리웠다.

"응? 왜?"

"왜군이 협곡으로 들어서고 있어. 엄청 나."

발딱 일어난 범도는 수협을 따라 몸을 수그린 채 기듯이 절벽 끝으로 다가든다. 소총 멘 일군日軍이 개미 떼처럼 두 줄로 이동하고 있다. 각기 큼지막한 행낭을 졌고 행렬 사이사이 보급품 실은 말들이 끼었다. 안변 쪽 모퉁이에서 협곡으로 들어선 행렬의 선두는 벌써 회양 쪽 모퉁이에 이르렀다. 무주공산에 들어선 듯 어떤 경계심도 없이 여유로운 행렬이 이어진다. 간간이 뭐라고 하는 외침이 들린다.

무슨 소리인지 모르지만 뜻을 알 것도 같다. 해 지기 전에 하북원까지 가야 하니 서둘러 걸으라는 뜻 아니겠는가. 천여 수는 돼 보인다. 협곡 양쪽을 막고 위에서 폭탄에 불을 붙여 던진다면 어떨까 싶지만 폭탄이 없으니 망상일 뿐이다. 현재 조선에는 일본 놈들을 위협할 세력이 없다. 그렇기에 저들은 어떤 위태도 느끼지 않는다. 조선 땅에서 어떠한 위태도 느끼지 않는 놈들이 한성에 도착해 주둔하게 되면 어찌 될까. 그리되면 한성이 조선국 도성이랄 수 있을까.

조선은 조선일 수 있을까.

몇 해 전 만났던 백인근 선생한테 듣기로 신식 총 가진 나라들은 죄 들어와 조선을 발겨먹으러 든다고 했다. 샅샅이 발겨먹히기 전에 문호를 열고 다른 나라 문물을 받아들이면서 조선을 강성하게 만들어나가자는 게 개화파 주장이었노라고 했다. 백인근은 개화주의자였다. 그리하여 개화파가 시도했던 갑신년 개혁이 사흘 만에 무너지고 삼일천하라는 오명을 얻었다고도 했다. 갑신년 이후 조선은 장마통에 물이 새는 두둑처럼 허물어지고 있었다. 지금 눈앞을 지나가는 일본 군대가 허물어지는 조선의 모습인 것이다.

한참 노려보는 사이 일군 행렬 후미까지 회양 쪽 모퉁이로 빠져나갔다. 세상이 고요하다. 세상의 고요를 일깨우려는 듯이 서쪽 하늘 높이 기러기 떼가 편대를 지어 난다.

"우리, 이제 뭘 하지?"

수협은 쟁개비에 피워놓은 불에다 손을 쬐며 계면쩍게 묻는다. 범도 눈에 부끄러움이 어린 것 같다. 수협 자신이 느끼는 부끄러움이다. 뒤늦게, 적군을 마주하고서야 내 나라, 우리나라가 조선임을 깨달았는데 그 조선 땅을 일본 것들이 점령군처럼 밟고 다니지 않는가.

"오늘 밤은 예서 지내고 내일 아침에 행장 가볍게 안변으로 가볼까? 덕원 원산포구에도 한번 가보고."

"총을 여기 두자고?"

"한 정씩만 메고 탄약도 소량만 가지고, 가볍게 척후 활동을 나가보자는 뜻이지. 원산에 일군이 남아 있는지, 없다면 어디서 일군을 찾을 것인지, 혹은 우리처럼 의병 노릇 하겠다고 일어난 사람들이 있는지, 있다면 어디쯤에 있는지 등을 알아보자고."

"그런 걸 알 만한 사람을 만날 수 있을까?"

"안변 학포에 내가 아는 분이 있어. 최 포수라고, 때가 되면 의병 노릇 할 뜻이 있다고 하셨어. 그리고 안변 석왕사가 꽤나 큰 절인데 거기 주지로 계시는 영산 스님이 내 스승이셨던 지담 스님과 도반이라고 들었어. 내가 신계사에 있을 때 영산 스님이 거기 오신 적이 있거든. 지담 스님이 인사를 시켜줘서 영산 스님하고 낯을 익혔어. 안변으로 가봐서 형편이 되면 우리 무기를 석왕사에다 놓고 최 포수를 통해 의병을 모아보자고. 덕원 원산포구에도 우리를 도와줄 사람이 있으니 나선 김에 그쪽도 가보기로 하고."

수협이 느끼기에 범도는 마치 오래전부터 의병 노릇을 하기 위해 준비해온 사람 같다.

"우리가 이쪽으로 돌아올 수 있을까?"

"여긴 함경도, 강원도 관문이잖아. 한 고을만 건너면 황해도고, 바로 옆이 평안도고. 앞으로 이곳을 무시로 지나다니게 될걸?"

"그렇긴 하지. 그러면 우선, 당분간 총 숨겨놓을 장소부터 마련해야겠네. 예전에 봐둔 호랑이굴이 있긴 한데, 아직 쓸 만하려나? 설마 호랑이가 다시 돌아와 있지는 않겠지?"

짐승은 새끼를 낳고 기르기 위해 비바람 들이치지 않게, 천적들 눈에 띄지도 않게 굴을 만든다. 한번 쓴 굴을 다시 쓰지 않는 게 짐승들 습성이라 산속 깊은 곳에는 짐승이 쓰고 버린 굴이 드물지 않게 있다. 약초꾼이나 사냥꾼들만 알아볼 수 있는 굴들이다.

"음. 혹시 호랑이와 딱 마주치거든 그와 뭘 했는지 나한테 꼭 얘기해주게."

수협은 범도한테 눈을 흘기고는 노간주나무 뒤편으로 돌아온다. 절벽 안쪽은 노간주나무 군락지다. 더 위쪽은 자작나무들이다. 처가가 있던 부로지 마을 뒤편 백암산에도 자작나무가 많았다. 자작나무 껍질을 떠다 주면 아내가 좋아했다. 다리가 자주 붓고 아픈 아내한테 자작나무 달인 물은 약이었다. 아내와 함께 지낸 기억들이 오늘 밤 절벽 위에서 밤을 보내게 할 것이다. 호랑이는 몰라도 여우가 켕켕 짖는 소리를 듣게 될 수도 있다.

정작 일본군과 붙어 이겨서 소총을 갖게 되고, 동패가 늘어 소대라도 이루게 된다면 그때부터 먹을거리를 어떻게 해결할 것인가. 먹을거리뿐이랴. 사람살이 기본인 의식주가 의병들에게도 똑같이 필요하다. 보통 사람한테는 없어도 되나 의병에게 필수인 것은 무기다. 숙사는 의병 수에 따라 커져야 하거니와 은밀해야 한다. 일본 것들이 조선에서 완전히 물러갈 때까지 잡히지 않고 싸우며 살아야 하기 때문이다. 두 사람은 간밤 모닥불 앞에서 그런 문제를 의논했다. 매양 사 먹거나 얻어먹고 다닐 수 없지 않은가. 의논 끝에 수협이 말했다.

— 진짜 우리가 부대를 이루게 된다면 첫 번째 군자금은 내가 처가에서 가져올게. 지난 3년 반에 걸쳐 처가에서 상머슴처럼 일하고 틈나면 산에 올라 귀한 약초며 버섯을 따다 줬는데, 나올 때는 겨우 열 냥 받았거든.

─처가에서 한 푼도 못 준다 하면?

─그냥 나와야지. 그리고 밤에 들어가서 도적질을 해야지. 사실 앞으로 우리 군자금은 그리 해결할 수밖에 없지 않나?

─도적질?

범도도 도적질을 해봤다. 평양 감영 옥청에서 탈출해 나왔을 때 우영장 유등의 집 담을 넘어갔다. 첩실과 자고 있던 그 방으로 들어가 놈이 자랑처럼 흔들어대던 금장 육혈포를 훔쳤다. 훔쳐 돌아서다가 놋쇠 촛대를 건드린 바람에 깨어난 유등을 반죽음을 시켜놓고 나왔다. 그렇게 분풀이 삼아 뺏어 나왔던 금장 육혈포는 옥영을 놓칠 때 잃어버린 등짐과 함께 사라졌다.

─도적놈들 것을 뺏어야지. 탐학한 걸로 소문난 벼슬아치나 구실아치, 지주들! 그런 자들이 조선을 이 꼴로 만들어온 거 아니겠어? 그런 자들한테서 얻어내는 거 외엔 달리 방법도 없고. 하지만 그렇게 매번 강도질할 수는 없을 테고, 조선을 지키고픈 뜻이 있는 사람들이 우리한테 곡식 한 됫박이라도 보태주게 해야지.

─어떻게?

─의병대인 우리 부대 이름이 높아져야겠지!

─우리 부대?

─자네와 내가 몰라서 그렇지, 우리 말고도 어딘가에 의병들이 움직이고 있을 거잖아? 의병이 있다면 의병을 돕는 사람들도 있을 거고. 의병을 묻고, 의병을 지원하는 사람들을 묻기 위해서는 의병으로서 이름을 날려야 하지 않을까? 실체를 봐야, 그 실체에 대한 소문이라도 들어야 우리 조선이 그냥 망하는 게 아니구나, 망하지

않게 해야겠구나, 하면서 뜻을 모으는 사람들이 생길 거란 말이지. 의병이 모이는 것은 물론이고 의병으로 나서지는 못할지라도 의병을 돕고자 하는 양민들이 나서줄 거란 말이지. 그런 의미에서, 지금 우리 둘뿐이지만 준비를 해놓아야 할 것 같아.

― 어떻게?

― 우리 부대는 앞으로 홍범도 부대가 되고, 자네는 홍 대장이라고 불려야겠지. 홍범도 부대가 일본 놈들을 어디서 어떻게 잡았다더라 하는 소문이 곳곳에서 나기 쉽도록 말이지. 그리되면 군자금 내는 사람들이 나타날 거야. 틀림없이.

― 그렇다면 김수협 부대라고 해도 되지 않나? 김 대장이라고 불려도 되고.

― 아니, 나는 대장감은 따로 있다고 봐. 대장을 보조하면서 조직을 튼실하게 만드는 참모감도 따로 있다고 생각해. 우리가 시작한 이 일은 자네한테서 비롯됐지. 자네는 한문을 읽지 못할 때, 군영 나팔수 주제에 군수표를 들고 가서 병법서를 샀다고 했잖아. 그 병법서를 몇 년이 지나서도 줄줄 읊을 수 있을 만치 깊이 이해하고 있고. 나는 그런 자네를 따른 거지. 그래서 자네가 대장이야. 홍 대장!

아직 가보지 않았으나 의병 노릇은 부귀영화와는 반대로 가는 일일 게 빤했다. 불구덩이를 향해 날아드는 불나방처럼 위태로운 짓. 하여 범도는 수협 말에 수긍했다. 언제 죽을지 알 수 없으나 살아 있는 동안은 일본군에 쫓기며 살아가게 될 터였다. 일본군만이랴. 일본에 좌지우지당하는 조선 관군과 넋 빠져 일본에 부화하고 뇌동하는 친일분자들한테도 쫓길 것이다. 일을 치고 쫓기고 숨어 사는 일이야 김수협보다 홍범도가 잘할 게 분명하므로 자신이 맡는 게 옳았다.

一그래, 내가 대장 노릇을 하지. 대장으로서 자네를 부대장에 임명하겠네. 김수협 부대장!

간밤에 그런 말장난을 하며 웃다가, 울다가, 노래를 부르다가, 별을 세다가 잠자리에 들었다.

여러 시간 푹 자고 일어나니 동이 트고 있다. 시월 초하루 새벽, 산속 공기는 써늘하다. 뜯어냈던 마른 풀과 낙엽을 잔뜩 깔고 등짐 싼 무명천을 덮고 잤다. 발치에 구덩이를 파고 피웠던 모닥불은 불씨 한 톨 남기지 않고 꺼졌다. 모닥불 가까이 뒀던 총들에 서리가 끼었다.

범도는 자신이 덮고 잤던 천을 수협에게 덮어놓고 둘 사이에 끼어 있던 나뭇잎을 긁어 손에 쥐고 잠자리를 벗어난다. 부싯돌을 켜 부싯깃에 불을 붙인다. 부싯깃에 붙은 불을 불쏘시개에 옮겨 붙이고 나뭇가지를 올린다. 불을 살리고 총들을 가까이 가져다 서로 의지시켜 세운다. 총기들에 서린 서릿발을 걷기 위함이다. 언제 무슨 상황이 벌어질지 모르므로 이 자리를 떠날 때까지는 준비태세를 갖춘다. 두 번 다시 적을 얕보거나 준비 없이 덤비는 일은 없을 것이다. 오만에 차서 적을 얕보다가 당하고, 아내를 놓치고, 스스로를 잃었으므로.

간밤에 물을 끓였던 쟁개비에 물주머니에 남아 있던 물을 붓는다. 물 담긴 쟁개비를 모닥불 주변에 쌓은 돌에다 올린다. 곡식 주머니에 볶은 보리와 볶은 쌀이 한 줌씩이나 남았다. 어제 해 질 녘에 수협이 따온 싸리버섯 몇 꼭지와 함께 아침을 먹으면 될 것이다. 먹패장골에서 가지고 나온 먹을거리가 다 떨어졌으니 안변으로 가면 휴대용 곡식을 마련해야 하리라. 그리 여기는 참에 수협이 일어나 기지개를 켠다.

"대장, 잘 잤나? 나는 오랜만에 노숙을 해선지 몸이 통나무가 된 것 같은데."

"나오게. 뜨끈한 숭늉 마시면 몸이 풀릴 거야."

물에다 넣어 끓인 볶은 쌀이 숭늉 냄새 풍기는 백비탕白沸湯이 됐다. 연신 불을 때가며 뜨거운 물밥을 후후 불어가며 먹는 사이에 해가 들기 시작한다. 햇살을 반기는 새소리가 명랑하기보다 소란하다. 새소리 사이에 불현듯, 낯선 기척이 끼어든다. 안변 쪽 모퉁이에서 나는 기척이다. 어제 오후에 여러 차례 들었던 소리, 일본말이다.

두 사람이 동시에 총들과 화승 주머니와 화약 주머니와 총알 주머니를 챙겨 절벽 가장이로 다가든다. 안변 쪽 모퉁이에서 일군이 협곡 안으로 들어선다. 하나, 둘, 셋. 아홉, 열, 열하나, 열둘. 통역인 듯한 조선 복색 하나가 더 있다. 그뿐이다. 범도가 첫 번째 총을 들어 화승줄을 꽂고 화약을 넣으며 중얼거린다.

"협아, 불 준비!"

수협이 황급히 밥 먹던 자리로 돌아가 모닥불에 남은 불붙은 가지들을 쟁개비에다 담아 온다. 그사이 바위 왼쪽에 자리 잡은 범도는 번갯불에 콩 볶듯 여섯 자루 총에다 장전을 마쳤다. 절벽 아래 일군 열세 명은 협곡 가운데 이르렀다.

"협아, 불!"

"어, 어!"

수협이 들고 있던 불붙은 나뭇가지를 화승에다 댄다. 맨 끝에 있는 놈 미간을 조준하고 있던 범도는 마침내 철커덕 격발하고 방아쇠를 당긴다. 땅, 하는 총성에 놀란 크고 작은 새들이 일제히 깃을 치며 날아오른다. 그 바람에 나뭇가지들이 파들거린다. 범도는 눈도 깜박이지 않고 날아간 총탄이 놈의 미간에 명확히 박히는 걸 확인한다. 미간에 박힌 총탄에 놈의 이마가 터진다. 놈이 뒤로 넘어지며 제 총과 함께 땅바닥으로 무너진다. 놈의 군모가 날아간다. 놈의 표정까지 보이지는 않는다.

범도는 방아쇠를 당겼을 뿐 첫 전투를 시작했다는 감상은 없다. 열두엇일망정 놈들은 정예병들이다. 감상 느낄 겨를도 없다. 빈총 내려놓고 수협이 건네준 두 번째 총을 잡는다. 총구를 회양 쪽 모퉁이로 돌려 맨 앞쪽에 있는 놈을 겨눈다. 방금 난 총성에 놀란 놈이 몸을 돌린 참이라 이번에도 미간을 겨냥한다. 아직 상황 파악을 제대로 못한 놈은 제가 과녁이 된 줄도 모른다. 그러면서도 본능적으로 제 등에 멘 총을 잡는다. 총을 잡으며 뭐라고 소리를 지른다. 분대장쯤 되는 것 같다. 소리 지르며 넘어진 놈 쪽으로 갈 태세다. 놈의 움직임을 한 치쯤 가늠한 범도는 방아쇠를 당긴다. 놈이 움직인 한 치와 총탄 날아간 지점이 정확히 맞닿는다. 호랑이 사냥꾼 심 포수한테 배웠다. 움직이는 짐승과 맞닥뜨렸을 때는 이 순간의 짐승이 아니라 다음 순간의 짐승을 쏴야 한다. 그 가르침에 따라 쏜 총탄은 놈의 미간 사이를 사선 뚫고 들어가 머리 옆통수에서 터진다. 옆통수에서 피가 분수처럼 터지며 놈이 옆으로 꼬꾸라진다.

수협이 세 번째 총을 건네고는 즉시 두 번째 빈총에다 화약과 총탄을 재기 시작하는데 손을 떨고 있다. 처음 벌인 실전이라 떨리는 것일 게다. 그 어깨를 짚고 고개를 끄덕이자 수협이 고개를 끄덕인다.

"괜찮아, 이제."

수협에게 씩 웃어 보인 범도는 세 번째 총으로 다시 맨 뒤쪽에 있는 놈을 겨냥한다. 적들이 어느 쪽으로도 달아날 수 없게 하기 위함이다. 세 번째 과녁이 된 놈은 제 총을 꼬나들고 제 분대장이 쓰러진 앞쪽을 두리번거리고 있다. 아직 총탄이 날아드는 방향을 제대로 가늠하지 못한 것이다. 범도의 총구 끝에 두리번거리는 놈의 허연 목덜미가 잡힌다. 미간보다는 훨씬 큰 과녁이다. 모든 짐승에게 목은 치명점이다. 사람도 짐승이다. 범도는 놈의 목을 향해 쏜다. 쏘고 직시한다. 총탄은 놈의 목을 꿰뚫고 나가며 피 분수를 터트린다.

세 번의 총성이 울리고 세 놈이 쓰러지자 남은 놈들도 총탄이 날아간 방향을 알아챘다. 매복을 알아챈 놈들이 흩어진다. 흩어지며 자세를 낮춘다. 서너 놈이 절벽 위쪽으로 총을 갈겨대며 석벽에 바투 붙는다. 어떤 놈들은 너덜겅 가까운 곳에 솟아 있는 바위 뒤에 엎드리더니 제들 행낭들을 벗어 바위에 얹는다. 행낭은 엄폐물로 쓸 만하다. 놈들 문제는 협곡 안에 바위가 몇 개 없다는 점이다. 그러매 어떤 놈은 안변 쪽 모퉁이로 달아나고 어떤 놈은 회양 쪽 모퉁이를 향해 뒷걸음질한다. 뒷걸음질로 달아나며 연신 절벽 위를 향해 총을 갈겨댄다.

몸을 슬쩍 물렸다가 다시 나선 범도는 네 번째 총으로 회양 쪽으로 달아나려 하는 놈의 뒤통수를 쏜다. 놈이 앞으로 꼬꾸라진다. 군모가 날아가며 놈의 머리털 짧은 머리통 주변이 금세 피로 물든다.

"자, 다섯 번째네."

수협은 범도로부터 빈총을 넘겨받으며 화승이 타고 있는 다섯 번째 총을 건네준다. 교전이 시작되자마자 수협은 자신이 떠는 걸 느꼈다. 범도가 어깨를 짚어주자 떨림이 멈추면서 차분해졌다. 범도가 지금 아래쪽의 어떤 놈을 겨냥하고 쏘는지, 그걸 살필 겨를은 없되 잠깐씩 내려다보며 상황을 짐작할 여유는 생겼다. 지금 절벽 아래에 바투 붙은 몇 놈이 총을 수직으로 쏴대고 있다. 절벽 끝으로 고개를 내밀다간 머리통에 벌집 같은 총구멍이 생길 수도 있다.

그렇지만 범도는 절벽에서 두어 걸음 떨어져서 양쪽 모퉁이로 나가려는 놈들을 막고 있다. 그는 놈들이 협곡 안에 있는 한 서두를 필요도 없을 만큼 이쪽이 우세하다고 자신하고 있다. 그럴 만하다. 그는 사정거리 안에서 눈에 보이는 것은 모조리 맞힐 수 있다. 먹패장골에서 수협은 범도가 백여 보 거리에서 바람에 흔들리는 솔방울을 단방에 떨어뜨리는 것을 목격했다. 범도가 다섯 번째 총으로 안변 쪽으로 빠져나가려던 놈의 옆통수를 쏘아 맞힌다. 놈의 관자놀이가 터지면서 나동그라진다.

수협이 범도한테 여섯 번째 총을 건네는데 석벽 아래쪽에 바투 붙은 놈들이 쏴대는 총탄이 석벽 가장이에서 연신 튄다. 돌가루도 같이 튄다. 튄 돌가루가 절벽 안쪽까지 날아든다. 그중 하나가 눈으로 들어오는 것 같아 수협은 자신도 모르게 몸을 수그린다. 엎드렸다가 금세 쑥스러움을 느끼고 몸을 일으킨다. 백 척 높이 위에서 일등 사수 홍범도가 아래를 향해 총을 쏘아대고 있지 않은가. 서두르지도 않고 한 놈 한 놈 차분하게 넘어뜨리고 있다. 돌가루 따위에는 눈도 끔쩍하지 않는 사람이 홍범도다. 그 곁에 있으면서 수협은 손이 오그라들고 오금이 저리는 자신이 부끄럽다.

"협아, 장전!"

수협이 꾸물거리는 걸 눈치채기라도 한 듯 범도가 말했다.

"어. 응."

수협은 손바닥으로 자신의 이마를 패주고 일곱 번째 총을 장전한다. 그사이에 벌떡 일어서 허리를 굽힌 범도는 여섯 번째 총탄을 석벽 밑에 있는 한 놈을 향해 쏜다. 직각으로 내리쏜 총탄은 군모 한가운데를 뚫고 들어가 놈을 쓰러뜨린다. 일곱 번째, 여덟 번째, 아홉 번째 총탄도 석벽 밑에서 위를 향해 총 쏘는 놈들 이마나 정수리에 박혔다. 범도는 절벽 가장이에서 안쪽으로 빠졌다가 나서기를 반복하며 아홉 번째 총까지 쐈다. 남은 놈은 넷이다. 세 놈이 길에 솟은 바위와 제 행낭으로 엄호를 삼고 이따금 총을 쏴대고 있다. 한 놈은 통역인데 그는 어디로 가야 할 줄 모르는 듯 협곡 가운데 길에 엉성하게 엎드려 있다. 협곡을 내려다본 수협이 범도한테 묻는다.

"세 놈이 바위 뒤에 웅크리고 있으니 어쩌지? 그냥 달아나게 둬야 할까?"

"우리가 여기 이러고 있는 까닭이 뭔데! 그럴 수는 없지."

가만히 뇌까린 범도가 열 번째 총으로 너덜겅 바로 앞 바위 뒤에서 행낭을 이고 있는 놈의 드러난 다리를 쏜다. 펄쩍 놀라 행낭을 떨어뜨린 놈이 제 총도 떨어뜨리고 총 맞은 제 다리를 부여안느라 등판을 드러낸다. 범도가 놈의 뒤통수 가운데를 겨냥하고 사격한다.

뒤통수가 터진 놈이 앞으로 푹 꼬꾸라진다.

열두 번째 총으로 범도는 너덜경 쪽으로 넘어가려는 놈을 쏘아 맞힌다. 놈이 총을 떨어뜨리고는 너덜경 위로 엎어진다. 열세 번째 총으로는 바위 뒤에 몸을 들인 채 절벽 위를 향해 총질하는 놈의 정수리를 쏜다. 놈이 바위 뒤에서 넘어진다. 넘어진 놈 위로 놈의 행낭이 떨어진다. 열네 번째 총을 받은 범도는 회양 쪽 길가 작은 바위에 엎드린 놈을 겨냥하고 내려다본다. 놈은 통역을 제외하고 남은 게 저뿐인 걸 알고 있다. 바위에 얹어놓은 행낭 옆에 대놓은 놈의 총구가 절벽 위 범도를 향해 있다. 피차 사정거리다. 하지만 놈의 눈은 제 총구 저편에 있는 범도의 총구를 쳐다보고 있지 못다. 총구에 눈을 대기 위해 머리를 드는 순간 총탄이 날아들 것이라 움츠리고 있다. 저로서는 전혀 예상치 못했던 상황일 터. 어쩌면 떨고 있을지도 모른다.

"협아, 다음 총."

범도는 놈의 머리통을 가리고 있는 행낭을 향해 총을 쏜다. 행낭 안에 반합飯盒이라도 맞혔는지 팅, 소리를 내며 행낭이 넘어간다. 수협이 건네준 열다섯 번째 총을 받는데 놈이 발작하듯 소리를 질러대며 일어나 총을 쏴댄다. 범도는 뒤로 몸을 물리고 놈의 총탄 수를 센다. 다섯 발이 끝났을 때 앞으로 나서 놈을 겨냥한다. 놈은 낮고 작은 바위에 몸을 웅크린 채 장전 중이다. 몸을 웅크린지라 허리춤에서 총탄을 빼 장전하는 게 쉽지 않을 것이다. 범도는 놈의 드러난 어깻죽지를 향해 발사한다. 어깻죽지에 총탄이 박히면서 옆으로 넘어지는 놈이 받는 충격이 반동처럼 범도한테까지 느껴진다. 놈의 모자가 떨어져나와 바위 밖 풀섶에 걸렸다.

"자, 열여섯 번째 총."

이제 관전자가 된 수협이 총을 내민다. 어깻죽지에 총탄을 맞고 넘어진 놈의 머리통이 바위 밖으로 나와 있다. 범도는 빈총을 내려놓고 열여섯 번째 총을 받아 곧바로 놈의 뒤통수를 쏜다. 떵 소리와 함께 날아간 총탄이 놈의 뒤통수를 터트려놓는다.

"으으. 진짜! 목불인견이라더니. 어쩌 남의 나라로 기어들어와서 우리한테 이런 꼴을 보게 하냐, 하길. 으으, 썩을 것들."

수협은 진저리를 치며 한탄한다. 수협은 범도의 총격술이 어느 정도인지 알고 있었음에도 삽시간에 열두 놈을 넘어뜨린 그에게 기가 질리는 것 같다. 왜군도 사람이매 사람마다 총 한 방씩에 다 제격 숨이 넘어갈 수는 없는데 범도는 대번에 숨이 끊길 만한 곳만 쏘아 넘어뜨리지 않았는가. 지금 협곡에서 살아 있는 것 같은 놈은 통역일 게 분명한 조선 복색뿐이다. 놈은 밤송이 머리에 검정 솜두루마기를 입고 있다.

"자, 총."

화승이 타고 있는 열일곱 번째 총을 건네던 수협은 아래쪽을 내려다보며 다급히 말한다.

"우리 조선 사람이잖아?"

범도가 대꾸한다.

"왜군 길잡이지."

"어쨌건 우리 조선 사람이야. 그리고 저 사람 통해서 일본 놈들을 좀 알아봐야지."

"저자가 우리 편 들어서 말을 해주겠어? 살려두면 달려가 이 자리에서 우리가 일본 놈들 죽였다고 꼬아바칠 거 아냐?"

"꼬아바치는 것도 괜찮지. 우리 조선에도 일본 놈들을 죽일 사람이 있다는 걸 알려야 하는 거 아니겠어? 그러라고 우리가 나선 거고 이 꼴을 보고 있는 거니까. 소문이 나야 의병이 모일 거잖아?"

범도는 총을 내린다. 한 상황에만 빠진 자신과 달리 수협은 여러 상황을 넓게 보고 있지 않은가.

"자네가 옳아. 자네 생각이 늘 깊어. 그럼 내려가자."

둘이 몇 마디 나누는 사이 정신을 차린 통역이 일어나 회양 쪽으로 움직이기 시작하는 참이다. 정신없는 와중에도 가던 방향으로 가고 있다. 다리에 힘이 풀렸는지 비칠비칠하면서도 넘어져 있는 일군 놈에게서 소총을 빼 들고 있다. 보이지 않는 총잡이들을 향해 엎드려서 저는 조선 사람이라고, 살려 달라고 빌어야 할 상황인데 넋이 나가 사리판단을 못 한다. 어쨌든 그가 소총을 들었으므로 하는 수 없게 되었다.

범도가 수협한테 총을 건넨다.

"자네가 쏴. 죽지 않을 곳을 맞히면 되겠지."

총을 받은 수협은 통역 무릎을 조준하다 고개를 젓고는 총 잡은 어깨로 총구를 돌린다. 총만 못 쏘게 하면 되는데 무릎을 맞히면 그가 거동할 수 없고 이 산중에서 거동치 못하면 죽는 수밖에 없지 않은가. 어쨌든 사수로서 수협의 첫 총격이다. 표적을 조준하고 방아쇠를 당기기까지는 순간인데 그 순간에 내 안의 모든 것을 끌어모아 표적에 집중해야 한다고 범도한테 배웠다. 내가 저걸 맞힐 수 있을까 하는 의문 같은 것이 없어야 하며 맞히는 걸 당연하게 여겨야 한다.

수협은 방아쇠를 당긴다. 떵, 소리를 내며 날아간 총탄이 통역 어깨를 맞히는 걸 똑바로 쳐다본다. 내가 쏜 총탄이 내가 원한 곳에 적확히 맞았는지 아닌지를 확인해야 한다. 그래야 다음 총탄이 어디를 향할지 정해진다. 지켜보노라니 통역 놈이 소총을 떨어뜨리곤 춤추듯 두 팔을 내저으며 무너진다.

아래쪽에서 총성 수십 발, 위쪽에서 열여섯 발이 울리고 지나간 산중이 귀가 먹먹할 만치 고요하다. 반의반 각_刻이나 걸렸을까. 연초 한 대 피울 만한 시간에 하나의 전투이자 첫 번째인 전투를 치렀고 끝냈다. 이쪽 두 사람이 다친 데가 없고 적은 다 쓰러졌으니 이긴 것일 터이다.

그런데 어리둥절하다. 얼얼한 것 같고 서러운 것 같기도 하다. 처음으로, 마침내 우리, 혹은 내가 뭔가를 해낸 게 아니라 꼭 무슨 일을 당한 것만 같다. 쟁개비 불은 덜 탄 가지들이 엉기면서 새로이 타오르고 있다. 해는 뒤쪽 산을 다 넘어와 온 누리가 환하다. 눈이 멀 것 같다.

소총 열두 자루, 군복과 군모와 군화와 각대와 행낭과 총띠와 탄창 여섯 개가 매달린 탄띠까지, 다 열두 개씩 얻었다. 주검들을 홀라당 벗긴 셈이다. 속옷 차림새인 주검들을 너덜겅 바깥으로 굴렸다. 너덜겅에 쌓여 있던 납작돌들이 주검을 싣고 사태처럼 미끄러져 골짜기로 떨어져 내렸다.

통역은 부산포에서 태어나 스무 살에 일본으로 건너갔다. 일본군 통역이 되어 열두 해 만에 조선으로 돌아왔다. 그에 따르면 지난 7월에 새 일본 공사公使로 미우라라는 놈이 조선에 부임했다. 조선 왕비 시해를 주도한 놈이 미우라였다. 왕비를 시해한 후 놈이 일본 정부에 소환되어 돌아갔다. 곧바로 이노우에란 놈이 일본 대사가 되어 제물포를 통해 들어왔다. 원산포구로 들어온 일본군은 이노우에를 따라 건너온 조선 주둔군이라 했다. 일본군이 원산포구로 들어온 까닭은 조선 조정과 약정한 군인보다 열 배나 많은 숫자 때문이다. 대사 이노우에를 따라 120명이 들어와야 하는데 1300명이 출정한 것이다.

수협이 쏜 총탄은 통역의 어깨를 관통하지 못하고 박혔다. 깊이 박힌 총알은 보이지 않았고 뚫고 들어간 자리에서는 피가 제법 흘렀다. 범도가 통역 가슴 띠를 풀러 그의 어깨에 꾹꾹 감아 지혈하고 부목을 대쳤다. 통역의 어깨를 잡고 있던 수협이 말한다.

"일본군 본진을 찾아가든, 고향으로 가든 알아서 하시오."

통역이 통증으로 낯을 찌푸린 채 대꾸한다.

"일본군 본진으로 가면 죽을 것이고, 고향은 예서 멀기도 하려니와 반겨줄 이도 없소. 내가 십여 년 만에 가도 반겨줄 이가 고향에 있다면 뭣 하러 왜국으로 갔겠소?"

"하여튼 피차 불운한 때에 만나서 안됐소. 산을 내려가면 민가 몇 채가 있으니 들어가서 도움을 청하시구려. 내려가면서 오른쪽으로 두 번째 집이 억새지붕 집인데 약초꾼이 사오. 그 집을 찾아가, 예서 일군과 의병 사이에 총질이 일어났는데 당신은 길을 걷다가 애먼 총탄을 맞았다고 해요. 일본군 통역이니 뭐니 하는 소리는 빼고요. 그러면 박정하게 당신을 내쫓지는 않을 거요."

수협은 산 아래 사는 약초꾼 노인을 안다. 말씨는 퉁명해도 맘씨는 따뜻한 노인이다. 그 집에서 세 차례 자봤다. 통역 머리털이 고슴도치 형상이긴 해도 조선 옷을 입었으니 약초꾼 집에 닿기만 하면 받아줄 것이다. 약초꾼이 의원은 아니므로 통역 어깨에 박힌 총알을 빼내줄 수 있을지는 모르겠다. 몸 안에 총알을 두고도 살 수 있는지는 더 모른다.

"가보면 알겠지요. 어쨌든, 나를 비롯해 여기서 숨넘어간 놈들은 오늘 해 지기 전까지 금성창에서 본진과 합류하게 돼 있소. 우리가 가지 못했으니 내일 아침이면 그들 한 중대쯤이 거슬러 올 게요. 여기서 일이 생겼다는 걸 알아챌 것이고. 그러니 당신들도 얼른 피하시오. 이왕이면 아주 멀리."

"숨어 산다면 모를까. 조선 사람이 조선 안에서 멀리, 어디로 달아나겠소. 우리 걱정은 그만두고 당신 살 궁리나 하시구려."

"내 생각에 조선은 이미 망했소. 덜 망했다고 해도 오래지 않아 끝날 게요. 당신들 신세나 나나 다를 것도 없다 싶어서 해보는 소리요."

그는 총질을 해댄 두 사람이 자신과 같은 처지라고 여긴다. 자신이 곧 죽게 되리라고, 운수가 다했다고 여기는 성싶기도 하다. 그럴 만하다. 몸 안에 총알이 박혀 있지 않은가. 총알을 파내고 약을 바르면서 치료를 한다면 살아날 수도 있겠지만 지금 상태로는 철령을 벗어나기도 쉽지 않을 것이다.

수협과 통역의 말을 듣고 있던 범도가 끼어든다.

"원산포구에 남은 일군이 있소?"

범도가 아무렇지 않게 던진 질문에 대답을 할까 싶은데, 통역이 곧바로 입을 연다.

"1개 소대 25명과 통역 박가와 소대장 가지야마가 남아 보급품을 지키고 있소. 이번에 출정한 일군들이 경기도며 강원도 곳곳에 진을 차리고 나면 나눠질 보급품이오."

"물건이 땅에 내려졌소, 배에 실려 있소?"

"포구에 군창을 마련하는 대로 내릴 것이라 아직은 배에 실려 있소."

"무기도 많소?"

"무기는 다 나가고 일상용품이 실려 있는 것으로 아오. 그렇더라도 당신들이 어찌해볼 만치 그들이 허술하지는 않소. 나는 그만 가보리다. 나를 살려주어 고맙다고는 못하겠소만, 나는 천가, 팽래요. 훗날 저승에서라도 만나면 아는 체합시다."

고통스러운 얼굴로 부목 댄 어깨를 짚은 채 회양 쪽으로 향하는 그에게 범도는 아무 말도 하지 않는다. 수협이 인사한다.

"나는 김수협이고 우리는 홍범도 부대에 속한 의병들이오. 우리는 우리 조선이 그리 만만한 나라가 아니라고 믿는 사람들이오. 조선이 그리 쉽게 일본에 넘어가게 하지 않으려고 곳곳에서 우리처럼 의병으로 나서는 사람이 많소. 우리는 조선을 지킬 것이고, 조선은 끝내 이길 것이오. 당신도 조선인인 바 모쪼록 오래 살기 바라오. 그리고 그 억새지붕 집으로 들어가시오. 꼭이오."

"그러길 비오. 당신들도 오래 살기를."

축원까지 남긴 그가 기우뚱기우뚱 걸어 회양 쪽 모퉁이를 돌아 사라진다. 두 사람은 노획한 물건들을 차근차근 절벽 위로 옮긴다. 전날 해 질 녘에 수협이 찾아낸 굴에다 물건들을 숨기고 두 사람이 머문 흔적을 없앤다. 협곡으로 내려와 길바닥이며 길가 주변에 남은 살점이며 뼛조각이며 탄피들을 치우고 핏자국들을 흙을 파 덮어 지운다.

4
그 가을에서 이 가을까지, 꿈

　스물세 살 범도는 지담 스님께서 가리킨 경장지經壯紙 한 동을 지고 신계사를 나섰다. 옥녀봉 신충사에 종이 한 동을 가져다주고 의성 스님 새 두루마기를 받아오라는 심부름이었다. 큰 계곡과 하천을 거느린 신계사에서는 오래전부터 종이공방을 운영해왔다. 신계사 종이공방에서 생산한 여러 가지 종이가 금강산하의 여러 사찰로 나누어져 쓰였다.

　의성 스님은 금강산하 일대 십여 사찰에 들어 사는 승려 중에서 연치가 가장 높고 법랍도 제일 높았다. 그런 의성 스님의 겨울 두루마기는 당신 비구계 받을 때 모친께서 지어주신 옷이라 오십오 년이나 묵었다. 온통 꿰매고 누빈 자국이라 원래 천을 알아보기 어려웠다. 그나마 닳을 대로 닳아 누빈 자리마다 삐져나오려는 솜으로 너슬너슬했다. 도저히 더는 입을 수 없었다. 하여 의성 스님 상좌인

지담 스님이 비구니 절인 신충사에 의성 스님의 새 두루마기를 지어 달라고 청했나 보았다. 매해 구월 보름부터 두루마기를 입는데 내일이 보름날이었다.

신계천으로 이어지는 계곡 옆길을 따라 일주문을 벗어나면서 범도는 절을 나가는 게 얼마 만인지 가늠해봤다. 지난 이삼월에 걸쳐 금강산 일곱 봉을 다녀왔다. 비로봉, 구정봉, 차일봉, 일출봉, 월출봉, 망고대, 미륵봉. 그 일곱 봉우리를 오르고 나자 금강산 구경은 그만해도 될 것 같았다. 의성 스님으로부터 『금강경』 강학과 더불어 한자를 익히던 즈음이라 마음이 급하기도 했다. 그러니까 금강산 구경을 마치고부터 따지면 다섯 달여 만에 신계사 밖으로 나왔다.

온정 오거리에서 유념하여 옥녀봉 가는 길로 들어섰다. 자칫 길을 잘못 들었다가는 어느 산중에서 밤을 맞이하게 될지 몰랐다. 옥녀봉 파랑재에 호시기가 나타났다지 않은가. 지금쯤은 오봉산이나 금강산 어느 봉우리나 골짜기로 옮겨 갔겠지만 혹시라도 호시기가 아직 옥녀봉에 있다면 큰일이었다. 지담 스님이 주변을 살피고 산천경개를 읊은 문장을 떠올리고 단풍 든 나무들도 구경하라고 했으나 그 말씀은 단풍 구경을 하라는 게 아니라 사물과 현상을 면밀히 살피는 버릇을 기르라는 가르침이었다. 신계사 안팎이 온통 단풍에 휩싸인 즈음이거니와 까딱하다가는 호랑이 밥이 될 판에 산천경개에 새삼 큰 눈을 뜰 게 뭔가.

종이 짐이 차츰 무거워지면서 걸음은 점점 느려졌다. 종이 한 동은 열 두루마리이고 한 두루마리는 전지 백 장이었다. 경문 책자를 만드는 경장지는 다른 종이보다 두꺼운지라 두루마리 부피가 더 컸다. 당연히 예사 종이보다 훨씬 무거웠다. 나무 한 짐 크게 하여 등에 진 듯이 다박다박 걷다 보니 20리 길을 한 시진도 넘게 걸은 것 같았다. 지담 스님이 말씀하신 반지골임 직한 마을 앞의 좁장한 들판에서는 벼 베기가 한창이었다.

　―여보십시오. 여기가 반지골입니까?

　범도가 소리쳐 묻자 논에 엎뎌 있던 이들이 줄줄이 허리를 펴며 일어났다. 한 사람이 그렇다고 대답했다.

　―신충사 가는 길이 어딥니까?

　범도가 또 소리쳐 묻자 사람들이 손짓으로 굽이를 돌아 오르는 시늉을 했다.

　―고맙습니다. 복 많이 받으십시오.

　범도 인사에 논에 있던 여덟 사람이 모두 합장 인사를 해왔다. 뒤늦게 범도는 자신이 스님 행색인 걸 깨닫고는 합장 삼배를 했다. 반지골 입구에서 오른쪽으로 산모퉁이를 도니 오르막길이 나타났다. 종이 짐을 고쳐 맸다. 반지골 입구에서부터 천백여 걸음이라는 신충사 길에 발을 내디디며 「반야심경」을 외기 시작했다. 「반야심경」이 270글자로 이루어졌으므로 한 걸음에 한 음을 내며 걸으면 네 번쯤 외웠을 때 신충사에 닿을 것이었다.

　―마하반야바라밀다심경…….

　입으로는 소리를 내고 걸음을 맞춰 걸으면서도 생각은 딴 데를 더듬어 다녔다. 중 될 상이 아니라는 의성 스님 말씀이 맞는 거였다. 신계사에서 지내는 게 일생 어느 때보다 편하기는 해도 중이 되고 싶다는 생각은 들지 않았다. 경문에 담긴 거룩한 말씀들도 뼈와 살이 되어 축적되는 게 아니라 살갗을 스치고 가는 바람 같았다. 멀리서 치는 우레 같기도 했다.

— 아제아제 바라아제 바라승아제 모지 사바하.

한 차례 경송을 마치고 두 번째 경송을 읊었다. 구불구불해서 그렇지 몹시 가파른 길은 아니었다. 어느새 나무 그림자들이 길어졌다. 신시 중경은 됐음 직했다. 큰 바위 모퉁이를 돌며 두 번째 경송을 마치고 세 번째를 시작했다. 평평한 자작나무 숲길이 나타난 찰나 범도는 놀라 입을 다물었다. 길목에 비구니 스님이 앉아 있지 않은가.

비구니 스님도 오르는 길이었나 보았다. 얼굴이 발갛게 상기됐다. 원래는 하얄 낯빛에 눈썹이 초승달 모양으로 그린 듯했다. 쌍꺼풀진 두 눈이 방울만치나 큰데 느닷없는 자의 출현에 놀랐는지 입술이 반쯤 벌어졌다. 알머리 때문에 환한 이마가 서늘해 보였다. 두건은 무릎에 놓였고 들메끈이 끊어진 짚신 한 짝을 두 손에 든 채였다. 그 곁에 한 말은 될 성싶은 양곡 자루가 놓였다.

— 스님, 저는 신계사에서 지담 스님 심부름차 신충사로 가고 있는 행자승 여천입니다. 제가 놀래드린 것 같은데, 죄송합니다.

— 호랑이인 줄 알고……. 호랑이가 「반야심경」을 외나 싶어 더 놀라서…….

말을 얼버무린 비구니 스님이 회색 두건을 민머리에 두르더니 뒤에서 묶었다. 두 팔을 머리 뒤로 돌려 매듭짓는 그에게 석양이 비쳤다. 세상의 햇살이 그에게만 머문 것 같았다. 세상 햇빛을 전부 자신에게 끌어모은 것 같은 그를 쳐다보는데 번개 같은 게 범도 가슴을 뚫고 들어왔다. 범도는 멀미가 났다.

─스님, 신충사에 계십니까?

─그, 그렇습니다. 소승은 모지입니다.

범어인 모지는 보리살타, 보살이라는 뜻이었다. 경문을 익힌 덕에 알아먹었다. 어쨌든 소승이라 하는 걸로 미루어보자면 모지는 비구니계를 받은 정식 스님인 게 분명했다. 수계만 받은 행자승은 자신을 소승이라 지칭하지 못하기 때문이었다.

─예, 모지 스님. 신발 끈이 끊어진 겁니까?

─방금 여천 스님 돌아오신 모퉁이에서 돌부리에 걸려 넘어졌습니다. 이고 있던 곡식 자루를 놓쳤고요. 다행히 자루가 터지지는 않았는데, 발목을 접질렸고 짚신 들메끈이 떨어졌습니다. 어찌해야 하나 난감해하던 중이었고요.

의성 스님이 발목을 접질린 바람에 범도가 묵고 있던 주막에 들었다. 그로 인해 범도가 신계사에서 지내게 됐다. 이번에는 모지 스님을 만나 신충사에 들게 생겼다. 범도는 등에 진 종이 짐을 곡식 자루 곁에다 내려놓았다.

─제 짐은 경장지인데요, 스님 자루 속에는 무슨 곡식이 들어 있습니까?

─기장쌀입니다. 은하골에 안식구 상이 났는데 염불해 달라는 기별이 와서, 소승이 가서 경을 읊어드렸더니 시주를 해주시더이다.

─곡식을 벌어오시던 참이군요. 제가 자루에다 종이 짐을 얹어지면 되겠는데, 스님은 혼자 걸을 만하십니까?

─천천히 디디면서 올라가겠습니다. 곡식 자루를 부탁드립니다.

— 지난 초겨울 첫눈 내리던 날에 유점사 다녀오시던 우리 의성 스님께서 발목을 접질리신 탓에 제가 묵고 있던 온정 시냇가 주막으로 들어오셨습니다. 하룻밤 같이 묵고 난 아침에 제가 그분을 업고 신계사로 들어갔습니다. 그전에 의성 스님 발목을 맞춰드렸고요. 모지 스님 발목을 제가 잠깐 살펴봐도 되겠습니까?

— 아, 아닙니다. 우리 화선 스님께서 봐주실 겁니다.

— 그러면 곡식 자루와 종이 뭉치는 우선 여기다 두고요. 제가 모지 스님을 업고 신충사로 가는 거로 하지요. 스님 모셔다드리고 제가 내려와서 짐을 옮기면 되니까요.

— 아이, 아닙니다. 소승은 천천히 갈 터이니 곡식 자루만 옮겨주셔요.

비구와 비구니 사이에도 내외를 하는 건가. 행자승이라 그러한가. 어쨌든 남정이고 여인인지라 부끄러워하는가. 모지 스님이 뻗대는 이유가 무엇이든 범도로서는 쌀자루나 얹어 지고 앞서가버릴 수 없었다.

— 옥녀봉 파랑재에 호시기가 나타났다는 이야기 들으셨지요? 그래서 제 기척에도 놀라셨던 거고요? 「반야심경」 외는 호랑이한테도 놀라셨으면서 천천히 움직이시겠다고요? 이제 금세 해가 떨어질 텐데요.

— 최대한 서둘러야지요.

— 호시기는 기장쌀이나 종이는 먹지 않잖아요. 사람은 먹어도요. 반달처럼 어여쁜 비구니 스님도 맛나게 먹을걸요?

모지 스님이 고개를 수그리고 웃었다. 웃으니 단풍 든 나뭇잎들보다 화안했다. 어찌 저리 고울까. 범도는 자신의 마음이 단풍 빛깔이 되는 것 같다는 생각에 수줍어졌다. 난생처음 느낀 수줍음에 어리둥절하기도 했다. 그 마음을 들킬세라 모지 스님 앞에 등을 대고 앉았다.

— 업히십시오.

— 무거울 텐데요.

— 보시다시피 제 덩치가 작지 않습니다. 의성 스님을 업고 십 리를 걸었다고 말씀드렸잖아요. 덕분에 신계사에서 밥을 얻어먹고 있고요.

그 십 리 길을 움직이는 동안 대여섯 번이나 쉬었다는 말은 삼갔다. 처음 업을 때 솔가리 한 짐 진 듯 가붓하던 노스님이 온정 장거리를 다 벗어나기도 전에 소금 섬처럼 무거워졌다. 의성 스님은 염치 모르는 노인처럼 등짝에 얹힌 채 아무 가책 없이 이리 가라 저리 가라 지시했다. 고향이 어디냐, 몇 살 때 어떻게 부모를 여의었냐, 장가는 들었냐, 등등을 물어댔다. 그렇다고 백 살은 됐을 것 같은 노스님을 눈밭에 내려놓을 수도 없어 땀을 뻘뻘 흘리며 신계사까지 갔다. 신계사에 당도하고 보니 의성 스님이 주지 스님이었다.

— 그러면 신세를 지겠습니다.

속삭이듯 말한 모지 스님이 범도 어깨에 두 팔을 걸치며 업혔다. 앞으로 나온 모지 스님의 두 손이 가녀린데 거칠었다. 범도는 그 손을 앞으로 당겨 자신의 목을 두르게 하며 스님 몸을 받치고 일어났다. 의성 스님보다 훨씬 가벼웠다. 다행이다 싶었다. 몇 걸음 걷다가 쉬자고 들면 사나이 체면이 엉망이 되지 않겠는가.

―모지 스님, 「반야심경」을 외시지요?

　―예, 스님.

　―제가 여기까지 오는 동안 두 차례 왔는데요, 네 번쯤 외면 신충사에 닿는다고 들었습니다.

　―제 걸음으로는 다섯 번입니다. 저도 「반야심경」 외면서 걸어 다니거든요. 읊조리다 보면 걷기 쉽고, 무섭지도 않고요.

　절집 사람들한테는 흔한 일일지도 모르는데 범도는 모지 스님이 같은 버릇을 가졌다는 사실에 설렌다.

　―그럼 제 걸음에 맞춰 찬찬히 외시렵니까?

　―예, 스님.

　범도가 걸음을 옮기자 등에서 「반야심경」이 시작됐다. 관자재보살이 깊은 반야바라밀다를 행할 때 오온五蘊이 공한 것을 비추어보고 온갖 고통에서 건지게 하신 게 「반야심경」이었다. 반야바라밀다는 가장 신비하고 밝은 주문이며 위없는 주문이며 무엇과도 견줄 수 없는 주문이니 온갖 괴로움을 없애고 진실하여 허망하지 않음을 알게 한다는 것이었다. 내용이 무엇에 견줄 수 없게 아름답듯 모지 스님 경송 소리는 온아하고 감미로웠다.

　한 음에 한 걸음을 옮기는 범도는 자신이 중이 될 수 없음을 한 걸음 옮길 때마다 느끼고 깨쳤다. 한 걸음 옮길 때마다 모지 스님이 자신의 마음속으로, 몸속으로 한 걸음씩 반짝거리며 들어오고 뜨겁게 스며들지 않는가.

　모지 스님을 신충사에 데려다놓고, 종이 짐과 양곡 자루를 한꺼번에 져다 내려놓고서야 화선 스님께 인사를 드렸다. 화선 스님이 의성 스님 두루마기가 든 종이 궤를 보자기에 싸서 내밀었다.

　—금세 어두워지게 생겼으니 내일 새벽에 내려가시구려, 여천 스님. 예서 우리와 예불하고 공양도 하고 우리 요사에서 묵고요.

신계사에서 점심때가 지나 출발했기에 지담 스님으로부터 날이 저물면 묵고 오라는 말씀을 들었다. 호시기가 날뛰고 있으니 어두운 데서 뛰어다니지 말라는 당부였다.

　—아닙니다, 스님.

신충사에서 묵고 싶은 마음이 너무 커서 그리 할 수가 없었다. 겨우 5백여 걸음 업고 올라온 거뿐인데, 한 식경도 되지 않을 그 시간이 열풍 속을 오래 함께 거쳐온 듯했다. 그 모퉁이에서 신충사까지 올라오는 동안 그이는 「반야심경」을 읊었을 뿐이고 범도는 들었을 뿐 다른 말은 나누지도 않았다. 그럼에도 모지 스님한테 가는 마음이 어이없을 만치 뜨거웠다. 자신이 모지 스님 마음 안으로 여울물처럼 휘돌아 감겨드는 것도 느꼈다. 파랑이 일고 물보라가 튀며 뒤섞이는 성싶었다. 그 뒤섞임이 너무나 선명해 눈물이 날 것 같았다.

　—왜요, 여인들만 사는 절이라 부끄러우십니까?

　—예, 스님. 아직 어둡지 않으니 서둘러 내려가겠습니다. 어두워지면 곧 열나흘 달이 뜰 것이고요. 지담 스님께서, 화선 스님께 의성 스님 옷을 지어주신 은혜 깊이 새기겠습니다, 라고 전해올리라 하시더이다.

　—기어이 그냥 가시겠다면, 우리도 의성 스님 옷을 지으면서 한 공덕 쌓았노라고, 감사하다고 전해주세요. 경장지 보내주신 것도요. 그리고 여천 스님, 우리 모지 스님을 데려와주셔서 고맙습니다. 모

지 스님 발목이 심하게 접질리긴 했으나 여천 스님이 업고 와주신 덕에 덧나지 않아 곱게 맞춰놓았습니다.

— 예, 스님. 다행입니다. 그만 가보겠습니다.

모지 스님은 화선 스님 상좌로 장차 신충사 주지가 될 것인바 홀로 쓰는 어엿한 처소가 있음을 알아보았다. 그이 처소 당호가 행심당이며 행심당이 법당 오른편 숲에 있다는 사실도 들었다. 신충사에서 밤을 나다가는 행심당을 범하게 될 것이었다. 그이 방문을 두드리고 나를 받아주시라, 애걸하게 될 터였다. 아니, 애걸하기 전에 그이가 나를 받아줄 것 같았다. 그이가 기다리고 있을 듯했다. 그 황당한 확신이 문제였다. 모지 스님을 파계시키게 될지도 몰랐다.

신충사를 나오는데 모지 스님은 내다보지 않았다. 다친 발 때문일 수도 있지만 스스로를 경계하느라 배웅하러 나오지 못하는 것일 수도 있었다.

다 저물기 전에 산을 내려왔다. 뜨거운 마음을 식히기 위해 반지골에서 신계사까지 연신 뛰었다. 뛰는 동안 날이 저물고 열나흘 달이 떠올랐다. 땀이 뻘뻘 났다. 지담 스님이 의성 스님 두루마기가 든 종이 궤를 받으며 물었다.

— 호시기를 보기라도 했는가? 호시기한테 쫓겨오느라 그리 땀을 흘린 게야?

— 그럴 리가요, 스승님. 저녁 공양 시간에 맞춰야 공양을 하고 공양을 해야 수련에 들 수 있겠기에 뛰었을 뿐입니다.

신충사에서 혹은 모지 스님으로부터 달아나듯 뛰어왔지만 거짓말은 아니었다. 평양 감영 옥청에서 탈옥한 것이며 종이공장 주인 박가를 죽인 것이며 평강에서 만난 백인근 선생과 함께 왜인을 죽인 것 등, 스승께 말씀드리지 못한 일들이 여러 가지일지라도 거짓말은 하지 않았다.

— 공양 시간엔 늦었으나 공양간 가면 뭐라도 주겠지. 가서 공양하고, 땀 씻고, 정淨한 몸으로 보광암으로 와.

깨끗한 몸으로 오라는 말씀이 어쩐지 맺혔다. 보통 수련 때 그러한 말씀을 아니 하시거니와 범도 자신이 현재 불순한 상태라고 여겨지지 않기 때문이었다. 불순하기는커녕 모지 스님이라는 한 존재로 인해 평생 어느 때보다 청정해진 듯했다. 불순한 것이 있었다 해도 20여 리를 달려오는 동안 다 빠져나갔을 성싶었다.

— 예, 스승님.

저녁 공양이 끝나면 부속 암자인 보광암 앞마당에서 선무도 수행이 이루어졌다. 선무도는 몸을 통한 참선이었다. 적묵당에서 아침마다 이루어지는 서한 스님의 경문 강학처럼 원하는 대중은 누구나 보광암 앞마당에서 저녁마다 이루어지는 지담 스님 선무도 수련에 임할 수 있었다. 아침에는 경문 공부하고 낮에는 경내 종이공방에서 일하고 저녁에는 선무도를 수련하는 게 범도 일상이었다. 범도는 신계사에 들어온 이후 금강산 오르느라 절을 비운 날 외에는 경문 강학이며 선무도 수련에 빠진 적이 없었다. 의성 스님으로부터 홀로 『금강경』을 배운 건 범도만 누린 특혜였다.

온정 장거리에서 신계사까지 십 리 길을 한 번도 내려놓지 않고 이 늙은 중생을 업어준 은공에 값하려 한다.

그게 의성 스님이 주막 봉놋방에서 만난 범도한테 글자를 가르치

기 위해 한 말이었다. 당신 생애 마지막 불사佛事를 행하는 것이라고
도 했다. 노승께서는 갈 바 모르고 천지간을 떠도는 놈을 붙들어주
고자 마음을 쓴 것이었다. 의성 스님은 범도한테 『금강경』을 가르치
는 동시에 한자 공부를 시켜주었다. 하루 한 문장씩 외고 쓰기를 반
복했다. 그렇게 반년쯤 지났을 때 범도는 『금강경』을 다 외고 쓸 수
있게 되었고 다른 경문서들도 읽을 수 있게 됐다. 평양에서부터 지
니고 다니기만 했던 『손자병법』도 너끈히 읽게 되었다.

글눈이 트여가는 즐거움과 선무도 수련 덕분에 신계사 생활이 일
생 어느 때보다 재밌고 알차게 느껴지는 것일 터였다. 의성 스님께
서는 범도가 중 될 상이 아니라 보시고 스스로도 그리 생각하지만
이대로 신계사에서 평생 살아도 좋을 듯했다. 절에서 평생 살기 위
해 언젠가는 비구계를 받을 수도 있으리라 여겼다. 모지 스님을 만
나기 전까지였다.

고작 하루 버텼다. 선무도 수련을 끝내고 자신의 방으로 들어갔
던 범도는 곧장 잠든 척 불을 끄고는 방을 나섰다. 동남쪽 하늘에 보
름달이 휘영청 걸려 밤길을 밝혀주었다. 신충사로 향하는 동안 뛰지
않으려 애썼다. 애쓴 보람이 무색하게 걸음이 빨랐다. 20여 리를 한
식경쯤 만에 주파한 것 같았다. 이경시二更時나 됐을까.

넓고 평평한 지대에 자리해 크고 작은 전각이 70여 채에 달하는
신계사에 비하면 신충사는 아담한 편이었다. 전각이 십여 채나 될
까. 그나마 산 중턱에 있어 전각들 사이 간격이 큰 편이었다. 불이 켜
진 전각은 단 한 곳, 모지 스님 처소인 행심당뿐이었다. 등잔불치고

는 밝은 것을 보니 촛불이 켜진 것 같았다. 그림자는 비치지 않았다.

　너와지붕을 얹은 단칸집인 행심당 앞에 서니 범도 가슴이 막 뛰었다. 어제 모지 스님을 업고 걷는 동안 느꼈던, 지금도 느끼는 뜨거움과 그리움, 그이도 나 때문에 설레고 나를 그리워하리라 여긴 확신이 착각이라면 어찌하나. 그이 방문 앞에서 내는 인기척이 무례한의 작태일 뿐이라면 어찌할 것인가. 그이를 놀래는 것뿐이라면.

　범도는 몇 번이나 심호흡을 하고 숨결을 다스리고 나서 불이 켜진 방문의 고리를 잡아 툭툭 쳤다. 툭툭, 문고리를 한 차례 더 쳐서 인기척을 냈다. 누구시냐 묻는 소리가 날 법한데 반응이 없었다. 주위 숲을 훑고 가는 바람 소리만 소살거렸다. 촛불 켜놓고 잠들 수도 있었다. 그렇다면 아무 일도 없었던 듯 돌아설 것이고 내일 다시 오게 될 것이었다. 내일도 잠들어 있으면 모레 오고, 모레도 잠들어 있으면 글피에 올 것이었다. 그렇게 한 달, 석 달쯤 뛰어다니다 보면 불덩이 같은 심신이 돌덩이처럼 사늘해질 수도 있을 것이었다.

　문고리를 세 번 두드릴 엄두는 나지 않았다. 내일 오지. 속말을 하고 돌아서려는데 방문을 밝히던 불이 꺼졌다. 범도 가슴이 철렁하는데 방문 안쪽에서 인기척이 일었다. 방문 가까이 다가드는 기척이었다. 이중문이었던가 안쪽 미닫이문이 열리고 바깥쪽 여닫이문이 밖으로 열렸다. 모지 스님이 나타났다. 그이가 섬돌을 딛고 내려서자 달빛이 그 얼굴과 민머리를 비췄다. 달빛이 창백했다. 아니 푸르스름했다. 모지 스님이 희고 푸르게 빛났다. 그이는 전혀 놀라지 않았다. 한 걸음쯤 떨어져 선 두 사람이 한참 동안 서로 쳐다보았다. 범도는 어째야 할 줄을 몰라 두 손을 모지 스님 앞으로 내밀었다. 그 손을 모지 스님이 한참이나 쳐다보는가 싶더니 자신의 두 손을 내밀어 얹었다. 그 손을 잡고 다가든 범도가 속삭였다.

— 얘기 나눌 수 있는 데로 가시겠습니까?

모지 스님도 속삭여 답했다.

— 예, 스님. 헌데 제 발이 아직 좀 불편합니다.

업어 달라는 말이었다. 업어 달라는 말이 이처럼 아늑한 것이었구나. 속으로 중얼거린 범도가 앉으며 등을 대자 모지 스님이 업혔다. 범도는 모지 스님을 업고 그가 속삭여 가리키는 오솔길을 걸었다. 등이 든든하고 다사로웠다. 마음이 그득했다.

신충사에서 두세 마장 내려와 자작나무 숲 안쪽 바위등성이에 닿았다. 판판하고 너른 바위가 멍석처럼 놓여 있었다. 보름 달빛에 반사된 자작나무 가지들이 하얗게 흔들렸다. 달빛이 무지갯빛으로 빛났다. 범도는 모지 스님을 내려놓고 승복 겉저고리를 벗어 바위에 깔았다. 모지 스님 겨드랑이에 손을 넣어 들어 올리곤 겉저고리 깔린 바위에 앉혔다. 여인에 닿아본 기억이 없는데 이런 움직임이 이처럼 임의로운 게 이상하다 생각하며 그이 옆에 앉았다.

— 놀래셨을 텐데 이렇게 나와주시니 기쁩니다.

— 저는 여천 스님을 기다리고 있었어요. 오늘 밤이나 내일 밤이나 한 달 후에라도, 오실 것 같았거든요. 어쩐지 그랬어요. 여천 스님을 다시 만나게 되면 어찌 처신할까. 무슨 얘길 나눌까. 어제 스님 나가셨다는 말 듣고 나서부터 줄곧 그런 생각을 했어요. 그런데 우리, 이제 뭘 할까요?

— 무엇이든 다 하고 싶지만 그전에 모지 스님께 드릴 말씀이 있

어요. 제 얘기 듣고 나시면 저를 다시 보기 싫으실지도 모릅니다. 해서 미리 말씀드리려 합니다.

— 말씀하세요.

— 제 법명은 스님께서도 아시다시피 여천이고요, 본래 성명은 홍가 범도입니다. 저는 무진년에 평양서 태어났습니다. 제 고조부는 80년 전에 큰 역란을 일으킨 홍경래입니다. 멸족되다시피 했으나 증조부가 그 난리통에서 도망쳐 살아남았죠. 그 덕에 제가 태어난 거고요. 어머니가 저를 낳고 곧 세상을 떴는데, 굶어 죽은 폭이에요. 저 아홉 살 적에 저를 홀로 키우던 아버지가 벼랑에서 떨어져 죽는 걸 목격했어요. 열다섯 살에 평양 감영 진위대에 입영했고, 열아홉 살에 탈영, 탈옥했어요. 상관한테 대들다가 하극상 죄, 상관 명령 불복죄, 국법 능멸죄라는 어마어마한 죄명들과 함께 참수형을 당하게 생겨 탈옥했죠. 탈옥하던 길에 내게 참수형을 언도한 상관 집으로 들어가 그를 죽지 않을 만치 팼어요. 그가 가지고 있던 권총을 뺏어서 도망쳤죠. 그리고 종이공장으로 숨어 들어가 3년 가까이 일했는데 주인이 일삯을 제대로 주지 않아서 따졌어요. 와중에 주인이 네 놈 근본이 뭐냐면서, 너 죄짓고 숨어 사는 놈이 아니냐고 저를 죄인으로 몰았어요. 제가 도망자인 건 맞지만 제가 죄인이라는 생각을 해본 적은 없었어요. 그놈은 그런 내막을 몰랐고, 그저 일삯을 떼어먹으려는 작태였죠. 제가 일삯을 내놓으라고 계속 따지니 그자가 저를 패려 하더군요. 전 맞기 싫어 그를 밀쳤어요. 밀쳤을 뿐인데 죽어버렸어요. 진짜 죄인이 되어 종이공장에서 도망쳤죠. 아예 청국으로나 가자 작정했고요. 청국으로 넘어가기 전에 금강산과 백두산을

올라보자고 계획했죠. 세상은 한없이 넓고 끝없이 다양하다는데 얼마나 넓고 다른지 알려면 조선에서 제일 높다는 산과 제일 아름답다는 산을 봐두는 게 좋겠다 싶었거든요. 금강산 먼저 보자고 다다른 온정 장거리에서 의성 스님을 만나게 됐고 현재예요. 이런 제가 모지 스님 옆에 있어도 될는지요.

아무에게도 털어놓지 못했던 집안 내력이며 살인한 사실까지 얘기하고 나니 속에 맺혔던 것들이 모조리 빠져나가 허허로웠다. 모지 스님을 바로 보기가 어려웠다. 흰 나뭇가지들 위에 뜬 달을 올려다보았다. 모지 스님 목소리가 들렸다.

— 여천 스님이 역적의 자손이건 사고무친이건 살인자이건 저한테는 눈물겹기만 하네요. 제 이름은 이옥영이에요. 북청 안산사 노은리 인필골에서 태어났어요. 저도 무진년생이에요. 저는 열 살 때까지 무남독녀였어요. 손자를 바라시던 할머니가 삼월 어느 날 무당을 찾아가 어째 자손이 더 태어나지 않는가 하고 물었더니 제 탓이라고 했대요. 제가 호시기한테 물려갈 팔자인 데다 아우를 못 보고 부모를 단명시키는 팔자라고요. 사월 초파일이 제 생일이에요. 부처님 오신 날이죠. 초파일 새벽에 할머니가 저를 데리고 절에 기도하러 간다고 집을 나서셨어요. 우리 집이 있던 인필골에서 북청읍으로 가려면 후치령을 넘어야 했어요. 할머니를 따라 후치령을 넘었죠. 종일 걸렸어요. 어두워서야 백운암이라는 절에 들어섰죠. 뭔가 먹고 잠들었죠. 아침에 일어났더니 할머니가 그러시대요. 어쩌나 엽렵히 말씀하셨던지 아직도 똑똑히 기억해요. 너는 절에서 중이 되어야 호랑이 밥이 되지 않고 살 수 있다. 너는 부모 잡아먹는 팔자라

중이 되어야 네 어미아비가 살 수 있다. 너는 아우를 막는 팔자라 중이 되어 네 팔자를 고쳐야 네 어미아비가 아들을 볼 수 있다. 그러니 이 절에서 공부해 중이 되어라. 혹시라도 네가 집으로 돌아오면 이 할미는 칼을 물고 죽어버릴 테다. 그러셨어요. 육친한테서 그런 말을 듣고 집으로 돌아갈 수 있는 사람이 있을까요? 그런 집이 집이기는 할까요? 저는 그렇게 버려진 계집이에요. 호랑이한테 물려갈 팔자에다 주변 사람 모두의 팔자를 그르치게 만드는 계집이고요. 여천 스님, 이런 저는 괜찮으셔요?

마디마디 맺히고 꼬인 자기 일생을 고스란히 털어놓은 모지 스님 목소리에 눈물이 배어 있었다. 어찌 이처럼 끌리는가 하였더니 서로 겪은 아픔들이 내통했기 때문인 듯했다. 범도는 모지 스님을 향해 팔을 벌렸다. 모지 스님이 품속으로 들어왔다. 안겨서 어깨를 떨며 울었다. 그를 싸안은 채, 그의 민머리에 입술을 댄 채 범도도 울었다. 울기 위해 만난 것 같았다.

"대장! 대장! 자면서 어찌 그리 울어? 많이 아파? 눈 좀 떠봐."

수협이 범도 몸을 흔들며 일어나라고 채근하고 있다. 범도는 눈물을 훔치고 눈을 뜬다. 해 질 녘에 누웠는데 밖이 환하다. 석왕사 성취암에 자리 잡고 난 근 며칠 산자락을 다듬어 훈련장을 만드느라 애를 썼더니 몸살이 났다. 영산 스님이 홍범도 의병대한테 성취암과 대중방을 내주고 절 뒷산을 훈련장으로 쓰라고 허락한 차였다.

"무슨 설운 꿈을 꿨기에 그리 울었어?"

아내를 놓친 이후 처음으로 그이 꿈을 꿨다. 꿈을 꿨다기보다 아내와 만나던 무렵의 일들을 상세히 기억해낸 것 같다. 둘이 마주 안고 한참이나 울었다는 사실을 잊고 지냈는데 꿈속에서 생생히 봤다. 그날 밤 이후 이듬해 이월까지 밤마다 신충사를 찾아다녔다. 이월 말에 지담 스님이 범도가 밤마다 나다닌 사실을 알게 되었고 까닭이 신충사 상좌승 모지 때문이란 것도 알게 됐다. 지담 스님이 범도한테 절 밖으로 한 발짝도 나가지 말라는 금족령을 내렸다. 금족령 한 달이 지난 사월 초에 신충사 화선 스님이 신계사로 쳐들어왔다. 화선 스님이 지담 스님한테 요구했다. 모지 스님이 수태했다고, 하여 파문시켰으니 여천도 파문하라고. 재가 불도가 된 둘을 혼인시켜 중들끼리 정분난 추문을 가라앉히자고. 그렇게 되어 신충사 법당에서 작수성례하고 내외간이 되어 금강산을 벗어났다.

"무슨 꿈을 꿨는지 벌써 생각나지 않네. 시간이 얼마큼 됐어? 새벽 예불 때 깨우지."

"몸살 나서 끙끙 앓는 사람을 예불하라고 깨워? 아무튼지 지금은 일어나보게. 의병대에 들겠다고 여섯 사람이 새로 왔네."

안변 포수 최순득이 처음 데리고 온 의병 자원자가 10명이었다. 고성 포수 우석문이 최 포수를 찾아왔다가 합류했다. 10일 만에 20명이 넘었고 20일 만에 38명이 됐다. 6명이 새로 왔다면 44명이다. 현재 소총 12정에 화승총이 6정. 최 포수와 우 포수가 화승총을 가지고 합류하였으므로 총기가 도합 20정이다. 인원수만큼의 총기를 구해야 하고 총기를 구하려면 일본군을 찾아가 전투를 벌여야 한다.

"어디 있나?"

"훈련장 구경하고 있어. 태양욱과 이개동이 홍범도 부대의 훈련

97

방법에 대해 설명하고 있지."

문천 태생인 태양욱과 평강 태생인 이개동은 몇 군데 붙인 의병 모집 글귀를 보고 자원했다. 둘 다 제 고을 관아에서 관졸 노릇을 하다가 앞날이 없다 여기던 차에 의병이 되기로 결심했다. 졸병이었을지라도 조직 안에서 지낸 경험이 있고 화승총을 능숙히 다룰 줄 알았다. 범도와 수협에게는 고맙고 고마운 인재들이었다.

"새로 온 사람들 밥부터 먹여야 할 텐데, 아침 공양 시간 지났지?"

의병이 되겠다고 찾아온 이들 중에 끼니때 맞춰 배불리 먹는 사람은 없었다. 하나같이 하루 두 끼니 간신히 먹는 이들뿐이었다. 늘 뺏기고 밟혀온 이들. 배불리 먹고 등 따시게 사는 이들은 나라가 어찌 되는지 별 관심이 없는 듯했다. 그들에겐 자신의 울타리만 안전하면 되는 것 같았다. 나라가 무너지면 자신의 마당을 두른 울타리가 얼마나 허술하게 넘어질 수 있는지 생각지 않는 것이다.

"그렇잖아도 공양주 스님한테 새로 온 사람들 먹을거리를 부탁드려놨어. 곧 점심때라 콩비지 탕을 끓이실 모양이더군. 버섯 많이 넣어서 푸짐하게 끓이신다 하니 새로 온 사람들도 같이 먹으면 되겠지. 일어날 텐가?"

"일어나야지. 일어나서 우리 부대가 치를 전투를 준비해야지."

덕원 원산포구에 있는 일본군 보급창을 칠 계획이다. 아직 총을 익히지 못한 대원이 반수나 되지만 소총을 마련하는 게 급선무였다. 또 대식구가 석왕사에서 얻어먹고 살 수 없는바 식량도 다시 마련해야 했다. 수협이 제 처가에 가서 살림을 맡은 처형한테 의병대를 만들었다고, 식량을 지원해 달라고 청했다. 처형이 기꺼이 햅쌀 열 섬과 겉보리 다섯 섬을 내주고 머슴들을 시켜 실어다주기까지 했다. 수협이 마련해온 식량 덕에 석왕사에 있는 게 떳떳했지만 그게 얼마나 가겠는가.

또 원산포구 상황이 변한 참이라 오래 미룰 수도 없었다. 원산포구에 어창을 가지고 있는 고만동이 제 아우 고천동을 통해, 일본 배에 실렸던 일군 보급품이 새로 마련된 보급품 창고로 옮겨졌다고 기별해왔기 때문이다.

일군 보급창이 된 건물은 원래 조선 수군 관북 병참이었다. 덕원부영 관할 건물이긴 할지라도 관북 수군이 없어진 이래 덕원 부사나 아전들의 개인 창고로 쓰여왔다. 일본군이 들어오면서 무슨 수를 썼는지 일군 보급창으로 변했다.

홍범도 부대의 전투 기조는 단순했다. 일본 무기를 뺏어 일본 것들을 물리친다는 것.

5
의병들

을미년(1895년) 동짓달 열하루 정오, 어제 몇씩 짝지어 석왕사를 출발한 의병대원들은 원산포구에 있는 고만동의 어창에 모였다. 고만동 어창은 포구 서쪽 가장이에 자리했고 일군 보급창은 포구 동편 선창 가까이에 있었다. 원산포구는 15년 전인 경진년에 부두 축조 공사를 시작해 이태 후인 임오년 4월에 완공하고 개항했다. 관습대로 포구라고 부르기는 해도 보통 포구와는 다르게 원산포구는 신식화되었고 범도가 일을 당했던 몇 해 전과도 비할 수 없이 크고 넓어졌다. 사람도 덩달아 많아졌다. 범도는 그간 고천동을 데리고 세 차례 사전 답사를 했다.

고천동은 금년 열여덟 살로 제 열네 살에 자신이 구한 범도를 사뭇 따랐다. 4년 전에 범도는 옥영과 함께 그의 친가가 있는 북청 안산사로 향하던 중에 덕원에서 건달패거리를 만났다. 놈들을 얕봤던 탓에 머리통이 깨지며 쓰러졌다. 깨어난 곳이 원산포구가 바라다보이는 대고도 앞갯골 고만동 집이었다. 고천동이 쪽배에 실려 있던 범도를 발견했다. 첨에 시신인 줄 알았다고 했다. 깨진 머리통에 파리 떼가 와글와글 붙어 있고 곧 구더기가 슬게 생겼더라고 했다. 범도가 깨어난 것은 쓰러진 날로부터 열하루 뒤였다.

고만동 형제가 건달패거리 정체를 알아왔다. 덕원 바닥에서 건달패로 유명했던 놈들이었다. 놈들은 범도가 죽은 걸로 여기고 쪽배에 실어 바다에 띄워버리고 옥영을 여각에 팔아먹었다. 범도는 깨어나서도 보름이나 지나서야 몸을 움직일 수 있었다. 실려왔던 쪽배를 타고 원산포구로 돌아갔고 고만동과 함께 밤에 여각 주인 할멈 방으로 들어갔다.

여각 할멈에 따르면 옥영은 잡혀왔던 이튿날 새벽에 갇혀 있던 광에서 도망쳤다. 이불을 찢어 꼬아서 줄을 만든 뒤 갇혀 있던 광의 창을 통해 달아났다. 범도와 고만동은 강도로 위장하느라 여각 할멈이 감추고 있던 돈궤를 뺏어 나왔다. 돈궤를 뺏긴 채 재갈 물려 묶여 있었던 여각 할멈은 이튿날 식구들한테 발견된 뒤 고래고래 소리를 질러대다가 기함했다. 할멈이 깨어났을 때 풍에 걸렸더라고 했다. 여각 할멈이 강도당하고 풍 맞아 숨만 쉬게 됐다는 소문이 덕원 부중에 짜하게 퍼졌다.

범도는 여각에서 뺏어 나온 돈으로 고만동네 식구로 하여금 원산포구에 어창을 차리게 했다. 천동은 범도 덕에 제 집안 어창이 생겼다고 여겼다. 몇 해 만에 만난 범도가 의병대장이 됐노라 하자 저도 자원했다. 범도는 그를 원산포구에서 정보를 수집하는 고정 의병대원으로 삼았다. 천동은 원체 주변머리가 좋아 첨부터 통역 박가를 찾아다니며 일본어를 가르쳐 달라고 엉겨 붙었던가 보았다. 통역 박가가 고천동을 정식 제자로 들이지는 않았을지라도 아무 때나 보급창을 드나들 수 있도록 길을 터주었다. 범도로서는 뜻하지 않은 수확이었다.

일군 보급창 동정을 살피러 갔던 고천동이 숨차게 뛰어 들어온다. 고만동 내외가 끓인 국밥으로 요기를 하고 있던 대원들이 긴장한 얼굴로 천동을 쳐다본다.

"대장님, 일본군 열두 놈이 새로 들어왔어요. 소가 끄는 수레를 석 대나 데리고서요. 물건을 실어가려나 봐요."

"수레꾼들은 우리 조선 사람이던?"

"역마차꾼들인 것 같던데요?"

"당장 짐을 싣기 시작하던?"

"아니요, 통역 박가하고 역마차꾼들은 돌포네 주막으로 들어갔고요, 일군들은 창 안 급식소로 들어가는 거 보고 왔어요."

"대문 앞에 선 경비병은 몇이고?"

"두 놈이요."

보급창 옆에 있는 돌포네 주막에서 일군 급식소도 운영한다. 반찬은 주막에서 만들고 밥과 국만 급식소에서 끓여 내는 식이라 했다.

"밥 먹고 다시 가서 짐을 서둘러 싣는지, 여유를 부리는지 살펴봐라. 그들이 오늘 떠날 것인지 오늘 밤은 여기서 묵고 내일 아침에 출발할지 알아보라는 것이다."

수협이 대원들 식사 수발을 들고 있던 고만동과 함께 나섰다.

"대장, 우리가 우선 돌포네에 가보고 오겠소. 천동이는 밥 먹어라."

"그럼 다녀들 오시오."

두 사람이 주막에 밥 먹으러 가는 듯이 여상하게 어창을 나간다. 만동네 어창 전 주인이 돌포 부친이었다. 돌포는 어릴 때부터 고기 잡이는 물론이고 배 타기 자체를 싫어했다. 뱃멀미 때문이었다. 돌포는 부친이 살아 있는 동안은 어창에서 어부들과 장사치들을 상대했다. 부친이 돌아가자마자 어창을 매물로 내놓았다. 그 어창을 고만동네가 매입했다. 돌포는 어창 판 돈으로 포구 동편에다 규모가 제법 큰 주막을 열었다. 동편 끝에 있어 외진 돌포네 주막은 술꾼과 노름꾼들의 집합소가 되었다. 달포 전 일군이 들어오자마자 술 시중드는 계집 셋을 들여놓았다고 했다.

대일본제국 조선 덕원 군창軍倉.

보급창 대문 현판에 그렇게 버젓이 쓰여 있다. 대문채 추녀가 부영 대문처럼 높고 넓다. 보급창을 둘러싼 담장은 부영 담장처럼 7척 높이고 쪽문 하나 달려 있지 않다. 일군이 차지하면서 허물어진 담장을 보수한 탓에 파고들 틈이 없었다.

범도와 수협은 부대를 4개 소대로 나눴다. 1소대는 홍범도 이하 소총수 6명이고, 2소대는 김수협 이하 소총수 6명이다. 1, 2소대는 보급창 담을 넘어 침투한 뒤 보급창 내에 있는 일군을 사살키로 했다.

3소대는 포수 최순득 이하 화승총수 4명과 부사수 4명, 보조병 8명이다. 4소대는 포수 우석문 이하 화승총수 4명과 부사수 4명, 보조병 8명이다. 1, 2소대가 보급창을 치는 동안 3, 4소대는 주변을 경계하면서 포구 사람들이 군창으로 다가오는 것을 막기로 했다. 더

하여 돌포네 주막에서 묵고 있는 역마차꾼 셋을 생포하면서 돌포네 주막 붙박이 식구들을 장악하기로 했다.

범도와 수협이 먼저 대문채 옆 담장 위로 올라선다. 일군들은 조선 사람들을 꿈쩍도 못 하는 허수아비나 돌멩이 정도로 여기는 성싶다. 한 달 전 철령에서 제들 병사 12명과 통역을 잃었음에도 경계하는 기미가 전혀 없다. 숙사 다섯 방 중 가운데 있는 큰 방 불이 환하고 시끌벅적하다. 노름판을 벌인 것 같다. 창고 앞에서는 경비병 둘이 화로에 손을 쬐고 있다. 눈은 내리지 않아도 동짓달 밤바람은 살을 엔다. 경비병들은 군복 위에 두툼한 외투를 입었고 군모에 덧쓴 털모자는 귀를 다 덮고 있다.

대문채 옆 마당으로 내려선 두 사람은 창고 뒤편에서 양쪽으로 갈라져 창고 앞이 보이는 모서리에 선다. 고개를 빼서 서로를 확인하고는 경비병들한테 살금살금 다가가 동시에 달려든다. 머리통을 붙안고 단도 잡은 손을 옷깃 안으로 집어넣어 목을 깊숙이 긋는다. 두 사람 다 마른 풀로 만든 허수아비나 동지들을 상대로 수백 차례 예행을 했을망정 사람 목을 따기는 처음이다. 사냥꾼인 범도에 비해 약초꾼인 수협한테는 사람 목 따는 게 더욱 어마어마한 일이라 뒤늦게 손이 떨린다. 수협이 후우, 긴 숨을 내뱉자 범도가 어깨를 툭툭 쳐 긴장을 풀어준다.

아직 숨이 덜 넘어간 경비병들을 그 자리에 두고 소총과 탄대를 거둬놓고 돌아선다. 그사이 담을 넘어온 대원들이 다가들어 두 사람 앞에 정렬한다. 숙사 왼쪽 두 방은 범도의 소대원 4명이, 오른쪽 두 방은 수협의 소대원 4명이 맡고, 가운데 큰 방은 범도와 수협, 태양욱과 이개동이 맡기로 한다.

"진입."

범도가 낮은 목소리로 명령하면서 가운데 방을 향해 곧장 다가든
다. 앞서 툇마루로 올라선 양욱과 개동이 미닫이문을 양쪽에서 잡
아당긴다. 방문 앞에 나란히 선 범도와 수협이 방 안을 향해 총을 쏘
기 시작한다. 노름하는 놈들이 총기를 끼고 있겠는가. 놈들은 다 빈
손이다. 범도는 왼쪽에 있는 놈들, 수협은 오른쪽에 있는 놈들의 심
장이나 머리통을 한 놈 한 놈 겨누면서 차근차근 쏜다. 양욱과 개동
도 함께 쏜다. 아수라판이다. 뛰다 떨어지고 엎드리다 쓰러지고 피
가 튀고 살점이 튄다. 화약내와 뒤섞인 피비린내가 진동한다.

단번에 숨통을 끊어라. 그게 피차 덕이다.

그렇게 범도가 수협한테 총격술을 가르쳤다. 수협은 대원들을 그
렇게 가르치고 있었다. 머리통을 날리는 게 가장 정확하다고. 한 차
례씩 재장전해서 쏘는 동안 큰 방에 모여 놀던 스물네 놈이 전부 널
브러졌다. 양쪽 네 방은 어두웠던지라 시간이 조금 더 걸렸다. 총소
리가 그치자 수협이 외친다.

"각 방 앞에 홰가 걸렸다. 어딘가에 다른 홰들도 있을 것이다. 최
용학과 1소대원들은 횃불을 있는 대로 만들고 각 방에 넘어져 있는
자들을 마루로 끌어내라. 박진오와 2소대원들은 창고를 열어 물건
을 살피고 우리한테 필요한 물건들을 우리 대원 수보다 세 배수만
큼 챙겨라. 태양욱과 이개동은 대문을 열어놓고 나가 돌포네 주막
상황을 알아보라. 실시."

각자 명 받은 대로 하기 위해 뛰어나간다.

왼쪽 첫 번째 방에 혼자 있던 자가 소대장 가지야마였다. 여럿이 쏴댄 탓에 온몸이 피 칠갑이 됐다. 오른쪽 끝 방에 혼자 있던 자가 통역 박가였다. 박가 꼴도 가지야마와 비슷하다. 큰 방에 쓰러져 있는 24수를 아울러 38수다. 개중에는 숨이 덜 끊어진 놈이 있기도 했지만 내버려두면 될 자들이었다.

포구 사람들이 죄다 몰려온 것 같다. 덕원 부내에 본집을 가진 이들도 있지만 어창 안쪽의 살림집에서 사는 사람들이 태반이다. 외지에서 들어온 일꾼들은 말할 것도 없다. 수협이 범도한테 다가와 말한다.

"대장, 포구 사람들을 모두 마당으로 들여놓는 게 어때? 구경하러 왔으니 구경케 해줘야지. 창고 안 물건을 가져가게 하자면 어차피 들여야 하고."

"널리 소문나게 한다! 그게 자네 방침이지. 뜻대로 하게."

수협이 씩 웃고는 대문 앞으로 나와 외친다.

"모두 안으로 들어오십시오. 마당 가장이로 둘러서시는 겁니다."

대문 밖에서 수군대던 사람들이 들어와서는 쥐 죽은 듯이 고요해진다. 마루며 방에 널브러진 주검들을 보고 놀란 것이다. 고만동과 고천동 형제도 사람들 틈에 구경꾼처럼 섞여 있다. 고씨 형제는 앞으로도 원산포구에서 살아야 하므로 의병대원으로 알려지지 않게 했다. 돌포네 주막에 있던 역마차꾼 셋은 끌려와 떨고 있다. 돌포는 밤이면 제 본가에 가는지라 주막에는 손님과 일꾼과 논다니 계집들만 있었다.

사람들을 둘러본 수협이 범도한테 몸을 기울여 말한다.

"대장, 포구 사람들한테 몇 마디 해. 우리 정체가 뭔지 궁금해하잖아."

"몇 마디만 해?"

범도의 되물음에 흐흥, 웃은 수협이 맘대로 하라고 속삭인다. 범도가 마당 한가운데로 나선다. 수협이 1, 2소대원들에게 대장 뒤편에 반원으로 둘러서라는 신호를 보낸다. 대장 권위를 높이기 위함이다. 대장 권위를 높이고 홍범도 부대의 위상을 높이면서 군율을 만들어가는 과정이다. 1, 2소대원들은 한 달 만에 총술에 능숙해지고 그에 비례하여 군기가 잡혔다. 태양욱과 이개동을 비롯한 소대원들이 기민하게 움직여 범도 뒤에 반원 형태로 둘러선다. 내용이 태도를 만들고 그 태도가 새로운 내용을 만든다. 대장 홀로 서 있을 때보다 대원을 두르고 있으니 훨씬 멋져 보인다.

수협이 보기에 홍범도는 타고난 대장감이다. 나이가 같고 타고난 신분이 같고 같은 곳을 보며 하는 일이 같다고 천품이 같은 게 아니었다. 수협은 자주 홍범도가 자신보다 백 년쯤 더 산 것처럼 느낀다. 겪을수록 더 특별해지는 홍범도 곁에서 김수협이라는 하잘것없던 인간이 날마다 새로워졌다. 내가 멋지고 굳센 사나이가 되는 것 같다고나 할까.

범도가 포구 사람들을 마주하고 서서 입을 연다.

"우리는 작금 조선에서 일어나고 있는 많은 의병 중 한 부대입니다. 혹 들으셨는지 모르지만 우리 부대는 한 달 전, 10월 10일 아침에 철령에서 전투를 개시했습니다. 철령에서 일본군 열둘을 사살하고 무기를 탈취했지요. 오늘 전투는 우리 부대의 두 번째 전투이고, 저는 이 의병부대 대장인 홍범도입니다. 의병대장으로서 제가 여러분께 드릴 말씀이 있는데, 들어주시렵니까?"

긴장했던 사람들 틈에서 박수 소리가 난다. 고천동이 내는 소리다. 고만동이 박수를 보태자 마당가에 둘러선 사람들이 다 같이 박수를 쳐댄다. 범도가 손을 올렸다가 내리자 조용해진다.

"작금 우리 조선은 외세에 의해 차근차근 먹히고 있습니다. 특히 일본에 의한 침탈이 심합니다. 이 원산포구가 일본이 우리 조선을 침탈하는 한 교두보가 되었고요. 여러분이 잘 아시다시피 한 달 전에 이 원산포구를 통해 일본군 1500수가 우리 조선으로 들어왔습니다. 앞으로도 계속 들어올 것입니다. 일본군이 우리 조선에 무엇 하러 들어오겠습니까? 이 포구에 사시는 여러분 장사를 도와주러 오겠습니까? 그럴 리가 없지요. 우리 조선을 도와주러 오겠습니까? 절대 그렇지 않고요. 몇백 년 전, 임진년에 왜란이 있었습니다. 그때 왜군이 우리 조선에 들어와 어찌했는지, 당시에 살지 않았다고 해서 우리가 모릅니까? 몇백 년이 지났음에도 우리가 임진년과 정유년의 참상을 알고 있는 까닭이 무엇입니까? 우리 조상들이 겪은 재앙이 그만치 컸기 때문이지요. 우리 백성 수십만 명이 죽고 수만 명이 왜국으로 끌려가 노예가 되었다고 하지 않습니까. 그렇게 끔찍했던 와중에도 우리 조상들, 우리 백성들은 끝내, 끝끝내 우리 조선을 지켜냈습니다. 그러했기에 현재 우리가 여기 있습니다.

우리 조선이 또다시 왜국, 일본으로부터 침략을 당하고 있습니다. 우리 강토를 차지하려는 일본 놈들의 무력과 계략은 우리 조선 사람들이 상상해본 적 없는 방식으로 진행되고 있습니다. 지난 팔월에 한성에서 일어난 참극을 여러분도 알고 계실 겁니다. 일본 공사 미우라라는 놈이 왜놈 칼잡이들을 2백 수나 이끌고 대궐로 쳐들어가 왕비마마를 시해했다고 합니다. 왕비마마가 제놈들 뜻에 부합하지 않았기 때문이지요."

군중들이 처음 듣는 말인 듯이 웅성거리기 시작한다. 왜놈들을 쳐 죽이라거나 쫓아내라거나. 왕실은 백성들로부터 너무 멀리, 너무 높이 있지만 내 나라, 우리나라 왕실인 게 분명하고 왕비 또한 그러했다. 내 나라 왕비가 일본 놈들 손에 죽었다는 말에 분노할 수밖에 없다. 한참 동안 소란하게 놔두던 범도가 손을 들었다가 내린다.

"여하튼, 일본 놈들이 우리 강토를 뺏고 우리 조선 사람을 제놈들 도구로 써먹으려는 책략이 그토록 간교하고 교묘하고 극악합니다. 우리가 정신을 차리지 않으면 일본 아가리 속으로 들어간다는 것이죠. 그리되지 않으려면 우리는 각자 방식으로 할 수 있는 껏 최선을 다해 우리를 지키면서 일본을 몰아내야 합니다.

우리 부대가 이 원산포구에 있는 일본군 보급창을 없애기로 한 까닭입니다. 이 보급창을 없앰으로 일본과 일본군에 큰 타격을 가했다고 할 수는 없을 것입니다. 그렇지만 우리가, 조선 백성이 두 눈 부릅뜨고 있다는 걸 알리는 소기의 목적은 이뤘노라, 여기렵니다. 또한 우리가 여기서 취하고자 한 것은 무기와 군수품입니다. 오늘 밤 우리 부대는 여기서 총 37정과 탄알 2천여 개, 권총 1정, 폭탄 50점, 화약 백 근쯤을 구했습니다. 양곡 30섬과 천막 5점도 취했습니다.

저 창고 안에는 일본 군인 1500여 수가 일 년쯤 쓸 각종 일상용품이 들어 있습니다. 군인이 일상에서 쓸 물건은 보통 사람도 쓸 수 있 겠지요. 일찌감치 개화하면서 신문물을 받아들인 일본이 만든 것들 이라 우리 조선으로 보아서는 신식 물건들이 많겠고요. 저 창고에 든 것을 전부 우리 의병대가 가져다 쓰고 싶은 맘이 간절합니다만, 이제부터 쫓겨야 할 우리 기동성에 문제가 생기겠기에 포기했습니 다. 포기하면서 이렇게 결정했습니다.

여러분이 우리 의병들 활동자금을 지원한다 치시고 한두 돈, 한 두 푼씩이라도 내신다면 저 창고에 있는 물건들을 두 팔에 들고 안 을 수 있는 한 맘껏 가져가시게 하겠다는 것입니다. 당장 돈푼을 가 지고 계신 분은 우선 창고 문 앞에서 줄을 서시고, 안 가지고 계신 분은 처소로 가시어 푼돈이라도 가져오신 뒤에 줄을 서주십시오. 다시금 말씀드립니다. 여러분이 한두 푼이라도 내주신 돈은 이후 우리 의병대가 일본군을 상대로 싸우면서 우리 조선을 지키는 군자 금이 됩니다. 여러분이 조선과 여러분 식구들과 자신을 지키는 의병 이 되시는 것이고요.

지금이 이경 중간쯤일 것인바, 앞으로 한 시진간, 자정 즈음까지 만 창고 물건을 내겠습니다. 그쯤에, 창고에 물건이 남아 있더라도 저 38구의 주검을 창고 안에다 넣고 불을 지를 것입니다. 숙사며 별 채, 헛간채, 대문채까지 모조리 태워서 이곳을 비워버린 후에 우리 는 떠날 것이고요. 지금부터 실시합니다."

수협은 어리떨떨해져 대장 범도를 쳐다본다. 창고 물건을 포구 사람들이 가져가게 한다는 것까지는 의논이 됐다. 푼돈이라도 받고 가져가게 한다는 말은 없었다. 포구 사람들에게 물건을 팔겠다는 건 활동자금을 마련하기 위한 것이자 포구 사람들 모두를 공범으로, 혹은 의병으로 만들겠다는 의미가 아닌가. 범도는 사람들을 마주하고 말을 하는 동안 그 생각을 해낸 것이다.

"부대장, 뭐 해?"

범도가 수협을 향해 씩 웃으며 어서 명을 시행하라고 턱짓한다. 수협은 3, 4소대장인 최순득과 우석문에게 다가들어 창고 문 앞에서 돈을 받으며 사람들을 들여보내라고 지시한다.

푼돈이라도 지녔던 사람들은 창고 앞에서 줄을 섰다. 만동과 천동이 맨 앞이다. 천동의 동무라던 성집과 감우가 같이 있다. 천동에 따르면 성집과 감우는 의병대에 들겠다고 했다. 빈손이었던 이들은 자신이 묵던 곳으로 달려가느라 바쁘다. 돈을 가지러 갔던 이들이 포구에 남았던 사람들을 달고 오기도 했다.

넷씩 창고 안으로 들어간 사람들은 겉옷들을 벗어 펴놓고 묶어지는 만큼, 두 팔로 안을 수 있을 만큼씩, 한껏 욕심을 내가며 물건을 펴냈다. 한 시간쯤 지나자 창고에 있던 각종 물건이 사그리 사라졌다. 모인 돈이 얼추 6백 냥이나 됐다. 포구 사람들은 재량껏, 그렇지만 최선을 다해 홍범도 부대의 군자금을 지원한 것이다.

3소대장 최순득과 4소대장 우석문이 소대원들과 함께 양곡이며 무기 등이 실린 수레 석 대를 이끌고 석왕사를 향해 먼저 떠났다. 짐을 싣고 금성창까지 가기로 했던 역마차꾼 세 사람은 손발을 묶어서 돌포네 주막 광에 가뒀다. 문을 잠그기 전에, 사흘 뒤 덕원 역참에서 소와 수레를 찾아가라고 일러줬다. 내일 아침에 돌포가 주막에 오면 보급창이 없어지고 돈을 벌어주던 일본군이 없어진 것에 분노해 펄펄 뛰겠지만 역마차꾼들을 풀어주긴 할 것이다.

3, 4소대가 노획물 실은 수레를 이끌고 떠난 뒤 남은 대원들은 창고 안 선반이며 진열대를 부순다. 판자 조각들을 쌓아두고 주검들을 들어다 그 위에 걸쳐놓는다. 걸쳐놓은 주검들 위에다 화약을 뿌린다. 대문채며 별채, 숙사와 헛간에도 화약을 고루 뿌렸다. 두 번 다시 이곳이 일군의 보급창이 될 수 없도록 만들려는 것이었다.

"점화!"

수협이 소리치자 열 명의 대원들이 각기 들고 있던 횃불을 맡은 장소에다 대고 다녔다. 창고와 숙사와 헛간채에 동시에 불이 붙었다. 아래쪽에서 붙은 불들이 삽시간에 기둥을 타고 올랐다.

"일동, 대문 밖으로 퇴진."

수협의 명에 모두들 대문 밖으로 물러난다. 마지막으로 대문을 빠져나온 태양욱이 들고 있던 횃불을 화약을 부어놓은 대문의 양 설주 밑에다 댄다. 안쪽 양 벽으로 밀어붙여 놓고 화약을 발라놨던 대문짝 아래에도 횃불을 댄다. 화라락 치솟은 불길이 상방 위에 뿌려놓은 화약에 올라붙는다.

"일동, 배화역을 향해 출발 준비."

낮에 수협이 고만동과 일군 동정을 알아보러 돌포네 주막에 갔다가 새로운 사실을 알아왔다. 내일 다른 일군 1개 소대가 보급창에 오기로 돼 있다는 것이었다. 돌포네 주막에서는 내일 도착할 그들을 맞이할 채비로 바빴다. 일군 1개 소대 25수에 둘에 역마차꾼 셋까지, 오늘 온 숫자와 같았다. 그 사실을 대장한테 전한 순간 다음 전투가 정해졌다.

―그놈들을 치기로 하지.

새로 맞닥뜨릴 적군이 25명인바 대장은 소총수로 이루어진 1, 2소대원으로만 잡겠다고 했다. 접전 장소는 배화고개였다. 오늘 얻은 폭탄 50점 중 몇 개를 쓰면서 배화고개에서 일군을 잡겠다는 계획이다.

"부대장님, 출발 준비 마쳤습니다. 그리고 우리 부대에 입대하겠다는 청년 넷이 와 있습니다. 만나보시렵니까."

바짝 다가온 이개동이 대장 쪽을 쳐다보면서 수협에게 속삭인다. 대장이 벅수처럼 서 있으므로 부대장인 수협의 눈치를 본다. 소총을 멘 대장은 반듯하게 서서 불집이 되어 타오르는 대문채와 그 불길 안쪽에서 거대하게 타오르는 창고와 숙사 등을 건너보고 있다. 멍한 상태 같다. 그는 이따금 한번씩 그렇게 혼이 나간 듯이 보일 때가 있다. 그럴 때 자신이 얼마나 고독해 보이는지, 또 위태로워 보이는지 그는 모를 것이다. 수협은 입대하겠다는 청년들을 만나보기 위해 돌아선다.

6
한성, 겨울

6년여 전 황해도 수안군 천곡에 있는 종이공장에서 나왔을 때 범도는 아예 조선을 벗어나 청국으로나 가자고 생각했다. 로서아로 가는 것도 괜찮을 것 같았다. 세상이 얼마나 너르고 높고 깊은지 보고 싶었다. 너르고 높고 깊은 천지간을 한정 없이 걷다보면 문득 여기다 싶은 곳이 생기지 않으랴. 여기다 싶은 거기 멈춰 살아보자. 그곳에서도 또 떠나야 할 일이 생길 수 있겠지만 그건 그때 생각하면 될 터. 그랬다.

떠나기 전에 금강산과 백두산을 올라보기로 작정한 까닭도 같았다. 사철 아름답다는 금강산과 조선에서 제일 높다는 백두산을 올라봐야 높음과 낮음, 깊음과 얕음을 알 수 있지 않을까 싶었다.

금강산을 향해 가던 중에 평강 장거리 주막에서 백인근 선생을 만났다. 그가 이름이 뭐냐 물었다. 홍범도라 하니 그가 되물었다.

— 지난 정해년 2월에 평양 양각나루에서 왜상 하세가와 우영
장 유등을 물먹이고, 감영 옥청에서 도깨비처럼 빠져나가 달아나던
중에 유등이를 찾아가 조져놓고, 평양서 영영 사라졌다는 그 홍범
도가 혹시 자네인가?

자신도 모르게 본명을 밝히고 나서 아차 싶던 범도는 백인근 말
에 몹시 놀랐다. 우연히 들른 주막 봉놋방에서 평양 일을 정확히 거
론하는 사람을 만나다니. 백인근이 웃더니 말했다.

— 그 청년이 이 청년인 게 맞는 게로군.

부인하기엔 늦었고 부인하고 싶지도 않았다.

— 선생님께서 어떻게, 3년 전 평양에서 함께 있던 그 이름들을 정
확히 아십니까?

범도 질문에 백인근이 설명했다. 그는 평양 감영 옥청에서 탈출
하게 도와준 진위대 좌영장 주홍석과 무과 입격 동기였다. 임오군
란 당시 백인근은 무위영 장교였다. 그는 임오군란 주동자 중 한 사
람이었다. 임오군란이 발발하자 조정은 청국 군대를 끌어들였고 제
물포로 도망쳤던 일본 공사 하나부사는 1500이나 되는 일군을 이
끌고 한성으로 돌아왔다.

— 우리는 도망치거나 죽거나 잡히거나 했지. 나는 허벅지며 어깨
에 총상을 입고 동무 집으로 은신했는데, 아, 한성 와룡방에 사는 홍
규식이라는 사람을 아나? 내 동무인데, 혹시 자네하고 일가가 되나
싶어서.

규식이라는 이름은 아버지 준식과 항렬이 같았다. 예전에 갑신정
변 주도자 중 한 사람이 홍영식이라고 들었을 때도 아버지와 같은

항렬이라는 생각을 한 적이 있었다.

— 일가가 아주 단출합니다. 한성이건 어디건 일가 있다는 말을 듣지 못했고요.

— 그렇구먼. 여튼 홍규식을 기억해두게. 홍규식은 갑신정변을 주도한 홍영식과 사촌지간이기도 하다네. 예전에 〈한성순보〉라는 신문이 있었잖은가. 갑신정변으로 폐간되고 말았는데 홍규식은 〈한성순보〉 시절에 신문 일을 하다가 폐간된 후로 〈한성신문〉을 내고 있지. 출판 일도 겸하고 있고. 혹여 자네가 한성 갈 일이 있으면 와룡방 그 댁으로 찾아가서 내가 소개하더라 하면 반가워해줄 걸세. 또 나는 매년 정월 보름 즈음엔 한성에 있기 십상이니 홍 선생 댁으로 오면 나와도 닿게 될 걸세. 여튼 내가 임오년 이후에 고향인 함흥으로 돌아가 가업을 이어서 곡물상을 벌이게 되었는바 평양에 이따금 가서 주 군관을 만난다는 거지. 주 군관한테서 자네 얘기를 들었다는 것이고. 자네는 평양 성민들한테 도깨비 같은 사나이이자 신비로운 영웅이 돼 있다더군.

범도가 열아홉 살이었던 병술년 이월 초에 평양 진위대 우영에 출동령이 떨어졌다. 우영장 유등을 따라간 양각나루에 평양 성민 수백 명이 모여 쌀을 실어내던 일본 미곡상한테 소리를 질러대고 있었다. 일본 고베에서 와서 고베 미곡상이라고 자칭하던 하세가와라는 놈은 스무 살을 간신히 넘었을 만치 젊었다. 놈이 평양 쌀을 헐값에 사서 반출하려다 성민들한테 걸린 것이었다. 분노한 성민들이 쌀가마니 선적을 가로막고 대치 중이었다. 출동한 유등은 어찌 된 영문인지 알아보지도 않고 대뜸 하세가와 편을 들었다. 양국 무역을 자유롭게 한다는 조일수호조규를 들이대며 성민들한테 국법을 어긴다며 호통을 쳐댔다. 성민들이 물러나지 않자 유등이 진위대 병사들한테 성민들을 쫓아내라고 명령했다. 발포 명령은 아니었어도 말을 듣지 않으면 총 개머리판으로 쳐서라도 내쫓으라는 뜻이었다. 그가 명령을 내리면 나팔수인 범도가 나팔을 불어 전달하는 게 순서였다. 진위대 일등 사격수로 뽑혀 한성에 파견되었다가 돌아왔어도 범도는 처음 입대했을 때와 똑같이 나팔수였다.

─나팔수 홍범도, 신호하지 않고 뭘 하느냐?

마상에 앉은 유등이 채근했으나 범도는 나팔을 불기 싫었다. 그날 낮에 호두알만 하게 빚어진 주먹밥 하나를 먹었다. 주먹밥이 주먹만 해야 주먹밥 아닌가? 호두알만 하면 호두밥이라고 불러야 하지 않나. 그런 생각 하면서 밥알을 한 알씩 뜯어 먹고 물을 두 대접이나 마셨다. 아침과 저녁은 풀떼죽일지라도 보통으로 먹는데 점심은 그야말로 마음에 점이나 찍으라는 식이었다. 그건 진영이 가난하기 때문이고 평양 감영이 가난하기 때문이고 관헌들이 나라 살림 경영을 잘못하기 때문이었다. 그런 판에, 더구나 보릿고개까지 닥친 즈음에 평양 쌀이 일본 놈한테 헐값에 팔려나가는 게 옳은가? 평양 진위대 우영장이 일본 상인 편을 들어 평양 성민들을 총 개머리판으로 두들겨 쫓는 게 마땅한가?

─나리 명령에 승복할 수 없어 나팔을 불지 못하겠습니다.

─너, 시방 상관 명에 대서는 것이냐? 죽고 싶은 것이야?

─영장 나리, 소직은 진위대가 나라와 백성을 보호하는 군대라고 듣고 배웠습니다. 소직이 입영하여 4년을 지나오는 동안 그리 교육

받았습니다. 하온데 백성들이 여기 모인 까닭을 아는 병사로서 어찌 백성을 억누를 수 있습니까. 그건 병사의 도리가 아니라고 생각합니다.

― 네 이놈. 누가 네놈한테 상관 명에 불복하는 병사의 도리를 가르치더냐. 어! 당장 움직이지 못할까!

― 못합니다.

군중은 범도한테 환호했고 유등한테 분노했다. 유등이 한 마디만 더 하면 폭동이 날 기세였다. 민사에 군사가 간섭하는 게 옳으냐고 외대는 군중 기세에 밀려 유등이 돌아섰다.

2천 석에 해당하는 평양 쌀은 건졌으나 범도는 진영으로 돌아오자마자 영창에 갇혔다. 국법 능멸죄와 상관 명령 불복죄와 하극상을 일으켰다는 삼중의 죄로 참수형을 선고받았다. 처형되기 전날 밤에 좌영장 주홍석 군관이 7장尺 길이나 될 무명 밧줄을 가지고 영창으로 찾아왔다. 그 밧줄을 이용해 봉창으로 탈출했다.

범도가 백인근한테 물었다.

― 그때 주 영장 나리한테 무슨 일 생겼을까 봐 맘이 쓰였는데, 별일 없으셨답니까?

― 자네가 사라진 게 원체 감쪽같아서 의심받은 사람은 없었다 하더군. 자네랑 같은 숙사를 쓰던 남씨와 자네 옥청 수발을 들던 자네 동무 최잉걸이 한 번씩 추달을 받긴 했으나 그들 또한 전혀 모르는 일로 마무리됐다 했어.

― 다행입니다. 유등 그자, 어쩌면 죽었을 거라고 생각했는데 멀쩡한 모양이지요?

─ 아, 유등 그자. 멀쩡한 것 같지는 않아도 죽지는 않았다데. 그 후 1년이나 운신을 못 해 영장직 내놓고 요양하다가 한성으로 돌아 갔다고 하고. 그자에 관해 재밌는 얘길 해주지. 좀 전에 말한 내 벗 홍규식이 신문이며 출판 일을 하고 있어서 아는 게 아주 많단 말이지. 별기군을 좌지우지하던 호리모도라는 놈한테 별기군 군관 노릇을 하던 유등이라는 심복 졸개가 있었다네.

─ 유등이 일본 놈 심복이었다고요?

─ 그랬다니까. 유등, 그놈이 호리모도를 등에 업고 우리 무위영이며 장어영을 찾아다니면서 얼마나 거들먹거렸는지 내가 그놈을 메 다꽂은 적도 있었어. 아무튼 그렇게 유등을 알고 있던 차에 홍 선생이 새로운 사실을 알려주더라고. 우리가 임오년에 일본 공사관을 쳐서 일 공사인 하나부사가 달아나야 하게 됐을 때, 한밤중이라 제 놈 혼자서는 제물포까지 못 갈 판인데, 유등이 제 발로 불타고 있는 일본 공사관으로 찾아든 거라. 그리고 하나부사 놈을 제물포까지 호위해 데려다줬다는 얘기지. 그 덕에 하나부사 그 개놈이 제물포에 정박해 있던 일군을 이끌고 되돌아왔던 거고."

─ 유등이 그전부터 하나부사와 알고 지냈고요?

─ 호리모도 중개로 유등은 오래전부터 일본 공사관 밀정 노릇을 해왔던 거지. 여튼 유등이 제 목숨을 구해준 셈이니 하나부사로서 는 꽤나 고마웠겠지. 고맙다고 선물한 게 뭐냐면, 손잡이가 금박 된 육혈포였다네. 헌데 그 육혈포는 하나부사가 조선으로 부임할 때 일본 왕이 하사한 것이라더군. 일본 왕이 준 총이 유등한테까지 전해진 것이지.

손잡이가 금박 된 그 권총이 당시 범도 봇짐 속에 들어 있었다. 유등은 무슨 이유로든 범도한테 총 뺏겼다는 말을 밖에다 내지 않은 것 같았다. 범도로서도 그 총 얘기를 하기는 조심스러웠다. 귀중해 감추려 하거나 부끄러워서 내놓지 못한 것이 아니었다. 평양에서 나와 종이공장에서 3년을 지내는 동안 내내 봇짐 속에 들어 있었어도 아직 내 총이라 여기지 못했기 때문이었다. 당시에는 그 총구를 어디에 겨눠야 할지, 무엇을 위해 겨눠야 할지 몰랐다. 자신을 어디다 놓아야 할지, 어떻게 써먹어야 할지도 몰랐다.

　— 임오년에 그리했던 유등이 을유년 시월에 평양으로 왔는데, 어떻게 왔을까요?

　— 임오년에 죽고 다친 우리 군인이 숱하지만 나처럼 살아 있는 자들도 제법 많지. 도성 사는 사람이 제일 많고. 유등 그놈은 나 같은 자한테 걸리기만 하면 죽게 생겼고. 왜냐, 우리는 그놈이나 그따위 놈을 만나면 기어이 죽일 거니까. 그걸 아는 유등이 하나부사와 호리모도를 들쑤셔서 춘천 진위영장 감투를 얻어 쓰고 나가 숨어 지내다가 을유년에는 평양으로 내뺐던 거지. 결국 자네한테 죽을 뻔했다가 살아나서 시방은 탁지부 참사관으로 나다니는 모양이고. 그 또한 일본 놈들과 연결돼 있다는 방증이지.

　밤새 그런저런 이야기를 오래 나누었다. 이튿날 회양으로 가기 위해 장암산을 넘으려던 참에 쇠말뚝 가지고 다니며 산마루에 꽂아대던 다카모리를 처치하게 됐다.

　회양에서 헤어질 때 백인근이 범도한테 함흥으로 가서 같이 살자 했다. 범도는 계획한 대로 금강산 봉우리들을 구경하고 백두산 천지까지 올라가본 뒤에 내키면 함흥으로 찾아가겠노라 했다.

금강산 일곱 봉우리를 올랐으나 함흥으로 가지는 못했다. 의성 대사를 만나서 신계사에 들게 되었고 모지 스님 이옥영을 만났던 것이다.

그로부터 6년이 흘러 한성에 왔다. 그때 만난 백인근 덕분에 와룡방 홍규식 저택으로 찾아왔다.

"홍범도 대장! 반갑소! 이리 찾아와주니 고맙소."

홍규식이 밤중에 찾아든 범도를 끌어안으며 반긴다. 지난 왕후 시해 사건 직후부터 팔도 처처에서 반일 의병대가 조직됐다. 팔도 소식이 역로를 타고 빠르게 번지는지라 다른 의병대들 이야기가 회양이며 안변 등지까지 짜했다.

범도는 다른 지역 의병들이 어디서 얼마만큼 규모로 움직이는지 궁금했다. 홍범도 부대 대장으로서 자신과 동지들이 하고 있는 일이 어떤 의미가 있는지 알고 싶다고나 할까. 아니, 의미를 몰라서가 아니었다.

내가, 또 우리가, 대일 항쟁의 거대한 물결 위에서 숱한 동지들과 함께 움직이고 있음을 실감하고 싶었다. 이제 시작한 싸움을 얼마나 긴 세월 계속하게 될지 알 수 없었다. 그러할 제 나만 어둠 속에서 가없는 싸움을 벌이고 있다는 막막함을 느끼게 될지도 몰랐다. 그리되지 않으려면 다른 지역 동지들의 실체를 확인해야 했다. 또 팔도 의병들이 연합하여 함께 싸우면 일본을 어렵지 않게 몰아낼 것인바 그런 움직임이 있는지 알고 싶기도 했다.

"초면에 이리 반겨주시니 몸 둘 바를 모르겠습니다, 선생님."

철령과 원산포구, 배화고개와 용지원과 금천, 김화 역둔과 평강 장거리까지! 홍범도 부대는 지난 10월과 11월에 걸쳐 일곱 번의 전투를 치렀다. 그 전투들을 통해 일군 174명을 사살했고 그만치 소총을 획득했다. 원산포구에서 44명이었던 대원이 용지원 전투를 치르고 나자 65명으로 늘었다. 그 65명이 평강 장거리로 가서 전투를 치르고 석왕사로 돌아간 게 지난 동짓달 25일이었다. 섣달 들면서 집으로 돌아가겠다는 사람들이 생겨 다시 44명으로 줄었다. 숫자는 줄었으나 전투력은 오히려 상승했다. 몸이 무거운 이들, 연만한 이들이 빠져나갔기 때문이다. 가벼워진 대원들과 맹훈련을 하는데 의병들에 관한 소문을 확인해야 한다는 생각을 떨치기가 어려웠다. 결국 수협에게 대원들 훈련을 맡겨놓고 길을 나섰다.

"우리가 초면인 게 분명할지나 나는 홍 대장이 초면 같지 않소. 백인근 형한테 홍 대장 얘기를 원체 많이 들었거니와 근자에 홍 대장이 치러낸 혁혁한 전과를 듣고 있던 중이라 반갑고 고맙기가 이를 데 없소."

홍규식이 사람을 부르더니 손님 저녁상을 내오라고 이른다. 술도 얹어오라고 덧붙인다. 정 서방이라 불린 이가 공손히 답하고 물러간다. 들어오면서 보니 집이 크고 일꾼이 여럿 같았다. 사랑채만 해도 규모가 상당하다. 여러 책장에 쌓인 책들이 어마어마해 보인다.

"대장이라는 호칭을 선생님께 듣기에는 좀 거북합니다. 제가 행자승 노릇 하던 시절에 받은 법명이 여천이라 자호로 쓰기로 했으니 그리 불러주십시오. 말씀도 편히 해주시고요."

"그리하세, 여천."

그가 대번에 편하게 나오니 범도도 맘이 편해진다.

"다른 의병대 동향을 알고 싶고, 충의계 忠義系도 궁금하여 선생님을 찾아뵀습니다. 예전에 백인근 선생이 언젠가 때가 되면 홍 선생님을 찾아뵈라고 하셨던 게 기억나서요."

"백인근 선생이 언젠가 여천 자네가 찾아오면 이런저런 얘기를 나눠보고 우리 충의계 인재로 영입하라 하더구먼. 충의계가 어떤 조직인지는 백 선생한테 들었나?"

"갑신년 정변을 일으켰던 개화파 근간이 충의계라고 들었습니다. 그곳에 속한 사람들 면면은 모르지만 청국의 속박을 벗고 완전한 자주독립국이 되는 동시에 강성부국을 이루자는 신념으로 이룩된 조직이라고요."

"자네가 아는 면면이 벌써 셋이나 되는구먼. 나, 백 선생, 주 판관까지."

"주 판관께서도 충의계에 들어 계십니까?"

"그렇네. 충의계는 갑신정변 실패 이후 계원 다수가 죽고 거의 와해 지경에 이르렀다가 다시 꾸려지고 있네. 처음에 충의계를 무을 때는 청국 속박을 벗자는 것이었으나 갑신년 이후로는 주적이 일본으로 바뀌었고. 훨씬 은밀해지기도 했지. 입당하려나?"

충의계가 기울어가는 조선을 비끄러매며 지켜낼 수 있으리라 믿는 건 아닐지라도 스승 같고 아저씨 같은 이들이 거기 있으므로 들기로 한다. 이왕 의병 노릇을 시작했으므로 의병대와 연계할 조직이 필요키도 했다.

"워낙 홀로 지내온 세월이 길어서인지 의병을 뭇고 나서도 혼자인 것 같습니다. 그런데 작으나마 조직을 이끌게 되었으므로 혼자이면 안 된다는 생각을 하게 되었고요. 연계의식, 연대감이 필요하다고나 할까요. 입당하겠습니다. 무슨 절차가 필요합니까?"

"절차는 무슨. 나나 백 선생 같은 선참이 보증하고 몇 사람 만나면 되네. 내일 저녁에 몇 사람 부르기로 하겠네."

"예, 선생님. 그 문제는 그리하기로 하고요, 팔도 곳곳에서 의병대가 무어져 싸우고 있다고 하던데 사실입니까?"

"사실이네. 현재 내가 파악하기로만 의주에서 조상학, 해주 심상회, 이천 김하락, 창성 장원섭, 강계 김이언, 춘천 이진응, 강릉 민용호, 홍주 이설, 장성 기우만, 진주 정한용, 문경 이경선, 제천 유인석 등이네. 물론 여천이 자네도 있고. 팔도가 시끌시끌하지. 금세라도 조선이 외세를 누르고 우리 민족의 존엄을 되찾고 자주국방을 이룰 수 있을 것처럼 말이지."

"선생님 어투는 좀 비관적이신데요."

"지난 9월부터 의병대가 무어지기 시작해 넉 달째인데, 산발散發한데다 각개 전투라 전망이 어두워 보이거든. 산개 격파당하지 싶고. 더구나 조정이며 관서들이 거지반 친일분자들한테 점령당한 셈이라 우리 정부가 의병을 적대시하고 있는 꼴이거든. 정부가 의병을 반란군으로 간주하고 있으니 의병들이 오래갈까 싶다는 거지."

"의병대들이 연합할 움직임은 있습니까?"

"한 지역 내에서는 연합하는 것 같더군. 작은 부대가 자신들끼리 싸워보다 아니 되겠다 싶으면 근동 큰 부대로 들어가는 식으로. 그렇지만 크게, 여러 지역 의병대가 연합할 수 있을지는, 지금으로선

가능할까 싶네."

"가능치 않을 까닭이 무엇입니까?"

"누구나 대장 노릇 하고 싶은 거 아닌가? 자네라면 다른 대장 아래로 들어가 아랫사람이 되고 싶겠나?"

"작금 의병 봉기 목적이 대장 노릇 하기 위함이 아니지 않습니까. 의병대장 되어서 영화를 누릴 것도 아니고요. 같은 곳을 향해 나아가기 위함일 제 대장이 누가 되는지는 중요치 않다고 생각합니다. 저만 이렇게 생각지는 않겠죠."

"자네처럼 단순명쾌하기는 쉽지 않지."

"어디 있는 누구 부대가 가장 큰 걸로 파악하고 계십니까?"

"제천에서 일어난 의암 유인석 부대 세력이 가장 큰 것으로 알고 있네. 주변 여러 의병대가 합세해 그 수가 5천에 이른다고 하더군."

"5천이나요? 그 정도 규모면 굳이 연합하느라 애쓰지 않고도 일군을 축출할 수 있을 것 같은데요? 그 부대가 주축이 되고 다른 부대들이 측면에서 치면 어렵지 않을 것 같잖습니까."

"자네 대원이 몇인가?"

"현재 저까지 아울러 마흔네 명입니다."

"겨우 그 수로 그와 같은 전공을 만들어낸 건 자네 역량이겠지. 아마 앞으로 열 배, 백 배로 인원이 늘어도 자네는 잘해낼 것이야. 그런데 유인석 부대를 예로 들어보면, 아, 유인석 부대는 호좌의진湖左義陣이라는 명칭이 있네. 어쨌든 호좌의진을 보면 너무 갑자기 커지는 것도 문제가 되는 성싶어. 순전히 내 생각이네만, 호좌의진은 오합지졸이 태반이라 전투력이 약해 보여. 오합지졸을 조련해낼 만한

125

장수가 드물거나 없고, 그럴 시간도 없었지. 현재 호좌의진은 몇 부대로 나누어 다니면서 충청도 관아들을 공격하고 있는데, 그건 전투력을 발휘한다기보다 떼로 몰려가 주인 없는 집을 터는 것과 다름없어 보이거든. 그렇게 노획하는 게 얼마나 되겠나. 그걸로 그 많은 입이 먹고살기도 빠듯하겠지. 우리 같은 자들이 군자금을 대고 있지만 한량 없이 댈 수는 없는바 금세 한계가 드러날 것이고. 그리되면 호좌의진이나 다른 의병부대들의 한계도 드러나겠지. 큰 부대들끼리 연합하기가 어려울 수밖에 없지 않겠나?"

"그쪽 대장께서 그런 마련을 하시지 않겠습니까?"

"글쎄, 어떨지. 내가 의암 선생을 조금 아는데 원체 수구적이시라 변하는 세상을 인정치 못하지."

"그게 무슨 뜻입니까?"

"가령 작년에 갑오경장으로 공식적으로는 신분제가 철폐됐지 않은가. 쉽게 말해서 양반 상민의 구분이 없어졌어. 헌데 의암 선생과 그 주변 참모들은 신분 차이가 없어졌다는 생각을 안 하고, 못 하지. 그런 점은 의병대를 유지하는 데 큰 걸림돌로 작용할 것이야. 나라를 구하겠다는 일념에 일어선 의병의 대부분이 상민들인데 양반 노릇을 하는 윗사람들을 얼마나 오래 참을 수 있을지 모르니까."

"그렇더라도 의병장으로 나선 분이 의병들을 종처럼이야 대하겠습니까."

"그렇지 않기를 나도 바라고 있네. 여튼, 상이 들어오는 모양이네. 시장할 테니 먹으면서 얘기 나누도록 하세."

밤이 깊어서야 대화가 끝났다. 홍규식은 범도한테 한성에 머무는 동안 쓰라며 사랑방을 내주고 스스로는 안채로 들어갔다.

범도는 촛불을 들고 다니며 서가에 쌓인 책들 표제를 일일이 살펴본다. 한글과 한자로 된 책들 외에 범도가 표제조차 읽을 수 없는 타국 책들이 백 권은 되는 것 같다. 한문책들 가운데서 『손자병법』을 발견하고 반가운 마음에 등불 아래서 펼쳐 본다.

열다섯 살 때 평양 진위대 병사를 뽑는 시험에 응했다. 한글로 된 문장을 읽고 한 섬들이 양곡 가마니를 지고 마당을 한 바퀴 도는 게 시험이었다. 그때 한글로 된 문장이 무슨 뜻인지도 모르면서 혹했다.

모든 전투는 적의 공격을 능히 막을 수 있는 방어로써 나아가, 적을 이길 수 있는 공격으로써 승리하는 것이다. 그러므로 적을 이길 수 있게끔 공격을 잘하는 사람은 마치 하늘과 땅처럼 끝이 없으며, 큰 강물의 흐름과 같이 마르지 않으며, 해와 달처럼 없어졌다가 다시 나타나며, 네 계절처럼 지나갔다가 다시 오는 것과 같다.

당시 시험관으로 나왔던 이가 평양 진위대를 만들기 위해 한성에서 파견돼왔던 주홍석 군관이었다. 문장을 다 읽고 나서 범도가 주 군관한테 다가들어 물었다.

―나리, 진영에 들면 이게 무슨 말인지 가르쳐줍니까?

그가 고개를 저으며 대꾸했다.

―그 문장은 『손자병법』 「병세兵勢」에 나오는 말이다만 진영은 학당이 아니라서 글을 가르치지 않는다. 한글을 읽을 줄 아는 자만 뽑는 까닭이다. 그렇더라도 네 의지에 따라 그 문장의 뜻을 알 수 있게 되겠지. 헌데, 너 몇 살이냐?

열일곱 살이라고 속여서 시험에 응했는데, 몇 살이냐고 묻는 주

군관 어투가 다정해서 자칫 열다섯 살이라고 대답할 뻔했다.

―열일곱 살입니다.

―네가 태어난 해가 무슨 해인데?

누가 그걸 물을지도 몰라서 미리 알아뒀다.

―병인년 8월생입니다.

―호패는 있니?

―호패를 잃어버렸습니다.

그럴 줄 알았다는 듯이 주 군관이 씩 웃고 고개를 끄덕여주었다.

입영 후 이태나 지나서 모아뒀던 군수표를 주고『손자병법』을 구입했다. 책을 읽지는 못했다. 알고 있는 한자가 얼마 되지 않았는데 더 배울 틈이 없었다. 가르쳐줄 사람은 더 없었다. 주홍석 군관은 너무 높은 데다 좌영에 있어 접근할 엄두를 못 냈다. 날마다 각종 훈련도 받아야 했다. 훈련이 끝나면 나이 많은 동기들의 총기 치다꺼리를 했다. 노상 총을 분해해서 닦고 재조립했다. 범도는 3백여 정의 진위대 총을 모두 쓰다듬었을 만큼 무기고 안이 좋았다.

그러느라『손자병법』을 읽지 못한 채 몇 년을 끼고 다녔다. 신계사에서 의성 스님으로부터 한자를 얼추 익히고서야 읽었다. 글자 배우는 게 재미있었듯 책이 재밌었다. 읽다가 막히면 지담 스님을 찾아가 물었다. 설명을 들을 때도 재미있었다. 오랜만에『손자병법』을 다시 읽는 지금도 사뭇 재밌다.

홍규식이 추천한 신숙주의『해동제국기』를 읽었다. 몇백 년 전 신숙주가 조선통신사로 일본을 다녀와 집필한 책이라 했다. 홍규식은 통신사가 오가던 그 시절 일본과 현재 일본이 같고, 그 시절 조선과 현재 조선이 같음을 유념하며 읽으라고 충고했다. 조선을 침략하지 않을 때의 일본 모습 속에 조선을 침략하는 일본이 들어 있고, 일본에 침략당하는 조선 모습 속에 일본 침략을 걱정하지 않던 조선이 들어 있다는 뜻 같았다.

박지원이 쓴 『열하일기』를 읽었다. 박지원의 눈에 비친 청국과 조선은 재미있고 자유롭고 아름다웠다. 침략하지 않고 침략당하지 않은 상태로 접하는 타국 문물은 신기하고 유쾌할 수 있음을 알게 했다.

일연 스님이 쓴 다섯 권짜리 『삼국유사』를 읽었다. 역사책이라기보다 이야기책 같았다. 홍규식이 조선 땅에 퍼져 있는 숱한 옛날이야기들이 『삼국유사』에서 비롯된 것이라고, 반대로 조선 땅에 전래된 많은 이야기들이 『삼국유사』로 들어가 자리 잡았던 것이라고도 설명해주었다.

세 종의 책을 읽는 데 이레 걸렸다. 다른 이가 불 때주는 방에서 다른 이가 차려다준 밥을 먹으며 아침부터 저녁까지 책만 읽었다. 책 속에 광활한 세상이 들어 있었다. 평탄한 시절이라면 책만 읽고 살아도 좋을 성싶었다. 누구도 평탄하게 살 수 없는 게 작금 조선 상황인지라 내 할 일이 있는 곳으로, 전장으로 돌아가야 할 때였다.

석왕사로 돌아가기 전에 할 일이 있었다. 홍규식 저택에 묵은 지 이틀째 된 밤에 충의계원 일곱 명이 왔다. 그중 한 명이 주홍석이었다. 그는 3년 전에 훈련원 판관이 되어 한성으로 돌아왔다. 홍규식을 아울러 충의계원 여덟 명 앞에서 충성과 기밀 유지를 서약하며 충의계에 입당했다.

그 자리에서 범도는 예전 충의계 계수系首가 갑신정변을 주도한 김옥균이었으며 그가 작년에 상해에서 피살됐다는 사실을 들었다. 김옥균은 일본으로 망명했으나 내쫓겼다. 그는 일본과 청국과 조선이 쫓는 삼중 도망자가 되어 상해로 피했다. 그곳에서 조선 내각의 민씨 일파가 보낸 홍종우에 의해 피살됐다. 홍종우는 그 공으로 제주도 재판소 소장이 되어 내려가 있었다. 충의계는 홍종우가 한성으로 돌아오면 그를 어찌 처리할지 결정키로 하고 우선 일군 소좌 호리모도를 처단하자고 논의했다.

호리모도는 경진년(1880년)에 소위로서 일본 공사관 경비 명목으로 조선에 들어왔다. 이후 조선 별기군 고문을 맡으면서 조선 중앙군을 장악해나갔다. 현재는 소좌였다. 놈은 훈련원 남서쪽 남정동에 살림을 차려놓고 일본 첩과 조선 첩을 거느리고 자식 셋을 낳아 떵떵거리며 사는 참이었다.

놈을 제거해 일본과 조선에 들어와 있는 일본군의 고리 하나를 끊어놓자는 게 충의계 계획이었다. 범도가 자원했다. 사랑방에 모인 9인 중 범도가 가장 젊거니와 일일이 대조해보지 않아도 실전 경험이 제일 많을 것이라 저절로 자원하게 되었다.

"여천, 실전에 나설 때 두려움을 느끼기도 하나?"

남정동을 향해 걸으면서 홍규식이 묻는다. 창덕궁 담을 따라 걸어 청계변에 이른 참이다. 지난 나흘간 홍규식이 퇴근해 돌아오면 함께 저녁을 먹고 같이 집을 나섰다. 남정동 호리모도 집을 탐찰했다.

"긴장감은 있는데 두려움은 잘 모르겠습니다."

두려움 모르는 그 점이 가는 곳마다 문제를 일으키는 것인가. 그리 생각한 적이 있다. 그 때문에 혼자가 되었고 앞으로도 그럴지 모르겠다고. 아버지가 가르쳐준 노래가 있었다.

고조는 경래시오, 증조는 장양이시라, 조부는 문호시고, 아비는 준식이요, 어미는 황가 아희이고, 나는 홍가 범도요.

족보를 노래로 만들어 어린 아들한테 외게 했던 아버지는 아들이 하늘 아래 어디에도 붙박이지 못하리라 여긴 것 같았다. 아버지 스스로 애초에 붙박여 살지 못할 태생이라는 걸 느꼈기에 아들 또한 그러하리라고. 해서 아버지는 아들을 노래에 묶어 허공에다 띄워놓은 건지도 몰랐다.

"두려움은 자신의 안전을 위한 무의식의 자구책이라는데 그게 없는 게 자네한테 좋은 건지 아닌 건지, 잘 모르겠구먼. 어쨌든 수하 대원들을 이끌고 전투를 해내는 능력도 그렇고 밧줄에 의지해 옥방에서 탈출한 것이나 홀로 유등을 칠 수 있는 자질이랄까, 기술이랄까, 그런 게 어떻게 자네 몸에 생겼을까? 타고났다고 해도 체계적인 훈련을 해야만 발현할 수 있는 것인데?"

평양 진영에 들어가 총술을 익히면서 곧장 일등 사수라는 말을 들었다. 그때 훈련 과목 중에 택견과 권술이 들어 있었다. 다른 이들이 설렁설렁 시간 때울 때 진영에서 가장 어렸던 범도는 몸이 너덜너덜할 때까지 훈련했다. 신계사에서 지내던 일 년 반 동안은 선무도 참선에 들었다. 선무도 참선은 저녁 공양이 끝난 뒤부터 한 시진 정도였다. 스승이신 지담 스님께 칭찬을 듣지는 못했지만 범도 스스로는 동작이 빨라지고 순해지는 걸 느꼈다. 몇 달 지나면서 몸놀림의 높이와 깊이와 넓이를 느낄 수 있었다. 그리고 호랑이 사냥꾼이었던 심 노인과 보낸 세월이 4년 가까웠다. 사냥꾼은 자신이 잡으려는 짐승보다 기민해야 한다는 게 심 노인 가르침이었다.

"예전에 신계사에서 지낼 때 저한테 글눈을 틔워주셨던 의성 스님께서 말씀하신 적이 있습니다. 너는 몸이 앞선다. 몸으로 살 사람이다. 그러매 자신의 몸을 잘 다스려야 한다. 그러시면서 선무도를 익히라고 하셨죠. 결과적으로 저는 선무당 꼴이 되고 말았지만 이따금 제가 두려움 대신 위험과 긴장을 즐기는 게 아닐까 하는 생각을 한 적이 있습니다. 그런 쪽으로 감각이 자꾸 발달해가는 게 아닐까 하는 생각이요. 제가 하는 일의 명분보다 몸이 앞서는 것일지도 모르겠다 싶고요."

"마음이 앞서는 것보다 몸이 앞서는 게 낫지. 행동이 따르지 않고 주둥이만 나불대는 생각은 아무것도 아니지 않은가. 자네는 편하게 살 수 있는 숱한 길을 두고 하필이면 반일, 항일, 척일 투쟁에 나섰어. 명분은 그걸로 충분해. 자네가 하는 일들이 다 그 안에 있는 거고."

"그런가요. 지금 몇 시쯤 되었을까요?"

홍규식이 독일제 휴대용 성냥을 건네주더니 회중시계를 꺼낸다. 범도가 불을 켜자 시계를 비춘다. 20시 10분이다. 호리모도는 지난 9월에 부임한 일본 대사 이노우에가 대사관저로 들어간 후에 퇴근한다. 섣달 21일인 오늘 이노우에는 대사관 근방 요정에서 한성 주재 일본 장교들을 모아 송년회를 벌였다. 이노우에는 군인들과 긴 시간 마주하지 않는 습성이 있다 하므로 저녁 식사가 끝나면 먼저 일어설 것이었다. 본국에서 파견된 대사나 공사한테 아부하며 승진하고 돈을 벌어온 호리모도도 덩달아 나올 터.

"여기서부터 저 혼자 가겠습니다."

꽃다리를 건너기 전이다.

"그게 편할 것 같은가?"

"예, 이럴 때는 혼자가 편합니다. 일 마치고 갈 테니 먼저 돌아가 계십시오."

"허면 나는 여기서 돌아갈 테니 자넨 조심하게. 여의치 않을 것 같으면 오늘만 날이 아니니 무리하지 말고 물러나도록 하고."

"예, 선생님."

섣달 21일 밤, 꽃다리 근동엔 인적이 없다. 날이 흐려서 달도 별도 없다. 내일 아침에 일어나면 눈이 쌓여 있을지도 모른다. 이번에 한성 와서 알게 된 또 하나의 사실은 지난 9월에 인정人定이 폐지되어 밤거리 통행이 자유로워졌다는 것이다. 열흘밖에 남지 않은 금년 을미년이 조선 개국 505년 된 해이고 국호를 대한제국으로 고쳤으며 내년부터 청국 연호 대신 건양建陽이라는 대한의 연호를 쓴다는 사실도 들었다. 지난달 17일에 양력을 쓰기로 결정됐다고도 했다. 저 북녘 끝이나 저 남녘 끝까지 하루 만에 전해질 수 있는 전보라는 전달 수단도 생겼다. 각지 우체소가 연신 늘어가고 있다고 했다. 이쪽 우체소에서 전보를 쳐서 저쪽 우체소로 기별을 전하면 저쪽 우체소에 있는 배달부가 그 편지를 받을 사람한테 전한다는 것이다.

획획 변해가는 많은 것들에 사람들은 쉽게 적응한다. 일본이나 청국이나 로서아가 들어와 조선을 지배하는 것에도 쉽게 적응할 사람이 많다. 나는 어떤가.

범도는 호리모도 집 담장 위로 올라서며 자문한다. 나는 어떤가.

세상의 흐름이 바람 부는 방향으로 밀려가는 거라면 나는 어느 쪽을 향해 흐르고 있는가. 반대 방향이 맞을 것이다. 흐르는 대신 거슬러 가기. 흐름 따라 흘러갈 때는 살아 있는 것 같지 않다. 거슬렀을 때에야 전신의 핏줄기 낱낱이 조화를 이루며 긴장하는 기분이다. 그 긴장감이 생생히 살아 있는 걸 느끼게 한다.

대문채 지붕 용마루 아래에 등을 대고 누운 지 한 시간 남짓이나 되어 몸이 꽁꽁 얼겠다 싶을 때 대문 앞마당에 인기척이 인다. 말을 탄 호리모도가 열려 있는 대문 앞에서 부하들을 돌려보내는 모양이다. 안에서 하인이 나온다. 하인이 말고삐를 받는 사이에 호리모도가 대문 안으로 들어선다.

용마루에 한 발을 엇갈려 균형을 잡은 채 권총을 겨누고 선 범도는 호리모도가 시야 안으로 들어서길 기다린다. 대문 빗장 질리는 소리와 함께 대문간을 나온 호리모도가 사랑채 마당에 나타난다. 건너편 중문 처마에 호롱불이 걸려 있다. 모자에 가려진 놈의 뒤통수를 겨냥한다. 원산포구 군창에서 처치한 소위 놈이 소지하고 있던 총이다. 용지원 전투에서 일군 소위 놈이 지녔던 권총은 수협이 가졌다.

호리모도가 중문간 호롱불과 일직선이 되었을 때 정확히 한 방 쏜다. 놈이 앞으로 픽 넘어진다. 범도가 지켜보는 사이 조선인 하인이 놈에게 달려들어 나리, 나리 외쳐대더니 마구 두리번거린다. 그가 두리번거리다 범도와 시선이 이어졌다. 범도가 총 쏘는 시늉을 하자 그가 펄쩍 놀라 몸을 훅 수그린다. 범도는 몸을 돌려 지붕에서 뛰어내린다. 어둠 속으로 스며들면 되므로 뛸 필요는 없다.

7
먹패장골

안변 설봉산 석왕사는 조선 태조와 연관된 설화가 있다. 태조가 조선을 세우기 팔 년 전에 꿈을 꾸었다. 꿈속에서 모든 집들의 닭이 일제히 울어대고 다듬이 소리가 울렸다. 태조가 무너진 집으로 들어가 서까래 세 개를 지고 나오는데 꽃들이 난분분 휘날리고 사방에서 거울이 떨어져 산산이 부서졌다. 꿈이 이상했던 태조가 영통하기로 유명한 무학대사를 만나 꿈을 말했다. 무학대사가 그 꿈을 태조가 새 나라를 세워서 임금이 될 예시라고 해몽했다. 그러면서 설봉산에 절을 짓고 기원하면 꿈이 현실이 되리라 하매 태조가 절을 짓고 석왕사라 부르게 되었다. 또 길주 땅 천불사에서 오백 나한을 배로 실어다가 석왕사에 안치시켰는데, 오는 도중에 나한 한 기를 물에 빠뜨리는 바람에 석왕사에는 오백에서 하나 모자란 나한들이 모셔진 거라고 했다.

전설이 역사임을 증명하려는 것처럼 석왕사 오백나한재 五百羅漢齋에는 499기의 나한이 모셔져 있다. 갓난아기 크기만 한 나한 형상은 제각각이다. 붉은 얼굴, 검은 얼굴, 노란 얼굴, 푸른 얼굴, 흰 얼굴 등 얼굴색이 각각일 뿐만 아니라 표정도 다 다르다. 각기 형상인 나한들은 각자 다른 생각에 잠겨 있다. 도를 닦는 것 같지는 않고, 그냥 모여 앉아 노는 것 같다. 도를 닦듯 엄숙한 표정들이면 무서웠을 것 같은데 보통 사람 얼굴들이라 재밌다.

수협은 재밌고 아늑한 석왕사에서 겨울을 지내는 게 좋았다. 대원들과 훈련하며 석왕사 주변 숲을 꿰고 다니는 것도 재밌었다. 겨울 숲은 색다른 숨결을 지닌 채 대원들을 감싸주는 것 같았다. 수협처럼 느끼지 않는 대원들도 있었다. 섣달이 되자 설 쇠러 집에 다녀오겠다는 대원들이 생겼다. 그 수가 자그마치 16명이나 됐다. 대장이 수협한테 말했다.

— 돈 좀 있잖아? 집에 다니러 가는 사람들한테 얼마간씩이라도 쥐여주지 그래?

그렇게 말하는 대장도 그들이 돌아오지 않으리라는 걸 알았다. 수협은 집으로 돌아가는 이들한테 닷 냥씩 나눠 주었다. 그러자 대장이 3, 4소대장 최순득과 우석문에게도 집에 다녀오시라고 했다. 그들이 그리하마 하자 최순득을 따라 처음 의병대에 들었던 이들 중 넷이 함께 집에 다녀오겠노라고 했다. 다 마흔 살 안팎으로 연만한 이들이었다. 대장이 그들에게도 돈을 주라 하므로 수협은 닷 냥씩 주고 떠나보냈다.

대장과 수협을 아울러 44명 남았다. 떠날 사람들이 떠나고 나니 대원들이 퍽 젊어졌다. 수협은 부대원 42명을 6개 소대로 편제했다. 제1소대장으로 태양욱, 제2소대장으로 이개동, 제3소대장으로 박진오, 제4소대장으로 윤선기, 제5소대장으로 최용학, 제6소대장으로 문평을 삼았다. 부대원들은 스님들로부터 글자를 익히고 예불에 참례하고 맹훈련을 하며 섣달을 지내고 있다.

섣달 열이튿날 대장이 한성에 좀 다녀오마고 나갔다. 대장이 비운 자리에서 수협은 대원들을 독려하며 흔들림 없는 일상을 살았다.

12일 만에 해 질 녘이 다 되어 돌아온 대장이 저녁 공양을 하고 숙소로 들어오더니 느닷없는 소리를 한다.

"우리 부대가 여기 있는 걸 회양 큰 장거리 주막에서도 알고 있더군. 의병이 되고 싶은 사람은 안변 석왕사로 가면 된다는 말을 하고 있더라고. 그건 일군도 알고 있다는 뜻이잖아. 자칫하다간 천년 넘은 이 절이 쑥대밭으로 변하겠어."

석왕사를 떠나 다른 곳으로 진지를 옮기자는 말이다.

"어디로 가지?"

"먹패장골 어때?"

용지원과 김화 역둔과 평강 장거리 전투 때, 일본군 복색을 했기에 의심 사지 않고 그들 가까이 다가들 수 있었다. 용지원 역참에서 묵고 있던 두 소대 52명을 사살했다. 김화 역둔에서는 26명을 처치했다. 평강 장거리에서 30명을 쓰러뜨렸다. 소총 위력이 그렇게 대단하거니와 대장이 쓰는 전략전술이 탁월했다. 대장은 늘 이길 상황을 마련해놓고 전투를 시작했다.

두어 달 만에 근동 몇 개 군에서 홍범도 부대 명성이 자못 높아졌다. 철령을 넘은 일본군은 홍범도 부대에 도륙당한다는 말이 장거리마다 공공연히 흘러 다녔다. 일본군이 홍범도 부대에 이를 갈고 찾아다닌다는 말도 흔히 들렸다. 진지를 옮길 때가 되긴 했다.

"먹패장골은 너무 험하고 외져 진지 삼기엔 불편하지 않을까?"

"일본군이 우릴 찾아올 때까지만 거기서 지내자고. 거기서 한바탕 뜨고 옮기는 거지."

작금 조선에 들어와 있는 일본군이 8천여 수라 했다. 조정에는 고문 감투를 쓴 왜놈들이 56명이나 있어 온갖 요직들을 타누르며 모든 정책을 좌지우지한다고도 했다. 시국이 그러하므로 대장은 다른 부대와 합세해야 한다고 여기는 듯했다. 이왕이면 모든 의병 부대가 뭉쳐 일본군을 축출해야 조선이 살 수 있다고 생각하는 것이다.

대장이 이번에 다녀온 한성에서 누굴 만나고, 무슨 일을 하고 왔는지 수협은 아직 모른다. 다른 부대로 가서 합류하겠다는 결정을 짓고 온 것은 알겠다. 수협도 대장 생각에 공감은 한다. 옳다고도 여긴다. 그렇더라도 수협은 다른 부대와 합치고 싶지 않다.

"우리가 먹패장골에 있는 걸 일군이 어떻게 알고 찾아와?"

"은밀히 움직이는 척하면서 말을 흘려놓으면 되지 않겠어?"

그가 대장이므로 어쩔 수 없었다.

대장 명을 따라 떠날 채비를 차렸다. 부대가 떠나겠다 하니 영산 스님이 식량 마련하라며 50냥이나 내주었다. 원산포구에서 석왕사로 옮겨왔던 30섬의 쌀을 의병대가 반나마 먹어치운 참이었다. 수협은 그렇게 먹고 남은 쌀이 의병대 것이라 여기지 않았기에 사양했다. 영산 스님은 쌀값으로 주는 게 아니라 의병대 군자금을 지원하는 것이라 했다. 수협은 더 사양치 않고 스님 뜻을 받들었다.

총이며 등짐들을 바리바리 지고 석왕사를 나와 보란 듯이 대로를 걸어 먹패장골로 들어왔다. 그간 늘어난 무기며 물건이 많기도 하려니와 홍범도 의병대 숫자를 키워 보이려고 같은 행군을 한 차례 더 했다. 이진移陣에 사흘이 걸렸다.

먹패장골에는 위아래 집을 합쳐도 방이 네 칸뿐이라 44명이 묵을 수 없었다. 원산포구 일군 군창에서 취한 천막들을 세우긴 했으나 섣달에 천막에서 지내기는 어려웠다. 대장이 아랫집 건너 헛간을 숙사로 만들자 했다. 전 대원이 나서서 나무를 해댔다. 구멍 숭숭 뚫린 헛간 벽을 메우고 바닥에 구들을 놓고 불을 때 말렸다. 나흘 만에 헛간이 쓸 만한 숙사가 됐다. 해가 바뀌어 병신년(1896년)이 됐다.

주변 산세를 살피고 눈밭을 구르고 뛰어다니며 훈련했다. 세상 바깥인 것처럼 외떨어진 골짜기에 있으므로 맘껏 총연습을 했다. 백병전에 대비해 몸 부딪쳐 싸우는 훈련을 했다. 짐승을 쫓아 사냥도 했다. 대장의 훈련 목표는 빠르고 정확하게 쏘기였다. 치고 빠지는 유격전에 능해져야 했다. 훈련하는 틈틈이 소대별로 장거리에 나가 식량을 구하고 세상 동정을 살폈다. 1월 20일 저물녘이 됐다. 장거리에 나갔던 4소대 윤선기와 조원들이 돌아왔다.

짐을 내려놓은 윤선기가 대장소로 쓰는 아랫집 건넌방으로 들어온다. 윤선기는 스물여섯 살이고 안변 신고산사 사람으로 노비 태생이다. 갑오년에 공식적으로는 노비가 없어졌으나 그의 마을에서 그는 여전히 불상놈이었다. 스스로에 따르면 그는 사람이 되기 위해 의병대에 입대했다. 다른 대원들이 입대한 이유도 대개 비슷했다. 어엿한 사람이자 사나이로 살아가기 위함이었다.

"낮에, 일군 5개 소대쯤이 읍내 역참거리로 들어왔습니다. 역참 주변에 숙영지를 만들어놓고 통역을 앞세워 먹패장골이 어딘지 아는 사람을 수소문하더이다."

5개 소대면 125명이다. 장교 서넛에 통역까지 130명쯤이다.

"숙영지를 정한 게 오늘 밤 묵으려는 것인지, 묵으려는 것처럼 보이기 위한 것인지, 알아보겠던가?"

"오늘 밤 숙영하겠던데요. 그들도 밤에 이 산을 탈 수 없다는 사실을 아는 것 같았고요."

"알겠네. 저녁 먹고 나서 다 같이 모여 계획을 점검하지."

"예, 대장."

대장이 이곳에서 이십여 일을 버티며 일군을 기다린 까닭은 골짜기이기 때문이다. 멀리서 건너다보면 조개 모양이라는 먹패장골은 안에서 둘러보면 편 합죽선 같은 형상이다. 서쪽이 계곡이고 계곡 건너는 경사가 심한 등성이다. 계곡에서 골짜기 가운데 길까지는 대체로 평평하다. 오래전 사람 살았던 흔적이 곳곳에 있고 참나무며 물푸레나무 등으로 우거졌다. 여름이면 계곡 다니는 길을 찾기 어려울 만치 관목이며 가시넝쿨이 엉키기 일쑤다. 가리비 꼭지에 해당하는 북쪽은 석 장 높이의 벼랑이다. 북동 방향에 난 길을 따라가면 중봉마루에 닿을 수 있긴 하나 초행인 사람은 어림없다. 집 두 채는 골짜기 가운데서 동쪽으로 치우쳐 있다. 동북쪽은 산등으로 막혀 있고 동남쪽은 멀리까지 내다보인다. 길을 품고 있는 남쪽의 시야는 2백여 걸음쯤 트였다. 그쯤에 등성이가 솟아 시야를 가리기 때문이다.

대장은 애초부터 일군을 이 골짜기로 끌어들일 계획으로 먹패장 골로 들어왔다. 일군이 곱다시 골짜기 안으로 들어설지가 관건이었다. 방을 나서려던 수협이 불쑥 농을 건다.

"대장, 내일 아침에 적군이 위에서 내려오면 어쩌지?"

골짜기 형세 탓에 적군이 위에서 내려오기는 불가능하다 단정했다. 그에 따라 작전 세우고 훈련해왔다.

"그러면 우리 운세가 좋은 거지."

"적군이 위에서 나타나면 우린 꼼짝없이 끝인데 뭐가 좋아?"

"우리가 평생 이렇게 살아봐야 좋은 꼴 보기는 어려울 텐데, 여기서 훅 가버리면 이 꼴 저 꼴 그만 볼 수 있잖아. 여기서 살아나면 살아서 좋고, 여기서 죽으면 보기 싫은 꼴들 안 볼 수 있게 되니 좋은 거지."

수협은 범도를 만난 이후 어느 하루도 뿌듯하지 않은 날이 없다. 사랑할 단 한 사람을 잃고 난 후 스스로를 하잘것없다 못해 비천하게까지 느꼈다. 지금은 자신을 어엿한 남정이자 전사로 여기게 됐고 그런 스스로가 자랑스럽다.

범도는 그런 것 같지 않다. 그가 조선을 위해 싸우는 그 마음이 진정인가 싶을 때가 있다. 지금 같은 경우다. 이 순간 살아도 좋고 죽어도 좋다는 그 생각이 나라를 구하러 나선 사람 생각으로 올바르다 할 수 있는가. 그가 진정이 아니라면, 다른 할 일이 없어 일본과 싸우는 것뿐이라면 그를 따라 싸우고 있는 대원들은 뭐가 되는가. 그래서 수협은 범도가 죽든 살든 상관없다는 투로 말할 때면 좀

141

외로워진다.

"농을 진담으로 받네. 무섭게 왜 그래?"

"진담이야. 총구 앞에서 살아가게 된 우리가 다 그런 자세여야 하지 않을까 싶은 거고."

"그건 무슨 뜻이지?"

"이미 말했다시피 한성에서 보니 요새 일본은 약간 소강상태야. 소강상태인데도 일군 8천여 수가 우리 강토에 들어와 있어. 곧 일본에 유리한 쪽으로 정세가 변할 거고 그리되면 일본이 극성을 부리겠지. 우리는 그야말로 바람 앞에 촛불이 되는 거고."

"그래서?"

"우리 눈으로 보면 일본 놈들은 제정신이 아니야. 미쳤는데 나쁘게 미쳤지. 그렇게 미친 도적들을 상대하는 우리가 제정신이면 우리만 손해잖아. 어차피 죽을 거, 우리 생각으로라도 죽는 것에 짓눌리지 말자는 거지."

"그렇다고 넋 놓고 싸우나?"

"싸울 때는 이기는 것만 생각하며 싸워야지. 그런데 우리가 죽기로 작정하고 덤비든 살기로 작정하고 덤비든 결과는 같아. 죽기로 하면 살고 살기로 하면 죽는다는 명언이 있긴 해도 우리한테는 어울리지 않지. 우리는 앞으로 수백, 수천의 일본군을 죽일 테지만 그 과정에서 우리도 죽을 거야. 그렇게 정해진 싸움을 하면서 너무 절실하지 말자는 거지."

미친 것들을 대하는 우리도 미쳐야 한다는 말이다. 알 것도 같고 모를 것도 같다. 그런데 온전히 수긍하기는 어렵다.

"어쨌든 협아, 오늘 전투 끝내고 제천으로 가서 호좌의진에 합류하는 게 어떨까?"

언제 그 문제를 의논을 해오려나 했더니, 의논이라기보다 통고에 가깝다. 그동안 대장은 대원들을 모아놓고 한성에 다녀온 이야기를 상세히 해주었다. 한성이 어떻게 변해가는지. 조선에 어떤 신문물이 시작되었는지. 다른 의병들이 어떻게 움직이고 있는지.

제천에 진을 치고 있다는 호좌의진이 현재 의병부대로서는 규모가 가장 크다고도 했다. 그 수가 5천에 이른 모양이었다. 대장한테 들을 때 수협은 5천이라는 숫자가 너무 어마어마해서 실감을 못 했다. 오히려 일군 소좌 호리모도라는 놈이 제집에서 피격되어 즉사했다는 소문을 들었노라는 범도 말에 유의했다. 일군 소좌가 제집에서 피격돼 즉사할 때 범도가 한성에 있었다. 가는 데 이틀, 오는 데 이틀을 제외하고도 범도는 여드레나 한성에서 머물렀다. 그게 무슨 뜻이런가.

수협은 범도한테 호리모도라는 놈을 자네가 쏜 거냐고 묻지는 않았다. 그가 내놓지 않는 사안은 캐고 싶지 않거니와 조심스러웠다. 또한 그가 무슨 일을 하든 의병 활동과 연관된 일이며 척일 전쟁의 연장이라는 걸 믿기도 했다.

"다른 부대에 합류하면 그 부대 규율을 따라야 하잖아. 대장이 대장 노릇을 할 수도 없을 거고. 나는 홍범도가 대장이 아닌 부대 대원이 되고 싶지 않아."

"목적지가 분명하고 목표가 같을 때 대장 노릇을 누가 하는지는 중요치 않지."

"그게 어째 중요치 않아? 그게 가장 중요하지."

"팔도 의병대 중 우리 부대 규모가 제일 작을 거잖아. 우리보다 큰 의병대들이 하나로 뭉쳐 싸우는 광경을 상상해봐. 힘이 열 배가 아니라 백 배쯤으로 강해지는 거 아니겠나? 일본 것들을 일거에 몰아낼 수도 있다고."

"우리 부대가 전과를 올리는 건 순전히 자네 홍범도가 대장이라서야. 그런데 자네가 우리를 데리고 큰 부대로 들어간다면 자네는 대장이 아니라 소대장쯤이 되겠지. 소대장이 된 자네는 결정권을 갖지 못하고 대장 명을 따라야 하는데 그 대장은 양반이잖아. 유인석이라는 그 사람 양반이잖아? 양반 대장이 수하들을 동료로 여길까? 아닐걸? 제 종들처럼 볼걸? 게다가 그 양반 대장이 자네처럼 실전 전략전술을 구사할 수 있을까? 자네처럼 직접 싸울까? 아닐걸? 의병대가 합쳐지면 열 배, 백 배로 강해질 거라고? 아닐걸? 처음엔 많은 숫자로 버틸지 몰라도 오래지 않아 십분지 일, 백분지 일로 쪼개지고 흩어질걸?"

"한성 사람들도 그러더니 여기도 비관적이군."

"한성 사람, 회양 사람 따질 거 없이 그냥 눈에 보이잖아. 조선이 이 지경이 된 게 누구 탓이야? 순전히 양반들 때문 아냐? 양반 관헌들이 나라를 이 꼴로 만들어온 거잖아. 그런 양반들이 의병대 만들었다고 양반 행세를 아니 할 것 같아? 양반 행세하는 대장 아래서 평민, 천민 대원들이 무슨 흥이 나서 전투를 하겠냐고. 첨엔 양반 대장한테 선동돼서, 그 어떤 의분 때문에 나섰겠지만 종 취급받으면서 몇 달이나 가겠어? 똥인지 된장인지 먹어봐야 아나? 난 그런 대장 밑에서는 의병 노릇 안 할 거야."

"나는 다른 부대와 연합하든 통합하든 해야 한다는 생각을 계속하게 돼. 시도라도 해봐야 할 것 같다는 거지."

"우린 지금 일부러 부대를 키우지 않고 있잖아. 소수 정예부대를 만들기로 했기 때문이지. 부대를 키워 강성한 전사들 만들어가면서 우리 식으로 싸워도 되지 않나?"

"모든 일에는 때라는 게 있잖나. 팔도 의병들이 일어선 지금이 그때인 것 같다는 거지, 나는."

"어쨌든 나는 싫어."

"내가 그렇게 하자고 해도?"

수협의 가슴이 몽둥이로 내박친 듯 콱 막힌다. 그가 대장이기에 지난 일곱 차례 전투에서 한 사람도 잃지 않았다. 부상 입은 대원도 없다. 적군은 하나도 살려놓지 않았다. 대장의 전투 방식이 그러했다. 수협은 범도 방식이 맘에 들었다. 다른 부대와 합쳐지면 범도 방식이 통하지 않을 게 뻔했다.

"자네가 그렇게 명령하기 전에 내가 자네 생각을 바꿔놓을 거야."

"그럼 이 전투 끝내고 나서 자네가 대장을 해."

수협은 자신이 대장 노릇을 잘할 수 있다고 해도 절대 그를 대신하고 싶지 않다.

"아, 그거 좋은 생각이네. 내가 대장 할 테니까 자네는 부대장이 돼서 내 명령을 따르는 걸로 하자고."

수협은 대장 표정을 더 살피지 않고 방을 나와버린다. 그가 대장이 아니라면 김수협이 의병 노릇을 계속할 이유가 없다. 문제는 자신이 대장을 떠날 수 없다는 것이다. 그와 맺은 결의 때문이 아니라 그를 몹시 좋아하는 까닭이다. 혼자 있을 때 그는 상처 입은 야수처럼 고독하다. 가엾다. 가여운 그를 홀로 내버려둘 수 없기에 그보다 앞서 죽기도 싫다. 그런데 어떻게 그를 떠나겠는가.

간밤 어둠이 유난히 짙더니 동트는 게 더디다. 파루 무렵부터 먹패장골 입구에서 경비를 서던 제5소대원 차명우와 박국수가 꽁지에 불붙은 곰처럼 뛰어 올라왔다. 정월 하순이지만 이른 아침 공기는 섣달 아침과 다를 것 없다. 두 사람 얼굴이 추위에 꽁꽁 얼었다.
"담박골에 일, 일군이 새까맣게 나타났습니다. 수, 수백 명이에요."
담박골 십여 가호에 백 명 가까운 사람이 살고 있었다. 먹패장골로 진지를 옮길 적에 대장이 담박골로 찾아가 촌장을 만났다. 먹패장골이 당분간 홍범도 의병대의 진지가 되었고 먹패장골에서 일본군과 전투가 벌어질 수도 있으리라 설명하고 양해를 구했다. 그들은 먹패장골에서 심 포수를 모시고 살던 여천을 알고 있었다. 여천이 의병대장 홍범도라는 사실이 놀랍고 자랑스러운 듯했다. 그 며칠 뒤 담박골 동민들이 온갖 가지 먹을거리를 모아 올려다주었다. 의병 노릇은 총 든 자들만 하는 것이 아님을 그들이 다시금 알려주었다. 감자 한 자루, 마른 옥수수 한 자루, 쌀 한두 되, 팥 몇 홉, 마늘 한 접 등. 담박골 사람들이 가져다준 먹을거리 앞에서 대원들은 먹먹해진 가슴을 두드리고 아리는 코끝을 찡그리고 돌아서 눈물 훔치기 바빴다.
"수백 명 아니고 백여 명이겠지. 일군들 앞에 길잡이가 있던가?"

마침내 왔다. 수협은 대장이 자신만만하기에 군소리하지 않고 따랐으나 간혹 의심했다. 아는 사람이 아니고선 길도 찾을 수 없는 이 먹패장골에 일군이 어찌 찾아올 것인가 하면서.

"예에. 나이가 좀 든 사냥꾼이 있었어요. 화승총을 메고 있고요."

소총을 갖게 된 뒤 애초에 금성창에서 훔쳐냈던 화승총 다섯 자루와 심 노인의 화승총을 궤짝에 넣어 석왕사 헛간 바닥에 묻어뒀다. 현재 대원이 44명인데 전리품인 소총은 154정이다.

계획했던 대로 범도가 명령을 내린다.

"부대장 이하 4, 5, 6소대는 지금 제각 정해진 위치로 향한다. 실시."

"예, 대장."

수협과 4, 5, 6소대원들이 계곡을 통해 푼지나무 숲으로 내려간다. 먹패장골에서 세 마장쯤 아래에 있는 푼지나무 숲 옆으로 먹패장골에서 이어진 계곡이 흘렀다. 얼음이 곳곳에서 짜그락거릴 것이다. 일군이 푼지나무 숲 옆길을 통과하고 나면 부대장과 휘하 대원들이 그들 뒤를 쫓아 올라오기로 했다. 산 아래 첫 마을 담박골에서 먹패장골까지 십여 리 길이다. 험한 산길에 초행이라 해도 군인들 걸음으로 한 시진이면 충분하다. 차명우와 박국수가 달려오는 동안 그들도 어느만큼 올라왔을 것이다.

"감우, 방언, 성집을 제외한 1, 2, 3소대도 각자 위치로 향하라."

"예, 대장!"

일군이 먹패장골로 온다면 길을 아는 사냥꾼이나 약초꾼이 길잡이 노릇을 하리라고 짐작했다. 먹패장골에 다녀간 적 있는 길잡이가 골짜기 형세를 일군들한테 설명할 것이었다. 일군 지휘관은 남쪽 등성이를 넘어오기 전에 동쪽과 서쪽으로 흩어져 포위대형을 만들어 공격해오리라고. 먹패장골 형세가 그 수밖에 없었다.

소대원들이 각자 정해진 위치에서 포위대형으로 숨는다. 범도는 감우, 방언, 성집과 함께 언덕을 통해서 헛간 지붕으로 올라선다. 헛간에서 골짜기 아랫부분이 고루 잘 보이는지라 이번 전투에서 쓰기로 계획했다. 계획에 따라 기둥을 덧대고 지붕 뒤쪽 언덕을 드나들기 편하게 평평하게 닦았다. 총탄을 막기 위해 용마루 경사를 높였다. 감우와 방언과 성집이 폭탄이 놓인 걸치개 옆에 앉아 화로 불씨를 키운다. 셋 다 열아홉 살이다. 무엇이든 빨리 배우는 청년들이라 작전 때마다 곁에 두고 싸우게 한다.

"대장님, 누가 들어섰어요. 길잡이 같아요."

감우가 속삭이기 전에 범도도 남쪽 길 등성이를 막 넘어선 사람을 봤다. 개가죽 외투에 화승총을 꽂은 검정 총대를 두르고 검정 가죽 모자를 둘러쓴 사냥꾼. 백여 보 거리에 있지만 누군지 대번에 알겠다. 김 포수다.

"일군 앞서 우리 동정을 살피러 온 것 같은데, 저 포수를 어쩌죠?"

"내 아는 포수야. 저 아저씨가 내 이름을 부르면서 이쪽으로 오면 내가 대답을 하지. 내 목소리가 들리면 일군들이 넘어올 거잖아. 그러면 저 아저씨를 이 헛간으로 들어오게끔 할 테니 자네들은 기다려."

"저 포수가 일군에 넘어가 길잡이로 나선 건 아니라고 보십니까?"

"근동 장거리에서는 누구나 저 김 포수가 이 먹패장골에 흔히 드나드는 걸 알아. 나와 잘 아는 사이라는 것도 알고. 일군들이 김 포수 찾아내기는 쉬웠을 거야. 길잡이 못한다고 뻗댈 수는 없었을 거고."

범도가 설명하는 사이에 김 포수는 심 포수 산소까지 올라와 외친다.

"어이, 천! 천이 있는가? 자네 와 있다는 소문 듣고 찾아왔네."

범도가 몸을 드러내고 큰 소리로 외친다.

"아저씨, 뒤에 몇 놈 있습니까?"

"왜개놈들 수? 백여 수 되네. 중간 대가리가 셋이고."

"큰 장거리에도 남아 있습니까?"

"스물댓 수쯤 있는 것 같데. 제일 큰 대가리와 통역이도 거기 있고. 자네, 이 호시기한테 물려가 똥 될 놈들이 올 줄 알고 있었는가?"

"예. 이쪽으로 올라오세요."

범도는 김 포수한테 헛간으로 들어오라는 손짓을 해 보인다. 방을 들여 쓰는 헛간은 지붕이 뒤쪽 언덕과 높이가 비슷하다. 앞쪽엔 땅이 좁아 출입문을 길 쪽으로 내달고 있다. 김 포수가 잽싸게 헛간 방으로 들어선다. 헛간 방에 소총 한 자루와 소총탄 50개를 뒀다. 그는 30년 가까이 사냥꾼 노릇을 해왔다. 일대에서 심 포수를 잇는 명사수로 이름을 날려왔다. 그는 소총을 보고는 좋아서 웃고 자신이 이끌고 온 놈들을 향해 총 쏠 채비를 할 것이다.

범도와 김 포수가 주고받은 몇 마디가 신호이기라도 한 양 서쪽 계곡 편에서 일군들이 나타난다. 남쪽 등성이에서도 넘어온다. 동쪽 낮은 지대에서도 올라온다. 모두 경계 자세로 총을 겨눈 채 계곡 옆 평지로 모여든다. 그 평지가 먹패장골에서 가장 낮은 지대다. 옛날부터 먹패장골 사람들은 그 부분에 나무가 자라지 않도록 숲을 조절해왔다. 사람이 여럿 살 때는 밭이었기 때문이고, 식용수를 얻는 계곡에 드나들기 쉽도록 나무가 싹을 틔우면 뽑거나 벴다. 여기서 사는 동안 범도도 무수히 해온 일이다.

중대장인 듯한 놈과 상사급일 소대장 셋이 마지막으로 남쪽 등성이 길을 내려오니 일군 백여 수가 다 드러났다. 네 소대를 합친 백 명에 소대장과 중대장을 합쳐 104명인 것 같다. 각기 경계 자세로 총을 겨눈 채 집들이 있는 위로 올라오고 있다. 기대한 만큼 모여 있지는 않지만 전부 시야에 들어왔다. 공격을 개시해야 할 때다. 성집과 감우와 방언에게 낮게 읊조린다.

"폭탄 준비. 내가 엄호하는 사이에 셋이 동시에 투척한다."

"예, 대장."

세 대원이 공 폭탄 심지에 불을 붙이는 것을 보고 나서 범도는 맨 나중에 들어선 장교를 겨눈다. 견장에 붙은 계급장이 보이지는 않아도 중대장급 소위일 것이다. 그가 몸을 낮추고 권총을 겨눈 채 두리번거리고 있다. 너무 조용한 걸 이제 깨달은 것 같다.

놈들은 소선과 조선 사람을 너무 얕본다. 얕보다 지나쳐 스스로 멍청해진다. 번번이 대비하지 않고 있거나 이처럼 빤한 함정 속으로 들어오지 않는가. 일곱 차례에 걸쳐 일본군 170여 수를 넘어뜨린 홍범도 부대를 찾아오면서도 무방비다. 제들 손에 들린 총과 똑같은 총을 이쪽도 지녔다는 것조차 의식치 않는다. 제일 큰대가리가 여기 오지 않고 회양 역참에 남은 것도 그렇다. 제가 거기 남아 있어도 이리 보낸 수하들이 홍범도 부대를 도륙하고 돌아오리라 믿는 것 아니겠는가.

곧 회양 역참으로 가리라.

다음 전투를 작정한 범도는 중대장을 향해 방아쇠를 당긴다. 땅 소리와 함께 머리통을 맞은 장교가 퍽 넘어진다. 일대의 새들이 일제히 날아올라 피신을 한다. 범도는 두 번째 총을 쏜다. 중대장 곁에 있던 자가 넘어진다. 그 참에 감우와 방언과 성집이 힘껏 내던진 폭탄이 평지 못 미쳐서 하나 터진다. 좀 더 나가서 또 터진다. 성집이 던진 폭탄이 가장 멀리서 터진다. 세 폭탄 근방에 있던 일군 20여 수가 널브러진다. 폭탄이 공격 신호다.

남쪽 등성이에 다가와 있던 김수협과 대원들 쪽에서 총격이 일기 시작한다. 골짜기 곳곳에 숨어 있던 대원들이 폭탄을 던져대는 한편에서 총격을 한다. 일본군들도 최대한 엄폐물을 찾아 엎드려 응사한다. 그들이 던진 신형 폭탄이 곳곳에서 터진다. 언덕에서 터져 언덕을 무너뜨리고 바위에서 터져 바위를 부수고 나무 밑동에서 터져 나무를 자빠뜨린다. 그뿐이다. 그들의 응사와 폭탄 투척은 아군한테 미치지 못한다. 아군은 한 달여에 걸쳐 모든 공격 각도를 따져가며 공격 지점과 엄호를 준비했다. 반면에 적들은 모든 방향으로 노출돼 있었다.

모든 전투는 적의 공격을 능히 막을 수 있는 방어로써 나아가, 적을 이길 수 있는 공격으로써 승리하는 것이다.

능히 막을 수 있도록 준비태세를 갖추는 게 공격 준비다. 열다섯 살 2월에 군졸 시험에서 그 문장을 읽었을 때 뜻을 모르면서도 전율했다. 지금은 그 뜻을 안다. 대원들은 적군을 하나하나 조준해가며 정확히 쏜다. 일각도 되지 않아 총소리가 그쳤다. 먹패장골 유사 이래 처음 벌어졌을 시끌벅적한 소란도 그쳤다. 꺾이고 터지고 부서지고 피 칠갑된 주검들로 먹패장골이 뒤덮였다.

먹패장골에서 회양 읍내 역참거리까지는 60여 리 길이다. 몸이 가볍고 날랜 열두 명을 뽑고 일군 복색을 챙겨 먹패장골을 나섰다. 금세라도 눈이 쏟아질 태세였다. 눈이 쌓이면 일이 어려울 것이라 골짜기에 남은 대원들은 시신을 처리키로 했다. 시신 104구는 어마어마했다. 파묻기에도, 태우기에도 너무 많았다. 그렇다고 진지이자 집인 먹패장골 안에다 시신들을 둘 수도 없었다. 전부 먹패장골에서 서너 마장 바깥으로 들어내 대충 덮어놓게 했다. 중봉에 깃들여 사는 네발짐승, 날짐승들이 죄 몰려들어 파먹을 것이다. 덜 파먹힌 살점에는 파리가 들러붙고 구더기가 슬고 구더기가 사라진 자리에는 백골들이 남을 터. 먹패장골은 이제 해골이 굴러다니는 골짜기로 소문이 날 것이다. 사냥꾼들조차 기피하는 곳.

"내가 뜻하지 않게 의병 노릇을 했구먼. 최 포수나 우 포수한테 어쩐지 면이 서지 않았는데 이제 좀 으쓱거릴 수 있겠어."

산길을 내달리듯 내려 걸으면서 말하는 김 포수 어조가 양양하다. 김 포수는 어제 오후에 안풍 집에서 일군들한테 붙들려 길잡이로 나섰다. 붙들린 순간 피할 수 없다는 걸 깨닫고 선선히 응했다. 홍범도 부대가 먹패장골에 들어가 있는 걸 알았기에 기꺼이 앞서 이끌고 왔다.

"아저씨들, 다 잘 지내고 계시지요?"

"지난 정초에 안변에서 최가하고 우가를 같이 봤는데, 뒤 달 나가 살다 집에 돌아오니 안정을 못 하겠다고 하더군. 의병 노릇이 호랑

이 쫓는 것보다 훨씬 재밌더라고, 뭐라도 된 것같이 으쓱한 기분이
좋더라고, 또 자네 따라 다니고 싶다 하더라고. 그런데 자네가 쫓아
냈다며?"

범도는 호호 웃고는 대꾸하지 않는다. 호좌의진으로 가서 합칠
생각이었기에 빠지겠다는 사람들이 나타났을 때 최 포수와 우 포수
한테도 집에 다녀오시라고 했다. 다녀오시라 했지만 오시지 않아도
무방하다는 뜻을 표시했다.

회양 큰 장거리에 이른다. 주막 사립 안으로 들어서는데 눈발이
날리기 시작한다. 역참까지는 네댓 마장 거리다. 큰 장거리 주막에
서 점심을 먹는 동안 회양에 들어온 일군이 홍범도 부대를 없애는
것은 물론이고 역둔에다 진영을 차리려 한다는 사실을 듣는다. 통
역이 다니며 일꾼을 모은다는 것이다. 역둔은 국유지다. 역졸이며
파발꾼들이 개간하여 농사지어 먹는 전답이다. 그런 땅에다 일본군
진영으로 쓸 건물을 짓겠다는 것이다. 천지에서 이런 일들이 일어날
것이다.

점심을 해결하고 난 뒤 범도는 대원들에게 일군 복색으로 갈아입
으라고 명한다. 수협을 비롯한 대원들이 일군 복색을 차리는 동안
범도는 평복 그대로 김 포수와 함께 한발 앞서 주막을 나선다. 눈은
가루처럼 시실부실 날린다. 금세라도 큰 눈이 쏟아지면 먹패장골로
돌아가는 길이 곤욕일 것이다.

역참 건너에서 산 밑까지가 20여 마지기쯤 될 역둔이다. 역둔에
검푸른 천막 14동이 역참 방향으로 나란히 서 있다. 진영을 차리는
동안 천막에서 숙영할 참인 것이다.

"아저씨, 이 역참 주막 사람들 아세요?"

"이따금 짐승 잡아다 넘기는 주막이라 제법 알지. 왜? 바깥쥔 이름이 칠만인데, 내 이름이 용만이라 둘이 서로 만만하게 보며 알아온 세월이 서른 해는 됐을걸."

"일단 저랑 같이 들어가서 밥을 청하고요, 그래놓고 바깥주인한테 할 말이 있어 왔노라고 하면서 주막 사람들을 될수록 부엌으로 모아놓게 하세요. 총격이 시작되면 뒷문으로 빠져나가게 하시고요."

"해보겠네만 되려나 모르겠네. 여튼 들어가지."

수협을 비롯한 대원들이 막 도착한 참이다. 대원들한테 바자울을 엄폐물로 삼아 포진하라 신호하고는 김 포수와 함께 울 안으로 들어선다. 일군 1개 소대원들과 장교와 통역이 솔숲 앞 역참 주막 마당과 마루에서 국밥을 먹고 있다. 주막 주인 내외와 중노미 둘과 드난꾼 여인이 일군들을 수발하느라 바쁘다.

"어어, 칠만이. 오늘 이색적인 점심 손님이 많으시구먼? 우리가 낄 자리가 있나?"

김 포수가 넉살 좋게 물으니 일군들 시선이 죄 쏠린다.

"어서 오시게. 주막에 둘이 앉을 자리가 없겠나? 이 이국 손님들이 바깥에서 자시겠다고 해서 방이 비었으니 그 아랫방으로 들어가시게."

"우리도 안으로 들기는 귀찮으니 마루에다 국밥 두 그릇 내주고, 자네는 바쁘지 않으면 나 좀 보세."

범도가 장교와 통역이 앉은 마루로 다가들어 비어 있는 오른쪽으로 걸터앉는다. 김 포수가 부엌으로 들어가자 바깥주인이 따라 들

어간다. 여인들은 부엌 안에 있고 바깥주인이 들어가고 나자 마당
에는 숭늉 함지를 가지고 나와 떠주고 다니는 중노미 둘만 남았다.
그리고 일군들. 중노미 둘은 열예닐곱 살쯤 돼 보인다. 한창 기운이
돋을 때이니 총격이 시작되면 알아서 몸을 사릴 것이다. 밥을 다 먹
은 일군들이 생기는 참이라 공격을 더 미룰 수도 없다. 게다가 일군
군화 거죽에 기름 검댕을 발라 신고 있지만 놈들이 금세 알아볼 위
험이 있다.

안채 마루에 앉은 장교와 통역이 첫 번째 목표이자 신호다. 마루
에 엉덩이를 걸치고 있던 범도는 발이 시린 듯이 일어나면서 품에서
권총을 꺼내 장교를 곧장 쏜다. 범도를 멀뚱히 쳐다보던 장교가 제
권총에 손을 대기 전에 뒤로 퍽 넘어간다. 이마 위쪽 머리통이 터졌
다. 중노미들이 비명을 지르며 엎드린다. 범도가 두 번째 격발하는
새에 바자울 밖에 엎드려 있던 대원들이 일어나서 일제히 총을 쏘
아댄다. 쏘고 격발하고 쏘고 격발하고 쏜다.

놈들은 이 백주대낮에 나라 땅도 기꺼이 내주는 조선에서 무슨
일이 있으랴 했을 것이다. 해서 경비 하나도 세우지 않고 안전 고리
채운 총을 내려놓은 채 밥을 먹었을 것이다. 무방비의 대가였다. 일
군들은 한번도 응사하지 못한 채 죽거나 덜 죽었다가 곧 숨이 넘어
갔다.

오늘 반나절 새에 홍범도 부대는 일군 131명을 죽였다. 널브러진
그들 위로 눈이 송이송이 내린다.

8
호좌의진

회양 중봉 먹패장골을 나서서 제천 왕박산에 진을 친 호좌의진에 닿기까지 열흘이 걸렸다. 이월 초사흘 오후다. 사뭇 너른 대장 막사 안에 유인석을 중심으로 양쪽 좌대에 열한 사람이 앉아 있다. 유인석이 범도와 수협에게 가운데 앉으라고 손짓으로 가리킨다. 둘은 대장에게 절을 하고 멍석에 앉는다. 모두 좌대에 앉아 탁자를 앞에 두고 있는데 그사이 맨바닥에 앉으니 저절로 올려다보는 자세가 된다.

"나를 찾아왔다고?"

"저희는 안변, 회양 등지에서 자그만 의병대를 꾸려온 홍가 범도, 김가 수협입니다. 지난 섣달에 한성 갔다가 홍규식 선생한테 의암 선생님 말씀을 듣고 이리 찾아뵙게 됐습니다. 선생님 휘하에서 함께 움직이고 싶습니다."

"홍 선생이 다리를 놨구먼. 홍가 범도! 자네 이름을 듣고 있었네.

특히 원산포구에서 치른 전투는 멋지더군. 먹패장골? 게서도 백여 수를 넘어뜨렸다면서? 수하 대원이 몇이나 되는가?"

발 없는 말이 천 리를 간다던가. 그 말은 빠르기도 한지 먹패장골에서 전투를 치른 사람들보다 먼저 와 있다.

"저희 둘을 아울러 마흔네 명입니다."

"전공이 이곳까지 들릴 만치 자네 이름이 높기에 더 많은 줄 알았는데, 예상보다 적구먼. 무엇으로 무장했는가?"

"일군한테서 탈취한 소총으로 무장했습니다."

"전원?"

"예, 선생님."

"우리는 거개가 화승총이고 그나마 반수는 활이며 창, 검인데 자네가 그렇다니, 재주가 비상하다는 뜻이겠지. 이리 와주어서 고맙네. 같이 해보세. 음, 선봉대에서 움직여주면 좋겠구먼. 김백선 선봉장, 자네가 이 사람들을 데려가 쓰게. 우리 진에 대해 잘 설명해주고."

수협이 예상했던 대로다. 유명세를 듣고 있었다면서, 전원 소총으로 무장하고 나타난 홍범도 부대장한테 직위조차 정해주지 않잖은가. 유인석 좌우로 갈라진 줄에서 맨 끝에 앉은 이가 선봉장 김백선인지 그가 일어나 범도와 수협을 이끈다.

"나갑시다."

김백선의 뒤를 따라 나와 본대 아래쪽으로 두 마장쯤 내려온 숲속에 군막들이 옹기종기 있다. 군막들 가운데 좀 넓은 곳에서 수백 명이 화승총을 들었다 내렸다 하며 단련을 하고 있다. 한쪽에서는 큰 솥에다 뭘 끓이느라 수선스럽다. 김백선이 범도와 수협 뒤를 따르는 대원들에게 입을 연다.

"그대들 멘 짐에 천막이 있구려. 이 근방 적당한 자리를 찾아 천막을 세우시오."

수협이 대원들에게 고개를 끄덕인다. 회양 역참 역둔에 서 있던 천막을 전부 거두고 그 안에 들어 있던 물건들도 다 수거했다. 날벼락을 맞은 주막 주인들한테 필요한 물건을 골라 가지라 하고 김 포수한테도 질 수 있는 껏 가져가라 했다. 나머지는 가져다 먹패장골 헛간에다 간수했다. 가져온 천막은 원산포구에서 획득한 것들이다. 홍범도 부대는 부자였다. 대원이 마흔네 명인데 소총이 2백 정이 넘었다. 긴 행군을 해야 하는바 한 정씩만 가지고 출발했다.

출발하지 않았으면 좋았을 것 같다. 거기서 의병을 받아들이면서 부대를 키우며 지내도 됐을 것이다. 다수결로 결정키로 하고 호좌의진으로 가서 합세할지 말지 대원들한테 뜻을 물었다. 반수는 가자 했다. 반수는 대장 뜻을 따르겠노라 했다. 반대자는 수협뿐이었다. 수협은 도리질로 자꾸 잦아드는 맘을 끌어올린다.

대원들이 천막을 지고 숲으로 들어가자 김백선이 군막 입구 천을 들추더니 두 사람을 들인다. 선봉장 군막이라 해도 좌대 하나 없다. 맨바닥에 멍석 한 장 깔렸고 구석에 보퉁이 몇 개가 쌓였을 뿐이다. 그가 두 사람을 바닥에 앉혀놓고 유인석 의병대에 대한 설명을 시작한다.

"유인석 대장님 호가 의암이시라 우리는 모두 의암 선생이라 칭하오. 작년 왕후 전하께서 시해되신 이후 근동에서 여러 의병대가 조직됐소. 제천에서는 나와 목순용 소토장이 합심하여 제천의진을 꾸리면서 이필희 선생을 대장으로 모셨는데 두 달도 채 못 버티고 와해되고 말았소. 그리하여 영월에서 봉기하신 의암 선생 휘하에 들게 됐소. 의암 선생을 중심으로 뭉쳐 있는 호좌의진 병력은 현재 8천여 수요. 그중 반은 주변 몇 고을 관아를 장악하고 그쪽에서 진영을 차리고 있소. 지휘부는 상황 따라 이따금 재편되는데, 현재는 의암 선생 이하, 참모장 이강년, 부참장 이만원, 전군장 이소응, 중군장 안승우, 후군장 홍사구, 좌군장 정운경, 우군장 이인영, 유격장 방창석, 소모장 김상태, 선봉장 나, 소토장 목순용 등으로 구성돼 있소. 각 부 장은 대개 의암 선생 제자들이오. 선봉장인 나와 유격부장인 방창석, 전투 후에 수색하고 뒤처리하는 소토장은 평민이고 다른 부 장들은 다 유생들, 즉 양반들이오."

5천여 수로 알고 왔는데 8천여 수라 한다. 구국 의지를 가진 사람이 그토록 많음에 어깨가 펴지는 게 아니라 너무 많은 것 같다. 수협이 묻는다.

"평민 출신이 선봉장과 유격장과 소토장을 맡은 까닭은 뭡니까? 선봉대와 유격대는 총알받이가 되고, 소토대는 전투 후에 시체를 뒤지고 치우기 때문입니까? 양반들은 할 수 없는 일이라서요?"

"그리 정곡을 찌르고 들어오니 내가 어쩐지 면구스럽소. 여하튼 내가 이끄는 선봉부는 나를 포함해 111명이오. 선봉부대라 화승총이나마 모두 한 정씩 지니고 있소."

"8천이나 되는 병력에서 선봉대가 겨우 110명이라니. 너무 적지 않습니까?"

"8천여 수라고 해도 아직 전투 능력 없는 비전투원이 반수 가깝소. 총도 없고. 우리 선봉대와 유격대 대원들은 젊기도 하려니와 전투 능력이 뛰어난 이들이오. 110명은 적은 수가 아니오."

"전투 능력이 안 되고 총도 없는 4천여 수 대원들은 뭘 하는 겁니까? 어떻게 다 먹이고요?"

"진영을 수시로 옮기는바 비전투원들이 다니며 진영이 될 자리를 다듬거나 짐을 옮기거나 각 군장한테 필요한 일들을 하고, 훈련을 받소. 우리 호좌의진이 아직은 병력에 비해 작은 전투들을 수행하고 있으나 우리 목적은 일군을 모조리 축출하는 것이잖소. 장차 큰 전투를 대비하고 있는 게요."

범도가 입을 연다.

"그간 여러 차례 전투를 치르셨을 텐데, 아까 의암 선생께서나 선봉장님은 반수 정도만 총을 가졌다고 하십니다. 전투 때마다 무기를 얻지 않습니까?"

김백선이 아무렇게 자란 수염을 한바탕 쓸더니 답한다.

"지난 뒤 달간 우리는 영월, 평창, 회성, 원주 등의 관아와 친일분자들을 쳤소. 의성과 예천과 천안 등의 관아를 치고 군수들도 죽였소. 와중에 취한 물자가 적다 할 수는 없으나 조선 관아들에 무기가 얼마나 있겠소? 매번 관아를 통째로 비워 오는 셈이지만 무기는 적소. 그런 판에 의병대에 자원하는 사람은 많소. 입대한 사람들은 생전 총은커녕 활이나 검조차 잡아보지 않은 이가 태반이오. 노획하는 물자보다 쓸 사람이 너무 많다는 게요."

"군기, 군율은 잡혀 있습니까."

"잘 잡혀 있을 뿐만 아니라 대부대이다 보니 군율이 무척 엄하오."

"병사들 훈련 강도는 어떻습니까?"

"부대마다 다르지만 하루 두 시간 이상씩은 훈련을 하오. 우리 선봉부대는 반나절씩은 훈련하고."

두 시간이나 반나절이나 적기는 같다. 수협은 범도를 만난 이틀 날부터 자는 시간 외에는 내내 훈련했다. 소년 시절 4년을 군영에서 보낸 범도는 제식이며 권술, 총술, 단검술 등을 전신에 익혔다. 호랑이 잡은 사냥꾼과 보낸 세월을 통해 은신기술이며 추격기술, 탐찰 기술을 몸에 새겼다. 그는 다시없는 교관이었다. 그렇게 훈련받은 수협은 다른 대원들도 같은 식으로 훈련시켰다. 양식을 구하러 장거리에 나가는 것조차 탐찰 훈련이었다.

"훈련 시간이 좀 적군요."

"병사 수는 많고 교관은 적어 어쩔 수 없는 상황이오. 그간, 홍 대장 부대가 치른 전투에 대해서는 여러 차례 듣고 있었소. 들을 때마다 감탄하곤 했는데, 홍 대장 부대가 우리 선봉대로 들어오니 나는 아주 좋고 든든하오. 혁혁히 떨쳐오신 전과가 있는바 대접해드려야 마땅할 것이오. 헌데, 인근 몇 고을 관아를 치고 이곳으로 옮겨온 지 겨우 며칠째인데다 큰 전투를 앞둔 참이라 의암께서 거기까지 생각할 겨를이 없으신 모양이오. 원래 없는 직위이긴 하나 우선은 홍 대장이 부선봉장을 맡아주시구려. 김수협 씨는 같이 온 대원들을 지휘하는 제3소초장이 돼주시고."

제천 의병대뿐만 아니라 다른 의병대에서도 대원 숫자를 세는 최저 단위가 초라 했다. 초 넷을 묶어 한 대가 되고 대 넷을 묶어 기가 됐다. 김백선처럼 자신의 의병대를 이끌고 합류한 이들이 여럿인 덕에 제천 의병대가 8천여 수에 이르렀고 다섯 기를 이룰 정도로 세가 커졌다. 그 세가 자못 커서 44명으로 이루어진 홍범도 부대는 보이지도 않게 된 셈이다. 수협은 다시금 이 호좌의진에 합류하겠다는 대장을 말리지 못한 것을 후회한다.

반일 의병대가 곳곳에서 무장봉기하자 일본은 청일전쟁에 투입했던 부대들을 조선 땅 처처에다 편재했다. 한편으로는 '수비대'니 '헌병대'니 하는 이름으로 조선 주둔 병력을 늘이느라 혈안이 됐다. 친일 관리들이 일본군이 주둔할 근거들을 만들어냈다. 친일 관리들은 조선군을 동원해 의병대 탄압을 꾀했다. 또 임금은 의병장들 앞으로 총을 내려놓으라는 조칙을 내려보내며 손발을 얽으려 들었다. 짐이 나라를 안정시킬 대책이 있으니 그대들은 난동치 말라느니. 의병이 움직이지 않으면 일본도 움직이지 않는다느니. 충군애국을 뼈에 새기며 살아온 유생 출신 의병장들 마음을 임금이 흔들어대고 있는 즈음이었다.

범도는 양반 유생 출신 의병장들 맘이 어떠한지 알지 못했다. 알고 싶지도 않았다. 애초에 임금을 위해 의병으로 나선 게 아니었다. 나를 키워주고 나를 가르쳐 이곳에 닿게 한 이들. 그들이 이 강토에 살므로 조선이 나도 같이 지켜야 할 우리 땅이 됐을 뿐이다.

범도와 대원들이 호좌의진에 든 지 여드레 만인 2월 11일에 전투가 벌어졌다. 제천 관아를 치고 읍에 들어와 있던 일군 2백여 수를 축출하는 전투였다. 선봉대와 유격대만 움직여 일군 97수와 관군

120수를 죽였다. 죽은 일군 숫자만큼 무기를 획득했다. 아군은 30여 수가 죽고 100여 수가 부상당했다.

범도와 대원들에게는 찜찜한 승리였다. 선봉대와 유격대가 벌인 전투라고는 하나 배후에 호좌의진이 있는바 8천 병력이 벌인 것과 다름없었다. 8천이 움직여 겨우 2백여 수를 잡았을 뿐인데 호좌의진으로서는 나름 큰 승리인 것 같았다. 그나마 그 전과는 주로 선봉대가 이룬 것이었다. 그럼에도 선봉장 김백선과 선봉대에 대한 치하는 없었다. 유격장 방창석과 사상자가 많은 유격대가 공로를 인정받아 노획물 일부를 상으로 받았다. 일군에게서 취한 소총 중에서 52정이 유격대에 안겨졌다. 전원 소총으로 무장하고 선봉에 섰던 홍범도 대원들은 거론조차 되지 않았다. 차별이 노골적이면서 치졸할 정도였다. 고생했다, 잘했다는 말 몇 마디가 그리 어려운가. 이해하기 어려웠다. 범도로서는 아무려나 상관없는데 수협을 비롯한 대원들한테 미안했다.

한성과 인천과 부산과 원산 등 개항지부터 공격하여 왜놈들과 친일역적을 정벌한다.

그리하기 위해 부산과 한성 간 주요 거점인 충주를 장악하여 한성 진공의 국면을 마련하고 여타 부대들과 연합하여 한성으로 진공한다.

호좌의진이 세운 목표가 그러했다. 충주읍성 내에는 일본군 4백여 명, 한성 중앙군 4백여 명, 충주 감영군 4백여 명 등 1천 2백여 병력이 모여 있었다. 지휘부 회의 결과 2월 16일 밤에 충주읍성을 치는 것으로 결정됐다. 선봉대와 유격대에 명령이 떨어졌다.

"선봉대와 유격대는 본대가 입성하기 전에 읍성 안에 잠입하여 동서남북 성문을 모두 열라."

임진란 때 태반이 부서졌던 충주읍성은 20여 년 전인 현 임금 즉위 초기에 증축됐다. 읍성 둘레가 4천여 척, 성벽 두께가 25척, 성벽 높이가 20척이다. 성곽 위에는 405개에 이른다는 성가퀴가 만들어져 있다. 성가퀴는 전투 대비용으로 성곽 위에 일정한 간격으로 쌓인 낮은 담이다. 적군의 공격을 피하면서 아군이 공격할 수 있는 방책인 것이다.

2월 16일 밤, 왕박산에 있던 호좌의진은 본대와 별동대로 나누어 충주로 향했다. 본대는 박달재와 산청을 지나 북창에서 남한강을 넘어 충주성 앞에 닿았다. 별동대는 청풍을 지나 마즈막재를 넘어 충주성에 이르렀다.

선봉대와 유격대는 훨씬 앞서 충주성에 당도했다. 범도와 수협을 비롯한 김백선 선봉대 대원 10명이 밧줄에 단 쇠갈고리를 북문과 서문 사이 성가퀴에 걸고 성곽을 올랐다. 곳곳에 불이 켜진 초저녁이었다. 북문 쪽으로 다가든 대원들은 수비병들을 제거하고 북문을 열었다. 열린 북문으로 바깥에서 대기하고 있던 선봉대원들이 그림자들처럼 진입했다. 진입한 선봉대원들이 성곽 위를 걸어가 성문 수비병들을 제거하고 나머지 성문들을 다 열었다. 성문 개방과 함께 횃불을 밝혔다.

네 성문 앞에서 대열을 이루고 있던 호좌의진 3천5백여 의병이 네 성문을 통해 성 안으로 물밀 듯이 들어섰다. 성 안에 있던 조선 중앙군과 감영군, 일군들이 금세 반격해왔다. 그렇지만 기습인 데다 같은 위치에서 벌인 전투라 호좌의진의 인해전술이 먹혔다. 채 한 시간이 못 되어 성을 장악했다. 조선 중앙군과 감영군 중에 항복하는 자는 살렸다. 조선군 대부분이 살았다. 충주목사며 아전들은 죽였다. 일본군은 간교한 놈들답게 태반이 빠져나갔다. 성 안에 널브러진 놈들이 고작 52수였다. 아군 2백여 수가 죽거나 다쳤다. 대승을 거둔 호좌의진은 성 안에다 진영을 차렸다.

성을 점령한 지 닷새 만에 일군 반격이 시작됐다. 호좌의진이 읍성을 차지한 게 아니라 갇힌 형세가 되었다. 한수 이남 일본군은 다 읍성 주변으로 모여든 것 같았다. 포탄이 날아들었다. 불화살도 날아들었다. 성 안에 초가지붕은 없을지라도 중앙군과 일군이 쓰다가 의병대가 쓰게 된 군막들이 있었다. 군막들에 붙은 불 끄기 바빴다. 그런 와중에 한성에서 조선 중앙군이 내려와 일군의 공격에 가담했다. 조선 중앙군장은 임금의 조칙을 호좌의진 대장한테 보냈다. 의암 대장은 북쪽을 향해 절하고는 임금의 조칙을 불살랐다.

하루가 멀다 하고 공격이 반복됐다. 그때마다 아군 사상자가 몇십 명씩 생겨났다. 안에서 밖을 향해 쏘는 총탄은 무위했다. 적군이 성곽 바로 아래 진을 치고 있는 게 아니라서 폭탄도 무용했다. 바깥쪽 피해는 미미하고 안쪽 피해는 심대했다. 총탄과 폭탄이 소진돼갔다. 성을 포위한 일본군과 중앙군은 성내 총탄과 식량이 바닥나길 기다리고 있었다. 이대로 가다간 전멸하리란 위기감이 고조됐다. 갇힌 지 20일 만에 참모 회의가 열렸다. 회의 후 선봉대와 유격대에 명령이 떨어졌다.

"각 부대별로 퇴각하여 왕박산 진영에 집합한다. 선봉대와 유격대는 오늘 밤으로 퇴로를 열라."

퇴로를 어떻게 열 것인가. 명령이 합당한지 부당한지, 본대를 탈출시키고 난 후 선봉대와 유격대는 어쩌라는 것인지. 호좌의진 지휘부가 내리는 명령에는 앞부분만 있었다. 전투 내용에 대한 가상과 고려가 없었다. 선봉대와 유격대를 신뢰하며 내린 명령이 아니라 지휘부 자신들을 믿는 걸 믿어 내린 결론이었다.

호좌의진 지휘부에는 전술전략이 없었다. 실제 전투에서 필요한 전술과 전략은 백여 명씩 거느린 소초장들에게서 나왔다. 그나마 선봉대와 유격대가 주로 하는 전투였다. 앞서 인근 십여 고을 관아를 쳤을 때도 선봉대와 유격대가 끝내놓은 판에 지휘부가 들어서는 형세였다고 했다.

선봉장 김백선과 부선봉장 홍범도, 유격장 방창석과 부유격장 윤명제가 머리를 맞댔다. 선봉대와 유격대는 일군 소총으로 무장했다. 무장했을 뿐 달리 뾰족한 수는 없었다. 선봉대와 유격대가 동서남북 네 성문 주변에 진을 친 적들을 치우는 것만이 답이었다.

김백선이 단정하듯 말한다.

"지금 네 문을 한꺼번에 장악하기는 불가능하니 다른 세 문에서 공격하는 사이에 본대가 북문을 통해 출성케 하는 게 어떻겠소?"

범도가 보탠다.

"세 문 밖 적을 공격하는 동시에 북문을 장악해야겠습니다."

"북문을 장악하는 사이에 동문과 서문과 남문을 맡은 소초들은 안에서 열어놓고 문짝을 엄폐물로 쓰며 총을 쏘기로 합시다."

부유격장 윤명제가 말하자 유격장 방창석이 덧붙인다.

"그와 동시에 각 문루에서도 폭탄을 던지며 공격해야겠소. 우리 유격대가 세 성문을 맡을 테니 선봉대가 북문을 맡아 적들을 치우고 퇴로를 만드시오."

계획대로 하기 위해서는 유격대가 세 성문에서 공격을 펼치기 전에 선봉대가 북문 밖에 나가 있어야 했다.

성가퀴에 건 밧줄을 타고 성벽을 내려온 선봉대는 북문에서 백여 보 거리에 설치된 일군 막사를 포위한다. 엄폐물을 앞에 놓고 공격 태세를 갖춘다. 막사가 다섯 기다. 한 중대 백 명 정도의 일군이 북문 건너에 있다는 건 며칠 전부터 어림했다. 각 성문 앞을 막은 채 이따금 공격을 해대는 적들은 점점 더 여유를 피웠다. 시간이 지날수록 성내 상황이 열악해져가는 걸 알기 때문이다. 지금 북문 앞을 향해 자리한 일군 진영에서 수비병은 10명이다. 막사들엔 아직 불이 켜져 있다. 모두 잠들기엔 이른 시각이다.

이윽고 남문 쪽에서 펑, 폭탄 터지는 소리가 난다. 서문에서도 동문에서도 폭탄 터지는 소리가 우렛소리처럼 나고 꽹과리 치는 것 같은 총성이 울린다. 일군 수비병들이 놀라 남쪽 하늘을 쳐다본다. 동시에 가운데 막사에서 장교가 튀어나오고 다른 막사들에서 일군들이 튀어나온다. 장교가 심상찮음을 느꼈던지 몇 마디 외친다. 막사 안 불을 끄라는 말과 흩어지라는 말이었던가. 일군들이 흩어지기 위해 우왕좌왕한다.

그 순간 선봉장 김백선이 첫 총을 발사했다. 신호탄이다. 총탄을 허비하지 않으려 전 대원이 눈 부릅뜨고 조준해 정확히 쏜다. 이쪽 수가 많은 데다 미리 포위하고 태세를 갖춘 덕에 그리 어렵잖게 정리됐다.

선봉장이 북문 앞에 서서 문에다 총 두 발을 쏘자 안에서 문이 열린다. 말을 탄 전군장 이소응이 맨 앞이다. 그를 따라 전군前軍 7, 8백 수가 두 줄로 우르르 쏟아져 나와 양쪽으로 줄줄 늘어서며 길을 낸다. 그 길이 북쪽 어둠 속으로 길게 이어졌을 때 성 안에서 말을 탄 대장 유인석과 참모장 이강년, 부참장 이만원 등이 온다. 그들 뒤로 중군장 안승우와 그 휘하가 황황히 뛰쳐나왔다. 후군, 좌군, 우군 등이 썰물 지듯이 빠져나왔다. 한 식경쯤 만에 선봉대와 유격대를 제외한 의병들이 모두 빠져나갔다. 그들은 내일 아침나절이면 왕박산 진영에 도착하게 될 것이다.

북문 일대가 조용해진 자리에 남은 선봉대는 흡사 버려진 부대 같다. 몸통이, 더는 필요 없다고 떨치고 사라진 꼬리 같달까. 선봉대와 유격대는 자력으로 살아남아야만 하는 것이다. 선봉장 김백선이 부대를 세 동아리로 나눈다. 김백선 조. 박구용 조. 홍범도 조.

"자, 모두 힘을 내고 유격대가 빠져나올 시간을 벌어줍시다. 무운을 비오. 출발."

같이 나오든가, 함께 스러지든가. 선택은 없고 실행이 있을 뿐이다. 결과도 간단하다. 실행과 결과 사이에서 살든가 죽든가 할 것이다. 선봉대는 성 안 어둠 속으로 들어선다. 동, 서, 남. 세 방향으로 갈라져 뛴다.

9
여기서부터 9만 리

호좌의진이 충주읍성에 입성할 때 3천5백여 수였다. 나올 때는 3천여 수였다. 왕박산 진영에 들어선 숫자는 2천여 수였다. 하룻밤 이동하는 사이에 의병 천여 명이 이탈해 사라졌다. 왕박산에 남아 있던 소모부와 소토부 대원도 절반 이하로 줄어 있었다. 8천여 수였던 호좌의진 대원 숫자가 이래저래 3천5백여 수가 됐다.

읍성에서 탈출하던 밤에 선봉대 대원 72명, 유격대 대원 105명이 스러졌다. 유격대장 방창석도 전사했다. 전사한 선봉대 대원 72명 중에 범도의 대원 22명이 포함됐다. 홍범도 부대가 만들어진 이후 한 명도 잃지 않았는데 유격대 탈출을 돕는 전투에서 절반을 한꺼번에 잃은 것이다. 범도와 수협을 비롯한 대원 스무 명은 말을 잃었다.

지휘부에서 조직을 다시 편제했다. 선봉대는 다시 150명이 됐다. 그중에 살아남은 범도의 대원 22명이 속했다.

호좌의진 지휘부는 의병대가 충주성에 갇힐 수 있는 상황을 예상치 못했다. 일단 성을 점령하면 그곳을 본영으로 삼을 수 있으리라고 여긴 듯했다. 관찰사 감영처럼 부내 백성들을 다스리며 조선에서 일군을 완전히 축출할 때까지 지낼 수 있으리라고 생각한 것 같았다. 권위의식에 사로잡혀 여타 상황에 대한 고려는 태만히 했다.

호좌의진 지휘부의 많은 문제 중 가장 큰 문제는 하부에서 실제로 전투 벌이는 소초장들 의견을 전혀 들으려 하지 않는 점이었다. 한 차례 전투를 하고 나면 승리했든 패배했든 지난 전투를 복기하며 반성하고 앞으로는 어찌할지 다짐하고 계획하기 마련인데 그렇게 할 줄도 몰랐다.

충주읍성에서 퇴각하기 위해 선봉대와 유격대에 당일로 퇴로를 열라고 명할 때 대원들 목숨은 지휘부 안중에 없었다. 여러 날에 걸쳐 계획하고 준비해 실행해야 마땅할 큰 작전을 한나절 안에 해내라고 명령했을 뿐 뒤에 남은 유격대와 선봉대의 안위에 대해서는 아무 대책을 세우지 않았다. 그들은 그저 충주읍성을 나갔을 뿐이었다.

의병 수천 명이 호좌의진을 이탈해버린 것도 지휘부의 무능력 때문이자 권위의식 탓이었다. 생각하고 지휘하는 건 양반들 몫이고 상민과 천민으로 이루어진 대원들은 그 지휘를 따르기만 하면 됐다. 질문이나 의견은 허락되지 않았다. 먹패장골에서 수협이 호좌의진에 합류하는 걸 반대하며 양반 대장들이 수하 대원들을 동료로, 동지로 여길 줄 아느냐고 할 때 범도는 이 정도일 거라고는 생각지 못했다. 동료의 의견을 듣지 않는 거로 따지면 범도 자신도 호좌의

진 지휘부에 못지않았던 것이다. 하여 잃은 동지들이 아프고 아까
웠다. 안타깝고 죄송했다.

조직을 재편한 지휘부는 3천5백여 수를 10개 부대로 나누어 각기
진영을 차리게 했다. 호좌의진에 무기는 적어도 군량이며 물자는
부족하지 않았다. 넘치지는 않아도 하루 두 끼니 죽이라도 먹을 만
했다. 일본 축출을 바라는 양반들이며 백성들이 의병대를 지원하는
덕이었다. 여러 고을 관아를 쳐서 거둬들인 물건들도 적지 않았다.
본대가 주둔한 제천 왕박산에서 단양, 영풍을 한 줄로 잇는 진영
들이 만들어졌다. 김백선의 선봉부대는 영풍 땅 영주읍 남쪽 연화
산 두곡에 자리 잡았다. 영주읍에서 20리쯤 떨어진 골짜기다. 두곡
에서 40리 거리인 석벽산 안골에는 중군장 안승우 부대가 자리했
다. 안골에서 영주읍까지도 20여 리다. 두곡이나 안골에서 읍으로
들어가자면 영주읍 서쪽을 가로지르는 서천西川을 건너야 했다.
김백선은 두곡에 자리 잡으며 150대원을 5소대로 나눴다. 1소대
장 홍범도, 2소대장 양복돌, 3소대장 박구용, 4소대장 김수협, 5소대
장 이개동. 진지를 튼튼히 만들고 훈련하면서 본대 명령을 기다리
는 게 각 부대가 할 일이었다. 필요에 따라 자체 전투를 벌일 수 있
고 필요하면 이웃 부대나 본대에 합동을 요청할 수 있었다.
오월이 됐다. 초사흘 장날이라고 척후 활동을 겸해 장을 보러 읍
에 나갔던 제4소대장 김수협과 대원 셋이 돌아왔다. 김수협이 다른
소대장들과 함께 선봉장 막사로 들어와 고했다.
"서천 건너 가흥동에 일본 헌병대 건물이 만들어졌잖습니까? 거

기 헌병 중대 병력, 백여 수가 들어온 것 같습니다."

김백선 부대가 두곡에 자리를 잡고 읍에 처음 나갔을 때 구학정 맞은편 너른 뽕밭에 헌병대 건물이 세워지고 있었다. 근동 목수며 일꾼들이 뽕밭을 갈아엎고 터를 다져 헌병대 건물을 세우고 나서 담장을 대신할 목책을 세우는 중이었다. 그새 공사가 마무리되어 헌병들이 들어온 것이다.

헌병 백여 수가 지내는 헌병대라면 총탄 재고가 상당할 터이다. 김백선 부대는 전원 소총으로 무장했을지라도 현재 각기 가진 실탄이 고작 십여 개씩이었다. 실탄 없는 총이 무슨 소용이랴. 실탄 마련이 급선무였다.

"쳐야겠지?"

김백선이 다섯 소대장을 죽 쳐다보고는 묻는다. 부대 살림을 맡고 있는 2소대장 양복돌이 먼저 대꾸한다.

"백여 수를 치기에는 우리가 가진 실탄이 너무 적습니다. 폭탄은 겨우 두 점 있고요."

김수협이 이어 말한다.

"상황이 어떻게 될지 모르는데 여유분 없이는 불안하죠."

"허면 어떡한다? 제일 가까운 중군한테 가서 실탄 좀 꿔올까?"

범도가 입을 연다.

"중군이 일제 소총 실탄을 많이 가졌을 리 없지만 있어도 꿔주지 않겠죠. 우리가 헌병대 치는 걸 미리 노출할 필요도 없고요. 이러면 어떻겠습니까?"

"어떻게?"

"150수가 다 같이 움직이긴 좀 무겁고 번거로우니까요. 각 소대에서 반수만 출동하는 거지요. 진영에 남을 사람 실탄을 가지고요."

"저쪽이 백여 수라는데 우리 숫자가 그보다 적으면 불리하지 않을까?"

3소대장 박구용이 입을 연다.

"어차피 정면대결은 못하는 거잖습니까. 기습해야 할 거고, 기습할 때는 몸이 잰 반수가 움직이는 게 낫지요."

5소대장 이개동이 찬성하고 나서자 의견이 모아진다. 소대장들이 자기 소대에서 전투력 강한 15명씩을 추린다. 점심을 먹은 후 조별로 순차 출발하여 가흥동이 내려다보이는 구학정 뒤편에 이른다.

나지막한 구성산 위에 앉은 구학정은 서천을 내려다보고 영주 읍내를 건너다보고 있다. 오래전에 어느 양반이 세웠다는 구학정은 몸채가 크지만 지붕이 날렵하고 간 새가 넓어 자태가 훤하고 아름답다. 필요할 때 사용하는 집이라 평시에는 비어 있는 집인 듯하다.

구학정을 등진 숲에서 건너다보는 헌병대는 대번에 눈에 띌 만치 두드러진다. 뽕나무밭들 사이에서 큼지막하고 거멓게 솟아오른 건물이 세 동이다. 높다란 목책을 둘렀고 망루도 있다. 당장 치기는커녕 망루에서 이쪽이 건너다보이지 않게 숲으로 몸을 들여야 할 판이다. 낮 기습은 불가능한 것이다.

소대장들이 조원 한 명씩과 함께 보통 백성들처럼 꾸미고 차례대로 탐찰을 다녀오기로 한다. 김백선에 이어 김수협과 박구용, 이개동이 다녀온 뒤 범도는 자신의 소대원인 성집과 함께 나선다.

성집은 충주성에서 퇴각할 때 친한 짝패이던 감우를 잃었다. 이후 수시로 풀이 죽어 보여 안쓰러웠다. 김수협 조에 들어 있는 방언도 마찬가지였다. 전투 위치가 다를 때 외에는 셋이 노상 붙어 다녔는데 요즘은 성집과 방언이 붙어 있는 모습 보기도 어려웠다. 두 사람은 감우를 잃은 아픔을 따로 앓고 있는 것이었다. 동료 대원 22명을 잃은 범도와 수협이 그 얘기를 나누지 못하는 것과 같았다. 전투치를 때마다 누군가는 죽을 수 있고 그 누군가가 자신일 수 있다는 생각을 늘 하지만 정작 옆에 있던 이들이 사라진 자리에 생긴 구멍을 어찌해야 할지는 모르는 것이었다.

"대장님."

"응."

"저는요, 우리가 먹패장골에서 나온 지 5백 년쯤 된 것 같습니다."

겨우 석 달여가 지났을 뿐이다. 겨우 그만큼 지나왔다는 게 범도도 이따금 기이했다.

"나도 그래."

"우리 언제까지 여기서 지냅니까? 우리 조선에 있는 일본 것들을 다 죽일 때까지요? 아니면 우리가 다 죽을 때까지요?"

"글쎄."

대답이 궁색하다. 호좌의진에 합류코자 했을 때 기대가 너무 컸다. 섣달 한성에서 들을 때 호좌의진 병력이 5천여 수라고 했다. 호좌의진으로 찾아왔더니 8천여 수가 돼 있었다. 한두 달 새에 호좌의진 몸체가 그리 커져 있을 줄 몰랐다. 그 큰 몸체가 그토록 허약할 줄은 더 몰랐다.

"그냥 우리만 먹패장골로, 우리 곳으로 돌아가면 안 됩니까?"

"우리가 빠지면 선봉대는 어쩌지? 김백선 대장님은 어쩌고?"

"우리 없을 때도 선봉대장님이셨으니 우리 없어도 선봉대를 잘 이끌지 않으실까요?"

"원래 없던 존재와 있다가 사라진 존재는 다르지. 사람 든 것은 몰라도 사람 난 자리는 금세 표가 나잖아. 우리 없으면 호좌의진 선봉대도 힘이 없어져. 선봉대가 힘을 잃으면 호좌의진 전체가 유명무실해질 거고. 호좌의진이 무너지면 조선 의병 전체가 무너지는 것과 같지."

"우리가 여기서 그리 중요한데 뒷간에 놓아둔 나뭇잎 취급을 합니까?"

"우리는 여기 무슨 대접받으려고 온 게 아니잖아. 우리는, 대접받고 말고 하는 사람들이 아니라 주인으로, 주체로 여기 온 거지. 우리끼리 모여서 자리가 어떻고, 대접이 어떻고 하면서 다투려고 모인 게 아니라는 거고. 함께 싸워서 함께 적을 물리치자고 모였으니까 우리는 우리한테 다가온 전투 잘 치르면 되는 거야. 대접이니 뭐니 생각하면서 섭섭해하지 말라고."

"알죠, 물론. 우리는 나라 구하려고 모였으니까요. 그런데 감우가 세상에 없다는 생각을 하면 우리가 구하려는 나라라는 게 뭔가, 헷갈리기도 합니다."

"사실은 나도 가끔은 그게 헷갈리기도 해. 그래서 대원들한테 미안할 때가 있어."

"그래도 대장님, 그만두시지는 않을 거지요?"

"우리가 하는 일의 의미를 짚어보는 것이지 그만두는 문제를 말하는 게 아니잖아. 그만두고 싶어?"

"아닙니다. 저는 대장님, 부대장님 이하 동지 형님들, 동기들과 함께 지내는 게 좋습니다. 저는 대장님께서 말씀하신, 우리 조선이 자주독립, 자주국방을 이룰 때까지 대장님 옆에 있을 겁니다. 아! 대장님, 저기 주막 앞에 있는 사람들, 중군장하고 그 부장 아닙니까? 어, 주막으로 들어가네요."

헌병대 출입문과 50여 보쯤 간격을 둔 주막으로 들어간 두 사람, 범도도 봤다. 중군장 안승우와 그 부장 정현고였다.

"구학정으로 돌아가서 대장께 이쪽으로 오시라 하고 그대는 거기 있어."

성집이 구학정으로 뛰어가는 걸 보고 범도는 인가 옆 뽕나무밭으로 몸을 들인다. 저 안쪽에서 뽕잎을 따는 사람들이 있다. 한창 누에를 치는 때인지 뽕잎을 훑어버린 가지들이 많다. 아직 덜 익은 오디 몇 개를 따 먹고 소변을 보고 주막과 헌병대 건물 주변을 살피고 있노라니 김백선이 온다.

"안골 사람들이 왔다고? 그쪽에서도 우리와 같은 생각인가?"

"그럴 수도 있을 것 같아서, 만나보시라고 오시게 했습니다."

김백선과 범도는 안승우가 와 있다는 걸 모르는 양 주막으로 들어선다. 주막 아래채 봉당에 앉아 탁주 병을 기울이던 안승우와 그의 부장 정현고가 이쪽을 알아보고는 히죽거린다. 정현고가 게슴츠레한 눈으로 손을 까딱인다.

"어, 김 서방. 홍 서방. 이런 데서 보니 반갑네. 이쪽으로 오게들."

범도는 호좌의진 지휘부 중에서 김백선 외에는 맘에 드는 사람이 없다. 특히 중군장 안승우는 몹시 싫다. 정현고도 못지않게 싫다. 지금도 그들은 주막이라는 상황을 이용해 자신과 같은 지위인 김백선을 서슴없이 하대한다.

김백선은 그따위를 따질 계제가 아니라는 듯 그들에게 다가들어 마주 앉는다. 주막 주인이 술 한 병과 잔 두 개를 더 갖다 주고 멀어진 뒤 양 부대장들 사이에 낮은 대화가 오간다.

"중군에서도 저 헌병대를 치실 셈입니까?"

김백선의 질문에 안승우가 고개를 끄덕인다.

"그리하려 탐찰 나왔는데 아무래도 무리겠다 싶소. 선봉대에서도 같은 생각으로 나온 게요?"

"그리하려고 대원들을 데리고 나왔는데 저쪽 방비가 매우 튼실해 보입니다. 반면에 우리가 가진 실탄은 너무 적습니다. 양 군이 합동하는 게 어떻겠습니까?"

"대원들이 벌써 와 있다고?"

"상황 봐서 칠 셈으로 나왔습니다. 오늘 밤에, 합동하지요."

"그리하기엔 이미 빠듯하니 양쪽이 정식으로 작전을 짜서 며칠 후에 합시다."

"허면 저희가 할 터이니 실탄을 보태주십시오. 실탄을 보태주시면 전투 후에 얻을 무기며 실탄을, 주신 만큼 돌려드리고 남은 실탄 절반을 드리겠습니다."

"며칠 후에, 내일이라도 같이하면 될 터인데 무에 그리 서두르오?"

"작정한 김에 실행하려는 것이지요. 대원들 사기도 있고요. 뭣보다 저희 가진 실탄이 너무 적어서 말입니다."

"알겠소. 돌아가서 우리 실탄을 살펴보고 보낼 터이니 기다리시오."

안승우와 정현고가 술에 취한 양 해 보이며 술값을 내고는 주막을 나간다. 진짜 취한 것 같기도 하다. 범도가 김백선에게 묻는다.

"그걸 보내오리라 보십니까?"

"보내오면 좋겠으나 기대치 않네. 우리끼리 작정한 대로 하세."

구학정으로 돌아와 해가 지기를 기다렸다. 해가 까무룩 지고 초사흘 밤답게 어두워졌다. 주막에는 김백선이 예상한 대로 중군 쪽에서 보내온 누구도 없었다. 기대치 않았으므로 실망치도 않았다. 대원들은 밤이 깊기를 기다려 헌병대 서남쪽 망루가 가까운 목책 아래 모였다. 구학정 헛간에 있던 사다리를 메고 왔다.

망루 수비병은 둘이다. 일군 옷을 입은 범도와 이개동이 목책을 넘어 망루로 올랐다. 망루 수비병들은 일군 복색으로 나타난 두 사람을 잠깐 동료로 오해했다. 아주 잠깐이었다. 그들은 같은 복색으로 나타난 두 사람이 낯설거니와 교대 시간이 아니라는 걸 깨달은 듯 탁자에 눕혀 뒀던 총기에 손을 댔다. 범도와 이개동한테는 그 잠깐으로 충분했다. 범도와 이개동은 두 수비병한테 다가들어 있었다. 놈들이 총을 집어 올리기 전에 두 사람은 두 수비병을 덮쳐 목을 그었다. 아직은 총성이 나지 않아야 하기에 택한 방법이었다. 각기 한 놈씩 타고 앉아 기다리는 새에 놈들의 움직임이 멎었다. 타고 앉은 놈에게서 일어나며 이개동이 읊조렸다.

"역시 사살이 쉬운 것 같습니다."

사살로만 이뤄질 수 없는 게 전투판인지라 태양욱과 이개동, 성집이며 방언한테 적의 목을 그을 수 있게끔 훈련시켰다.

"나도 그렇더군."

이개동한테 맞장구친 범도는 망루 창가로 다가들어 밖을 내다본다. 수비병 12명이 세 전각 앞을 일정하게 오가고 있다. 북쪽을 등지고 선 남향 건물이 본청이고 서쪽에 있는 동향 건물이 숙사다. 동쪽에 있는 서향 건물이 여러 물건과 무기를 둔 창고다. 대문이 있는 남쪽에는 엄폐물 없이 휑하다.

"첫 총소리가 나면 수비병들을 조준 사격하게. 피아가 뒤섞여 조준사격이 불가능해지면 내려와서 공격에 가담하고."

"예, 대장."

이개동의 대꾸를 들은 범도는 망루를 내려온다. 목책 밖 대원들에게 넘어오라 신호한다. 범도가 경계를 서는 사이 대원들이 구메구메 목책을 넘어온다. 2소대에 목책 그늘을 통해 동쪽 창고 뒤로 가라 한다. 3소대를 북쪽 본청 뒤로 가게 한다. 4소대는 서쪽 숙사 뒤란에 있으라 한다. 1소대와 5소대는 신호총 소리가 난 후에 숙사 앞으로 나서라 한다.

대원들이 위치를 잡았을 즈음 범도와 김백선은 대문 앞으로 다가든다. 범도가 본청 앞 수비병을 향해 첫 총을 쏜다. 망루에서 이개동이 조준사격을 시작한다. 김백선이 판자로 만들어진 대문 빗장을 풀더니 한 짝을 끌고 저쪽으로 가서 엄폐물로 삼는다. 범도는 다른 한 짝을 끌어다 엄폐물로 세워놓고 전각들 뒤에서 뛰쳐나오는 대원들을 엄호한다.

창고 건물 뒤쪽에서 나온, 이개동 빠진 5소대가 불붙인 폭탄을 숙사 전각을 향해 던진다. 폭탄은 숙사 오른쪽 마루에서 터지며 마룻바닥이며 방문에 불을 붙인다. 폭탄 하나가 다시 날아가 숙사 왼쪽 마루에서 터진다.

박구용의 3소대원이 창고 문을 부수고 안으로 들어간다. 수비병들은 전부 쓰러졌고 폭탄이 터진 전각 안에서 뛰쳐나온 놈들이 사격을 해댄다. 아군들이 엄폐물로 몸을 가린 채 사격하고 있으므로 적군들의 사격은 대개 헛방이다. 우왕좌왕하며 헛총질을 해대는 적군들은 아군이 쏘아대는 총탄에 맞아 턱턱 넘어진다. 넘어졌으나 죽지 않고 꿈지럭대는 놈들한테는 또 총탄이 박힌다.

무기고에서 총과 실탄과 폭탄이 들려 나왔다. 실탄 떨어진 의병들이 창고 앞으로 다가들어 총탄을 보급받고 장전하고 쏴댄다. 와중에 아군 여럿이 쓰러졌다. 숙사며 본청에서 폭탄이 연신 터진다. 급기야 숙사와 본청에 불이 붙었다. 무기류를 모두 꺼낸 창고에도 폭탄을 던져 불을 지른다.

난리법석 끝에 상황이 끝나가는 것 같다.

아군 십수 명이 쓰러졌다. 그 십수 명 중에 4소대장 김수협이 끼었다. 수협은 불이 난 본청 안을 수색하러 들어서다 가슴팍에 총탄을 맞았다. 불난 건물에 들어 있던 자들은 제 발로 튀어나오기 마련이건만 수협이 성급했다. 승리한 게 틀림없음에 승리감에 취해 조심성을 잃었다. 작년 먹패장골 전투에서부터 지녔던 권총을 들고 있었기에 방심했다. 장교 숙사가 본청 안에 있는 것도 생각지 못했다. 숨어 있던 일군 장교 하나가 수협에게 권총 쏘고는 뒷문으로 달아났다.

수협은 지난 새벽꿈도 미리 떠올리지 못했다. 새벽꿈에서 아내를 만났다. 아내는 처음 만났던 날처럼 환했는데 다리를 절지 않았다. 금강산 단발령 오르막길을 잘도 걸었다. 그 걸음이 빨라서 수협은 안타까웠다. 나란히 걷고 싶은데 그이가 원체 빨라 따라잡을 수 없었다. 여보, 달막씨. 나랑 같이 가오. 큰 소리로 아내를 불러대다 퍼뜩 깼다.

이렇게 될 꿈이었던 것이다. 수협이 누운 본청 전체에 불이 붙었다. 심장이 멎어 죽는 것보다 타 죽는 게 빠르겠다. 그리 생각하며 혼자 웃는데 누가 뛰어 들어오며 이름을 불러댄다.

"부대장님, 어디 계세요? 김수협 부대장님!"

방언과 성집이다. 그들은 호좌의진의 계급 체계를 개똥쯤으로 여긴다. 홍범도 부대에서 부르던 대로 범도는 대장이라 하고 수협은 부대장이라 부른다.

"협아, 수협아! 김수협! 어딨어? 엉? 어디야?"

범도가 왔다. 눈도 뜨지 못한 채 수협은 미소 짓는다. 그가 찾으러 올 줄 알았다. 동무이자 동지이자 형제이자 정인 같던 사나이. 해 같고 달 같고 바람 같고 불같던 그. 그와 함께한 나날이 다 멋졌다. 그가 있어 수협도 생애 끝자락 아홉 달간을 불꽃처럼 살았다. 평생이 아름다워졌다. 이제 죽을 테지만 홍범도가 살아 있는 동안 김수협은 그 가슴 속에 살아 있을 것이다. 그걸 믿는다.

"오, 협아."

범도가 수협을 일으켜 양팔로 안는다. 안은 채 급하게 밖으로 나선다. 살이 녹을 것처럼 뜨겁다가 밖으로 나오니 숨쉬기가 쉽다. 대문 밖까지 나온다. 헌병대 숙사가 통째로 불덩이가 되어 하늘 높이 치솟고 있다. 아침 해가 뜬 듯이 천지가 밝다.

수협을 땅바닥에 내려놓지 않고 안은 채 주저앉더니 범도가 운다. 처음 만날 때 울던 그를 마지막 보고 있는데 또 울고 있다. 이 울보를 여기 남겨두고 저기 어딘가로 넘어가야 하는 것이다.

"협아. 왜 이래. 너 이러면 난 어째. 나 좀 봐봐. 눈뜨고 나를 좀 보라고."

그가 울며 탄식하는데 수협은 이미 대꾸할 기력이 없다. 범도는 전투 치를 때마다 이 꼴 저 꼴 안 보고 훅 가버리면 그 또한 좋은 일이라 여기는 사람이다. 그는 아무리 싸우고 그때마다 이겨도 결국은 지는 싸움일 뿐이라고 생각한다. 끝내 끝끝내 이겼지 않냐고 말할 수 있는 날이 언젠가 오리라고 믿은 건 수협 자신이다. 이기지 못할 싸움을 하는 그를 남겨두고 이길 싸움을 해온 자신이 먼저 가게되었다. 그보다 잠깐이라도 더 살아 그가 외롭지 않게 떠나보내고 나도 죽으리라 했건만 이렇게 되고 말았다.

자네도 이 꼴 저 꼴 너무 길게 보지 말고 저세상으로 넘어오게나. 내가 기다리고 있을 터이니.

범도를 향해 미소 짓는데 아득해진다. 죽을 때는 이리 아득한 거구나. 이 아득함 너머에 저세상이 있는 거구나. 수협은 이미 감긴 눈을 비로소 감는다.

헌병대를 태우고 그 안에 있던 일군을 모두 사살했으나 김수협을 비롯한 대원 17명을 잃었다. 12명이 부상을 당했다. 전사한 17명을 구학정 옆 공터까지 업어 옮겼다. 묘혈 17구를 파고 대원들을 각기 묻고 흙을 덮어 평평하게 밟아 다질 때 모두 껙껙 울어댔다. 평토를 마친 뒤 그들 앞쪽에다 십칠의병지묘+七義兵之墓라 칼로 새긴 판자를 세웠다. 소총 120정, 실탄 6천여 개, 폭탄 2백여 개를 가지고 부상병들을 데리고 두곡으로 돌아오니 날이 다 밝았다.

김백선이 대원들한테 제물을 마련하라 명하고 가흥에서 잃은 열일곱 사람 이름을 써 제물상에 세웠다. 약식이나마 장사가 치러지는 동안 범도는 부상자들이 누워 있는 방으로 들어섰다. 열두 명 중 한 명만 기왓장에 머리를 맞았고 나머지는 전부 총상환자다. 기왓장에 머리가 찢긴 부상병은 머리에 흰 천 칭칭 감고 장사 치르는 데 나가 있다.

"부대장님."

3소대원 서진수가 의병대에 자원하기 전에 약방에서 약재를 다뤘나 보았다. 의원이 되기 위한 공부를 한 게 아니라 약방 일꾼이었다. 그런데 선봉대에서 그나마 경력이라도 가진 대원은 서진수뿐이었다. 서진수가 쑥이며 고추나물, 으름덩굴 등을 뜯어다가 찧어 부상병들 상처 부위에 붙여놓고 돌보고 있다.

문제는 총상환자들 몸에 박혀 있는 총탄이다. 가슴팍, 어깨, 등허리, 옆구리, 허벅지, 종아리 등에 박힌 총탄들. 그것들을 빼내지 않으면 소염제제들 백날 붙여봐야 헛것이다. 총탄이 박힌 부위가 금세 곪기 시작할 것이고 온몸이 팅팅 붓고 열이 펄펄 날 것이다. 숨이 오늘 넘어갈지 사흘이나 열흘 후에 넘어갈지 알 수 없지만 죽음을 받아 안고 있는 건 분명했다.

"서당 개 3년이면 풍월을 읊는다는데, 자네는 약방 일꾼으로 5년을 살았다면서, 총탄을 못 빼겠나? 도저히?"

"제가 손을 대면 즉시 숨이 넘어가 버릴걸요."

"자네는 어느 고을 사람인가?"

"저는 제천 물외골에서 자랐고요. 열다섯 살부터 제천 읍내 약방에서 머슴살이를 했습니다. 저희 박 소대장님을 따라서 입대했고요."

"각 읍마다 의원이 있지?"

"그렇지요. 최소한 하나는 있고 큰 고을에는 약방이 몇 개씩 있을거고요."

"알았네. 내 가서 의원을 데려오지."

"예? 우리가 헌병대를 박살을 내놓고 왔는데, 지금쯤 다른 헌병부대가 들어와서 난리를 치고 있을지도 모르는데 의원을 찾는다고 해도 따라와주겠습니까? 의병들을 치료해준 게 알려지면 그도 죽은 목숨인데요."

"일단 가볼 터이니 동지들을 잘 돌보고 있게."

밖으로 나온 범도는 성집과 방언을 데리고 읍으로 내닫는다. 읍가까이에서 만난 남정한테 약방이 어디에 있는지 물으니 관아 동문건너에 있다는 장 의원 약방을 알려준다. 장 약방 앞에 이르니 환히 열린 대문 안 마당에 평상 두 개가 놓였고 한쪽엔 여인 둘이, 한쪽엔 남정 셋이 앉아 있다.

"부싯돌이랑 부싯깃 있나?"

"예. 행낭에 늘 넣어서 다니잖습니까."

"화약은?"

"저희 각자 반 홉 정도씩 있지요."

범도는 겉저고리를 벗어 성집에게 건넨다.

"관아 동문에 화약을 묻혀두고 반 각쯤 후에 이 저고리에 불을 붙여. 연기 피우면서 불났다고 외쳐. 막 외쳐대다 동문 문짝에 불을 내고 불붙어 있는 저고리는 동문 안쪽으로 던져. 저들을 유인해내라는 거지. 사람들이 대문 밖으로 나오는 기척이 들리면 몸을 숨겼다가 우리가 지나온 못골 입구로 가서 나를 기다리게."

"예, 대장."

범도는 치료받으러 온 환자인 양 안으로 들어선다. 눈치 보고 상황을 따질 여유가 없기 때문이다. 남정들이 앉은 평상으로 다가든다. 남정들은 어젯밤 서천 옆 일본 헌병대에서 일어난 난리에 대해 얘기하고 있다. 불길이 하늘까지 치솟더라는 둥. 몇 시간이나 우레 같은 총소리가 울리더라는 둥. 어느 골짜기엔가 의병들이 진을 쳤다더라는 둥.

남정들 얘기를 귓등으로 흘려들으며 살피다보니 의원이 누군지 알겠다. 대청 오른쪽 방에서 쉰 살쯤 돼 보이는 의원이 문을 활짝 열어놓은 채 엎드려 있는 남정한테 침을 놓고 있다. 아니, 의원은 예비의원인 듯한 젊은이가 침놓는 걸 지켜보며 가만가만 가르치고 있다. 닮은 걸 보니 의원의 아들인 것 같다.

"어디가 아파 오셨소?"

한 남정이 범도 쪽으로 돌아앉으며 물어온다.

"제가 아파서가 아니라 가친께서 편찮으시어 의원님께 왕진을 청하러 왔습니다."

"댁이 어디시간데?"

"윗보름골입니다. 말씀하시는 분은 어디가 편찮아 오셨는지요?"

"나도 내가 아파서 온 게 아니라 시방 저 방에서 침 맞고 있는 놈데리고 왔소. 아들놈인데, 자꾸 등이 아프다고 하고, 등짝이 굽어 보이기도 해서 데려왔소. 윗보름골에서 왔으면 간밤 헌병대에서 일어난 난리는 모르겠구려."

"오는 길에 말을 듣기는 했는데, 다 타버렸다면서요? 누가 그랬답니까?"

"타기만 해? 총소리가 막 나고 폭탄이 펑펑 터지고 왜놈 헌병들다 죽고, 임진란 때 난리는 난리도 아니었다니까!"

"의병들이 나타난 겁니까?"

"그럼 누가 그랬겠소?"

"새로 헌병들이 몰려왔겠네요?"

"뭐, 벌써 왔겠소? 거기 그렇게 된 걸 어느새 어찌 알고?"

이러다간 간밤 난리를 되짚게 되겠다 싶을 때 대문 옆 담장 쪽에서 성집이 불이야, 하고 외치는 소리가 난다. 이어 방언이 불이다, 불! 소리친다. 담장 밖에서 연기가 풀풀 피어난다. 둘이 함께 불났다고 외대는 소리에 여인네들이 일어나 대문 쪽으로 다가간다. 폐문된 관아 동문에 불이 붙었는지 연기가 마구 피어난다. 남정들도 놀라 대문 밖으로 나간다. 대청 오른편 방에서 환자한테 침을 놓았던 의원 부자도 바깥의 소란을 들었는지 고개를 빼 내다본다. 환자는 잠이 든 것 같다.

범도는 대청으로 곧장 올라가 오른쪽 방 앞에 선다.

"의원님들께 왕진을 청합니다."

부친 쪽이 입을 연다.

"누가 어떻게 얼마나 아프오?"

"총상 환자가 열한 명입니다."

의원 부자가 몹시 놀란 눈으로 범도를 건너다본다. 간밤에 헌병대를 박살 낸 그 의병대에서 왔다는 걸 대번에 눈치챈 것 같다.

"짐작하신 그대로입니다. 어려우시리라는 걸 알면서도 찾아뵀습니다. 부디 도와주십시오."

"내가 못 가겠다 하면 어찌할 셈이었소?"

"제게 권총이 있습니다. 위협하여 모셔갈 참이었습니다."

"그 정도 간절함이면 어쩔 수 없구려. 갑시다."

의원이 일어서자 아들이 부친 옷자락을 잡아 주저앉히고 제가 일어선다.

"제가 따라갈게요, 아버지. 아버지는 여상하게 환자 보고 계세요."

아들도 의원이었던 모양이다. 부친이 그리하라고 승낙하자 아들의원이 흰 보자기에 쌓인 궤를 범도한테 안겼다. 자신도 궤 하나를 들고는 범도한테 따라오라고 신호한다. 아들 의원이 안채 옆을 돌아 쪽문을 통해 집 뒤로 나선다. 쪽문이 낮은 숲으로 통해 있다.

꿈속에서 쓰러진 수협을 안고 울었다. 눈을 뜨라고, 눈을 뜨고 일어나라고 소리치고 그를 흔들며 울었다. 안고 있던 그가 어느 결에 일어나 저만치 가고 있는 걸 깨닫고 거기 서라고 외치며 울다가 꿈을 꾸는 중임을 깨달았다.

꿈인 걸 깨닫고 나자 꿈 바깥에서 무슨 소리가 들려 퍼뜩 일어났다. 해 질 녘에 잠이 들었는데 막사 밖이 훤하다. 하룻밤을 꼬박 자고도 해가 중천에 떠서야 일어난 것이다. 막사 밖 멀리서 고성이 오가고 있다. 골짜기 가운데 마당 쪽인 것 같다.

"대장, 일어나셨어요?"

범도가 깬 것을 본 성집이 들어와 바깥에서 벌어진 일을 설명한다. 중군장 안승우가 부장 정현고며 수하 넷을 거느리고 와서 선봉장 김백선과 다퉜다. 중군장은 어제 가흥 헌병대에서 획득한 무기류 절반을 내놓으라는 것이고 선봉장은 어림도 없다고 맞섰다. 와중에 안승우가 김백선한테 상놈이 양반한테 대든다고 소리 질렀고 화가 난 김백선이 안승우 턱을 올려쳤다. 그걸 보고 정현고가 김백선을 치려고 덤볐다. 그런 정현고를 2소대장 양복돌이 돌려차기 해버렸다. 정현고가 면상을 정통으로 맞고 퍽 나가떨어졌다. 콧대가 부러지고 이가 네댓 개나 튀었다고 했다.

"부상자들 상태는 어떤가?"

어제 아들 장 의원 장명엽이 부상자들 몸속에서 총탄들을 파냈다. 거의 혼수에 들어 있던 환자들이 입에 재갈을 물렸음에도 생살이 찢기자 어마어마한 비명을 질러댔다. 장명엽은 총알을 파낸 자리에다 소독제를 들이부었다. 얼마나 독한 약인지 소독제 부은 부위가 끓는 듯이 부글거렸다. 그렇게 열한 번을 반복하는 동안 대원들이 병실 앞에 모여 환자들의 비명을 들었다. 오늘이든 내일이든 며칠 후든 죽을 거라고 여긴 부상자들이 저 법석 끝에 살아날 수 있을

지, 그걸 믿기 위해 동지들의 비명을 감당했다. 장명엽은 해 질 무렵에 돌아갔다. 방언과 성집이 장 약방 쪽문 앞까지 배웅하기 위해 같이 골짜기를 나서는 걸 보고 범도는 잠들었다.

"서진수 대원에 따르면 다 살 것 같다고 합니다. 어느새 부기가 가라앉고요, 혈색이 살아나기도 하고요. 두어 대원은 일어나서 요강에다 소피도 봤다고 합니다."

"그거 다행이군."

범도가 막사 밖으로 나왔을 때 우락부락 화가 난 안승우가 타고 왔던 제 말에 오르는 참이다. 안장에 올라앉자마자 돌아가자, 외치고는 말을 몰아 나간다. 널브러진 정현고를 수하 넷이 일으켜 부축하고는 안승우를 따라 골짜기를 나간다. 범도는 김백선에게 다가든다.

"그냥 넘어갈 기세가 아닌데요?"

"그냥 넘어가지 않으면? 말이 되는 소리를 해야 받아주지. 길에서 주웠다 한들 저한테 넘길까? 우리 대원을 열일곱이나 잃고 가져온 무기라고. 어림도 없지. 뭐, 양반이 어째? 개가 똥 싸다 하품할 소리지. 개놈들 같으니라고. 됐다고 그래!"

소리치다 보니 더 화가 나는가. 김백선이 골짜기 위로 올라간다. 더럭더럭 치솟는 화를 수하들 앞에서 풀 수 없어 숲으로 들어가는 것이다. 범도는 양복돌에게 김백선을 따라가라고 신호하고는 수런거리는 대원들에게 각자 위치로 돌아가라 지시한다.

안승우가 그냥 넘어가지는 않으리라 예상했던 대로 이틀 뒤 본영에서 말 탄 파발이 왔다. 선봉장 김백선한테 본영으로 들어오라는 장령將令이었다. 본대까지는 말을 타고 달려도 한나절이 걸렸다. 김백선이 말을 타고 파발을 따라나서며 범도한테 일렀다.

"내 다녀올 테니 진지를 잘 지키고 있게. 또 모르잖은가. 중군에서 우리 무기 뺏으러 올지도."

"그럴 리는 없겠지만 만약 쳐들어온다면 잘 지키겠습니다. 여튼 홀로 가시지 마시고 3소대장과 함께 가시지요."

3소대장 박구용이 말에 올랐다. 말 세 필이 골짜기를 나갔다.

사흘 뒤 아침나절에 박구용이 타고 나간 말을 어쩌고 걸어서 혼자 왔다. 내내 달려온 듯이 땀을 뻘뻘 흘리며 올라온 그가 범도 막사로 와서 외쳤다.

"우리 대장이 묶여 본영 옥청에 갇혔소. 참수형을 당할 거라 하데. 이 일을 어쩌면 좋소."

그냥 넘어가지는 않으리라고 예상키는 했어도 참수형이라니. 너무 어이없는 소리를 들으니 뜬 소리 같다.

"뭣 때문에요?"

"양반한테 덤비고 주먹질 한 죄라 하오. 어째야 좋소, 이 일을."

갑오년에 양반 상놈 구별하는 신분을 철폐한다는 칙령이 반포됐다. 그 칙령을 받아들인 사람은 드물었다. 그렇더라도 의병대에서 이미 사라진 법을 들어 선봉대장을 죽이려 하는 건 어불성설이다.

"왕박산 어디 갇혔는데요?"

"진영 뒤쪽 언덕배기에 굴을 파서 옥방을 만들어 놨잖소. 거기 갇혔소."

범도는 즉시 먹패장골에서 함께 와서 살아남아 있는 대원들을 불러 모았다. 모두 최대한으로 무장시켰다. 범도 대원들은 마흔네 명일 때나 스물하나 남은 지금이나 선봉대에서 전투력이 가장 뛰어났다.

"진영을 잘 지키고 계십시오."

2소대장 양복돌에게 진영을 맡기고 골짜기를 나왔다. 종일 걷고 밤 내내 걸어 날이 밝을 때에야 왕박산 진영 아래에 이르렀다.

"내 홀로 올라가서 담판을 짓고 올 테니 다들 여기 은신하고 있게."

이개동이 물었다.

"대장까지 잡히면 어쩝니까?"

"그럴 리는 없으나 혹시라도 내가 한 시진 안에 내려오지 않으면 자네들은 산을 돌아서 밤에, 언덕 굴로 오게. 그 이후는 상황 따라 움직이기로 하지."

어깨에 멘 소총을 풀어 태양욱한테 건넨 범도는 본대를 향해 산을 오른다. 진영으로 난 산길은 말이며 수레가 다닐 수 있게끔 잘 닦여 있다. 나라를 구하겠다고 집을 떠나와 길을 닦아대는 의병들 덕이다. 지휘부 몇 사람을 제외하고는 전부 상민들과 천민들이다. 그런데 상민이 양반한테 덤볐다는 죄를 입혀 참수형이라니.

설마 그렇지는 않을 것이다. 김백선에게서 선봉장 자리를 떼고 그 자리에 정현고처럼 양반이되 한자리 차지하지 못한 자를 앉히려는 것일 게다. 상민 출신으로 소토장 자리에 있었던 목순용이 충주성 입성 이전 제천 전투 직후에 자리를 떼였다. 그 자리에 양반이 앉았고 목순용은 학질에 걸려서 진영을 떠났다고 들었다. 학질은 의병 노릇을 그만두기 위한 핑계였을 뿐 목순용은 지휘부 성원들의 행태에 신물이 난 것이다. 본대가 충주성에서 지내는 동안 왕박산 진영에 있던 소모대와 소토대 인원이 반수나 달아나버린 까닭도 그

때문이랄 수 있었다.

대장 숙사에서는 지휘부가 모여 조회 중이었나 보다. 군례를 갖추고 난 범도는 선 채로 입을 연다.

"김백선 선봉장이 돌아오지 않아 찾아왔습니다. 저는 김 선봉장이 안 중군장과 벌인 다툼은 김 선봉장의 잘못이 아니라 생각합니다. 김백선 선봉장 이하 저희 선봉대가 가흥 헌병대를 칠 때 오로지 저희뿐이었습니다. 중군은 아무것도 아니 했습니다. 그러매 안 중군장께서 저희 부대로 찾아오시어 무기를 갈라내라 하신 게 부당하지요. 김 선봉장만의 잘못이 아니라는 겁니다. 쌍방의 잘못을 함께 따지시지 않을 양이면 김 선봉장을 원래 자리로 돌려주시길 청합니다."

안승우가 발끈해 나설 줄 알았더니 잠잠하다. 오히려 눈을 내리깔고 딴전을 피운다. 상좌에 앉은 유인석은 윤기 나는 수염을 쓸며 묵묵히 범도를 건너다본다. 유인석을 정면으로 마주하기는 두 번째다. 호좌의진에 처음 들어왔을 때와 지금.

유인석 휘하로 모여든 의병이 5천여 명이나 된다고 들을 때 설렜다. 유인석을 태산처럼 품이 넓은 명장일 것이라 여겼다. 그 많은 사람이 괜히 그의 휘하에 들었으랴 했다. 착각이자 실책이었다. 그 많은 사람이 의병이 되어 나라를 구하고 싶었을 때 유인석이 깃발을 들고 있었을 뿐이었다.

범도는 어떤 면으로든 유인석을 우러르고 존경할 겨를이 없었다. 겨를이 있었어도 우러르고 존경했을지는 의문이다. 양반 태생인 유인석은 벼슬을 하지 않았다. 어떤 경우 하지 않음과 하지 못함은 같다. 그가 벼슬한 적 없음은 하지 못한 것일 터였다. 시골에서 공부만

192

하던 선비. 그에게 호좌의진 대장 노릇은 구국충정의 탈을 쓴 벼슬인 것이다. 그가 오래전에 과거 급제하여 현재 관직에 있었다면 과연 의병을 일으켰을지, 알 수 없다.

범도가 그리 생각하며 유인석의 시선을 맞받는 동안 좌중에는 적막이 흐른다. 막사 밖에서는 새소리가 난다. 멀리서는 훈련하느라 기합 하는 소리가 울린다. 이윽고 유인석이 아닌 참모장 이강년이 입을 연다.

"김백선은 군령을 어기고 하극상을 범한 죄가 심대했다. 자신의 죄를 참회하기는커녕 대장님과 우리 호좌의진을 능멸했다. 하여 어제 해 질 녘에 그의 참수형을 실행했다."

참수형 실행이라는 말을 범도는 잠시 이해하지 못해 이강년을 쳐다본다. 이강년이 크음, 헛기침을 한다. 비로소 참수형 실행이 무슨 뜻인지 해득했다. 어뜩하여 눈앞이 하얘진다. 눈을 질끈 감고 숨을 다스린다. 수협이며 대원들을 잃은 건 슬픔이었다. 전투 와중에 일어난 일이므로, 그건 불가항력인지라 수긍했다. 지금은 소름이 돋고 피가 거꾸로 솟구칠 것 같다. 평생 글공부해온 당신들한테 능멸의 뜻은 그런 것인가. 이렇게나 멍청한 자들일 줄이야. 자신들이 누굴 죽인지도 모르는 족속들, 김백선이 있어 호좌의진이 아직 있다는 걸 모르는 놈들.

무슨 수를 쓰든지, 필요하다면 본대를 뒤집어서라도 김백선을 구하겠다고 꼬박 하루를 달려왔지만 어쩐지 이런 결과를 짐작했던 것 같다. 10년 전 평양 진위대가 가망 없었듯 이 호좌의진도 앞날이 없는 거라고. 앞날이 있는 부대에서는 선봉장을 잡아 가두는 따위의

짓을 할 리 없다고.

범도가 허공을 쳐다보며 가만히 있자니 유인석이 입을 연다.

"홍가 범도, 그대를 선봉장으로 임명하노라. 선봉대를 잘 이끌도록 하라."

더 분노할 것도 없이 마음이 식었으나 그리하셨느냐고 끄덕여주고 고맙다고 하고 싶지는 않다. 고맙다고 말할 수 없으니 할 말이 없다. 허리를 굽히기 싫으니 움직일 수도 없다. 마음인지 몸인지가 물에 잠긴 것처럼 무겁다. 이 길에 들어선 걸 후회하지 않지만 앞으로 가야 할 길이 구만리쯤 되는 것 같다. 물에 잠긴 듯 무거운 심신을 이끌고 얼마나 갈 수 있을지, 계속 가고 싶기는 할지 의문이다. 참모장 이강년이 말한다.

"선봉대에서 온 말 두 필이 마구간에 있는 걸로 안다. 그대 부대에 두 필을 더 주기로 한 참이니 말들을 데리고 그대의 진지로 돌아가라. 얼마 후 제천과 충주성 재탈환 전투가 있을 터. 그때 그대가 필요한 인원을 보충해줄 테니, 장령을 받들라."

이제 호좌의진을 버릴 것이므로 입을 열기 싫지만 아무 말도 아니 하고 나가면 평생 화가 날 것이었다.

"먼저 의암 대장님께 여쭙고 싶습니다."

이강년이 낯을 찌푸리며 나선다.

"무례하다, 홍가 범도. 먼저 장령을 받들고 나서 여쭤야지."

유인석이 이강년을 말리는 시늉을 하며 입을 연다.

"말해보라."

"이 호좌의진의 목표가, '한성과 인천과 부산과 원산 등 개항지부터 공격하여 왜놈들과 친일역적을 정벌한다. 그리하기 위해 부산과 한성 간 주요 거점인 충주를 장악하여 한성 진공의 국면을 마련하고 여타 부대들과 연합하여 한성으로 진공한다'는 것이었습니다. 기억하고 계십니까, 대장님?"

"상당히 도전적인 언사로군. 어쨌든, 기억하네. 나와 여기 계신 여러분이 함께 설정한 목표이니 당연히 기억하지."

"지금도 그리할 수 있을 것이라 믿고 계십니까?"

"믿지. 기어이 그렇게 할 것이고."

"누굴 데리고 한성까지 진공하실 참이십니까?"

"뭐라?"

"제가 여기 처음 왔을 때 대장님 휘하 의병이 8천여 수였습니다. 현재 3천여 수로 알고 있습니다. 3천여 수 중 전투 가능한 대원이 천여 수쯤 될까요? 3천이든 천이든, 대장님께서 각 개항장을 공격하고 한성으로 진공하시려 할 때 앞서 나가서 전투를 벌일 의병은 몇이나 남아 있으리까? 그 몇은 양반일까요, 양민일까요? 그리고 제가 이 호좌의진에 들어온 이후부터 지금까지 실제 전투를 벌인 이들은 양반입니까, 양민입니까?"

"시방 김백선을 참수한 일을 가지고 항변하는 것인가?"

"그렇습니다. 제가 들어온 이후 이 호좌의진이 치른 전투는 유격대와 선봉대가 중심이었습니다. 방창석 유격장과 김백선 선봉장의 지휘 덕이었지요. 헌데 방창석 유격장은 전사했습니다. 김백선 선봉장은 대장님 이하 여기 계신 참모들께서 죽이셨습니다. 헌데 진정 모르십니까? 이 호좌의진은 김백선 선봉장이 있어 몇 달이나마 지탱해왔다는 것을요. 개항지들을 점령하고 한성으로 진공하신다고요? 개가 웃을 소립니다."

"무엄하다. 말을 가리라."

"예. 무례하든, 무엄하든 하겠지요. 상놈이 양반들 앞에서 떠들고 있으니 말입니다. 하극상이요? 안승우 중군장과 김백선 선봉장 사이에 하극상의 죄가 어떻게 성립됩니까? 양민이 양반한테 덤볐다고 하극상입니까? 이 호좌의진이 뭘 하러 모인 집단인데요? 어찌 됐든 우리가 지키고자 하는 나라에서 양반이니 양민이니 하는 신분을 철폐했지 않습니까? 그런데 동지한테 하극상이라는 죄를 씌워 목을 칩니까? 지금 이처럼 따지는 저한테도 하극상을 씌워 목을 따실 겁니까? 그리하여 양반님네로만 구성된 지휘부로 한성으로 진공하실 겁니까? 하극상의 죄를 물을 수 있는 상놈들을 이끌고서요? 그때까지 상놈 의병들이 몇이나 남아 있을 것 같습니까? 저한테 선봉장을 내리신다고 하셨습니까? 제가 감읍하며 받겠습니까?"

"네 이놈, 그 입 다물지 못할까?"

전군장 이소응이다.

"제가 여쭀는데 답은 아니 하시고 제 입만 막으십니까? 예, 대답 듣지 못할 줄 알고 그저 해본 소리였습니다. 이왕 시작한 김에 더하겠습니다. 8천, 5천, 3천. 몇천 명이든 여기 계신 지휘부원들 외에는 대개 상놈 출신들이지요. 그런데 반상을 따지면서 구국충정을 말씀하십니까? 누구를 위한 구국인데요? 구국하여 양반 노릇 계속하시기 위해서요? 예, 그리하십시오. 저는, 애초에 그러했듯 제 방식으로, 이제 만민이 평등해질 조선을 위해서 싸워나가겠습니다. 물론

제 발로 들어온 이 호좌의진을 제 발로 떠날 것이고요."

"네 이놈! 여긴 엄연히 군율이 작동하는 군대다. 네 발로 들어왔다고 네 발로 나갈 수 있을 성싶으냐?"

후군장 홍사구다. 홍사구가 위협하고 나서니 좌군장 정운경이며 부참장 이만원, 우군장 이인영 등이 입에 거품을 물 듯 화를 낸다. 역시 상놈 출신이라 배운 게 없다거니. 군율 어긴 죄를 묻겠다거니. 당장 쏴 죽이겠다거니.

"그만들 두시오!"

유인석이 좌중을 진압하고 나섰다. 소란이 가라앉자 유인석이 말을 잇는다.

"그간 홍범도 그대에 대한 대접이 소홀했음을 인정한다. 우리가, 내가 그대를 미처 알아보지 못했다. 아니, 알아보고도 미처, 그대와 그대의 여러 생각을 중용치 못했어. 해서, 그대가 장차 어떤 길을 가든 우리와는 다른 길을 걸을 것이라 여겨진다. 새날은 그대와 같은 젊은이들에게서 나올 수 있을 게야. 그렇다 할 때 그 꿈, 그 생각을 여기서 펼쳐도 되지 않겠나? 여기서도 홍범도 부대를 이끌 수 있으니 말일세."

"싫습니다."

"싫어?"

"예, 싫습니다."

"정녕 떠날 텐가?"

"예."

"군율 어긴 죄를 묻겠다고 해도?"

"어차피 언젠가 버릴 목숨입니다. 여기서 죽든, 나가서 죽든 차이 없고요. 언제 어떻게 죽더라도 이 호좌의진 지휘부의 양반님들을 위해 싸우지는 않겠습니다. 어쨌든 강녕들 하시길 바랍니다."

범도는 두 손을 단전에 대고 허공을 향해 허리를 숙인다. 아무와도 눈길 마주치지 않고 돌아선다. 저놈을 잡아야 한다느니, 군율을 물어야 한다느니. 뒤에서 소란하다. 유인석이 그 소란을 다스리고 말한다.

"중군장, 나가서 애초에 선봉대에 주기로 했던 말들을 저 사람한테 내주게. 저 사람이 일단 진지로 갈 것이니 주기로 했던 건 줘야지."

"예, 대장님."

안승우가 뒤따라 나오더니 마구간 쪽으로 앞서가 선봉대 말 네 필을 꺼내라고 소리친다. 김백선이 타던 돈점박이 말과 다른 말 세 필이 이끌려와 범도 앞에 선다. 범도는 마구간지기한테 고맙다고 중얼거린 뒤 돈점박이 말에 올라앉는다.

"홍 선봉장, 잘 가게. 앞으로 어찌하든 며칠 후에 있을 전투는 치르고 보세."

말 네 필을 주면 선봉대 진지로 돌아가고 마음이 가라앉으리라 여기는 모양이다. 안승우의 인사에 범도는 말 위에서 허공을 향해 고개를 끄덕인다. 돈점박이 말의 고삐를 잡은 채 다른 세 필의 줄을 잡고 본대 골짜기를 천천히 벗어난다. 살아 있는 동안 이쪽으로 다시 올 일이 있을지. 그건 모르지만 결코 이곳을 잊지는 못할 것이다. 김백선이 묻혔고 대원들이 묻혔으므로. 무엇보다 김수협을 묻어두었으므로. 언제나 모든 것을 다 알아주고 챙겨주던 그.

198

10
오래된 소나무 숲 사이를 스치는 바람같이

호좌의진을 이탈한 뒤 범도는 대원들과 같이 원주에 닿았다. 우마장牛馬場으로 가서 말 네 필을 팔아 노자를 만들었다. 똑같이 노자를 나누고 나서 일단 고향으로 돌아가라고 일렀다. 고향으로 돌아가고 싶지 않은 사람은 일자리를 찾으라 했다. 이도 저도 싫은 사람은 먹패장골에서 지내라 하고, 어디로 가든지 원산포구 고만동네 어창에다 기별을 남기라 했다. 언젠가 다시 뭉칠 것이니 그때까지 각기 열심히 살자 했다. 태양욱이 물었다.

"대장은 어쩌시려고요?"

"나는 한성으로 가서 우리가 다시 뭉칠 때를 대비하여 공부 좀 하려고. 아직도, 어쩌면 앞으로도 오래 반상을 따져낼 자들을 물리치고 우리 같은 상민들 중심으로 나아갈 미래에 대해 생각하면서. 그래야 쓸데없는 데다 힘쓰고, 동지들을 잃는, 멍청한 짓을 덜 할 것 같아서."

"동지들이 전사한 게 대장 탓은 아니죠."

"멍청한 짓을 한 건 사실이지. 애초에 김 부대장이 그렇게나 말렸는데. 그의 말을 들었더라면 이처럼 먼 길 돌면서 심신을 허비하고 동지들을 잃고. 그리되지 않을 텐데. 어쨌건 다음에 만나게 되면 내가 좀 더 현명해져 있게끔 이런저런 공부 하며 지내보려고. 동시에 한성에 있는 동지들과 연대해서 전국에 있는 무장부대들과 연합할 수 있는 길을 모색해볼 참이고. 물론 호좌의진 같은 데는 기웃거리지 않을 것이고."

"뭘 하시든 몸조심하십시오."

"다들 몸조심하면서 지내도록. 간간이 고만동네 어창에 들러 기별들 남겨주시고."

그렇게 대원들과 헤어져 모처럼 단신이 되니 어리둥절했다. 어리둥절한 채로 한성으로 향했다. 한성을 향해 걷는 동안 마음이 차츰 가라앉았다. 당장은 책임져야 할 사람이 아무도 없다는 사실을 새삼 생각했다. 지금까지 어딘가에 이르면 거기에는 마음 써야 할 사람이 늘 있었다. 마음 씀은 책임짐이었다. 그 책임을 다하지 못하고 떠나야 할 처지가 되곤 했다. 그럴 때마다 마음이 물에 던져진 돌멩이나 된 것처럼 가라앉곤 했다.

동지들과 헤어지고 나서도 세상 끝에 이른 것처럼, 완벽히 혼자가 된 것처럼 가라앉았다. 그 느낌이 어디서 비롯된 것인지 깨달았다.

덕원에서 맞닥뜨렸던 건달패거리들로 인해 아내를 놓치고 스스로는 죽다 살아났다. 여각 할멈한테서 아내가 달아났다는 말을 들고 그이를 찾아 미친 듯이 덕원과 북청 사이를 오르내렸다. 네 차례나 북청을 오가고 나서야 아내가 놈들한테 다시 걸렸을 것이라는 생각을 해냈다. 놈들이 아니라면 놈들과 같은 종자들한테 걸렸을 것이라고. 그렇지 않으면 그리 종적이 없을 리가 없으므로.

고만동으로 하여금 활과 화살을 구하게 했다. 여섯 놈을 하나씩 찾아다니며 당장 죽지 않을 곳에 화살 서너 대씩 쏘아 거꾸러뜨렸다. 거꾸러뜨려 놓고 나서 물었다.

─내 아내를 어디다 묻었냐.

놈들은 하나같이 아내가 달아난 이후로는 모른다고 했다. 놈들이 거짓말을 하는 것 같지는 않았다. 놈들에게서 화살을 뽑았다. 깊이 박힌 화살을 뽑을 때마다 놈들 뼈가 부서지고 살이 찢어졌다. 피가 쿨럭쿨럭 흘러나왔다. 화살들을 뽑아 들고 놈들은 쓰러진 자리에 두었다. 마지막 놈한테 말했다.

─네가 살지 죽을지 나는 모르고 관심도 없어. 난 이미 죽었고 날마다 몇 번씩 죽거든. 너 같은 놈들은 사람이 날마다 몇 번씩 죽는다는 말뜻도 모르겠지. 그래도 너, 혹시 살아나거든 나를 잊지는 마. 난 너희들한테 또 몇 번이고 올 건데 그때마다 나를 몰라보면 시끄럽잖아.

놈들은 제놈들이 해친 남녀가 누군지 몰랐다. 애초에 관심도 없었다. 그렇기에 놈들은 제들이 누구한테 죽는지도 몰랐다.

덕원의 그 건달 놈들은 남의 삶과 목숨에 관심 없었다. 평양 진위대 우영장이었던 유등, 종이공장 주인 박가, 남의 나라 명맥에다 쇠말뚝을 박던 왜놈 다카모리. 호좌의진 지휘부에 있던 자들도 마찬가지였다. 그런 놈들을 만날 때마다 범도는 온몸으로 부딪쳤고 쓰러져왔다는 걸 깨달았다. 그때마다 세상 끝으로 내몰려 혼자가 되었던 것이다.

한성에 오면 늘 그렇듯 홍규식 선생 댁으로 찾아들었다. 한성신문사 허드렛일을 거들게 되었다. 한성에서 현 시국정세를 익히고 얕은 지식을 약간이라도 보충하고자 했다. 그건 대원들과 헤어질 때부터 스스로한테 부여한 명분이었다. 기실은 먹통처럼 지내고 싶었다. 얼마간이라도 아무 생각 하지 않고 아무 일도 하지 않으면서 책 속 세상 속에서 지내고 싶었다고나 할까. 그마저도 생각지 않고 실없이 있어보고 싶었다. 그랬으나 보일 건 다 보이고 들릴 건 다 들렸다. 그중 하나가 호좌의진 상황이었다.

호좌의진은 범도와 대원들이 이탈한 지 열흘 만에 제천 관아를 쳤다. 충주읍성 탈환전을 벌이기 전에 예전에 쉽게 점령했던 제천 관아를 친 모양이었다. 그런데 제천 관아와 일군들은 의병대가 공격해오리라는 사실을 시각까지 잘 알고 있었다. 호좌의진은 그 한번으로 풍비박산이 났다. 더하여 토벌대장 장기렴이 이끄는 토벌군이 호좌의진을 공격했다. 그 전투에서 중군장 안승우며 후군장 홍사구 등이 총상을 입고 토벌군에 사로잡혔다. 누구건 총상을 입으면 거개가 죽듯 안승우와 홍사구도 사망했다. 지휘부는 겨우 3백여 명을 데리고 제천을 떠났다고 했다.

지난겨울 범도가 처단했던 소좌 호리모도 사건은 조용히 가라앉아버렸다. 여러 신문마다 기사가 나긴 했으나 큰 반향을 일으키진 못했다. 범도가 그 까닭을 묻자 홍규식이 답했다.

— 일본 것들은 제 죽음을 가볍게 여기는 풍조가 있어서 동족, 동료들 죽음은 더 가벼이 여기지. 멸사봉공, 상명하복 정신은 강하되 개인 간 의리는 약한 놈들이라 호리모도가 피격된 것쯤은 관심을 끌지 않았다는 것이지. 범인을 잡겠다고 나서지 않더라는 거야. 우리 조선 사람들은 호리모도가 죽은 걸 알았어도 왜놈 하나 죽은 게 무슨 대수랴, 했던 거고. 의병들이 일어나서 왜놈들이 천지사방에서 죽어나가는 판이었으니까.

상명하복 정신이 얼마나 강했는지는 알 수 없어도 호리모도는 조선에서 머리통이 박살 나 죽었다. 놈의 집이 있는 남정동은 동별영과 멀지 않다. 종로 3가에 있는 신문사와도 멀지 않다. 퇴근 후 신문사로 찾아온 주홍석한테 동별영 가까운 객점으로 가자 한 것도 호리모도가 떠오른 때문일 것이다. 동별영 근방에는 조선 군인 일본 군인 할 것 없이 군인들이 많은바 그들을 살피자는 의도이기도 하다.

훈련원 판관이었던 주홍석은 지난 3월부터 임금을 호위하는 근위대 소장으로 들어갔다. 그에 따르면 임금은 작금 조정에서 아무 실권이 없다고 했다. 신료들이 내린 결정에 동의나 할까 스스로는 할 수 있는 일이 없다는 것이었다. 주 소장은 그런 임금이 안타까운 모양이었다. 그런 임금일지라도 주홍석 소장한테는 충성해야 할 주군인 것이다.

칠월 말, 해질녘 종로에는 서로 몸을 부딪을 만큼 사람이 넘친다. 머리 짧은 사내들이 간간이 있다. 작년에 양력 상용 고시와 함께 상투를 없애고 단발하라는 교지가 내렸다. 물론 일본 놈들의 위협에

의한 것이었다. 임금이 먼저 상투를 없애고 머리를 짧게 깎았다. 임금이 깎으매 관헌들이 깎았고 긴 머리가 귀찮던 차에 머리털을 잘라도 된다는 말에 동조한 자들도 덩달아 따랐다. 홍규식이며 주홍석 등도 상투를 없애고 고수머리를 했다. 범도는 상투를 틀어본 적 없이 늘 대충 묶은 엄지머리나 머리띠를 두르고 다닌 터라 갈등할 필요가 없었다.

낮은 아직 더워도 저녁이면 시원해지는 즈음이라 해 질 녘 객점 마당에 평상 여러 개가 나와 있고 평상마다 사람이 몇씩 둘러앉아 있다. 대개 군인들이다. 조선 군인. 일본 군인. 팔도 처처에서 의병들은 일본을 축출하겠다고 피를 흘리고 있는데 도성 술집에서는 조선 군인과 일본 군인들이 이웃한 평상에서 술을 마시는 것이다. 이상하다 못해 기이한 광경이지만 작금 조선이 그러함을 알므로 새삼스러울 것은 없다.

허리께에 닿는 담장 너머로 얼핏 마당 안을 들여다보던 범도는 문득 낯익은 얼굴을 발견하고 멈춰 선다. 일군 중위 견장을 달고 있는 저놈을 어디서 봤을까. 속으로 뇌까리다 보니 기억난다.

9년 전, 고베 미곡상으로 평양을 드나들던 하세가와다. 말총머리에 치마 같은 옷을 입고 게다짝 털벅이며 배와 선창을 가로지른 널빤지를 건너오던 놈. 조개턱에 낚시눈을 가진데다 양 눈썹이 미간 쪽으로 몽총히 몰려 영락없는 왜놈 형상이라 생각했던 그놈. 병인년에 맺은 조일수호조규 제9조에 따르면 양국 인민은 각자 마음대로 무역하고, 양국 관리는 그에 간섭치 않으며 제한을 두거나 금지하지 못하게 돼 있노라 떠들던 놈에게 열아홉 살 나팔수였던 범도가 소리쳤다. 개소리 그쳐! 일본 평복 대신 일본 군복을 입었지만 놈이 틀림없다.

"어찌 그러나? 뭘 보고 있는 거야?"

주홍석이 까치발로 담장 안을 들여다보며 묻는다.

범도가 주 소장 어깨를 누르며 스스로도 몸을 잦힌다.

"예전에 평양 양각나루에서 저와 문제를 일으켰던 하세가와라는 놈이 보입니다. 선생님, 그자 얼굴을 아십니까?"

"난 모르지."

"쌀장사 하던 놈이 군복을 입고 있네요."

"그래서? 지금 뭘, 하려고? 저 안에 있는 족속들이 죄 군인들인데?"

"조선군이든, 왜군이든 저보다 빠르지는 못하죠."

"그, 그건 그렇지."

농담을 진담으로 받는 주 소장 때문에 흐흐 웃은 범도는 권총을 꺼낸다.

"선생님 먼저 큰길가로 나가 계십시오."

"진짜?"

"예."

주 소장이 몸을 낮춰 객점 담장을 벗어난 것을 보고 범도는 몸을 일으킨다. 하세가와를 향해 총구를 겨누는데 놈도 무언가를 느낀 것처럼 술잔을 든 채 범도 쪽으로 고개를 돌린다. 범도는 놈의 미간을 향해 방아쇠를 당긴다. 그보다 앞서 놈이 몸을 숙였다. 총탄은 놈의 왼쪽 이마 옆을 스치고 빗나갔다. 몸을 숙인 놈이 평상 아래로 굴렀다. 마당은 벌집을 쑤신 것처럼 난리다. 일본 군인 조선 군인 할 것 없이 엎드리거나 일어나 총탄이 어디서 날아왔는지 두리번거린다.

평양 진영에서 얻은 일등사수라는 별명이 무색하게 되었다. 담장 옆을 벗어나 뛰면서 범도는 총격술 훈련을 다시 해야겠다고 생각한다. 큰길가까지 뛰어나와 인파 속으로 파묻히는데 주홍석이 다가들어 팔목을 잡는다.

"뒷골목으로 가세. 우리 집으로."

술집 대신 주홍석의 사랑에서 술을 마시는 동안 점점 암울해지는 조선 정세에 대해 듣는다. 작금 조선의 가장 큰 문제는 조정에 든 벼슬아치 태반이 친일종자들인 점이라 한다. 태반의 친일종자들이 임금을 옹성처럼 감싸 가두고 옴짝 못하게 옥죄고 있다는 것이다.

"차례차례 다 제거하면 어떨까요? 그 숫자가 적지 않지만 하나씩 하나씩 제거해나가다 보면 적진에 구멍이 생기고 구멍이 많아지면 무너지지 않겠습니까?"

범도 질문에 주홍석이 쓸쓸하게 자조했다.

"누가 그들을 다 죽일 것이며 친일분자 한 놈을 죽이면 그 자리에 또 다른 친일분자가 들어서는데 하나든 열이든 죽이는 게 무슨 소용이겠나. 이미 구조화돼버린 걸."

"그러면 마냥 내버려둡니까? 하는 데까지라도 해봐야죠."

"우리가 할 수 있는 껏 하고 있지 않나. 태부족이라 서글프지. 한꺼번에 일어난 그 많은 의병들도 다 스러졌는데. 남은 의병들은 산간에 박혀 꿈적도 못하고."

작년과 금년 봄에 봉기했던 의병들이 지금은 종적 찾기가 어렵다. 범도 자신만 해도 호좌의진을 이탈한 이후 대원들을 해산시켰지 않은가. 물론 차후에 다시 모일 것이고 그에 대해 준비하고 있지만 암담한 건 사실이다.

"앞으로는 어떻게 합니까?"

"자네 말대로, 태부족일지라도 할 수 있는 껏 하는 거지."

할 수 있는 껏. 그 막연한 방향과 방법. 적은 점점 커지고 강성해지는데 적군을 상대할 아군 진영은 적군에 반비례하여 약해지고 있다.

"여러 의병부대가 집결해서 요충지를 장악하여 한성으로 진공한다는 호좌의진의 목표는 처음부터 사상누각 같은 것이었습니다. 제 두 눈으로 똑똑히 확인했고요. 팔도에서 가장 컸던 호좌의진이 그러할 제 다른 부대들은 말할 것도 없겠지요. 그런 진지전 형태로는 전쟁이 불가함을 깨달은 것이 그나마 의병부대들의 실패를 유의미하게 해주는 것이라 여깁니다."

"다들 자네처럼 생각하면 좋겠지. 그렇게 못해 현실의 질곡이 생기는 것 아니겠나. 자네는 앞으로 어찌할 생각이야?"

"저는 앞으로 우리 싸움은 유격부대에 의한 기동전, 산악전 형태로 진행되어야 한다고 생각합니다. 당장은 힘을 잃은 상태입니다만, 다시 동지들을 모을 때는 기동전과 산악전에 탁월한 부대로 키워서 일본이라는 거악에 무수한 구멍을 내는 식으로 맞설 것입니다. 구멍들이 맞닿으면 결국 무너질 거 아닙니까. 그러할 제 충의계 같은 은밀한 조직이 여러 부대 간의 연결망을 구축해주고 지원해야겠지요. 물론 지금도 그리하고 계십니다만."

"자네 말을 듣자니 힘이 좀 나는구먼. 평양 감영 옥청에 있는 자네한테 밧줄 가져다주길 잘했어."

"잘하셨지요. 저를 구하시면서 조선을 구하신 거니까요."

"음. 그렇지. 조선을 구할 인재를 내가 살린 폭이야."

웃자고 한 말을 또 진담으로 받는 주홍석의 말에 범도는 크하, 웃음을 터트린다. 주홍석도 뒤늦게 흐허, 웃는다. 마주 웃고 나니 맘이 좀 풀린다.

"덕원읍 좌수 전성준이 한수 이북 최대 친일분자로 각처에 헌병대 건물 자리를 주선하고 다닌다고 하네. 전성준을 죽이고 그놈이 지닌 일본 돈을 최대한 거둬오게."

범도가 충의계원으로서 두 번째 맡게 된 일이 그러했다. 그 돈으로는 무기며 실탄을 구입할 것이라 했다. 범도는 머문 지 석 달여 만에 한성을 떠나 덕원으로 향했다.

덕원으로 올라가기 전에 회양에서 먹패장골로 들어왔다. 먹패장골에 사람은 없었다. 대원들이 들렀다 간 흔적은 남았다. 대원들은 총들을 헛간에다 두고 갔다. 의병 노릇을 할 게 아닌바 총은 들고 다니기에 거추장스럽고 이목을 끄는 물건이다. 이개동과 태양욱, 박진오, 김성집, 곽방언 등 다섯 대원이 황해도 연풍 금광으로 간다는 글과 다른 대원들은 집으로 간다는 글들이 남아 있다.

한가위 날 아침에 심 노인 묘소에 술을 올리고 나서 먹패장골을 나선다.

덕원에 도착해 전성준의 동태를 살폈다. 놈을 살핀 지 사흘째 된 한밤중에 놈 집으로 들어선다. 놈이 사랑방에서 혼자 자는 걸 앞선

두 밤에 확인했다. 사랑마당에는 하현 반달이 제법 밝다. 방으로 들어서니 마당 석등에 켜진 촛불이 하나가 아슴푸레하게나마 방 안까지 비춘다. 범도는 전성준 목에 총구를 댄 채 깨운다. 총구가 목에 닿아 까닥거리자 정신을 차린 그가 얼어붙는다.

"네가 일본 돈 가진 걸 알고 왔다. 헌병대 건물들 세울 돈이라며?"

"뭐, 뭐냐. 어디서 왔어?"

"어디서 왔냐고 묻는 까닭은 너도 짐작하는 바가 있다는 뜻이겠지. 맞다. 의병대에서 왔다. 네 집 둘레에 의병 200수가 둘러 있다. 어떻게 모면해보겠단 생각은 않는 게 좋다는 거지. 네가 시끄럽게 굴면 우리는 네 집 전체를 뒤엎을 수밖에 없으니까. 돈 내놔."

총구 겨누고 돈 내놓으라 하고 보니 영락없는 날강도다. 더구나 강도질이 세 번째다. 두 번째는 덕원 심포천 여각 할멈이었고 맨 처음은 종이공장 주인 박가였다.

그때 종이공장 일꾼들 새경이 많아야 달에 석 냥이었다. 범도는 두 냥짜리 일꾼이었다. 그나마 박가가 반씩을 저축해놓으라며 매월 반만 주었다. 섣달 새경 받는 날이었던 그날 범도는 저축 그만할 터이니 그간 저축된 돈을 달라고 했다. 범도가 받을 돈은 39냥 2돈이었다. 박가가 설 쇠고 보자며 무시했다. 기어이 달라 했더니 박가가 네놈 근본이 무엇이냐고, 죄짓고 도망쳐온 놈 아니냐고 호통을 쳐댔다. 저축이니 뭐니 하며 새경을 주지 않다가 일을 그만둔다 하면 아예 떼어먹어 버리는 게 박가 수법이었다. 새경 떼어먹으려고 근본을 따지는 박가한테 부륵부륵 내놓으라 했더니 그가 뺨을 치려 했다. 그걸 맞을 수는 없었다. 그 손을 잡아 확 밀쳤다.

밀쳤을 뿐인데 분김이라 힘이 과했던지 박가가 넘어지며 탁상 모서리에 머리를 세게 부딪쳤다. 죽이려 작정하지 않았으나 그가 죽었으므로 거기서 도망쳐야 했다. 이왕 살인범으로 도망칠 바에는 공장 일꾼들의 새경이나 해결해주자 싶었다. 살인범이나 살인강도나 도망쳐야 하는 신세이긴 매한가지 아닌가. 박가의 돈궤를 가져다 공장 일꾼들 앞에서 쏟았다. 천오백 냥 가까운 돈이 나왔다.

범도는 못 받은 새경만치 가지고 남은 돈을 일꾼 쉰세 명이 나눠 가지게 했다. 공장 일꾼으로 막내인 이인선에게는 두 몫을 갖게 했다. 범도가 공장에 처음 들어선 몇 달 뒤에 열세 살짜리 인선이 들어왔다. 인선으로부터 난생처음 형님이라는 말을 들었다. 형님, 형, 형아! 그가 그렇게 부르니 저절로 형이 되었고 그 부모의 큰아들이 되었다. 아버지는 폐창이고 어머니는 어지럼증이었다. 약을 끊으면 아버지는 피를 한 바가지씩 토하고 어머니는 일어서지 못했다. 일어나도 금세 넘어졌다. 넘어질 때마다 상처가 생겼고 곪기 일쑤였다. 의원이 말하길 약을 끊을 시 길어도 열흘이면 쌍 초상을 치를 것이라고 했다. 어린 인선이 종이공장에서 버는 돈으로는 약값도 충당치 못했다. 범도가 도왔다. 이듬해 인선은 산에 나무하러 갔다가 다리를 심각하게 다쳤다. 그 탓에 반년 이상 일을 못 했다. 그간 범도가 절반씩 받은 새경 태반이 인선의 부모와 인선의 약값으로 들어갔다. 상처가 나았을 때 인선은 절름발이가 됐다. 절름발이가 됐으나 종이공장으로 돌아왔다.

이제 떠나갈 것인바 겨우 열다섯 살에 다리까지 저는 인선이 어찌 살랴 싶어 몹시 걱정스러웠다. 인선에게 두 몫 주는 것에 불만인 사람은 없었다. 돈이 다 나뉘는 것을 확인하고 스스로는 살인강도범이 되어 종이공장을 나섰다. 인선이 울며 배웅해주었다.

ㅡ무진 형님, 내가 나중에 꼭 형님 찾아갈게요.

종이공장에서 범도는 어머니 성씨와 태어난 해인 무진년을 조합해 황무진이라는 이름을 썼다.

ㅡ내가 어디 있을 줄 알고 찾아와?

ㅡ알 수 있어요. 형님은 제 형님이고 대장이니까요. 꼭 찾아갈게요.

ㅡ그럼 그래라. 내 본명은 홍가 범도다.

ㅡ홍가 범도, 홍범도. 알았어요. 범도 형님, 언젠가 다시 만나요.

그가 그렇게 다짐하는 바람에 웃으며 종이공장을 떠날 수 있었다.

돈 내놓으라는 위협에 전성준이 떨며 말한다.

"왼쪽 문갑 안 돈궤 속에 있다."

"일어나서 꺼내."

그가 일어나서 자그만 돈궤를 꺼내 열어 보인다. 만져보니 지폐들이다. 범도가 돈궤를 닫는데 그가 나지막하게 말한다.

"너와 네 무리가 떠날 때까지 쥐 죽은 듯이 있겠다. 어차피 어두워서 나는 네 얼굴도 보이지 않는다. 돈 가지고 고이 물러가라."

충의계 논의에서 돈만 뺏자고 되었더라면 고이 두고 나갈 터이나 처단하는 것으로 결정했다. 그 결정에 범도도 물론 동의했다. 놈이 사는 덕원과 인근 지역에는 동지들이 살고 있었다. 동지들을 찾아봐야 할 때가 되었다 싶어 범도가 전성준 처단을 자청했다.

"물러가더라도 너를 묶어놓긴 해야겠으니 양팔을 뒤로 해."

그가 순순히 양팔을 뒤로 돌린다. 범도는 뒤에서 그의 머리통을 감아 안으며 와락 비튼다. 두두둑 목뼈 부러지는 소리가 난다. 피 흘리는 게 싫어 선택한 방법인데 꺼림칙하기는 단검 쓰는 것과 다르지 않다. 어쨌든 남의 목숨을 끊는 방법에서 가장 쉬운 게 저격이다. 저격할 때는 잔상이 덜하거나 없다. 그를 반듯하게 눕히고 목을 맞춰놓고 돈궤를 들고 그의 집을 나온다.

한성으로 와 홍규식에게 돈을 전하면서 보니 일본 돈이 8,480원이다. 한성에서 열댓 간짜리 기와집을 스무 채쯤 살 수 있는 돈이라 한다. 무기를 구해 몇 의병대로 보낼 것이라 설명한 홍규식이 권총 탄알 4백 개를 내준다.

"당분간 조용한 데서 지내시게. 내키거든 함흥으로 가서 탄알 2백 개는 백 선생한테 드리고 그 곁에서 지내도 괜찮겠지."

"제 동지들을 돌아볼 참이라 언제 함흥으로 갈지 모르겠습니다."

"가게 되면 건네라는 거지. 자네가 다 써도 되고. 아무쪼록 몸조심하며 지내다 또 보세. 이건 노자에 보태고. 쉰 냥이네."

"예. 그런데, 책 몇 권 빌려 가도 되겠습니까?"

책을 읽으며 한가로이 지낼 수 있을지 알 수 없다. 도무지 머물지 못하는 스스로를 붙잡아 앉혀보려는 시도라고나 할까.

"그럼, 그럼. 맘껏 골라 가게. 다 가져가도 돼."

"진짜 제가 다 가져가면 우실 거잖아요. 몇 권만 가져가겠습니다."

서가에서 책 몇 권을 빼 행낭에 넣고 홍규식 집을 나왔다. 다른 사람을 만나지 않고 한성을 떠나 먹패장골로 돌아왔다.

다가올 겨울을 대비해 양식을 사들이고 땔감을 마련해 쌓았다. 올무도 몇 개 놓았다. 올무 놓은 지 이틀 만에 다 큰 숫양이 걸렸다.

양 목을 따서 지고 내려와 해체하면서 혼자 지내기 싫은 스스로를 인정했다. 집으로 돌아온 지 겨우 닷새 만이었다. 잘게 해체한 고깃덩이를 저장용으로 구우면서 자신이 혼자 있을 때 고기 먹는 일이 없다는 것을 깨달았다. 양고기든 돼지고기든 노루고기든. 토끼든 닭이든 꿩이든, 여럿이 어울려 고기 먹을 때도 한두 점이면 물러나곤 한다는 사실도 생각해냈다. 동시에 양고기를 유난히 좋아하던 동지들을 떠올렸다. 그들에게 고기를 먹여야겠다는 핑계를 만들어냈다. 젓을 담그려 재웠던 내장들을 꺼내 소금을 털고 구웠다. 가죽과 뿔과 뼈를 제외한 양 한 마리를 다 챙기고 나니 뿌듯했다.

바싹 구운 고기들을 등짐지게에 가득 담아 지고 황해도 곡산을 향해 집을 나섰다. 3백 리쯤 될 것이었다. 떠나고, 떠나고, 떠나기. 떠날 때는 늘 몸이 물속을 걷고 있는 것 같았다. 어딘가에서 어딘가로 떠날 때마다 그러했다. 바람을 거슬러 걷는 것 같은가 하면 물살에 떠밀려 갈 데 모르고 흐르는 성싶었다. 동지들을 만나기 위해 나선 이번 길은 다른 때와 달랐다. 떠나는 게 아니라 만나러 가는 것이었다.

이틀하고 반나절 만에 곡산 연풍 금광에 도착했다. 싸라기눈이 날렸다. 금광 사무소에서 이개동과 태양욱, 박진오, 김성집과 곽방언 등, 다섯 사람이 일하고 있다는 걸 확인했다. 아직 갱도에서 일하고 있을 시각이었다. 사무소 직원이 넉 동이나 되는 숙사 중 한 동을 가리키며 이개동 등 다섯 사람이 한 방을 같이 쓴다고 끝 방을 짚어 주었다. 밥은 밥집에서 사 먹고 숙사 불은 각자 때는 것이라 했다. 방문에는 자물쇠가 채워져 있었다. 범도는 동지들 방 앞 툇마루에

짐을 내려놓고 툇마루 밑 아궁이에 불을 살렸다. 갱도 안은 춥지 않겠지만 밖에는 눈이 내리므로 동지들이 나왔을 때 따뜻한 방에 들게 하고 싶었다.

날 저물 무렵 금광 안에서 쨍그랑거리는 종소리가 여러 번 울렸다. 조용하던 일대가 갑자기 수런거리더니 여기저기 불이 환히 켜지면서 사람들이 쏟아져 나오기 시작했다. 갱도에서 일꾼들이 나오는 거였다. 범도가 설레어 까치발을 딛고 동지들을 찾는데 마침내 그들이 왔다.

"대장!"

이개동이 맨 먼저 범도를 발견하고 소리치며 달려왔다. 태양욱, 박진오, 김성집, 곽방언 등이 한꺼번에 달려들어 얼싸안았다. 동지들에게서 돌가루와 흙먼지가 펄펄 날렸다. 이웃 방 사람들이 들어오다가 얼싸안고 춤을 춰대는 여섯 사람을 구경했다. 목에 열쇠를 걸고 있던 박진오가 자물쇠를 풀고 방문을 열었다. 범도가 등짐을 열어 보이며 장난스레 말했다.

"짜잔, 맛나게 구운 양고기!"

고기를 즐기지 않는 범도의 식성을 동지들은 잘 알고 있었다. 고기가 잔뜩 든 등짐을 지고 삼백 리를 걸어온 까닭이 무엇인지도 아는 태양욱이 코끝이 매운 듯 고개를 돌렸다. 이개동과 박진오는 쑥스러운 듯이 옷에 붙은 먼지를 털어댔다. 성집과 방언은 환호성을 질러대더니 술을 받아오겠다며 밥집 쪽으로 달려갔다.

동이째 받아온 탁주와 아궁이에 석쇠 얹어 데운 고기를 차려놓고 마주 앉았다. 술판, 이야기판이 벌어졌다. 갱도로 들어가 막장에

다다라 종일토록 금이 박힌 바위를 깨는 게 일이라 한다. 금광에서 이루어지는 많은 일들 중에 그 일이 가장 험한지라 하루 두 돈 벌이는 된다고도 한다. 넉 돈이 한 냥인바 한 달 열닷 냥 벌이다.

"나도 자네들 따라 하루 두 돈을 캐볼까?"

박진오가 술대접을 내려놓더니 두 손사래를 쳐댄다. 태양욱이 어이없다는 듯 쳐다본다. 이개동은 무안한 듯이 고개를 숙인다. 김성집은 물고 있던 고깃점을 내려놓았다. 곽방언은 까치집 같은 제 머리털을 북북 긁어대다가 입을 연다.

"저는 금점꾼으로 나이 들고 싶지 않은데요, 대장님."

"자네한테 금점꾼으로 나이 들라고 하는 게 아니라 내가 자네들 따라 금을 캐보겠다는 것이잖아."

"대장님이 대장 아니 하시고 금을 캐신다면 저도 계속 금을 캐야 하잖습니까."

"얼마간, 이번 겨울 동안 예서 자네들과 같이 지내보면 어떨까 하는 거지, 자네한테 평생 금 캐게야 하겠나?"

"저는 대장님이 우리를 데리러 오신 줄로, 이번이 아니면 얼마 지나서라도 데리러 오마고 말씀해주실 줄로 여기고 좋아서, 신이 나서 떠벌리고 있던 참이거든요. 어쨌든요, 대장님이 겨울 동안이 아니라 단 하루, 아니 한 번이라도 갱도에 들어가시는 걸 저는 반대합니다."

태양욱이 고개를 끄덕인다.

"하루 두 돈쯤 버는 게 큰 벌이이긴 한데, 그래서 오히려 갱도 안에, 막장에 생각이 매몰돼버리는 경향이 있습니다. 컴컴한 막장에 호롱불 달아놓고 바위를 깨고 있자면 오로지 바위만 보인다고나 할까요. 조선 강토나 조선 인민이나 왜놈, 왜군들이 떠오르지 않고요. 함께 싸우던 동지들 생각도 하지 않습니다. 심지어 대장님조차도 잊습니다. 갱도에서 나와 씻고 밥을 먹고 있으면 우리가, 내가 무얼 하던 사람인가 잠시 생각기도 하는데, 원체 곤하니까요, 막장에서 번 돈으로 술 잔뜩 사 마시고 곯아떨어지기 일쑤입니다. 한 달에 한 번 일한 날수만큼 쳐서 일삯을 받는데, 밥값, 숙사 사용료, 술값을 떼고 나면 손에 쥐는 게 열댓 냥쯤이 아니라 대여섯 냥이 고작입니다."

"그렇군. 그런 속내가 있었어."

"뿐만 아닙니다. 예서 오래 일한 자들 태반이 노름꾼입니다. 한 달 내 일해 번 돈을 하룻밤 노름으로 날려버리는 자들이 많습니다. 외상으로 먹고 자고 마시고 지내다 다음 달 일삯을 받으면 제하고 남은 돈으로 또 노름을 해서 날리는 거지요. 이 숙사 저쪽 끝방에서 지금도 노름을 하고 있습니다. 우리 빼고는 이 숙사에 머무는 자들이 죄 그 방으로 가 있고요. 이 금광에서 일하는 자들 중 돈 벌어 나간 사람은 극히 드뭅니다. 갱도 안 가장 안쪽 일터를 막장이라고 부르는데요, 이 금광이 인생 막장이 되기 쉽습니다. 하여 방언이, 또 우리가 대장님이 예서 지내시는 걸 반대하는 겁니다. 저희들은 다섯이 함께 지내는 데다 의병이라는 자부심이 있기에 노름판을 기웃대지는 않습니다만, 여기서 사는 게 재미는 없지요. 대장님이 의병대를 새로 꾸릴 날을 기다리고 있는 까닭이고요."

"알아들었네. 한 철이라도 금점꾼 노릇을 해보겠다는 생각은 깨끗이 접지. 언제 다시 동아리를 이룰 것인지, 그 시기를 말하기는 어렵지만 우리가 전선에 나섰을 때 우리와 연대할 사람들을 뭇고 있기는 해. 지난 초여름 우리가 헤어질 때 말했듯이, 한성에 있는 동지들과 연대해서 전국에 있는 무장부대들과 연합할 수 있는 길을 모색하고 있다는 것이지. 그때가 언제든 그때까지는 자네들이 의병이라는 자부심을 잃지 말고 몸 성하게 지내기를 바라네."

"그 한성 동지들에 대해 말씀해주시겠습니까?"

"그러지. 얼굴들 풀고 술 마시면서 듣게들."

범도는 지난 초여름 한성에 갔을 때부터 만나고, 겪고, 행한 일들을 풀어놓는다. 충의계라는 이름은 거론치 않았으나 하세가와, 전성준 일 등을 상세히 이야기한다. 작년 겨울 한성에 갔을 때 처치한 호리모도 얘기도 해준다. 동지들을 재밌게 해주고, 재밌어하면서 힘을 얻기를 바라서다.

동지들과 하룻밤 지내고 연풍 금광을 나왔다. 황해도 곡산과 강원도 평강을 가르는 고개가 박말령이다. 박말령을 넘어 평강을 가로지르면 회양이다. 먹패장골로 가기 위해 박말령으로 오르는데 눈이 날리기 시작한다. 어두워지기 전에 박말령 중간재에 있는 사냥꾼 초막에라도 이르기 위해 서두른다. 연풍 광산으로 갈 때도 중간재 초막에서 하룻밤 묵었다.

높고 깊은 산 길목에는 곳곳에 누가 지었는지 알 수 없는 초막들이 있다. 통나무를 쌓고 나뭇가지로 틈새를 막고 지붕에 나무껍질을 덮은 집들. 초막마다 가운데 화덕이 만들어져 있고 구석에는 땔감이 쌓여 있다. 거기서 불을 피워 몸을 녹이고 묵은 사람은 다음 사람을 위해 삭정이 몇 개라도 주워 놓고 떠난다. 범도도 삭정이 한 단 만들어 들여놓고 떠나왔다. 겨우 이틀 만에 다시 들르게 될 줄은 몰랐다.

중간재 초막 앞에 닿으니 눈에 발목이 잠긴다. 초막에는 선객들이 들어 있다. 초막 앞 편편한 곳에 찍힌 발자국들은 일군 군화 자국이다. 범도도 철령 전투 이후 일본군 군화를 신고 살기에 알아봤다. 귀 기울여보니 목소리 다른 일본말들이 새어 나온다. 넷이다. 안에 쌓인 땔감으로 불을 피웠는지 불내가 풍긴다.

현재는 명색뿐일지라도 나는 척일 전쟁을 하기 위해 떨쳐 일어선 의병대 대장이다. 김수협에 따르면 한번 대장은 영원히 대장이다. 연풍 금광에 있는 동지들도 의당 대장이라 여기며 변함없이 대장이라고 부른다. 의병대장이 적을 발견하고 그냥 지나치는 건 옳지 않다.

이런!

등짐지게를 벗어 내려놓으며 범도는 일군 넷을 죽이기 위해 명분을 찾는 자신을 느끼고는 흐흥, 자조한다. 열, 스물, 백, 천씩 떼 몰려 있는 일군들을 공격할 때는 하지 않던 생각인데 지금까지 만난 일군 중 수가 가장 적어 유다른 것 같다. 군화를 신었으니 군인인데도 적국 민간인을 만난 느낌이라고나 할까. 어쨌든 이 눈 내리는 산중에서 적들을 만났다. 숫자가 적다 해도, 대치 상태가 아니라 해도, 초막 안으로 들어가 함께 불을 쬐지 못할 사이인 건 분명하다. 적은 적인 것이다.

연풍 광산에 갈 때 하룻밤 쉰 초막이라 익숙하다. 오른손으로 총질하고 사는 사냥꾼들이 만든 초막 외짝문은 왼손으로 당기도록 만

218

들어졌다. 권총 탄실의 탄환을 확인한 범도는 문 앞에서 손잡이에 왼손을 대고 눈을 감는다. 몇 차례 숨을 쉬며 어둠에 적응시킨 뒤 벌컥 문을 연다. 동시에 눈을 뜨고 화덕을 가운데 둔 네 놈 위치를 확인했다. 놈들이 어리둥절해서 쳐다보다가 범도 손에 든 권총을 보고는 놀라 자신들 옆에 둔 총기들을 잡으려 움직인다.

범도는 맨 먼저 총에 손을 댄 놈 머리통부터 쏜다. 놈의 옆통수가 터진다. 격발하고 그 옆에 있는 놈 미간을 쏜다. 옆통수 터진 놈과 미간에서 피를 뿜는 놈이 같이 넘어간다. 맨 왼쪽에 있는 놈이 일어설 겨를도 없이 앉은 채 총을 겨눴다. 놈이 격발하는 찰나 범도의 총탄이 놈의 이마에 박혔다. 총을 쏜 순간 범도는 몸을 튼다. 놈이 격발과 동시에 방아쇠를 당겼고 그 순간 이마에 총탄을 맞았기 때문이다. 놈의 총에서 발사된 총탄이 범도 옆구리 옆을 지나 벽에 가서 박힌다. 총탄이 벽에 박힐 때 범도는 틀었던 몸을 날리며 마지막 놈에게 총을 쏜다. 마지막 놈과 범도가 거의 동시에 쐈다. 범도는 피했고 놈은 제 있는 자리에서 가슴팍에 총탄을 맞았다. 범도는 총을 놓치며 쓰러지는 놈의 옆통수에 다섯 번째 총알을 날렸다. 놈에게서 터진 피가 범도한테까지 날아들었다.

시신 네 구를 내어다 초막 옆 비탈에다 밀어 내리고 초막 안을 치운다. 초막 안에는 군화 네 켤레와 소총 네 자루, 총탄 4백 개와 석 되쯤 될 쌀과 과자가 남았다. 놈들이 초막 가운데 화덕에다 피운 불도 아직 붉다. 군화 네 켤레는 대볼 것도 없이 범도 발에 작다.

일본 것들은 대개 체구가 작다. 보통 남정보다 머리 하나만큼 몸피가 큰 범도 발에 맞는 군화를 신는 일본 놈은 백에 한둘쯤이다. 그래도 일본제 군화를 욕심내는 건 이 겨울에도 맨발에 짚신 끌고 다니는 사람들이 드물지 않기 때문이다. 박말령 넘어가 만난 누구에게라도 건네주면 좋아할 것이기 때문에.

이 초막에서 하룻밤을 자고 나면 눈에 발이 묶일지도 모른다. 방금 적군 네 놈 머리통을 깬 여기서 자기도 싫다. 내리막길로 접어들어 몇 마장만 내려가면 초막이 또 있다. 산을 다 내려가지 못할 것 같으면 거기서 묵으면 될 성싶어 범도는 짐을 챙긴다. 등짐에다 실탄과 군화를 넣고 총 네 자루를 묶어 등짐지게에 올리고 쌀은 어느 사냥꾼이나 약초꾼이 와서 먹을 것이므로 두고 나선다.

5년 전 먹패장골에 처음 들어올 때 천지에 눈이 쌓여 있었다. 회양 큰 장거리 주막에서 만난 심 노인과 이틀을 묵고 그를 따라 잣눈을 헤치며 먹패장골로 들어왔다. 세상 끝에 다다른 것 같았다. 이번에 또 눈을 헤치면서 돌아왔다. 눈 감옥으로 들어온 셈이었다.

기꺼이 갇혔다. 눈이 내리면 집 근처 눈을 치우고, 밥을 지어 먹고, 군불을 때고 군불솥에 빨래를 삶았다. 올무에 걸린 짐승을 잡아 말리고 눈에 묻힌 칡넝쿨을 끌어내 베어다 깔개를 짰다. 홍규식 댁에서 가져다 놓았던 『장자』를 읽었다. 뜻을 깊이 생각지 않고 그저 눈에 보이는 대로 읽어도 재밌는 책이었다. 『장자』만 읽었다. 읽은 구절을 읊조리며 눈 쌓인 골짜기를 갈고 돌아다녔다. 갇힌 채 석 달여를 보내고 나니 눈이 다 걷혔다. 눈 걷힌 자리에 봄이 거침없이 피어났다.

이월 열나흘 밤에 둥그런 달을 올려다보다가 문득 또 떠날 때가 된 걸 느꼈다.

보름날, 아침부터 아랫집 마당에다 있는 멍석을 죄다 펴놓고 헛간 바닥에서 총들을 들어내 옮긴다. 대원들이 가져다 놓은 총과 박말령에서 취한 총까지 아울러 158정이다. 실탄은 박말령에서 가져온 400개와 대원들이 남긴 110개를 합쳐 510개다. 언제든 사용할 수 있게 꼼꼼히 점검한다. 점검한 총들을 궤짝에 담아 습기 차지 않도록 단단히 여민다. 상자를 헛간 바닥에 다시 묻는다.

행장을 꾸려 길을 나선다. 내킬 때까지 함흥읍 백인근 선생 옆에서 지내볼 셈이다. 혹시나 싶어 들른 장거리 주막에서 김 포수와 최 포수를 만난다. 함흥으로 갈 거라는 범도 말에 김 포수가 볼 부은 소리를 한다.

"그냥 예서 지내면서 우리랑 쇠부리질이나 하고 살 것이지 뭣 하러 함흥까지 가나? 왜놈들은 이 근방에도 쌨구면."

"그래서 달아나는 거지요. 속 시끄러워서요."

"함흥에는 왜놈들이 없을까?"

"함흥 왜놈들은 제가 누군지 모르잖습니까."

"하기는. 왜놈들이 자네가 먹패장골에 있는 걸 알면 금성, 회양, 안변에 있는 왜군을 전부 모아서 쳐들어가겠지. 이름을 좀 날렸어야지. 자네 그거 아나?"

"뭐 말입니까?"

"자네 노래가 있는 거."

"예?"

"애들은 놀면서 부르고 어른들은 일하면서 부른다네. 내 저번에 장진 가서도 들었으니 함경도 사람 태반이 부르게 된 거지."

"무슨 말씀이세요?"

"홍대장이 가는 길에는 일월이 명랑한데, 왜적군대 가는 길에는
비가 내린다. 에헹야, 에헹야, 에헹야, 에헹야. 왜적군대가 막 쓰러진
다. 오연발 탄환에는 군물이 돌고, 화승대 구심에는 내물이 돈다. 에
헹야, 에헹야, 에헹야, 에헹야. 왜적군대가 막 쓰러진다.' 이런 노래
라네."

"제가 이쪽에서 몇 번이나 싸웠다고 그런 노래가 생깁니까?"

"자네가 이쪽에서 싸운 게, 열 번인가?"

"아홉 번입니다."

"아홉 번이든 열 번이든 자네한테 걸린 왜놈들은 모조리 나자빠
졌잖은가. 사람들은 그걸 잘 알고 있고. 박수를 쳐대다가 모자라니
노래가 생긴 거지. 게다가 이쪽 사람들이 자네 부대가 저 충청도에
있던 의병부대로 간 걸 모르는 줄 아나? 자네 부대가 거기 가서 싸
운 걸 다 안단 말이야. 그래서 자네는 이쪽 사람들한테 축지법을 써
서 펄펄 날아다니는 사람이 돼 있는 거라고."

거기 가서 대원들을 반도 넘게 잃은 사실이 알려져도 노래가 불
릴는지. 거기 가서 겪은 충격에서 아직 다 헤어나지 못하고 있는 걸
알아도 그런 오해를 할는지. 범도는 속으로 쓰게 웃는다.

"저, 거기 가서 폭삭 망하고 세상에서 꺼졌다고 소문 좀 내세요."

"다들 살기 팍팍하던 참에 신나는 소식들 접하고 좋아서 그러는
데 찬물 끼얹을 거 있나?"

"민망해서 그러죠."

"민망해도 노래 부르는 사람들 맘 생각해서 참게. 정 부끄러우면 그 홍 대장은 이 홍 대장이 아니라고 생각하든지. 그건 그렇고, 함흥서 언제까지 지낼 건데?"

"가봐야 알죠."

최 포수가 나선다.

"그래, 자네가 의병대를 소집하면 우리는 언제든 따를 것이니 고루 둘러보고 돌아오게. 이쪽서도 하려고만 들면 일이 많단 말이지. 왜, 재작년에 우리가 태워 없앤 일본 군창 있잖나? 그 자리에 새 군창과 아울러 헌병대가 만들어지고 있다네. 다 만들어지면 지난번처럼 확 치세."

그 무렵 8천여 수였던 일군이 지금은 세 배쯤 늘었다. 일본이 8천으로 조선을 삼킬 수 없다는 걸 깨달은 결과다. 범도는 그때와 판세가 달라졌다는 말은 하지 않는다. 지난겨울 연풍 광산에서 만난 동지들한테도 일본군이 2만 5천쯤 들어왔다는 말은 못했다.

"예. 두 분은 이따금 먹패장골에 들러 살펴주세요. 거기 묻어놓은 게 있어서요. 뭔지는 아시죠?"

"거기 해골이 드글드글하다는 소문이 나서 아무도 안 가네. 우리는 가끔 가볼 것이니 걱정 말고."

국밥 한 그릇에 탁주 한 사발 마시고 일어난다.

함흥으로 향하는 길에 김무생, 윤선기, 최용학, 차명우, 문평, 고만동과 고천동 형제 등 평강, 안변, 문천 등지에 퍼져 있는 동지들을 찾아다녔다. 이쪽저쪽의 근황들을 전해주며 언젠가 다 같이 만날 때를 위해 서로 기별하며 지내길 당부했다.

갈지자로 걸은 탓인지 삼월 이십칠일 해 질 녘이 되어서야 함흥 부내 백인근 집에 들어섰다. 함흥 관아에서 멀지 않은 백인근의 집은 가세를 말하듯 자못 컸다. 한성 와룡동에 있는 홍규식 저택보다 넓은 듯하다. 막 집에 돌아왔다는 백인근이 몹시 반긴다.

"어서 오게, 어서 와."

백인근은 범도를 바깥사랑채가 아니라 사랑채 건넌방으로 이끈다. 바깥사랑채에는 늘 식객이 들어오는데 식객 대부분이 함흥 관내 사냥꾼들이라 한다. 백인근이 함흥 포수계에 들어 있어 포수들 출입이 임의롭다고도 한다. 백인근이 범도를 사랑채로 들이는 건 식객이 아니라 식구 대접이다. 방 안에 책이 제법 많아 범도는 모처럼 느껍다.

"이제부터 내 일을 도와주게. 정식으로 하는 청이네. 당분간 이 방에서 지내면서 일하고, 나중에 아무 때라도 내키면 집을 장만하게. 평생 나와 같이 살아도 좋고."

집을 장만하고픈 생각까지는 없어도 돈을 모을 필요는 있다. 먹패장골에 묻어둔 총 158정에 총탄 500여 개는 턱없이 적기 때문이다. 실탄이 백만 개쯤 쌓여 있으면 좋을 것이다. 그러면 당장 동지들을 불러 모을 수 있지 않은가. 백만 개 아니라 백 개라도 보태놓자면 일본군을 치거나 멀리 국경 너머까지 가서 사야 했다. 멀든 가깝든 실탄을 사려면 먼저 돈이 있어야 하고 돈이 있으려면 벌어야 한다. 동지들의 반대로 금점꾼 노릇은 못 했으나 장사치 노릇은 해도 될 것이다.

"고맙습니다, 선생님. 최소한 이 방 안에 있는 책을 다 읽을 때까지는 댁에서 지내겠습니다. 우선 맨 먼저 읽을 책을 추천해주십시오."

"이따 혼자 있게 되거든 찬찬히 둘러보게. 그러는 와중에 읽고 싶은 책이 생길 거야. 그 책이 자네한테 필요한 책일 거고."

범도는 봇짐에서 권총 실탄을 꺼내 백인근에게 내민다.

"지난 정월 모임에 가셨습니까? 이건 지난 동짓달에 홍 선생님이 선생님께 갖다 드리라고 저한테 맡기신 건데 여러 달이 걸렸습니다."

"정월에 집안에 큰일이 나서 한성 못 갔네. 그러잖아도 필요하던 참인데 잘 가져 왔어. 자네가 안변 전성준이를 처리했다고 들었네. 고생했네. 물론 그전에 한 일들도 잘 전해 들었어. 고맙네."

"전보라는 기별 방식이 여기도 통했습니까?"

"전보는 통하네만 그런 얘기를 전보로 들었겠는가. 오가며 기별하는 사람이 있어 들은 거지. 자네도 차차 만나게 될 걸세."

"그나저나 선생님 곁에서 제가 할 수 있는 일이 있기는 합니까?"

"일이야 끝없이 많지. 함흥 부내 큰 장거리에 있는 우리 집안 점포 규모가 상당해. 큰 미곡 점포와 비단 점포가 나란히 있는데 미곡 점포에 쌀만 있는 게 아니라 각종 곡식이 그득하고, 비단 점포에도 비단만이 아니라 온갖 천들로 꽉 찼지. 양쪽 점포에 속한 일꾼이 다섯씩이고."

"제가 팔아본 거라고는 사냥한 짐승뿐인데요. 그나마 오래전부터 거래가 트인 주막이나 고깃간에 가져다주는 게 다였고요."

"자네한테 쌀이랑 옷감 팔라 할까 봐 걱정인가? 자네는 나랑 같이 다니며 물건을 사들이게 될 거야. 또 쇠부리질도 하고. 그렇게 우리는 겉으로 점포 운영일꾼으로, 포수로 지내고 이면에서는 충의계원으로서 비밀 임무를 행하는 것이지. 홍 선생이 우리한테 권총 실탄을 400개나 건넨 까닭이 무엇이겠나."

외면으로든 이면으로든 한곳에 마냥 머물지 않고 멀리 다니게 될 점은 맘에 든다. 의병 전사로서 전장에서 전우들과 함께 전투하는 것과 비밀요원으로서 홀로 움직이는 방식 중 어느 쪽이 더 나은지는 비교하기 어렵다. 전우들과 함께할 때는 함께하는 희열이 있으며 돌봐야 할 사람들에 대한 책임감이 있다. 홀로 움직일 때는 긴장 속에서 느끼는 쾌감이 있고 자유롭지만 허전하고 막막하다. 일본 군인인 호리모도나 친일 매국노인 전성준 같은 자를 처치하고 나서도 그저 임무를 수행했다는 생각일 뿐 보람을 느끼지 못하기 때문이다.

"예, 알아들었습니다."

사월 초엿새 밤에 일곱이나 되는 포수들이 백인근 집으로 찾아들었다. 하룻밤 식객으로 온 그들은 바깥사랑에서 묵게 됐다. 백인근이 포수들과 낯을 익히라며 범도를 바깥사랑채로 이끌었다.

"이쪽은 홍여천 씨요. 회양 포수이자 의형제 맺은 아우인데, 이참에 나를 보러 왔기에 내가 붙들고 있소."

백인근이 그렇게 범도를 소개하자 포수들이 술잔을 들며 환영한다. 술자리가 흥성하다. 술잔 비우는 횟수가 늘어갈수록 말도 많아진다. 와중에 범도는 이들이 작년 초봄에 평안도 강계에서 일어난 김이언 의병대에서 활동했다는 사실을 알게 됐다. 이들이 의주 용천 포를 통해 들어온 일군들을 강계 일대에서 잡았다. 김이언 의병대에 는 포수들이 단연 많아 전투가 용이했다. 백인근은 김이언 부대에 50섬이나 되는 군량미를 지원했다. 그러나 다른 의병대들이 그러했 듯 김이언 부대도 몇 달 만에 해체됐다.

취기를 타고 온갖 데로 옮겨 다니던 얘기들이 여인 이야기로 옮 겨붙는다. 사내들이 모여 앉으면 대개 그랬다. 범도가 평양 진위대 있을 때나 의병대에 있을 때나 떼로 있는 사내들이 여유로워지면 딸 이나 누이 자랑을 시작하곤 했다. 아내를 처음 만났을 때 어땠는지. 첫날밤은 어찌 치렀는지. 어느 길목 주막 주모 이야기가 나오는가 하면 제 고향 동네에 사는 과부에 대해서도 말했다. 사내들 이야기 속에 등장하는 여인들은 하나같이 곱고 귀엽다는 공통점이 있었다.

조 포수가 풍산 큰 장거리에 소문났다는 과부 얘기를 꺼낸다.

"이 과부는 말이지, 산삼 장수라고 할 수 있어. 심마니가 캐내는 산삼이 아니라 산골에다 심어 키우는 산양삼을, 생으로든 홍삼으로 든 만들어 읍내 약국이나 주문받은 집에다 갖다 주는 거지. 황홀할 만치 어여쁜 얼굴인데, 아깝게 여인 복색이 아니라 여인도 아니고 사내도 아닌 어정쩡한 옷을 입고 다녀. 치마저고리가 아니라 바지 저고리에 쾌자를 덧입고 머리에는 송라를 얹고 다닌다니까. 물론 분세수도 아니 하고."

황홀히 어여쁜 데다 산양삼을 취급하는 여인이라는 말에 범도는 이상하고도 막연한 불안을 느낀다. 승복에 알머리로도, 남장에 밤 송이머리로도 황홀히 어여쁘던 이옥영 때문이다. 그리고 인필골 이

옥영 집에 있던 증포소!

"분세수도 아니 하는데 황홀할 만치 어여쁘다고? 몇 살이나 됐는데?"

양 포수가 시비를 걸었다.

"서른은 안 됐을 것 같은데 차분한 표정이라 더 들어 보이는 것 같기도 하고. 그런데 정말 곱다니까. 한번 보면 한참 동안 계속 생각 날 정도라고."

"사내들을 그리 몸살 나게 만들면서 과부로 살기가 가능하나? 누구라도 보쌈하겠다고 나설 것 같은데?"

"그 여인이 유명해진 까닭이 뭔 줄 아나?"

"어여뻐서라며?"

"아니, 말을 타고 육혈포를 가지고 다니기 때문이라네."

"뭐? 여인이 육혈포를?"

"손잡이가 금빛으로 번쩍번쩍한 육혈포라고 하더라고."

금빛으로 번쩍거리는 육혈포라니. 범도가 평양 진위대를 나오면서 유등을 찾아가 반죽음시켜놓고 들고 나왔던 육혈포가 그런 모양새다. 육혈포도 드물 제 손잡이에 금 도금된 것이 또 있을 리가 없다. 백인근에 따르면 그건 일본 왕이 조선에 공사로 나가는 하나부사에게 하사한 것이다. 하나부사는 임오년 군란 때 제 목숨 구해준 유등에게 그 육혈포를 주었다. 그걸 가지고 나온 범도는 등짐 속에다 넣고 다니느라 덕원에서 건달 놈들한테 당하고 아내를 놓쳤다. 그런데 북청 장거리에 나타난 그 육혈포 임자가 여인이라지 않은가.

"자네가 보지는 못했고?"

"나는 육혈포는 못 봤지. 말만 들었어. 누구라도 수작을 걸어오면 수작 건 놈 발밑에다 한 방씩 갈겨서 혼비백산하게 만든다고 하더라고. 심지어 탄알이 두 발 사이에 정확히 꽂힐 만치 잘 쏜대. 한두 번 쏴본 솜씨가 아닌 거지."

범도는 떨리는 속을 다스리며 애써 낮은 목소리로 물어본다.

"그 과부 이름이 뭐라고 하는데요? 어디 살고요?"

"왜요, 홍 포수? 그걸 알면 찾아가 보시게? 육혈포 총탄 구경하고 싶어서?"

"그리 비범한 여인은 어떤 이름을 달고 살까, 문득 궁금해서요."

"후치령 아래 안산사 어디 산답디다. 그 집서 산양삼 내온 역사가 상당해서, 옛날에는 청국까지 홍삼을 내기도 했던 집이라 장꾼들은 거지반 아는 것 같고요. 그 집 삼이 부친 때는 후치령 산양삼, 그리 불렸나 본데 딸이 맡은 뒤로는 후치령 모지당삼이라고 한답디다. 그러니까 그 과부 당호가 모지당인 모양이고."

열 살 초파일 날 절에 버려졌던 옥영은 열세 살에 비구니계를 받아 모지 스님이 되었다. 그이는 신계사 행자승 여천을 만날 때까지 모지 스님으로 살았다. 모지는 보살이라는 뜻이다. 보통 집 당호에 모지라는 말이 들어갈 리가 없다. 그러므로 모지당은 이옥영이다.

그이가 살아 있었다. 범도 가슴이 벌떡거린다. 그이가 살아 친정으로 돌아갔다. 눈물이 난다. 범도는 측간에 가려는 것처럼 일어나 방을 나선다. 중문을 넘어 사랑채 자신의 거처로 들어온다. 짐을 챙기기 위함이다. 북청 안산사 인필골 이옥영네. 후치령 너머라 북청 읍보다 풍산읍이 더 가까운 그 집. 오는 새벽에 그 집을 향해 길을 나설 것이다.

　모레가 초파일이다. 이옥영의 생일이다. 부지런히 걸으면 그이 생일에 그 대문에 들어설 수 있다. 그 집 대문 앞을 몇 날이고 서성거리곤 했다. 스물네 살 오월부터 섣달까지. 다섯 번을 찾아갔고 갈 때마다 며칠씩 어둔 밤이면 그 집을 지켜보았다. 마지막 갔을 때도 아이나 아내 기척이 나지 않기에 마침내 포기하고 먹패장골로 들어가고 말았다. 범도가 찾기를 멈춘 후에야 이옥영은 제집으로 돌아간 것이다.

11
해후

이옥영이 여천을 잃은 지 꼬박 6년이 됐다.

그때 옥영은 여섯 놈과 상대해 싸우던 여천이 뒤에서 달려든 놈에게 칼집을 맞고 쓰러지는 걸 목격했다. 여섯 놈이나 되었으므로 여천으로서는 불가항력이었다. 삽시에 일어난 일이었다. 옥영은 경황없이 쓰러진 여천을 향해 뛰다 뭔가에 걸려 엎어졌다. 무의식중에 배를 감싸느라 몸을 말았는데 혼절했던가. 눈을 뜨니 캄캄했다. 덕원 부내로 가던 그 길목 어름이 아니라 어느 광 안이었다. 홑이불 같은 걸 덮고 있었다. 배에 손을 대봤다. 태동이 느껴지지는 않아도 태아에 문제가 생긴 것 같지는 않았다. 이상이 생겼다면 배가 아플 것이고 하혈도 느껴질 터인데, 배가 아프지 않고 샅에 습기도 없었다. 겁탈을 당한 것도 아니었다. 입고 있던 쾌자 매듭이 풀리지 않았고, 허리춤이 그대로였고 버선과 갖신도 신은 채였다. 놈들은 혹시라도 금품을 지녔을 것이라 여겨 옷을 헤적이지도 않았다. 돈 주머니도 그대로 있었다.

그 한 달 전, 여승 모지가 수태한 게 알려지면서 신충사가 벌컥 뒤집혔다. 모지를 수태시킨 사내가 행자승 여천인 게 알려지자 신계사가 벌집 쑤신 것처럼 됐다. 금강산하 최대 추문으로 번질 중들끼리의 정분 사태였다. 양 절에서는 두 사람을 재빨리 혼인시키는 것으로 사태를 해결했다. 신충사 법당에서 혼례식을 치르고 떠날 때 여천은 두 사람의 전 재산을 옥영이 지니게 했다. 여천이 종이공장에서 벌어 지니고 있던 것에다 신계사 지담 스님께서 주신 스무 냥과 신충사 화선 스님이 주신 스무 냥이 보태진 것이었다. 옥영은 그 돈이 담긴 주머니를 실을 꼰 끈에 달아 발목에 묶고 버선목으로 가리고 다녔다.

옥영은 몸을 일으켜 광 속에 고인 어둠을 둘러봤다. 어둠에는 결이 있기 마련이었다. 그 어떤 밤도 완벽히 어둡지는 않았다. 모든 어둠에는 빛이 들어 있었다. 잠깐 보고 있자니 판문 틈새로 결 다른 어둠이 비쳐들었다. 항아리들도 제각기 어둠으로 다르게 드러났다. 시렁에는 채반들이 얹혔다. 광 안쪽은 기역자로 꺾여 들었고 그 끝 위쪽에 네모난 두 짝 창문이 달려 있었다. 그쪽으로 꺾여 드는 양쪽에 기둥이 선 게 보였다.

옥영은 창 쪽까지 확인하고 누웠던 자리로 돌아왔다. 홑이불을 더듬어 결을 찾은 뒤 한끝을 이로 물어뜯었다. 물어뜯은 끈을 잡고 북북 찢었다. 여덟 줄로 찢은 광목을 엮어 줄로 만든 뒤 중간 기둥에다 묶었다. 다른 한끝을 잡고 옹기로 올라가 광목 줄을 늘어뜨렸다. 엎드린 자세로 다리부터 내놓고 광목 줄을 잡고 내려왔다. 기껏해야 키 높이인 창을 그리 어렵게 나왔던 건 물론 여섯 달째로 접어든 태아 때문이었다.

일을 당했던 자리로 되돌아갔다. 날은 아직 덜 밝았으나 어제 앉았던 자리를 알아보았다. 여천은 보이지 않았다. 넓게 말라붙은 핏자국을 흙으로 덮어버린 흔적은 남았는데 그는 없었다. 거기 닿기만 하면 그가 뛰어나오리라 여겼다. 하다못해 그가 길가 풀숲에 널브러져 있기라도 할 줄 알았다. 가슴이 와르르 무너지며 몸이 떨렸다. 전날 앉았던 길가 바위를 찾아 앉았다. 어제 쉬느라 바위 아래 내려놓았던 여천의 등짐이 그대로 있었다. 바위에 앉은 채 달달 떨면서 생각을 하려고 애를 썼다. 그놈들은 약취할 계집이 아니라 팔아넘길 계집을 원했다. 무엇을 원했건 시끄럽지 않기를 바랐을 놈들이 쓰러진 여천을 길에다 그대로 둔 채 이옥영을 들고 가지는 않았을 터. 근방 어느 으슥한 데다 버렸을 것이었다.

눈물을 훔치고 두건을 다시 눌러 쓰고 갖신 끈을 조이고 일어났다. 등짐을 지고 건너편 산등성이로 올라 길모퉁이 바위가 보이는 곳에 자리를 잡았다. 등짐을 숨겨놓고 등성이를 내려와 여천을 찾기 시작했다. 나무 사이사이, 바위 사이사이. 밭두렁을 돌고 옴팍한 곳마다 뒤졌다. 해가 중천에 뜰 때까지 뒤져도 그의 주검은 나타나지 않았다. 그렇다면 그는 살아 있는 게 분명했다. 애써 그리 여겼다. 뒤늦게 정신이 든 그가 아내를 찾아 나선 것 아니겠는가. 등짐이 그 자리에 그대로 있던 까닭이었다. 기다리면 되는 것이었다.

등성이로 올라와 등짐을 풀었다. 물이 꽉 찬 물주머니와 누룽지 가루와 어포와 육포 등의 먹을거리가 있었다. 끼니마다 주막에서 먹고 저녁이면 주막에서 묵으면서도 여천은 옥영의 주전부리를 연신 마련해 자신이 지는 등짐 속에 넣었다. 걷다가 쉴 때마다 먹을거리를 내주곤 했다. 등짐 속에 먹을거리가 있던 이유였다. 반짇고리며 옥영의 요강까지 든 등짐 속에는 은갑 단도와 금박 총과 실탄 백여 개도 있었다.

여천에 따르면 총을 쏘지 않을 때는 반드시 안전 고리를 채워놔야 했다. 총을 쏠 때는 안전 고리 풀고 격발하고 쏘기까지 눈 깜짝할 사이여야 했다. 여천은 옥영한테 실제로 총탄을 쏴보게 하지는 않았다. 그 자신이 옥영 앞에서 쏘아보지도 않았다. 그는 아기 가진 아내 앞에서 총을 쏠 사람이 아니었다. 그러면서도 그는 옥영에게 총 다루는 법과 총 쏘기를 가르쳤다. 만져보게도 했다. 총탄을 뺀 채로 쏘는 시늉을 해보게 했다.

옥영은 여천이 쓰러진 자리가 내려다보이는 그 숲에서 이레를 버텼다. 사람 왕래가 드문 새벽이면 일대를 뒤지며 그를 찾았다. 그는 오지 않았다. 그가 오지 않을 걸 알고도 버텼다. 제 생일에 지아비를 잃은 박복한 계집, 박복을 넘어 주변에 해 끼칠 팔자를 타고난 년. 그게 이옥영 자신이었다. 덕원 그 솔각지 모퉁이 숲에서 귀신처럼 이레를 버티고서야 그 사실을 인정했다. 인정하고 나니 비로소 그곳을 벗어날 수 있었다. 귀신 형용이라 했다. 거울을 보지 않는다고 산에서 이레를 버틴 몰골이 귀신 꼴인 걸 모르랴.

옥영은 귀신 꼴로 걸었다. 미친년 행색으로 이동했다. 주막을 피하고 인가를 만나면 몇 푼씩 내밀고 밥을 먹고 갓방이나 헛간을 얻어 잤다. 상거지 꼴에 배까지 불러 미친년처럼 걷는데도 해찰하려

드는 놈들이 있었다. 미친년이 제 몸만치 크게 진 등짐 속을 궁금해하는 놈들이 흔했다. 그런 놈들이 무섭지 않았다. 눈앞에서 여천이 쓰러지는 걸 봤지 않은가. 하늘 아래 그보다 더 무서운 일은 없었다. 해찰하려 드는 놈들 발밑에다 육혈포 한 방씩 쏴줬다. 두 방, 세 방씩 쏘기도 했다. 그런 놈들 심장이고 머리통이고 언제든 쏴갈길 용의가 있었다. 살생하지 말라는 불계佛戒는 여천을 잃으면서 깼다. 조선 여인의 도리나 품행 따위는 애초에 배우지 못했다. 미친년이 해대는 총질에 놀란 종자들이 줄행랑을 놨다. 그런 놈들이 돌아오기 전에 옥영은 그 자리를 떠나 걸었다.

봄 보내고 여름 지나 북청읍에 이르니 만삭이 꽉 찼다. 안산사 노은리 인필골은 북청에서 맨 위쪽인 후치령을 넘어야 했다. 후치령을 넘지 않으려면 닷새 길은 돌아야 할 것이었다. 보통 몸이라면 그깟 고개, 그깟 닷새 할 테지만 출산이 임박한 참이었다. 할머니가 살아 계실 수도 있었다. 이 꼴로 곧장 집으로 들어가면 호랑이한테 물려간 년이 새끼 밴 귀신이 돼 돌아왔다고 노인이 경기할지도 몰랐다. 노인한테 한마디도 듣고 싶지 않았다. 아기 가진 몸으로 못된 생각, 막된 소리를 하기도 싫었다. 무엇보다 산을 넘는 중에 산기가 생기면 큰일이었다.

궁리하자니 어린 시절에 1년 지낸 백운암이 가깝다는 사실이 떠올랐다. 백운암은 할머니가 처음에 옥영을 데려다놨던 절이었다. 신충사처럼 비구니 절인 백운암 성화 스님이 신충사 화선 스님과 젊은 시절 도반이었다는 것도 생각났다. 그 스님들 인연으로 옥영이 9백리 멀리 금강산 신충사까지 옮겨갔던 것이다.

백운암으로 들어가 성화 스님을 찾았다. 십여 년 전의 계집아이 옥영이라 하니 성화 스님이 알아보고 받아주었다. 백운암 요사에 들어 목욕하고 승복으로 갈아입었다. 나흘 뒤에 몸을 풀었다. 아들 이었다. 아들 이름을 금강이라 붙이지 못했다. 금강이라는 이름이 너무 커서, 제 부친의 크고도 깊은 슬픔이 담긴 것 같아 차마 핏덩이한테 붙일 수 없었다. 성화 스님이 용처럼 오래 살고 범처럼 용감한 사내가 되라는 뜻으로 용범이라는 이름을 지어주었다.

백운암에서 공양간 허드렛일을 며칠 하다가 경문을 필사하게 됐다. 성화 스님 곁방으로 옮겨 들었다. 성화 스님을 비롯한 노스님들이 아기를 봐주는 동안 옥영은 일을 했다. 한자 밑에 한글로 음을 달아 행자승과 신도들이 읽을 수 있게 하는 일이었다. 한글 모르는 행자승에게 글자를 가르쳤다. 그렇게 일 년을 지내는 동안 용범이 젖을 떼고 걸음마를 시작했다. 아이를 백운암에 두고 비로소 후치령을 넘어 인필골 집으로 향했다.

어릴 때 기억으로 인필골 30여 가구에서 옥영네 집 규모가 제일 컸다. 아버지는 마을 뒷산에다 장뇌삼을 심어 키운 뒤 홍삼을 만들거나 생으로 북청과 풍산과 삼수와 단천 등의 약국이며 주문한 장꾼들한테 냈다. 고조부 적부터 그리해왔던 덕에 뗏거리 걱정을 한 적이 없었던 듯했다.

오, 오, 옥영아!

어머니는 14년 만에 까치머리에 승복을 입고 들어선 옥영을 대번에 알아보았다. 삼밭에서 달려온 아버지는 나이 들어 돌아온 딸자식을 향해 눈물지었다. 어린 날 그렇게 떠나보냈던 것을 미안해했다.

그때 옥영을 데리고 나갔던 할머니는 보름 만에 돌아와서 함주 땅에 있는 보현사에 맡겼노라 했다. 한 달 뒤 아버지가 보현사로 가서 옥영을 찾았으나 거기 없었다. 아버지가 옥영을 어디다 두었는지 묻자 할머니는 아버지한테, 아들을 낳으면 알려주겠노라 했다. 삼대독자였던 아버지는 두 번째 첩실을 들였으나 자식을 보지 못했다. 할머니는 옥영을 어디에 맡겼는지 끝내 말하지 않고 세상을 떴다. 옥영을 버리고 돌아온 지 5년째 되던 가을이었다.

아버지와 일꾼 구씨와 함께 후치령을 넘어가 백운암에 있던 용범을 데려오고 옥영 자신의 몸만치 컸던 짐짝도 가져왔다. 백운암을 나오기 전에 옥영은 자신에게 남아 있던 쉰 냥가량을 법당 불전에 올려놨다. 여천을 잃으면서 기도를 잊었으나 불전을 향해 아뢨다.

— 저는 이제 갈 데 없는 계집이 아닙니다. 이필석과 김순연의 외동딸로, 홍용범의 어미로 의연하게 살 겁니다. 지켜보십시오.

3년 전, 아버지를 여의었다. 아버지가 하던 일을 옥영이 대신하게 되었다. 아버지 생전부터 따라다니며 익힌 일이었다. 작년 이맘때, 홍삼을 가지고 삼수읍에 갔다. 정해진 약국에 홍삼을 넘기고 붙박이 일꾼 구씨와 함께 주막으로 들어갔다. 봉당에 앉아 밥을 먹는데 마당 평상에 올라앉은 장꾼들이 재작년 가을에 팔도에서 일어난 의병들 이야기를 했다.

회양과 안변에서도 의병들이 일어났는데 그 대장 이름이 홍범도다. 홍범도 의병대가 지나간 자리마다 일본 놈들이 모조리 죽어 자빠진다. 홍 대장은 키가 9척이나 되고 눈이 왕방울처럼 부리부리하고 축지법을 쓰는 것처럼 몸이 빠르다. 총이며 활을 쏘면 백발백중이고 몸싸움할 때 그 주먹 한 방이면 왜군들이 나자빠져 죽는다. 홍 대장 노래도 생겼다. 홍 대장 가는 길에는 일월이 명랑하고 왜적 군대는 막 쓰러진다는 노래다.

그 말을 듣는데 옥영의 가슴이 무섭게 뛰었다. 수저 든 손이 달달 떨렸다. 여천은 옥영이 보기에 세상에서 가장 큰 남정이지만 키가 9척이 아니라 6척 2치쯤이었다. 평양 진위대 시절에 잰 키가 그쯤이라고 본인이 한 말이었다. 그의 눈은 부리부리한 게 아니라 쌍꺼풀진 큰 눈이 깊었다. 여천의 본명이 홍범도였다. 세상에는 동명이인이 많다지만 홍범도가 둘일 수는 없을 것이었다. 장꾼들이 말하는 홍 대장은 여천이 틀림없었다. 그가 살아 있을 뿐만 아니라 의병대장이 되어 삼수 장거리까지 들릴 만큼, 노래가 생길 만큼 이름을 떨치고 있었다.

그렇게 살아 있으면서 어디 있는지 아는 아내와 아이를 찾아오지 않는 이유가 뭔가. 답은 쉬웠다. 옥영 스스로도 그가 죽었다고 여기지 않은가. 그도 이옥영이 죽은 것으로 아는 것이었다. 그러므로 그는 이옥영을 찾아올 수 없었다. 옥영이 그를 찾아내야 했다. 그가 어디 있는지 알면 즉각 찾아 나설 셈이었다.

그날 이후 옥영은 수시로 장거리에 나가 장꾼이며 사냥꾼들이 모이는 주막으로 들어갔다. 어느 주막에서든 남정들은 일본이 조선을 어떻게 침략하고 있는지 의병들이 어떻게 싸우고 있는지를 말했다. 의병들이 어디서 움직이고 있는지.

홍범도 의병대는 작년 정월에 회양 먹패장골에서 일본군 백여 명을 죽이고 곧장 회양 역참으로 달려가 또 일군 수십 명을 죽였다. 홍범도 의병대에 관한 말은 거기가 끝이었다. 일군과 관군들이 그를 찾아 혈안이라는 말이 덧붙였을 따름이다. 다른 의병대들 얘기는 무성한데, 홍 대장 노래는 점점 더 퍼지는데 홍범도 의병대 얘기는 더 이상 들을 수 없었다. 그리고 처처에서 불길처럼 일어났던 의병대들이 일본군과 관군에 의해 박살 났다는 말들뿐이었다.

해가 바뀌어도 옥영은 인근 대처들의 큰 장날이면 꼭 나갔다. 의병대 얘기를 듣고 싶었다. 듣지 않으면 눈앞이 어지러웠다. 의병대들이 연신 깨지고 의병들이 사라져간다고 해도 여천은 살아 있을 것 같았다. 어디선가 계속 홍 대장으로서 의병대를 이끌고 있을 것 같았다. 그는 한번 죽었다가 살아난 사람 아닌가. 그런 사람은 쉽게 죽지 않는다 했다. 그가 살아 있음을 믿고 싶었다. 노래처럼 불리며 왜적 군대를 쓰러뜨리고 있기를 바랐다. 인필골 아이들도, 홍용범조차도 홍 대장 노래를 부르기 시작했지 않은가. 용범한테 그 노래 속의 홍 대장이 네 아버지라고 말하려면 그가 살아 있음을 믿어야 했다. 믿기 위해서는 무슨 얘기라도 들어야 했다. 비바람이나 눈보라가 심해 장거리에 못 나갈 때면 불안했다. 그 읍에 그가 와 있을 성싶었다. 거기 와 있을 그를 놓칠 것 같았다.

그제는 봄장마 든 듯이 싸라기비가 종일토록 오락가락하여 풍산 큰 장에 못 나갔다. 사실 비 탓이 아니라 간밤 꿈 때문이었다. 지난 6년 동안 한번도 꿈에 나타난 적 없는 여천을 보았다. 검은 모자에 검은 두루마기를 입은 그가 대문 앞에 서 있지 않은가. 옥영이 감격하여 그에게 달려드는데 그가 마주 안아주는 게 아니라 홀연히 사라져버렸다. 기가 막혀서 가슴팍을 두들겨대다 꿈에서 깼다. 문을 열었더니 비가 내리고 있었다. 장에 가면 불길한 소리를 들을 것 같았다. 장에 가는 대신 일꾼들을 추슬러 여러 밭을 다니며 콩 씨와 옥수수 씨를 뿌렸다. 수수와 좁쌀도 뿌렸다. 모내기를 앞둔 못자리도 둘러보았다.

비 맞으며 여러 시간 일한 탓에 밤에는 감기와 몸살이 생겼다. 아이며 어머니한테 감기 옮을까 봐 거처인 사랑방에 들어오지 말라고 하고 드러누웠다. 하룻밤 자고 일어나면 괜찮으려니 했는데 더 심해졌다. 어제 종일토록 앓고 오늘 날이 새면서야 몸살기가 약간 걷혔다. 끼니 대신 마셔댄 약물 덕에 일어나 앉을 정도가 되긴 했다. 그렇지만 기운이 없고 의욕도 없다.

어머니와 서모가 증포소를 오르내리며 일꾼들과 일하는 기척을 여실히 느끼면서도 방을 벗어나지 못한 채 날이 저문다. 일꾼이라야 구씨 내외까지 아울러 여덟 명뿐이다. 옥영이 떠난 지 3년째 되던 해 가을에 뒷산 삼밭에 떼도적이 들어 몇십 년씩 묵은 장뇌삼 몇천 주를 훔쳐 갔다고 했다. 몇천 주를 훔쳐 간 것도 큰 문제였으나 도둑들이 밭을 망쳐놓은 게 더 심각했다. 그때부터 집에서 내는 홍삼과 생삼이 푹 줄었다. 일꾼은 저절로 줄어들 수밖에 없었다.

"주무시우?"

살림 해주는 구씨 처 토성댁이 불 켠 초롱을 들고 들어와 걸어준다.

"일꾼들은 오늘 일 끝내고 돌아갔고, 범이하고 할머니들 저녁상은 들여드렸고, 모지당 먹을 죽을 쑤고 있으니 곧 들여오겠소."

여인들은 대개 자신이 난 고을 이름으로 택호를 가지는데 옥영은 태어난 집에서 살므로 택호가 마땅치 않았다. 그렇다고 사랑채에서 지내며 바깥일 하고 아들 키우고 사는데 용범네로만 불리기는 몽총한 것 같았다. 당호를 모지당普提堂이라 지어 쓰고 소목장이한테 판자에 파 달라고 해서 대문 추녀 앞 상인방에 걸었다. 식구들이나 마을 사람들한테 모지가 보살이라는 뜻이라고 알려주고 모지당이라고 불리게 됐다.

"지금은 아무 생각 없어요. 이따 생각나면 내 찾아 먹을 테니 아저 씨랑 아주머니 저녁 드세요."

"사흘 만에 모지당 눈이 뒤통수까지 들어갔소. 아파도, 입이 써서 먹고픈 생각이 없어도 몇 술이라도 떠야 기운을 차릴 것 아니오? 생일이라고 팥 골라 쩌준 생일 밥을 먹길 하나, 고기 넣어 끓인 미역국을 뜨길 했을까. 어마님이 딸님 생일이면 얼마나 맘을 졸이는지 알면서 그리 누워만 있으니, 딸님이 무정하오."

오래전 생일날, 부처님 오신 날이기도 했던 그날 옥영이 절에 공드리러 간다는 할머니 손에 이끌려 나가 버려졌다. 어머니는 당신이 딸을 지켜주지 못했던 것을 자책했다. 옥영이 집으로 돌아온 뒤로 어머니가 딸 생일상을 차리는 까닭이었다. 초파일이면 어머니는 자책하고 옥영은 한탄한다. 육 년 전 초파일 날 여천을 잃었기 때문이다. 여천이 주막에 부탁해 미역국을 먹었던 날이었다.

"몸살 핑계로 쉬고 있는 거예요. 걱정 말고 나가서 저녁 드세요."

토성댁한테 말을 하고 보니 여천을 본 꿈 때문이 아니라 고단해서 쉬고 있는 것 같다. 여천과 헤어진 뒤 쉰 날이 없다. 집에 돌아와서도 마찬가지다. 비가 오거나 눈이 내려 쌓이면 집 안에서 일하고 날이 좋으면 산일이나 밭일을 했다. 열흘에 이삼일씩은 장거리에 나갔다가 돌아왔다. 밤이면 일지를 쓰고 마음을 다스려야 할 때마다 경문을 읽었다. 금년 들면서 아침이면 용범한테 글자를 가르친다. 용범이 한글을 뗀 뒤로는 한자를 하루에 한두 글자씩 익혀주고 있다.

다시 이부자리에 드러누우니 윗목 벽에 걸린 족자 속 문구가 빛난다. 신계사 의성 대사가 썼다는 서산 대사 게송이다. 의성 대사는 여천을 귀애해 직접 글을 가르치고 여천이 떠날 때는 당신 방에 걸려 있던 족자를 떼어 건네주었다. 당신께서 여천한테 해주고 싶은 말씀이었을 것이다.

눈 내린 벌판을 갈 때, 모름지기 어지러이 걷지 말 일이다. 오늘 내가 간 자취를 따라 뒷사람들 발길이 이어지리니.

그리하여 당신은 의병대를 이끌고 눈 내린 벌판을 반듯하게 걸어가고 있는가. 당신의 벌판은 어디인가. 일본에 침략당하는 조선이 당신 벌판인가. 당신 벌판은 얼마나 걸어야 끝에 도달하는가. 마침내 도달할 수 있기는 한가. 나는 당신이 살아 계속 벌판을 건너고 있다고 믿으며 살아야 하는가.

자문하듯 앞에 없는 그를 향해 묻노라니 또 눈물이 난다. 옥영은 여천이 세상에 없다고 여겼을 때, 자신을 과부라고 여기며 지낼 때는 눈물 흘리지 않았다. 그가 홍 대장으로 살아가고 있다는 걸 안 때부터 단단했던 마음이 비 젖은 흙덩이처럼 부스러졌다.

"모지당, 밖에 손님이 오셨소."

모로 누운 채 눈물을 훔치는 참에 토성댁이 뒤 퇴 앞에 와서 하는 소리다. 사랑채가 안채와 마주 보고 있어서 뒤가 앞인 셈이다.

"저 아프잖아요. 누구든지 나중에 다시 오라고 해주세요. 시방은 암것도 못한다고요."

모지당이 글을 잘 읽고 쓴다는 사실이 마을에 알려진 뒤부터 이따금 뭔가 써 달라고 찾아오는 사람이 생겼다. 이웃마을에서도 찾아왔다. 사주단자나 지방紙榜이나 편지 등이었다. 자기 이름을 써 달라고 찾아오는 처자들, 제 이름 써 달라고 왔다가 한글을 가르쳐 달라고 청하는 처자들도 있었다. 글을 가르쳐 달라고 청하는 처자한테는 저녁 설거지하고 찾아오라 했다. 한글은 못 해도 열 번쯤 배우면 읽을 수 있는 글자였다. 그동안 동네 처자 여럿이 글눈을 틔웠다.

"장승처럼 커다랗고 두억시니같이 시꺼먼 삼시랑이, 내가 우리 모지당 아프다고 하는데도 기어이 여쭤보라고 하는구려."

옥영 심장이 툭 떨어진다. 떨어진 심장이 제멋대로 날뛴다.

"누, 누구라고 해요?"

"여전인가 여천인가, 그럽디다."

옥영은 벌떡 일어나다 아찔한 현기증으로 픽 주저앉는다. 주저앉은 채 숨결을 다스리고 앉은걸음으로 문으로 다가들어 문을 열고 문턱을 넘는다. 툇마루에 올라 있는 미투리를 꿴다.

"내, 내가 나가볼게요."

"에? 그 사람이 누군데 그 몰골을 해가지고? 시방 성주상에 올라앉아도 될 꼴이오."

"그 사람, 범이 아버지예요. 토성댁, 밥 새로 안치세요. 어머니한테도 말씀드리고."

토성댁이 놀란 눈을 뜨는 사이에 옥영은 마루를 내려와 신발을 꿴다. 떨리는 손으로 귀신 꼴이라는 머리를 매만지며 허청허청 걷는다. 집 규모에 비해 뜰이 넓은 건 집 안에 증포소를 두고 있기 때문이다. 축대 아래 마당 서쪽에 증포소가 벌려 있다. 증포소 마당 축대 아래가 대문 마당이다. 흙돌담에 이어진 대문채는 마당 동쪽으로 나 있다. 대문간 오른쪽은 외양간이고 왼쪽은 마구간이다. 말 두 필, 송아지 달린 암소가 산다. 구씨와 토성댁이 사는 마당채가 서쪽에서 대문을 바라보게 앉아 있다. 옛적에 식구 많았을 때 흔적이다. 식구 수는 물론 일꾼 수도 줄어든 지금 식구는 어머니에, 서모에 용범과 옥영 자신뿐이다. 곁식구일지라도 구씨와 토성댁 내외가 마당채에서 붙박이로 살며 큰 울타리가 돼준다.

안으로 열린 대문 밖, 어스름한 저녁 기운 속에 장승처럼 커다랗고 시커먼 남정이 서 있다. 뒤로 넘긴 머리를 어깨쯤에서 동여매고 허름한 두루마기를 입고 등짐을 메고 서서 이쪽을 쳐다보는 사내. 여천이다. 틀림없는 그다.

그가 대문간 안으로 성큼 들어서더니 옴짝달싹 못 하고 서 있는 옥영을 향해 다가든다. 한 걸음 앞까지 와서 선다. 두 사람의 눈길이 잇닿는다. 그가 어깨를 떨며 울고 있다. 우느라 말을 못 한다. 옥영도 울음이 치받쳐 말을 할 수가 없다. 흐느적흐느적 걸어 팔 벌린 그의 품으로 안겨든다.

여천이 온 지 닷새째다. 밖에 내리는 비로 방 안은 한층 아늑하다.

내일 동네 앞들에 있는 논에 모내기를 할 참이라 오늘 밤 비는 못비이자 복비다. 옥영은 내일 모꾼들한테 줄 품삯을 챙긴다. 모내기는 보통 식구들끼리 하고 품앗이로도 하지만 옥영네는 식구가 적고 품앗이 다닐 사람이 없으므로 모꾼을 사야 했다. 내일 오기로 한 모꾼이 78명이다. 한 사람 하루 품값이 한 돈 반씩이라 하루에 다 마칠 셈으로 모꾼을 최대한 모았다.

"내일 모낼 논이 몇 마지기나 되는데 모꾼이, 이리 많아요?"

곁에 바싹 붙어 앉아서 옥영이 장부에 써대는 이름들을 들여다보던 여천이 묻는다. 그는 밤에 둘이 되면 노상 이렇게 붙어 있으려 한다.

"마흔다섯 마지기예요."

"와아, 당신 논이 그리 많아요?"

그 표정이 바보 같아서 옥영은 흐하하, 웃는다. 그는 아내한테 반말할 줄 모른다. 옥영이 비구니계를 받은 정식 승려였고 자신은 수계 받은 행자승이었기에 환속하고 나서도 옥영을 높이 됐다. 평양에서 보낸 어린 시절에 이집 저집 머슴살이를 했다는 그였다. 일생 손바닥만 한 땅도 가져본 적이 없는 그인지라 며칠 동안 여기저기 밭이며 삼이 자라는 뒷산을 따라다닐 때마다 신기해했다.

"소작 내준 논도 좀 있는걸요."

"더 있다고요?"

"어릴 때는 몰랐는데 나이 들어서 돌아왔더니 좀 많더라고요. 내가 떠나 있던 사이에 좀 늘기도 했나 봐요. 그게 전부 무남독녀인 내 거였고요. 아버지가 생전에 전부 내 이름으로 이전해주셨어요. 그러니까 당신이 장가를 잘 든 거죠. 귀엽고 총명한 아들에다 인자한 어머니에다, 부자에 어여쁘기까지 한 아내. 당신, 진짜 땡잡은 거예요. 이럴 줄 몰랐죠?"

여천이 짐짓 우스운 소리를 해보는 옥영을 돌려 앉힌다. 우스운 소리를 했으므로 웃고 있어야 할 얼굴이 정색을 하고 있다. 옥영 가슴이 싸해진다. 손을 잡거나 어깨를 대고 있어도, 무릎을 대고 있거나 그 무릎에 올라앉아 안겨 있어도, 그가 온 게 실감 나지 않을 때가 있다. 꿈을 꾸고 있는 것 같았다. 꿈이라면 제발 깨지 않기를 바랐다. 이게 꿈일까 봐, 깰까 봐 늘 초조했다. 사람이 사람을 이토록 깊이, 아프게 좋아할 수 있는 건지, 그래도 되는 건지 몰라서 불안했다.

"당신한테 할 말이, 아니 당신하고 의논할 게 있습니다."

어쩌면 어딘가 두고 온 식구가 있다는 말일지도 모른다. 어제 함께 밭에 다녀오던 길에 불쑥 그 생각이 났다. 둘이 헤어진 첫해에 그는 이 인필골을 다섯 번이나 다녀갔다고 했다. 날이 저물면 대문 앞에서 집 안을 들여다보며 옥영과 금강의 기척이 있는지 살피곤 했다고. 그리고 먹패장골이라는 골짜기로 들어가 살았다고. 그 세월이 6년이었다. 아내도 없는 젊디젊은 사내가 6년 동안 홀로 지내기는 어려웠을 것 같았다. 그걸 묻지는 못했다.

"말씀하세요."

"당신 없는 세상을 내가 왜 사는가, 그런 생각을 수없이 할 만치 당신을 깊이 그리워했어요. 그러던 참에 당신 소식을 듣자마자 정신없이 달려왔어요. 당신과 식구들과 같이 보낸 며칠이 비현실로 느껴질 만치 좋아요. 너무 좋아서인지 불안해요. 이렇게 좋아도 되는가 싶고요."

최소한 식구가 달리 있다는 말은 아닌 것 같아 옥영은 가슴을 쓸어내린다. 그에게 다른 식구가 있다면 어찌할까. 데려오라 하여 같이 살아야 할까. 어머니와 서모가 같이 평생을 살 듯, 다른 많은 여인들이 그러하듯이, 나도 그렇게 살 수 있을까. 그리 못 할 것 같았다. 여천을 다른 여인과 공유하느니 차라리 그를 안 보고 사는 게 나을 성싶었다. 하지만 어찌 안 보고 살 수가 있을까. 그 생활은 어떤 지옥일까. 그렇게 별생각을 다 했던 자신이 부끄러워 옥영은 고개를 빼 여천에게 입을 맞추고 얼른 물러난다.

"나도 그래요. 당신처럼 나도 너무 좋아서 불안해요. 그런데 무슨 말씀 하시려고요."

"당신도 알고 있다시피 나는 일반 의병이 아니라 의병대장입니다. 함께 의병 활동을 시작했던, 동지이자 동무였던 김수협이 말한 적이 있습니다. 한번 대장은 영영 대장이라고요. 그 말을 했던 김수협은 저 아랫녘 경상도 영주라는 곳에서 일본 장교 놈이 쏜 총에 맞아 전사했습니다. 내 품에서 숨을 거뒀죠."

함께하지 못한 그의 세월 속에 김수협 같은 이들의 사연이 얼마나 들어 있을지 옥영은 가늠할 수도 없다. 이제 차츰 알아가게 될 것이다.

"맘이 많이 아팠군요."

"그 사람 생각하면 지금도 맘이 아파요. 이 아픈 세상을 떠나버린 그 사람이 가여워 아픈 맘이 아니라 그 사람을 잃은 내가 아픈 겁니다. 그렇게, 장차 내가 다시 의병대를 무어 봉기하게 되면 의병 동지들 목숨이 내 손에 달리게 됩니다. 그 많은 의병들도 대개 부모형제와 처자식이 있으나 두고 나와 싸우는 것입니다. 싸우는 동안 식구 걱정은 안 하고, 못 합니다. 해서 드리는 말씀입니다. 이쪽으로 오기 전에 이쪽 풍산 포수계 계수로 있는 양충이란 분을 소개받았어요. 내가 묵고 있던 백인근 선생 댁에서요. 나도 포수계에 들어갈 거라는 뜻입니다. 그건 내가 다시 의병 활동, 척일 투쟁을 시작할 거라는 의미기도 합니다. 보통 가장이 못 되고, 예사 지아비, 아비 노릇을 못할 것이고요.”

“당신이 의병 노릇을 접고 나한테 왔다고 생각지 않아요. 나는 처음 만났을 때부터 당신을 세상에 다시없을 만치 특별한 사람이라고 생각했어요. 당신이 예사로운 사람이 되기를 바라지 않아요. 당신은 여상한 사람이 아니라 비상한 사람이에요. 당신 아내인 나도 여상한 여인은 아니죠. 중 된 몸으로 당신 만나자마자 반하고, 승복 입은 몸으로 아기를 갖고, 혼인한 나예요. 지아비한테 총격술을 배운 여인이고요. 뿐인가요. 나는 호랑이에 물려갈 팔자를 이겨낸 몸이에요. 어떻게 여상할 수 있겠어요? 나는 식구들을 건사하고 당신을 지원할 수 있는 능력이 있어요. 나는 당신이 하는 일은 무엇이건 기꺼이 지원할 거예요. 당신이 걸어가는 눈 쌓인 벌판을 함께 걸을 거라고요.”

“그런데, 일본군이 점차 세져가는 중이에요. 점점 더 세져서 결국은 조선을 집어먹게 될 수도 있고요. 의병 투쟁은 점점 더 어려워지고, 왜놈 마수가 의병대장들 식구들한테까지 미칠 수도 있어요. 내가 다시 의병대를 일으키게 되면 내 식구가 적들한테 표적이 될 수도 있는 거죠. 나와 내 동지들을 잡으려는 적들의 술책이 당신과 우리 식구를 얽어맬 수 있다는 뜻입니다. 우리 식구한테 탈이 붙으면 내 의병대에도 심각한 영향이 미치지요. 당장 내가 제정신이 아니게 될 것이기 때문에요. 그래서요, 당신과 내가 이대로 함께 살기보다, 내가 당신 지아비로 널리 알려지기 전에 아예 식구가 아닌 척, 따로 사는 게 어떨까 싶습니다. 나는 나가 살고 당신은 지금껏 살아온 방식대로 과부인 듯 사는 겁니다. 내가 이따금 집에 다니러 오고요."

천만뜻밖의 말이다. 다른 데 식구가 있을지도 모른다는 건 상상이라도 했다. 옥영은 억장이 미어지며 눈물이 솟구친다. 날마다 종일토록 보고 안고 있어도 모자라는데 나가 살겠다니.

"당신 우, 울어요? 의논이라고 했잖아요. 울지 마세요."

여천이 옥영을 들어 제 무릎에다 올려놓고 끌어안는다. 지난 세월의 서러움이 북받쳐 옥영은 엉엉 울어댄다. 울며 말한다.

"당신이, 봉기하게 되면 내가, 식구들을 데리고 꽁꽁 숨을게요. 아니, 내가, 의병대원이 될게요. 그런 마음으로 살게요. 절대 일본 놈들한테 들키지 않게끔, 세상에 없는 듯이 숨어 잘 지낼게요. 그때까지는 같이 살아요. 나가 살겠다는 소리 같은 거 하지 말아요. 제발요. 이제 나는, 당신을 보지 않고는 못 살겠어요."

"알았어요. 내가 말을 잘 못 했어요. 울지만 말아요."

여천이 끌어안은 옥영의 등을 연신 다독인다. 원래 옥영이 원하는 건 무엇이든 해주는 그였다. 옥영이 뭘 원하는지 미리 알아채고 해주는 사람이었다. 앉을 자리와 누울 자리를 닦아주고 물그릇을 들어주고 신발을 사려주는 사람. 저녁이면 요강을 들여주고 아침이면 요강을 비우고 부셔주었다. 함께 꽃을 봐주고, 같이 바람 냄새를 맡아주고, 더불어 별을 헤어주는 사람이었다.

12
풍산 포연대장

갑진년(1904년) 2월, 일본이 육군 5만 수와 군마 1만 필을 조선으로 들여왔다. 일본은 새로 들여온 군대를 한성 안팎에다 둘러 세우고 〈한일의정서〉를 강압으로 날조했다. 한일의정서는 일본이 군사전략상 필요하다면 조선 땅 어느 곳이든 임의로 점할 수 있다는 것이었다. 일군은 조선 팔도 아무 데나 헌병대와 수비대 깃발을 꽂고 둘레에 금 긋고 기지를 세웠다. 8월에는 〈한일협정서〉를 꾸며냈다. 조선의 재정관리권과 외교권을 일본 정부가 행사한다는 내용이었다. 일본은 내정 간섭을 넘어 조선을 직접 지배하는 단계에 이르렀다.

을사년(1905년) 11월에는 을사늑약이 체결됐다. 을사늑약으로 일본이 조선 외교권을 가져갔고 조선은 자주권을 상실했다. 일본의 조선 침략과 약탈이 방방곡곡에서 공공연히 자행되었다.

그 무렵부터 각처에서 다시 의병이 일어났다. 을사년과 병오년

(1906년)에 걸친 의병 전쟁은 을미년(1895년)과 병신년(1896년)에 걸쳤던 의병 전쟁과 비교할 수 없게끔 기세가 높았다. 일본군 기세는 수백 배 드셌다. 의병들 전투는 처절했다. 더구나 8천 수로 쪼그라든 조선 관군은 의병의 적군이었다. 병오년 여름을 지나면서 의병들은 또 각처 은거지로 숨어들 수밖에 없었다.

9년 전 인필골로 들어온 범도는 안산사 포수계에 들었다. 그간에 북청군에 속했던 안산사가 풍산군으로 옮겨졌다. 후치령으로 가운데 두고 북청과 풍산으로 갈라진 것이었다. 안산사에 포수계가 있듯 안수사, 웅이사, 풍산사, 천남사에도 계가 있었다. 다섯 사가 모여 풍산군을 이루는데 각 사 포수계가 모이면 풍산 포연대가 됐다.

범도가 안산사 포수계와 풍산 포연대에 참여하던 와중에 함경도 포수들 납세가 과하다는 걸 알게 되었다. 함경 감영이 있는 함흥으로 내려가 백인근을 만나고 그와 함께 함경 관찰사를 만났다. 포수들 세비가 심히 과하다는 걸 적극 피력하고 함경도 포수들 납세를 절반으로 줄였다.

그 일 직후 범도는 풍산 포연대장으로 추대되었다. 8년 전이었다. 함경도는 원래부터 포수들이 많았다. 계가 무어진 지도 오래됐다. 각사 포수계 계수契首나 포연대砲聯隊 대장은 자리에 오르면 고을 관아 관장을 찾아가 인사하고 하례받는 게 관례였다. 군수는 고작 몇 해면 떠나갈 사람인지라 대를 이어 살아가는 포수들을 하시하지 못했다. 범도는 다섯 계수와 함께 풍산 관아 박 군수를 찾아가 안면을 텄다. 그리하여 명실공히 풍산 포연대장이 되었다.

포수계와 포연대를 공공연히 만들어놓고 포수 열 명을 데리고 먹패장골로 갔다. 헛간에 묻어뒀던 무기들을 파서 매만진 후 가지고 돌아왔다. 원산 고만동네에 들러 자신이 풍산 인필골에 있다는 기별을 남겼다. 풍산 포연대원 모두가 소총으로 무장하게 됐다. 각자 평생 손에 익혀온 화승총도 함께 쓰기로 하면서 이중 무장이 됐다.

풍산 포연대장으로서 범도는 포연대를 의병 수준이 아니라 일본 군대와 맞결투를 할 수 있는 독립군대로 키워나가기로 작정했다. 혼자 한 결정이 아니라 전 포연대장 양충이며 각 사 계수들과 더불어 의논한 결과였다. 양충은 백인근의 처숙부다. 백인근의 주선으로 양충을 만났고 쉽사리 포수계에 들었다. 포연대장이 된 것도 양충이 원로포수계로 들어가면서 그 자리를 비운 덕이다. 양충이 예전부터 만들어온 풍산 포연대는 이미 독립군대와 다름없었다.

그 무렵에 둘째 용환이 태어났다. 범도는 노은리에 이웃한 황수원리 물안골에다 포연대 회당을 마련했다. 물안골 뒷산 창바위골에 풍산 포수들의 은밀한 집결소가 있었다. 집결소 가는 길목에 회당을 둔 셈이었다. 인필골 집에 연약한 식구들이 있기에 그들에게서 거리를 두고자 한 것이고 창바위골 집결소를 가리는 장소를 만든 것이었다. 집을 나가 사는 꼴이 아니었으므로 옥영이 반대치 않았다.

먹패장골에 다녀온 지 석 달 만에 곡산 연풍 광산에서 일하던 이개동과 태양욱과 박진오와 김성집, 곽방언이 문평, 차명우, 박국수, 고천동과 함께 인필골로 찾아왔다. 범도는 옛 동지들을 황수원리 회당에 거처케 하면서 풍산 포연대 성원이 되게 했다.

풍산 포연대는 재작년인 을사년 8월에 젊은 포수들을 중심으로 봉기했다. 풍산에 이웃한 갑산, 삼수, 허천, 단천, 북청 등의 포연대들도 같이 일어났다. 평안도 각 군에서도 의병대가 봉기했다. 각 포연대와 의병대는 각기 싸우고, 합동하여 싸우고, 지역을 바꿔서도 싸웠다. 함경도와 평안도에 들어온 일군을 축출하는 게 목표였다.

싸워도 싸워도 끝이 없었다. 열을 죽이면 백이 들어왔다. 백을 죽이면 천이 들어왔다. 일군과 의병대가 맞붙어 전투를 벌인 곳 인근 마을 사람들이 일군들한테 잔혹한 보복을 당했다. 의병대가 주둔했던 마을들도 마찬가지였다. 양민들이 의병들을 돕지 못하게 하려는 일군의 작태였다.

실상 양민들이 있어 의병대가 일군과 싸울 수 있었다. 양민들은 하루 두 끼니 먹고 살기 힘들어도 의병대가 나타나면 밥을 지어냈다. 의병대가 떠날 때는 좁쌀 한 홉씩이라도 보탠 양곡 자루를 지고 가게 했다. 감자 자루, 옥수수 자루, 산마 자루일 때도 있었다. 일군들은 그런 마을들을 귀신같이 찾아내 보복했다. 분노한 의병대는 마을을 습격한 일본군 부대를 찾아가 복수전을 펼쳤다. 복수와 복수를 거듭하는 동안 별수 없이 의병대의 운신 폭이 점점 좁아졌다. 평안도 의병들과 양민들도 다르지 않다고 했다.

함경도 의병 절반쯤이 희생되었다. 양민 수백도 희생됐다. 풍산 포연대는 봉기한 지 열 달 만인 작년 6월에 의병대로서의 전투를 일단 그쳤다. 실탄이 없어 더 지탱할 수 없었다. 풍산 포연대는 열 달 간의 전투를 치르면서 대원 32명을 잃었다. 범도의 옛 동지로서 포연대에 합세했던 박진오와 차명우, 박국수 등도 전사했다.

북청 헌병대가 물안골 집이 아닌 인필골로 쳐들어온 게 이월 초사흘, 지난 아침이다. 범도가 인필골 집에서 며칠 지내던 차였다. 북청 지구 헌병대장 이름이 야마구치라는 건 벌써 들었다. 야마구치가 50수나 되는 헌병을 이끌고 나타났다. 놈들이 식구들한테 총을 겨누므로 범도는 어쩔 도리가 없었다. 더욱이 큰아들 용범이 열다섯 살로 혈기방장한지라 그놈 기세를 누르느라 조심스러웠다. 놈한테 떨고 있는 네 어머니와 아우를 달래고 돌보라 이른 게 고작이다.

꼼짝없이 잡혀서 북청 헌병대로 끌려와 병참 감방에 내던져졌다. 감방 안에는 앞서 잡혀온 '죄수' 열일곱 명이 처박혀 있다. 고문을 어떻게 당했는지 성한 사람이 없다.

"대장님!"

구석에서 엎드려 있다가 신음소리처럼 부르는 청년은 풍산 포수 계원 오창진이다. 그는 제 형 창근과 더불어 관내 포수들한테 연통하고 다니는 파발꾼이다. 얻어맞고 꼬챙이에 찔리는 고문을 당했는지 온몸이 피딱지로 칠갑을 했다.

"괜찮나?"

"예, 뭐. 그런데 대장님은 어쩌다?"

인필골 모지당이 홍여천의 본가이며 지금 거기 있다고 발고한 사람이 있을 것이다. 물론 현재 여기 잡혀와서 고문당한 사람들 중에 발고자는 없다. 그건 믿을 수 있다. 감방 안에 있는 사람들 중 반절수는 계원이고 나머지도 인근에 사는 알 만한 사람들이다. 인근에 살지 않는 사람은 한영준뿐이다. 범도와 눈이 마주치자 한영준이 피딱지 범벅인 얼굴로 웃는다. 그는 함경도 위쪽 동북부인 부령 청년이다.

재작년인 을사년 11월에 부령에서 황병길 의병대가 봉기했다. 황

254

병길 의병대는 무명옷에 떡갈나무 물을 들여 숲속에서 숨기 쉬운 복색을 갖췄다. 그 옷 빛깔이 거무스름하면서도 은근히 누런 빛깔이 나는지라 황병길 의병대는 노랑포수의병대라는 별칭을 얻었다. 한영준은 황병길 의병대에서 활약했다. 풍산 의병대가 황병길 의병대와 한 번 합동한 적이 있어 한영준을 안다. 총격술이 뛰어나고 머리가 비상한 청년이다.

"자네는 어찌 여기 잡혀 있는 건가?"

"우리 계수께서 무기 구입로를 알아보라고 하시기에 이 북청 사는 조인학이라는 놈을 만나러 왔는데요. 그놈이 꼬아바치는 바람에 잡혀왔습니다. 놈이 헌병대 앞잡이인 걸 몰랐거든요. 헌병 놈들이 잡으려 하기에 격투를 벌였는데 총창으로 찔러대는 바람에 꼴이 이렇습니다."

"많이 아플 것 같은데, 어쨌든 기운을 내게."

"참을 만합니다."

범도는 감방 안 사람들을 고루 돌아보며 부상 정도를 살펴본다. 다음 차례는 홍범도일 것이매 곧 다른 사람들처럼 될 것이다. 올무에 걸린 짐승 꼴이 되어 결국 죽어나가게 될지도 모른다. 죽음은 언제라도 맞이할 수 있다. 어느 누구보다 쉽게 죽을 수 있는 길에 스스로 들어선 지 이제 13년째다. 예전처럼 명분을 따지거나 스스로를 의심하지 않는다. 망해가는 나라를 망하지 않게 해보려 시작한 전투가 망한 나라를 구하는 전투로 전환됐을 뿐이다.

시작과 과정이 같은 선상에 있되 시작과정에 없던 게 생겼다. 조국이라는 실체다. 나라가 망했다고, 일본 놈들에게 점령되었다고 해서 조국이 없어지는 게 아니었다. 내 겨레붙이들이 사는 곳. 숱한 동지들이 기꺼이 총구 앞에다 스스로를 내세워 죽음을 끌어안은 곳. 그리하여 풀처럼 눕는 곳. 나 또한 누울 곳. 조국은 여기 언제나 있고, 앞으로도 영원히 있는 것이었다.

하룻밤 지내고 나니 야마구치가 불렀다. 간밤 감방에서 듣자니 고문하는 놈은 중위 모리키라고 했다. 모리키가 신다 버린 짚신짝같이 생긴 놈이라고 오창진이 말했다. 신다 버린 짚신짝같이 생겼다는 모리키의 고문실로 끌려갈 줄 알았더니 야마구치 방이다. 통역이 야마구치 책상 측면에다 책상을 두고 앉아 있다. 일본이 조선 침략을 위해 얼마나 오래 준비했는지 장교 놈들 대개가 통역을 달고 있다. 야마구치가 제 책상 건너편에 놓인 의자를 손으로 가리키며 앉으라고 시늉한다.

"홍여천, 당신은 풍산지구에서 손꼽히는 인물이오."

통역이 뭐라 하기 전에 홍여천이라는 말을 알아들었다. 놈은 홍여천이 홍범도인 걸 모르고 있다. 그나마 덜 시끄러울 성싶어 다행이다.

"그래서?"

야마구치가 뭐라 지껄이자 통역이 조선말로 바꿔준다.

"오늘 당신과 나의 대면이 점잖기를 바라오."

"그거야 자네 하기 나름이지. 잡혀온 내가 무슨 힘이 있나?"

"홍여천 당신이 포수들을 의병대로 무르려고 활동하는 걸 알고 있소. 부질없는 일이오. 우리 대일본제국은 조선 정부와 여러 차례 맺은 협약에 따라 조선 전역에 군대를 배치했소. 합법적인 일이라는 뜻이오. 그렇기 때문에 대일본제국에 반하는 그 어떤 움직임도 우리는 용인하지 않소."

야마구치는 작년 가을에 부임한 탓에 풍산 포연대가 제 오기 전 1년 가까이 의병 노릇 했던 사실을 파악지 못했다. 포연대가 의병대라는 명칭을 쓰지 않았거니와 대장 이름이 홍여천이라는 사실을 내세우지 않았고, 관할지에서 활동하기보다 다른 부대와 구역을 바꿔서 활동한 덕이다.

"내가 무슨 일을 벌였소? 산속 꿰고 다니면서 포수 노릇 한 게 죄요?"

"당신이 불령不逞 포수들을 이끌고 의병대 조직하려는 걸 아오. 그리하지 말라고, 타협하여 평화롭게 지내자고 데려온 것이오."

불령하다는 말은 일본 것들 말을 들어먹지 않는다는 뜻이다. 불령선인은 일본 놈들이 반일하는 조선 사람을 가리키는 말이다. 놈들한테 조선인은 이제 두 종류뿐이다. 친일하는 자와 반일하는 자. 놈들은 척일하는 조선인도 많음을 모르거나 모르는 체한다.

"평화라! 그 입에서 나올 소리는 아닌 것 같은데. 여하튼 내가 뭔일 했다는 증거 있소?"

"여러 사람이 증언한 바이니 발뺌하지 마시오."

"여러 사람 누구? 누가 그런 주둥아리를 놀렸는지, 데리고 오시오. 그 주둥아리 가진 자가 나타나면 내 직접 물어볼 테니."

"당신이 반일하지 않는다는 각서 쓰고 지장 찍으면 이 길로 곧장 귀가할 것이오. 감방에 있는 자들도 같이 내보내주겠소."

풍산 포연대장 홍여천이 헌병대서 반일, 척일하지 않겠다는 각서를 쓰고 나가면 어떻게 될까. 다음 봉기를 위해 전력을 모으고 있는 대원들은 허탈해하고 전의를 상실할 것이다. 상실한 전의를 되찾기까지 오래 걸릴 테고 영 일어나지 못할 수도 있다. 그렇게 보면 야마구치가 홍여천에게 각서 한 장 쓰라는 건 풍산은 물론 함경도 의병들을 잦힐 수 있는 그 나름의 묘수다.

"내가 뭘 일 했다고 주둥이 놀린 개놈들을 데려오라는데 뭔 허접스러운 소리야!"

"당신과 나, 점잖게 대면키로 했소."

"죄 없는 사람 끌어다 놓고 점잔? 남의 강토에 총칼 앞세워 쳐들어와서 점잔? 하! 수캐가 소피보다 하품할 소리구먼."

통역이 눈이 동그래져서 범도를 쳐다본다. 통역을 어떻게 하라는 것이냐는 눈길이다. 범도가 그를 향해서 턱짓하고는 묻는다.

"자네 이름이 뭔가? 그리고 저놈이 시방 나한테 반말하고 있는가, 존대하고 있는가?"

"저는 김달윤입니다. 제가 통역해드리는 대로 반존대하고 있습니다."

"그런가. 여튼, 김 군! 그대는 왜놈들 따라 다니면서 그러고 있으니 벼슬하는 것 같은가? 눈앞에 부귀영화가 어른거려?"

김 통역이 뭐라고 하기 전에 야마구치가 버럭 소리를 지른다.

"뭐라는 거냐?"

발음이 제법 분명한 조선말이다. 몇 가지 필요한 조선말은 익혔나 본데 화가 났는지 일본말을 마구 지껄여댄다. 청·일이 어쩌느니러·일이 저쩌느니 한참 시끄럽다. 말하면서 부아가 더 치미는지 점점 더 날뛴다. 곧 권총을 빼 들 태세다. 통역이 말한다.

"일·청, 일·러 두 전쟁에서 피에 절고 화약에 절은 대일본제국 소좌를 함부로 보지 말라, 합니다. 산골 무지렁이가 제국 소좌를 꼭 두각시 놀리듯 하냐고 성냅니다. 한번만 더 그러면 골통에 총구멍을 내겠답니다. 시방은 반말 중이고요."

"섬나라 백정 놈이 그것도 벼슬이라고 무겁게 차고 이 한머리 땅에 와서 고생한다고 전하게. 그러나, 아무리 지랄발광을 해도 끝내는 이 한머리 땅에서 구더기한테 먹히고 백골로 굴러다니게 될 거라고. 내가 죽으면 우리 산천에 풀처럼 눕는 것이지만 네놈은 귀신도 못 된 채 발에 채이면서 구르게 될 것이라고. 그런 종자들 이미 셀 수 없이 많다고."

"그렇게 전하면 홍 대장님, 당장 총을 맞을 수도 있습니다. 개차반이거든요."

"당장 총 빼 들고 지랄할 놈이면 소좌씩이나 해 처먹지 못할걸. 나대다가 진작 뒈졌을 테니. 지금도 쏘지는 않잖은가. 못 쏘는 거지. 하이고, 꼴상하고는. 어떤 놈은 신다 버린 짚신짝같이 생겨먹었다더니 이놈은 몽둥이 처맞은 쥐새끼 꼴이네. 쪽바리들은 어찌 하나같이 저따위로 생겨먹었나 몰라. 김 군, 그리 생각지 않나?"

김 통역이 뭐라 하기 전에 야마구치가 악에 받쳐 소리를 질러댄다. 알아듣지 못해도 저를 능멸하는 건 느끼는 것이다. 결국 총을 뽑아 든다. 김 통역이 외친다.

"홍 대장님, 얼른 미안하다고 하십시오. 우리말로 하셔도 그건 알아들습니다."

처자식이 없다고 여겼던 시절에는 아무 때나 죽어도 괜찮다 여겼다. 지금은 엄연한 가장이다. 그런데도 멈추지 않았다. 야마구치가 총을 쏴댈 수 있음을 알면서도 도발하며 자초하고 있다. 까닭이 뭔가.

철옹성처럼 완강한 적과 전투를 벌일 때면 오로지 전투만 하면 됐다. 전투하는 동안은 살아 있음이 생생하다. 머리끝에서 발끝까지 온몸 핏줄들이 한 방향으로 곤두서는 것 같은 긴장으로 한 번씩 전율한다. 하지만 다음 전투를 준비할 때, 언제 다음 전투를 치를지 알 수 없는 요즘 같은 때면 이따금 혼자 화가 난다. 몇 번을 이기든 큰 적, 일본을 이길 수 없음을 알기 때문이다. 철령에서 첫 전투를 치를 때보다 상황이 더 나빠졌기에. 그럼에도 자신은 앞으로도 몇 년, 몇십 년, 살아 있는 내내 전쟁을 계속할 것이기에.

때로는 스스로 전투 자체를 즐기는 것 같을 때가 있다. 적군이 어디에 어떤 규모로 있는지 듣고 작전을 짤 때, 사전 답사할 때, 때맞춰 출동해 전투를 벌일 때, 무엇을 위해 총을 쏘는지를 잊는다. 오로지 그 상황 안에서만 생각하고 움직인다. 빠르게, 명쾌하게 끝내려 움직일 뿐이다. 끝내고 나면 비로소 승리감에 취하는데 아편 맛이 이렇지 않을까 싶다. 너무 짧기 때문이다. 그런 뒤에 다가오는 긴 금단의 나날. 지금 금단의 나날을 지나고 있기에 화가 나는 것일 수도 있었다.

"홍 대장님, 얼른 미안하다 하십시오."

김 통역이 애가 타서 채근한다. 오래전에 철령에서 수협한테 쏘게 했던 통역이 떠오른다. 이름이 팽천래라고 했던가. 처음 치르는 전투였기에 그를 쏘고 보았다. 나중에 그에 대해 알아봤다. 팽천래는 약초꾼 노인 집으로 찾아들기는 했으나 빼내지 못한 총알 때문에 결국 사망했다. 무섭게 부은 상태로 숨을 거뒀다고 했다. 팽천래는 아직 정신이 있을 때 자신이 죽을 걸 알았는지 일본 돈 52원을 노인한테 내놓고 자신을 잘 묻어 달라고 했던가 보았다.

"글쎄. 미안한 게 없어 할 말도 없는데, 어떡한다?"

범도 말이 끝나기 전에 야마구치가 천장에다 총을 쏜다. 총탄이 전구를 아슬아슬하게 비켜 천장에 박힌다. 재작년 을사년과 작년 병오년에 전투할 때 일본 군대가 주둔한 곳을 밤에 찾기가 쉬웠다. 전깃불이 켜진 곳에는 일본군이 있기 십상이었다. 20여 년 전 한성 궁궐에서 처음 켜진 전깃불이 이제 어지간한 도회지에는 다 켜진다. 일본군이 있는 곳마다 켜진다고 해야 할 것이다.

야마구치가 다시 총을 범도 이마에 겨누고 뭐라고 소리를 질러대는데 이번에는 바깥에서 총성이 난다. 땅, 땅, 땅. 총성 세 발이 울리고 나서 와아아, 여러 사람이 고함치는 소리가 들린다. 놀란 야마구치가 세모꼴 눈이 되어 밖으로 뛰어나간다. 그가 나간 문으로 헌병 두 놈이 총구를 겨누고 들어와 선다.

꼼짝하지 않고 앉아 있지만 바깥에서 무슨 일이 일어났는지 짐작할 만하다. 홍여천을 내놓으라는 외침이 연신 나고 있다. 먹고 살려고 포수질 한 게 죄냐느니. 홍여천을 내놓지 않으면 이 병참에 불을 싸질러버릴 거라느니. 온갖 욕설이 난무한다.

범도는 총을 겨누고 있는 헌병 놈들을 무시하고 창가로 다가든다. 안으로 열린 대문 앞에 백여 명은 될 법한 군중이 몰려와 있다.

성집과 방언과 천동이 보인다. 안산 포수계 계수 양혁진이 있다. 양혁진은 전 풍산 포연대장 양충의 아들이다.

양혁진 곁에 태양욱과 이개동과 김치명이 있다. 김치명은 포수로서의 재간이 뛰어나고 화약을 잘 다루며 의술도 제법 안다.

이태 전 사월 말께, 후치령 남쪽 직동리에서 장사꾼을 만나 곰가죽 두 장과 약재 몇 근을 맡기고 귀로에 올랐다. 후치령은 하늘에 닿을 듯이 높고 밑이 길어 대낮에도 행인을 만나는 일이 거의 없었다. 그 산중 모퉁이인 독구리에서 총 든 헌병 넷에게 질질 끌려가는 김치명을 보게 됐다. 손목을 묶인 채 끌려가는 김치명은 다리를 심하게 절고 있었다. 범도는 권총으로 헌병 네 놈을 쏴 눕혔다. 시체를 끌어다가 숲속 바위 뒤에다 놓고 군화를 벗겼다. 군화 네 켤레를 가지고 돌아와 총 네 자루를 수거할 때까지 김치명은 길바닥에 엎어져 있었다.

달래고 추슬러 물으니 그는 장평 덕골 사람으로 의병질 했다는 죄목으로 끌려가던 중이었다. 그는 의병 투쟁이 아니라 마을 아이들을 모아 글을 가르치는 계몽 투쟁을 하던 차였다. 그런데 김치명을 밉본 마을 사람이 그가 의병질 했다면서 헌병대에 찌른 것이었다.

장평은 노은에서 사오십 리 거리였다. 당시 장평에는 동학 접주 최훈이 살았다. 삼수에 교당을 두고 사는 그는 서당을 신식학교로 바꾸는 운동을 하고 있었다. 그는 아이들이 신문물을 배워야 나라에 미래가 생긴다고 믿었다. 그즈음엔 장평 교당 옆에다 학교를 짓던 중이었다. 최훈 접주는 수시로 범도한테 동학교 입교를 권했다. 범도는 그를 존경하고 그가 하는 신학교 운동에 동참하지만 동학

입교는 마다했다. 동학교도였던 종이공장 시절 주인 박가 때문에 아직 동학교에 대한 인상이 좋지 않았다.

그날 맨발인 김치명에게 맞는 군화를 신기고 그의 집까지 데려다주고 최훈 접주를 만나고 돌아왔다. 그는 몸이 나은 후 범도를 찾아왔고 두 달 뒤 의병 봉기 때 함께했다. 마을 사람이 공부하는 청년을 의병 전사로 만든 셈이었다.

범도는 창에서 물러나 의자로 돌아와 앉는다. 혼자 몸이라면 헌병 몇 놈쯤 때려잡고 도망칠 수도 있겠으나 감방에 동지들이 있다. 인필골에 식구들도 있다. 홍여천이 여기서 탈출한 즉시 식구들이 위험해진다. 요새 편찮은 장모와 작은 장모와 아내와 두 아들과 구씨 내외까지, 식구가 일곱이나 된다.

아내가 어제 곧 좇아왔는지 저녁때 주먹밥 스무 개가 들어왔다. 아내는 범도가 혼자서는 나오지 않을 것을 아는지라 이미 옥바라지를 시작한 다른 부인들 몇 명처럼 근동에 방을 얻을 것이다. 아내는 함께 살기 시작한 이래 노상 나가 사는 범도를 의지할 지아비가 아니라 돌보고 보좌해야 할 의병대장으로 여긴다. 지난 9년 동안 아내는 지아비가 하는 일을 위해 제 부모한테 물려받은 전답들 태반을 팔았다. 회당 지을 때부터 아내의 재산을 헐어 먹기 시작한 셈인데 을사년과 병오년 전투 때 본격적으로 팔게 했다. 워낙 이동해 다니므로 식량을 현지에서 조달해야 했다. 그러자면 현금이 필요했다. 아내는 야금야금 전답을 팔아 범도한테 돈을 보냈다.

오래전 호좌의진을 나올 때 앞으로 타인의 뜻에 따라 움직이지 않겠노라고 작정했다. 지금까지 그때 한 작정을 접어야 할 일은 없었다. 아내가 집안을 경영하며 지원해주었기에 가능했다. 모든 것이 얽혀 옴나위 못하게 된 지금은 동지들의 처분을 기다려야 한다. 바깥에 있는 동지들이 손쓸 때를 기다려야 하는 것이다. 하루이틀에 될 일이 아닌바 장기전을 대비해야 할지도 모른다.

풍산 포연대의 양 날개 격인 양혁진과 김치명은 며칠에 한 번씩 포수계 성원들을 동원하여 북청 헌병대 앞에서 시위를 했다. 한편으로는 여러 인맥을 동원해 여천과 동지들을 빼내려 애를 썼다. 야마구치가 여천을 잡고 제 출세 줄을 잡았다고 여기는지 용이치 않았다. 실상 야마구치가 거물을 잡긴 했다. 야마구치가 여천의 실체를 안다면 기함할지도 모른다. 홍범도인 사실을 제쳐두고 홍여천으로만 따져도 그는 일본군이 철천지원수로 여길 만한 사람이다.

재작년, 작년에 걸친 열 달 동안 풍산 포연대가 함경도 전역과 평안도까지 돌아다니며 치른 전투가 39회다. 그 서른아홉 번의 전투에서 쓰러뜨린 일군이 얼추 8백 수다. 그렇게 얻은 총들로 함경도 내 포수 전원이 소총으로 무장했다. 실탄만 충분하다면 현재도 일군을 찾아다니고 있을 것이다. 언제나 문제는 실탄이었다. 함흥 백인근과 한성 홍규식이 두세 번씩 일제 소총용 실탄을 보내왔지만 태부족이었다. 풍산 포연대가 잠수하듯 가라앉아 있는 까닭이고 여천이 야마구치한테 붙들려 있는 이유다.

그런 여천인지라 실상을 모르는 야마구치도 제 나름 감이 있는 것이다. 그렇기에 무단으로 잡아들인 사람들을 고문하며 의병들 이름을 캐내려 하는 게 아니겠는가. 석 달이 다 지나는 동안 감방 안의 여천이며 동지들은 만신창이가 됐다. 특히 오창진은 그대로 두면 오래지 않아 죽을 것이라 했다. 헌병대 통역 김달윤이 해주는 말들이 그러했다.

통역 김달윤을 구워삶은 게 아니었다. 감방 안 상태며 헌병대 내부 상황을 듣고 싶어 이쪽이 접근했을 때 그는 제 아는 대로 다 말했다. 접촉할 때마다 그랬다. 어찌 우리한테 이리 잘해주느냐 물었을 때 그가 부끄러운 듯 대답했다.

—홍 대장님을 존경합니다. 그리고 저도 조선 사람입니다.

김달윤이 조선 사람인 덕에 야마구치가 삼수 군수와 친하다는 사실을 알게 됐다. 야마구치가 쉬는 날이면 흔히 남대천을 건너 풍산을 가로지르는 원행을 마다하지 않고 삼수로 다닌다고도 했다.

삼수 군수 유등은 작년 정월에 삼수로 부임했다. 그는 쉰 살이 조금 넘었을 텐데 등이 굽었다. 곱사등이만큼은 아닐지라도 않으나서나 늘 앞으로 기우듬했다. 배냇병신이 아니라 20년 전 평양에서 홍범도한테 허리를 꺾인 후 굽은 등이 됐다. 유등과 함께 사는 여인은 본디 첩실이었다. 유등이 본처를 버리고 취한 그 첩 이름은 송화자다. 송화자는 일본 사내와 조선 여인 사이에서 난 반종이다. 그이는 전직 쌀장수, 현직 한성 헌병사령부 소좌인 하세가와의 사촌이다. 유등은 일본 밀정이다.

지난 초겨울에 다니러 온 백인근과 이야기를 나누던 중 삼수 군수 이름이 유등이라는 말이 나왔다. 백인근과 여천이 같이 흐허, 웃었다.

여천과 유등의 악연은 18년 전 평양 양각나루에서 시작됐다. 그

때 탈옥한 여천이 허리를 꺾어놓는 바람에 유등은 1년을 운신치 못했다. 평양 진위대 진영에서는 당연히 떨려났다. 이후 유등은 일본 세력권 안에서만 지내왔다. 탁지부 참사관 자리에서 일본 군대가 조선에 자리를 펼 수 있게끔 도왔다. 놈이 한성을 떠나야겠다고 작정한 건 을사늑약이 체결된 이후였던 것 같았다.

을사늑약 체결에 참여한 고관대작들이 수시로 공격당하고 그들이 사는 집에는 무시로 불이 났다. 한번 불났던 집에 또 나기도 했다. 도성에 사는 한 친일분자 유등도 척일분자들의 표적이었다. 친일분자들 입장에서 보면 척일분자들은 극악하고 끈질기다. 그들은 어디에나 있다. 오래전 상해까지 쫓아가 김옥균을 죽인 홍종우가 백주대낮에 종로통 대로에서 총을 맞은 적이 있었다. 사람들은 저격자가 누군지 몰랐으나 여천이 쏜 것이었다. 살아난 홍종우는 죽은 척하며 지내다 불란서까지 달아났다. 불란서 도성 파리에서 아무도 자신을 모르리라 여기며 활개치고 지냈다. 파리에서 지낸 지 네 해째 되던 때 한낮 대로에서 홍종우는 조선 사람이 쏜 총에 맞아 죽었다. 그 일이 소문이든 사실이든 그 이야기가 한성에 전해진 건 을사년 가을이었다. 유등이 설령 강심장이라고 해도 한성에서 버티기는 어려웠을 것이다.

삼수에는 동학교 접주 최훈이 있었다.

4월 그믐날 양혁진과 김치명은 최훈 접주를 찾아 삼수로 향했다. 갑오년 동학교도들의 봉기는 어마어마했다. 비록 뜻을 이루지 못했고 몇천 명이나 되는 동학교도들이 스러졌을지라도 그들의 뜻은 만방에 끼쳤다. 갑오년 이후 동학교에 대한 탄압이 약화되었다. 동학

전쟁 이후 동학교가 회생불능이 되었다고 여긴 까닭이고 조선 조정이 동학 잔당을 어찌해볼 힘이 없어졌기 때문이다.

최훈 접주는 인근 세 군에서 왕성한 활동을 펼쳐 동학교의 기세를 키웠다. 지방 관아에서 함부로 건드리지 못할 만큼 최 접주의 위상도 높아졌다. 여천을 감방에서 꺼낼 방도를 갖가지로 궁리 중이던 최 접주는 양혁진과 김치명을 몹시 반겼다.

삼수군 군아郡衙는 원래 압록강변에 면한 신갈파진에 있었다. 언젠가부터 삼수읍성 안으로 옮겨졌다. 유등이 옮긴 건 아니었다. 몇십 년 전부터 그러했다. 성문이 닫히기 직전에 세 사람은 삼수읍성 안으로 들어섰다. 진위대가 사라진 지 오래라 성문을 여닫는 하속들이나 있을까 지키는 사람도 없었다. 군수 관저야 최훈이 잘 알고 있었다.

유일하게 전깃불이 켜진 방문을 세 사람이 벌컥 열고 들어선다. 인기척도 없이 들어선 불청객들에 놀랐는지 담뱃대를 들고 있던 유등이 우뚝해진 채 멀뚱거린다. 최훈이 입을 연다.

"군수님, 불쑥 찾아뵙게 됐습니다."

"뭐, 뭣이오. 기별도 없이 이 무슨 짓이오?"

"기별 넣고 하회 기다릴 새가 없는 사안이라서 말입니다."

그와 함께 있는 첩실부인 송화자는 속고의 차림인데 미색이 상당한 데다 속적삼 속 젖퉁이가 출렁거릴 정도로 육덕이 좋다. 불청객을 보고 놀라지도 않는 부인이 방구석에 널브러진 속치마를 주워 걸치곤 휭, 나간다.

"저와 함께 온 두 젊은이는 풍산 포수들입니다. 유 군수께서 북청

267

헌병대장 야마구치하고 친한 사이라는 말을 듣고 찾아왔소이다. 서
로 자주 오가신다고. 해서 청을 드립니다. 거기 병참에 갇혀 있는 홍
여천을 빼내주시오."

"뭐요? 그게 시방 말이오, 범벅이오? 우리 관아도 아니고 일본 헌
병대 병참에 갇혀 있는 사람을 빼 달라니. 세상 물정을 누구보다 잘
아는 최 접주가 어찌 그런 말을 할 수 있소?"

최훈이 유등의 말을 사납게 가로챘다.

"우리는 흥정하러 온 게 아니오. 군수께서 우리를 아실 것인즉 우
리 청을 받아들이셔야 할게요."

"감히, 고을 관장을 어찌 알고 이래라저래라 하는 게요."

양혁진이 싸늘하고 앙칼지게 내쏜다.

"고을 관장이시니 그만한 눈치는 계시겠지요. 오늘 우리 셋이 찾
아왔다고 우리 셋뿐이 아닌 것을 말입니다. 우리 뒤에 함경도 내 포
수 오백여 명이 있지요. 사흘 안에 홍여천이 나오지 않으면 단언하
건대, 나리는 군수 노릇 편히 못 하실 겁니다."

기가 막히는지 유등이 담배부리를 물고 부싯돌 대신 성냥을 켠
다. 그렇게 성냥으로 불을 붙일 때마다, 촛불 대신 꼭지 비틀어서 전
구 불을 밝힐 때마다 신기하고 재미날 것이다. 저한테는 점점 재밌
어질 세상을 오래오래 살고 싶을 것이다. 놈한테 문제는 이렇게 쳐
들어오는 놈들일 것이다. 멀쩡한 척하지만 담배부리에 성냥불 댄
손을 달달 떨고 있지 않은가.

어떤 사람들은 스스로 아무것도 무서워하지 않음으로써 상대한
테 목이 졸리는 것 같은 두려움을 안긴다. 홍여천 같은 사람들이 그

렇다. 여천은 물론이고 의병 전사들은 양반이든 일본 놈이든 아랑 곳없다. 조선을 지키지 못했으매 임금도 안중에 두지 않은 지 오래 다. 군수쯤은 새 발의 피다. 지금 당장 죽일 수 있거니와 작년 부임 이래 아무 때라도 죽일 수 있었다. 그가 숨어 있는 것이기에 굳이 죽 일 필요가 없었던 것뿐이다.

유등은 하세가와를 움직여 한성에서 먼 삼수까지 왔다. 관할 아 전이나 백성들은 군수 유등을 늙은 개 정도로 여겼다. 대놓고 무시 했다. 백성들은 유등을 조선을 망친 관헌 중 한 놈이라 여기는 한편 으로 자신들 앞에 있는 포수들을 믿는다. 삼수군 관내에는 물론이 고 인근 고을에도 포수 없는 마을이 없다. 그 포수들은 전부 계로 연 결돼 있고 조직은 삼엄할 정도로 긴밀하다. 그들은 필요하다 여기 면 떼로 몰려다니며 시위한다. 백성들은 누구나 포수들이 의병 투쟁 하는 걸 알지만 모르는 듯이 군다.

"홍여천이 무슨 죄목으로 북청 병참에 갇힌 게요?"

"죄는 무슨 죄요. 앞으로 의병질 할 수도 있는 불령선인이라서 의 병질 아니 하겠다는 각서를 쓰라고 잡아들였다는 걸, 유 군수께서 도 아시지 않습니까? 그 감방에 갇혀 있는 사람들이 죄 그렇다는 것 도요. 야마구치가 이 삼수 관아에 흔히 드나든다고 들었는데요? 부 인께서 섬나라 출신이시라 야마구치하고 말이 잘 통하시겠습니다? 아, 유 군수께서도 일본말에 능통하시다고요?"

최훈은 홍규식을 통해 들었던 여러 말을 조합해서 유등을 위협한 다. 네놈이 오래전부터 친일해온 사실을 우리가 다 알고 있다는 걸 보여주는 것이다. 언제든 너를 죽일 수 있다는 협박이기도 하다.

"죄, 죄가 없다면 풀려나지 않겠소?"

"그런 세상이 아니게 되어서 말입니다. 일본 놈이 조선인을 함부로 맘대로 잡아들여 없는 죄를 불라고 족쳐대는 더러운 세상이 돼버렸지 않습니까? 같은 조선인으로서 유 군수께서 힘 좀 써주시기 바랍니다. 무례하게 찾아뵙긴 했으나 부탁은 간곡히 드립니다."

최훈은 짐짓 정중히 청한다.

"내 내일 건너가보리다. 장담은 못 하오만 애써보기는 하겠소. 그만들 돌아가시오."

"예, 군수님. 부탁드리고 물러갑니다."

최훈은 양혁진과 김치명에게 인사하라는 눈짓을 해 보이고는 일어선다. 양혁진과 김치명이 마지못해 앉은절을 하고는 따라 나온다. 유등이 북청으로 넘어가서 야마구치한테 이러이러한 놈들이 와서 협박을 하더라고 고자질을 할 수도 있을 것이다. 야마구치는 셋을 잡으러 다닐 게 분명하다. 하지만 그다음엔? 군수 사택을 제집처럼 쉽사리 드나드는 사람들, 그들 뒤에 있는 포수 수백 명. 유등은 쉰네 살이나 된 데다 허리까지 굽었다. 마냥 불안에 떨며 살아갈 수 없고 그리 살기도 싫을 것이다. 법보다 주먹이 가깝다는 건 만고불변의 진리다. 여천은 나오게 될 것이다.

통역 김달윤이 하는 일 중 하나가 정문 앞 초소에 들어온 음식을 감방 앞으로 가져오는 일이다. 보통 정오 무렵이다. 주먹밥 싼 보퉁이를 들여준 김 통역이 범도한테 할 말이 있다는 시늉을 한다. 범도는 쇠창살 가까이 다가든다.

"아까 삼수 군수 유등이 여기 왔습니다. 유등이 일본말을 하긴 하는데 온전하지는 않아서 저도 끼게 되었고요. 유등이 야마구치한테 홍여천과 오래전 한성에서부터 아는 사이라고 엉너리를 치더이다. 그리고 자기 부인을 아무 때라도 보게 해주겠다는 말을 했고요. 그러니까 홍여천을 풀어주라고요."

사실 야마구치는 여러 날 전부터 감방에 있는 사람들이 죄다 폐인처럼 돼버린 참이라 더 붙들어놔도 얻을 것이 없다는 계산을 한 성싶었다. 감방에서 죽기라도 하면 시끄러워질 게 뻔한 데다 다른 놈들을 얼마든지 잡아들일 수 있다는 생각도 한 것 같았다. 잡아들일 때 명분이 없었듯 풀어주려도 명분이 없어 방치하는 것 같았다.

"나를 풀어주라는 유등 말에 야마구치가 뭐라 하던가."

"조선에 친일분자나 밀정이 많다고 해봐야 반일분자에 비하면 조족지혈이다. 조선이 위태롭다고 여길수록 조선 인민들은 포악해진다. 대세가 기울었으면 순종하는 게 자연스런 이치 아닌가. 대일본제국 식민지 국민으로 산다 한들 순종만 하면 하등 위태로울 것이 없다. 친일하는 사람들은 다 잘 먹고 잘 산다. 그럼에도 태반의 조선 인민들은 죽어라 덤빈다. 대체 왜 그러는가. 야마구치가 그렇게 말하니 유등이 이렇게 말했습니다. 조선 사람은 원래 그렇게 생겨먹었다. 그러니까 야마구치 당신은 감방에 있는 별것 아닌 사람들을 붙들고 있으면서 위태를 자초하지 마라. 그냥 풀어줘버리고 대충 살아라. 당신이 건드리지 않으면 그들도 가만있을 것이다. 그렇게요."

"그랬구먼. 수고했네. 고맙고."

"그런데 유등이 대장님을 만나보고 싶다고 했습니다. 대장님을 만나보고 나서 진짜 결정을 할 모양이더구먼요. 점심 먹고 나서 만난다고 했으니까 곧 대장님을 데리러 올 겁니다. 아마구치 사무실에서 유등을 만나시게 될 거고요."

"알았네. 어서 가보게."

"예, 대장님."

김 통역이 나간 뒤 범도는 자신의 몰골을 살핀다. 기다란 몸피에, 피와 때에 전 옷은 너덜너덜하고 맨발이다. 머리털은 아무렇게나 늘어뜨렸고 수염은 손아귀로 쓸어 잡을 수 있을 만치 길다. 몸이 성치 않은 사람들을 일으켜 앉히는 한영준한테 묻는다.

"한 군, 내 몰골이 어떤가?"

"어떻긴요. 귀신 형상이시죠. 어찌 물으십니까? 맞선 보러 나가시는 것도 아닌데요."

"자네한테는 말한 적이 없을 테니 모를 테지. 내가 20년 전쯤에 유등 허리를 꺾어서 반병신을 만들어놨네. 유등은 내가 그때 그놈이라는 걸 모르고 온 성싶어. 이름이 다르니까."

"아! 오늘 알아보겠네요. 20년 전에 아주 매우, 잘하셨습니다. 덕분에 흰옷 입고 감방을 나가시게 생겼고요. 아, 흰옷 못 입고 가루가 될 수도 있겠습니다. 여기 화장소가 있잖습니까."

20년 전 일 때문에 이제 죽어나가게 생겼다는 말이 웃긴가. 밥을 먹으려고 일어나 앉던 사람들이 클클 웃어댄다. 못 일어나 누워 있는 오창진도 낄낄거린다. 이 헌병대는 함경도 헌병 병참기지라 수습한 일군 주검을 태우는 화장소가 있다. 옥청에서 남쪽 방향으로 끝에 있는 건물이다. 굴뚝이 망루만큼이나 높다. 여기서 죽으면 시신조차 사라지기 십상이다.

"그자가 나를 알아볼까?"

"대장께서는 그자를 만나면 못 알아보실 것 같습니까?"

"알아보겠지. 내가 유등하고 같이 지내던 시절에 강가에서 잠깐 봤던 쌀장수 하세가와가 일군 장교가 돼 있는 것도 알아보겠던데."

"그런데 유등이 대장을 알아보겠냐고 물으십니까? 알아보는 게 확실하다면 그에 맞춰 작전 세우시게요?"

"그래야 하지 않을까?"

"귀신 몰골에 형형한 눈빛. 노려보기 작전을 구사하시면 되겠습니다."

"겁나게?"

"겁나게요."

"겁을 낼까?"

"대장이 그때 그놈이라는 걸 그자가 알아보면, 안변과 회양 등지에서 활동하던 '날으는 홍 모모'라는 것도 알아보지 않겠습니까? 날으는 홍 모모가 '백두산 호랑이 사냥꾼'인 것으로도 연결해낼 테고요. 그렇게 알아보면 겁을 낼 수도 있죠. 당시 홍 모모가 한 일들은 신문에 날 만큼, 한성 이북에서는 모르는 사람이 없었을 만치 떠들썩했으니까요. 유등 그자도 들었겠지요. 홍 모모 부대한테 걸린 섬나라 부대들은 크든 작든 전멸했다는 사실들. 섬나라 놈들한테 홍 모모는 악귀나 다름없다는 소문들. 그런 말들을 들을 때 그자는 설마 이놈이 그놈이랴, 했겠지만 속내 깊이로는 이놈이 그놈인 걸 부인하기는 어려웠을 테죠. 겁을 내긴 할 거 같습니다."

풍산 이포 사는 염 포수가 버럭 소리를 지른다.

"이봐 한 군, 시방 염불 외나? 뭔 말을 알아듣게 해야지? 그러니까 백두산 호랑이 사냥꾼이 날아다니면서 뭘 어쨌다고? 그놈이 누구고 이놈이 누구라고?"

"대장이 오늘 죽을 짓을, 20년 전부터 쭈욱 해왔다는 말인데요, 오늘 대장이 살고, 우리도 다 살아 나가면 그때 상세히 설명해드리겠습니다. 지금은 조금만 참으십시오."

"죽을 짓을 20년이나 해왔는데 어찌 사나? 누가 대장 아니랄까봐 죽을 짓을 아주 일찌감치 시작했구먼? 장하네, 장해."

염 포수 한탄에 감방 안에 모처럼 웃음판이 벌어진다.

"아, 앉으라. 그쪽에."

이쪽이 저를 알아봤듯 저도 이쪽을 대번에 알아챈 눈빛이다. 유등의 눈빛이 허둥거리고 목소리가 떨린다. 여기 오기 전에 양혁진이며 김치명 등에게 이미 겁을 먹은 거다. 어제 양혁진과 김치명이 삼수 다녀왔다 하더라고 김 통역이 알려왔다. 최훈 접주와 같이 움직였을 것이다. 그 세 사람이 유등 앞에서 무슨 말을, 어떤 투로 했을지 짐작할 만했다.

당신, 고이 살고 싶으면 홍여천을 나오게 하라.

그랬을 것이다. 그 말들에 유등이 겁을 먹었기에 여기 찾아온 것이다. 손도 떨리는지 유등이 손을 탁상 아래로 내린다.

범도는 말없이 탁상 건너편 의자에 앉는다. 시선을 마주치지는 않는다. 유등이 아는 척을 해오면 마주 응하리라. 그리 작정하고 온

274

것은 아니지만 아무려면 어떤가 싶다.

감방에서 본청으로 오는 동안 울적해졌다. 이따금 그런 상태가 되곤 한다. 울적해지고 멍청해지는 상태. 예전에 김수협은 범도 어깨를 퍽 치며 지금 멍청해 보여, 그러곤 했다. 그가 떠난 후로는 내가 멍청해졌다 싶을 때마다 그가 생각난다.

"반일하지 않는다는 서약서 쪼가리에다 지장 한번 찍으면 될 텐데, 그리했으면 몸이 상하지도 아니 했을 것을, 장장 석 달이나 뭔 고집인가?"

대꾸하기가 싫다. 그냥 쳐다만 본다. 이쪽이 대꾸하지 않으니 무안하고 약이 오르는가, 유등의 오른쪽 볼이 실룩인다. 경련 같다. 이놈을 풀어줄 게 아니라 당장 죽이라고, 이놈이 그 홍범도라고, 이 함경도에서 일어난 의병대 대장도 이놈일 것이라고 큰 소리로 외대고 싶은 것 같기도 하다. 이놈은 일본이 조선을 정략하는 데 끝끝내 애를 먹일 것이니 당장 목을 날려버리라 하고 싶은 것 같기도.

"상대가 뭘 물으면 가타부타 대꾸를 해야 하지 않는가. 낫살도 제법 들었구먼, 처신을 그리 못하나?"

"날 아오?"

유등을 모르쇠 하려는 게 아니라 겁박이다. 이왕이면 살벌하게 보였으면 싶다. 이 지리멸렬한 상태에서 벗어나고 싶기 때문이다.

"이 일대에서 홍여천을 모르는 사람도 있을까. 나는 더 알지."

더 안다고 말하고 나서 유등이 잠시 가만하더니 미소 짓는다. 홍범도를 알므로 칼자루를 자신이 쥐었다 여기고 여유를 찾은 모양이다. 그렇다면 나는 칼날을 잡아야겠지. 그리 여긴 범도는 칼날을 잡듯 몸을 곧추세우고 입을 연다.

"날 알고, 더 안다니 말씀드리오. 감방에 사흘 못 버티고 숨넘어갈 사람이 수두룩하오. 떼송장 치우고 싶지 않으면 감방에 있는 사람들을 당장 풀어놓으라고 야마구치를 타이르시오. 물론 풍산 포연대장인 나를 포함해서요. 야마구치가 아직 잘 모르는 것 같은데 이쪽 사람들은 몹시 사납소. 누구 하나라도 죽어나가는 순간 일대 포수들이 모조리 모여들 것이오. 물론 당신들은 우리를 전부 죽일 수도 있을 것이나, 우리를 죽인다고 다 죽이는 것이 아니오. 여기는 조선이고 조선 백성을 모조리 죽이지 않는 한 당신들은 이 헌병대 밖으로 못 나갈 것이오. 헌병대 밖으로 나간다 해도 함경도 밖으로는 결단코 못 나갈 것이라고 전하시오."

범도는 당신들이라 했다. 유등 너 또한 살아남지 못하리라고 단단히 못 박았다. 최훈과 양혁진, 김치명 등도 그리 말했을 것이다. 여기는 조선이고 함경도다. 작년, 재작년에 일본군이 가장 고전한 곳이 함경도다. 제놈들이 죽인 조선 사람보다 조선 포수들한테 죽은 제놈들 숫자가 훨씬 많다. 함경도에서는 특히 그러했다. 높은 산들이 많아 포수도 가장 많은 곳. 유등은 지금 자신이 살아서는 함경도를 떠나기 어려우리라는 것을 느껴야 한다. 겁을 내어야 하는 것이다. 겁내는 것. 두려움을 느끼는 것. 그건 자기 안전을 위한 무의식의 자구책이라고 홍규식이 말한 적이 있지 않은가.

13
총기를 등록하라

지난 5월 대낮에 태양욱이 남대천 나루에서 뱃사공으로 위장해 있다가 북청 헌병대장 야마구치를 배에 태운 뒤 권총으로 사살했다. 시신은 물속에 빠뜨렸다. 놈은 삼수로 군수 유등을 찾아가던 중이었다. 같은 시각 이개동이 소총으로 북청 일진회원이자 밀정인 조인학을 사살했다. 놈은 나루에서 야마구치를 배웅하고 돌아선 참이었다.

그로부터 보름 만에 새 헌병대장이 왔는데 이름이 하세가와라고 했다. 고베 쌀장수였다가 일군 소좌가 된 하세가와가 북청 헌병대 병참기지 새 대장으로 부임해온 것이다. 쥐 한 마리 잡고 도사견을 불러들인 꼴이 된 셈이랄까.

하세가와가 어떻게 북청 헌병대장으로 왔을까. 범도는 한참이나 생각하다가 유등에게서 기인한 것이라고 유추했다. 원수는 남이 갚

아주기 마련이라는 속담이 있지 않은가. 야마구치한테 홍범도를 비롯해 감방에 있던 사람들을 죄 풀어주게 만든 유등은 나름대로 머리를 썼다. 홍범도를 없애야 자신이 편히 살 수 있는데 제 스스로는 잡을 수 없으므로 하세가와한테 알려준 것이다. 풍산 포연대장인 홍여천이 홍범도라고. 홍범도가 홍여천으로 변명變名해 살면서 포수들을 조직해 의병대로 나서려 하는 즉 그를 어떻게 해야 할지 모르겠노라고. 북청 지구 헌병대장 야마구치 힘으로는 그를 제압할 수 없으니 한성 사령부에서 움직이라고.

그 밀고를 들은 하세가와가 기꺼이 자진해서 북청으로 오기로 했을까? 범도는 한 번 더 생각했다. 하세가와는 조선에서 정탐꾼으로 뼈가 굵은 약삭빠른 놈이다. 쌀장수를 겸한 정탐꾼 노릇보다 군인이 되어야 출세한다는 걸 알고 변신한 놈이었다.

그런 놈이 함경도가 제게 얼마나 위험한 곳인지 모를 리 없었다. 조선인 대다수가 반일분자이긴 할지라도 함경도 포수들만큼은 아니다. 함경도 포수들은 의병이 아니라도 일본군이 보이기만 하면 일단 쏘고 본다. 함경도는 일본군 무덤이라는 말이 공공연하다. 그래서 하세가와는 사령관을 통해 함경도 경무국을 움직여 홍범도를 잡을 셈이었을 것이다.

주홍석에 따르면 현 한성 헌병사령부 사령관 성씨도 하세가와다. 그렇다고 친척은 아니다. 사령관 하세가와는 일본 명문 군벌 집안 출신이고 소좌 하세가와는 신분 낮은 장사치 출신이다. 일본에서 하세가와라는 성씨는 조선의 김가처럼 흔한 성씨인 것이다.

어쨌든 하세가와 소좌는 자신이 홍범도를 찾아냈다고 사령관한테 보고했을 것이다. 소좌 하세가와는 홍범도를 찾아낸 공은 제가 갖고 정작 잡는 건 사령관이 하게 할 계산이었다. 그런데 야마구치가 죽는 바람에 마침 북청 헌병대장 자리가 비어 있었다. 사령관 하세가와는 그 빈자리에 홍범도를 운운하는 소좌 하세가와를 발령해버렸다. 하세가와 소좌는 상관의 명을 따라야 했다. 그는 6월 3일에 헌병 1개 중대를 이끌고 북청 지구 헌병대로 들어섰다.

하세가와는 북청에 닿자마자 북청 관아 진위대를 해산시켰다. 해산된 진위대 장교였던 윤동섭을 중심으로 북청 의병대가 일어났다. 북청 의병대 중군장인 차도선은 풍산 포연대 제2소대장인 차기선의 사촌아우였다. 북청 진위대를 해산시켰던 하세가와는 윤동섭과 차도선이 이끄는 북청 의병대도 단번에 무너뜨렸다. 단 한 번의 전투로 북청 의병대가 깨진 후 차도선은 자신을 따르는 의병 55명을 데리고 금학동으로 들어갔다. 차기선이 사촌아우 차도선한테 풍산 포연대로 들어오라 제안해놓았다.

7월에 대한제국 임금은 태자한테 대리청정 조서를 내렸다. 임금의 밀사 이준이 네덜란드 헤이그에서 열린 만국평화회의에 참석하려다 불발되자 거기서 순국했다. 그 사건을 빌미로 일본이 임금으로 하여금 정무에서 손을 떼게 만든 것이었다. 그 며칠 뒤 임금은 태자한테 양위했다. 제위에서 물러난 전 임금은 태황제 칭호를 받고 궁궐 안에 유폐됐다. 유폐된 태황제의 시위대는 해산됐다.

8월 초에 일본군은 마지막 남은 조선 군대의 무장을 해제하고 군대를 해산시켰다. 조선 군인들을 도수체조 시킨다는 핑계로 훈련원 마당에 모아놓고 무기고를 몽땅 비워버렸다. 조선군 수장이던 박성

환 참령이 군대 강제해산에 항거하여 권총으로 스스로를 쏘아 죽었다.

태황제 시위대 해산으로 인해 25년 무관 생활을 접은 주홍석이 해준 말에 따르면 그러했다. 대한 황실은 명목만 남았다고. 오래지 않아 그 명목도 없어질 것이라고. 당분간 한성을 떠나 있기 위해 함흥을 거쳐 풍산으로 왔던 주홍석은 한성 얘길 해주며 인필골 집에서 나흘을 지냈다. 마지막 묵던 밤에 그가 행낭에서 미국제 망원경을 꺼내 범도한테 건네주었다.

— 이건 주군도, 나라도 못 지키게 된 패장이 아니라 현장에서 싸우는 지휘관한테 필요한 물건이겠지.

그 말 할 때 주홍석의 표정이 슬프기보다 쓸쓸했다. 그는 태황제가 즉위한 지 7년째 되던 경오년에 무과에 급제했던가 보았다. 태황제로부터 정8품 무관 교지를 받으며 조선 중앙군 장교로 임관했다. 마지막 자리가 하필이면 그 주군이 떨려나는 장소를 지켜야 한 곳이었다. 그는 무기 구입로를 뚫기 위해 청국을 향해 갔다. 그가 돌아오면 한성에는 더욱 비밀스러워진 충의계가 생길 것이었다.

"9월 1일부로 조선 통감부가 조선 포수들을 향해 총기 등록 포고령을 발동했답니다. 총기를 등록하지 않는 자는 사냥할 수 없다는 포고문이 북청 읍내 벽마다 나붙었습니다. 그런데 일단 총을 걸어 간답니다."

정찰장 오창근이 회당으로 와서 하는 말에 범도는 긴장하는 자신을 느낀다. 작년 6월 말 의병대를 해산한 이후 처음인 성싶다.

"조선 포수들이 지닌 총기류를 등록한다는 핑계로 총을 압수해 전 강토의 무장을 해제시키겠다고 나선 것이군."

"그렇지요."

"오 정찰장, 자네는 북청으로 돌아가서 헌병대가 총기 등록령을 어떻게 처리하는지 살피고, 거기 민종식 씨한테도 헌병대 움직임을 주시하고 있으라 전하시게."

"예, 대장."

군례로 명령을 받든 오창근이 나간다. 범도는 회당에 있던 한영준, 김치명 등과 마주 앉는다. 감방에서 나왔을 때 한영준은 부령으로 돌아갈 수 있는 상태가 못 됐다. 오창진만큼 심하지는 않아도 성한 곳이 없었다. 일단 회당에서 몸을 나수기로 했다. 몸이 나은 뒤 한영준은 범도 휘하에서 살겠다고 결정했다.

"총기 등록, 그 발상이 어디서 나왔을까."

범도의 혼잣소리 같은 질문에 한영준이 응대한다.

"조선 팔도에서 포수가 단연 많은 곳이 우리 함경도잖습니까? 함경도 북청 지구에서 석 달을 보낸 하세가와 그 개놈 머리에서 나왔음 직한데요."

김치명이 말을 잇는다.

"그 개놈이 지난 석 달 새에 대장을 해하려 시도한 게 두 번입니다. 두 번 다 실패하고 나서 밀정들로는 안 되겠다 싶으니 새로 고안해낸 고육지책 아니겠습니까. 총기 등록을 생각해내고 헌병사령부에 상신해 총기 등록령을 만들어낸 것이죠."

지난 유월 그믐날 초저녁에 회당 마당에서 회당에서 사는 대원들과 같이 사냥해온 노루를 손질하던 차였다. 가죽에 흠이 생기지 않게 벗기는 일은 범도가 제일 능했다. 머리부터 네 다리까지 쫙 벗겨내 대원들에게 쳐들어 보이던 차에 그 어떤 낌새를 챘다. 회당 옆 숲쪽에서 쏘아져오는 살기였다. 밝은 쪽에 있는 나와 어두운 곳에 있는 저격수. 함경도 제일 포수이자 호랑이 사냥꾼인 심 포수가 범도한테 가르쳤다.

호랑이를 만나면 빛과 어둠이 어느 쪽인지를 먼저 생각해라. 호랑이가 어둔 쪽인가, 내가 어둔 쪽에 있는가. 호랑이가 밝은 쪽이면 나는 공격당하지 않을 것이다.

범도가 대원들에게 말했다.

—마당 왼쪽 숲 큰 떡갈나무에 총 든 놈이 최소 두 명은 있는 것 같네. 그냥 갈기지 않는 걸 보니 날 겨냥하는 모양이고. 개동이, 성집, 방언과 함께 방으로 들어가서 뒷문으로 나가 놈들을 잡아오고, 다른 사람들은 피우던 불 더 크고 밝게 피우고 해체할 고기 해체하게. 나는 이 가죽으로 가리면서 놈들 시선을 붙잡고 있겠네.

반 일각이나 지났을 때 총성이 울렸다. 네 발은 이개동 등이 정확히 쏜 소리고 두 발은 급습당한 놈들이 아무렇게나 쏜 소리였다.

똑같이 오른쪽 무릎과 오른쪽 어깨 가까운 가슴팍에 총알을 맞은 두 놈이 끌려왔다. 하세가와한테 사주받은 조선 밀정들이었다. 놈들 몸에 지닌 것을 모조리 뺏고 갖신을 벗긴 뒤에 큰길에 내다 버렸다. 다시 밀정 노릇 하기는 어려울 터, 죽일 필요가 없어서였다. 이튿날 아침에 그 자리에 나가 본 문평이 두 놈 다 없어졌더라, 했다. 피를 줄줄 흘리며 다리를 질질 끌면서 장평 쪽으로 간 흔적만 남았더라고.

7월 초순에 고적봉으로 훈련을 겸한 사냥을 나섰던 때에는 사냥꾼 행색인 놈들이 뒤따라 오는 걸 한참 전부터 알았다. 놈들은 들키지 않으려 사정거리 밖에서 따라왔다. 범도 일행은 고적봉 입구에서 짐짓 한참을 머뭇거리며 놈들이 앞서게 했다. 놈들은 예상했던 지점에 매복하고 있었다. 일곱 놈이었다. 밀정 두 놈에 일본군 다섯 놈. 놈들은 제 발로 걸어와 총 다섯 자루에 총탄 220개를 남겨주고 고적봉 짐승들 밥이 됐다.

"날 잡으려는 것이기도 하겠고, 지난달부터 팔도 의병들이 다시 활발히 움직이기 시작했는바 이쪽에는 의병대가 생기지 않게끔 미연에 봉쇄하겠다는 술책이기도 하겠지."

"예. 우린 어찌합니까?"

"먼저 좌수님을 찾아뵙고 의논을 드려야지. 지금 같이 가세."

포연대 전체가 움직여야 할 때는 원로계와 의논하는 게 불문율이었다. 포연대 원로 좌수인 양충 댁을 찾아드니 그 아들인 양혁진이 먼저 나와 맞는다.

여차저차 한다는데 어찌하오리까.

범도가 설명을 마치자 양 좌수가 풍산 군내 각 사 계수들과 대표 계원들을 창바위골로 소집하라 명했다. 황수원리 회당 뒷산 창바위골 원형 귀틀집으로 포연대 각 사 계수들과 대표 계원들이 모여들었다.

각 사 대표 성원 서른두 명이 모여 총기를 내놓을지, 내놓지 않을 시 어찌할지를 의논했다. 소총 덕에 쓸모없어져 묻혀 있는 화승총

일부를 내놓고 시간을 벌자거나. 통감부 목적이 조선 포수들을 무장해제시키는 것인데 따를 수 없다거나. 북청 헌병대에 새로 온 하세가와 놈이 술수를 썼다거나. 야마구치를 물에 처넣었듯 하세가와 목을 따자거나. 대원들이 지닌 실탄이 적은바 첫 전투의 목적은 실탄 획득이어야 한다거나.

두려움을 느끼고 움츠러든 사람은 없는 것 같다. 두려움은커녕 전의가 달아올라 뜨겁다. 어쩌면 두려움을 느껴야 할 순간에 두려움 대신 전의를 폭발시키는 동료들과 맞닥뜨린 이런 순간이면 범도는 속으로 감탄한다. 기이하기도 하다. 같은 상황에서 누구는 적진에 가서 빌붙는데 누구는 무기를 치켜들고 적진으로 돌진한다. 그 차이는 어디서 생기는가.

죽은 야마구치가 아직은 살아 있는 유등한테 했다는 말에 따르면 친일분자나 밀정이 아무리 많아도 반일, 척일하는 조선인에 비하면 새 발의 피다. 놈이 그 점은 분명히 알았던 것 같다. 친일하는 그들은 조선인을 짓밟고 일본에 기생하면서 잘 먹고 잘 산다. 반대로 호의호식과는 담을 쌓게 될지라도 대개 조선인은 반일한다. 반일하는 이들 중 무기 떨쳐들고 척일하는 사람들이 나온다. 그들은 호의호식은 물론 목숨도 아랑곳하지 않는다. 지금 이 방 안에 있는 사람들이다. 뜨겁고 아프고 아름다운 사람들. 범도는 그동안 자신이 이들에게 추동되어왔음을 새삼 깨닫는다. 이들이 서로서로 추동하며 서로서로 견인해왔다. 막강한 적들을 향해 같이 돌진하는 희열.

"자아, 동지들! 그만들 하시고 주목하시오."

한참 묵묵히 듣고 있던 양 좌수가 좌중을 정리하며 나선다. 범도와 눈이 마주치자 고개를 끄덕인다. 자신이 결정하겠다는 뜻이다. 범도가 예, 하자 그가 입을 연다.

"여러분이 하신 말씀들 잘 들었소. 여러분 말씀을 종합해보자면, 전원이 봉기하자는 것으로 모아지오. 맞소. 우리 포수들에게 총기는 목숨과도 같은바, 그게 우리가 묵혀버린 화승총이라 해도, 그걸 왜 놈들한테 내주는 행위는 우리 뜻과 우리 삶을 포기하는 것과 다를 바 없소. 또한 왜놈들이 우리 강토를 완전히 장악하기 위한 술책임에 우리는 놈들 계략을 박살내야 하오. 하여 묻소. 우리 풍산 포연대가 오늘을 기해 풍산 의병대로 재봉기하는 것에 찬성들 하오?"

모두 소리친다.

"예, 좌수님."

양충 좌수의 선언으로 재봉기가 결정되었다. 재봉기하되 자원키로 했다. 이제 다시 의병으로 나서면 언제 자신의 자리로 돌아올지, 돌아올 수 있기는 할지 아무도 장담할 수 없었다. 대표들이 마을로 돌아가 포수들에게 자원을 받았다. 사냥을 갓 시작한 스무 살부터 총 놓은 지 꽤 오래된 환갑까지, 풍산 포연대 소속 포수가 삼백여 수인데 절반 수가 자원했다. 자원자는 대개 서른 살 안팎의 젊은 포수들이었다. 남은 사람은 전투부대를 돕는 지원부대가 되기로 했다.

봉기를 결정하고 회당으로 돌아온 범도는 풍산 의병대 조직을 편제했다. 대장 홍범도, 부대장 겸 제1소대장 양혁진, 제2소대장 한영준, 제3소대장 태양욱, 제4소대장 이개동, 제5소대장 차기선, 별동대장 김치명.

일곱 사람이 얼굴을 맞대고 대원들을 나누고 있을 때 북청읍에 사는 척후 민종식이 회당으로 왔다.

"북청 헌병대가 북청 관내 총기들을 수거하고 있습니다. 7일까지 북청 관내 총기 수거를 마치고 8일 아침에 후치령을 넘어 풍산으로 온답니다. 오창근 정찰장이 제게, 대장께 알려드리고 돌아오라 하더이다."

"알겠소. 오 정찰한테 7일 오후 세 시경까지 회당으로 들어오라 전하시오. 그전에라도 변동사항이 생기면 알려주시고요. 수고해주시오."

"예, 대장."

범도는 전투 날짜를 정해놓고 보름 만에 집으로 돌아왔다. 이제부터 벌일 전투는 작년, 재작년에 벌인 전투들과 다른 양상으로 전개될 것이었다. 작년까지는 뺏기지 않으려는 안간힘이었다면 이젠 적의 손에 넘어간 걸 되찾기 위한 막무가내식이랄 수 있다. 이제는 명목만 남은 조선 정부나 허수아비로 세워진 조선 임금과 무관했다. 풍산 의병대는 이제 일본과 정면으로 대결하는 독립군대였다. 그 군대의 대장이 홍범도였다.

이전에는 홍여천으로서 움직였다. 홍여천은 익명이나 다름없었다. 하세가와는 홍여천이 홍범도인 걸 알고 있다. 그건 일군 전체가 아는 것과 같다. 제일 표적이 된 것이다. 하여 대장 홍범도로 전선에 나설 것인바 식구들을 인필골에 두기에는 불안했다.

"아버지!"

아래 마당에서 연을 날리려 애쓰고 있던 용환이 아비를 반기다가

한 무리의 대원들을 보고는 주춤한다. 한영준과 고천동을 위시한 열두 명의 대원들과 함께 왔다. 식구들을 이사시키기 위해서다.

"환이, 연을 날리기에는 바람이 약한 성싶은데?"

"형아가, 막 뛰어다니면 된댔어요."

"형아가 같이 막 뛰어주지는 않고?"

"형아는 나한테 연 만들어 주고 동무들하고 놀러 나갔죠. 후다닥 뛰어서요. 형아는 놀보예요."

"네 어머니는?"

"엄마는 증포소에 계셔요. 엄마는 일보예요."

"환이, 형아가 놀보고 엄마가 일보면, 아버지는 무슨 보일까?"

"아버지는 쫄보예요."

"쫄보라니? 뭔 일에 겁내서 쫄아드는 그 쫄보?"

"에이. 아버지는 집에 오셔서 만날 엄마 뒤를 쫄쫄쫄 따라다니기 좋아하니까 쫄보죠."

아이의 태연한 말에 대원들이 웃음을 참느라 고개들을 외로 꼬아댄다.

"네 어머니 쫄보인 아비는 증포소로 갈 테니 너는 아저씨들한테 연을 날려 달라고 해라. 이참에 연 날리는 법을 배워도 좋겠지."

여러 번 와본 한영준한테 대원들을 데리고 사랑채로 올라가라 이르고 천동에게 아이와 놀아주라 눈짓한다. 지난 초여름에 여러 달 앓던 어머니가 타계했다. 장모라 불러본 적 없었다. 모지당으로 들어와 절하면서부터 어머니로 섬겼다. 어머니는 내내 딸보다 사위를 임의로워했다. 어머니가 돌아가시고 나자 옥영이 안채로 들어가며

287

사랑채를 범도의 손님들한테 내주었다.

삼 냄새가 묵지근하게 밴 증포소 안은 종일토록 불을 땐 덕에 후끈하다. 흰 앞치마에 흰 토시와 흰 면장갑을 낀 일꾼들이 범도를 보고는 인사하고 하던 일로 돌아간다. 옥영은 건조실에 있다. 머리에 수건을 쓰고 내리닫이 앞치마를 입고 손에 흰 면장갑을 낀 채 홍삼의 건조 상태를 유심히 살피느라 범도가 들어서는 것도 모른다.

"여보!"

범도가 부르자 화들짝 놀라며 돌아본다. 범도를 보고는 환히 웃는다. 옥영이 웃을 때마다 아침 해 같다. 화사하게 반짝이며 명랑하게 곱다.

"당신, 언제 오셨어요?"

"지금 막 들어왔어요. 그 일 다 돼가요? 내가 좀 도와줄까요?"

"급할 거 없는 일이에요. 이번엔 많지도 않고요. 안으로 가요. 아, 혼자 오셨어요?"

전답을 태반이나 팔아먹은 이후 옥영의 수입은 주로 홍삼에서 나왔다. 나라가 망해도 홍삼을 먹는 사람이 여일하다는 건 옥영에게 다행이었다. 이제 당분간 그걸 못한다는 말을 하러 왔다. 당분간이 될지, 한참 후일까지 못할 수도 있다는 말을 해야 한다.

"아니, 여럿이 왔어요."

바싹 다가든 옥영이 뭔가를 느낀 듯 범도 가슴팍에 두 손을 대고는 올려다본다.

"당신, 무슨 일 있군요."

"봉기하기로 결의했어요. 내일부터 시작해요."

"아! 당분간 자주 못 들어오시는 거네요."

"당분간 자주 못 들어오는 게 맞고, 당신한테 미안한 말을 해야 하게 생겼어요."

얼굴이 굳는다. 좀처럼 찌푸리지 않는 사람인데, 범도가 할 말을 미리 알아들은 것이다. 얼굴을 숙이더니 양손 장갑을 벗어 앞치마 주머니에 넣고는 두 손을 다시 범도 가슴팍에 대고 고개를 든다. 표정이 밝아졌다.

"혹시 이제 내가, 아이들을 데리고 숨어야 하는 거예요?"

"맞아요. 당분간, 어쩌면 한참 동안 당신, 애들 데리고 다른 데서 지내야겠어요. 미안해요, 여보."

"지난해, 지지난해에 나가셨을 때는 아무 말 없으셨잖아요."

"그때와 달리 이번에는 어쩐지 당신과 아이들을 안전한 데다 숨겨두고 싶어져서요. 따라줄래요?"

"언젠가 이런 날이 오리라고 생각하며 지냈는데도 좀 겁이 나네요. 우리, 어디로 가요?"

"백산 아래부리 안수사 쪽으로 고마골이라고 있는데 그 동네에 자그만 집을 마련해뒀어요. 몇 해 전에 노포수 내외분이 세상 뜨고 나서 비어 있던 집을 포수계에서 관리해왔어요. 오늘 밤에 이번 겨울에 필요한 것만 챙겨서 동네 사람들 모르게 그쪽으로 옮겨가야 해요. 그쪽에 어지간한 살림살이는 갖춰져 있고, 한영준 대원이 오고 가면서 필요한 건 가져다줄 것이니 우선은 꼭 필요한 것만 챙겨 갑시다."

"당신 지금, 나한테 되게 미안해하고 있죠?"

"맞아요. 아주, 많이, 미안한 참이에요."

"당신이 나한테 많이 미안하다니 위로가 되네요. 좋아요. 이번 겨울에는 일이 줄었다고, 피접한다고 여길래요. 모처럼 한가하게 책 읽고, 바느질하고, 애들하고 맛난 거 해 먹으면서 놀고 그래도 시간이 남으면 노래 부르죠, 뭐."

스스로를 한껏 위로한 옥영이 범도 품으로 파고든다. 범도는 아내를 감싸 안고 그 등을 한참이나 다독인다.

14
빠르고 빛나게

정미년(1907년) 9월 초이레, 양력으로는 10월 13일이다. 석양 무렵에 범도는 소대장들과 함께 추녀머리 지나 진갈구미로 왔다. 진갈구미는 마을에서 멀고 길 양쪽에 언덕이 있어 매복전에 맞춤했다. 진갈구미 일대를 찬찬히 살피고 후치령 쪽으로 더 나아간 내매머리에 닿았다. 어두워지긴 했으나 여섯 사람은 주변 지형을 내 집 마당처럼 꿰고 있었다. 포연대원들 모두 그러했다. 지형지세를 따지며 의논한 끝에 작전을 세웠다.

중간지대인 진갈구미에서 타격전을 벌이되 추녀머리와 내매머리에서는 도망치는 놈들과 불의에 나타날 수 있는 적들을 잡기로 했다.

초여드렛날 동틀 무렵에 전투부대원들이 추녀머리에 도착했다. 범도는 양혁진 소대로 하여금 추녀머리를 지키게 했다. 진갈구미에 한영준 소대, 태양욱 소대, 이개동 소대를 두고 내매머리로 차기선 소대를 보냈다. 김치명 별동대는 진갈구미에 있게 했다.

해가 한발이나 떠올랐을 때 내매머리에서 차기선이 사람을 띄워 헌병 50여 수와 소등바리 다섯이 온다고 기별해왔다. 소몰이 다섯을 제외하고도 조선 사람이 일곱인데 북청 헌병대 잡부들 같다고 했다. 헌병 50여 수가 마을을 포위한 상태로 잡부들이 집을 뒤져 총을 뺏고 뺏어낸 총들을 소에 실어갈 셈인 것이다. 지난 며칠간 북청 관내 포수들 백여 명이 그렇게 총을 빼앗긴 모양이었다. 소몰이 다섯 명과 잡부 일곱 명은 소 몰고 허드렛일 하는 것뿐이므로 죽일 것까지는 없었다. 전투가 시작되면 어련히 엎드려 피할 것이다.

마침내 목표물들이 매복권 안으로 들어선다. 헌병들은 전부 총을 메지 않고 앞으로 겨누어 들고 있다. 행군 준비를 갖췄다. 혹여 매복이 있을까 봐 놈들은 하나같이 여기저기 두리번거리면서 경계하느라 날이 섰다. 시간 끌수록 실탄 적은 아군이 불리하다. 아무리 유격전과 기동전, 산악전에 단련됐다고 해도 실탄이 충분치 못하면 자신감이 없어진다. 속전속결해야 한다.

범도는 맨 앞의 땅딸막한 장교 놈을 겨눈다. 숨을 죽이고 표적을 바라보다 방아쇠를 당긴다. 땅, 총소리와 함께 미간에 총탄이 박힌 땅딸보 놈이 피를 튀기고 총을 떨어뜨리면서 퍽 꺼꾸러진다. 범도가 그 옆 놈을 겨누는 사이 계원들이 총을 쏜다. 귀청이 떨어지는 것 같은 요란한 총성이 골짜기를 울린다. 소들이 놀라 뛰고 놈들 행렬은 뒤죽박죽이 된다. 매복에 걸리면 저 꼴이 난다.

놈들도 잘 훈련된 정규군이라 즉시 흩어져 엎드리고는 포복 전진으로 둔덕 밑으로 다가든다. 각자 엄폐물을 찾아 엎드리고는 반격을 해온다. 위태지경에 빠진 걸 깨닫고 필사적으로 쏴댄다. 반격이라고 쏘아대는 총탄들이 아무 데로나 날아간다. 아무렇게나 쏴대는 총에 당하지 않으려 아군은 주춤, 몸을 사린다. 한바탕 총질이 끝났다 싶을 때 몸을 일으켜 사격을 시작한다. 어쨌든 저쪽이 가진 총을 이쪽도 가졌고 이쪽은 양쪽 언덕 위에 있다. 놈들이 피를 튀기며 차근차근 엎어진다. 몇 놈은 추녀머리 쪽으로 달아나고 몇 놈은 내매머리 쪽으로 도망친다. 이쪽에서 울린 총성이 양쪽에 다 들렸을 것이므로 범도는 달아나는 놈들을 쫓으라고 명하지 않는다.

소와 소몰이꾼들과 잡부들을 돌려보낸다. 넘어진 놈들에게서 총이며 실탄이며 군화 등을 거두게 한다. 그러는 동안 양쪽 소대원들이 이쪽에서 달아났던 놈들 시신을 들고 진갈구미로 돌아온다. 시신들을 길바닥에 방치할 수 없으므로 산속으로 들어다 놓는다. 그사이 범도는 정찰을 맡은 창근과 창진 형제를 부른다.

"소몰이들과 잡부들이 지금 내매머리쯤 지나가고 있겠지?"

"그럴 겁니다, 대장."

"그들이 헌병대에 도착하면 우리와 접전한 사실을 고하겠지?"

"그렇겠지요."

"허면 토벌대가 우리를 치러 오지 않을까?"

"오겠지요."

"해서 하는 말이네. 잡부들을 뒤따라가서 헌병대 동향을 살피게. 길이 늦어질 것이니 오늘 밤은 주막에서 자며 헌병대가 언제 움직이는지 최대한 알아봐. 척후 박가나 통역 김가를 만날 수 있을 것 같으면 물어도 좋겠지. 무엇이든 억지로는 하지 말고. 돈 있나?"

"아까 일군 주머니에서 꺼낸 일본 돈과 제가 원래 가진 돈이 있습니다."

"그쪽을 살피고 추녀머리 안골 마을로 오게."

"다녀오겠습니다."

형제가 총을 내려 두고 달음박질하듯 서둘러 내매머리 쪽으로 향한다. 북청 헌병대 통역 김달윤은 일부러 심은 아군 첩자가 아닌데 이쪽이 다가들어 물으면 제 아는 대로 말해주곤 한다. 지난봄 범도가 병참 감방에 있을 때부터 그러했다. 그는 헌병대에 소속되어 밥 벌어먹고 있긴 하나 친일분자가 아니었다.

밀정들을 아울러 친일분자들은 속내부터 일본에 경도된 경우가 대부분이다. 그들은 일본이 무력을 앞세워 조선을 강점한 것에 대해 분노하지 않는다. 일본에 빌붙음으로써 그들은 조선 인민들 위에서 군림하고, 제들 재량껏 조선 인민을 착취한다. 제들이 사감을 가졌던 조선인을 반일분자로 몰아 죽이기도 한다. 일본군에 앞서 죽여야 놈들이 밀정과 친일분자들이다. 북청 일진회 사무소에도 그런 놈들이 바글바글하다. 거기서 조인학이 나왔고 홍범도를 죽이러 왔던 밀정 놈들이 나왔다. 이후 전투들에 방해를 덜 받으려면 놈들을 쓸어내야 한다.

시신을 들고 산으로 들어갔던 대원들이 손을 털며 내려왔다.

"이로써 새로 시작한 첫 전투가 끝났소. 추녀머리 안골로 이동합니다."

첫 전투에서 승리한 대원들이 가뿐한 걸음으로 추녀머리 안마을로 들어선다. 헌병들 몸에서 취한 일본 돈을 마을에 주며 조반 겸 점심을 부탁한다. 대원들이 든든히 먹고 쉬는 동안 범도는 소대장들과 다음 전투를 의논한다. 의논이 끝난 뒤 대원들을 모아 다음 전투 계획을 말한다.

"오늘 접전 소식을 들은 북청 헌병대가 우리를 토벌하러 나설 것이오. 창근, 창진 형제가 저쪽 정황을 살피러 갔은즉 그들이 돌아오는 대로 놈들을 칩시다. 헌병 놈들로부터 취한 실탄이 각기 스무 발 정도씩 될 것 같소. 새로 맞이할 놈들로부터도 총탄을 취할 것이니 토벌하러 온 놈들을 친 연후엔 곧장 후치령을 넘어가서 북청 읍내 일진회 사무소를 칩시다. 그전까지는 무기를 점검하고 눈을 붙이시오."

2차, 3차 전투 계획이 발표되자 계원들이 격하게 반긴다. 왜놈들이 후치령을 넘어오지 못하게 하자! 친일분자를 쓸어버리자! 열렬히 호응한다. 신발 낡은 사람들 중 헌병 군화가 발에 맞는 계원들이 갈아 신는다. 일본 군화를 신으면 물에 갠 재나 진흙을 발라 본색을 무마시키는 게 의병대원들 습관이다. 낡은 신발과 맞지 않아 남은 군화는 묵던 자리에 남겨두면 된다. 어느 마을에나 갖바치나 갖바치 기술을 가진 사람이 있기 마련이라 헌 갖신이든 일본 군화든 전부 분해해 새 가죽신을 만들어낸다.

창근, 창진 형제는 꼭두새벽 인시 초에 추녀머리 안마을로 들어왔다. 밤새 별빛에 의지해 후치령을 넘어온 것이다.

"오늘 동틀 녘에 출정한답니다. 헌병대장 하세가와가 직접 1개 중대를 이끌고 나설 모양이고요. 그리고 알아보라 하신 일진회 월례 총 모임은 매월 초여드렛날이 맞다 합니다. 일단 건물에 모여 회의를 하고 제일객관으로 옮겨가 주연을 하는 모양입니다. 제일객관에서 연회 준비를 하고 있는 걸 확인했습니다."

1개 중대면 백 명이다. 아군 각자가 가진 총탄이 겨우 30개 안팎이지만 해볼 만하다. 이긴다고 믿어야 이긴다. 토벌군을 이기고 나면 일진회 사무소 습격은 어려울 것 없다. 매월 초여드렛날 놈들이 모임을 갖는다는 사실은 감방에 있을 때 한영준한테 들었다. 밀정 조인학이 간교를 부려 한영준을 잡기 전에 일진회 모임을 운운했던 것이다. 그게 떠올라 알아보라 했다.

"고생들 했네. 잠시 눈을 붙이게. 우리는 동틀 녘에 나서서 독구리로 갈 거야. 이길 싸움이니까 걱정 말고."

독구리는 풍산 쪽에서 후치령 마루에 닿기 전에 나타나는 평지 모퉁이다. 주변 산세가 순하고 앞이 넓게 트인 굽이 지대다. 주변 숲이 엉성하고 골이 넓어서 매복하기에는 적당치 않다. 범도와 소대장들이 노린 게 그 점이다. 매복할 수 없는 곳이매 적들 경계가 느슨해질 게 아닌가.

오전 11시가 가까워졌을 때 적들이 나타난다. 놈들은 하나같이 총을 둘러메고 단풍 든 숲 사이를 여유롭게 걷고 있다. 홀로 말을 탄 자가 헌병대장 하세가와일 것이다. 짐짝을 얹은 짐말은 일곱 필이다. 야영 짐인 것 같다. 놈들은 야영을 하면서라도 어제 헌병들을 친 의병들을 잡을 셈으로 나섰다.

매복선 맨 앞길 가까이에 몸을 숨긴 범도는 놈들의 움직임을 주의 깊게 살피다가 말 탄 자의 얼굴을 보게 됐다. 조개턱에 낚시눈인

데다 양 눈썹이 미간 쪽으로 몽총히 몰려 있는 얼굴. 20년 전 양각나루에서 보았던 고베 미곡상 하세가와다. 한성 별기대 앞 객점에서 술을 마시고 있던 헌병사령부 소좌 하세가와이기도 하다. 20년이라는 세월은 쌀장수가 헌병대장이 되고 나팔수가 의병대장이 되어 맞닥뜨릴 수 있을 만치 긴 세월인 것이다.

적들이 사격권 안에 모두 들어온 순간 범도는 눈앞을 지나간 하세가와의 머리통을 겨눈다. 방아쇠를 당기려는 찰나 매복을 느꼈는지 하세가와가 말에서 굴러 내리며 '은폐'하라는 소리를 외친다. 범도는 찰나 방심하다 때를 놓쳤다. 하세가와가 말을 엄폐물로 삼는 바람에 그 옆에 있던 헌병을 쏜다. 신호탄이 울리자 독구리 굽이를 둘러싸고 있던 의병들이 일어나 수류탄을 던져댄다. 총탄도 마구 쏟아진다. 새들이 울부짖으며 달아난다. 동면치 않는 짐승들이 날뛴다.

곁에서 동료들이 퍽퍽 나자빠지자 헌병들은 일대 혼란에 빠졌다. 적들은 총을 겨눌 생각도 못하고 오던 길로 달아나기 바쁘다. 하세가와는 말 몸뚱이에다 제 몸을 사린 채 오던 쪽으로 달아났다. 오늘은 달아나는 적을 쫓지 않기로 한 터라 준비했던 것에 비하면 전투가 싱겁게 끝났다. 이긴 전투가 거의 그러했다. 모든 상황을 염두에 두고 철저히 준비해 적을 맞이했을 때 교전 시간은 짧기 마련이었다.

하세가와까지 105명이었을 헌병 중 73명이 널브러졌고 부담마負擔馬 7필 중 2필이 쓰러졌다. 말 부담 속에는 천막이며 식량, 찬거리, 실탄 상자 등이 들어 있다. 실탄은 6상자 7200개와 널브러진 놈들 탄띠에서 나온 3천여 개다. 하세가와가 야영 준비를 해온 덕에 의병대는 모처럼 상당한 전리품을 얻은 셈이다.

전리품을 독구리 한쪽에 몰아둔다. 불을 피우고 싸 온 주먹밥으로 허기를 채우고 있는데 지원대가 도착한다. 서른 명이다. 지원대가 와서 시신들을 치우고 말을 비롯한 전리품들을 창바위골로 옮겨갈 궁리를 하는 동안 전투대원들은 행군을 시작한다. 북청 읍내까지 60여 리 길이다. 진작 달아난 하세가와 패거리를 뒤따르듯 느긋하게 후치령을 넘는다. 북청 일진회 사무소를 타격할 차례다.

"1소대, 2소대, 3소대. 이상 세 소대는 건물 안으로 진입한다. 혹시라도 노인이나 여인이나 아이가 있을 시 그들을 제외하곤 모조리 사살한다. 4소대는 건물 전방에서 나오는 놈들을 사살하며 건물 안으로 들어간 소대를 엄호한다. 5소대는 건물 후방에서 나오는 놈들을 사살하며 건물 안 소대들을 엄호한다. 별동대는 폭탄과 화약을 준비하고 대기한다. 늘 그렇듯 총격 시에는 확인사살 할 필요가 없도록 머리통이나 심장을 맞히는 것을 원칙으로 한다. 일단의 상황이 끝난 뒤 우리가 취할 것을 취하고, 주검들은 건물 안에 넣는다. 별동대는 화약과 폭탄으로 전 방위에서 불이 붙도록 만든다. 그 후 각 소대별로 읍성 북문 밖으로 나가 기다린다."

읍성 서문 쪽 서리西里로 오는 동안 소대별 임무를 정해둔 덕에 대원들 모두가 금세 알아듣고 알아들었다고 수신호한다. 알아들었다는 표시는 오른팔을 뻗었다가 가슴팍으로 끌어당기는 것이다. 풍산 포수들, 함경도 포수들 사이에 쓰이는 신호다.

빈 땅을 차지하느라 조금 외진 곳에 지어진 일진회 건물은 왜식이다. 본채와 부속채로 이루어진 데다 기와를 얹고 있는 건 보통 조선집과 같은데 대번에 왜식인 걸 알아볼 수 있게끔 기묘하다. 건물이 뻣뻣하달까. 음습하달까. 남대천변에 면해 있는 너른 터를 차지하고 외떨어져 있는 헌병대 건물들도 일진회 건물과 규모가 다를 뿐 모양이나 풍기는 기색은 같다.

석양녘에 일진회원들이 정문을 통해 건물 안으로 속속 들어갔다. 몇 놈이 들어갔는지는 알 수 없으나 회중시계 바늘이 오후 4시를 가리켰을 때 들어가는 사람이 없어졌다. 5분을 더 기다린 범도는 대문 앞에서 오른손을 들어 공격 신호를 한다. 정문 건너 숲에 엎드려 있던 대원들이 먹이를 발견한 늑대들처럼 뛰쳐나온다. 4소대가 정문 양 켠 담장 밑에 몸을 들이고 5소대가 뒤편으로 돌아간다. 별동대는 정문 건너에서 대기한다. 세 소대는 거침없이 정문 안으로 스며든다.

범도는 맨 나중에 방언, 성집과 함께 진입한다. 방언과 성집이 부속채로 다가들어 문이 잠긴 걸 확인하는데 본채에서 총성이 울리기 시작한다. 비명소리가 울려댄다. 살려 달라는 울부짖음도 들린다. 살려 달라고 빌어도 살려주지 않기로 정한 터라 대원들이 내는 총성은 거침이 없다. 총성이 한꺼번에 수십 발 울렸는가 싶더니 띄엄띄엄 몇 발 더 울린다. 튀어나온 놈도 없다. 소총수 63명이 쳐들어갔으니 당연한 일이다.

범도가 들어서니 대원들이 널브러진 놈들의 몸을 뒤지는 참이다. 돈과 값나갈 만한 건 물론이고 군수품으로 쓸 만한 건 모두 거둔다. 곧 의병대원이 한꺼번에 늘 것이므로 그때를 위한 대비다. 군화나 갖신은 무조건 벗긴다.

11년 전 호좌의진에서 동지들을 잃고 그 지휘부를 증오하며 나왔을지라도 그때 배운 것이 많다. 그중 하나가 진영이 커질수록 대원들 일상이 중요하다는 점이었다. 적과의 싸움보다 내부에서 분란이 일지 않도록 하는 게 먼저라는 것. 적군과의 전쟁보다 아군이 먹고 사는 전쟁이 더 크다는 것.

성집에게 별동대를 데리고 들어오라 명한다. 성집이 뛰쳐나가는 데 행낭을 크게 진 부대장 양혁진이 다가와 말한다.

"정리됐습니다, 대장."

"모두 몇인가?"

"39수입니다."

"그럼 모두 담장 밖으로 퇴진한다. 혹여 지나가는 사람이 무슨 일이냐고 묻거든 풍산 의병대가 친일분자들을 처단하는 것이라 말해도 좋다. 실시."

나갈 사람들이 잽싸게 나간다. 그들이 나간 문으로 김치명을 비롯한 별동대원들이 들어선다. 대원 열 명이 행낭에 넣어 메고 있던 화약 가루를 꺼내 시신들에 뿌리고 구석구석에 뿌린다. 또 다른 대원 열 명이 화승줄 묶은 공 폭탄 두 개씩을 꺼내 적당한 데다 놓고 줄을 늘이며 밖으로 나간다. 마지막으로 나가던 천동이 씩 웃어 보이곤 문 밖으로 사라진다. 화약 가루 봉지를 소진한 대원들이 나간다. 범도는 마지막으로 방언과 성집을 데리고 밖으로 나온다.

총소리가 요란했던가. 정문 주변에 구경꾼들이 제법 몰려와 있다. 대원들이 구경꾼들을 뒤로 물리느라 열 지어 섰다. 구경꾼들이 고개를 빼서 뭘 묻고 대원들은 고개를 돌려 응수하기도 한다.

"모두 나왔는가?"

범도가 소리쳐 묻자 대원들이 예, 하고 소리친다.

"점화 준비!"

전리품 중에는 대개 성냥이 들어 있었다. 예전에는 독일이나 미국, 일본 등에서 들여왔으나 몇 년 전에 제물포에 성냥공장이 생겨 대량으로 생산하는 모양이었다. 지금 대원들이 켜 든 성냥들은 일본 것이다. 군인이든 민간인이든 일본 것들을 죽일 때는 일본에서 난 것을 사용하는 게 원칙이다. 그러므로 전리품을 취할 때 대원들은 당당하라. 그 또한 전투다. 대원들한테 그렇게 설파한다.

"점화하라!"

이번 전투는 대놓고 치르는 것이므로 구경꾼이 많을수록 좋다. 친일분자들이 어떻게 처단되는지 구경한 이들이 소문을 낼 것이다. 친일분자들이 당당하게 해대는 친일 짓거리를 못하게 만들지는 못하더라도 그 짓이 떳떳지 않은 것이고 계속하다 보면 이 꼴로 죽을 수도 있다는 사실이 널리 알려져야 하는 것이다.

소문이 나야 의병이 모일 거 아냐?

오래전 김수협이 그렇게 말했다. 이제 김수협이 떠올라도 맘이 아프거나 가슴이 아프거나 손발이 저리거나 하지는 않는다. 시간이 슬픔을 풍화시켰다. 시간이 풍화시키지 못한 건 기억이다. 그가 했던 말들. 그가 웃던 웃음. 그가 짓던 표정들.

열 개의 불 줄이 화승을 타고 쏜살같이 마당을 지나 문턱과 창문턱을 넘어 건물 안으로 들어간다. 하나, 둘, 셋. 일곱을 세는 순간 첫 번째 폭탄이 터진다. 창문 밑에 있던 폭탄이었는지 창문이 터져나와 떨어진다. 펑, 펑. 연이어 터진다. 열 개가 다 터지기 전에 창문 안쪽이 불구덩이가 됐다. 마지막 폭탄이 터지자 불길이 천장까지 꽉 차서 추녀 밑으로 밀려 나와 남실댄다. 건물 전체가 불덩이가 된다. 모두 넋이 나가 아우성을 쳐대는데 태양욱 소대부터 슬그머니 빠져나간다. 양혁진 소대가 따라 나간다. 한영준 소대, 이개동 소대 순으로 사라진다. 김치명 소대가 몸을 돌린다.

"우리도 가지."

범도는 방언과 성집에게 말하곤 높이 치솟은 불기둥을 등진다.

15
조선군대

북청 읍내 일진회 건물을 터트리고 후치령을 넘어오던 한밤중에 후치령 허리원 옛 역참에서 일군 소대 병력과 접전했다. 그 허리원 야간전투 이후 한 달간 풍산 의병대는 소대별로 움직여 다니며 풍산 군내 일본군을 연신 공격했다. 풍산 군내 각 사마다 하나씩 있던 헌병 분소들을 다 깼다. 그렇게 전투를 벌이는 한편으로 풍산은 물론 갑산, 삼수, 단천, 이원, 홍원 등의 요소에 의병을 모집하는 격문을 붙였다.

구국일념 의병 전사 어디 있나. 어디에 있나.
하느님도 임금 영웅도 우리를 구제치 못하리.
우리는 다만 우리 손으로 해방을 이루리. 자유를 누리리.
춥고 덥고 배고프고 헐벗고 고될지라도

일제강도 무찌르고 우리나라 되찾으리. 꼭 찾으리.

간절한 의지 불굴의 용기로 싸우리. 빛나리.

끝내 끝끝내 이기리. 끝내 끝끝내 이기리.

한 달 전 이틀에 네 차례나 치른 전투에 대한 소문 덕인지, 격문 덕인지, 한 달 새에 대원이 3백여 명이나 늘었다. 격문 밑에 아무 날 아무 시에 아무 곳으로 나와 있으면 데리러 나갈 것이라 덧붙여 놨더니 데리러 나갈 때마다 몇십 명씩이 있었다. 춥고 덥고 곯고 고되다 못 박았음에도, 아무 때나 죽을 수 있는 위태한 길로 들어선 이들이 그렇게 많았다. 계속 늘어날 것이었다.

범도는 지대장들한테 의병대가 천 명 정도로 커질 것에 대비하여 운영 방법을 찾으라 했다. 여러 방법 중 하나가 부대 노래를 만들자는 것이었다. 범도와 중군장 한영준이 격문을 만들었는데, 부대장 양혁진이 격문을 부대 노래로 만들자고 했다. 대원들이 널리 부르게 하여 결속력을 높이자는 것이었다. 모두 찬성했다.

노랫말에 붙일 음률이 문제였다. 씩씩하면서 여운 깊은 음률을 누가 만들어줄 것인가. 부대 안에서 노래를 제일 잘하는 사람을 찾았다. 신흥 천불산 아래부리 문수골에서 왔다는 스무 살의 고호수가 뽑혔다. 의병 모집 격문을 붙이고 처음 데리러 나갔을 때 모여 있던 입대 자원자 중에 그가 있었다. 한 달 사이에 그는 부대 내에서 '호수가수'라는 별명을 얻었을 만치 노래를 잘했다. 편지를 써서 정찰대원 오창진한테 주고 고호수를 데리고 한성으로 가서 한성신문사 홍규식 선생을 찾으라 했다. 풍각쟁이를 찾아 노래를 만들고 고호수한테 노래를 익혀 달라고 청했다.

천여 수로 이루어질 부대 운영은 후일 문제이고 당장은 125명에서 443명으로 늘어난 부대를 재편할 필요가 있었다. 부대장 양혁진, 제1지대장 김치명, 제2지대장 태양욱, 제3지대장 이개동, 제4지대장 차기선, 제5지대장 문평, 별동대장 차도선, 중군장 한영준, 정찰장 오창근.

대원 숫자가 급작스레 늘어나니 날마다 집 짓고 훈련시키느라 정신없었다. 일본군에 비해 턱없이 열악한 대원들은 그 차이를 혹독한 훈련으로 메워야만 했다. 산악을 타며 최대 속력으로 뛰고, 명확히 쏘고, 세상에 없는 듯 감쪽같이 숨고, 참호를 파고, 위장하고, 거친 음식으로 끼니를 때우고, 한뎃잠에도 대비해야 했다. 포수대원들은 을사년과 병오년 전투들을 거치면서 익숙하지만 신입대원들은 그 모든 걸 익혀야 했다. 각 지대장들과 포수대원들이 신입대원들을 가르치며 같이 훈련했다. 넘치게 잘해냈다.

대장인 범도는 대원들을 어찌 먹일지가 문제였다. 하루 세 끼 흰밥에 고기반찬을 먹이기 위한 고심이 아니라 하루 두 번 소금 묻힌 주먹밥 한 덩이씩이라도 쥐여주기 위함이었다. 양충 좌수를 비롯한 원로 포수계에서 양곡을 모아 보내주고 인근 마을에서도 성심껏 먹을거리를 보태주지만 부대장 양혁진과 범도는 날마다 사흘 후 끼니를 걱정해야 했다.

—어찌할까요, 대장?

양혁진이 그렇게 물어왔을 때 범도는 하세가와와 친하게 지낸다는 북청 군수 김선묵을 떠올렸다. 배운 게 도둑질이라는 속설도 생각났다.

— 친일분자이며 부자인 놈한테 가서 며칠 치 식량이라도 얻어와야겠소. 나랑 밤이슬을 좀 맞겠소?

— 대장님과 저, 둘이서요? 대장님 호위들도 아니 데리고요?

— 야심한 시각에 남의 집 담 넘어가 돈 좀 내놓으시오, 할 일인데 둘이면 충분치 않겠소? 젊은 사람들이 알아서 좋을 것도 없고.

양혁진이 흐흐 웃었다. 그날 오후에 두 사람은 진지를 비우고 후치령을 넘었다. 밤 깊어 북청읍성 성벽을 넘어가 성내에 있는 김 군수 관저로 들어갔다. 본가를 한성에 두고 첩 살림을 하고 있는 김 군수가 그날 밤엔 첩실과 함께 안채에서 자고 있었다. 복면을 하고 들어갔다. 일본 돈 5500원과 금붙이 열두 개를 취해 나왔다. 4백여 명이 달포쯤 지낼 수 있는 식량을 하룻밤 새에 구했다. 다른 사람들한테는 숨은 애국인사가 우리 부대를 지원했노라 말했다. 대원들이 환호했다.

하루가 어찌 가는지 모를 만치 바쁜 와중에 또 하루가 밝았다. 아침상을 막 물린 참에 정찰장 오창근이 황급히 들어선다. 꼭두새벽부터 말을 달려왔는지 얼굴이 벌겋다.

"대장, 함흥과 인근에 주둔하던 연대 병력이 간밤에, 신포를 통해 북청으로 들어왔답니다."

"연대 병력이 밤에 배를 타고 왔어?"

"예, 대장. 전투대원 1400명, 보조원 300명이 한 배를 타고 와서 신포에서 내려 헌병대 마당으로 들어왔고 숙영했답니다. 한밤중에 김 통이 찾아와서 그리 말하기에 제가 헌병대로 가서 목책 사이로 확인했습니다. 토벌대는 오늘 대열을 정비해서 내일 후치령을 넘어올 거라 하더이다. 이 창바위골로 들어올 거라 하고요."

"지휘관 계급이 어떻게 된다던가? 이름이 뭐고?"

"연대장 계급은 대좌이고 이름이 모리라고 했습니다."

"내일 온다고?"

북청 헌병대에서 이 창바위골까지는 90리쯤이다. 모리 연대가 내일 동틀 녘에 북청 헌병대에서 출발하면 오후 두세 시경이면 후치령 영마루를 넘을 것이다. 영마루에서 이 창바위골까지는 40여 리다. 놈들은 야간 기습을 계획하고 오는 모양이다.

"예, 시월 초아흐렛날. 내일입니다."

지난 한 달여 간 풍산 의병대에 거듭거듭 당한 터라 그냥 있을 수는 없을 것이다. 후치령은 함경도 서북부 땅 절반과 동남부 땅 절반을 잇는 높은 산이다. 그 아래 북청 지구 헌병대 병참이 있는 북청은 함경도 관문이다. 함흥에 있는 함경도 헌병 본대에서도 북청 지구가 얼마나 중요한지 잘 알았다. 후치령을 장악해야만 함경도를 장악할 수 있다는 것도 알았다. 그러자면 풍산 의병대를 박살 내야 한다는 계산이 나왔을 것이다.

범도는 두 호위, 방언과 성집에게 즉시 지대장들을 모아 오라 한다.

오창근이 지대장들 앞에서 토벌대가 내일 후치령을 넘어온다는 말을 다시 한다.

"토벌대 병력은 1400수고 조선인으로 이루어진 보조원이 300수라 합니다. 그들은 이 창바위골로 직진할 것이라 하고요."

차도선이 먼저 나선다. 그는 20일 전에 제 부대원 55명을 이끌고 들어와 합류했다.

"오 정찰장, 그 사실을 알려준 사람을 믿을 만합니까?"

"물론입니다. 차 별동대장."

"누군데요?"

"그건 대장님께도 비밀입니다만 제 눈으로 헌병대 마당에 있는 일본군을 확인했습니다. 헌병대 마당이 막사로 꽉 찼더이다."

중군장 한영준이 끼어든다.

"첩보 제공원이 누군지는 중요하지 않지요. 그동안 오 정찰장께서 가져오신 정보가 어긋난 적이 한번도 없었으니 그 점은 놔두고, 내일 우리가 맞이할, 우리로서는 처음 맞는 대군大軍에 어찌 대응할지를 논하기로 하지요. 먼저 어디서 맞이할지를 정해야 할 것 같은데요. 놈들이 창바위골까지 들어오게 하여 싸울지, 아예 후치령으로 올라가서 맞이할지, 후치령으로 올라가기로 한다면 후치령 어디쯤이 좋을지. 우선 그 점부터 정하지요."

제4지대장 차기선이 말을 잇는다.

"저는 우리가 후치령으로 올라가야 한다고 봅니다. 우리 쪽으로 들어오면 우리 진지가 파괴될 뿐만 아니라 인근 마을 인민들도 어떤 식으로든 해를 입기 마련입니다. 그런 일들 숱하게 보고 겪었잖습니까. 애초에 놈들이 후치령을 넘어오지 못하게 만들어놓아야 차후 우리가 움직이기 편할 것이고요."

제5지대장 문평이 차기선의 말에 동조했다. 다른 사람들도 모두 후치령으로 올라가야 한다는 점에 동의한다. 첫 안건을 범도가 마무리한다.

"나도 동의합니다. 그 점은 만장일치가 됐으니 이제 후치령 어디를 택할지 의견들을 내보시오."

부대장 양혁진이 몸을 곧추세우며 입을 연다.

"적군이 1700수, 우리가 450수입니다. 적군 1700수 중 300수가 보조원이고, 우리 450수 중 백여 명은 아직 전투 능력이 약합니다. 우리 전투대원은 300으로 잡아야 합니다. 이 큰 불균형 속에서는 매복으로도 어림없지요. 대장께서 첫 전투를 치르셨다는 철령 협곡 같은 장대한 장소가 있다면 좋겠습니다만 북청에서 풍산으로 넘어오는 길목에는 그와 같은 곳이 없지요. 그런데 협곡 비슷한 형세인 곳은 있습니다. 어딘지 아시겠습니까?"

김치명이 제꺽 대꾸한다.

"말리고개입니다. 말리고개는 한 말 두 말 할 때 그 말통 모양으로 생겨서 말리로 불린다고 들었습니다. 하지만 말리고개는 양쪽 석벽이 높지 않아 아군이 매복하기에 어려움이 있습니다. 석벽은 높지 않은 대신 말리고개 안 말통 모양 분지가 상당히 넓어서 집중 사격 효과가 떨어질 염려가 있고요. 집중 사격 효과는 떨어지되 반격당하기는 어렵지 않을 거리이기도 합니다."

"그 대신 양쪽으로 반원 형상인 석벽이 수직이라 적군이 피할 데도 마땅치 않습니다. 자연 엄폐물이 거의 없고요. 무엇보다 말리고개 외에 대안이 없어요."

"부대장님 말씀이 맞습니다. 제가 공격보다 방어를 먼저 생각한 것 같습니다. 우선은 다른 분들 말씀을 듣겠습니다."

김치명이 양혁진의 의견에 반대하는 것처럼 비치지 않으려고 얼른 물러나자 차도선이 받는다.

"양 부대장 의견에 동의합니다. 말리고개 말통 분지가 상당히 넓다고는 하나 양쪽 입구를 막고 위에서 내려 쏠 수 있으니 우리 쪽 위치가 훨씬 유리합니다. 게다가 적군은 함흥에서부터 올라와 북청에서 하루 쉬고 90여 리 행군에 나섭니다. 말리고개는 북청 쪽에서 영마루를 넘어 두 번째 고개입니다. 90여 리 행군에서 절반 이상, 50리쯤 걸은 뒤에 말리고개에 닿게 됩니다. 완전군장으로 산길 50리 걷고 나면 천하장사라도 지치기 마련이지요. 우리가 짐 없이 하루 내 걸으면 200리쯤 줄이기도 합니다만, 군인들은 완전군장을 하고 걷잖습니까. 놈들이 말리고개에 닿으면 분명히 한 식경 이상은 쉴 것입니다. 그 길에서 1700수가 한꺼번에 쉴 수 있는 평지가 거기 말고는 없고요. 어쨌든 대장께서 결정하십시오. 얼른 결론을 내야 출정 준비를 할 거 아닙니까?"

"김 지대장 말씀도 말리고개 전투를 염두에 두셨던 거지요. 그래서 여러분이 다 말리고개에 찬성하신 게 됐고요. 저도 말리고개가 적당해 보입니다. 우리가 말리고개로 올라가서 전투하는 것으로 결정합니다. 다들 말리고개 형세를 알고 계시므로 지형 설명을 생략하고 말씀드립니다. 한영준의 중군은 풍산 쪽 입구를 맡습니다. 차도선 별동대는 북청 쪽 입구를 맡으십시오. 김치명의 1지대와 태양욱의 2지대는 높은 쪽 석벽을 맡으세요. 이개동의 3지대, 차기선의 4지대, 문평의 5지대는 낮은 쪽 석벽을 맡습니다. 각 지대는 맡은 부분의 지형지세를 최대한 이용해서 감쪽같이 매복할 방법들을 연구하십시오. 반나절 이상 매복하리라는 걸 염두에 두면서 연구하셔야 할 겁니다. 그리고 매복 장치를 오늘 안에 마련하십시오. 수하 대원들을 준비시키시고 소대장들과 현지에 다녀오셔도 무방하겠지요. 양혁진 부대장께서는 수하 조원들을 데리고 지금 말리고개로 가셔서 지휘소가 될 만한 자리를 찾으십시오. 우리도 매복해야 하니 매복 방법도 찾으시고요. 이상 회의를 마칩니다. 각자 위치로 복귀하십시오."

북청 쪽에서 고개로 올라오는 길이 잘 보이는 높은 쪽 절벽 뒤편 등성이 숲에다 대장 지휘소를 마련했다. 부대장 지휘소는 건너 절벽 뒤편 숲이었다. 신호는 깃발을 쓰기로 했다. 대장 지휘소에서 깃발을 올리면 부대장 쪽에서 매복해 있는 대원들이 보고, 대장 지휘소 깃발을 받은 부대장 지휘소가 같은 깃발을 올리면 대장 쪽에 매복한 대원들이 보는 식이었다.

말리고개는 가로 길이가 세 마장 거리쯤 된다. 세로 폭은 두 마장 반쯤이다. 북청 방향 출입구는 20보폭이고 풍산 방향 출입구는 12보폭이다. 둥그런 석벽 높이는 높은 쪽이 30척쯤이고 낮은 쪽이 28척쯤이다. 철령 협곡만큼 웅대하지는 않아도 깎아지른 석벽이 장엄하고 수려하다. 원통형이라 울림이 크고 예민하다.

적군이 매복선 안으로 다 들어올 때까지는 어떤 인기척도 없어야 했다. 어제 실제 실험해본 결과 낮은 헛기침 소리까지 들렸다. 인기척을 숨기기 위해 양쪽 절벽 안쪽에 152개소나 되는 엄호掩壕를 팠다. 세 명씩 들어앉을 수 있는 엄호였다. 세 명 중 둘이 총수이고 한 명이 보조수다. 보조수가 폭탄을 던지기로 됐다.

점심을 먹고 모두 엄호 속으로 들어갔다. 범도와 방언과 성집이 엄호 속에 들어앉은 지 세 시간째다. 엄호 지붕 앞쪽을 들어 올려놓고 번갈아 망원경에 눈을 댄 지도 그만큼이다. 망원경을 들고 살피고 있던 김성집이 낮게 말한다.

"대장님, 드디어 놈들 정찰대가 나타났습니다. 정찰대가 나리꽃재를 넘어서고 있습니다."

나리꽃재는 후치령 영마루 넘어 첫 번째 고개다. 범도는 망원경을 받아 나리꽃재 쪽을 살핀다. 열둘쯤일 것 같다. 정찰대가 빠르지도 느리지도 않은 걸음으로 나리꽃재 등성이를 내려와 숲 사이로 스며든다. 일단 이 말리고개까지 올라와서 살피고 돌아갈 것이다.

"지붕을 들어 올리고 깃발 신호를 올리게."

방언이 일어나 지붕을 들어 올려 뒤편으로 세운다. 성집이 노란색 깃발과 청색 깃발이 달린 깃대를 같이 들고 돌린다. 놈들 정찰대가 나타났다는 신호다. 건너편 부대장 엄호에서 지붕을 들어 올리고 같은 신호를 보낸다. 건너편 엄호들에서 빼꼼히 열고 있던 덮개들을 덮기 시작한다. 이쪽 엄호들에서도 덮개를 내린다. 손가락 한마디 정도씩 들린 덮개들이 전부 덮이니 아무것도 없어 보인다.

"깃발 내리고 원래대로 만들게."

한 뼘 높이 시야를 남기고 지붕을 덮는다. 부대장 엄호에서도 똑같이 한다. 놈들 정찰대가 나리꽃재와 말리고개 사이 모퉁이에 나타난다. 거기서부터 길이 편평해진다. 편평할지라도 좁장하여 한 줄로 걸을 수밖에 없는 길에 놈들이 순차로 모습을 드러낸다. 열둘이 맞다. 놈들이 주변을 두리번거리고 위를 올려다보면서 열흘에 십 리

갈 걸음으로 전진한다. 이윽고 말통 분지 안으로 들어선다. 여섯 놈은 분지 안을 살피고 여섯 놈은 말통 끝까지 가서 계속 나아간다. 말통 분지 안에 있던 여섯 놈이 잰걸음으로 나리꽃재 쪽으로 향한다. 곧 모퉁이를 지나 사라지더니 한참 만에 나리꽃재 등성이를 올라가 다시 사라진다.

곧 행렬이 넘어오기 시작한다. 조선인으로 이루어진 전투보조원들이다. 짐을 바리바리 지고 있다. 좁고 험한 구간들이 곳곳에 있어 짐말이나 짐 실은 소를 이끌고 다니면 곳곳에서 지체되기 마련이다. 그런 곳에서는 말 탄 사람도 내려 걸어야 한다. 놈들도 그 정도는 들어 알고 3백이나 되는 조선인을 마소처럼 부리고 있는 것이다. 물론 총알받이로 내세운 것이기도 하다. 보조원 행렬 끝에 일군이 붙기 시작한다.

"희고 붉은 깃발을 내밀어 놈들이 나리꽃재에 나타난 것을 알려주게."

두 사람이 지붕을 그대로 둔 채 창 밖으로 깃발을 내밀어 가만가만 흔든다. 부대장 지휘소에서도 같은 신호를 낸다. 이제부터 아무도 여기 없는 듯이 굴어야 할 때다.

"신호 그치고 기다리세."

호좌의진에서 수천 명이 동시에 움직일 때 범도는 그 안에 있었다. 폭풍 속에 있는 것 같았다. 거대한 파랑을 타고 흔들리는 것 같다고도 느꼈다. 그건 무수한 사람들의 갈망이 응집한 열기였을 것이다. 어쩌면 그 열망을 느끼고 싶어 반대하는 김수협을 누르고 호좌의진으로 갔을지도 모른다. 열망이 너무 짧았다. 열기는 너무 쉽게 식었다. 그때 같은 갈망과 열기가 이 말리고개에 응집돼 있다. 고요히 뜨겁게. 그때와 달리 지금은 고요히 뜨거우므로 오래 지속될지도 모른다. 쉽게 식지 않기를 기대하는 것이고 쉽게 식지 않게 하련다는 의지를 다져보는 것이다. 그때는 파랑에 휩쓸려 있었으나 지금은 내가 이끌고 있지 않은가.

모퉁이에 일군 보조원들의 선두가 나타난다. 제 몸피만큼씩 큰 짐들을 지고 네발로 기듯이 걷다가 평지를 만나자 몸을 펴댄다. 선두가 말통 분지 안으로 들어설 즈음 일군 선두가 모퉁이로 들어온다. 숫자에 비하면 소란하지 않으나 그 수가 많은지라 일대가 파장에 든 듯 울리고 흔들린다. 소리가 점차 커진다. 모리 대좌라고 했던가.

연대장인 걸 대번에 알겠는 자가 흰 말을 타고 모퉁이에 들어섰다. 행렬 중간쯤이다. 그 앞뒤로 말 탄 장교 둘씩이 있다. 소좌 이상 장교가 다섯인 것 같다. 하세가와는 보이지 않는다. 북청 헌병대와는 별개로 나선 것이다.

그건 다행이다. 마흔 살 안팎에 대좌까지 오른 모리가 생각이 얕고 성급한 자라는 방증 아닌가. 하세가와가 중대 병력 중 사분지 삼을 잃으며 실패했을지라도 후치령을 거지반 넘어봤다. 더구나 하세가와는 조선에서 20년을 보냈다. 조선인과 함경도 포수들을 알기에 헌병대 병참 목책을 한 겹 더 둘러 세우기 시작했을 정도다.

모리 대좌는 하세가와 소좌의 경험을 앞세우거나 하다못해 며칠 말미를 두고 더 준비를 했어야 한다. 그젯밤에 함흥에 내려 하루 지내고 나설 일이 아니다. 타고난 신분이 높아 공 없이도 높은 자리에 오를 수 있는 사람은 어디나 있기 마련이다. 적을 경시하고 아군을 높이 두고 스스로는 무소불위라 믿는 멍청한 지휘관.

모리가 말통 분지 안으로 들어선다. 그 뒤에 있던 행렬이 속도를 높여 말통 분지 안으로 들어서더니 정렬한다. 모리가 말에서 내려 준비된 좌대에 앉는다. 좌대 앞에 궤짝 몇 개를 놓아 탁상을 만들어 뒀다. 말들이 네 방향에서 그의 자리를 감쌌다.

다른 장교가 무슨 말을 외친다. 쉬라는 소리 같다. 분지 양 끝에 보초병들이 서자 모두 쉬는 태세로 전환한다. 행낭을 내리고 앉아 총을 내려놓고 허리에 차고 있던 수통을 들어 마개를 뽑아 물을 마셔댄다. 조선인 보조원들이 고루 흩어져 중대 사이사이에서 짐을 풀어댄다. 일군들한테 먹을거리를 나눠주려는 것 같다. 좌대에 앉은 모리도 물 잔을 들고 있다.

"첫 번째 신호 준비하라."

"예, 대장."

방언과 성집이 지붕을 들어 뒤로 젖힌다. 첫 번째 신호는 엄호에서 나와 자신의 위치로 이동하기다. 두 번째 신호는 공격 준비다. 마지막 신호는 범도가 쏘는 총성이다.

"첫 번째 신호기 올리게."

두 사람이 노랑과 파란 깃발을 올려 흔든다. 건너편 부대장 지휘소에서 같은 깃발이 오른다. 엄호에서 마른 풀을 뒤집어쓴 덮개들이 뒤로 밀리면서 대원들이 포복 자세로 나타난다. 한 손에 무기를 든 채 석벽 가녘에서 한 자 반에 있는 자신의 위치들까지 긴다. 한영준 중군과 차도선 별동대까지 모두 위치를 잡았다.

"두 번째 신호기 꽂아놓고 우리도 내려가지."

범도가 먼저 엄호를 나선다. 김치명 부대와 태양욱 부대 사이가 대장 조 위치다. 사격 준비를 마치고 공격 신호를 기다리는 대원들 뒤편에 닿는다. 석벽 가녘 가까이 다가들어 일어서며 격발하고 모리가 타고 온 백마를 향해 첫 총을 쏜다. 적군 대장을 먼저 쏜다는 의미일 뿐 말들에 둘러싸여 있어 맞히지 못할 것이라 택했다. 머리통을 맞은 백마가 펄쩍 앞발을 들고 솟구치더니 미친 듯이 내닫는다. 범도는 두 번째 총탄도 모리 앞에 있는 갈색 말 머리를 쏜다. 갈색 말도 제 섰던 방향으로 내달으며 그 주위에 있는 일군들을 짓밟아 댄다.

300여 발이 동시에 터지면서 전투가 시작됐다. 150개의 폭탄도 내던져졌다. 아군은 아수라장이 된 분지 안에서 움직이는 모든 것들을 쏜다. 두 번째 폭탄들은 들쭉날쭉 던져진다. 폭탄 터진 데마다 주변이 난장판이 된다.

놈들이 넘어진 놈들을 엄폐물로 놓고 반격을 시작한다. 산 놈들끼리 등을 대고 죽은 놈들을 포개 둑처럼 쌓아놓고 석벽 위쪽을 향해 사격을 해댄다. 적군들이 쏘고 격발하는 사이 아군이 쏘고 몸을 수그렸다가 격발한다. 아군 수가 적군의 오분지 일도 못 되지만 공격 위치가 유리한지라 사상자는 거의 나타나지 않는다. 적군은 바람에 짚단 넘어지듯 넘어진다. 분지 안이 삽시간에 지옥도가 되어간다.

호각소리가 난다. 뿌우뿌, 뿌우뿌. 퇴각 명령인 모양이다. 분지 바닥이 온통 널브러진 자들이다. 조선인도 태반이 쓰러졌다. 살아 있는 자들은 엎드려 두 팔을 내뻗고 있다. 살려 달라는 표시다.

모리 대좌는 말 두 필과 제 호위대에 둘러싸여 북청 쪽 입구로 빠지고 있다. 모리 호위병 스무 명가량이 사나운 기세로 양 석벽을 쏘아가며 빠르게 이동 중이다. 옴나위 못하게 갇힌 상태에서 전멸할수도 있으리라 싶은지 필사적으로 도망친다. 움직일 만한 적군들이연속 사격을 해가며 모리를 따라 움직인다. 반수는 될 퇴각병들이전부 모리 호위병들 같다. 북청 쪽 입구를 맡은 차도선 별동대가 사격을 제대로 못 할 정도로 달아나는 놈들 기세가 거칠다. 쥐도 막다른 곳에서는 고양이를 공격한다고 했다. 막다른 곳에 이르렀으되숫자는 많다. 더 하면 아군 사상자가 늘 수 있다.

"곽방언, 공격 중지! 호각을 불어라."

방언이 목에 걸고 있던 호각을 길게 분다. 부우우우. 부우우우. 부우우우. 세 차례 호각소리가 울려 퍼지자 총소리가 그쳤다. 적군 중걸을 수 있는 자는 모두 분지 밖으로 나갔다. 급작스러운 정적이 어리둥절하다. 한참 만에야 건너편에서 와아아, 함성이 울린다. 대장이 공격을 중지시킨 게 이번 전투를 끝낸다는 선언이었음을 비로소깨달은 것이다. 함성이 옮아붙으면서 일대가 들썩들썩해진다.

말리고개에서 사살한 일군이 765수였다. 조선인으로 이루어진보조원 221명이 사망했다. 살아남은 보조원 79명 중에 35명이 풍산의병대에 입대하고 싶다고 청해왔다. 그들을 받아들이고 남은 사람은 돌려보냈다. 아군 사망자는 6명이었다. 김춘진, 황봉준, 이문협,조강록, 임승조, 임사존 등으로, 사망자 모두가 포수였다. 포수인지라 다른 사람보다 한 뼘이라도 더 나서서 싸우다가 적탄에 맞은 것이다. 부상자는 27명으로 전부 총상이었다. 풍산 읍내에 하나 있는 약방의 의원을 기어이 데려다 총탄을 파내고 치료케 했다. 오래전 영주에서 젊은 의원 장명엽이 총상 환자들을 구해내는 걸 똑똑히 보았기에 이후 전투에서는 가까운 곳 어디에 약방과 의원이 있는지부터 살펴두는 습관을 들였다.

이후 두 달여 사이에 입대 자원자가 폭발하듯 늘었다. 북청 안평사 엄방골에 진지를 둔 포수 의병대원 70명이 합세해 들어오기도 했다. 부대원이 천백여 수에 달하게 됐다. 풍산을 넘어 한수 이북 전역에서 자원자가 들어왔다.

부대 명칭을 '조선군대'로 바꾸고 조직을 재편하고 군 기율을 만들었다. 내무대장 김치명, 중군 한영준, 제1지대장 양혁진, 제2지대장 차기선, 제3지대장 태양욱, 제4지대장 이개동, 제5지대장 문평, 별동대 대장 차도선 등으로 지대를 재편하고 신입대원을 각 지대에 고루 배치했다. 총을 갖지 못한 대원이 없었으므로 비전투대원을 따로 두지 않고 지대별로 사수와 보조수를 짝짓게 하여 훈련케 했다.

섣달 초사흘 낮에 풍산 노양리 본동 들판에서 조선군대 결성식을 거행했다. 조선군대 결성식을 보러 온 인민이 1500수가 넘었다. 조선군대 부대원 1100여 수, 구경꾼 1500여 수가 모인 본동 들판이 들썩들썩했다. 호수가수 고호수가 한성에서 익혀온 군가를 전 부대원한테 가르쳐뒀던지라 본동 들판에 조선군 군가가 장엄하게 울려 퍼졌다.

구국일념 의병 전사 어디 있나. 어디에 있나.

하느님도 임금 영웅도 우리를 구제치 못하리.

우리는 다만 우리 손으로 해방을 이루리. 자유를 누리리.

춥고 덥고 배고프고 헐벗고 고될지라도

일제강도 무찌르고 우리나라 되찾으리. 꼭 찾으리.

간절한 의지 불굴의 용기로 싸우리. 빛나리.

끝내 끝끝내 이기리. 끝내 끝끝내 이기리.

조선군 결성식 후 열흘 동안 각 지대별로 한두 차례씩 전투를 벌였다. 풍산 관내에는 일군이 없었으므로 대폭 강화된 정찰대원들이 알려오는 인근 군의 요소로 출동했다.

한영준의 중군이 갑산에서 혜산포로 탄약을 운반하기 위해 배승개덕 고개를 넘던 일군 38명을 몰살하고 탄약 40상자가 실린 말 10 필을 앗아 왔다.

양혁진 지대가 후치령 도리굿목에서 일본 헌병대 1개 중대 백 명을 쏘고 총과 탄약 20상자를 가져왔다.

차기선 지대가 후치령 마루 오른쪽 가재등에서 아라다니 소위가 이끄는 1개 소대를 치고 갑산과 혜산으로 가는 우편물과 군수물자를 가져왔다.

태양욱 지대와 이개동 지대와 문평 지대가 합세하여 후치령 아래 직동리에서 토벌대 1개 대대 4백 명과 맞붙어 절반을 사살했다.

섣달 열하루인 오늘 정찰대가 첩보를 가져왔다. 일군 토벌대 8백여 수가 삼수성에 집결해 있다는 것이다. 혜산진 수비대에서 2백 수를 더 보태 천여 수로 이뤄질 토벌대라고 한다.

지휘부 회의 결과 삼수성에 앞서 삼수보三水堡부터 점령키로 결정했다. 삼수보는 조선 국경 방어군이 주둔하던 작은 성이지만 조선군이 사라진 지금은 일군 2개 소대가 차지하고 있었다. 삼수보에서 삼수성까지는 시오 리 길로 중평천변을 따라 대로가 나 있었다.

차도선의 별동대가 먼저 출발하여 삼수보를 점령했다. 같은 날 야간에 조선군대는 지대별로 이동하여 삼수보로 들어섰다. 그 밤에 솜눈이 내렸다. 밤새 내린 솜눈이 아침에는 잣눈으로 쌓였다.

삼수보를 진지 삼아 지낸 이틀 동안 양달에 쌓인 눈은 얼추 녹았다. 그렇지만 어제 해 질 녘부터 또 눈이 내렸다. 눈이 내려 쌓일수록 적군의 방비가 느슨해질 것이므로 아군한테는 해로울 것 없다. 눈은 자정 넘으면서 그쳤다. 새벽녘이 다가오자 열나흘 달이 떴다.

삼수보에서 지내는 동안 각 지대에서 몸이 날쌔고 전투력이 높은 네 명씩을 추려내 임시 선봉대를 만들었다. 천백여 명 대원 중에 어둠 속 성벽을 타넘어본 사람이 여섯이었다. 11년 전인 병신년에 호좌의진에 있었던 홍범도, 이개동, 태양욱, 문평, 김성집, 곽방언 등.

이개동을 선봉장으로 삼았다. 일곱 지대에서 뽑아낸 28명을 네 조로 나누고 태양욱 1조, 문평 2조, 곽방언 3조, 김성집 4조 등으로 편성했다.

양력으로는 새해 1월 17일, 음력으로는 섣달 열나흘인 오늘이 삼수읍성을 치는 날이다.

"출발하라. 우리가 금세 뒤따라갈 것이다."

대장소 앞에 모였던 선봉대가 앞서 나간다.

전군이 선봉대가 남긴 발자국을 짚으며 눈길 행군을 시작한다.

눈이 쌓여 밝아진 길을 따라 눈을 헤치면서 새벽 동트기 직전에 삼수읍성에 도착한다. 선봉대가 성문과 성문 중간 성가퀴에다 줄을 던져 걸고 성벽을 넘어 성내로 진입했나 보다. 동트기 전 어둠이 제일 깊다고들 한다. 사람 잠이 가장 깊은 때라서 생긴 말일 터. 선봉대가 각 조별로 맡은 문루 위의 파수병들을 처치했는지 동서남북 네 성문을 연다.

각 성문 앞에 도착해 있던 조선군대가 성내로 진입한다. 도망칠 놈은 도망칠 수 있도록 성문을 환히 열어둔 채 입성해 공격을 시작한다. 범도는 동문 앞에서 중군장 한영준과 함께 들어선다. 450여 수로 1700수를 상대해 대승을 거둬본 조선군대 병사들한테는 두려움이라곤 없다. 거칠 것도 없다. 막사마다 폭탄을 던지고 튀어나오는 놈들에게 총을 쏘아댄다. 건물마다 찾아다니며 문을 열고 방 안을 향해 총을 발사한다. 악귀가 따로 있는 게 아니다. 악귀를 만나면 고스러져 죽거나 같이 악귀가 되는 것이다. 폭풍에 휘말린 것처럼 모든 것이 난무한다. 터지고 튀고 불타고 내달리고 도망치고 쓰러진다.

동틀 녘에 상황이 끝났다.

아군 사상자가 의외로 많다. 전사자가 57명이고 부상자가 125명이나 된다. 적군 전사자는 503명이다. 달아나지 못한 적군 부상자를 확인 사살해 전사자에 포함시켰다.

군수 유등이 잡혀 일군 시신이 쌓인 동헌 마당 가운데 꿇려 있다. 군수 사택 뒤란을 통해 동문으로 빠져나가려던 그를 내무대장 김치명이 잡았다. 부인은 달아나게 됐다고 한다.

범도가 북청 헌병대 병참 감방에 있을 때 김치명과 양혁진과 동학 접주 최훈이 유등을 찾아가 위협했다. 홍범도를 내어놓지 않으면 군수 노릇 길게 못 하리라고. 범도는 야마구치 사무실에서 유등을 만났을 때 당신들이 나를 포함하여 동지들을 내놓지 않으면 함경도를 벗어나지 못하리라고 못 박았다. 유등이 아니라도 감방을 나오긴 했을 것이나 그 덕에 쉽게 나온 것도 사실이다. 겁먹고 홍범도와 동지들을 감방에서 나오게 했던 유등은 야마구치가 죽은 걸 보고도 달아나지 않았다. 까닭이 뭘까.

삼수군은 세 줄기 큰물이 압록강으로 흐른다고 하여 지어진 지명이다. 압록강을 끼고 있는 덕에 옛 조선군이 많이 주둔했고 진과 보가 많았다. 그 많은 진과 보가 지금은 전부 일본군 진지와 숙소로 변했다. 일본군이 삼수에 그만치 많이 들어와 있다. 유등은 일본과 일본군을 믿은 것인지도 모른다. 혹시는 더 이상 갈 데가 없었는지도.

범도는 유등 가까이 다가들어 쭈그려 앉는다. 어째 달아나지 않았는지 물어보기 위해서다. 허리를 숙인 채 달달 떨고 있던 유등이 고개를 든다. 아직 햇살이 비치지는 않아도 얼굴은 쉽게 알아볼 만하다. 홍범도가 직접 나타나리라고는 예상치 못했는지 몹시 놀라는 얼굴이다.

"날 알아보시겠습니까, 나리?"

"자, 자네?"

"지난번 뵀을 때 내 몰골이 워낙 험악했던지라, 시방도 그때와 별로 다를 것은 없습니다만, 혹시 못 알아보려나 싶었는데."

"날 어찌하려는 겐가?"

"그보다 궁금해서 말이오. 왜, 어찌 미리 달아나지 않은 거요? 야마구치가 죽었을 때라도 달아났어야 하는 거 아니오? 북청, 풍산, 장진, 삼수 등지서 우리 부대가 그렇게 난리를 치고 있는데 겁 많은 당신이 도망치지 않은 까닭을 모르겠어서 말이오."

"나를 살려놓을 것도 아니면서 그따위 질문을 하는 까닭은 무엇인가. 나를 욕보이려 함인가?"

"당신이 욕볼 것이 있긴 하오? 30년 가까이 일본에 붙어 조선을 팔아먹어온 당신이? 조선에서 가장 먼저 일본 밀정이 된 사람이 당신이잖소."

"누구나 사는 방식은 다른 것이다."

"사는 방식이 누구나 다를지라도 누구나 나라를 팔아먹고 동족을 짓밟으며 살지는 않소. 아무려나, 내 열아홉 살 봄에 당신이 내 목을 치려 했던 덕에 내가 지금 당신 앞에 이르러 있는 것 같소. 당신은 나를 여기까지 밀어 보낸 탓에 여기서, 내 앞에서 죽을 것이오. 오랜 인연을 생각해서 짧게 끝내드리겠소. 당신 목을 쳐서 쑥꽃대에 꽂아 남문 문루에 내걸고 크고 긴 천에다 친일역적 유등이라고 한글로 크게 써서 나부끼게 할 것이오. 외롭지 않도록 관내 친일부역자들을 전부 찾아 같이 매달아주겠소."

"사, 살려주오."

"불가하오."

싸늘히 내뱉은 범도는 유등을 등지고 객사로 향한다. 김치명이 대장소를 객사로 정해놓았다. 내일쯤엔, 길어도 모레에는 갑산과 혜산에 있는 일군들이 몰려들 것이었다. 찾아다니며 전투하기보다 방어하기 쉬운 이 성을 방패 삼아 최대한의 일군들을 맞이할 작정이다. 며칠간 지속될 수 있을 터. 그때까지만 이 성 안에서 지낼 참이다. 그전에 호좌의진이 충주읍성에 갇혔던 것과 같은 꼴이 되지 않도록 만반의 태세를 갖춰놓아야 한다. 더 앞서 잠시 눈을 붙여야 할 때다.

"대장 일어나셨습니까?"

눈을 뜨고 보니 동쪽 창문 밖이 환해서 어리둥절해하고 있는데 기척을 눈치챈 듯이 김치명이 부른다.

"어, 일어났네. 들어오게."

머리맡에 물대접이 놓여 있다. 자는 사이 자리끼를 가져다 놓은 모양이다.

"지금 몇 시나 됐나? 내가 얼마나 잔 거지?"

"어제 아침부터 주무시고 지금 일어나신 겁니다."

"뭐?"

"좀 쉬시라고 깨우지 않았습니다. 저희들이 할 일 착실하게 하고 있고요. 그건 그렇고, 어제 낮부터 저녁나절까지 의병 자원자들이 수십 명 몰려왔습니다. 이 아침에도 또 여럿이 찾아왔고요."

"금년에는 더 받지 않기로 하지 않았는가? 정월 보름이나 지나 상황 봐서 받자고."

"그리 말하면서 대개 돌려보내고 날쌔 보이는 십수 명만 받았습니다. 그런데, 어제도 왔던 어떤 사람이 아들까지 데리고 오늘 또 와서 대장님을 만나게 해 달라고 고집을 부립니다."

"날 안데? 사사로이?"

"이가 인선이라고 말씀드려 달라고, 이름 들으시면 기억해내실 거라고 하였습니다. 이인선, 서른댓 살이나 돼 보이던데 아실 만합니까? 다리를 절던데요. 멀쩡한 사람도 다리를 절게 되면 집으로 돌려보내는데 다리 저는 사람이 와서 의병이 되겠다고 하니 난감한 참입니다."

다리를 저는 이가 인선. 누군지 안다. 수안 종이공장 시절에 형이라 부르며 따르던 그 인선이다. 범도가 종이공장을 떠나올 때 열다섯 살이던 인선이 그랬다. 언젠가 꼭 형님을 찾아갈게요. 그 말이 우스워 본명을 가르쳐주었다.

"데리고 들어오게. 아니, 내가 나가보겠네. 어디 있나?"

"누군데 그리 반기십니까?"

"어린 시절에 친형제처럼 지냈던 아우네."

"아, 그럼 제가 얼른 모셔 오겠습니다. 옷이랑 입으시고 예서 기다리고 계십시오."

김치명이 서둘러 나간다. 범도는 자리끼를 비우고 이불을 개어 벽장에 넣고 골방문을 열어본다. 요강이 있다. 하루 밤낮을 자고도 더 잘 수 있었을 텐데 소피가 마려워 깼던 것 같다. 오줌이 요강을 반이나 채울 만치 나온다. 요강에다 오줌 눈 적이 있던가. 기억나지 않는데 불쑥 옥영이 요강에 앉는 모습이 떠올라 웃음이 난다. 함께 잘 때면 옥영은 자다 일어나 꼭 오줌을 눈다. 워낙 호된 기억과 겹쳐져 잊어버렸지만 오래전 신충사에서 나와 북청으로 올 때 아침마다 옥영의 요강을 범도가 비우고 부셨다. 똥을 하루 한 번 눴는데, 꼭 자기 주먹 반만 하게 싸놓은 걸 보면 웃음이 났다. 똥도 꼭 자기처럼 귀엽

게 싼다, 중얼거리며 요강을 비우곤 했다.

옥영을 본 지 석 달이 넘었다. 고마골로 데려다 놓고 나서 도무지 시간이 나지 않았다. 한영준이나 김치명, 오창근 등이 번갈아 다녀와 옥영이 보낸 옷을 내놓곤 했을 뿐이다. 잘 지내고 있으니 걱정 마시라고 전하세요, 그랬다고 했다. 잘 때는 달콤한 향내를 새근새근 풍기고, 색정을 나눌 때는 얼음도 녹이겠다 싶을 만치 뜨거운 사람. 눈을 흘길 때는 꽹이처럼 귀엽고 웃을 때는 세상 어떤 꽃보다 예쁜 아내. 이번에 진지로 돌아갈 때는 잠깐이라도 들러 얼굴을 봐야겠다, 싶다.

골방에서 나와 머리털을 추스르는데 문밖에 기척이 일더니 김치명이 들어온다. 그 뒤로 바싹 마른 데다 입성이 추레한 사나이가 들어선다. 그리고 소년이 들어온다. 용범 또래나 됐을까. 한두 살 덜 먹었을까. 제 아비 그 나이 때와 영락없이 닮은 놈이다.

범도는 머리 묶던 걸 잊고 일어나 인선을 끌어안는다.

"이 사람, 인선이. 자네네. 정말 자네야. 세상에 어찌 여기까지 왔나. 수안서 여기까지 천 리 길인데."

잃어버렸던 피붙이를 만난 것처럼 눈물겹게 반갑다. 인선이 어깨를 들먹이며 흐느낀다. 흐느끼며 중얼거린다.

"앉으십시오, 대장님. 절 받으셔야지요. 제 자식 놈 절도 받으시고요."

"절은 무슨. 앉게. 이쪽으로, 아랫목으로 오게."

김치명이 아침상을 들여오겠다고 하고는 물러간다. 아랫목에 같이 앉은 인선이 흐느낌을 추스르고는 아들을 가리킨다.

"화일이라고 합니다. 설 쇠면 열다섯 살이고요."

이화일이 서 있다가 제 아비 말이 떨어지자 큰절을 한다. 제 아비 어릴 때와 비슷하되 제 아비보다 훨씬 건장하게 클 것 같아 흐뭇하다.

"오냐! 반갑구나, 화일아. 약한 아버지 모시고 여기까지 오느라고 고생 많았다."

인선이 끼어들어 한마디 한다.

"형님도 참. 제가 애를 데리고 왔지 애가 저를 모시고 왔겠습니까?"

"그리 보이지 않으니 하는 말 아닌가. 그나저나 어떻게 여기까지 찾아왔어? 내가 여기 있는 건 어찌 알고?"

인선이 그간 살아온 이야기를 털어놓는다. 범도가 떠난 후 인선은 종이공장 일을 계속했다. 열아홉 살에는 장가를 들었다. 이듬해 화일을 낳았다. 오래도록 시난고난하며 인선의 애를 태운 부모보다 화일 어미가 먼저 돌아갔다. 아이 다섯 살 무렵이었다. 이태 뒤에 아버지가 돌아갔고 다시 이태 뒤에 어머니도 세상을 떴다. 인선은 아들을 데리고 다니며 종이공장 일을 계속했다.

인선은 지난 이른 봄에 수안 장에 갔다가, 오래전 안변과 회양 등지에서 이름을 떨쳤던 의병대장 홍범도에 대해 들었다. 언젠가 형님을 찾아갈 거라 큰소리치던 어린 날의 자신을 떠올렸다. 집을 정리하고 화일을 데리고 회양을 향해 나섰다. 회양에서 홍 대장에 대해 들었다. 그가 살았다는 먹패장골로 들어갔다. 부자가 먹패장골에서 여름을 지내던 중에 골짜기로 들어온 김 포수를 만났다. 김 포수가 홍 대장이 후치령 넘어 풍산 쪽에서 포연대를 이끌고 있다고 알려주었다. 풍산으로 왔다. 풍산 읍내에 묵으며 홍 대장이 어디 있는지 알아보는 참에 그 부대가 삼수로 넘어갔다는 걸 알게 됐다.

삼수읍으로 들어와 며칠째 주막에 묵고 있던 어저께 이른 아침에 성 안에서 벌어진 난리법석 소리에 잠이 깼다. 온 읍 사람들이 다 깬 것 같았다. 주막 주인이 나와서 말했다. 조선군대가 성에 든 일본군을 쳐부수는 모양이라고. 조선군대 대장이 홍범도라고.

김치명이 세 사람 아침이 차려진 밥상을 들고 들어온다. 범도한테는 늦은 아침이고 하루 반 만에 먹는 밥이다.

"일단 드십시오."

김치명이 그리 말하고 나가는 걸 보니 일군이 몰려오고 있다는 첩보가 들어온 모양이다.

"일단 먹으라니 일단 먹어볼까?"

범도는 화일 부자를 먹이기 위해서 수저를 든다.

16
꽃피고 새가 울 제

옥영은 금년에 마흔 살이다. 생일이 부처님 오신 날과 같다. 그리 좋은 날 태어났으나 할머니는 옥영이 부모를 잡고 아우를 못 보고 스스로는 호식虎食 팔자를 타고난 년이라고 미워했다. 결국 할머니는 손녀를 부처님 품에다 버렸다. 버려진 곳이 대처나 깊은 산이 아니라 절이어서 다행이었다. 절에서, 부처님 품에서 자란 덕에 여천을 만났다. 이후 내내 그 품에서 살았다. 그와 헤어져 지냈던 6년 동안도 그를 생각지 않은 날이 없으므로 그와 함께 지낸 셈이었다. 그가 인필골 집으로 찾아왔을 때 얼마나 감격했던지 지금 죽어도 여한 없다고 여겼다. 그와 헤어지면서 잊어버렸던 기도를 되찾았다.

작년 가을, 여천과 풍산 포연대가 재봉기하기 전에 옥영과 두 아들은 인필골을 떠났다. 백산 고마골에서 지낸 지 넉 달째인 정월 하순에 한영준이 와서 오봉산 관음골로 옮기자고 했다. 또 꼭두새벽에 밤도망 치듯 고마골을 떠나 관음골로 옮겼다. 관음골 집은 고마골보다 좀 컸다. 마당도 넓었다.

이월이 되면서 옥영은 관음골 집 마당가를 다듬어 채소 씨를 뿌렸다. 여천과 두 아들의 옷을 만들었다. 여천은 고마골에서 그러했듯 관음골 집에도 다니러 오지 못했다. 김치명이나 한영준, 오창근 등이 번갈아 다니며 식량이며 반찬, 옷감 등을 갖다 주고 여천의 동향을 전해주고 갔다.

오창진이 다녀간 지 보름째 되던 날 인필골에 갔던 용범이 기장쌀 한 말을 지고 관음골로 돌아왔다. 열여섯 살에 제 부친만치 키가 크고 지나가는 사람들이 죄 돌아볼 만치 훤하게 생긴 용범은 인필골과 관음골을 오가며 양식을 날랐다. 제 부친이 어디에서 어떤 전투를 벌였는지 소문 듣고 와 어미한테 전해주곤 했다.

지난 섣달에 삼수성에서 크게 이긴 조선군대는 닷새 동안 갑산과 혜산에서 몰려온 일군 2천여 명을 상대해 또 대승했다. 그 보름 뒤에는 정평에서 온 다른 의병대와 합세하여 갑산읍을 습격했고 이겼다. 그 며칠 뒤에는 등지벌, 청지평에서 일본군 2천여 수와 맞닥뜨려 천여 수를 죽였다.

김치명이나 한영준이나 오창근, 용범이 하는 말을 듣고 있자면 일군이 어찌 그리 많을까 싶었다. 무슨 개미 떼도 아니고, 그렇게 죽여대는데 끝도 없이 밀려들지 않는가. 끝이 있긴 할 것인가. 우리는 언제까지 숨어 살아야 할까. 용범과 그런 얘기를 나누다가 잠이 들었다.

이튿날 새벽에 헌병대가 관음골 집으로 들이닥쳤다. 아홉 살인

용환은 평소에 다락방에 올라가 놀다 자기를 좋아했다. 몸을 크게 움직이며 활달한 제 형과 달리 용환은 혼자서 책 읽고 글 쓰고 그림 그리기를 즐겼다. 그 새벽에도 용환은 다락에서 자고 있었던 덕에 헌병 놈들 눈에 띄지 않았다. 옥영과 용범만 붙들려 북청 헌병대 병참 감방으로 들어왔다.

하세가와는 하루 한 차례씩 모자를 따로 불렀다. 따로 부르되 모자에게 하는 말은 비슷했다. 여천한테 일본에 귀순하라 권하는 편지를 쓰라는 것이었다. 놈은 여천이 홍범도인 것도 알았다. 놈은 여천이 일본에 귀순하기만 하면 여천 본인은 공작 벼슬을 할 것이며 식구는 부귀영화를 누리고 풍산과 함경도가 조용해지며 조선이 평화로워지리라 했다.

하세가와는 조선말을 잘했다. 조선 말법에도 능했다. 그는 옥영을 부인이라 칭했고 정중한 조선말로 구슬렸다. 어떤 날은 조선 의병들 운세가 끝났다는 말로 위협했다.

옥영이 감방으로 들어온 지 사흘째 되던 날은 북방에 있던 의병 2천8백 명이 갑산 땅 붉은별 벌판에서 일군 천여 수와 맞붙었다는 말을 했다. 거기서 일군은 하나도 죽지 않고 의병들만 거지반 죽었다고 말하며 야비하게 웃었다. 그 며칠 뒤에는 홍범도 의병대에 있던 자들이 차근차근 일본으로 귀순하고 있다며 점잖게 말했다. 그러니 홍여천을 구슬려 자수케 하라는 말이었다.

하세가와 방에서 구슬림이 끝나면 구로키란 놈 방으로 옮겨졌다.

구로키는 제 입으로 자신이 고문 전문가라 했다. 고문 전문가답게 가지가지 방법으로 옥영을 고문했다. 어떤 날은 가죽 끈으로 두

들기고 어떤 날은 손톱 밑마다 쇠꼬챙이를 박고 어떤 날은 손톱을 뽑았다. 손톱 뽑은 손가락 사이에 심지를 심어놓고 불을 피우기도 했다. 어떤 날은 발가락을 으깨고 어떤 날은 죽기 직전까지 물속에다 머리를 처박았다. 어떤 날은 가랑이 사이에 방망이를 쑤셔 넣었다. 옥영은 관음골 집에서 끌려 나온 때부터 말을 일절 하지 않았다. 그 어떤 말도 여천을 욕되게 하고 스스로 부끄러울 것이라 아예 입을 닫았다. 비명 지르지 않고 신음도 내지 않았다.

용범은 날마다 제 온 힘을 그러모아 고함치며 반항했다. 온갖 욕설로 일본 것들을 저주했다. 묶인 채 헌병들을 어깨로 치받고 구로키를 머리로 들이받아 턱을 부숴놓을 뻔도 했다. 구로키는 용범한테 맞아 부은 턱에다 열흘이나 붕대를 감고 다녔다. 용범은 날마다 몇 시간씩 얻어맞고 터지면서도 반항을 그치지 않았다. 감방에 있는 어미한테까지 들리게끔 고래고래 소리치며 조선군대 군가를 불러댔다. 구국일념 의병 전사 어디 있나. 어디에 있나. 하느님도 임금 영웅도 우리를 구제치 못하리……

고문이 끝나 감방에 내던져지면 용범은 구하러 오지 않는 아버지를 원망하며 울었다. 어미를 끌어안고 쓰다듬으면서 세상 모든 걸 저주했다. 나가기만 하면 전부 죽여버릴 거라고, 모조리 부숴버릴 거라고 이를 갈았다.

나날이 백 년 같은 한 달이 지났다. 오늘이 사월 초파일 맞을 것이다. 부처님 오신 날. 이옥영이 태어난 날.

하세가와는 옥영과 용범을 볼모로 잡고 있으면 여천이 오리라 여긴 것 같았다. 자수하러 혼자 오지는 않아도 의병대를 이끌고 쳐들어오기라도 하리라고 예상한 듯했다. 일군은 날마다 증원됐다. 헌병대 목책 밖에다 더 높은 목책 한 겹을 붙여 둘러 세우고 경비를 세 배로 강화했다. 이 너른 병참 감방에 오로지 옥영과 용범만 두고 있었다. 하세가와나 구로키가 으스대며 말한 내용이 그랬다. 홍범도가 이곳으로 오는 방법은 백기를 드는 것뿐임을 강조한 거였다.

당연하지만 놈들은 여천을 몰랐다. 모르기 때문에 처자식을 잡고 있으면 그를 잡을 수 있으리라 여겼다. 하지만 옥영은 여천이 현재 어디 있는지도 모른다. 북청, 풍산, 장진, 삼수, 갑산, 혜산 등. 어디에 있든 그는 처자식이 헌병대 감방에 있는 걸 알 것이다. 알아도 처자식을 구하기 위해 이 헌병대로 올 사람이 아니다. 조선군대에 든 사람들은 여천이 대장이기에 모여든 의병들이다. 그 의병들에게도 부모형제, 처자식이 있다. 그럼에도 그들은 목숨 버릴 각오로 의병대에 들었고 무시로 목숨을 버리고 있다. 그들을 이끄는 사람이 여천이다. 이곳으로 올 수 없고 오면 안 되는 그의 마음이 어떨지, 옥영은 잘 안다. 그는 지금 열화지옥에 있다. 심장이 타는 듯이 고통스러울 것이다. 가여운 사람. 이렇게 될 줄 알았으면 손수건이라도 몇 장 지어줄 걸 그랬다. 인필골에서 고마골로 식구를 옮겨놓고 금세 떠나려는 그에게 고작 손수건 한 장 급히 만들어 준 게 다다. 꽃 한 송이도 수놓지 못하고 그의 이름 여천 두 글자만 새긴 수건이었다.

"마님, 모지당 마님!"

옥방 맨바닥에 널브러져 옴짝달싹 못 하는 옥영을 누군가 부른다. 어제 아침에 구로키가 옥영의 손가락을 전부 으스러뜨려놓았다. 여천한테 편지를 쓰지 않는 손을 영영 못 쓰게 만드는 것이라고 통역 김가를 통해 상세히도 설명했다. 더 이상 망가뜨릴 곳이 남지 않았는지 오늘은 끌려 나가지 않았다. 고문을 더 하다가는 죽어버릴 수 있으리라고 판단한 성싶었다. 옥영이나 용범이 죽어버리면 제놈들 계획도 쓸모없이 돼버리지 않는가.

"마님, 제 목소리 들리십니까?"

옥영은 지금 원래 형체를 알아볼 수 없게끔 전신이 퉁퉁 부었다. 성한 데 없이 부은 몸에는 열이 치올랐다. 몸 안에서 물이 끓는 것 같았다. 일어날 수 없고 눈을 뜨지도 못한다. 그렇지만 옥청 쇠창살 밖에 와서 부른 사람이 통역 김가라는 건 알겠다. 그는 첨부터 옥영을 마님이라 불렀다. 홍 대장한테 편지 한 장만 쓰면 나갈 수 있을 거라고, 홍 대장이 오든 아니 오든 나중 일이니 부디 편지를 쓰라고 충언하기도 했다.

"마님, 용범 군이 헌병 두 놈을 때려눕히고 총을 탈취해 북동쪽 후문을 넘어갔습니다. 뒤따르는 헌병들한테 총을 쏴대고 실탄이 떨어지자 내던지고 달아났다 합니다."

옥영은 가까스로 눈을 떠 김가를 바라본다. 들어온 이래 말을 아니 한 까닭에 말이 나오지도 않지만 지금은 입을 열 힘이 없다.

오늘은 용범도 불려 나가지 않았다. 용범은 옥영에게 물을 먹이고 제 옷자락 찢은 천에다 물을 적셔 옥영을 닦아주고 있었다. 어미열이 심상찮다고 여긴 것 같았다. 느닷없이 배가 아프다고 고래고래 소리를 질렀다. 왜놈 개놈들이 썩은 밥을 가져다줘 탈이 붙었다고 고함을 쳐댔다. 나와 내 어머니가 죽으면 네놈들이 무사할 성싶으냐고 을러댔다. 헌병들이 오자 그새 배운 일본말로 하세가와를 만나겠다고 했다. 헌병들이 본청으로 가서 하세가와한테 묻고, 용범을 데리러 왔다. 감방을 나가기 전에 용범이 옥영을 그러안고 속삭였다.

— 어머니, 무슨 수를 쓰든지 아버지를 모시고 올게요. 사흘만 잘 참고 계셔요. 꼭요. 꼭 아버지랑 같이 올게요.

용범은 제 아버지를 데리러 가기 위해 탈옥을 감행한 것이다. 저로서는 목숨을 건 것일 테지만, 함경도 헌병 병참인 이 북청 헌병대는 뼈도 덜 굳은 열여섯 살짜리가 탈옥할 만치 만만하지 않다. 작년 이맘때 여천과 그 동지들이 이 방에 있었다. 옥바라지하던 석 달 동안 옥영은 헌병대 목책 둘레를 탑돌이하듯이 셀 수도 없이 돌았다. 남쪽에 정문이 있고 본청 뒤쪽 북쪽으로 후문 두 곳이 있긴 해도 물도 새지 않을 것처럼 완강했다. 거대한 본청 건물부터 시신을 태운다는 화장소와 신위를 둔다는 영위소까지 건물이 열세 동이나 된다.

하세가와 그 간교한 놈이 애가 제 아버지한테 갈 수 있도록 탈옥하게끔 놔둔 것이리라. 그리하여 제 아버지를 움직이도록. 하세가와는 여천 부대가 어디 있는지 알고 있는 것이다. 용범도 알고 있을 거라 여겼겠지만 틀렸다. 용범은 제 아버지가 어디 있는지 모른다. 나가기만 하면 아버지 있는 곳을 알게 되리라 여겼을까.

— 범이 네가 열일곱 살이 되면 이 아비를 따라다니게 하리라. 그전에는 어머니와 환이 곁에서 심신을 키워라.

작년 봉기하기 전에 여천이 큰아들 용범한테 그리 말했다. 어미와 아우를 돌보라는 의미였다. 용범은 총을 쏠 줄 알았다. 제 아버지가 아이한테 총포술을 가르쳤다. 소총을 잘 다루게 되자 여천이 아이한테 권총을 쥐여주었다. 아이 권총은 관음골 집 제 옷궤 안에 들어 있었다. 옥영의 육혈포는 탄약과 함께 손수건에 싸서 부엌 소금독에 넣어두었다. 용범은 물론이고 용환도 제 어미 총이 어디 있는지 잘 알고 있다. 누군가 와서 용환을 데려갈 때 총들을 가져갔을지는 알 수 없다.

"며칠 안에 어떤 식으로든 홍 대장이 오시지 않겠습니까. 앞으로 고문은 그만할 것 같습니다. 그러니까 마님, 많이 편찮으시더라도 힘을 내십시오."

고맙소.

옥영은 속으로 인사하고 미소 짓는다. 제 아버지를 데리고 오지 못할 테고 와도 늦을 테지만 용범이 나가기는 하지 않았는가. 하세가와가 일부러 내보냈으니 어찌어찌 제 아버지한테 닿기까지는 무사할 것이고 제 아버지 품 안으로 들어가면 안전해질 것이다. 작은 애는 인필골로 갔을지. 제 아버지 사람들이 올 때까지 관음골 그 집에 있었을지. 자고 일어나 어미와 형이 없어진 걸 보고 어린 게 얼마나 놀랐을지. 이웃집이 서너 마장이나 떨어져 있는 외진 집이 아닌가.

여기 들어와 있는 동안 내내 작은애가 걱정이었는데 큰애가 나갔다 들으니 맘이 푹 놓인다. 어디선가 꽃향기가 풍겨오는 것 같다. 그러고 보니 새가 지저귀는 소리도 들린다. 관음골 집 마당에 지금쯤 온갖 꽃이 피었을 것이다. 인필골 집에는 꽃나무가 더 많다. 이즈음엔 황매가 눈부시다. 초파일 즈음엔 온 세상 꽃이 만발한다. 춥지 않고 덥지 않고 천지간에 꽃향기가 흘러 다니는 즈음. 무엇에 비할 수

없이 적당하여 온 곳으로 돌아가기도 맞춤한 즈음이다. 옥영은 코
끝을 스치는 꽃향기와 귓가를 간질이는 새소리를 들으며 다시금 미
소 짓는다.

17
산이 높은 저 고개에 자고 가는 저 구름아

갑산 붉은별 벌판 전투에서 함정에 걸려 어처구니없는 참패를 당했다. 일군이 말로만 듣던 기관총을 다섯 대나 끌고 나왔다. 추풍에 낙엽이라더니 함경도 의병 연합군 2800여 수가 기관총대 앞에서 총 한번 쏴볼 겨를 없이 쓰러졌다. 의병 연합군은 살아남은 자들끼리 각기 거점지로 후퇴했다. 여천 부대도 삼분지 일의 병사를 잃었다. 회양에서부터 함께했던 태양욱과 이개동도 잃었다.

최근 진지인 풍산 땅 용문동 골짜기로 들어왔다. 들어온 이튿날 옥영과 용범이 헌병대에 잡혀갔다는 소식이 들어왔다. 북청읍에 사는 척후 민종식이 들어와 전한 소식이었다. 오래전 옥영을 놓쳤을 때와 같이 충격받았다. 모자가 감방 안에서 무슨 일을 당할지 알기에 더 끔찍했다.

한영준이 급히 관음골로 가서 사흘째 홀로 있던 용환을 인필골로 데려다 놓고 돌아왔다. 용환은 다락에 숨어서 이불을 뒤집어쓰고 있더라 했다. 이른 아침에 제 어머니와 형이 헌병들한테 끌려 나갈 때 애가 깨어 있었던 것이다.

지대장들이 한목소리로 외쳤다.

―북청 헌병대를 칩시다. 영을 내려주십시오.

하세가와가 그걸 노리고 옥영과 용범을 잡아다 놓았는데 간신히 살아 돌아온 대원들에게 그 함정 속으로, 기관 총구 앞으로 나서자고 하겠는가. 여천은 지대장들 상신을 받아들일 수 없었다. 마음이 갈래갈래 찢어져도, 불길 속에 들어 있는 것 같아도, 홀로 삼켜야 할 고통이었다.

열흘 후 차도선의 별동대와 김치명의 내무대 사이에 싸움이 벌어졌다. 작년에 차도선 부대가 합류할 때 차도선 부대를 별동대로 편제하고 차도선을 별동대장 자리에 놓았다. 김치명은 내무장으로 만들고 부대 살림을 하게 했다. 군자금을 모으고 쓰는 것도 내무대 일이었다.

붉은별 벌판에서 낮 뜨거울 만큼 어처구니없는 패배를 당하고 귀환하던 길에 갑산 간평에서 일군과 전투를 벌였다. 일군 80수를 죽이고 아군 셋을 잃고 돌아와 있는 차에 차도선 별동대에서 전리품 배분이 공정치 않다는 불만이 나왔다.

김치명 내무대 대원 둘과 차도선 별동대 대원 셋이 충돌했다. 간평에서 죽은 일군 장교 놈이 금장시계를 차고 있는 걸 봤는데 내무대에서 그걸 거둬간 이후 언급하지 않는다는 것이었다. 애들 싸움이 어른 싸움으로 번지기 일쑤이듯 싸움이 커졌고 양쪽 대장들이 충돌했다. 결국 차도선이 자신을 따르는 대원 50명을 데리고 이탈했다. 부대를 나가기 위한 핑계로 금장시계 운운한 것이었으므로 붙들어 봐야 소용없을 것을 깨달았다. 차도선 부대를 떠나보내고 몇 달 새에 대원이 반으로 줄어든 부대를 다시 편제했다.

용문동을 나간 차도선 부대가 그 길로 북청 헌병대를 찾아가 항복한 사실을 닷새 뒤에 알았다. 풍산 일진회 간부라는 임재덕, 김원홍이 일본군 190수와 조선인 190명을 거느리고 용문동으로 쳐들어 왔다. 백기를 흔들며 할 말이 있어 왔다고 하므로 들어오게 했다.

— 일본에 귀순한 차도선이 이 용문동을 알려주어 우리가 온 게 요. 부인께서 홍 대장께 드리는 편지를 가져왔소.

모지당 이씨가 여천 홍범도께.

봉투 겉면에 그렇게 쓰여 있었다. 모지당 이씨가 감옥에서 썼다는 편지 내용은 구구절절했다. 당신이 귀순하면 일본이 '공작' 벼슬을 시켜준다 하더라고 썼다. 그러니 북청 헌병대로 와서 귀순하고 자신과 아들을 데리고 나가 달라는 것이었다.

물론 옥영이 쓴 게 아니었다. 그들은 이옥영이 글을 읽고 쓸 줄 안다는 사실을 알았을지라도 그 사람이 경문을 필사할 정도로 반듯하고 유려한 필체를 가진 걸 몰랐다. 이옥영은 보통 여인들처럼 자신을 '이씨'라고 음전하게 표현하는 사람이 아니었다. 이옥영은 조선 여인들이 여인의 법도라는 것들을 익힐 때 절에서 글자를 배우고 경문을 읽고 쓰고 외웠다. 염불을 외며 죽은 자들을 천도하고 신도들한테 부처님 말씀을 전했다. 하여 이옥영은 예사 여인들과 달랐다. 무엇보다 이옥영은 의병대장으로 사는 지아비한테 이런 편지를 쓸 사람이 아니었다. 아내는 여느 의병 못지않은 강인한 의병 전사였다.

— 안사람이 쓴 편지를 가져왔으니 찾아가 보긴 해야겠소. 부대원이 5백여 수나 되는바 일단 혼자 가겠소. 내가 앞서가면 휘하 대원들 앞에서 잡혀가는 모양새가 되니, 그대들이 데려온 일군과 조선 사람들을 돌려서 앞세우시오. 내가 그 뒤를 따를 테니.

그들이 앞서 골짜기를 나갔다. 용문동 입구에서 파수 보던 대원들이 벌써 와서 놈들이 나타난 것을 알려주었고 그 대비를 해놓은 터였다. 다른 진지들도 그렇지만 용문동은 요새로 쓰기에 알맞아 선택한 곳이었다. 골짜기를 나가는 곳이 협곡이었다.

여천은 일본 놈 조선 사람 가릴 계제가 아니었다. 아내와 아들이 놈들 손아귀에 잡혀 있는 마당에 뭘 분별하고 말고 하겠는가. 협곡에 포진해 있던 양혁진 지대와 차기선 지대와 문평 지대원들에게 한 놈도 살리지 말라고 명했다. 대원들이 붉은별 벌판에서 잃은 전우들의 원수를 갚기라도 하는 양 임재덕, 김원홍을 비롯한 382수를 몰살시켰다.

용문동 진지는 이미 노출돼버렸거니와 시신으로 뒤덮여 살 수도 없게 됐다. 용문동을 떠나 두운봉 아래 달나골로 옮아왔다. 두운봉 너머가 장진 땅이었다.

나흘 뒤 능구패택이에 일본군 소수가 나타났다는 첩보가 들어왔다. 차기선 지대가 나가 잡았다. 같은 날 장진 땅 능골 늘구목이에 일군 대대 병력이 주둔했다는 첩보를 받았다. 이튿날 양혁진과 차기선과 문평 지대가 출동해 전부 잡았다. 대원 셋이 전사했다. 다시 이틀 뒤에는 문평 지대가 동사 다랏치 광산 앞 둣텁바우골로 나가 일군 1개 소대를 잡았다. 겨우 1개 소대를 상대했는데 급습에 실패하는 바람에 대원 셋이 전사하고 넷이 부상을 당했다.

세 대대가 그리하고 있는 사이에 여천은 한영준의 중군과 오창근의 정찰대를 데리고 함흥으로 내려갔다. 실탄 마련할 군자금이 필요했다. 총은 넘치게 많은데 늘 실탄이 모자랐다. 실탄보다 더 급한 건 부대원이 굶지 않아야 하는 것이었다. 굶으며 전투할 수는 없었다.

지난해 삼수성 공격 직후에 함흥 백인근으로부터 기별지를 받은 적이 있었다. 함흥 초리장 유채골 마을에 부호들이 여럿 사는바 모두 친일분자라는 내용이었다. 백인근이 그리 말하는 건 언젠가 필요할 때 내려와서 군자금을 마련하라는 뜻이었다.

야밤에 유채골 여덟 집을 습격해서 일본 돈 3만 8천9백 원을 압수했다. 내친김에 함흥 동교촌 신성리 박 좌수 집으로 들어가 일본 돈 6천 원을 압수했다. 와중에 백인근으로부터 박 좌수 아들이 함흥 주둔 일본군 중대장이라는 사실을 듣게 됐다. 백인근의 포수대원들과 합세해 박 좌수 아들이 지휘하는 일군 3백 명, 보조원 50명과 전투를 벌였다. 350수 중 백여 수가 달아났다.

홍원으로 올라와 박원성 집을 쳤다. 백인근으로부터 홍원 거부 박원성 집에서 잔치가 벌어지매 홍원 군수며 일대 부자들이 죄 모일 거라고 들은 차였다. 박원성 집에서 일화 3만 5천 원을 압수했다.

총 9만 7천9백 원의 일본 돈 중 3만 원을 백인근에게 맡기며 총탄과 폭탄을 구입해 달라 청했다. 흥남포구에서 무기가 거래되기 때문이었다. 로서아제나 영국제, 독일제 무기들도 있지만 태반이 일본제라 했다. 일본 무기상들은 일제 무기가 전부 일본군을 향한다는 사실에 신경 쓰지 않는 것 같았다. 장사치들 속성은 세상 어디나 비슷했다. 덕분에 일본 돈을 뺏어서 일본 무기를 사고 그 무기로 일본 것들을 조선 땅 거름이 되게 만드는 것이다.

—실탄과 폭탄, 구입하는 대로 내가 장진으로 가지고 가겠네.

백인근의 말을 듣고 곧장 달나골로 귀환했다. 초파일에 장진 여애리 병풍바위 밑에서 의병대 연합회의가 예정돼 있었다. 함경도 남쪽에서 활약하는 의병대 책임자들이 모두 참석하는 회의였다.

여천은 지대장들과 중군장을 대동하고 회의에 참석했다. 그동안 각자 벌인 전투들과 합동한 전투들을 복기하고 문제점을 찾았다. 특히 붉은별 전투에 대해 반성했다. 합동하기 위해서는 일회성일지라도 조직을 갖춰야 한다는 결론에 이르렀다. 붉은별 전투에서 전투다운 전투 한번 못하고 박살 난 까닭은 일본군 기관총 탓이지만 애초에 지휘체계를 갖추지 못한 탓이었다. 연합 규모가 클수록 더욱 긴밀한 조직을 갖춰야 한다는 걸 어느 부대장도 생각지 못했던 것이다.

양혁진 지대가 이웃 골짜기 두대골에다 새 진지를 만들기 시작했다. 언제든 이동할 수 있는 진지를 만들어두는 게 여천의 방식이었다. 의병들은 모두가 농군이자 목수이자 사냥꾼이고 약초꾼이었다. 언제 어디서든 물을 찾아 집을 짓고 짐승을 잡고 나무새를 뜯고 버섯을 땄다. 두대골도 계곡을 끼고 있는 골짜기였다. 대원 모두가 달라붙어 나무를 찍어 오고, 톱질과 도끼질로 귀틀집들을 세우느라 한창이었다.

오늘은 마무리 작업을 하고 있는데, 토벌대가 기척 없이 두대골에 들이닥쳤다고 했다. 진지 이동 계획은 다른 지대원들조차 모르게 진행된 일이라 양혁진 지대원들은 안심하고 일하던 중이었다. 일군 2백 수가 기습해 오매 백 명의 양혁진 지대원들은 변변한 대응조차 못 해보고 삼분지 일을 잃고 도망쳐 본대로 돌아왔다.

양혁진이 풀이 잔뜩 죽어 입을 연다.

"면목 없습니다만, 아무래도 정보가 새는 것 같습니다. 그렇지 않고서야 놈들이 이렇게 귀신처럼 들어올 수는 없습니다."

한영준이 대꾸한다.

"맞습니다. 본대에 첩자가 들어와 있는 게 분명합니다. 언젠가부터 일이 이상하게 꼬인다 싶을 때가 잦잖습니까."

여천도 일찌감치 짐작한 차였다. 작년 말 삼수성 전투 후에 입대 자원자가 대거 몰렸다. 내무대장 김치명은 삼수성 전투에서 잃은 대원이 백여 수 되는바 보충할 필요를 느꼈다. 제 나름 고르고 골라 스무 명을 받았다. 그 스무 명 중에 첩자가 섞여든 게 분명했다. 삼수성에서 며칠 지낼 때 날마다 전투를 벌였는데 잠시 소강상태가 되면 대원들한테서 불만이 나왔다. 밥이 적다느니, 자기 총만 부실하다느니, 잠자리가 불편하다느니.

범도는 십수 년간 숱한 의병들과 함께 지내오면서 그런 불만 터트리는 사람을 못 봤다. 그런 불만을 가질 사람은 의병대에 들지 않잖은가. 의병 모집 공고문에는 항상 춥고, 덥고, 배고프고, 헐벗고, 고될지라도 나라를 되찾겠다는 간절한 의지와 불굴의 용기를 가진 자만 들어오라고 써 붙인다. 그걸 각오한 사람들만 의병대에 입대한다. 하지만 의병들도 사람인지라 누군가 공평치 못하다 말하면 자신이 부당한 대우를 받는다고 느끼기 마련이다. 부귀영화를 꿈꾸지는 않을지라도 불공평을 참기는 어려운 게 사람이다. 범도가 늘 조심하는 것도 그 점이었다. 호좌의진이 무엇 때문에 일시에 박살났는지 두 눈으로 보았지 않은가.

지휘부와 일반 대원을 이간질하고 대원들 사이에 내분을 조장하는 자가 들어온 게 틀림없었다. 비로소 조직 내 침투한 첩자 문제도 고려해야 한다는 생각이 들었다. 여천 자신만 해도 처처에 탐찰꾼을 만들어두고 정보를 얻고 있다. 하다못해 북청 헌병대 통역사 김가로부터도 정보를 얻는다. 이쪽이 그리하는데 저쪽이라고 아니 하랴.

삼수성에서 이인선 부자가 들어왔을 때 내무대장 김치명이 몸이 부실한 이인선과 아직 어린 화일 부자를 내무대로 배치하고 진지 안에서 일하게 했다. 부대원들 사이에서 불만이 나오고 있다는 말을 들었을 때 여천은 첩자 문제를 생각하고 인선 부자를 불러 말했다.

— 자네 부자, 당분간 내무대에서 그대로 지내면서 나를 잘 아는 체 말게. 어찌 이런 말을 하는가 하면, 시방 내가 가장 믿을 만한 사람이 자네이기 때문이야. 우리 부대 안에 일군 첩자가 들어와 있는 것 같단 말이지. 자네가 살펴 달라는 걸세. 화일이도 눈빛이 총명해 보이니 네 아버지와 함께 우리 부대 안에 들어와 있는 첩자가 누군지 살펴보려무나.

— 어떻게 말입니까?

— 일반 대원이 접근하면 안 되는 이 대장소나 지대장들 처소를 살피는 자, 지휘부에 대해 좋잖은 말을 하고 턱없는 불만을 말하면

345

서 일반대원과 지휘부를 이간질하는 자. 그런 놈이 누군지, 그런 놈이 몇이나 되는지 눈여겨보라는 말이지. 아무 내색 없이 지내면서.

그러고 몇 달이나 지난 이레 전에 이인선이 한밤중에 대장소로 찾아왔다. 여천이 의병대 연합회의에 참석했다가 돌아온 밤이었다. 어두운 방으로 들어온 그가 바싹 붙어 앉아서 속삭였다.

― 삼수에서 왔다는 조필과 북청에서 왔다는 우기철이 수상합니다. 조필은 중군 소속이고 우기철은 제3지대 소속이라 친하기가 쉽지 않은데 한밤중에 둘이 진지 밖으로 나가 만났거든요.

― 자네는 어찌 그들을 봤는데?

― 저는 대장님 말씀 듣고부터 한밤중에 부러 소피를 자주 보러 다니거든요. 그제 밤에 소피를 보고 숙사로 들어가려는 참에 조필이 나오는 겁니다. 그런데 아무 데서나 누면 될 소피를 보러 진지 밖으로 나가더군요. 멀찍이 따라가 보니 두 마장이나 떨어져 있는 빈 초소로 들어가더이다. 왜, 초소를 댓 마장 밖으로 옮기면서 거기는 비었잖습니까? 달빛이 비쳐서 미리 나와 있는 우기철을 알아보았습니다. 둘이 원체 속삭여서 무슨 내용인지는 듣지 못했고요. 그런데 어제 우기철이 탐찰조에 섞여 장거리에 나갔다 왔지요.

한밤중에 만난 것만으로는 그 둘이 첩자라고 단정 지을 수 없었다. 이인선에게 그들 동태를 더 살펴보라고 했다. 워낙 비밀스러워야 하는지라 그동안 이인선 부자한테 시킨 일을 아무에게도 발설치 않았다. 동료들 사이에 첩자가 들어 있다는 사실을 대원들이 알게 될 제 그 심정이 어떨 것인가. 동료를 믿지 못하는데 전투를 어떻게 할 것이며 일상을 어찌 지낼 것인가. 대원들 사기를 떨어뜨리지 않

346

으려고 신중했던 결과로 두대골에서 대원을 서른두 명이나 잃고 그만한 수가 부상을 당했다.

"한 중군장!"

"예, 대장."

"헌병대가 이 달나골을 두고 두대골을 친 것은 정확한 첩보로나 가능한 일이겠지?"

"물론입니다. 생각해보면 용문동에서 별동대와 내무대가 충돌한 것도 이간질이 있었기 때문입니다. 내무대장이 금시계를 차지했다는 따위의 거짓말을 처음에 누가 했는지 당시 충돌한 대원들이 기억지도 못했잖습니까."

"2지대에 우기철이라는 대원이 있다는데 자네 아나?"

한영준은 고개를 젓고, 양혁진이 끄덕이며 입을 연다.

"그는 처음에 제 지대에 있다가 지난달 재편 때 2지대로 옮겼습니다. 북청 후창에서 왔다던 사람입니다. 어찌 물으십니까?"

"한 지대장, 자네 지대에 있는 조필을 아나?"

"그는 제 지대 5소대원입니다. 어찌 물으십니까?"

"자네 둘이 대원 몇을 데리고 우기철과 조필을 잡아다 문초해보게. 그 둘이 한밤중에 진지 밖 빈 초소에서 만난 걸 본 사람이 있는데, 그 이튿날부터 제1지대가 두대골 공사를 시작했거든. 금장시계건도 그렇고 모지당과 용범이 지내던 관음골이 들킨 것도 이상해. 한 지대장 자네가 모지당을 고마골에서 관음골로 옮겨줄 때 누구누굴 데려갔는지 생각해보게. 같이 갔던 대원은 아닐지라도 은연중에 누군가한테 발설했을 수 있는데 그 누군가가 조필이나 우기철이 아닌지."

양혁진과 한영준이 컴컴해진 얼굴로 대장소를 나간다.

곧이어 내무장 김치명과 정찰장 오창근이 북청에 사는 척후 민종식과 들어온다. 정찰장 오창근이 어제 제 아우 창진과 함께 북청으로 갔는데 민종식을 데려온 것이다. 민종식이 엎어지며 울먹인다.

"대, 대장님."

한 달여 전 삼월 초여드렛날 그가 와서 옥영과 용범이 헌병대에 잡혀 왔노라고 알렸다. 한영준이 민종식을 따라 나가서 관음골에서 떨고 있던 용환을 인필골에다 데려다 놓았다. 그리고 후치령을 넘어가 통역 김가를 만나고 돌아왔다. 옥영과 용범에 대해 그때 들은 게 다다.

민종식이 방바닥에 이마를 찧으며 어어어, 곡소리를 낸다. 틀림없이 헌병대 감방에 들어 있는 모자에 대해 말하러 왔을 그가 입을 못 열고 울기만 한다. 여천의 뒷덜미에 써늘한 한기가 몰리는데, 어쩔 수 없다는 듯이 오창근이 말한다.

"김 통 말을 종합하면 이렇습니다. 이레 전 초파일 오후에 용범이 병참 감방을 나와서 헌병대 후문 넘어 달아났습니다. 그길로 용범은 관음골로 달려갔습니다. 부친이 어디 계신지 몰라서 관음골로 간 용범이 하룻밤 자고 어머니의 돈주머니와 권총 두 개를 소지하고 나왔습니다. 다시 후치령을 넘어가 하룻밤 잔 용범은 헌병대로 출근하는 김 통을 만나서 기가 막힌 얘기를 듣습니다. 어, 어머니가 전날 용범이 나가고 몇 시간 후에 옥방에서, 숨을, 거두셨다는 말이었습니다. 헌병대에서는 그 즉시 어머니 주검을 관에 넣어 화장하고 유해를 영위소 아래 칸에 이름표도 달지 않고 놓아두고 그 사실이 밖으로 새나가지 않도록 조치했습니다. 그 말 듣고 종일토록 울며 보낸 용범이 김 통 집 근방에서 그의 퇴근을 기다렸습니다. 김 통이 와서 모레 12일이 하세가와 생일이라고 용범에게 알려줬습니다. 하세가와를 비롯한 헌병대 장교들이 12일 저녁에 북청 제일객관에서 생일잔치를 벌이기로 했다는 것이었습니다. 12일 밤에 용범은 북청 제일객관 큰 방으로 뛰어들었습니다. 양손에 잡은 권총을 난사했습니다. 그래보았자 열 발이었죠. 하세가와가 허벅지에 총탄을 맞았고, 모리키가 머리통에 맞았고, 때아닌 장소에 끼어 있던 북청 군수가 심장을 맞았습니다. 그 외에도 중위 하나, 소위 둘이 어깨나 다리 등에 총탄을 맞았습니다. 용범은, 그는, 벌집처럼 되어 쓰러졌고, 금세 절명했답니다."

오창근의 애길 듣는 동안 눈앞이 캄캄해진 여천은 애기를 다 듣지 못하고 기절해 넘어졌다. 스스로는 기절한 것도 몰랐다.

18
지금 그렇고 앞으로도 그럴 것

지난 5월 말에 백인근이 일제 실탄 100상자와 폭탄 100상자를 양식 가마니와 함께 우마차 열 대에 싣고 장진 쪽 두문봉 아래 우무샘 골 진지로 왔다. 그때가 흥남포구에서 무기를 구입할 수 있는 마지막 기회였다. 여천은 연락이 닿는 여러 의병대에 기별해 실탄과 폭탄을 가져가게 했다. 9개 의병대가 와서 각각 실탄 5상자와 폭탄 5상자씩을 가져갔다.

여천 부대는 5월, 6월, 7월에 걸쳐 크고 작은 전투를 33회 치렀다. 일군 8백여 수, 아군 72명이 전사하고 33명이 부상당했다. 와중에 홍원읍에서 홍원 군수한테 일화 3만 7천 원을 몰수하고 함흥 덕산관 함영문으로부터 3만 원을 압수했다. 동사 다랏치 금광을 습격해서 일군 일곱을 처단하고 한 돈짜리 금 1994개를 노획했다.

7월 17일에 열린 의병 연합군회에는 삼수, 홍원, 정평, 함흥, 부령

등에서 활동하는 의병대장들이 모였다. 황해도 곡산에서 일어나 함경도 장진에 진을 친 노희태 의병대장도 왔다. 노희태 부대는 여천 부대와 여러 번 합동했다. 제천에서부터 밀려 올라와 황해도에서 활동한 유인석 부대가 삼수 전지산 쪽에 진지를 차렸다고 듣고 있었는데 연합군회에는 나오지 않았다.

연합군 회의에서는 향후 의병대 활동 방향과 무기 문제 등을 논의했다. 사실 의병연합군은 연합군이라고 하기도 민망할 만치 쪼그라들었다. 한성 이북에 주둔한 일본군이 죄 함경도로 올라온 탓에 의병들 입지가 너무 좁아졌다. 일본군이 의병대를 잡기 위해 양민들을 공격해대는 게 더 심각한 문제였다. 의병들을 잡기 위해 양민을 학살하고 마을을 통째로 불태우는 일이 비일비재했다. 의병이 난 집이라고 의심되면 식구를 죽였다. 마을 사람들을 모아놓고 의병 진지를 대라고 위협하고 대지 못하면 죽였다.

의병대가 움직일수록 양민들 피해가 커졌다. 의병대와 민간 마을의 연대가 끊길 수밖에 없었다. 양민들한테 가해지는 가혹한 탄압을 견디지 못한 의병대들이 속속 해산했다. 일본에 귀순하는 의병들이 나날이 늘었다. 남은 부대들도 압록강이나 두만강을 건너갔거나 건너갈 채비를 하고 있었다.

넘어갈 때 넘어가더라도 무기며 실탄은 필요했다. 몇 달 새 국내 몇몇 군데서 이뤄지던 무기 거래가 완전히 막혔다. 일본군한테서 무기를 탈취하는 게 점점 힘들어지는 데다 탈취해도 얼마 되지 않았다. 각 부대가 비축한 실탄은 전투 한두 번이나 치를 만한 정도였다. 무기를 구입하러 연해주나 만주 등으로 갈 수밖에 없었다.

연합군회에서는 홍원 의병대원 조화여와 함흥 의병대원 김충렬을 연해주 연추로 보내 무기를 구입해 오게 하자고 결정했다. 조화여와 김충렬에게 무기구입비로 일화 2만 원과 여비 백 원을 주고 파견했다.

조선군대 내무장인 김치명은 연합군회 무기구입비로 5천 원을 보탰다. 5천 원만 보태기로 한 까닭은 조화여와 김충렬이 정말 무기를 구입해 돌아올지 믿기 어려웠기 때문이다.

조선군대에서 지난 5월 말에 내무대에 있던 임재춘과 정일환과 변해룡 세 사람한테 일화 1만 원과 여비 3백 원을 주어 간도로 파견했다. 간도에 가본 적이 있거니와 한자를 좀 알아 식견이 넓은 사람들이라 김치명이 천거해서 여천이 허락했다.

— 우리가 언젠가 간도로 건너갈 수도 있을 것이니 땅을 사놓고 돌아오세요.

조선을 차지한 일본이 만주 철도 부설권을 차지하기 위해 간도를 중국에 떼어주었다. 그렇더라도 태반의 조선 사람들이 차지하고 있는 그쪽 땅값이 워낙 헐했다. 1만 원이면 조선에서 작은 고을에 해당할 법한 드넓은 땅을 살 수 있다고 했다.

— 좋은 땅을 찾아 매입해 돌아오겠습니다.

전 부대원이 배웅하는 가운데 세 사람이 떠났다. 간도는 강을 건너긴 해도 거리로는 함흥보다 가까웠다. 그들이 떠난 지 석 달여가 지났다. 기어갔다가 기어와도 될 법한 시간이 지났지만 세 사람은 돌아오지 않았다. 그들은 동지들과 함께 목숨 걸고 싸워온 신의와 나라를 되찾겠다는 대의를 1만 원 때문에 버린 것이었다.

─면목 없습니다, 대장.

김치명 말에 여천이 고개를 가로저었다.

─자네 탓이 아니지. 그들이 그 돈 들고 헌병대로 찾아간 것 같지는 않으니 포기하자고. 그 사람들도 편하게 살지는 못하겠지. 우리를 피하느라 평생 숨어 살아야 할 테고.

합법적인 땅을 마련해두지는 못했을지라도 조선군대도 압록강을 넘어갈지 말지를 결정해야 할 상황이 됐다. 대원이 375명으로 줄었다. 압록강을 넘는다 할 때 같이 갈 대원이 몇이나 될까. 그건 나중 문제였다. 갈 사람은 가고 남을 사람은 남으면 되는 것. 그에 대한 생각은 여천이나 김치명이나 다른 지휘부 성원들이 같았다.

압록강을 넘기 앞서 북청 헌병대 병참을 깰 것인가, 말 것인가. 그것부터 결정해야 했다. 여천이 전 대원을 모아놓고 말했다.

"여러분 아시다시피 북청 헌병대를 깨고자 하는 내 의지에는 두 가지 뜻이 있소. 한 가지는 북청 헌병대를 깸으로써 일제를 타격하자는 것이고 두 번째는 내 개인 문제요. 안사람 유해를 거기 두고는 내가 장부로서나 지아비로서나 구국전사로서 떳떳지 않기 때문이오."

북청 제일객관 밖에 버려졌던 용범의 주검은 민종식이 수습해놓았던 덕에 제 모친과 제가 태어나 1년을 지냈던 백운암 아래에다 묻어주었다. 여천은 모지당 유해를 거두어다 아들 옆에 묻어주고 싶은 것이었다.

혼인하지 않아 처자식이 없는 김치명은 부인과 아들을 잃은 여천의 속내를 차마 짐작조차 할 수 없었다. 이따금 아득한 얼굴로 먼 산

보기를 하고 있는 여천의 뒷모습을 보노라면 북청 헌병대 그 음습한 영위소에 놔둔 모지당 유해가 떠오르곤 했다. 언감생심 대장의 부인을 여인으로 생각지는 못 해봤으나 모지당을 볼 때면 마음이 환해지곤 했다. 저리 아름다운 사람이 사는 조선이니 목숨 걸고 지킬 만하다 여겼다. 총을 든 스스로가 대견했다.

한영준이 나섰다.

"지당하신 말씀이십니다. 모지당 마님을 미리 구하지 못한 일은 우리 부대원 모두에게 큰 아픔입니다. 마님께서 그리 모진 일을 당하시게 된 시초에 우리 의병들이 있지요. 결코 사사로운 일이 아니신 거고요. 우리가 진지를 강 건너로 옮기는 것이나, 같이 강을 넘거나 남는 문제와 달리 북청 헌병대는 반드시 깨야 하고 모지당 마님 유해도 모셔내야 합니다."

북청 헌병대를 깨는 것에 모두 적극 찬성했다. 북청 헌병대 병참을 깨고 나서 압록강을 넘을 사람과 남을 사람을 결정하기로 됐다.

북청 헌병대를 깨기로 하고 그에 따른 의논을 시작하기 전에 여천이 김치명을 따로 불러 말했다.

"함흥 등지에서 친일분자들한테 압수해 쓰고 남은 일화 7만 원 중 1만 원 정도 차후 비용으로 남기고 부대원들에게 고루 나누어 갖게 하는 게 어떻겠나. 동사 다랏치 금광에서 노획했던 금도 서너 돈씩 나눠주고. 그리고 며칠 집에들 다녀오게 하는 게?"

"그리되면 북청 헌병대를 공격하기 전에 이탈자들이 생길 겁니다. 한둘이 아닐 거고요."

"어차피 다 함께 끝까지 가지는 못하지. 언젠가 떠날 사람은 이 기회에 해산하는 형식을 빌려서 죄책감 없이 떠나게 하자는 것이야. 북청 헌병대 공격은 우리가 지금까지 해온 어떤 전투보다 위태로운 것이니 각기 선택게 하자는 것이고."

"알겠습니다. 그리고 금은 두 돈씩만 나눠주겠습니다. 우리 부대가 아예 해산을 하는 게 아닌바 군자금을 가지고 있어야 하니까요."

"그건 자네 뜻대로 하게."

김치명은 여천의 뜻을 대원들한테 전했다. 6만 원을 대장부터 어린 이화일까지 375명이 똑같이 나누니 160원씩이었다. 김치명은 한 사람당 160원씩과 동사 다랏치 금광에서 노획한 금 두 돈씩을 나눠 주었다. 한성 점포에서 일하는 점원 새경이 한 달에 일화 1, 2원이라 하매 160원에 금 두 돈은 집에 가서 내밀 때 손부끄럽지는 않을 돈이었다.

"닷새 말미를 드리겠습니다. 모처럼 댁에 가시면 여러 소회가 많을 것입니다. 여러 가지 사정들도 있을 것이고요. 그러할 제 대장께서는 여러분이 이번에 돌아오지 않으셔도 무방하다고 말씀하십니다. 다들 아시다시피 댁에 가셨다가 부대로 복귀하시는 게 함께 강을 건넌다는 뜻은 아닙니다. 그건 북청 헌병대를 치고 난 후에 결정키로 했으니까요. 그러니까 혹여 이번에 복귀치 못할 사정이 생기게 되시더라도 죄책감이나 미안함 갖지 마시고 오래도록 구국 의병 전사로서 싸워온 스스로를 자랑스럽게 여겨 달라는 게 대장님 뜻입니다."

이인선 부자처럼 돌아갈 집이 없거나 기다리는 이 없는 대원 40여 명은 진지에 남고 다른 사람들은 집으로 갔다. 닷새 뒤, 허여한 말미가 끝났을 때 65명이 돌아오지 않았다. 조선군대 부대원은 310명이 됐다.

　아이의 작은할머니와 구씨 내외가 인필골 집 살림을 하고 용환을 돌보고 있지만 여천이 강을 건너가면 언제 돌아올지, 돌아올 수는 있을지 몰랐다. 필요에 따라 강을 건너다니게 될지라도 밀행일 것이라 아이를 만나기는 쉽지 않을 게 뻔했다. 어머니와 형을 한꺼번에 잃고 상심한 아이를 차마 두고 갈 수 없었다. 이인선 부자한테 말 두 필과 금 두 돈과 160원을 내 주며 인필골로 가라고 했다.

　"인필골로 가서 환이를 데리고 삼수 압록강변 신갈파진으로 가게. 나루 안쪽 진내동에 박판이라는 이가 살아. 그의 집으로 가서 내 말을 하고 내가 갈 때까지 지내고 있도록 해."

　박판은 삼수성 전투 때 부상당해 귀가한 삼수 의병대원이었다. 집으로 돌아간 그는 본업인 농사를 지으며 의병들의 거점이 되어주었다.

　이인선 부자를 내보내고 북청 헌병대를 깨기 위한 작전을 시작했다. 흥남부두에서 구입해 다른 부대에 나눠주고 여천 부대에서 쓰고 남은 실탄이 25상자, 폭탄이 32상자였다. 총기류는 1인당 1정씩. 말이 25필, 각종 양곡이 10여 섬. 10여 섬의 양곡을 3백여 명이 먹어 치우는 데 사흘이면 충분했다. 다시 돌아오지 않을 진지를 비웠다. 여러 날 밤에 걸쳐 탄약 상자들을 옮겨다 북청 읍내 민종식의 집 외채에다 쌓았다.

　북청 헌병대는 남대천 가까운 너른 땅을 차지해 깔고 앉았다. 목책이 두 겹이고 목책 바깥 둘레 한 마장 거리쯤이 공터다. 침입자를 쉽게 볼 수 있게끔 주변을 훤히 비워놓은 거였다. 망루가 남서쪽 모퉁이와 북동쪽 모퉁이에 우뚝하게 솟아 있었다. 수백 명이 몰래 다 가들기는 사실상 불가능했다.

며칠 전 지휘부가 대장소에 모여 작전을 짜던 중에 내무대원 이인선이 끼어들었다. 그가 인필골로 떠나기 직전이었다. 그는 지휘부가 아니지만 대장 지근보좌로 대장소에 들어와 있었다. 내무장 김치명이 이인선에게 대장 지근보좌를 맡긴 덕이었다.

— 곧 추석인데 말입니다. 제가 수안 종이공장에서 지낼 때 수안읍에 있는 일본 사람 집으로 종이 배달을 간 적이 있습니다. 그 집은 수안 대정 광산 주인집이었거든요. 원래 조선 사람이 주인인 광산을 뺏어갖고 들어왔다나 그랬는데 하여튼, 제가 갓 만든 전지 한 두루마리를 가지고 갔을 때가 추석 전날이었습니다. 집안일 하는 조선 아낙이 제가 가지고 간 전지를 상에다 깝디다. 그 상이 전지 한 장만 한 크기인데 네 귀퉁이에다 대나무를 세워놨더구먼요. 그게 그 집 차례상이라는 겁니다. 왜국 추석상은 어떤가 싶어서 구경했죠. 왜국 풍습으로는 추석 전날, 열나흘 달이 막 뜨면 차례를 지낸다는 겁니다. 그 아낙이 그 집에서 3년째라고 하는데 해마다 꼭 한다고 했습니다. 네 귀퉁이에 세워진 대나무를 실로 연결해놓고요. 맨 안쪽 실에다 국숫발이랑 다시마랑 꽈리 가지를 걸쳐놓더구먼요. 상에다는 꽃이 한 아름이나 꽂힌 백자 항아리를 올려놓고요. 과일이랑 대 꽂이로 발을 만들어서 말처럼 보이는 오이랑 가지도 올려놓고요. 상 양쪽에다 초롱불을 걸고요. 그렇게 다 차려놓으면 주인 식

구가 나와서 절하면서 기도한다고요. 그러는 게 풍습이라고요.

제2지대장 차기선이 갑갑하다는 듯이 외쳤다.

— 그러니까 이 지보, 뭘 어쩌라는 겁니까?

— 오늘이 팔월 열흘이니까요. 나흘 후에 헌병대에서도 합동 차례 상을 차리지 않을까, 하는 거죠. 지난 설에 우리도 다 같이 서서 합동 차례를 지냈잖습니까. 쪽발이 놈들도, 지들이 아무리 기승을 부려봐 야 타국 땅에서 날마다 깨지고 엎어지는 신세들 아닙니까? 제가 아 들놈 데리고 대장님 지내시던 먹패장골에서 한여름 지낼 때, 골짜기 주변에 해골바가지, 뼈다귀가 수두룩합디다. 발에 막 채이더라고요. 거기서 만난 김 포수라는 분이 그 해골들이 전부 일본군이라고, 우 리 대장이 그리 만든 것이라고, 김 포수 자신도 같이했다고 자랑스 레 말하더라고요. 쪽발이들이 우리 강토에 쳐들어와서 힘센 척을 해 대긴 하지만서도 해골바가지가 되어 조선 산천을 굴러다닐 신세들 이잖습니까. 그래도 다 조상이 있고 부모형제, 처자식이 있겠지요. 고향 생각도 날 거고요. 합동 차례를 지내지 않겠냐는 것이지요.

한영준이 킬킬 웃더니 감탄사를 내뱉었다.

— 이제 보니 이 양반 천재시네. 맘씨는 아주 나쁘고! 개도 밥 먹을 때는 건드리지 말랬는데 조상 차례 지내고 있는 놈들을 깨주자는 거잖아요!

— 개가 아니라 왜구들이잖소. 도적놈들!

다들 한바탕 웃는 것으로 공격 일시와 방법이 정해졌다. 북청 헌 병대에서 팔월 열나흘날 정말로 합동 차례를 지내는지가 관건이었 다. 정찰장 오창근이 정찰대원 아홉 명을 이끌고 북청으로 넘어갔다. 헌병대에 음식 재료를 대는 장사치들을 죄 찾아 접근해서 헌병대의 추석 준비 상황을 떠보며 살폈다.

열나흘 달 뜰 녘에 일본식 차례인 봉다나盆棚 의식을 상당히 크게 치를 것이라 했다. 원래 사흘에 걸쳐 치르는 혼 맞이 의식, 본 의식, 혼 보내기 의식을 한자리에서 하는지라 한 시간쯤 걸리는 것 같았다. 차례가 끝나면 마당 가운데 놓은 불탑을 빙빙 돌며 춤을 출 거라 했다. 북청 헌병대에 상주하는 군인이 평균 6백여 수인데 그날은 인근 고을에 나가 있는 군인들도 모일 것이라 했다. 천 명분의 음식을 준비하느라 북청 읍내 식재료상들이 죄 동원된 듯했다.

대원들 모두 일본군 복색을 갖췄다. 각자 행낭에 독일제 긴 폭탄 스무 개씩 넣어 멨다. 허리춤에 탄환을 잔뜩 매단 탄띠를 두르고 총띠를 사선으로 두르고 소총을 멨다. 오창근을 비롯한 정찰대원 네 명이 헌병대로 먼저 들어가 망루를 장악하고, 여천과 대장 조원 넷이 무기고에다 폭탄을 넣기로 됐다. 나머지 3백 명은 3인 1조로 100개 조를 짰다. 100개 조원들은 목책을 넘어가 각 전각을 방책으로 삼으면서 조마다 한 사람은 총을 쏘고 한 사람은 폭탄을 던지고 한 사람은 두 사람을 보조키로 했다.

팔월 열나흘 달이 떴다. 달빛이 밝기도 하다. 저리 밝은 달빛이 전깃불 아래서는 가뭇하다.

전각 앞마다 전봇대를 세워 외등을 켜놓은 헌병대 마당 안이 사뭇 고요하다. 차례가 이뤄지는지 제관일 법한 자의 소리만 난다. 하세가와 목소리는 아니다. 하세가와는 용범이 쏜 총에 맞아 절름발이 된 것 같았다. 오래전에 하세가와를 죽였더라면 용범이 그리되지 않았을까. 아비를 몹시도 원망했을 그놈 때문에 가슴이 쥘 때가 있다. 아내는 아예 입에 걸 수도 없다. 아내와 아들을 잃고 나니 무엇을 위해 전쟁을 벌이고 있는지, 다시 또 스스로를 회의하게 됐다. 아내와 아들을 지키지 못한 채 나라를 구한다는 게 의미가 있는가. 이 따위 나라를 구해서 뭘 한단 말인가. 나는, 뜻은 사라지고 행위만 남은 전투를 벌이고 있는 게 아닌가. 아편에만 매달려 산다는 아편쟁이처럼 전투 행위에만 매달려 사는 게 아닌가.

"들어갑니까?"

성집이 곁에서 속삭여 묻는다. 오창근 조원들이 둘씩 갈라져 정문 안으로 들어간 참이다. 제 맡은 망루로 올라갈 것이다. 여천은 성집과 방언, 갑석, 천동과 함께 헌병대 정문으로 태연히 들어선다. 정문 양쪽에 경비병이 두 명씩 서 있지만 다섯 사람이 일군 복색을 한 덕에 관심 두지 않는다. 일군들은 차례상을 향해 서 있다. 반수 이상은 제 나라 옷을 입고 꿇어앉고 정복 한 나머지는 부채꼴 모양으로 둘러서 있다. 마당 안의 불이 밝으니 목책 밖 달빛은 어두울 것이다.

작년에 감방에서 석 달 지내는 동안 맞고만 살지 않았다. 감방과 하세가와 방과 모리키의 고문실을 오가며 내부구조를 살폈다. 본청을 비롯한 전각은 열세 개 동이다. 무기고는 동편 전각 다섯 동 중 앞줄 쪽 가운데 전각이고 그 뒤채가 감방이다. 후문은 목책 서북쪽과 동북쪽으로 두 개 나 있다. 후문 두 개가 본청 뒤쪽에 나 있는 까닭은 혹시 모를 사태 때 간부들이 도망치기 위함일 것이다.

양쪽 망루 창가에서 오창근과 대원들이 손을 들어 보이고 있다. 어느새 망루를 접수했다는 뜻이다. 여천은 무기고 뒤편과 감방 사이를 살핀다. 감방 앞에 총을 멘 수비병 둘이 서서 마당 쪽으로 목을 빼고 있다. 머뭇거릴 시간이 없다. 여천은 대원들의 총을 받으며 나가라고 신호한다.

네 사람이 둘씩 짝지어 수비병들한테 태연히 다가든다. 제 동료들인 줄 알고 인사해오는 놈들에게 네 사람이 손을 들어 보이며 더 다가든다. 단검을 움켜잡은 성집과 방언이 순식간에 두 수비병한테 달려들어 목을 긋는다. 여천은 다섯 자루의 총을 멘 채 그들에게 다가든다. 성집과 방언이 넘어진 놈들 허리춤에서 열쇠를 찾아보지만 없다. 감방 안에 있을 사람들을 풀어놓으려던 계획은 나중으로 미룬다.

행낭에서 화승에 맨 폭탄 두 개씩을 꺼낸 네 사람이 무기고 뒤편 양쪽 공기창 밑으로 갈라선다. 방언이 갑석의 등을 타고 천동이 성집의 등을 타고 오른다. 공기창을 통해 폭탄을 던져 넣는다. 양쪽에 두 개씩. 폭탄을 넣은 네 사람이 화승줄을 드리우며 후문 쪽으로 나간다. 후문에는 큼지막한 자물통이 매달려 있다. 몸피가 제일 큰 성집이 몇 걸음 물러나더니 달려와 온몸으로 문을 들이받는다. 자물통 경첩이 빠지면서 문이 밀려 나간다. 네 사람이 화승줄을 드리우며 다시 나간다. 북동 망루에 있던 남지돌과 여민이 내려와서 합세한다.

네 사람이 화승에 불붙일 준비를 마친 것을 확인한 여천은 남지돌과 여민을 데리고 옥청 반대편 영위소로 다가든다. 헌병대에서는 수습해 들인 일군 주검들을 화장해 제 나라로 가져가기 위해 영위소에 유해를 둔다. 유해를 훔쳐갈 사람은 없을 것이라 여기는지 문

361

이 잠겨 있지 않다. 두 사람을 문 앞에 세우고 영위소 안으로 들어선 여천은 성냥을 켜서 바닥 쪽을 살핀다. 선반이 다섯 칸이고 칸칸이 나무함이 놓여 있고 함마다 이름과 날짜들이 적힌 종이를 붙이고 있는데 단 하나 맨바닥에 놓인 함이 있다. 아무것도 쓰이지 않은 함이다.

— 여보, 모지당. 미안합니다. 이제 큰애 옆으로 데려다드리겠습니다.

여천이 주머니에서 보자기를 꺼내 나무함을 싸는데 본청 앞 큰 마당에서 타악기 소리가 울린다. 차례가 끝나고 여흥이 시작된 모양이다. 남대천 방향의 서쪽 목책 바깥에 있던 대원들이 목책을 넘기 시작하리라. 남쪽을 맡은 대원들도 정문 쪽으로 다가들 것이다. 전투에 이골 난 대원들이라 사다리처럼 가로대가 질려 있는 목책쯤은 단숨에 넘을 것이다.

"후문으로 돌아가세."

여천은 잽싸게 네 대원이 기다리는 북동 후문 밖으로 나와 목책 밖 공터 끝까지 이른 뒤 유해함을 다복솔 아래에 놓는다. 자신의 소총을 들고 다시 남지돌, 여민과 함께 후문 안으로 들어온다. 여민이 개머리판으로 감방 자물쇠를 부순다. 남지돌이 앞서 안으로 들어서 옥방 문 자물쇠를 부순다.

"우리는 조선군대요. 다들 어서 나오시오. 어서요."

한 사람을 부축한 채 일곱 사람이 나온다. 그들을 이끌고 후문 밖으로 나선 여천은 권총을 꺼내 허공에 대고 총을 쏜다. 세 번 연발한다. 타악기 소리를 뚫고 울린 신호총 소리에 이어 펑펑, 펑펑 폭음이 쏟아진다. 마당 쪽에서 연신 불덩이가 솟구친다.

성집과 방언과 갑석과 천동이 성냥을 꺼내 화승줄에 불을 붙인다. 화승줄에 붙은 네 줄기 불이 화르륵화르륵 타며 순식간에 공터를 지나 후문 안으로 들어간다. 무기고 안에 폭탄이 얼마나 있는지는 알지 못한다. 폭탄 네 개로 무기고를 통째로 날릴 수는 없다. 폭탄이 불발하지 않고 다 터져서 무기고 안에 있는 폭탄이나 화약들을 터트려야 하는 것이다.

텅, 첫 번째 폭탄이 터진다. 또 하나, 다시 하나. 잠시 뜸을 들인 뒤 거대한 폭음과 함께 무기고가 통째로 터져 오른다. 북동 후문 목책에서 한 마장이나 떨어져 있는 이곳까지 불덩이가 날아온다. 터져 오른 기왓장이며 불덩이들이 무기고 양옆에 있던 동관1 건물과 동관2 건물, 감방 건물, 영위소와 화장소를 부수며 불을 붙인다. 동쪽 목책도 터져 나간다.

여천을 비롯한 일곱 사람은 본청 뒤편 목책에 올라선다. 여천과 남지돌과 여민은 총을 잡고 네 사람은 폭탄을 잡았다. 앞마당에서 달아나와 본청 뒤쪽으로 오는 놈들을 쏴 제친다. 네 사람은 폭탄의 안전마개를 뽑아가며 던진다. 맘껏 던진다. 본청 뒷벽에 맞아 아래로 떨어진 폭탄들이 연신 터진다. 본청 뒤편 벽이 터지면서 불이 붙는다.

가진 폭탄을 다 던지고 난 대원들은 총을 꼬나들고 도망쳐오는 적군을 쏜다. 오늘 전투는 각기 현재 가진 폭탄과 실탄을 다 쓸 때까지다. 어쩌면 지닌 목숨을 다 쓸 때까지.

여천은 북청 헌병대를 깨고 나서 조선군대를 해산했다. 북청 헌병대에서 일본군이 얼마나 전사하고 부상당했는지는 세어보지 않아 몰랐다. 그 전투에서 아군 전사자는 5명이고 부상자는 17명이었다. 압록강을 넘겠다고 남은 55명을 제외하고 다른 대원들은 집으로 돌아갔다. 여천은 부인 유해가 담긴 함을 큰아들 무덤 옆에 묻고 북청을 떠났다.

여천 일행은 금창을 거쳐 갑산, 동인사, 백암동 지나 신갈파진에 닿았다. 열다섯 살 이화일이 아버지와 용환과 함께 진내동 박판 집에서 지낸 지 한 달이나 되었을 때였다. 날마다 진내동 안팎이며 신갈파진 일대를 살피고 다니던 화일은 그 전날 일군 1개 중대가 신갈파진 군아에 진 치고 있는 걸 파악해둔 차였다.

화일이 마지막 봤을 때 3백여 수였던 부대원이 50여 수로 쪼그라든 채 진내동으로 들어왔다. 강을 건너기로 한 사람이 여천을 아울러 55명이었던 것이다. 양혁진과 차기선 등 두 지대장도 오지 않은 게 화일한테는 충격이었으나 거기 온 사람들은 태연했다. 그들은 패잔병들이 아니라 새로 조직된 조선 군대 병사들인 것처럼 용감했다. 화일이 신갈파진 군아에 일군 1개 중대가 진 치고 있다고 하니 여천과 대원들이 즉각 전투를 결정했다.

이화일의 첫 전투였다. 이화일이 독립군 대장 여천 홍범도의 면모를 직접 목격한 첫 전투이기도 했다. 부대는 북청 헌병대를 깨고 신갈파진까지 오는 길에 전투를 두 차례나 더 치렀다. 금창에서 일군 2개 소대 50여 수가 있다는 말을 듣고 기습해 전멸시켰고, 동인사에서 1개 소대를 쳐서 다 쓰러뜨렸다. 그 두 전투에서 얻은 실탄이 많지 않았기에 신갈파진에서도 실탄 부족 문제는 여전했다. 그렇다고 조선

군대로서 가까이 있는 일군을 두고 그냥 강을 건널 수는 없었다.

새벽에 일군이 있는 군아를 급습했다. 번서는 놈들을 제압하고 일군들이 잠들어 있는 방마다 폭탄을 집어넣었다. 폭탄이 터지면서 놈들이 방에서 뛰쳐나왔다. 곁에 총을 두고 잤던가. 뛰쳐나오는 놈들이 정신없이 총을 쏘아댔다. 하지만 놈들은 방에서 폭탄이 터지면서 붙은 환한 불을 등진 상태였다. 아군은 어두운 쪽에서 엄폐물에 의지하고 있었다. 놈들 일거수일투족이 건너다보였다. 아군 사정거리 내였다. 차근차근 쏴 넘겼다. 어차피 조선 관헌이나 조선 군대가 쓰는 건물이 아니었다. 남은 폭탄을 모조리 던져서 군아 전체를 불바다로 만들었다. 동서남북 문을 다 걸어 잠근 상태였다. 불바다에서 빠져나간 놈은 없었다.

화일 부자와 용환을 아울러 58명이 말 26필과 세 섬쯤의 곡식과 200여 정의 총기와 실탄 천여 개를 지니고 강을 건넜다.

무신년(1908년) 10월이었다.

19
대한독립군

봉오동을 품고 있는 고려령高麗岺은 두만강에서 40리 거리다. 고려
령의 험준한 산줄기가 30여 리에 이르는 봉오동 계곡지대를 병풍처
럼 둘러섰다. 봉오동에는 계곡을 따라 상촌과 중촌, 하촌 등 세 마을
이 있고 105호의 민가가 중촌과 하촌에 산재했다. 상촌은 대한독립
군 진지 겸 훈련장이다.

압록강을 건너온 홍범도 부대가 연해주와 만주와 간도 등을 돌며
항일 전쟁을 이어간 지 열두 해가 지났다. 압록강을 건너면서 첫 전
투를 치렀던 화일은 스물네 살에 홍범도 부대의 별동대장을 맡으면
서 스물일곱 살이 되었다.
청년들이 자라는 만큼 여천은 나이가 들었다. 오십을 넘기면서
흰머리가 부쩍 늘었다. 홍범도 부대의 명칭도 바뀌었다. 망한 나라

이름 조선을 완전히 지우고 대한독립군이라는 새 명칭을 사용했다.

압록강을 건넌 이후 여천은 일본군과의 전투 못지않게 연해주와 만주, 간도 지역에 산재한 항일 무장부대, 독립단체들과의 연대를 위해 동분서주했다. 하지만 저마다 생각과 정파, 사상이 조금씩 다른 각 부대와 단체들 간의 통합은 쉽지 않았다. 그럴수록 여천의 수심은 깊어갔다.

작년 3월 국내에서 일어난 만세운동이 이 간도며 만주 일대 동포들을 격동시켰다. 전 조선 인민이 만세를 불렀다니! 감격할 일이었다. 그렇지만 그들 손에 태극기와 함께 총이 들렸더라면 어땠을까. 강을 건너와 있던 독립군들은 새삼 무장의 필요성을 절감했다. 동시에 독립군들을 응집게 했다. 입대 자원자들이 많아지면서 여러 독립군 부대가 각기 커졌다. 대한독립군도 백여 수가 늘어 4백여 명이 됐다. 작년 9월에 이동휘 선생이 이끄는 한인사회당과 여천의 대한독립군을 비롯한 여러 독립군 단체들이 모여 '독립군부'를 조직했다.

독립군부처럼 뭉친 또 하나의 독립군 단체가 북로군정서다. 북로군정서는 작년 8월에 서일, 김좌진, 이장녕, 김규식, 최해, 정훈, 이범석 등이 연합하여 이룩된 큰 부대다. 북로군정서는 길림성 왕청현 서대파구에 본부를 두고 있고, 사관연성소를 만들어 장교 및 전문 군인을 양성하고 있다.

북로군정서가 만들어지기 훨씬 전 여천이 그쪽 지휘부 성원이 된 이들을 찾아다니며 연합을 제의한 적이 있었다. 성사되지 않았다. 여천에게는 답을 않던 그들끼리 연합해 북로군정서가 만들어진 것이었다.

금년 3월에 독립군부에서 대한독립군으로 통지서를 보내왔다. 홍범도를 독립군 총사령관으로 임명하니 홍범도 총사령관은 북간도로 진출해 간도에 있는 모든 독립군을 지휘하라는 내용이었다.

여천으로부터 전투를 익힌 화일은 스물세 살 때부터 대한독립군 별동분대장 노릇을 해왔다. 화일로서는 홍범도를 독립군 총사령관에 임명한다는 독립군부의 통지서가 솔직히 가소로웠다. 모여서 회의는 할지라도 연합하지도, 합동하지도 않는데 무슨 군부軍部란 말인가. 무엇보다 그들은 주로 입으로 독립전쟁을 했다. 화일이 어떻게 생각하든 여천은 부대를 이끌고 북간도로 이동했다.

북간도 나자구에 이르러 주둔한 참에 대한군무도독부를 지휘하는 최진동, 최운산, 최치흥 삼 형제와 신민단을 이끄는 안무 부대장이 대한독립군을 찾아왔다. 그 몇 달 전에 여천이 그들을 찾아가 연합하자고 제의한 적이 있었다. 그때는 생각해보자며 여지만 두었던 그 두 부대 대장들이 대한독립군이 나자구로 옮겨오자 연합하기로 결정한 것이었다.

최진동 집안은 봉오동 일대의 광활한 토지와 임야를 소유한 거부로서 작년 3.1 만세운동 소식에 격동된 삼 형제가 뜻을 합쳐 의병을 일으켰다. 안무는 혜산에서 의병을 일으켰다가 간도로 와서 최진동 집안과 가까이 지내던 차였다. 대한군무도독부와 신민단과 대한독립군이 연합했다. 연합군 명칭이 북로독군부로 정해졌다. 대원들은 북로독군부가 어렵다며 쉽게 대한독립군으로 불렀다.

전투군 6백여 명, 비전투군 3백여 명으로 구성된 대한독립군은 최진동 삼 형제 부대의 본거지이자 그 식구들이 살고 있는 봉오동으로 들어왔다. 상촌에 진지를 만들고 조직을 편제했다. 사령관 최진동, 연대장 홍범도, 사령부 부관 안무, 연대 장교 박승길, 연대 부장교 이원, 제1지대장 이천오, 제2지대장 강상모, 제3지대장 강시범, 제4지대장 조권식, 제5지대장 최운산, 제1중대장 한영준, 제2중대장 김치명, 별동분대장 이화일.

스물일곱 살 이화일을 별동분대장으로 임명한 사령부가 화일로 하여금 분대원 30명을 직접 뽑으라 했다. 화일은 별동대원 자격을 총격술에 능하고 달리기가 빠른 스무 살 이상 스물일곱 살 이하로 정했다. 그 범주 안에 드는 자원자를 받은 뒤 총 쏘기와 달리기 시험을 통해 서른 명을 뽑았다. 그 서른 명 중에 홍용환도 들었다.

용환은 열한 살 때부터 총을 쐈다. 화일이 가르쳤다. 달리기는 같이 하며 컸다. 화일이 여천을 수행할 때를 제외하고는 늘 붙어 지낸 셈인데 용환은 연해주에서 러시아말을 익혔다. 만주에서는 중국말을 배우고 간도에서는 일본말을 익혔다. 용환이 열여덟 살쯤 됐을 때는 화일보다 총을 잘 쏘고 달리기도 빨랐다. 그의 형 용범이 화일보다 한 살 높았다고 했다. 일군 장교 둘과 북청 군수와 북청 헌병대장 하세가와를 쏘고 그 자리에서 절명했다던 홍용범. 하세가와는 살아나서 다리를 절게 됐다는데 그 몇 달 후 북청 헌병대가 깨질 때 어떻게 되었는지 알 수 없었다.

별동분대를 구성하고 나자 사령부에서 붉은 목 띠 한 개씩을 매주며 별동대원이 특별하다는 사실을 전군에 선언했다. 화일은 분대원들을 이끌고 맹훈련에 돌입했다. 고려령을 중심으로 인근 산들을 구석구석 돌아다니며 지형지세를 파악했다. 봉오동 상촌에서부터 모둔 거치고 삼둔치 지나 두만강 두연 강안까지 날마다 뛰었다. 뛰면서 총을 쏘고, 뛰고 넘어지면서 쏘고, 구르면서 쏠 수 있도록 훈련했다. 백병전에 강해지도록 대원들끼리 치고받고, 뒤집어 넘기고, 천 두껍게 감은 목봉으로 찌르고 베었다. 무엇보다 잘 달아날 수 있도록 곧바로 뛰고, 갈지자로 달리고, 구르며 전진하는 훈련을 했다.

일본군 화력은 해마다 증강됐다. 그들 무기는 무한대로 보급됐고 성능은 날로 높아졌다. 그들의 기관총 성능은 가공可恐했다. 수십 년 전 조선 땅에서 수만 명의 동학교도가 봉기했을 때도 일본군은 기관총을 썼다. 기관총 앞에서 소총도 아닌 화승총이나 창칼, 죽창을 든 동학군이 추풍낙엽이 됐을 건 불문가지였다. 조선군대가 참여했던 함경도 붉은별 전투에서 의병연합대가 총 한번 제대로 쏴보지 못하고 2800 중 반수를 잃었다고도 했다. 그 기관총 성능이 십여 년 지나는 동안 얼마나 비약했겠는가. 일군 기관총 성능을 최근에 경험한 것만도 세 차례다.

작년 8월, 북로독군부로 합쳐지기 전 대한독립군은 강을 건너가 혜산진 일본군 수비대를 기습했다. 기습했음에도 죽인 일군이 겨우 십여 수나 될까. 포대 위에 올라앉은 기관총에서 총탄이 우박처럼 쏟아져 어찌해볼 수 없었다. 10월에 만포진 수비대, 금년 2월에 회령 수비대를 쳤을 때도 변변한 전과를 올리지 못했다. 기관총 때문이었다.

예전 조선에서 의병들이 그랬듯 독립군이 일본군을 공격할 방법은 지형지세를 이용한 매복밖에 없었다. 매복술이야말로 백두산 호랑이 사냥꾼으로 이름 날렸던 여천의 특기였다. 무엇보다 독립군

부대들은 연합해야 했다. 부대마다 연합 필요성은 느꼈다. 부대별로 각개 전투를 아무리 치러도 일본군 깃털 하나 뽑기 어려움을 다들 알았다. 그렇지만 통합도, 연합도 이뤄지지 않았다. 최진동, 안무 부대와 연합하게 된 게 오히려 신기했다.

6월 1일 아침에 사령부에서 후안산 초소에 나와 있던 별동분대장 이화일을 호출했다. 화일이 상촌 사령소로 올라오니 사령관 이하 제2중대장까지 전부 들어와 있다. 사령부 성원이 총 13명이라 탁자 열세 개 중 두 개를 상석에 나란히 놓고 양쪽에 다섯 개씩 마주 보게 놓았다. 하나 남은 탁자가 최진동 사령관과 홍범도 연대장이 나란히 앉은 상석 맞은편이다. 이화일이 앉을 자리는 말석이되 시선을 많이 받을 수밖에 없다. 처음에는 벌 받는 것처럼 불편하더니 요즘은 무던해졌다. 연대장 옆에 앉은 연대 장교 박승길이 화일한테 묻는다.

"강양동 쪽으로 강을 건너면 일군 수비대 분소가 있고 거기 한 개 소대가 있잖은가?"

"예."

"우리는 우선 그 강양동 수비대 분소를 치기로 했네. 그 분소를 침으로써 온성 일군 본대가 강을 넘어와 이 봉오동까지 들어오게 하자는 계획을 세웠다는 것이지."

별동분대장은 기실 사령부 성원이 될 위치가 아니다. 사령부 성원들 모두가 반평생을 항일 독립 전장에서 지내왔다. 별동분대는 사령부 명을 받아 실행하는 것이지 큰 작전을 세우는 데 끼어들 위치가 못 된다. 그렇지만 여기 자리가 있으므로 의견을 말할 수 있다.

"놈들이 국경을 넘어, 어쨌거나 중국령으로 돼 있는 이 땅으로 넘어오리까. 작년 8월, 10월, 금년 2월에 지금 여기 계신 1, 2중대장님들과 제가, 연대장님 명으로 강을 건너가서 혜산진, 만포진, 회령 등에 있는 수비대를 쳤습니다만 그들은 따라 나오지 않았습니다. 그이전 여러 번의 도강 전투에서도 마찬가지였고요."

제5지대장 최운산이 고개를 끄덕이며 입을 연다.

"오창근 정찰장이 보내온 소식에 따르면 온성지구 연합부대장으로 새로 온 대좌 야스카와가 주점 등지에서 보이는 행태가 사뭇 경박하다더군. 경박한 자들은 잘 넘어오지. 그리고 홍 장군께서 조금전에, 일군 간부 놈들은 작금 중국을 뜨거운 물에 들어갈 개고기쯤으로 여길 거라고 말씀하셨다네. 월경을 감행하고도 만치 놈들이약이 올라 있거니와 중국군을 무시한다는 거지. 자네며 한영준, 김치명 중대장이 그만치 여러 차례 기습을 해왔기 때문이라고. 해서사령부에서는 일본 수비대 분소를 다시 쳐서 놈들이 국경을 넘어결국은 이 봉오동으로 들어오게 하자고 정했네. 자네 별동대가 놈들을 끌어들이게. 놈들이 자네들에 이끌려 이 봉오동으로 들어오면우리가 다 같이 놈들을 분쇄할 것이야."

엄연한 명령인 데다 여천이 고개를 끄덕이므로 기꺼이 따르기로한다. 화일한테 대장은 여천뿐이다. 화일 자신도 대한독립군 지휘부말석에 앉아 있긴 하나 여천이 명하지 않는 일은 무엇도 하고 싶지않다.

"명 받잡습니다."

화일은 군례를 갖춰 인사하고는 사령소를 나선다. 아버지가 문밖에서 기다리고 있다가 화일을 보고는 고개를 끄덕인다. 아버지는 평소에는 여천 시중을 들지만 사령부 회의 때는 사령관 보좌와 함께 음료나 주전부리 등을 내놓는 수발도 든다. 지금도 사령관 보좌와 같이 음식이 든 커다란 함지를 두 팔에 들고 있다.

"잘 다녀와."

아버지가 걱정 같은 건 전혀 모르는 얼굴로 화일한테 간단히 이르고는 사령소 안으로 들어간다. 화일은 열다섯 살에 아버지 손에 이끌려서 종이공장을 벗어났다. 삼수성에서 여천을 만나고 조선군대에 입대한 순간 화일은 자신이 의병 전사가 되려고 세상에 나왔다고 느꼈다. 여천이 어린 날의 아버지 생명을 구했다고 했다. 여천이 있었기에 아버지가 있고 화일이 있는 거였다. 여천을 따라 독립군이 되는 건 운명 같았다.

초소로 내려온 화일은 5개 조로 나뉘어 있는 별동분대원을 이끌고 두만강가 두연나루에서 조별로 강을 건넜다. 밤이 되기를 기다렸다가 온성 수비대 강양동 분소를 기습했다. 소대장 이하 26명 중 23명을 사살했다. 셋은 부러 도망치게 두었다. 그들이 본대로 가야 말을 전할 것 아닌가. 소총 23정, 권총 1정, 실탄 1120개를 거둬 나왔다. 대기시켜 뒀던 배를 타고 강을 건너 삼둔치까지 왔다. 용환과 동수를 사령부로 보내기로 한다.

"사령부로 올라가서 전투 경과를 보고하고 아침에 내려와."

"가면 새벽인데, 자고 와요? 그냥 와요?"

확실히 하라는 듯 동수가 채근한다. 용환이 연대장 홍범도의 아들이듯 동수는 제1지대장 이천오의 아들이다. 용환과 동수는 스물한 살 동갑인데 생일이 동짓달과 섣달이라 별동분대 막내들이다. 별동분대에 들면서 단짝이 된 두 사람은 무엇이건 함께 하는 일은 다 재밌어한다. 지금도 한밤중 어두운 길을 가라는데도 신이 났다.

"자든 놀든 알아서 하고, 아침 먹고 잽싸게 오도록."

거둬온 무기며 실탄 실은 말을 용환과 동수한테 딸려 봉오동으로 보내고 삼둔치가 건너다보이는 삼달산 동굴로 들어선다. 평소 숙영지로 자주 이용하는 큰 동굴이다.

삼둔치는 봉오동 입구 서느락골에서 시오 리 밖에 있는 조선인 마을이다. 간도가 원래 조선 땅이라 골짜기마다 조선 사람이 살았다. 조선이 일제에 침략당하면서 살기 어려워 강을 건너온 인민들로 흔했다. 근 2, 30년 새 건너온 사람들이 삼둔치 일대를 일궜다. 그렇게 일군 전답이 상당했다. 독립군 비전투원들도 봉오동에서 인근 마을들을 오르내리며 땅을 일궜고 씨앗을 뿌렸다. 여천도 삼둔치에 여러 차례 들러 쉬면서 아이들이 노는 모습을 바라보곤 했다.

뒤 달 전 봉밀구를 다녀오던 길에 들렀을 때는 아이들이 다가들자 하나하나 머리를 쓰다듬으며 말했다.

— 너희들이 살아갈 세상을 위해 우리가 이리 사는 게지.

예닐곱 살이나 됐음 직한 한 계집아이가 여천이 머리를 쓰다듬어주자 제 손가락으로 여천의 볼을 짚으며 종알댔다.

— 할아버지, 노래 불러줄까요?

— 오오, 노래! 듣고 싶다. 불러주렴.

그 작은 입에서 나온 노래는 뜻밖에도 〈대한독립군가〉였다.

— 구국일념 독립 전사 어디 있나. 어디에 있나. 여기 있지, 나 있지, 우리 있지.

처음에 '의병 전사'로 지어졌던 노랫말은 강을 건너오면서 '독립 전사'로 바뀌었고 '여기 있지, 나 있지'라는 후렴구가 붙어 불렸다. 아이는 몸을 으쓱으쓱 흔들며 〈대한독립군가〉를 끝까지 불렀다. 아이가 노래를 마치자 여천이 팔을 벌렸다. 아이가 안기자 여천이 말했다.

— 이리 씩씩하게 자라주어 고맙구나, 아가.

그리 말하는 여천의 목소리가 눈물에 잠겨 있었다.

한가롭게 아침 먹고 출동 태세를 갖추는데 용환과 동수가 동굴로 뛰어 들어왔다. 동수가 소리친다.

"일군들이 삼둔치로 들어가고 있는데, 형님들 뭐 하십니까?"

일군이 오후나 되어서 올 거라고, 오늘 오지 않을 수도 있다고 여기고 방심했다.

"모두 삼둔치를 향해 전속력으로 뛴다."

젖 먹던 힘까지 쥐어짜며 뛰는데 마을에서 총성이 울리고 말았다. 일군들이 어제 강양 수비대 분소가 습격당한 분풀이를 무고한 양민들한테 하고 있다. 왜놈들은 군인으로서의 도리라는 것도 없다. 시도 때도 없이 간교하고 무도하고 악랄하다. 전속력으로 뛰어 마을에 이르는 동안 총성이 여러 차례 났다.

마을로 숨어든 대원들은 일군들이 보이는 족족 쏴 넘겼다. 놈들도 독립군이 이렇게 금세 나타날 줄 몰랐던지 허둥거렸다. 말 탄 장교 놈이 도망쳤다. 부상 입고 널브러진 놈들을 확인사살하고 나니 주검이 25구다. 소대장 놈을 뺀 1개 소대를 다 죽였다. 소총 25정과 실탄 900개를 얻었으나 마을 사람 일곱이 죽고 열둘이 총상을 입었다. 방심이 부른 참화였다. 별동대가 일본군을 끌어들인 셈이라 마을 사람들한테 면목이 없었다.

면목 없고 안타까워도 곧장 다음 전투를 대비해야 했다. 용환과 동수한테 말을 타게 해 두연나루로 보냈다.

아침에 용환과 동수가 말을 몰아 내달려왔다.

"어제 도망친 아라요시 그 왜놈개잡놈이 중대 병력을 이끌고 와요."

왜놈으로 모자라 왜놈개놈이 된 욕이 왜놈개잡놈으로 늘었다. 어쨌든 왜놈개잡놈들이 또, 슬픔에 잠겨 있는 삼둔치로 들어오게 할 수는 없었다. 화일은 분대를 이끌고 앞삼달 초입까지 나와 놈들을 기다렸다.

"우리가 일군 중대 병력쯤을 봉오동으로 끌어들이려고 여기 와 있는 게 아님을 다들 알 것이다. 대대 병력 이상을 끌어들여 한다. 이제 올 놈들을 이끌고 안산 개활지까지 끌어올린 뒤 한껏 끌고 다니기로 한다. 분대별로 움직이되 기회 되면 쏘고, 맞지는 말고 최대한 약을 올린다. 놈들이 후퇴할 때까지다. 알겠나?"

"예, 대장."

"연대장께서 늘 하시는 말씀을 상기하라. 전투할 때는 어떻게 한다고?"

"오로지 이기는 것만 생각합니다! 그리고 이길 것을 믿습니다."

"좋아. 이제부터 이기기 위한 오늘 전투를 시작한다."

무기 점검하고 군화 단단히 신고 길이 내려다보이는 앞삼달 등성이에 엎드려 기다린다. 대원들에게 전투할 때는 오로지 이기는 것만 생각하라고 강조하지만 화일 스스로는 회의할 때가 있다. 아무리 이겨도 이기는 것 같지 않기 때문이다. 대한독립군이 조선군대였던 때부터 불러 지금은 널리 불리는 군가를 부를 때는 슬퍼지기도 한다.

하느님도 임금 영웅도 우리를 구제치 못하리. 우리는 다만 우리 손으로 해방을 이루리. 자유를 누리리.

그 대목을 부르노라면 가슴 안쪽이 따끔거린다. 우리 손으로 해방을 이룰 수 있을지, 그리하여 독립을 쟁취하고 자유를 누리게 될지. 끝내 끝끝내 이기리라고 외치지만 그걸 스스로 믿는지, 잘 모르겠다. 그럴 때면 반평생 항일 독립전쟁을 해온 여천을 생각해본다.

대장께서는 우리가 끝내 이길 것을 믿으시는가. 우리는 끝끝내 이긴다고 반복하고 강조해 부르지만 우리를 구제해줄 하느님과 임금과 영웅은 세상 어디에도 없지 않은가. 보이는 거라고는 날로 강성해지고 거대해지는 적뿐이다. 결국 내가, 우리가 하느님이 되고 임금이 되고 영웅도 되어야 한다는 것인데 그럴 재간이 있다면 나라를 뺏길 것이며 구국 전선의 전투기계가 되어 나날을 살 것인가.

"형, 또 그런 얼굴이지! 그런 거 하지 마."

곁에 엎드린 용환이 시비를 걸어온다. 용환에 따르면 이화일은 생각에 잠겨 있을 때 멍청해 보인다. 용환은 화일이 멍청해 보이는 걸 싫어한다. 어릴 때부터 저를 쳐다보지 않고 화일이 혼자 생각에 빠져 있는 걸 싫어하는 버릇이 여태 남았다.

"알았어. 정신 차릴게."

한 식경이나 기다렸을까. 말 탄 아라요시가 중대 병력을 이끌고 앞삼달에 나타난다. 모두 겨누어 총 자세로 두리번거리며 들어온다.

"사격준비! 사격!"

부러 들리게끔 소리쳤다. 한 방씩 쏘고 나자 곧장 반격이 들어온다. 두세 방씩 더 쏘고 일어나 안산을 향해 뛰기 시작한다. 놈들이 먹잇감 발견한 승냥이 떼처럼 뒤쫓아온다. 앞삼달에서 안산까지 7, 8리 길이다. 봉우리가 완만한 안산 서쪽 면은 광활한 개활지이자 크고 작은 구릉지대다. 이 초여름에도 무릎을 넘지 못하는 풀들만 자란다.

안산 개활지에 올라 뒤돌아보니 일군들이 악착같이 쫓아오다가 등성이로 올라온다. 앞삼달에서 2, 30수는 넘겨졌는지 안산 등성이를 올라와 총을 쏘며 쫓는 놈들이 7, 80수 돼 보인다. 아군은 구릉을 방패 삼아 쏜다. 옆 조가 엄호하는 사이에 일어나 뛴다. 뛰다 구릉으로 뛰어들어 엄호사격하면서 옆 조를 뛰게 한다. 김바우 조, 곽진 조, 제용명 조, 장경 조, 민중선 조. 사냥하는 늑대들 같다. 기민하고 용감하고 눈부시다.

별동대원들은 모두 전투를 즐긴다. 모든 의병들, 독립군들이 대개 그럴 터이다. 대한의 독립을 위한다는 명제가 하늘 높이 깃발처럼 나부끼는 걸 느끼지만 내가 발붙인 전투 판에 뛰어들었을 때는 그조차도 잊고 오로지 이기기 위해 싸운다.

불리하면 숲으로 들어가 숨을 참이었는데 개활지를 반도 못 건너서 일군 반수 이상이 넘겨졌다. 일군 쪽에서 퇴각을 알리는 호각소리가 난다. 퇴각 명령을 들은 일군들이 돌아서 뛴다.

"별동대 정지, 역추적!"

소리친 화일이 호각을 분다. 추적하라는 신호다. 일제히 돌아선 대원들이 놈들 뒤를 쫓아 뛴다. 뛰면서 쏜다. 놈들도 구릉에 뛰어들어 쏘면서 달아난다. 달아나는 놈들을 별동대원들이 뒤쫓으며 쏜다. 맞거나 빗맞거나. 이렇게 움직일 때는 쏘는 행위 자체가 공격인지라 맞히는 걸 신경 쓰지 않는다. 늘 실탄 부족에 시달리는 까닭이다.

"추격 중지!"

화일이 호각을 불자 대원들이 뚝 선다. 속도 조절을 못해서 넘어지는 대원들도 있다. 아라요시가 맨 앞에서 등성이를 내려가 사라졌다. 일군 이십여 수가 아라요시를 따라 도망쳤다.

아군은 다친 사람 하나 없이 멀쩡하다. 아군이 상하지 않았으니 이긴 거다. 화일은 스스로한테 강조한다. 지금 이긴 거라고. 앞으로도 이길 거라고. 끝내 이길 때까지 이길 거라고.

"모두 거뒀나?"

"예, 대장."

너른 개활지에서 전리품을 수거하는 것도 큰일이다. 얼굴이 벌겋게 상기되고 땀들로 범벅이다. 개활지 등성이 위에서 총기들을 센 부분대장 김바위가 보고한다.

"길목 숲에 둔 총기류까지 소총은 76정, 총탄은 1500여 개네요. 어제 강 건너가서 획득해온 것까지 치면 소총 102정과 실탄 2400여 개 되겠습니다."

여천은 12년 전 강을 넘어왔을 때부터 부대 무기를 일제 소총으로 통일해왔다. 러시아제 모신나강이나 독일제 마우저 등은 실탄 구하기가 어렵기 때문이다. 각 총마다 총탄 크기가 달라 호환이 되지 않는 탓이다. 최진동 부대와 안무 부대는 모신나강을 주로 쓰는데 실탄을 멀리서 사와야 하는 탓에 자주 애를 먹는 것 같았다.

"본대로 귀환한다."

오늘 거둬가는 총과 실탄은 전투대원을 늘려줄 터이다. 비전투대원들 중 총술 시험에서 합격한 사람은 총이 생기는 숫자만큼 전투대원으로 전환된다. 여천은 총술 시험에 합격한 사람만 전투대원이 되게 하는데 총술 시험은 다섯 번 중 다섯 번이 다 과녁을 맞혀야 하고 맞힌 총알 중 한 개 이상이 과녁의 중심에 박혀야 한다. 총술 교관들이 잘 지도해서 어지간하면 시험에 통과하지만 영 안 되는 사람들도 드물지 않다. 그들은 총술에 소질이 없는바 소질이 있는 분야의 일을 찾으면 된다. 여천은 늘 비전투대원들도 전투대원들과 똑같이 독립전쟁을 하는 것이라고 설파한다. 맞는 말씀이다.

총기를 수거하고 길에 널브러진 시체들을 둔덕으로 올려놓는다. 시체들을 위한 일이 아니라 내 겨레가 지나다니는 길이므로 치워놓는 것이다. 용환과 동수를 두만강가로 보내고 수거한 총기를 가지고 봉오동으로 귀환한다.

"저런! 중대 병력을 작살내버렸다는 젠가?"

연대 부장교 이원이며 제3지대장 강시범 등이 혀를 끌끌 차며 탄식한다. 작은 승리에 취해 큰 계획을 어그러뜨렸다는 책망이다. 기껏 싸워 이기고 상당한 전리품을 가지고 돌아왔다. 전리품을 일화로 따지면 최소한 1만 5천 원어치다. 그런데 일군 대병력을 봉오동

380

으로 끌어들일 미끼들을 작살냈다고 핀잔한다. 일군을 아예 쫓아버렸다고 단정하는 것이다. 다들 웃는 얼굴이긴 하지만 웃음 속에 아쉬움이 묻었다.

"다 죽이지는 못해 일부 달아났습니다만, 다시 유인해 오겠습니다."

화일의 말에 제5지대장 최운산이 입을 연다.

"이화일 분대장, 그대와 그대 대원들을 책망하는 게 아니네. 거푸 세 차례 이기고 대량의 총기류를 획득해온 그대와 별동대원들을 치하하는 것이야. 아주 잘 싸웠네."

혀를 차던 몇 사람 어투에 칭찬과 격려는 배어 있지 않았다. 최운산이 화일을 위로하고 나선 까닭이다. 치하라고 들으니 치하받은 것 같다. 최운산은 젊을 때 중국군에 입대해 몇 해를 보냈다고 했다. 이 봉오동 일대는 물론 서대파까지 이르는 광활한 땅이 온통 그 집안 소유라 했다.

"예, 최 지대장님. 압니다."

오래전 여천이 이쪽 땅을 구입하려고 사람 셋을 보낸 적이 있었다. 강을 건너온 후 오창근 정찰장이 그들 행적을 듣고 와서 부대에 전해주었다. 그들은 독립군 기지가 될 땅 살 돈을 노름하고 아편을 피우는 데 썼다. 한 놈은 건달패거리에 맞아 죽고 한 놈은 병에 걸려 죽고 한 놈은 실종됐다. 여천은 그들에 대해 아무 말도 하지 않았다.

묵묵히 듣고 있던 여천이 입을 뗀다.

"예 계신 분들은 다 아시는 사항이라 젊은 그대한테 하려는 말이네."

여천은 이화일에게 하는 말이라 전제하지만, 사령부 성원 전부한테 말하려는 것이다.

"말씀하십시오, 연대장님."

화일은 김성집, 곽방언, 여민, 고천동 등으로부터 여천이 어떻게 싸우고, 부대를 어떻게 지휘해왔는지 들으며 컸다. 여천은 셀 수도 없을 만치 많은 전투를 치르고 대개 이기고 때로 졌다. 현재 사령부의 누구도 여천만큼 싸운 사람은 없다. 그만큼 이기거나 진 사람도 없다. 그처럼 피눈물을 흘린 사람도 없을 것이다. 화일에게 여천은 전투의 신이다. 무수한 상처에서 피를 뚝뚝 흘리며 우뚝 솟아 있는 신. 화일은 스스로가 여천의 수제자라고 자부한다.

"일본인, 일본군은 기이할 만치 자신들을 높이 두지. 그런데 우월감은 열등감의 다른 얼굴이라지? 고대로부터 조선에 열등감을 느껴온 왜놈들이 어쩌다 신식문물을 우리보다 빨리 받아들여 무력이 강해지다 보니 우월감으로 포장하게 된 것이지. 그런 성향이 현재는 더 하고. 그들은 자신들이 발아래 둔 우리한테 끊임없이 당하면서도, 당하는 순간조차도 자신들이 졌다고 여기지 않네. 오만한 거지. 오만과 어리석음은 같은 것. 적군은 내일, 늦어도 모레는 다시 올 거야. 이번엔 대대 병력 이상이 올 것이고. 그대의 별동대가 그만큼 쑤셔놨으니 적들은 이 봉오동을 아예 결판내러 온성 일대 일군을 총동원해서 오겠지. 화력도 최대한 동원할 것이고. 그러나 기습과 매복에 거푸 세 번이나 당했으므로 우리 작전에 쉽게 끌려들지 않겠지. 해서 우리는 그들을 끌어들일 작전을 새로 짤 것이네. 이화일 분대장!"

"예, 연대장님."

"우리가 현재 진행 중인 이번 전투는 연해주와 만주와 이 간도에 와 있는 모든 독립군에게, 또한 대한의 인민들한테 대한의 독립군으로서 당당한, 새로운 시작을 알리는 중대한 의미가 있네. 반드시 승리해야 하는 까닭이지."

"예, 연대장님."

"사나흘간 전투하느라 고생했네. 몹시 곤할 터, 그대는 그대의 부대원들과 잠시 쉬게. 곧 다시 부르겠네."

"예, 연대장님."

화일은 사령부 성원들을 향해 군례를 갖추곤 사령소를 물러난다. 여천 말씀에 따르면 나흘 전부터 치르고 있는 이번 전투는 세 부대가 연합한 뒤 정식으로 벌이는 첫 전투다. 모든 독립군의 첫 전투이기도 하다. 막중한 의미를 가진 전투이므로 전체 전투 지휘는 여천께서 할 것이다. 작전도 여천 중심으로 짜일 터이다. 그건 화일에게는 이기는 싸움을 하게 되리라는 의미다.

화일은 사령소 건너편 숲속에 든 별동대 숙사로 들어선다. 며칠간 잔뜩 긴장하고 뛰어다녔던 대원들이 귀틀집 안팎에 아무렇게 뻗어 있다. 땀을 워낙 흘려 좀 씻고 싶지만 씻으려면 사령소 반대편 계곡으로 가야 하는지라 귀찮다. 화일은 제1조장이자 부분대장인 김바우 옆에 빈자리가 있는 것을 발견하고는 방 안으로 들어선다. 방 안에 널린 젊은 사나이들한테서 엄청난 냄새가 풍긴다. 가까운 데서 비둘기가 부우부우 우짖는다. 여름이 다 왔다.

20
봉오동 전투

어제 오후, 일본군이 연대 병력을 준비하고 있다는 사실을 알아 낸 정찰장 오창근이 들어왔다. 대좌 야스카와가 지휘하는 보병 연 대 병력과 기관총대 5대와 박격포 5대가 내일 아침에 온성을 나서 서 두만강을 건널 것이라 했다. 1400여 병력이 강을 건너기 위해 뗏 목 부교를 놓고 있다고 했다. 월강추격대越江追擊隊라는 이름도 붙였 다고 했다.

대한독립군은 곧장 전투 준비에 돌입했다. 중촌과 하촌 사람들을 전부 피신시켰다. 안산 앞 안산마을 사람들과 삼둔치 사람들도 모 두 인근 산속 피난처로 들어가 있게 했다. 안산에서 삼둔치, 하촌, 중촌까지 비워놓은 독립군은 사령부 작전에 따라 각기 필요한 위치 에서 움직였다.

별동분대는 하촌 모퉁이에서 피파골 지나 서느락골을 거쳐 안산까지 내려왔다. 날씨가 나쁘다. 낮게 뜬 구름 사이로 비 올 바람이 흘러 다닌다. 내 구역에서 날씨가 나쁜 건 아군에게 득이다.

안산 등성이에 포진해 기다린 지 한 시간쯤 됐을 때 안산 앞벌에 월강추격대가 나타났다. 말 탄 장교들과 가지런히 정렬한 보병들과 수레 다섯 대에 실린 기관총과 박격포 다섯 대. 봉오동은 물론 고려령까지 통째로 날릴 수 있을 것처럼 어마어마하다. 장엄해 보이기까지 한다.

"선봉대가 먼저 움직이는 것 같은데요?"

1조장 김바우가 들여다보고 있던 망원경을 건네며 말한다. 망원경으로 보지 않아도 보인다. 선봉대는 1개 중대 병력이다. 봉오동까지 가는 길에 매복이 있는지 살피기 위해 선봉대를 내보내는 것이다. 안산 앞벌에서 봉오동까지 가는 길은 여럿이다.

안산 앞벌에서 안산을 돌아 후안산 옆길을 돌아 서북쪽으로 진행하면 고려령 서쪽 방향으로 난 봉오동 입구다. 왕래가 가장 많은 그쪽을 서느락골이라 부른다. 서느락골은 피파골로 이어진다. 안산에서 서북쪽 등성이를 넘는 방법도 있다. 후안산 개활지를 사선으로 질러가는 방법도 있다. 봉오동 남서쪽 방향으로 가도 된다. 여러 길이 다 봉오동 하촌 아랫골로 이어진다. 말과 수레가 움직이기 쉬운 길은 서느락골을 통해 피파골을 지나는 것이다. 피파골은 자작나무 숲이 울창한데도 숲 가운데가 평평해 길이 좋다. 흰 수피 덕에 밤에도 덜 어두운 장점을 가졌다.

별동분대가 할 일은 월강추격대에 타격을 가해 전력을 손상시키는 것이다. 여기서 일군들이 작은 매복에 걸리게 만들어 봉오동 쪽 큰 매복에 주의가 흐트러지게 만드는 것. 놈들은 본대가 무너지기 전에는, 최고 지휘관이 위태로워지기 전에는 물러나지 않는다. 체면이 있지, 연대 병력이 몰려왔는데 전력이 약간 손상당한다고 회군할 수도 없다. 약 올라 미치고 복수심에 불타 봉오동으로 기어이 들어가게 만드는 것이다.

"자, 사격 준비. 장전된 탄환이 떨어지면 곧바로 서느락골로 뛴다."

안산마을 옆길은 한쪽이 등성이고 한쪽은 마을로 열려 있다. 월강추격대 선봉대 백여 수가 겨누어 총 자세로 길에 들어선다. 극도로 조심스러운 이동이지만 제들 앞에 매복이 있을 것이라 여기는 것치고는 무모하다. 아니 교만하다.

일본 놈들은 계급이 높건 낮건, 군인이건 민간인이건 상관없이 다 자신들을 조선보다 높이 둔다. 쪽발이 섬놈들 주제에 조선을 반쪽 섬으로 낮춰 부르면서 자신들이 선민인 양 군다. 조선 전도를 보면 조선은 호랑이 형상을 하고 있다. 대륙 머리에 앉아 있기에 한 머리 땅이다. 그런데 썩어 흐무러진 물고기 형상으로 바다에 떠 있다는 쪽발이 섬놈들이 되지 못한 선민의식에 취해서 조선을, 대한을 한없이 얕본다.

화일은 잦혔던 몸을 일으켜 대번에 보이는 말 탄 놈을 쏘며 외친다.

"사격!"

말 탄 놈이 총을 떨어뜨리며 말에서 떨어진다. 따당땅땅당. 집중사격할 때는 꽹과리 치는 소리가 난다. 놈들은 매복이 이렇게 금세 나타나리라 예상치 못했던 모양이다. 반격이라고 하는데 순 헛총질이다.

31명이 백여 명한테 총을 쏠 때 반 이상은 빗맞히리라 예상했다. 그런데, 각기 장전된 총탄을 다 쏘고 나자 상황이 끝나버린다. 백여 수가 모조리 자빠졌고 말은 놀라 제 왔던 방향으로 뛰어간다. 늘 빠르고 정확하게 쏘도록 훈련하는 데다 집중사격을 했으므로 당연하지만 이번엔 좀, 아니 많이 심하다. 이렇게 대번에 모조리 넘어뜨려 버린 건 처음이다.

"이게 아니지 않아? 이리 다 넘어뜨려버리면 어떡하냐고! 삼분지 일쯤은 살려놔야지."

말을 하다 보니 어제 사령소에서 들었던 책망 투다. 잘했는데 너무 잘해버려 칭찬만 할 수 없는 상황.

"대장이 빗맞히라고 하신 적 없잖아요. 만날 총알 아끼라고 소리 지르시면서!"

용환보다 생월이 한 달 늦어 막내가 된 동수가 볼멘소리를 한다. 듣고 보니 그렇다. 맞히는 훈련만 시켰지 빗맞히는 건 허락지 않았다. 안산 앞벌을 건너다 보니 어느새 한 부대가 앞으로 나섰다. 선봉대가 매복에 걸린 걸 알아챈 것이다.

"잘해서, 너무 잘해서 치하하는 것이지. 다들 잘했네. 자, 내려가 총기와 실탄 거둬서 서느락골로 가지."

아직 숨 붙어 있는 놈이 많다. 산 놈이건 죽은 놈이건 관계치 않고 탄띠를 끄르고 총을 거두는데 뒤편에서 용환이 일본말 하는 소리가 들린다. 돌아보니 용환이 넘어진 일군한테 손을 잡혀 있다. 죽은 놈인 줄 알고 탄띠를 풀던 중에 놈이 용환의 손을 잡은 모양이다. 용환과 일군 사이에 몇 마디 오간 뒤 용환이 그의 손을 휙 내치고는 탄띠를 풀어 일어선다. 동수가 묻는다.

"뭐라고 하디? 넌 뭐라고 했고?"

"자식이 셋이라고, 죽이지 말아 달라고 했어. 나는 네놈들이 내 어머니랑 형을 죽였다고 말해줬어. 그랬더니 미안하대. 그래서 나도 내가 여기서 너를 죽이지는 않을 거라고 말해줬어."

확인사살 할 계획은 없고 그럴 시간도 없다. 화일이 소리친다.

"모두 이동하라."

총 두세 개씩을 둘러메고 서느락길을 향해 최대속력으로 뛴다.

일군에게서 거둬온 총기를 숲에 숨기고 한 시간쯤 지나자 또 중대 병력이 서느락길 입구에 나타난다. 들키지 않으려고 좀 멀리 숨은 탓에 매복 거리가 길다. 기다릴 것 없이 화일은 말 탄 놈을 향해 총을 쏜다. 소위 놈들한테까지 말을 태워 다니는 왜놈들에게 부아가 나서 마구 쏴댄다. 놈들도 여기저기로 흩어져 반격을 해댄다. 그래봐야 이쪽에서는 아군이 절대 우위다. 아군은 총탄에 맞지 않을 위치에서 공격하는데 놈들은 사방이 뚫린 곳에 몰려 있다. 적군 7, 80수가 쓰러졌다. 몇 놈이 죽고 몇 놈이 살았는지를 세는 건 지금 할 일이 아니다. 지금은 오히려 싸우다 당하지 못해, 아니 일군 본대가 무서워 도망치는 것처럼 보여야 할 때다. 화일은 호각을 불어 퇴각 명령을 내린다.

퇴각 명령을 내리고 서느락길을 피해 봉오동 남서쪽 숲속으로 뛴다. 남서쪽 작은 봉우리를 타고 넘어 하촌 아랫골 입구가 보이는 등성이 안쪽이 목적지다. 거기서 월강추격대가 들어오는 것을 확인하고 지름길을 통해 상촌까지 뛰는 게 오늘 별동분대만의 소임이다.

뒤따라 뛴 대원들이 금세 화일을 앞질러 간다. 가늘고 긴 몸을 구부리고 늑대들처럼 내닫는 용환과 동수가 제일 빠르다. 놈들한테는 전장이 놀이터 같다.

12시 05분에 별동대가 지름길을 통해 뛰어와 연대장 지휘소 앞에 정렬한다. 앞으로 나선 화일이 말한다.

"놈들이 피파골 지나 봉오동 길로 들어섰습니다."

모두 군복은 땀에 절다시피 했고 숨을 훅훅 몰아쉰다. 젊은 놈들이라도 산길 십여 리를 쉬지 않고 뛰면 숨이 가쁠 수밖에 없다. 혹시모를 사태에 대비하여 상촌에 처음 들어왔을 때부터 서남단 숲에서 피파골까지 퇴로를 닦았다. 경사가 심하지 않은 봉오동 길은 계곡을 따라 굽이굽이 굽어졌다. 독립군들의 퇴로로 만들어진 숲길은 거의 직선일지라도 산길이라 굴곡이 져 뛰기가 쉽지 않다. 젊은 놈들이나 뛰어다닐까 지휘부 성원들은 그냥 걷기도 숨이 차다. 별동분대를 젊은 녀석들로만 채워놓은 까닭이다.

"놈들 행군 속도가 어떻던가?"

조카 같고 아들 같은 화일이지만 제 수하들이 있을 때나 사령부 회의 때는 반존대를 한다. 십여 년 세월을 동반하고 있는데도 여전히 신기하고 대견한 놈이다. 여천은 이화일이 열다섯 살 때 총 잡는 자세를 가르쳤다. 그때 처음 잡은 총이 대번에 놈의 손에 붙는 눈치였다. 몸놀림은 독수리처럼 가벼웠다. 말귀는 얼마나 잘 알아듣는지 하나를 가르치면 열을 알아챘다. 제가 아는 걸 용환에게 가르치며 자라주었다. 화일이 아니었으면 용환을 어찌 키워야 할지 몰라 허둥거렸을 것이다. 이화일 하나를 얻음으로써 여천은 셀 수 없이 많은 것을 얻었다.

"두 줄로 꾸역꾸역, 성질 급한 사람 숨넘어갈 걸음으로 선두가 하촌 길에 들어선 걸 확인하고 왔습니다. 기관총을 실은 수레 다섯 대, 박격포차 다섯 대입니다."

놈들도 상촌이 대한독립군 본거지이자 현재 진지라는 사실을 알므로 극도로 경계하고 있는 것이다. 현재 제1지대는 상촌 서북단에, 제2지대는 상촌 동쪽 고지에, 제3지대는 북쪽 고지에, 제4지대와 제5지대는 상촌 남단에, 여천이 직접 이끄는 한영준의 제1중대와 김치명의 제2중대는 상촌 서남단 중턱에 자리 잡았다. 각 지대가 매복한 위치를 지도로 보면 오각형이다. 월강추격대가 그 오각형 안으로 다 들어서면 공격할 것이다.

"정찰대가 있던가?"

"저희가 정찰대를 두 차례 깼습니다. 그랬더니 선두 소대가 정찰조 노릇을 하는 것 같습니다. 놈들 진군 속도가 극도로 느린 까닭이고요."

"한 시간쯤 걸리겠나?"

"저희가 지름길로 내달아 오는 데 십 분쯤 걸렸으니 앞으로 한 시간쯤이면 그들 선두가 들어서리라 봅니다."

하촌에서 상촌 입구까지 10리다. 중촌은 하촌에서 3, 4리 지점에 있다. 중촌에서 상촌 초입까지 6, 7리. 정찰대는 속력을 높여 빨리 올 수도 있다.

"방언, 성집! 전군에 엄호로 들어가라는 신호기를 올려라."

방언과 성집이 검은 깃발 달린 깃대를 올려 흔들어댄다. 신호기가 오르자마자 1, 2중대가 먼저 낙엽 더미를 뒤집어쓰고 있는 엄호들 덮개를 열고 일제히 숨는다. 빨간 견장이 없고 모자가 다를 뿐 독립군 복색은 일군 군복 색깔과 비슷하다. 부러 그리 지어 입혔다. 어쨌든 마른 낙엽 속에 숨으면 피차 찾기 어렵다. 그 점을 이용해 엄호를 미리 만들어두었다. 다른 지대들에서 같은 깃발을 흔들어 호응해온다.

깃발들이 사라지자 봉오동 상촌 일대가 아무 일도 없는 산골처럼 되었다. 전투대원 6백이 사라지고 비전투대원 3백이 남아 예사로운 일들을 한다. 쌓던 축대 쌓고, 이던 지붕 이고, 짜던 발을 짜고, 장만하던 음식 계속 만들고. 오늘 비전투대원들의 전투는 일상 살기다. 필요할 때까지 예사로이 있다가 대피 신호기가 오르면 자신에게서 가장 가까운 엄호 속으로 들어가 숨는 것이다. 그들 3백 명이 아무렇지 않게 움직이므로 상촌은 여름 맞는 산골 마을 한낮 같다. 6백 명이 엄호 안에서 얼마나 긴장할 것이든 외형으로는 고요하다 못해 한적하다.

"별동분대도 정해진 엄호로 들어가 잠시 쉬게. 자네들 엄호마다 먹을거리가 준비돼 있으니 먹고."

"예, 대장."

별동대가 지휘소 가까운 제들 엄호로 향한다. 용환이 아비를 향해 눈을 찡긋하더니 씩 웃어 보이곤 제 무리를 따라간다. 예전에 용범은 아비를 쏙 뺐다는 말을 많이 들었는데 용환은 제 어머니와 많이 닮았다. 녀석은 엄살이 없다. 신기할 만치 천진하다. 화일 곁에서 부대 최고 전사 중 한 명이 됐는데도 가끔 하는 짓이 아직 어린아이 같다. 녀석의 그런 모습에 안도하는 건 제 어머니와 형을 잃게 만든 아비로서의 자책일 것이다. 독립전쟁 길에 들어선 걸 후회한 적 없으나 녀석한테만은 가끔 미안하다.

예상했던 대로 엄호 덮개를 덮고 기다린 지 20분 만에 적군 정찰소대가 상촌 입구에 나타난다. 상촌 곳곳에서는 비전투대원들이 평소와 다름없이 움직이고 있다. 일군 정찰대가 더 올라가면 들킬 것 같은지 입구에서 요모조모 살펴보다 잽싸게 돌아선다. 아니, 반수는 남는다. 1, 2중대가 매복해 있는 바로 아래쪽에서 정찰대 일부가 산비탈에 붙었는지 지휘소에서 보이는 건 중촌 쪽으로 내려가는 열두어 놈뿐이다.

가까이 있는 일군 정찰대 열두어 놈 때문에 1, 2중대를 비롯한 별동대며 지휘소까지 숨소리도 크게 내지 못한다. 이럴 때를 대비해 기침기가 있는 대원들한테는 약재가루와 버무린 벌꿀 경단을 나눠주었다. 기침이 나거든 입에 물고 참으라는 의미였다. 못 참을 정도로 기침기가 심한 대원들은 전투 대열에서 빼 비전투대원들 사이에 넣었다.

12시 45분. 드디어 일본군 선두가 상촌 입구에 나타났다. 놈들이 올 거라 자신하면서도 여천은 야스카와라는 놈이 제정신이면 어쩌나, 내심 걱정했다. 제정신 박힌 지휘관이라면 앞선 여러 차례의 전투들이 이 봉오동으로 연결돼 있는 걸 모를 수가 없지 않은가. 오늘만 해도 별동대가 제놈들 정찰대를 두 차례나 거푸 깼지 않은가. 아무리 약이 오르고 화가 나도 이렇게 기어들 일인가. 그 정도 신중함도 없는 자가 어떻게 연대 병력을 지휘하랴. 그랬건만 놈이, 놈들이 온다. 아군이 석 달 가까이 준비해 펴놓은 거대한 함정 안으로 정말 들어오고 있다.

조선과 조선인을 눈 아래로 내리 보는 오만이 일본 것들을 어리석게 한다. 최소한 이 봉오동으로 연대 병력을 끌고 들어오는 야스카와 대좌는 어리석은 놈이다. 압록강, 두만강을 건너와 10년 넘게 이 악물며 커온 대한독립군을 오합지졸로 여기고 기어이 이 봉오동으로 기어들어 오고 있지 않은가. 쑥쑥 들어와서 3지대가 자리한 상촌 안쪽까지 잘도 들어간다. 그사이에 마을 안에 있던 사람들이 슬금슬금 사라지고 있는 것도 알아채지 못한다.

13시 10분, 일군 후미가 여천과 1, 2중대가 지키는 상촌 서남단 길을 통해 상촌 안으로 꾸역꾸역 밀려들어 간다. 망원경에 눈을 댄 채 여천이 낮게 읊조린다.

"공격 준비, 신호기 올리게."

방언, 성집, 천동은 25년 전 원산포구 전투 때부터 함께해왔다. 여민은 풍산에서 열여덟 살에 입대했다. 그도 여천과 함께 나이가 들어가고 있다. 네 보좌가 공격 준비 신호기를 올려 흔든다. 공격 준비 신호가 비전투원들한테는 전원 대피 신호다. 1, 2중대원들이 엄호에서 기어 나와 전투 위치를 찾아간다. 별동대도 마찬가지다. 다른 지점 지대들에서 같이 움직인다는 신호기가 올랐다가 사라진다.

"우리도 우리 위치로 가지."

여천을 비롯한 보위 네 사람도 지휘 엄호에서 나와 작전 위치에 선다. 공격 신호는 여천이 울리는 첫 총성이다. 상촌 서북단에 사령관 최진동과 이천오의 제1지대가 있다. 상촌 동쪽 고지에 사령부 부관 안무와 강상모의 제2지대가 있다. 북쪽 고지에 연대 부장교 이원과 강시범의 제3지대가 있다. 연대 장교 박승길과 조권식의 제4지대와 최운산의 제5지대는 상촌 남단에 있다. 여기 서남단 중턱에 한영준의 제1중대, 김치명의 제2중대, 이화일의 별동분대까지 자리 잡고 있다. 그 모두가 여천의 신호를 기다리고 있다.

"사격준비하라."

여천이 네 보좌를 향해 속삭인다. 동시에 자신의 총을 꼬나들고 일군 맨 끝에 있는 놈을 겨냥한다.

"사격준비, 됐나?"

"예, 대장. 명하십시오."

13시 15분이다.

"그럼 우리 다섯이 다 같이 준비. 이제 시작한다. 사격준비! 실시."

실시라는 말과 동시에 실시한다. 여천이 먼저 겨눈 놈의 이마를 향해 방아쇠를 당긴다. 총소리와 함께 군모 쓴 놈의 머리통이 터진다. 골짜기 안 곳곳에서 일제 사격이 시작된다. 운명이라는 듯, 운명을 거부할 수 없다는 듯 온 골짜기에 총성이 쏟아진다. 총구에서 발생한 연기가 마구 핀다. 놈들이 픽픽 넘어진다. 그렇지만 여천이 예상하고 기대했던 것보다 아군 사격 집중도가 낮다. 실험 사격할 때보다 사격 거리가 멀고 넓다. 실물을 놓고 실험 사격을 할 수 없기에 모래 자루나 허수아비를 세워놓고 했다. 움직이지 않는 물체와 움직이는 적. 그 차이를 미처 계산치 못했다. 놈들이 대단위 정예군이라는 사실도 새삼스럽게 염두에 뒀어야 했다.

아군이 놓친 그 점 때문에 일군은 혼돈의 와중에 우왕좌왕하면서도 곧 반격 위치를 찾아 나간다. 여기 서남단 중턱 골짜기에 든 적군들이 그러므로 다른 데 있는 적군들도 금세 반격 위치들을 찾아낼 것이다.

적군의 반격이 시작됐다. 적군의 기관총대가 두두두두 불을 뿜는다. 펑 펑, 펑 펑. 박격포가 날아와 터진다. 아군 사격 집중도가 떨어지듯 적군 공격도 효과는 별로 없다. 그렇지만 적군 화기는 아군 공격을 막아버리는 막대한 힘을 가졌다. 두두두두. 기관총들은 독립군의 주요 공격 지점을 간파하고는 그쪽을 향해 기관총을 난사해댔다. 그 범위가 전면 180도를 아울렀다. 5백 발을 연발하는 기관총 앞에서 아군은 총을 들고 서서 쏘기는커녕 목을 내밀어 보기도 어렵다.

다섯 지점에 나눠 있는 독립군의 전투대원은 6백여 명이다. 지형적 우위에 있다고 해도 1700수 가까운 일군과 기관총 다섯 대가 쏟아내는 무지막지한 총탄과 집채가 터지는 것 같은 박격포탄 앞에서는 할 수 있는 일이 없다. 아군이 폭탄을 던질 만한 거리 밖이라 그조차도 무용하다. 게다가 골짜기 안에는 엄폐물로 삼을 수 있는 바위며 작은 언덕들이 얼마든지 있다.

다섯 기관총대가 제들과 마주한 독립군을 겨냥하고 있고 박격포대는 아무렇게나 연신 쏘아댄다. 박격포가 날아오는 것이 눈에 보인다. 눈에 보이므로 피한다. 피하지만 사방 천지서 박격포가 펑펑 퍼진다. 기관총대는 사격을 멈춘 채 이쪽이 움직이기만 기다린다.

열두 해 전 함경도 붉은별 벌판 전투에서 이런 양상이었다. 그때는 지휘부가 제대로 갖춰지지 않아 속수무책 당했던 거라고 여겼다. 실상은 기관총 포대 앞에서 꼼짝 못 한 것이었다. 더구나 그때는 벌판이었다. 놈들한테 기관총 여섯 대가 있는 걸 처음엔 몰랐다. 아군이 가져본 적 없는 무기인지라 생각이 미치지 못했다. 그 결과 일각도 못 되어 의병연합군 천여 수가 쓰러지는 끔찍한 광경을 목도했다. 도망쳐 몸 숨길 곳이 너무 멀었다.

여기는 아군 위치가 우위다. 적군은 병력과 무기가 절대 우위다. 공격을 개시한 지 반 시간쯤 만에 골짜기 안이 조용해진다. 다른 지점들에서도 총소리가 그쳤다.

일본군 후미가 다섯 지점이 이룬 오각형 안으로 들어선 걸 확인한 여천이 공격 신호를 낸 게 13시 15분이었다. 아군 준비가 워낙 투철했기에, 여기까지 끌어들였으므로 실제 교전은 오래 걸리지 않으리라 여겼다. 오판이었다. 일군에 기관총대가 다섯 대, 박격포대가 다섯 대나 있는 걸 알면서도 그 가공할 위력을 다 알지 못했다. 전투 때마다 배우지만 매번 뭔가 모자란다.

15시 45분. 두 시간 반이 흘렀다. 이쪽이 꼼짝 못 하듯 적들도 꼼짝 못 한다. 날이 흐려서인지, 며칠째 교전하고 있는 착각이 생길 정도다.

적들은 공격 초반에 쓰러진 소수를 제외하고 아직 거의 그대로다. 전투는 국지전 양상으로 변하여 산발하다 그나마 멈췄다. 이대로 가다가는 적군을 끌어들여 아군 전멸을 자초한 꼴이 될 것이다.

"이 대치 상태를 깨야겠지?"

네 호위들에게인지 스스로에게인지 묻는다.

넷이 동시에 대답한다.

"예, 대장."

"여민! 별동대를 데려와라."

여민과 고천동이 엎드리다시피 기어가더니 별동대를 불러온다. 화일과 별동대원들이 포복 자세로 여천 앞으로 다가든다.

"화일아."

"예. 대장님."

"이대로 가다간 밤을 맞겠다. 우린 긴 시간 끌 실탄이 없잖느냐."

"예, 대장님."

"아무리 생각해도 너희 외에는 다른 수가 없다. 우리가 적군과 기관총대, 박격포대와 마주하고 있으니 너희 별동대는 가서 기관총대 뒤편을 공격할 수 있는 저격 지점을 찾아라. 한 바퀴 돌면서 기관총대를 다 깨라는 게다."

두 시간 반 동안 그 생각을 못 했던 게 아니다. 기관총대를 둘러싸고 있는 놈들이 망원경까지 가지고 부릅뜬 눈으로 팔방의 공격에 대비하고 있었다. 저격 위치를 찾는다고 해도 쏘자면 놈들 앞에 몸을 드러내야 했다. 그리 위태로운 일을 할 사람이 별동대뿐인데 젊은 놈들을 적군 총구 앞에 세우자니 결심이 쉽지 않았다. 다른 수가 있는지 궁리했다. 다른 수가 떠오르지 않으니 하는 수 없었다.

"제가 먼저 그 생각을 해내고 말씀을 드려야 했는데, 우둔하여 늦었습니다."

"내가 그대들 안위를 생각했듯 그대 또한 그대 수하들을 생각했겠지."

"예, 대장님. 다녀오겠습니다."

화일이 이미 구상했던 것처럼 제 수하들을 이끌고 제4지대가 있는 서남쪽으로 사라진다. 시계 도는 방향으로 다니며 기관총대를 저격할 지점을 찾으려는 것이다.

화일은 별동대를 데리고 제4지대와 여천 중대 사이, 능성이 가까이 다가들었다. 기관총대를 깨지 못하면 지금까지 준비했던 것들이 모조리 쓸데없어질 뿐만 아니라 이 봉오동이 박살 나고 말 거라 생각하는 참에 여천이 불렀다.

자리 잡고 유심히 살피자니 여천 중대와 제4지대를 겨누고 있는 두 기관총대가 사선으로 보였다. 사정거리 안이었다. 양쪽 기관총대에 각기 기관총수와 보조수가 앉아 있고, 엄호하고 있는 일군 병사가 스무 명가량씩이었다.

"모두 저 두 기관총대가 보이나?"

"예."

"지금 우리는 일군 기관총대 격파대다. 각자 사격 위치를 잡는다."

모두 사격 위치와 자세를 잡았다.

"먼저 우리 1, 2중대를 겨누고 있는 오른쪽 기관총을 처리한다. 내가 기관총수를 쏘고, 중선이 보조수를 쏜다. 기관총을 엄호하는 놈들은 각자 하나씩 맡는다. 남은 놈들은 우리 중대에서 처리하게 놔둔다. 그다음 즉각 총구 돌려서 우리 4, 5지대를 향해 있는 왼쪽 기관총대를 깬다. 이후 1지대 쪽으로 이동한다. 사격준비! 사격."

사격이라 말하면서 방아쇠를 당겼다. 1, 2중대를 겨냥하고 있던 기관총수 관자놀이쯤에 박혔는가, 놈이 군모를 떨어뜨리며 보조수 쪽으로 넘어갔다. 중선이 쏜 총탄에 맞은 보조수 놈은 앞으로 넘어 졌다. 기관총을 엄호하던 놈들도 픽픽 넘어갔다.

"분대원 모두, 총구 돌려."

각기 선 자리에서 철컥 철컥 격발하며 총구를 돌렸다.

"준비, 사격!"

제4지대를 겨냥하고 있던 기관총대를 깼다. 이렇게 쉬웠던 걸 여천이 결심하기까지 두 시간 반이 걸렸고 화일 스스로는 그나마 결심도 못 했다.

"제1지대 쪽으로 이동!"

두 개 깼으므로 3개 남았다. 기관총대가 만든 방어막이 뚫리자 남쪽을 맡은 1, 2중대와 4, 5지대에서 총탄이 쏟아졌다. 아래쪽에서 반격하는 소리로 요란했다.

별동대원들은 제1지대를 향해 뛰었다. 돌부리를 건너 뛰고 나뭇가지를 비켜 뛰고 등성이를 기어 뛰었다.

"멈춰."

제4지대와 제1지대 사이 등성이에서 제1지대를 겨냥한 기관총대를 발견했다. 제4지대와 여천 중대 쪽에서 전투가 재개되자 이쪽 놈들도 기관총구를 이쪽저쪽으로 돌려대며 잔뜩 긴장하고 있다. 장교 놈은 몸을 낮춘 채 뭐라고 마구 소리를 질러댄다. 용환이 대원들이 듣도록 낮게 말했다.

"눈 크게 뜨고 조선 놈들을 보라고 질러대는 소립니다."

"그렇군. 우리도 눈 크게 뜨고 각기 저격 지점을 찾도록."

엎드린 채 두리번대던 5조장 민중선이 손가락을 튕겨 딱 소리를 내며 제 쪽으로 오라고 손짓했다. 기관총대 옆쪽이 사정거리 안에 들어오는 공격 지점이었다.

"각자 사격 위치."

현재 놈들 위치에서는 다른 두 개의 기관총대가 깨져나간 걸 볼 수 없었다. 그럼에도 유다른 불안을 느끼는지 기관총수는 제1지대를 향해 기관총구를 돌려 을러대고 기관총대 엄호병들은 총을 겨눈 채 마구 두리번거렸다.

"여기서 1지대를 겨냥한 저 기관총대를 깨고 최대속력으로 3지대 쪽으로 뛴다. 자아 준비, 사격!"

31명이 한 곳을 조준하고 쏘니 한 발씩으로 정리됐다. 기관총수가 넘어진 순간 이천오의 제1지대에서 총탄이 쏟아졌다. 제1지대에서 쏟아진 총탄들이 일군 박격포대를 무너뜨렸다.

3지대 쪽으로 들개들처럼 낮게 이동한다. 3지대를 겨누고 있던 기관총대를 깼다.

마지막은 2지대를 겨냥한 기관총대다. 기관총수가 쓰러지자마자 2지대에서 총격이 쏟아져 내렸다. 온 골짜기에서 귀청이 떨어질 것 같은 총성이 쉴 새 없이 울렸다. 처음엔 꽹과리 소리 같더니 이제 콩 볶는 소리쯤으로 들렸다. 화일은 분대를 이끌고 여천 중대로 복귀했다.

별동분대가 기관총대를 깨고 나니 박격포대는 어렵지 않게 부술

수 있었다. 다른 지대들도 마찬가지였다. 아래쪽 적군과 위쪽 아군 사이에 총격전이 본격화됐다. 피아간에 주고받는 총격이지만 여기는 대한독립군 영역이다. 대한이다. 전황은 아군 쪽으로 급속히 기운다. 지형적으로 우위에 있는 아군 사상자는 드문 것 같은데 넘어져 있는 일군은 부지기수다. 점점 늘어나고 있다. 지옥도가 따로 없다. 일군한테는 날씨마저 지옥일 터. 점점 더 흐려진 날씨가 급기야 안개비를 날린다.

뿌우, 뿌우, 뿌우.

일군 쪽에서 퇴각령이 나오고 있다. 여천이 화일에게 명한다.

"우리가 얼추 반쯤 잡은 것 같다. 그건 반수쯤이 퇴각하리라는 것이겠지?"

"예, 대장님."

"네 대원들을 데리고 놈들 앞서 피파골로 내려가거라. 피파골 길목에 깊이 숨어, 퇴각하는 놈들을 살펴라. 놈들 숫자가 적지 않은 데다 잔뜩 독이 올라 있으니 상황이 여의치 않으면 너희는 절대 나서지 마라. 오늘만 날이 아니니 성급히 굴지 말고, 너희들 목숨을 고이 가지고 돌아오라는 게다. 명심해라."

"예, 대장님."

별동대원들이 숲길로 들어서더니 금세 사라진다. 직선 길일지라도 숲속인 데다 안개비가 날리고 바람이 불어 시야가 몹시 흐리다. 놈들이 위에서부터 밀려 내려오고 있다.

"사람 형상으로 보이는 것들은 모조리 쏴라. 한 놈이라도 더 쓰러뜨려라!"

여천은 목청껏 소리 지르며 스스로도 사격을 멈추지 않는다. 그렇지만 후퇴하는 놈들도 필사적이다. 산비탈을 향해 쏴대면서 빠른 속도로 빠져나간다. 안개가 휘몰려다니는 중에 언뜻언뜻 놈들이 나타났다가 사라지길 반복한다. 와중에 옆에서 새로 장전하던 천동이 엇, 소리와 함께 총을 떨어뜨린다. 오른손으로 왼쪽 어깨를 감싸며 주저앉는다. 주저앉으며 소리친다.

"괜찮습니다, 대장. 어깨를 살짝 스쳤습니다."

천동은 여천이 걱정할까 봐 잽싸게 제 상태를 알렸다. 순간 여천은 퇴각하는 놈들에게서 물러나야 한다는 생각을 한다. 전세가 기운 상황에서 악에 받친 놈들을 공격하다가는 아군이 사상자가 더 나올 수 있지 않은가.

"방언, 공격 중지! 나팔을 불게."

방언이 위쪽을 향해 서서 나팔을 길게 분다. 부우우, 부우우우, 부우우우. 멈추라는 뜻으로 긴 나팔 소리가 울려나가자 골짜기가 차츰 가라앉는다. 퇴각하는 놈들 총소리도 잦아든다. 이쪽에 공격 중지 명령 나팔 소리가 난 걸 알고 총을 쏘는 대신 빠져나가는 데 몰두한다. 다쳤으되 걸을 수 있는 놈들을 부축해가며 썰물처럼 빠져나간다.

공격할 때는 신중치 않은 놈들이지만 달아날 때는 아주 신속한 놈들이라 오래지 않아 상촌 입구 외길이 조용해진다. 완전히 조용해진 길에 안개만 넘실거리고 다닌다. 전군이 숨죽이며 여천이 전투가 끝난 것과 승리를 선언하길 기다리고 있다.

"방언, 우리 측 승리다. 승리 나팔을 불게."

방언이 부, 부, 부. 나팔 소리를 짧게 끊어가며 적군이 물러갔음을, 아군이 승리했음을 알린다. 맨 안쪽 제3지대 쪽에서부터 함성이 일기 시작한다. 와아아. 만세, 만세, 대한 독립 만세. 곳곳에서 같은 함성과 만세 소리가 터진다. 군악대가 들어 있는 김치명 중대 쪽에서 군가를 부르기 시작한다.

구국일념 독립전사 어디 있나. 어디에 있나.

우리 여기 있지. 그 대목을 부를 즈음이면 군가가 전군으로 옮아 붙기 마련이다. 우리는 다만 우리 손으로 해방을 이루리. 자유를 누리리.

안개에 휩싸인 봉오동 골짜기가 고려령까지 들려지는 듯이 거대한 합창이 이루어진다. 여천은 군가를 듣고 부를 때 자주 그렇듯이 또 김수협을 떠올린다. 끝내 이길 거라고 힘주어 말하던 동지, 그 다정했던 벗! 또한 떠오르는 아내. 생전에 아내가 마지막으로 속삭였던 말들.

여보, 사랑해. 당신을 사랑해서 나는 모자란 게 없어요. 당신을 만난 내 삶이 정말 좋아. 예쁜 당신, 내 걱정은 마요. 애들 걱정도 말고요.

아내가 부르는 여보 소리가 천지 사방에서 산비둘기 소리처럼, 뻐꾸기 소리처럼, 올빼미 소리처럼 시시때때로 귓전에 울린다. 그때마다 여천은 가슴속 실핏줄이 낱낱이 뜯기는 것 같다. 여보, 가지 말고 나 좀 봐줘요. 내 곁에 있어줘요. 나 좀 안아주세요.

꿈속에서 만날 때마다 아내한테 애원하지만 그 사람은 꿈쩍도 아니 한다. 미련 남기지 않았다는 걸 보여주듯이 웃는 얼굴로 제 갈 길 간다.

피파골은 하늘을 찌를 듯이 높은 자작나무들 때문에 여름에는 한낮에도 햇빛이 잘 들지 않는다. 햇빛이 적은 탓에 풀들이 변변치 않아 발에 걸리는 게 적다. 피파골 중도에 길에서 반 마장쯤 떨어진 숲 바깥이 바위지대다. 크고 작은 바위 사이사이에 몸 웅크릴 만한 곳들이 있다. 바위지대 너머는 전나무 숲이다. 유사시 전나무 숲으로 도망칠 수 있으므로 숨어 있기 맞춤하다. 대원들은 바위무더기 안에다 몸을 들이고 바위 사이에 총구를 대놓고 응전 태세를 갖춘다.

안개비에 옷이 축축해졌다. 날씨 좋은 날이라면 이제 석양녘인데 저물녘처럼 아슴푸레하다. 누군가 하품을 늘어지게 하고 나서 읊조린다.

"아아, 졸려. 안개비를 이불 삼아 한잠 푹 자면 좋겠다."

"나는 얼른 끝내고 우리 숙사 가서 불 때고 자면 좋겠다."

"나는 혜산진 우리 집에 있는 내 방서 자고 있다면 좋겠다. 비 오는 날 자고 있으면 어머니가 주전부리 갖고 들어와서 깨워주는데."

"나는 각시 보고 싶다. 비 오는 날 각시 안고 자면 좋은데."

각시 운운한 진동삼이 주변에 있던 동료들한테 마구 쥐어박힌다. 무산 출생인 그는 이태 전에 한영준, 김치명, 이화일 등이 무산으로 '국내 진공 작전'을 나갔을 때 대한독립군을 알아보고 입대했다. 일본군이 그의 집안 밭을 무단으로 점거하고 무산 수비대 건물을 세웠다고 했다. 그를 비롯한 식구들은 일본 놈이라면 이를 갈게 되었고 그의 입대를 허락했다. 당시 스물세 살이었던 그는 이미 장가들어 아이도 있었다.

안개비로 시작된 말이 여기저기 건너다니더니 한성까지 번진다.

한성에 가본 사람은 화일뿐인 듯하다. 화일은 김치명 중대장과 함께 여천을 호위해 한성에 갔던 얘기를 다른 사람한테 해본 적이 없다. 지금도 하지 않는다. 여천의 외부 행보는 대외비다. 바깥에 비밀인 사안은 안에서도 비밀이어야 한다.

지난 십여 년간 여천은 이태에 한 번씩은 국내로 들어갔다. 화일이 수행한 건 세 번이다. 함흥이며 한성을 갔다. 군자금 때문이었다. 1, 2백 명, 2, 3백 명을 먹이고 입히면서 전투를 수행할 수 있게끔 조련하면서 무기를 구입하려면 돈이 많이 필요했다. 다른 부대에서는 그 군자금을 어찌 다 마련하는지 몰라도 여천의 방법은 의외로 간단했다.

함흥이나 신흥이나 원산이나 한성 같은 데로 가면 여천의 동지들이 나타났다. 여천의 동지들은 정성껏 마련한 군자금을 내어주는 한편으로 돈 많은 친일분자를 찍어줬다. 여천이나 김치명은 적지 않은 나이임에도 남의 집 담을 수월하게 넘었다. 화일을 방 밖에 둔 두 사람은 주인 방으로 들어가서 자고 있는 주인 머리통에 권총을 대고 말했다.

— 네놈의 친일행각을 단죄하러 왔다. 네 죗값을 네 목숨값으로 대신해라.

그러면 꼭 준비했다가 내주는 것처럼 돈이 나왔다. 5만 5천 원, 4만 3천 원, 8만 7천 원. 화일이 참여했던 군자금 마련 작전에서 그러했다.

여천이 나를 데리고 다닌 까닭이 뭘까. 그걸 생각해본 적이 있었다. 어렵지 않았다. 여천은 언젠가 당신 대신 강을 넘어 다니라는 뜻으로, 당신 동지들과 이화일을 연결시키는 것이었다.

"쉿, 다들 조용!"

봉오동 쪽이 아닌 서느락골 쪽에서 어떤 소리들이 감지됐다. 화일은 고개를 내밀어 서느락골 쪽 숲을 뚫어져라 쳐다본다. 바람은 더 세지고 안개비는 싸라기비로 변했다. 시야는 더 흐려졌다. 자작나무 수피가 흰 덕에 그나마 아예 캄캄하지는 않다. 부분대장 김바우가 중얼거린다.

"일군인데? 저것들이 왜 저쪽에서 오죠?"

"뭐?"

다시 보니 자작나무 새에서 움직이는 형상들이 희미하게 보인다.

"월강추격대 지원부댄가?"

"지들이 질 줄 알고 구하러 왔을까요?"

"그럴 리 없는데? 가만, 봉오동 쪽에서도 무슨 기척이 나는데?"

봉오동 쪽에서 나는 기척은 서느락골 쪽 기척보다 숨 가쁘다. 패전하고 도망치는 길이기 때문일 것이다. 양쪽 다 될수록 조용하려고 애쓰는 게 역력한데 서느락골 쪽에서는 느리게 움직이고 봉오동 쪽 움직임은 더 급하다. 거의 보이지 않지만 양쪽 사이가 두 마장 거리로 좁혀지고 있다. 양쪽을 번갈아 보는 새에 더 좁혀졌다.

"우리 여기 있는 거 알고 협공할 생각으로 같이 들어오는 것이리까?"

"우리 여기 있는 걸 어찌 알고? 그럴 리는 없잖아. 다들 총 쏠 태세는 갖추되 숨들 죽이라고. 연대장께서 우리 다, 목숨 붙여갖고 돌아오라고 하셨는데 자칫하다간 양 새에 끼어서 곶감이 되겠어."

용환이 나지막하게 끼어든다.

"대장. 나, 인필골 떠난 뒤로 곶감 못 먹어봤어. 무슨 아버지가 아들놈한테 곶감 한 개도 아니 사다 주시고 만날 총질이나 시키시니. 동수야, 수야, 너는 곶감 언제 먹어봤냐?"

용환의 느닷없는 한탄에 모두 웃음 터진 자기 입을 쓸어 막으며 엎드린다. 동수가 나선다.

"환아, 나는 곶감이 어찌 생긴 줄도 몰라. 곶감은 감 깎아 말린 거라며? 나는 감이라는 과일도 못 봤어. 그러고 보니까 네 아버님보다 내 아버지가 더 심하네. 우리 이따 사령부 올라가서 곶감 사내시라고 할까?"

"근데 훈춘에 곶감이 있을까? 강을 건너가야 하나?"

둘이 주고받는 말이 어이가 없으니 대원들이 더 깊이 엎드린다. 엎드린 등짝들이 들썩거리며 웃음이 핀다.

"쉬, 쉬. 조용. 적들이 가까워졌어. 이제부터 숨만 쉬기!"

대원들 입을 막아놓고 숨을 죽인다. 양쪽 적들 거리가 반 마장쯤으로 좁혀진 것 같다. 이쪽과도 직선으로 반 마장이다. 반 마장쯤 벌어졌던 양쪽 적들이 차츰 거리를 좁힌다. 기척으로 가늠하는 것일 뿐 시야가 흐려 잘 보이지 않는다. 마침내 양쪽이 서로를 감지한 것 같다. 이제 서로 소속을 대느라 큰소리가 나겠구나 싶은데 느닷없이 총성이 울린다. 봉오동 쪽에서 오던 일군들이 건너편을 향해 마구 총을 쏘아댄다. 서느락골 쪽에서도 응사해댄다. 이게 무슨 일일까.

머리를 굴리다 보니 짐작하겠다. 퇴각병들은 봉오동 독립군들이 추격해온 것으로 여기는 것 같고, 지원병들은 매복에 걸렸다고 생

407

각하는 성싶다. 아니 서로가 맹문이가 돼버려 그냥 쏘는 건지도 모른다. 죽기 살기로 서로를 쏴댄다. 실탄이 나무에 박히고 서로한테 박히는지 여기저기서 쓰러지는 것 같다. 양쪽은 자신들이 낸 총성들에 귀가 먹어서 일어로 자신들 말로 나오는 외침과 신음소리조차 구분하지 못한다. 제 쪽에 있는 자가 내는 외침으로 느끼는 것이다.

화일은 늘 내 쪽에서 내는 총소리를 먼저 듣고 살아온 터라 남들이 내 앞에서 쏴대는 총소리가 이렇게 요란한 걸 몰랐다. 내가 하려던 일을 남이 해주매 이렇게 조마조마하면서 발바닥이 근지러운 줄도 몰랐다. 양쪽 일군들이 서로를 독립군으로 오해하고 쏴대고 있지 않은가. 봉오동 전투의 대미가 이런 양상일 줄이야! 화일은 자꾸 터지려는 웃음 때문에 몸을 깊숙이 숙인다. 여천께 이 상황을 말씀드리면 어떤 표정이실지. 얼른 돌아가고 싶지만 얼마 만에 제 편들끼리 총질한 걸 알아차리는지 지켜보고 싶기도 하다.

21
태극기와 횃불과 폭탄과 별

봉오동 전투 이후 한 달여 만에 국민회군, 의군부, 한민회, 광복단, 의민단 등 다섯 부대가 대한독립군에 합류했다. 봉오동 전투에서 대승한 소식이 널리 퍼져나간 덕분이다. 전투대원, 비전투대원을 합친 병력이 1600여 수가 됐다. 상촌 일대를 다듬어 진지를 키웠다. 새로 들어온 이들을 따라온 식구들도 있어 중촌과 하촌도 날마다 커졌다. 삼달마을이며 안산, 후산, 삼둔치도 주민이 대폭 늘었다.

여천은 최진동 사령관과 의논하여 하촌 아랫골에다 소학교를 세웠다. 삼달이며 안산 등의 아이들이 다니기에 좀 먼 거리였으나 봉오동 아이들이 많으므로 하는 수 없었다. 독립군 중에 식자 든 이들과 각종 재주 가진 사람들이 다수라 선생 하겠다는 이들이 학생 수보다 많았다. 한글과 국어는 물론 산수와 국사와 한자, 중국어를 가르치게 됐다.

노래도 가르치는데 노래 선생 둘 중 한 사람이 풍산에서부터 호수가수로 불려온 고호수다. 군악대장인 그는 〈조선군대가〉였다가 〈대한독립군가〉가 된 노래를 가르쳤다. 〈아리랑〉이며 여러 민요도 가르쳤다. 그와 군악대는 부대 공식 행사에서는 군가를 부르고 여흥 시간에는 민요를 불렀다. 그와 군악대가 부르는 〈청산별곡〉은 대한독립군 군가보다 애창되었다. 아이들이며 부대원들이 흔히 청산별곡 후렴구를 부르고 다녔다. 얄리얄리 얄랑셩 얄라리 얄라.

내년 봄까지는 비전투대원들과 신입대원들을 훈련시키면서, 중간중간 전투 벌이며 봉오동에서 지내려니 했다. 부대가 커진 만큼 내실을 다져야 했다. 독립군 장교를 양성할 사관학교 설립도 추진키로 했다. 지휘부가 젊어지고 전문화될 필요가 있었다. 지휘관이 젊을수록 부대가 젊어지고 전투력도 높아지기 마련이었다. 늙은이들은 젊은이들을 올려놓고 그들을 떠받치며 돕고 축적된 경험을 전수하는 구조를 만들어나가야 하는 것이다.

계획은 그러했으나 언제나 그렇듯 일제가 만든 시국은 독립군의 계획을 틀어놓았다.

일제가 10월 2일에 훈춘에서 일을 벌였다. 일제가 마적 놈들을 사주해 독립군으로 위장케 하고 훈춘에 들어가 일본 영사관이며 일본인들을 해치는 시늉을 하고 양민에 대한 살육과 약탈을 자행했다. 독립군에게 오명을 씌워 위세를 죽이고 독립군을 토벌하기 위한 구실을 만든 것이었다.

훈춘 사건을 핑계로 일제 2만 5천여 병력이 제각, 위세 높게 간도로 들어왔다. 일본군이 곧 독립군 부대들 본거지를 토벌하러 나설 것이니 알아서 하라. 중국군에서 봉오동으로 통보해왔다. 대한독립군이 떠나지 않으면 봉오동이며 인근 마을 인민들이 고통을 당할 것이었다. 사령관 최진동이 반문한다.

"진지를 옮기잔 겁니까? 어디로요?"

"다른 지휘부 성원들한테 의논을 붙이기 전에 사령관께 먼저 여쭙는 겁니다."

"홍 장군은 원래 결심이 서야 입 밖에 내시지 않습니까? 이미 결심이 서신 거고요. 전 부대원은 말할 것도 없고 나나 지대장들도 홍장군 뜻을 따르기로 한 사람들이니 말 나온 김에 말씀해보세요."

"저는 백두산이 어떨까 합니다. 백두산은 예로부터 우리 겨레 성산으로 불렸잖습니까. 품이 넓어 깃들기에 부족함이 없고, 깊어서 우리가 방어하기 용이하고, 산 주변 평지는 넓되 산은 우뚝해서 조선과 간도를 아우르기 용이할 듯하고요."

"백두산 어느 쪽으로 말입니까?"

"비룡폭포로 오르는 그 계곡 일대가 어떨까 합니다. 거기 가보셨습니까?"

"가봤지요. 거기 폭포 아래쪽으로 온천이 흐르니 우리 독립군들이 사철 목욕을 잘하겠구려. 약성이 좋은 온천이라 하니 다들 건강하겠고요."

"그런가요?"

농을 하며 마주 웃는데 밖에서 방언이 기척했다.

"삼둔치 초소병이 올라와서 하는 말이, 북로군정서 김좌진 사령관이 보냈다는 이가 연대장님을 뵙겠다고 한답니다."

여천은 북로군정서 지휘 성원 중 여러 사람을 만나봤으나 김좌진은 못 만났다.

"그래? 어데 있나?"

"상촌 입구 초소에서 대기 중이랍니다."

"데려오게."

방언과 초소병이 나가자 최진동이 고개를 갸웃하며 묻는다.

"홍 장군, 북로군정서가 기별해온 까닭이 무엇이리까?"

여천이 북로군정서가 만들어지기 전에 그 지휘부 성원 각각을 찾아다닌 걸 아는지라 의문을 갖는 것이다.

"훈춘 사건 때문에 우리가 어떻게 할지 의논하고 있듯이 북로군정서 쪽에서도 어쩔 수 없이 계획이 바뀐 거 아니겠습니까?"

"연합하자고 하려는가?"

"그건 두고 보면 알 것이고, 사령관께서는 이진에 찬성하십니까?"

"이진에 반대할 것은 없지요. 그런데 나는, 여기 남는 게 어떨까 싶습니다. 실전에 임하기에는 몸이 굼떠졌거니와 누군가는 돈을 벌어야 우리 군사들을 먹이고 입히고 실탄이며 포탄을 살 게 아닙니까?"

총을 쏘는 것만 독립전쟁이 아니다. 아군이 총을 쏠 수 있도록 받쳐주는 것도 독립전쟁이고 투쟁이다. 한편으로는 사령관이 스스로 물러남으로써 여천을 자유롭게 해주자는 배려다.

"늘 생각이 깊으십니다. 고맙습니다."

"각자 잘할 수 있는 일을 하는 것이지요. 내가 여기 남겠다는 사람들과 함께 남아서 아이들을 가르치고 군량미며 군자금 만들 방법을 찾을 터이니, 홍 장군은 어느 날엔가 젊은이들한테 부대를 맡길 만해지면 이리 돌아오시구려. 같이 바둑 두면서, 청산별곡이나 읊조리며 지내다 죽을 수 있게 말입니다. 물론 그전에 우리 대한이 독립을 이룬다면 국내로 들어가시는 거고요."

과연 살아서 그런 날을 맞을 수 있을지. 젊을 적에는 회의하기도 했다. 지금은 그런 생각을 하지 않는다. 살아 있는 동안, 너무 늙어 내 몸이 독립군들한테 짐이 되기 전까지 전장에서 최선을 다하자, 할 뿐이다.

"연대장님, 북로군정서 사자가 왔습니다."

방언과 함께 들어온 두 젊은이가 군례를 갖추더니 봉함편지를 내밀며 말한다.

"읽으시고 답신을 주시면 품어 오라 하셨습니다."

북로군정서 사령관 김좌진이 대한독립군 홍범도 장군께.

그렇게 시작되는 편지에서 김좌진은 9월 중순부터 백두산 방향으로 이동하던 와중에 훈춘 사건을 들었다고 했다. 만나서 독립전쟁의 현황에 대해 이야기 나누었으면 좋겠고, 백두산 지역에 독립군 기지를 새로이 건설하고자 하는바 같이 의논하고 싶다고도 했다. 10월 17일에 화룡현 이도구에서 만나자는 내용이다.

여천이 대한독립군을 이끌고 가는 걸 전제로 한 건지 단신으로라도 오라는 뜻인지는 가늠하기 어렵다. 백두산 진지. 백두산 기지. 두 부대가 비슷한 생각을 하게 된 건 이쪽에서 독립군들 입지가 그만치 좁아지고 있다는 뜻이다.

"북로군정서 쪽에서도 우리와 같은 생각을 하고 있구려?"

최진동이 편지를 읽고 나서 여천을 건너다본다.

"같은 상황이라는 것이겠지요."

"왜놈들이 아주 작정하고 달려들 모양이오."

"예."

어쨌든 김좌진을 만날 때가 되었다. 여천은 그렇게 하자는 짧은 답신을 써서 사자들한테 주고 돌려보낸다.

대한독립군이 떠들썩한 소문을 뿌리며 떠나야만 이 봉오동 주민들이 이목으로부터 벗어나 안전하게 살아갈 터였다. 봉오동에 남겠다는 사람이 200여 수였다. 봉오동에 남을 사람들을 제외하고 부대 조직을 재편했다.

대한독립군 부대장 겸 내무장 이원, 제1지대장 박승길, 제2지대장 안무, 제3지대장 최운산, 제4지대장 이천오, 제5지대장 강상모, 제6지대장 한영준, 제7지대장 김치명, 별동대장 이화일. 비전투부대도 다섯 지대로 나누고 비전투부대장으로 강시범을 임명했다.

1천4백여 명이 이동을 준비하느라 하루 내 시끌벅적했다. 화일아비만 해도 대장소에 있는 짐을 싸고, 화일과 용환 짐까지 챙기느라 종일토록 부산했다.

10월 11일에 아침에 군악대가 북을 치며 〈대한독립군가〉를 선창했다. 전군이 〈대한독립군가〉를 부르며 봉오동을 나섰다. 노랫소리가 폭풍인 듯 봉오동 골짜기를 울리고 고려령 하늘로 퍼져나갔다. 총과 행낭을 멘 전투대원 5백 명이 앞서고, 비전투대원 4백여 명이 짐을 지고 짐을 잔뜩 지운 부담마를 이끌며 중간에 서고, 전투대원

5백 명이 후미를 이룬 행렬이 나름 장관이었다.

화룡현 삼도구 마밭골에 도착하니 이미 도착해 이도구 갑산에 진을 치고 있던 북로군정서 김좌진 대장 측에서 연락해왔다. 대한독립군 대장 홍범도와 휘하 참모들을 초청한다는 기별이다.

여천은 부대장 겸 내무장 이원과 비전투 부대장 강시범한테 진지 설치를 감독케 하고 이도구로 향한다. 지대장들과 별동대장 이화일 등 9명이 함께했다.

북로군정서 사령관 김좌진이 막사 앞으로 나와 맞이한다.

"어서 오십시오, 홍 장군님. 반갑습니다."

김좌진은 서른한 살이라 했다. 여천은 그가 젊다고 듣고 있었으나 실제 보니 훨씬 젊다. 북로군정서 지휘부에는 젊은이 여럿이 보인다.

"김 사령관, 불러주셔서 반갑고 고맙소이다."

9명이 건너온다고 전갈했는데 북로군정서에서는 12명이 나와 있다. 김좌진과 나중소와 이범석, 박영희, 강화린, 김찬수, 오상세, 이민화, 김훈 등과 이상룡, 지청천, 김동삼 등이다. 이상룡과 지청천과 김동삼은 서로군정서를 이끌던 이들로 최근에 북로군정서로 합류했노라 소개한다. 세 사람 다 여천과 안면이 있다. 어쨌든 만주와 간도 일대 어지간한 독립군 부대들이 북로군정서와 대한독립군으로 통합된 셈이다.

21인이 마주 앉자 금세 음식이 들어온다. 감자 잡곡 범벅 국밥에 생무와 된장으로 이루어진 밥상일지라도 여천 일행한테는 성찬인 셈이다. 게다가 반주도 따랐다. 점심때가 지났지만 여천 등은 지난 새벽에 감자 한 개씩 먹은 게 다였다. 자고 일어나 이동할 참이라 간단히 먹은 게 아니라 행군 시기에는 노상 그러했다. 김좌진이 웃는 얼굴로 입을 연다.

"홍 장군님, 사사로이 한 가지 여쭤도 되겠습니까?"

"말씀하십시오."

"풍산을 주 무대로 활동하실 때 장군께서는 '날으는 홍범도', '백두산 호랑이 사냥꾼'이라는 별명으로 불리셨다고 들었는데, 호랑이를 몇 수쯤 잡으셨는지요."

날아다니는 홍범도라는 별명은 그렇게 능력 있는 의병대장을 바라는 인민들의 소망에서 비롯한 것이라고 수긍할 만했다. 여천이 이해하지 못하는 게 백두산 호랑이 사냥꾼이라는 별명이다. 풍산 시절 장차 의병대로 전환케 될 포연대를 이끌면서 사냥꾼으로 살았기에 온갖 산을 꿰고 다녔다. 곰과 늑대와 여우와 노루와 양 등, 무수한 짐승을 쫓고 잡았다. 백두산도 여러 번 올랐고 사냥을 했다. 호랑이는 잡지 않았고 잡을 생각도 하지 않았다.

호랑이는 산군山君이다. 산군은 산신령이다. 산신령을 쫓으면 못 쓴다.

사냥을 가르쳐준 심 노인한테 그리 배웠거니와 호랑이를 네 마리나 잡은 심 노인이 호랑이를 영물로 여겼기에 여천도 그러했다. 호랑이가 근방에 있다고 느꼈던 적이 네댓 번 됐다. 산속에서 문득 딴 세상인 듯이 느낄 때가 있었다. 새나 벌레가 움직이지 않고 바람조차도 멈췄다고 느껴지는 어느 순간. 보이지 않는 그와 나만 여기 있는 것 같은 오로지한 때. 호랑이도 이쪽을 느끼는 것이라 여겨질 때.

여천은 그때마다 아무것도 모르는 듯이 호랑이로부터 물러났다. 결국 호랑이는 만나본 적도 없는 셈인데 백두산 호랑이 사냥꾼이라는 별명이 생겨났다.

"약초꾼이 오래 묵은 산삼 몇 뿌리 캤다고 자랑치 아니 하는 법이듯, 호랑이를 몇 수 잡았다고 떠벌리면 안 되는 게 사냥꾼 세상 불문율이오. 어쨌든 김 사령관이 어떤 상상을 하시든 그 이하라는 것만은 말씀드릴 수 있겠소."

우우, 웃음이 뒤섞인 야유가 일다가 웃음으로 끝난다. 밥을 먹고 반주 한 잔씩을 하는 동안 백두산에 건설할 독립군 기지에 대해 의논한다. 뜻이 맞는다. 기지 건설 장소도 비룡폭포 아래 계곡 주변으로 일치한다. 독립군 기지에 관한 화제를 정리한 김좌진이 대한독립군 쪽을 보며 일본군에 관해 운을 뗀다.

"일본군 수만 병력이 회령에 집결하여 이쪽 화룡현으로 출정했다는 첩보 들으셨습니까?"

들었다. 일본군 북방사령부가 노령에 주둔하는 일군 19사단, 함경도 경찰대, 동지대 예비대, 기병연대, 무산 보병 2개 중대, 회령 74연대 등을 긁어모아 독립군 토벌에 나섰고, 만주군도 모으고 있노라 했다. 그 숫자가 너무 어마어마해 현실감이 없었다. 독립군은 크게 드러나지 않는 소수부대까지 다 합쳐도 5, 6천 수나 될까. 현재 총을 잡고 실제 독립전쟁에 임하고 있는 독립군은 4, 5천 명 정도일 것이다.

고작 4, 5천 명을 잡겠다고 5만이 움직이다니! 독립군 몇천 명이 그리 무서운가, 싶기도 했다. 결국 일제는 무력을 앞세워 점령한 대한의 주인 노릇을 못 하고 있는 것이고 강제 점령도 오래 못하리라고 여기는 것이었다. 그걸 알기에 발광하는 것이다.

"용정에서 숙영하던 중에 들었소이다. 전부 다 이 화룡현으로 올지는 모르지만 이래저래 5만여 수라고 하더이다."

"다 오려고 모였겠지요. 이게 다 장군, 장군님들 덕입니다."

"예?"

"봉오동에서 장군님들이 왜놈들을 그리 무참하게 짓밟아놓으신 덕에 놈들이 복수전을 하러 나선 것 아니겠냐는 거지요."

이 사태가 봉오동 전투 탓이라고 해놓고는 김좌진이 호탕하게 웃는다. 그가 웃으니 북로군정서 사람들이 같이 웃는다. 일견 맞는 말이고 웃어넘길 법한데, 대한독립군 쪽에서는 웃음기가 피지 않는다.

대한독립군이 봉오동 전투를 하지 않았더라면 일제가 훈춘 사건을 조작하지 않았을 수도 있고 그걸 빙자하여 간도로 밀려들어 오지 않았을 수도 있다. 가만히 일제에 먹히고 끝없이 당하면서 그걸 당연하게 여기고, 당한 줄도 모른 채 가만히 살아간다면, 아무 일도 일어나지 않은 것처럼 될 수도 있을 것이다. 그렇게 아무 일도 일어나지 않은 듯, 모든 걸 당연히 여기며 살아가는 사람들이 없지는 않다. 아니 많다. 점점 많아질 것이다. 그들로 인해 대한은 한층 암울할 것이다. 하지만 아주 오래 지속될 암울은 아니다. 그리되지 않게 하려고 독립군들이 독립전쟁을 치르고 있지 않은가.

대한독립군 박승길이 응수한다.

"봉오동 전투와 상관없이, 봉오동 전투가 없었다고 해도 일제는 또 다른 트집을 만들어 우리 독립군 토벌에 나섰을 수도 있지요."

대한독립군 한영준이 박승길의 말을 거든다.

"애초에 일제가 자행한 조선 정략과 침탈이 문제인 것이지요. 대한 사람, 대한의 독립군이 우리나라를 되찾아 세우겠다고 벌인 정당한 전투를 왜놈개놈들의 복수 거리가 되었느니 어쨌느니 하시는 말씀, 듣기 거북한 감이 있습니다."

북로군정서 이상룡이 나선다.

"심각한 국면에 웃자고 한 말인데 그리 진지하게 받으시면 피차 민망하지 않습니까? 자자, 얼굴들 푸세요."

여천은 잠시 다른 생각을 한다. 오래전 호좌의진에 있을 때 임금이 당시 팔도에서 일어난 의병장들한테 '너희들은 가만있으라. 너희들이 움직이지 않으면 일본군도 움직이지 않는다'는 편지를 보냈다. 의병들한테 의병 노릇 말라 하다가 나라를 일본에 넘겨준 그 임금은 내내 궁궐에 유폐되어 있다가 작년 1월에 서거했다던가. 그가 자신이 그 꼴로 살게 될 줄 예상했더라면 결과가 달랐을까.

대한독립군 최운산이 대꾸한다.

"북로군정서든 대한독립군이든, 다른 곳에 있는 부대든, 우리 독립군들은 일제가 원하는 대로 따를 수 없어 떨쳐 일어나 이 간도 땅에서 대對일본 전쟁으로 나날을 보내는 사람들입니다. 총을 든 독립군들만이 아니지요. 다 총을 들지는 못했을지라도 대한 사람들 태반이, 강 건너와서 사는 인민들 거개가 같이 독립전쟁을 하고 있지요. 중요한 건 우리가 같은 목적을 가지고 강을 건너왔고 현재는 이 화룡현에 와 있다는 것 아니겠습니까. 복수전이든 침략전이든 일본군 북방사령부는 이쪽에 독립군들이 모여 있다는 첩보를 듣고 몰려오고 있으니 우리가 어찌할지를 논해보지요."

김좌진이 여천을 향해 묻는다.

"왜놈들이 이번에 아예 우리 씨를 말릴 셈으로 5만 대군을 몰고 오는 것 같은데 장군, 정면으로 붙으리까, 피하리까?"

현재 이도구와 삼도구에 모여 있는 독립군은 비전투대원들까지 합쳐야 3천여 명이다. 일군 5만이 한꺼번에 이 화룡현으로 온다고 가정하면 5만 대 3천은 비교하기조차 민망한 차이다. 그렇지만 5만 이 한꺼번에 몰려다니지는 못할 것이다. 야차 같은 놈들이라 해도 사람인바 먹어야 하고 자야 하고 싸야 한다. 부대별로 몇백, 몇천 단 위로 움직일 수밖에 없다. 그렇다면 한번 붙어보지도 못할 건 아니 다. 독립군도 사상 최대 결집인 셈이고 화력도 역대 최고다. 다시없 을 기회다.

"만주, 간도 일대 독립군 거개가 여기 모였는데, 적을 일부러 찾아 다니며 전투를 치르기도 할 제, 놈들이 우리를 찾아와주는 이 기회 에 한바탕 굿을 해야 하지 않겠습니까?"

"적군 수가 너무 많으니 정면충돌하게 되면 아군이 남아나겠냐 고, 저희 참모들 간에 말이 나와서 말입니다."

여천은 건너편에 앉은 북로군정서 간부들을 쳐다보고는 김좌진 한테 묻는다.

"북로군정서 측에서는 전투를 피하기로 이미 결정을 하신 겝니 까?"

"결정했으면 벌써 여기를 벗어났겠지요. 대한독립군 측 말을 들 어보고 더 의논한 뒤에 결정하자고 했습니다. 일단 양측의 전력 상

황을 주고받기로 하지요. 저희 상황은 나중소 참모부장이 말씀드릴
겁니다. 나 부장 말씀하십시오."

나중소가 북로군정서 전력 상황을 말했다. 북로군정서 군사 1600
여 명, 소총 1300여 정, 권총 150정, 기관총 7문, 포대 6문, 실탄 120
상자, 폭탄 30상자, 말 58필.

대한독립군에서는 박승길이 설명했다. 대한독립군 군사 1400여
명, 소총 1400여 정, 권총 80정, 기관총 6문, 포대 4문, 실탄 100상자,
폭탄 40상자, 말 52필.

양측 전력이 비슷하다. 양쪽 다 기관총탄과 포탄이 충분치 않은
상황도 닮았다. 정면충돌을 피하고자 하는 북로군정서 간부들의 의
견이 일리는 있다.

전투를 피하는 게 여천의 방식이 아닐 뿐이다. 당연히 대한독립군
의 방식도 아니다. 용정에서 적군 5만여 수가 화룡현으로 온다고 듣
고 회의를 할 때도 어떻게 싸울 것인지를 의논했을 뿐 주전主戰, 피전
避戰에 관한 말은 한마디도 나오지 않았다. 여천이 입을 연다.

"주전, 피전은 나중에 다시 의논키로 했다 하시니 다른 안건을 제
시하겠습니다. 현재 우리는 일찍이 모여본 적 없는 대군이 여기서 회
동했습니다. 아군이 여태껏 맞이해본 적이 없는 대군을 상대해야 할
상황이지요. 이번 전투에서라도 지휘부가 통일되어 지휘체계가 원활
해지면 전투 효과가 커질 것인데 김 사령관 뜻은 어떻습니까? 우리
부대가 북로군정서로 흡수 통합되는 방식으로라도요."

붉은별 벌판에서 겪은 참패를 잊지 못하기에 통합을 제안하는 것
이다. 통합해도 전투는 어차피 각 부대 필요에 따라 이합집산하며

치르는바 여천으로선 어느 쪽에서 사령관을 맡아도 상관없다. 김좌진도 개의치 않는 눈치로 입을 연다.

"이번에 이 화룡현에서 전투를 치른다는 가정하에 통합하게 되면, 흡수 통합이 아니라 연합하는 거지요. 홍 장군께서 큰 전투를 치러온 경험이 많으시고 투쟁사도 기시니 연합사령관을 맡으시고요."

북로군정서의 나중소 참모부장이 아니요, 하며 나선다.

"그 문제는 이렇게 불쑥 처리할 사안이 아닌 고로 양측이 따로 의논을 한 뒤에 결정해야 할 문제라고 봅니다."

대한독립군의 안무 지대장도 그렇습니다, 하고 보탠다.

"이 문제는 양측 참모들이 따로 격론을 거쳐서 신중하게 결단해야 합니다."

양쪽에서 한 번씩 반대의견이 나오니 양쪽 참모들이 어느 쪽도 덜하지 않게 똑같이 반대한다. 반대할 이유가 줄줄 나타난다. 요지는 여기서 전쟁을 하기로 결정하면, 현 상태를 유지한 채 필요할 때 연합해 전투하면 된다는 것이다.

첫날 회담에서 협의된 건, 백두산 기지에 관한 것뿐이다.

사흘 지나 오늘 다시 회동했다. 북로군정서 측이 삼도구로 왔다. 화룡현으로 몰려오고 있는 일본군과 전투를 벌일 것인가로 격론을 벌였다. 싸우자는 주전파는 대한독립군이다. 상대 불가능한 적군을 상대로 전투해봐야 남을 게 없으니 나중을 도모하자는 피전파는 북로군정서다. 북로군정서는 피전을 작정하고 온 터라 싸움을 피해야 할 온갖 이유들이 타당했다.

결국 북로군정서가 주장하는 대로 이쪽에서는 전투하지 않기로 결정이 났다. 전투하지 않기로 했으므로 통합을 논할 필요도 없게 됐다. 백두산 비룡폭포 일대에다 비룡기지를 건설키로 확정했다. 양측이 따로 행군하여 비룡기지에서 만나기로 약조하고 헤어졌다.

그들이 돌아가고 참모들도 나간 뒤 멍하게 앉아 있던 여천은 대장소를 치우는 화일 아비한테 혼잣말인 듯 묻는다.

"같은 깃발을 들고 한 방향으로 가고 있는데 어째 이리 뜻이 맞지 않을까?"

"저는 구석에서 시중이나 들고 있었어도 금세 알겠던데 대장님은 모르겠소?"

"그래? 뭔 거 같은데?"

"대장님 호위들도 다 알던데요?"

"그러니까 그게 뭐냐고."

"저쪽 분들은 다 양반님들 아닙니까? 김좌진 그분만 해도 조선서 천 석지기, 아흔아홉 칸 집 양반댁에서 나셨다면서요? 오늘 타고 오신 백마만 해도 참말 멋지더구먼요. 천리마는 몰라도 관우가 탔다는 적토마는 되겠다 싶고요. 저는, 우리 대장은 왜 저런 말이 없나 싶어 샘이 나고 속이 상하던걸요."

"쓸데없는 소리! 여하튼지 자네는 그런 걸 어찌 다 아나? 천 석지기니 뭐니 그런 걸?"

"신갈파진에서 압록강 건너 두만강 저 끝 로서아 땅까지 오가며 꼬박 열두 해입니다. 조선 사람, 중국 사람, 일본 사람, 로서아 사람까지 골고루도 만나며 살았고요. 대장님이 천지사방으로 다니실 적에 진지 지키는 제가 뭘 하겠습니까? 같이 진지 지키는 사람들, 진지 주변 마을 사람들 얘기 들으며 지냈지요. 오 정찰장이며 정찰대원들도 비밀이 아닌 얘기들은 해주고요. 여하튼 그쪽 참모들이 다 아흔아홉 칸 집에서 나시지는 않았을지라도 죄 양반님들이시긴 한 거죠. 우리 쪽은 대장님부터 지대장님들, 별동대장까지 모두 상민 출신이잖습니까?"

어쩌면 그럴 것이었다. 그렇다는 걸 벌써 알고 있었다. 수년간 여러 부대와 연합하고자 했으나 번번이 성사되지 않았다. 일본 밀정들이 방해하기 때문이라고 여길 때조차 어쩌면 그 이유도 있을 거라고 생각한 적이 있다. 하지만 지금 그걸 수긍하고 싶지 않다.

"조선 땅에서 양반 상놈 사라진 지가 언젠데 그런 소리를 하나?"

"그건 대장님이 상놈 출신이시라 하시는 말씀이고, 좀 전에 이 자리에 계셨던 저쪽 양반 출신 참모들 생각은 다를걸요. 통합하면 상놈들과 똑같은 지위가 돼버리니까 하기 싫은 거지요. 첨부터 그걸 느낀 우리 쪽 참모들은 배알이 꼬이니까 통합하기 싫은 거고요. 뭐, 제 생각은 그렇습니다."

20여 년 전 호좌의진을 벗어날 때 느낀 그 막막함이 떠오른다. 9만 리쯤을 기어서 가야 할 것 같다고 느꼈다. 기어서든 걸어서든 많이 왔다고 여겼다. 그때, 살아 있는 동안 다시 보지 않아도 좋다고 여겼던 유인석 부대장과도 연락하며 지냈다. 유인석 부대장과 연락할 제, 그 부대에 군자금을 얼마간씩이라도 보낼 때, 상하관계라고 여긴 적 없다. 그런데 화일 아비는 아직 그 자리라고 한다.

지대장, 부지대장들까지 모여 아침 회의를 하고 있는데 정찰대원 오창진이 대장소로 황황히 들어왔다. 말을 얼마나 급히 몰고 왔는지 얼굴이 다 터서 벌겋다.

"일본군 8천 병력이 어제 황구령을 넘어와 대대, 중대 병력으로 나눠 이동하고 있습니다."

황구령은 안도현과 화룡현을 가르는 고개다. 황구령에서 이도구나 삼도구까지는 2백여 리다.

"적군의 현재 위치가 어디쯤인가?"

"황구령에서 싸리밭골 사이 무인가 지대에서 숙영하고 싸리밭골 방향으로 이동 중입니다."

적들은 아군이 예상했던 것보다 훨씬 빨리 닥쳤다. 그들이 오고 있음을 알았는데도 피전하기로 결정했기 때문인지 8천여 수라는 적군은 폭풍처럼 느껴진다. 그들이 5만 대군의 일부이기 때문이다.

그런데 어째서 여기 그대로 있는 건가. 피전을 결정하고도 떠나지 않고 진을 치고 있지 않는가. 북로군정서도 아직 갑산에 있는 모양이었다. 양 부대가 다 그대로 있으면서 일본군을 이쪽으로 끌어들이며 그들이 오길 기다리고 있던 꼴이다.

"북로군정서와 피전하자 약정했는데, 피차 피치 못하게 된 셈이오. 북로군정서에서도 피치 못하게 된 걸 이미 알고 논의하고 있을 터. 이 일대에서 두 부대가 따로 싸워도 연합인 셈이니 지금부터 전투를 논합시다."

참모들도 주전, 피전을 논할 계제가 아님을 알므로 즉각 전투 장소 문제부터 논한다.

이 마밭골은 좁아 자칫하면 포위돼버릴 수 있다. 전투대원들의 이동을 빠르게 하며 비전투대원들을 보호하는 차원에서 부대를 나눈다. 비전투대원들을 이 마밭골에 남기고 전투대원들은 구릉지대인 완루구 고래등 능선으로 이동키로 한다. 며칠간 여천은 물론 각 지대장들이 일대를 돌아다니며 눈여겨봤던 곳이 고래등 능선이다. 고래등 능선은 숲에 싸인 개활지이자 구릉지대다. 지대가 높은 북쪽을 선점하면 여하한 적과도 맞장을 떠볼 만하다.

"오창진 대원!"

"예, 대장."

"갑산촌에 있는 북로군정서로 가서 우리는 완루구 고래등 능선으로 이동해 적을 기다릴 거라고 알리게. 정찰대도 이후 새로운 상황은 그쪽으로 알려오도록 하고."

"예, 대장."

결정한 즉시 이동 태세로 전환하느라 한동안 소란이 일어난다. 워낙 풀고 싸는 일에 이골들이 나서 한 시간 만에 이동 행렬이 갖춰진다. 출정식을 하고, 비전투대원 4백 수를 마밭골에 남기고 20리 거리에 있는 완루구로 향한다.

김좌진이 이끄는 북로군정서군은 어제 오후에 백운평 계곡에서 야마타가 이끄는 4개 중대와 맞닥뜨려 접전했다. 1개 대대 400여 수를 전멸시키다시피 한 북로군정서군은 갑산 진지로 귀환했다. 내일은 어랑촌으로 갈 거라고 그쪽 정찰대원들이 알려왔다. 어랑촌에 진을 친 일군 수가 3천이나 되는데 치겠다니!

그렇게 북로군정서 소식을 듣고 있을 무렵 일본군 3개 대대 1200 수가 대한독립군이 진을 친 고래등 능선으로 밀려왔다.

일본군 본대는 고래 형상 능선 꼬리 부분 골짜기에 진을 쳤다. 독립군은 고래 머리에 해당하는 숲에 있었다. 박승길, 안무 부대가 고래등 머리 부근 구릉들을 참호로 삼았다. 이천오 부대는 서쪽, 강상모 부대는 동쪽을 맡았다. 한영준, 김치명, 이화일 부대는 대장 지휘소 세 방향, 북쪽을 방어했다.

적이 오리라 예상하고 만반의 준비를 갖추고 있었음에도 전후좌우에서 동시에 공격해오는 바람에 곤혹스러웠다. 양쪽 기관총이며 포대가 서로를 향해 불을 내뿜었다. 대장 지휘소 후방에서 치고 들어온 적군이 특히 골치였다.

한영준 부대와 김치명 부대와 이화일 부대가 대장 지휘소 후방 일본군을 맹렬히 공격해 일본군 백여 수를 쓰러뜨렸다. 후방 일본군 3백여 수가 네댓 마장 거리 밖으로 후퇴했다. 후퇴했을 뿐 퇴각한 건 아니었다. 그들은 호시탐탐 치고 들어올 때를 엿보고 있었다. 그나마 다행인 건 후방 일본군에 기관총과 포대는 없다는 것이었다.

피아간에 서로한테 기관총이 있는 걸 아는지라 사정권 거리 밖에서 밀고 밀리길 반복했다. 포위된 형세라 아군이 당연히 불리했다. 독립군이 고래등으로 올라서거나 구릉 밖으로 고개를 내밀기만 하면 기관총이 불을 뿜어댔다. 게다가 아군은 기관총탄과 포탄이 한계가 있으므로 아껴야 했다. 밤이 깊으면서 고래등 능선 전투는 답보 상태에 빠졌다.

포위를 뚫지 못한 채 날이 밝으면 일본군이 증원될 것이다. 북로군정서는 내일 전투를 계획하고 준비하느라 여념 없을 터. 곧 여명이 열릴 시각이다. 날이 새기 전에 이 전투를 끝내야 한다.

여천은 호위대원 성집과 방언을 시켜 지대장들을 부르고 졸고 있는 병사들을 깨우라 명령한다. 여민과 천동한테 아군 후방을 지키고 있는 별동대장 이화일을 불러오라 명하고는 지휘소에서 나와 고래등 머리로 내려온다. 화일이 제 부대원들을 데리고 와 여천 앞에 선다.

"이화일."

"예, 대장님."

"자네 부대원들한테, 어제 거둬놓은 일군 모자를 씌우고, 우리 후방에 있는 놈들을 유인해오게. 우리는 여기서 놈들을 공격하고 있을 것이야. 자네들이 후방에 있는 놈들을 끌고 올 때쯤 우리는 양 측면 포위를 뚫을 것이고. 자네들은 후방 적들을 끌고 고래등으로 올라서서 계속 뛰다가 중간중간에 있는 구릉들로 몸을 들이는 것이지."

"지난번 피파골에서처럼 일군들이 서로 쏘게 만드는 작전입니까?"

그 해 질 녘 피파골 안개 속에서 벌어진 일본군들 상잔相殘으로 남은 주검은 107구였다.

"그렇지. 새벽어둠을 보고 있자니 문득 그 생각이 나서 말이야."

"알겠습니다. 저희가 유인을 잘하지 않습니까. 곧 끌고 오겠습니다."

이화일이 일군 모자를 눌러쓴 제 별동대원 백 명을 이끌고 어두운 숲으로 들어간다.

"최운산, 이천오 지대장."

"예, 대장."

"두 지대는 각각 동쪽과 서쪽 일군 뒤쪽으로 돌아가서 놈들을 구릉으로 내모시오. 놈들이 구릉으로 나와서 제들 본대 쪽으로 퇴각할 때 총은 우리가 쏠 테니 두 지대는 숲 안쪽을 통해 일군 본대로 다가드시오. 두 지대의 공격 시점은 여기서 우리가 공격을 시작했을 때요."

"예, 대장."

"한영준, 김치명 지대장."

"예, 대장."

"두 지대는 최운산, 이천오 지대의 동선 바깥에서 최대 속도로 일군 본대 후방으로 접근합니다. 가능한 한 가까이 다가들어 대기하시오. 두 지대는 어떠한 총성이나 포성에도 가만히 대기하고만 있다가 내가 횃불 신호를 올렸을 때 맞춰 적들을 후방에서 공격하시오."

"예, 대장."

"박승길, 안무 지대장!"

"예, 대장."

"두 지대는 시방 전진 대형으로 있는 구릉들에서 물러나 능선마루 바투 붙어 공격 대형을 갖춥니다."

"예, 대장."

"강상모 지대장."

"예, 대장."

"5지대는 별동대가 일군들을 이끌고 나타나 전진하면 여기서 우리 본대의 후방을 지킵니다. 우리 전군이 일군 본대를 향해 있는바 5지대는 역으로 서서 혹시 모를 사태를 대비하는 겁니다."

"예, 대장."

일곱 지대장들이 자신들의 병사들을 이끌고 공격 위치로 향한다. 박승길, 안무 지대원들이 어제 오후부터 들어 있던 구릉들에서 물러나 능선 마루에 바투 엎드린다.

별동대를 막무가내 판으로 들여보냈듯 다른 지대들에도 위태로운 명령을 내렸다. 봉오동 전투 후에 용환이 말했다.

— 아버지, 곶감 좀 사주세요. 동수는 곶감이 어찌 생겼는지도 모른대요.

놈은 모처럼 아비한테 농을 건 것이지만 그때 여천은 여러 생각이 들었다. 데리고만 다녔을 뿐 통 돌보지 못했구나. 제 꼴로 자라나며 서러웠구나. 그래도 곶감을 사주지는 못했다. 이 간도에 곶감이 있을 리 없거니와 설령 있다고 해도 전 대원이 허구한 날 주먹밥과 감자와 풀죽 등으로 끼니를 때우는 형편에 곶감이 가당키나 하겠는가. 언젠가 사줄 날이 있으려니 했다. 이제금, 곶감 타령을 하는 홍용환과 이동수한테, 그리고 별동대원들과 전 대원한테 곶감 한 개라도 사줄 앞날이 있을지 미지수다.

동서 양쪽 일군들을 몰아내기 위해 나선 강상모, 이천오 지대가 공격 위치를 잡았을 즈음 정면 공격을 재개하기로 한다. 별동대가 후방 일군을 이끌고 오기 쉽게 하기 위함이다.

여명이 트기 직전, 어째도 경계가 느슨해질 수밖에 없는 시각이다. 음력 열이틀 새벽 달빛도 졸음에 겨워 제빛을 내지 못하고 있다.

"1, 2지대원들 모두, 공격 자세 갖춰졌나?"

한바탕 둘러보고 돌아온 네 호위한테 묻자 동시에 예, 대답한다.

"허면 다시 시작해볼까."

여천은 고래등 아래서 망원경으로 어둠 속을 한 차례 훑어보고는 명령을 내린다.

"1지대, 60보 전진, 적들 향해 발사하고 후퇴하라."

1지대원 150명이 60보 전진해 발사하고는 뒤돌아 내달려온다. 일본군 기관총 사정거리 밖이다. 이쪽에서도 적의 양 측면 공격이 없어서 전진 발사하지만 헛총질이긴 매일반이다.

"2지대, 70보 전진, 발사하고 돌아오라."

2지대 150명이 70보 전진해 탄창의 총알들을 다 쏘고 돌아설 즈음, 양쪽 측면 일군 후방으로 들어간 3, 4지대원들도 공격을 시작했다. 망원경으로 보자니 후방에서 공격받고 구릉으로 쫓겨나온 일군들이 남쪽에 있는 제 본대 쪽으로 달아나는 모양새다. 일군 본대에서는 제 군사들인 걸 알아보고 기관총을 함부로 쏴대지 못한다.

같은 헛총질을 한 번씩 더 하고 날 즈음 별동대가 간 뒤편에서 총성이 울린다.

"1, 2지대, 전 대원, 측면으로 갈라서라. 별동대를 쫓아온 후방 적군이 등성이로 다 올라간 후에 그 뒤쪽에서 놈들과 한편인 듯 뛴다. 그런 상태로 최대한 적의 본대 가까이 간다. 적의 공격이 제들 후방군에게 쏟아지면 우리는 구릉에 몸을 들인다. 적이 제들 군사인 걸 알고 혼란에 빠졌을 때, 우리는 양 측면 아군들과 합공한다. 먼저 이 자리를 비운다, 실시."

대원들이 양쪽으로 갈라져 숨은 지 몇 분이나 지났을까. 별동대원들이 나타나더니 거침없이 등성이로 뛰어오른다. 시르죽은 달빛

속에서도 맨 앞에서 날뛰는 놈이 용환인 걸 알겠다. 놈은 일본군 모자를 쓰고 일본말로 외친다. "따라올 테면 따라와 봐!" 그러는 것 같다. 나름 작전인지 또 뭐라고 일어로 외치면서 등성이를 내달려간다. 그의 뒤에서 영락없이 일군처럼 보이는 젊은 별동대원들이 이따금 허공에다 총을 쏴가며 연신 전진한다. 대한독립군 1400여 명 중에서 제일 젊고 가장 날쌔며 용맹스러운 101명이다. 대한의 독립을 이루고 새로운 나라 대한을 이끌어갈 젊은이들이다. 화일이 맨 후미에서 뛰어와 지나간다.

곧이어 일군 3백여 수가 숲에서 튀어나오며 총을 쏴댄다. 급하게 쫓아오느라 복장들이 불량하다. 반수 이상이 모자를 쓰지 않았다. 오히려 놈들이 대한독립군처럼 보인다. 놈들이 능선 위로 펄쩍펄쩍 잘도 올라간다. 별동대가 들어가 숨을 움푹한 구릉은 내리막 지대 중간에, 기관총 사정거리 안에 있다. 현재 별동대는 하늘에서 총탄이 쏟아진다고 해도 이상치 않을 만큼 사방으로 노출돼 있다. 일군들이 능선을 반쯤 내려갔을 때 여천은 1, 2지대를 향해 명령한다.

"1, 2지대 일어서서, 일군들 뒤를 따라가 적의 사정권 직전에서 공격 자세로 전환하라. 신호는 횃불이다."

1, 2지대를 내려보내고 여천은 네 호위에 총공격 신호를 준비하게 한다. 성집이 든 대한독립군 깃발은 태극기다. 방언이 홰를 들었다. 여민이 폭탄을 잡았다. 천동이 총을 들고 있다. 여천은 네 사람과 함께 등성이마루에 올라선다.

전력으로 달려가던 별동대원들이 도려 빠지듯 사라졌다. 깊은 구릉으로 들어갔다. 그 순간 기관총이 불을 뿜기 시작한다. 별동대를 제들 아군으로 오해하고 그 뒤를 맹렬히 쫓는 3백여 수의 일군들을 독립군으로 오해한 다섯 대의 기관총이 난사된다. 폭죽이 터지듯 불꽃이 번쩍번쩍 튄다. 눈이 부시다. 제 편일 줄 모르고 우박처럼 쏘아대는 일본군 기관총에 3백여 수의 일본군이 물살에 휩쓸리듯 순식간에 넘어진다. 쓰러진 그들 위로도 몇 숨참이나 더 불을 내뿜던 기관총들이 뚝 그친다. 비로소 제 편에 기관총을 쏴 댄 걸 깨달은 것이다.

"태극기, 횃불, 폭탄, 총 준비하게."

성집이 태극기를 들고 방언이 홰에 불을 붙이고 여민이 폭탄을 까고 천동이 허공에다 총을 겨눈다.

"신호, 동시에 실시!"

폭탄이 날아가 맨땅에 터지고 총성이 울리고 태극기가 흔들리고 횃불이 타오른다. 총공격 신호다. 양 측면에 있던 최운산과 이천오 지대 쪽에서 일군 본대를 향해 총을 쏘아댄다. 일군 본대 뒤편에서도 총성이 울린다. 한영준, 김치명 지대가 일군 본대 후방에서 공격을 시작했다. 동시에 구릉에 엎드린 별동대와 박승길, 안무 지대에서도 적의 본대를 향해 총을 쏘아댄다. 포위되었다가 포위했다. 이제 어느 한쪽이 달아나거나 다 죽을 때까지 싸워야 할 때다. 죽든 살든 동지들과 전투를 치를 때 함께하는 기쁨을 느낀다. 어떤 위태 상황에서도 동지들이 있으므로 위태롭게 느끼지 않는다. 위태를 모르기에 두려움을 모를 것이다.

가자! 읊조린 여천은 적의 본대를 향해 걸음을 내디딘다. 동이 트고 있다.

22
청산이 소리쳐 부르거든

어제 해 질 녘에 한영준, 김치명, 이화일 부대가 사살한 일군과 새벽에 발생한 일군들 주검까지 고래등 능선이 온통 시신에 뒤덮였다. 아군 전사자는 다섯 명이고, 부상자는 열여섯 명이다.

전사자들 무덤을 만들고 약식 장례를 치렀다. 무기며 탄약 등, 전리품을 수거했다. 대한독립군 군수품 거개가 일제日製라는 건 우습고도 서글픈 역설이었다.

비전투대원들이 밥을 해왔다. 늘 그렇듯이 감자와 옥수수와 잡곡이 뭉쳐진 주먹밥 한 덩이인데 오늘은 고기 맛 나는 국물이 한 바리씩 나눠졌다.

어제 오후 전투대원들이 고래등 능선에서 일군과 상대하고 있는 동안 비전투대원 십수 명이 마밭골 주변 숲에서 노루 뒤를 쫓아다녔는가 보았다. 총을 수십 방이나 쏘아 노루 두 마리를 잡았다. 노루 두 마리가 국솥으로 들어간 덕에 1400여 명이 고기 한 점 찾기 어려우나 고기 맛은 나는 채소 국을 먹게 되었다. 일군 주검을 천지에 늘어놓고도 워낙 허기졌던지라 정신없이 먹고 시체 옆에 누워 한숨 붙이는 대원들도 있었다.

대장소에서는 지대장들과 부지대장들까지, 간부들이 죄 모여 아침 겸 점심을 함께 먹는다. 식사하면서 어제 석양녘부터 아침까지 계속된 전투를 복기하고 오늘 어떻게 할 것인지 의논하려는 참인데 정찰대원 박석남과 윤만전이 대장소로 뛰어든다.

"북로군정서가 베개봉 아래 어랑 분지에서 일군 5천여 수에 갇혀 고전 중입니다."

워낙 고된 전투를 치르고 난 후라서인지 북로군정서가 고전하고 있다는 급보에도 놀라는 사람이 없다. 그저께 5만 중 8천이 이 화룡현으로 들어왔다고 들었고 이미 전투도 한바탕 치른 덕에 5천이라는 숫자도 그리 대단치 않게 느껴지는 성싶다. 부대장 겸 내무장인 이원이 박 정찰한테 묻는다.

"어제는 3천이라 하지 않았나? 갇힌 이유가 뭔데? 북로군정서가 진 치고 있다가 포위당한 건가?"

"아닙니다. 북로군정서가 베개봉 중턱을 질러서 어랑촌으로 들어간 겁니다. 원래 어랑촌에 일군 3천이 진을 치고 있었는데, 북로군정서가 공격하고 있을 때 2천이 더 들어선 거고요."

5지대장 강상모가 고개를 저으며 입을 연다.

"어제 어랑촌 운운할 때부터 조짐이 좋지 않더라니! 2천은 예상치 못했다 치더라도 어떻게, 3천을 어찌해보겠다고 쳐들어갈 수가 있지? 그건 어디서 나온 자신감이야?"

여천이 물었다.

"북로군정서 전군이 어랑 분지에 있는가?"

"아닙니다. 이범석 연성대장과 종군장교 백종렬, 한건원이 이끄는 1, 2지대 3백여 수는 천수동에 주둔한 일본군 기병대 쪽으로 출병한 걸로 압니다."

제1지대장 박승길이 목소리를 높인다.

"그나마 나눠서 움직였어?"

제7지대장 한영준이 묻는다.

"적군 기병대를 부수고 북로군정서 기병대를 만들기로 작정한 거 같은데! 일군 기병대가 몇이나 된다고 하던가?"

"2백여 수인 걸로 압니다."

"2개 지대 3백여 수가 나갔으니 현재 북로군정서 1200여 수가 5천 일본군에 포위돼 있다는 것이로군. 북로군정서 쪽에서 우리한테 지원을 요청하려는 기색은 없던가?"

"어랑촌 남동편 입구 낮은 봉우리에서, 그러니까 먼 데서 본 사항이라 그런 기미는 느끼지 못했습니다. 그쪽 척후들과 만나지도 못했고요. 북로군정서가 북쪽으로 베개봉을 등지고 있긴 하지만, 포위돼 있으니 지원요청을 하러 나오지도 못하겠지요."

이원이 이죽거린다.

"어제 백운평에서 4백을 전멸시켰다고 하더니 오늘은 5천을 상대할 만한가 보네."

대한독립군 지휘성원들은 북로군정서 지휘부에 호감을 갖고 있지 않다. 악감정까지는 아니어도 반감은 분명하다. 스무 명이나 되는 지휘성원 중에 당장 달려가서 돕자고 떨쳐 일어나는 사람이 없는 까닭이다.

북로군정서를 지원하느냐, 마느냐. 그 문제를 회의에 붙이고 격론을 벌이고 결정해서 가면 늦을 것이다. 여천은 남은 밥을 먹고 물을 마시고는 회중시계를 본다. 11시 10분이다.

"북로군정서 지원 문제는 회의할 시간이 없는바 대장 전권으로 결정하겠소. 우리 대한독립군은 구국 동지인 북로군정서를 지원하러 갑니다. 현재 시각이 11시 10분이오. 11시 30분에 출발할 수 있게 준비하시오. 그리고 별동대장!"

"예, 대장."

"여기서 어랑촌보다 천수평이 가까우니 자네 부대는 지금 박 정찰과 함께 천수평으로 가서 재량껏 이범석 부대를 돕게. 이범석 부대와 함께 전투를 끝낸 뒤 그들과 함께 박 정찰을 따라 어랑 분지로 와. 될수록 속히."

"예, 대장."

"자, 다들 각자 위치로 가십시오."

저쪽 지휘부에 호감이 있든 없든 항일 전선에 나와 있는 건 같고 대장 명이 내리자 지대장들, 부대장들이 뛰쳐나간다. 각기 지대원들에게 출동을 알리고 챙기느라 법석이다. 일군이 남긴 실탄들이며 전투 식량 등을 나눠 받고 행낭을 메고 필요한 사람은 군화를 바꿔 신으라는 소리로 떠들썩하다.

"이원 내무대장과 강시범 비전투대장은 이쪽 상황을 정리하시오.

우리가 어랑촌에서 시간을 얼마나 보내게 될지 몰라도 정찰들 내보내 우리 상황을 살펴가면서 대처해주시오."

"예, 대장. 무운을 빕니다."

여천이 막사에서 나오니 화일 아비가 물주머니를 건네준다.

"이따가 뵙겠습니다, 대장."

"그래. 자네도 몸조심하고 있게. 특히 그 다리, 잘 간수하고 있어. 이동할 때는 꼭 말을 타고."

봉오동에서 나온 첫 밤 숙영 때부터 화일 아비가 원래 저는 왼쪽 다리를 훨씬 심하게 절었다. 이튿날부터 화일이 제 몫으로 주어진 말에다 아비를 태우고 스스로는 제 대원들과 걸었다. 그래도 마밭골에서 숙영할 때 보니 화일 아비 왼쪽 무릎이 많이 부어 있었다. 겉에서 입은 상처가 아니라 속에서 탈이 붙은 것 같아 걱정이다.

"알겠습니다. 저는 몸조심하시란 말씀 아니 드리겠습니다."

화일 아비 어깨를 다독여주고는 출동 태세를 갖춘 전군 앞에 선다. 오래전, 풍산 포연대 시절부터 길게든 짧게든, 이동하기 전에는 늘 대원들을 격려하는 말을 해왔다. 여천 스스로 다짐하는 의례였다.

"시방 우리는 적군들 시신 위에 서 있소. 늘 하는 말이지만, 오늘도 우리는 이기는 전투를 하게 될 것이오. 지난 새벽에 그러했듯이 오늘 북로군정서군과 우리가 함께 상대할 적들도 확실히 깨부숩시다. 대한독립군 여러분! 모두의 무운을 비오."

군악대장 고호수가 앞으로 썩 나서더니 여천한테 군례를 갖추고 돌아서 군악대한테 손짓한다. 악기 소리와 함께 군악대가 대한독립군가를 선창한다. 전군이 따라 합창을 한다. 고래등 능선 일대 산천으로 노래가 널리 울려 퍼진다. 노래를 부르며 박승길의 제1지대부터 행군을 시작한다. 이화일과 별동부대가 앞서서 튀어나간다.

어랑 마을 위쪽이라 어랑촌 고지라 했던가. 윤 정찰을 따라 오른 남동쪽 봉우리에서 내려다보니 어랑고지는 몇 개의 나지막한 봉우리에 둘러싸인 너른 분지이자 구릉지대다. 분지는 가로 폭이 2, 3리이고 세로 거리는 5리쯤 되겠다. 남쪽에서 북쪽으로 대체로 오르막이고 잔잔한 파도처럼 구릉이 졌다. 그런데 분지가 온통 누렇다.

"오 정찰. 어째 누래 보이지?"

여천이 묻는데 불쑥 눈앞에 앙증맞은 노란 꽃 몇 송이가 나타난다. 오창근이 바로 옆에서 툭 끊어 내민 산국송이다.

"이 일대가 이 철에는 이 산국으로 뒤덮여서 저리 노랗답니다. 산국 키가 우리 고향처럼 높지 않고요, 바닥에 붙듯이 낮습니다. 향기는 같고요."

여천은 산국을 받아 코끝에 댄 채로 어랑 분지를 살핀다. 북로군정서는 정북 방향이 아니라 북동쪽으로 살짝 치우친 자리에서 베개봉 자락을 등지고 진을 치고 있다. 처음엔 유리한 고지를 점했던 모양이다. 시간이 지나면서 일본군 포위 범위가 넓어지는 바람에 배산 효과가 없어지면서 고립 상태에 빠진 성싶다. 게다가 베개봉이 근동에서는 제일 높고 넓은 산이라 퇴각할 때는 산에 갇힐 위험도 크다.

어랑 분지 안 일본군 진지는 일곱 개다. 일군은 거의 전방위에서 북로군정서를 둘러싼 채 포위망을 펼친 형세다. 서북, 서, 서남, 남, 동남, 동, 북동. 서북쪽과 북동쪽 일군 진지는 북쪽에 있는 북로군정서 뒤편으로 뻗쳐 있는 것 같다. 북로군정서가 베개봉으로 퇴각할

시 그 두 진지에 있는 일군들한테 막힐 공산이 크다. 서쪽 낮은 봉우리 아래쪽에 있는 부대가 일군 본대다. 북로군정서 본대와 남쪽 일본군 지대 사이 거리는 사선으로 2, 3리 될까. 북로군정서와 가장 가까운 일군의 서북, 북동 진지의 거리는 고작해야 서너 마장씩이다. 서로 한 걸음씩만 나서면 사정거리다. 여천은 망원경에 눈을 댄 채 정찰대장 오창근에게 묻는다.

"현재 서쪽 지휘소에 일군 대장이 있는 것 같은데 이름이 뭐라고 하던가? 동쪽 진지에 있는 지휘관 놈은?"

"본대 지휘관이 우에노라고 들었습니다. 계급은 대좌이고요. 동편 진지에 있는 놈은 고이데 중좌인데 연길 207연대 6대대장이라 하더이다. 남쪽에 있는 부대 지휘관은 이이노라는 소좌 놈이고, 북동쪽에 있는 놈들은 아즈마 부대입니다. 서북, 서남, 남동쪽 부대장들은 파악지 못했습니다."

"천수평 기병대를 치러 갔다는 이범석 쪽에서는 아직 기척이 없고?"

"기병대를 공격하기가 쉽지는 않겠지요. 기병이 2백여 수나 되니 말입니다."

"이범석 연성대장 휘하 대원들이 사관연성소를 졸업한 그 젊은이들이지?"

"그렇게 들었습니다. 이범석 대장이 그 사관학교 교관이었다고 하고요."

기병대는 말을 타지 않은 상태에서는 보병보다 나을 것이 없고 말을 탔을 때는 저격하기 쉽다. 사관학교를 졸업한 젊은이들이니 이화일 휘하 별동대원들과 비슷한 기동력과 전투력을 가졌을 것이다. 이범석의 연성대와 이화일의 별동대가 협력한다면 일본군 기병대라고 해도 오래지 않아 깰 수 있을 것이다. 여천은 각기 망원경을 눈에 대고 있는 지대장들에게 묻는다.

"우리가 어느 쪽을 먼저 헐어야겠소?"

최운산이 먼저 대답한다.

"남쪽에 자리 잡은 놈, 이이노? 그놈들부터 쳐서 길을 내야지요."

한영준이 말을 잇는다.

"지금 우리 있는 곳에서 가장 가깝기도 하고요. 우리가 더 움직이면 놈들이 우리를 알아챌 것입니다. 여기서 시작해야 할 것 같습니다."

맞다. 남쪽 골짜기 양쪽 등성이에 지대별로 포진해서 가까운 놈들을 공격해야 한다. 아군이 분지 남쪽을 차지하게 되면 북로군정서의 숨통이 트이면서 공격을 재개할 수 있는 여지가 생긴다. 여천은 오창근을 부른다.

"예, 대장."

"별동대에 박 정찰을 붙여 이범석 부대 쪽으로 보내놓은 상태니, 자네는 발 빠른 대원을 그쪽으로 보내서 전투 상황이 어떻게 됐는지 살피고 접선이 가능할 것 같으면, 전투 후에 이쪽으로 데리고 오라 하게. 그리고 일군 부대가 이쪽으로 더 오는지 잘 살피고."

"예, 대장."

"자, 우리 모두 내려가서 저기 어랑 분지 입구에 자리 잡은 놈들부터 처리합시다."

정찰대를 둔 채 지휘부는 산을 내려온다.

"1지대부터 7지대까지 포위대형으로 서서 분지 입구에 있는 놈들한테 최대한 가까이 다가드는 것이오. 1지대와 5지대가 가진 기관총대, 3지대와 6지대가 가진 포대 위치를 잡은 후 내 호위 조가 동시에 쏠 신호 총성을 기다리시오. 신호 총성이 울리면 기관총대는 무조건 쏘고 포대는 지대장들께서 상황에 맞게 재량껏 쏘시오. 기관총 두 대면 분지 입구에 있는 놈들 정도는 잡을 수 있을 것 같아서 하는 말이오. 연후 소총수들이 놈들이 있던 자리로 들어가며 사격을 하는 게요."

제3지대장 최운산이 나선다.

"대장, 이왕 시작하는 김에 남쪽을 아예 장악하는 게 어떻겠습니까? 이 길 입구에 있는 일군 이이노 진지를 같이 깨고 나서 1, 2, 3지대는 가까운 서남쪽 일군 진지를 깨고요. 4, 5, 6, 7지대가 그쪽에서 가까운 동남쪽 일군 진지를 깨는 겁니다."

"그거 좋은 생각이오. 남쪽 이이노 진지를 깰 때는 다 같이하고 이후 두 일군 진지를 깰 때는 1, 2, 3지대가 합동하고 4, 5, 6, 7지대가 합동하시오. 자, 다들 가서 위치 잡으시오."

독립군들이 갈라져 길 양쪽 낮은 산 숲속으로 산짐승들처럼 스며든다. 경사가 낮아 기관총대며 포대도 어렵지 않게 끌어 올린다. 기관총탄이건 포탄이건 여분이 많지 않아 각 두 대씩만 끌고 왔다. 박격포대도 마찬가지다. 치열한 전투 뒤에는 전리품으로 얻은 무기들에 비해 실탄이 적다. 고래등 능선에서 일본군 지휘부가 퇴각하며 버리고 달아난 기관총과 포대들에는 실탄이 거의 남아 있지 않았다.

그렇더라도 대한독립군이 이 어랑촌으로 올 수 있었던 건 고래등 능선에서 얻은 전리품들 덕이다. 적의 무기로 적을 치는 것. 친일분 자들에게서 뺏은 일본 돈으로 독립군들을 먹이고 입히며 키우는 것. 독립군이 일본을 상대로 전쟁을 계속할 수 있게 하는 건 일본군이 다. 그 역설을 여천은 평생 견지해온 셈이다. 그렇기에 언제나 모자 랐다. 독립군들은 한 번도 넉넉히 먹어본 적 없고 충분한 실탄을 가 져본 적도 없다. 지금이라고 다르랴.

늘 그렇듯 전투가 길어지면 아군이 불리한데 이 어랑촌 전투는 쉬이 끝낼 수 있는 전투가 아니다. 어제 석양녘부터 지난 아침까지 대치했던 고래등 능선 전투처럼 길어질지도 모른다. 전군을 사지로 몰아넣고서야 겨우 끝낼 수 있었던 전투. 아군 사상자가 많지는 않 았으나 한 명이라도 잃은 건 크게 잃은 것이다.

여천은 네 호위와 함께 그냥 걷는다. 여천은 그냥 걷지만 곽방언, 김성집, 여민, 고천동은 매처럼 날카로운 눈빛으로 사방을 살피며 움직인다. 각기 식구들이 있는 그들에게 그간 국내로 편지를 전달 하라는 핑계로 몇 차례 집에 다녀오게 했다. 다니러 가서 돌아오지 않아도 무방하다는 의미인 걸 네 사람도 잘 알아들었다. 잘 알아듣 고도 네 사람은 군자금을 얻어 여천에게로, 전선으로 돌아왔다.

"놈들이 보입니다. 모퉁이를 돌아 한 마장쯤 더 가는 곳부터 분지 입니다."

앞서 모퉁이를 돌아가 보고 온 여민이 나지막이 말했다.

"우리가 이 길로 계속 전진할 수는 없지?"

"모퉁이 돌면 발각되기 십상입니다."

"그러면 우리도 숲으로 들어가지."

간도 쪽 산은 강 건너 함경도 산들에 비하면 높거나 험하지 않고 낮고 부드럽다. 높지 않음에도 나무가 자라지 않는 산과 들이 흔하다. 늘 메마르게 느껴지는 기후 탓일지 모른다. 그래도 인민들이 자리 잡고 몇 년만 지나면 밭곡식을 풍성하게 거두는 것 같았다. 먹패장골은 높고 험해도 씨앗만 뿌리면 알곡이 맺혔다. 조선 땅이 대개 그러할 것이다. 먹패장골 집과 인필골 집! 아내를 잃고 지냈던 집과 아내와 함께 지냈던 두 집이 똑같은 비중으로 떠오르는 게 가끔 이상했다.

"여기서 보입니다."

방언이 나뭇가지 사이로 분지 쪽을 건너다보며 말한다. 오른쪽 옆으로 강상모 지대원들이 엎드린 자세로 총을 겨누고 있는 모습이 언뜻언뜻 보인다. 기관총대도 준비를 마치고 신호를 기다리고 있다. 14시 20분이다. 가을하늘은 바닷물처럼 깊고 푸르다. 나무들에는 단풍이 짙게 스몄다.

여천은 망원경으로 북로군정서 본대 쪽을 유심히 본다. 지대별 진지를 부채꼴 형상으로 펼쳐놓고 가운데 지휘소에 앉은 김좌진과 나중소와 박영희 등을 알아보겠다. 김좌진도 망원경으로 분지 안 이쪽저쪽을 살피는 중이다. 그러다 그의 망원경이 이쪽을 훑고 지나가는가 싶더니 돌아와 멈춘다. 이쪽 망원경 유리에 빛이 반사된 것인지도 모른다. 그가 더 잘 보라고 여천은 엎드렸던 상체를 세워 앉는다. 여전히 이쪽을 향해 시선을 둔 김좌진이 문득 왼손으로 자기 가슴팍을 세 번 두드린다. 여천도 왼손으로 가슴팍을 세 번 두드린다. 김좌진이 손바닥을 쭉 펴 앞으로 내민다. 가슴이 뭉클하다. 동지애다. 여천도 똑같이 한다. 지원군이 등장한 걸 깨달은 김좌진이 일어선다. 여천도 일어서며 명령한다.

"공격 준비."

망원경을 가까이 당겨 분지 입구에 있는 적군들을 본다. 지휘관 이이노는 현재 위치에서는 보이지 않는다. 5백 수는 넘고 7백은 못 될 성싶은 이이노 부대 놈들은 낮은 구릉에 엎드려 북로군정서 쪽으로 총구를 대고 있다. 앞쪽은 그렇지만 후미 쪽은 느슨하고 산만하다. 군화 벗고 발바닥을 벅벅 긁어대는 놈도 있다. 군모를 벗고 머리통을 득득 긁는 놈, 총을 세우고 하품하는 놈, 총을 양손으로 잡고 팔을 뻗어 기지개를 켜는 놈도 보인다. 대치 상태가 길어진 탓이고 제들 수가 월등한 이 판세를 믿기 때문이다. 무엇보다 놈들은 조선 사람한테, 상대가 중무장한 대한의 독립군이라고 해도, 자신들이 질 거라고 여기지를 않는다. 대한의 독립군들이 전투에서 이겨도 이긴 게 아닌 것처럼, 일군들은 져도 졌다고 생각지 않는다. 놈들은 다리 몇 개가 끊겨도 산다는 다족류 바다생물들 같다. 원산포구 고만동네 어창 앞에서 꿰미에 꿰어 말라가던 그것들.

"예, 대장. 준비됐습니다."

"공격!"

네 호위가 동시에 쏜 총에 일군 네 놈의 머리통이 부서지며 군모가 벗겨진다. 부서진 머리통에서 피가 줄줄 흐른다.

단번에 숨통을 끊어라. 그게 피차 득이다.

예전부터 신입 의병들한테 총격술을 가르칠 때면 늘 강조했다.

신입자가 훈련을 통해 원하는 곳을 단방에 맞힐 수 있게 되어야 전투대원으로 인정했다. 지금도 그렇다.

네 호위가 두 번째 총을 쏘는 것에 맞춰 양쪽 숲에 있던 아군 기관총이 불을 뿜는다. 멀리 북로군정서 쪽을 향해 있던 일군들이 총구를 이쪽으로 돌릴 겨를 없이 퍽퍽 쓰러진다. 달아나려다 넘어지는 놈, 뒤돌아 쏘려는 놈, 엎드린 채 고개를 처박고 헛총질을 해 대는 놈, 달아나는 놈 등으로 아수라장이 됐다. 바닥에 깔린 산국들이 짓이겨지며 누런 먼지가 일어난다.

대한독립군의 공격에 맞춰 북로군정서에서도 포탄을 날린다. 북로군정서에서 날린 포탄은 동북쪽 일군들 진지에서 터진다. 동북쪽 일군 진지에서 쏜 포탄이 북로군정서 앞에서 터진다. 이쪽 저쪽에서 가까운 적한테 쏘아대는 포들로 격동한 분지 안이 금세 부예진다.

아무리 강한 부대도 급습을 견디기는 힘들다. 게다가 제놈들이 만들어낸 기관총의 막강함을 어찌 견디랴. 이쪽의 기관총 두 대는 삽시간에 이이노 부대를 초토화시켰다. 죽거나 달아나거나. 달아나거나 달아날 채비하는 놈들은 남서쪽과 남동쪽에 있는 일군 진지로 갈라져 움직인다. 그쪽에 있는 일군들은 제 편들이 제들 쪽으로 다 가들므로 응사하지 못하고 주춤댄다.

"내려가지."

여천은 네 호위한테 명령하며 걸음을 내디딘다. 분지 입구에서 한 마장 정도쯤 전진해 멈춘다. 쓰러진 일군들로 일대 땅바닥이 보이지 않을 지경이다. 호위들이 잽싸게 일군 주검 몇 구씩을 포개 참호를 만든다. 참호에 의지해 사격 태세를 갖춘다.

"사격!"

여천과 곽방언과 여민은 서남쪽 일군 진지를 겨냥해 사격한다. 김성집과 고천동은 남동쪽 일군 진지를 향해 쏜다. 잠시라도 적군들의 시선을 이쪽으로 끌어당기기 위한 미끼 노릇이다. 그사이 전진한 박승길의 1지대와 안무의 2지대, 최운산의 3지대가 자신들과 가까운 서남쪽 일군 진지에 기관총과 포탄을 퍼부어댄다. 아군 소총수들이 포복으로 나아가며 쏘아댄다. 그쪽으로 달아나는 일군 놈들을 지나 서남쪽 일군 진지에서 펑펑 터진다. 서남쪽에 있던 일군 진지에서 응사해대다가 제들 쪽으로 다가오는 제 편들을 쓰러뜨린다. 서남쪽 일군 진지가 뒤흔들리다 흩어진다. 서남쪽 진지 일군들이 남쪽에 있는 제들 본대 쪽으로 뒷걸음질치다가 후퇴령을 듣고는 뒤돌아서 본격적으로 내달린다. 적군들이 비운 자리로 아군 1, 2, 3지대가 재빠르게 들어선다.

동시에 이천오, 강상모, 한영준, 김치명 지대는 동남쪽 일군 진지를 공격했다. 1, 2, 3지대보다 대원 수가 많으므로 공격도 더 맹렬하다. 게다가 이이노 부대가 부서져서 제들 쪽으로 무너지는 형국이라 동남쪽 일군 진지가 걷잡을 수 없이 흔들린다. 동남쪽에 있던 일군 진지도 폭풍에 휘말리듯 널브러진다. 그쪽에 있던 일군들이 쓰러지거나 동쪽 진지로 달아난다. 1, 2, 3지대 아군들이 적군들이 비운 자리로 뛰어들어, 쓰러졌으나 미처 죽지 못한 적들의 숨통을 끊어놓는다.

일군 진지 3개를 부수면서 대한독립군이 분지 남쪽을 장악했다.

5리쯤 되던 북로군정서와의 거리가 3리쯤으로 줄었다. 일군 시신들에서 상당량의 실탄을 수거했고 기관총 2기와 포대 2기도 획득했다.

일군 진지를 차지한 각 지대가 진지에서 북쪽으로 한 마장 정도씩 나아간 지점에다 일군들 시체를 반원형 둑처럼 쌓아 참호를 만들었다. 일군 시체를 엎어 몇 겹으로 쌓고 숲에서 꺾어온 나뭇가지들을 얼기설기 덮었다. 함부로 꺾여 바닥에서 나뒹구는 산국들을 거둬 나뭇가지에다 뿌렸다. 화약 냄새와 피 냄새와 국화꽃 향기가 뒤섞여 뭐라고 해야 할지 알 수 없는 냄새가 난다. 죽음 냄새랄지. 전쟁 냄새랄지.

그사이 북로군정서 쪽 진지가 앞으로 한 마장 정도 전진했다. 북로군정서 왼쪽에 있던 일군의 북서쪽 진지는 서쪽으로 두 마장 정도 밀려 내려왔다. 북로군정서 오른쪽에 있던 일군의 북동쪽 진지도 동쪽으로 한 마장쯤 옮겨졌다. 처음에 장방형 형태였던 대치 구도가 정방형에 가까워졌다.

한바탕 교전 끝에 한 마장 전진한 북로군정서가 진지를 새로 만드느라 부산하다. 야트막한 구릉에다 흙 포대며 나뭇가지들을 자꾸 쌓고 있다. 북로군정서는 비전투부대가 함께 다니므로 필요에 따라 진지 구축이 쉽게 이뤄진다.

분지 안은 다시 소강상태에 접어들었다. 피아간에 포탄을 쏴보아야 별 효과가 없음을 확인하고 난 후다. 대신 일군 진지들이 뒤편 경계를 강화했다. 남쪽 세 진지가 무너지면서 후방 방어에 대한 필요를 느꼈기 때문인 것 같다. 그 점은 북로군정서나 대한독립군도 마찬가지다. 일군들에게는 지금 당장이라도 2천 가까운 지원군이 올

수 있지만 아군한테는 천수평에서 기병대와 싸우고 있을 400여 수
가 다다.

어떤 시도도 해볼 수 없는 지루한 긴장 속에 한 시간 반이 흘렀다.
서로서로 상대 진지의 동정을 살피기 때문에 일부가 빠져나가 적의
후방을 친다거나 할 수도 없다. 각 진지마다 전후좌우를 노려보면
서 틈틈이 먹고 마시며 격돌에 대비한다.

남쪽 진지들이 깨졌음에도 일군은 여유로워 보인다. 5천 중에 5,
6백 정도 잃고 3, 4백 정도가 부상당했다고 해도 아직 4천이 남은
데다 언제든 지원군이 올 수 있으므로 어디 누가 오래 버티는지 보
자는 것 같다.

독립군은 다르다. 이범석 부대와 이화일 부대가 오지 않으면 북
로군정서와 대한독립군이 따로 퇴각해야 한다. 여기서 퇴각하면 아
예 이 화룡현을 벗어나 멀찍이 가야 할 것이다. 어쨌든 이범석 부대
와 이화일 부대가 오는지 못 오는지가 결정되어야 한다. 정찰대라
도 올 때가 넘었는데 기척이 없다.

16시 10분. 석양이다. 앞으로 한 시간이면 해가 진다. 다른 곳에
있는 일군 지휘관이 갑갑해하다 급기야 출동할 수 있다. 화룡현으
로 오기로 돼 있는 일군 어떤 부대가 지금쯤 현 내로 진입했을 수도
있다.

"대장님."

정찰장 오창근이다.

"오! 기병대 쪽은 어찌 됐는가?"

"이겼고요. 아군 사상자는 전혀 없고 저쪽은 아예 결딴을 냈답니

다. 말 52필을 얻었고요. 시방 저 아래 어랑 마을 입구에 당도했는데 저한테, 어디로 갈지 대장님한테 여쭤보고 오라 하더이다.”

여천은 목탄필로 그려놓았던 어랑 분지 판세도를 펼친다.

“이걸 잘 듣고 가서 전하게. 일군 진지가 현재 이 서쪽, 서북쪽, 동쪽, 동북쪽 4개소지?”

“예, 대장.”

“각 진지마다 칠팔백 수씩 있는데, 이 서쪽 본대에 천오백 수 넘게 있는 듯해. 우에노가 여기 있잖은가?”

“예, 대장.”

“이범석 부대를 셋으로 나누고 이화일 부대를 하나로 쳐서 4개 분대가 일본군 후방을 치고 들어오라는 것이지. 후방을 치되 적들의 기관총대와 포대 먼저 깨야 한다고 해. 봉오동에서 우리 별동대가 적들의 기관총대를 깼던 것처럼 말이지.”

“예, 대장.”

“공격 시각은, 여기서 우리는 17시 08분에 공격을 재개할 것이니 그쪽은 17시 10분에 맞춰 공격하라 하게. 허술하나마 이 지도를 가지고 가서 설명하고, 시간이 더 늘어지면 아군 피해가 너무 커지는 작전인바 공격 시각, 17시 10분을 정확히 지켜야 한다고 전하게. 어서 가.”

“예, 대장.”

오창근이 급히 뒤로 물러나 숲으로 사라진다. 여천은 네 호위를 가까이 부른다.

“이화일과 이범석 등이 오는 걸 북로군정서에도 알려줘야겠지?

공격 개시 시각도?"

여민이 반문한다.

"어떻게 말입니까, 대장?"

"자네들이 해야지."

"그러니까 어떻게요. 소리를 지를 수도 없고, 무슨 암호가 정해져 있지도 않고요."

"그 방법을 생각해내라는 거지. 북로군 본대에서 이범석과 이화일이 돌아온 것과 우리가 17시 08분에 동시에 공격을 재개하자는 내 말을 알아볼 수 있게 해. 당장!"

네 호위가 어이없는지 눈을 크게 뜬다. 적군도 보고 있으므로 글자를 써서 들어 보일 수 없다. 산을 돌아가 기별하기에는 시간이 없거니와 중간에 일군 경계에 걸릴 수 있으므로 위험하다. 두 시간 동안 아무것도 못한 이유다. 고천동이 입을 연다.

"지난번에 양쪽 대장님들 회동하실 때 보니, 두 차례 다 이범석 연성대장 목에 목수건처럼 푸른 띠가 둘렸더군요. 북로군 진지에 그와 같은 띠를 두른 젊은이들이 드물지 않게 있었고요. 아마 그쪽 연성대 표식이 아닐까 싶습니다. 우리 별동대가 보통 때 붉은 띠를 목에 두르는 것처럼요. 그러니까 우리가 붉은 천, 푸른 천을 목에 두르고 말 타는 시늉하면 기병대 치러 간 저쪽 연성대와 우리 별동대 표시가 될 테고요, 나머지는 손짓으로 표시하면 어떻게 될 거 같습니다만."

여민이 나선다.

"당장 붉은 천, 푸른 천이 어디서 나오?"

"왜에, 대장님 품에 평생 지니고 다니시는 붉은 수건 있잖습니까? 그리고 방언이, 지난번에 집에 갔을 때 자네 내당이 주셨다는 세수 수건이 푸른색이잖아. 아까워서 쓰지 못하고 행낭에 넣고만 다니는 그 수건. 그 두 수건 때문에 이 생각이 난 건데?"

여천이 품에서 붉은 수건을 꺼내 준다. 아내를 마지막 보고 떠날 때 땀 닦으라고 건네주던 붉은 손수건에는 여천汝千이라는 이름이 수놓여 있다. 방언이 그렇듯 여천도 아까워서, 행여 닳을까 봐 쓰지 못하고 늘 지니고만 다니는 수건이다. 방언도 제 행낭을 뒤지더니 푸른 수건을 찾아내 건네며 제 동료들한테 묻는다.

"군악대를 부를까? 아무래도 그들이 몸짓말을 잘하니까."

고천동이 무지르며 나선다.

"7지대까지 가서 군악대 찾아 데려오고, 데려와 설명하고. 언제 그래? 민이 자네가 이범석하고 닮았으니 푸른 수건 매. 성집이 자네가 이화일과 닮았으니 붉은 수건 매고."

얼굴은 이범석과 닮지 않았으나 몸피는 비슷한 여민이 푸른 수건을 목에 두른다. 이화일과 닮은 듯도 싶은 김성집이 붉은 수건을 목에 두른다. 넷이 나란히 북로군정서 쪽을 향해 선다. 수건 맨 두 사람은 말 타는 시늉을 하고 방언은 손가락으로 17시 08분을, 천동은 17시 10분을 표시해 공격하는 시늉을 해댄다.

전장에서 뼈가 굳은 마흔 넘은 사나이들의 몸짓이 춤추는 듯 재미나고 유쾌해 여천은 흐허허, 웃고는 망원경으로 김좌진 측을 건너다본다. 나중소와 김좌진과 강화린이 망원경으로 여기저기 살피고 있다. 나중소의 망원경이 이쪽을 훑다가 정지된다. 저게 뭐 하는

짓인가 싶다가 문득 뭔가를 알겠나 보다. 옆에다 말을 하는지 김좌
진과 강화린의 망원경도 이쪽을 향했다. 이윽고 알아들었는지 셋이
동시에 고개를 끄덕이고는 주먹을 내밀어 폈다 접었다 한다. 알아
들었다는 표시다.

"저쪽에서 알아들었네. 더 하다간 적들이 알아볼 수 있으니 그치
게. 수고했어. 네 사람 다 총격술 교관만 하기는 아까우이. 겸해 율
동 선생으로 나서도 되겠어. 아예 몸짓 군호를 개발해보든지."

네 사람 다 여천을 쳐다보지 않고 수건을 벗어 개고 총기 쓰다듬
는 시늉을 한다. 여천은 씩 웃으며 수건을 받아 품에 넣는다.

"적이 눈치채지 못하게 조용히, 전투 준비하라고 전군에 알리게.
논의된 사실이며 시각도 알려주고. 1, 2, 3지대는 서쪽 일본 본대에
최대한 가까이 다가들며 공격하고, 4, 5, 6, 7지대는 동쪽 일본 진지
에 그렇게 하라고. 그러면 북로군정서는 가까운 서북쪽 일군 진지
와 북동쪽 일군 진지를 치겠지."

네 사람이 둘씩 갈라져 옆 지대로 들어간다. 16시 40분이다. 눈앞
에 시신이 둑처럼 쌓여 있고 곧 또 시신이 산처럼 쌓이게 될 텐데 하
늘은 참 태평하다. 곁에 있다 죽어 떠난 그 많은 이들. 혼백이라는
게 있을 것 같지는 않다. 혼백이 있다면 지금 이 시각 하늘이 저처럼
태평할 수 있을 것인가. 혼백이 있다면 하느님도 있고 신령들도 있
다는 것일 텐데, 하느님이며 신령이 이렇게 사는 사람들 꼴을 지켜
보기만 할 것인가. 하느님이며 신령들한테 무슨 억하심정이 있어 일
본 놈들은 남의 강토를 탐내어 쳐들어와 죽어 자빠지게 하고, 조선
사람들은 그놈들한테 앗긴 나라를 되찾겠다고 또 죽어나가게 만든

단 말인가.

여천은 몸을 낮춰 한 마장이나 나와 있는 시신 둑 아래로 다가든다. 시신을 두세 겹으로 엉겨 쌓은 높이가 여천의 허리께다. 그 위에 걸쳐놓은 나뭇가지들은 들쑥날쑥하다. 나뭇가지 틈새로 일본 본대 지휘소 쪽을 살핀다. 한 마장을 나온 덕에 사선으로 보이는 지휘소가 선명하다. 일본군 연대장 우에노를 알아보겠다. 남쪽 진지에서 도망쳐간 이이노일 법한 자도 알 것 같다. 한 차례 패퇴한 자답게 얼굴이 굳어 있는 놈일 것이다. 망원경을 돌려 동편 일군 진지를 본다. 그쪽 지휘관은 고이데다. 고이데와 남동 진지에서 패퇴해 갔을 장교도 알아보겠다.

우에노나 이이노, 고이데 등은 망원경을 들고 있지 않다. 그 옆에 있는 부관들이 망원경을 들고 남북 방향의 독립군들을 살피고 있다. 여천이 지휘소에 없다는 걸 알아채고 말을 하는지 우에노가 제 망원경을 들고 본다. 한참 만에 제놈들 시신으로 쌓은 둑에 있는 여천과 시선이 맞닿는다. 망원경 속의 눈빛은 피차 보지 못한다.

16시 50분. 여천은 천천히 걸어 지휘소로 돌아온다. 시신 둑에서 우에노와 고이데 등이 사격권 안으로 들어온다는 걸 확인했다. 물론 거기서는 아군도 적의 사정거리 안으로 들어간다. 그렇기에 둑을 쌓았다. 시신 둑으로 기관총과 소총은 잠시 막을 수 있다. 박격포탄은 못 막는다. 네 호위가 돌아왔다. 16시 55분이다.

"명령 시달했습니다."

"우리 5인은 17시 05분에 저 둑 앞으로 갈 것이야. 우리 5인의 목표는 우에노와 고이데를 잡는 거야. 그 외 장교 견장 단 놈들."

"예, 대장."

"17시 08분이 되면 내가 권총으로 고이데 쪽을 쏠 거야. 권총은 사정거리가 짧으니 물론 신호총이지. 신호에 따라 아군 공격이 시작되겠지? 그러면 자네들은 저 둑에서 저격 위치를 찾아. 방언과 여민은 왼쪽 우에노와 이이노를 겨냥할 수 있는 위치. 성집과 천동은 오른쪽으로 고이데와 그 곁 장교를 쏠 수 있는 위치. 쏘는 건 각자 재량껏! 알아들었나, 들?"

"예, 대장."

현재 대한독립군 제일 사수는 누굴까. 이화일이거나 별동대원 중 누구일 것이다. 총격술 교관들인 호위 넷 중 한 명일 수도 있다. 백두산으로 가서 진지를 구축하고 좀 안정되면 일등 사수 뽑는 대회를 열어도 재밌을 것 같다. 일등 사수라는 영예를 가져보고 싶은 대원들이 너나없이 도전할 것이다. 실탄을 너무 허비하려나? 한 사람당 한 발씩은 허비해도 괜찮을 테지.

별생각을 다 하다 잠시 멍해 있던 여천은 진저리를 치고는 또 시계를 꺼내 본다. 17시다. 망원경을 들어 북로군정서 지휘소를 건너다본다. 김좌진이 일어서서 서북쪽 일군 진지를 살피고 있다. 그는 여상한 모습이지만 그 곁의 나중소와 박영희, 강화린 등은 연신 두리번거린다. 긴장한 게 여실하다. 17시 05분이다.

"나는 나가다 뒷걸음치다 다시 나가다 하며 시선을 끌 터이니 자네들은 저격 위치 잡을 곳까지 곧장 가게. 자, 나아가지."

여천은 그냥 심심해서 바장거려보는 양 느리게 둑으로 나아간다. 지금은 적군들의 이목을 이쪽으로 집중시켜야 할 때이므로 짐짓 권총을 꺼내 들고 격발을 해보고 뒤돌아 걷는다. 그새에 네 호위는 둑 아래까지 간다. 여천은 지휘소까지 와서 이동용 좌대에 앉는다. 망원경으로 고이데 쪽을 건너보고는 일어나 다시 둑을 향해 걷는다.

마침내 17시 08분이다. 둑 앞에서 여천은 나뭇가지 새에 총구를 넣어 고이데를 향해 쏜다. 땅!

한 방의 총탄, 한 번의 총성으로 수백 개의 꽹과리가 동시에 울리는 것 같은 총성이 일어난다. 여천은 지휘소로 돌아와 선 채 망원경으로 현황을 살핀다. 대한독립군 1, 2, 3지대가 서쪽 일본 본대를 향해 쏘아대고, 일본 본대가 금세 반격하고 나섰다. 대한독립군 4, 5, 6, 7지대가 동쪽 일본 진지를 향해 쏘아댄다. 동쪽 일본 진지가 응사한다.

북로군정서가 서북쪽 일군들한테 쏴대고 서북쪽 일군들이 반격한다. 북로군정서가 북동쪽 일군들을 향해 총탄을 날려대고 북동쪽 일군들이 기다렸던 듯이 맹렬히 쏘아댄다.

피아간에 헛총질이 팔 할이지만 와중에 아군은 기관총대와 포대를 차츰 전진시키고 소총수들도 구릉을 이용해 점차 전진해 참호 밑에 닿았다. 2분이 참 길기도 하다.

17시 10분이 됐다.

일군 네 진지 뒤편에서 동시에 꽹과리 터지는 것 같은 총성들이 마구 울린다. 이범석 부대와 이화일 부대가 적들 후방 공격을 시작했다. 기관총대와 포대에 집중사격을 하는지 일군의 기관총과 포 공격이 금세 잦아들었다. 일군 기관총대들과 포대들이 깨지는 틈에 일군 시체 참호 아래에 들어 있던 아군 기관총과 포가 시신들을 넘어뜨리며 공격을 시작했다. 다다다 날아가고 펑펑 날아간 기관총탄과 포탄이 일군들을 넘어뜨리고 마구 터진다. 앞뒤에서 공격당한 일군 진지들이 흔들린다. 기관총대와 포대를 잃은 일군들이 여울물처럼 휘돌며 나자빠진다.

일군 본대 지휘소의 우에노가 권총을 빼 들고 뭐라고 마구 소리지르다가 옆으로 픽 넘어지며 권총을 떨어뜨린다. 이이노는 머리통이 날아가며 뒤로 넘어간다. 방언과 여민이 쏜 총을 맞았다. 그 주변에 있던 놈들이 같이 넘어가거나 엎드린다.

여천은 고이데 쪽으로 망원경을 돌린다. 고이데는 돌아서서 권총을 쏘아대며 지휘하고 있다. 부관일 법한 놈이 고이데 등 뒤에서 아군 쪽으로 총을 쏘고 있다가 머리통이 터지며 넘어간다. 곧이어 옆놈을 돌아보던 고이데가 우뚝 선다. 성집이 쏜 총탄이 고이데의 오른 눈을 터트리며 박힌 것 같다. 성집은 머리통이나 가슴팍 같은 큰 과녁이 아니라 눈이나 코 같은 작은 과녁을 쏘는 습성이 있다.

아군 기관총도 멈췄다. 기관총탄이 없기도 하려니와 적군들 사이에 후방에서 들어온 아군이 섞인 탓에 쏠 수가 없게 됐다. 포탄도 마찬가지다. 이화일 부대가 서북쪽 일군 뒤쪽에서 내려왔나 보다. 그쪽 일군 사이에서 아는 얼굴들이 드러난다.

진지에 있던 북로군정서군들이 자꾸 앞으로, 옆으로 나아온다. 대한독립군도 진지를 뒤로하고 나섰다. 지대장들이 끌고 나아가고 있다. 결국 아군과 적군이 섞인다. 사격전인지 백병전인지 알 수 없게 가까운 거리에서 서로를 공격한다. 그런데 일군들은 저희들 우두머리인 우에노와 고이데가 죽은 사실을 아는 눈치다. 싸울 의지를 잃었다. 수세에 몰린 놈들은 마지못해 싸우면서 빠져나가기 위해 필사적이다. 결국 백병전이 됐다. 백병전에 강한 쪽은 독립군들이다. 늘 총탄이 모자라는 전투를 해온 탓에 백병전에 강해졌다.

전의를 상실한 일군들이 달아나기 시작하므로 뒤쫓느라 대한독립군이나 북로군정서나 각자 위치고 뭐고 없어졌다. 수천 명이 뒤엉켜서 석양녘 분지 안이 부연 먼지로 가득하다. 지대장들이 피 맛본 짐승들처럼 휘하 대원들 앞에서 날뛰고 있다. 칼춤 추는 망나니들마냥 총을 휘둘러댄다. 앞으로 쏘고 뒤로 일군을 쳐낸다.

17시 30분. 네 호위가 지휘소로 급히 돌아왔다. 방언이 말한다.

"지금 멈추지 않으면 아군 사상자가 제법 많아질 것 같은데요."

그 말이 맞다. 적은 이미 반수 이상 넘어졌다. 넘어진 자 중에 반수쯤은 숨이 넘어갔을 터. 그러므로 달아나야 할 적은 달아나게 둬야 한다. 달아나고 싶은 놈들을 막으면 같이 죽자고 덤비기 마련이다. 무엇보다 아군도 이곳에서 나가야 한다. 아군은 여기 있는 병력이 전부다. 적군은 한두 시간이면 올 수 있는 곳에 2천여 수가 대기하고 있다. 아니, 4만 2천여 수가 몰려오고 있다. 끝내야 하되, 이 어랑 분지 전투는 북로군정서가 시작한 것이므로 김좌진이 끝내야 한다.

"김좌진 사령관 눈에 띄도록 내 뒤에다 태극기를 펼쳐 들게."

펼쳐진 태극기 앞에 선 여천은 망원경으로 김좌진을 본다. 김좌진도 선 채로 전황을 살피고 있다. 양쪽 시선이 만났다. 여천은 오른손을 들었다가 내리며 멈추자는 신호를 보낸다. 김좌진이 팔을 내밀어 주먹을 쥐었다 폈다가 한다. 수긍한다는 신호다. 곧이어 그 곁에 있던 부관이 나팔을 불기 시작한다. 17시 35분이다.

부우우우, 부우우우, 부우우우.

어디서건 긴 나팔 소리는 멈추라는 신호다. 멈추고 안전한 곳으로 물러나라는 명령이다. 아군의 정지 명령을 일군들은 퇴각 신호로 듣고 자신들의 진지 뒤편 숲으로 들어가느라 난리다. 이미 앞서 들어간 놈들 꽁무니를 쫓아가느라 법석이다. 움직일 만한 놈들은 다 움직여 나간다. 독립군들은 달아나다 총질하려는 정신없는 일군 놈들, 넘어진 채 총질하려는 놈들만 쏜다.

17시 50분.

분지 가득 널리고 쌓인 시신을 남기고, 움직일 수 있는 일군은 전부 어랑 분지에서 빠져나갔다. 움직일 수 없으되 아직 살아 있는 제 동료들을 아랑곳하지 않고 달아났다. 아군 사상자는 거의 보이지 않는다. 그러므로 이겼다. 일본 정규군 5천을 대한의 독립군 3천이 이겼다. 또 한번 이겼다.

해가 낮은 서산 너머로 넘어갔다. 북로군정서에서 승리를 선언하는 나팔을 분다. 부, 부, 부. 적군이 물러갔다고, 또 한 차례 아군이 이겼다고, 나팔소리가 짧은 음으로 명랑하게 퍼져 나와 어랑 분지를 채운다.

북로군정서 본대에서부터 와아아, 함성이 솟구쳐 오른다. 분지 가운데로 뛰어들며 만세를 외친다. 대한독립군들도 총기를 들어 올리며 분지 가운데를 향해 뛰쳐나간다. 고호수의 군악대가 북 치고 꽹과리를 울리며 나아간다. 뛰쳐나간 대한독립군들이 북로군정서군들과 만나 어깨를 겯고 펄쩍펄쩍 뛰어댄다. 덩실덩실 춤을 춘다. 만세를 불러댄다. 이겼다고 울부짖는다.

곧 도망쳐야 한다. 여기서 나가는 길에 4만 2천 일본군과 맞닥뜨려 전멸할지도 모른다. 이 청산리 곳곳에서 싸우고, 싸우고, 너덜너덜해질 때까지 싸우다가 간신히 빠져나가 또 유랑하는 걸인들처럼 남의 나라 땅이 된 조선을 떠돌아야 할지도 모른다. 그렇지만 지금은 목청껏 만세를 외친다. 피를 토하듯 절규한다. 만세, 만세, 대한 독립 만세. 대한 독립 만만세.

홍범도!

그에 대해 아는 게 뭔가. 처음 그에 관한 소설을 쓰기로 했을 때 내가 스스로한테 던진 질문이다. 홍범도는 조선 국권이 일제에 피탈당한 뒤 독립운동을 한 사람이었다는 정도였다. 사실 나는 홍범도만 모른 게 아니라 독립투사들에 대해 아는 바가 거의 없었다. 평생 숱한 자리에서 순국선열들께 묵념할 때 그저 치르는 의례로 여겼다. 두 손 모으고 고개 숙인 채 서 있었을지라도 애국의 의미를 생각지 못했다. 순국선열들이 어떤 존재들인지 깊이 생각한 적 없었다.

그동안 나는 구한말에서 6.25에 이르는 우리나라 근현대사를 될수록 피해왔다. 그 시대에 대한 내 상식은 어린 시절 학교에서 배운 내용이 전부라 할 수 있었다. 내 속에 각인된 우리나라 근현대사는 온통 패배의 역사였다. 일제에 찢기고 6.25 전쟁으로 부서진 나라. 그런 우리나라는 접할 때마다 가슴이 아프고 화가 났다. 그 시대를 본격적으로 다룬 건 드라마

든 영화든 소설이든 보기 싫어 거의 외면했다. 작가가 된 후 그 시대를 내 소설 속에서 다뤄야 할 때는 주인공 개인사에 필요한 정도로만 썼다. 그러니 내가 홍범도라는 인물을 어찌 알았겠는가.

홍범도 관련 자료며 책들을 구해 읽었다.

현실에서는 소설보다 극적인 일들이 자주 일어난다. 소설 주인공보다 더 소설적인 현실 인물도 드물지 않다. 그래도 현실 인물을 소설 주인공으로 삼기는 어렵다. 현실 인물한테는 현실이 빚어내는 온갖 구지레함과 타성과 인습과 굴종이 어쩔 수 없이 배어 있다. 그런 탓에 현실 인물, 실존 인물들한테서 소설적 매력을 느끼기 힘들다.

그래서 실존 인물을 소설로 끌어들이려면 허구 인물로 가공을 해야 한다. 실재를 허구화시켜서 소설적 실재를 만들어낸다. 참을 거짓으로 만들어 다른 참을 만들어내는 격이랄까. 그 과정에서 현실 인물이 지닌 매력적이지 못한 요소들도 소설 주인공의 특징이나 성격으로 변화한다.

홍범도 관련 자료를 읽는 동안 연신 가슴이 뛰었다. 그의 삶은 여과하거나 가공하지 않아도 되는, 그 자체로 소설이었다. 영웅담이었다. 망해가는 나라에서 태어나 망한 나라를 되찾기 위해 살았던 홍범도의 삶은 패배의 역사가 아니었다. 그는 승리하며, 종국의 승리를 위해 전진하는 전사였다. 그의 승리는 조선의, 대한의 승리였다.

그에 관해 읽는 동안 여러 번 탄식했다. 내 패배의식이 어디서 기인한 것인지도 새삼 깨달았다. 내 의식의 밑바닥에는 일제가 조선을 강점하고 조선 민중들에게 심어놓은 식민사관의 뿌리가 아직 남아 있었다. 홍범도와 내가 그렇게 연결되어 있다고 느꼈다. 그가 깨부수려 했던 일본과 일본 것들이 드리운 그늘에서 아직도 살고 있는 나. 이게 나만의 일이랴, 했다.

일필휘지하듯, 날개 달린 듯이 술술 소설을 쓸 수 있으리라. 그렇게 여겼으나 오산이자 착각이었다. 그는 세세한 연대기를 지닌 실존 인물이었다. 기록된 그의 족적들은 사뭇 뚜렷했다. 뚜렷한 그 족적들은 하나같이 극적인 데다 빛나기까지 하는지라 '허구 인물로 가공하기'가 어려웠다. 실재를 허구화시켜서 소설적 실재를 만들어야 글을 쓸 텐데, 쉽지 않았다. 백여 년 전 그가 살던 조선으로 내가 들어갔다. 그가 되어보았다. 소설을 쓰는 동안 그의 눈으로 당대를 보고 그의 생각으로 그때 세상을 감각하려 애썼다.

그에게 나를 투영해서 만나게 된 조선은 암담했다. 적군은 날로 강성해지고 거대해지고 있었다. 홍범도, 그는 일제를 상대로 끊임없이 전투를 벌이고 대개 이겼으나 이긴 것이 아니었다. 그는 대한의 독립을 믿을 수 있는 상황이 못 됐다. 희망이 너무 멀었다. 그는 아프고, 외로웠다. 그가 되어 사는 나도 외롭고 아팠다.

그에게 투영했던 나를 분리시켰다. 그에게서 빠져나와 그를 보니 그가 다시 보였다. 그는 외로웠을지라도 냉철한 이성과 뜨거운 가슴을 지닌 투사였다. 그는 대한 독립을 향한 꿈과 의지가 높은 사람이었다. 그는 숱한 동지들을 아우르며 일제를 상대로 빛나는 전투를 무수히 수행했다. 그는 천생 대장이었다. 그렇게 그를 보자니 그와 함께 싸운 무수한 독립투사들이 보였다. 그에게는 동지들이 있고 대한의 민중들이 있었다. 그리하여 그는 외롭지 않았다. 나도 외롭지 않았다. 힘이 생겼다. 의병이며 독립군으로서, 전사로서 열렬히 싸웠다. 명사수가 되어 일본군을 무수히 쏘아 넘겼다.

그의 삶을 내 식으로 서술해나가는 동안 겨울이 지나고 봄이 왔다가 가고 여름이 깊었다. 길고도 짧았던 그사이 나는 C19 때문에 어지러운 방 밖 세상을 깊이 실감하지 못했다. 우리나라의 C19 대처가 탁월하다는 뉴스를 듣기도 했지만 일제에 강점당한 내 소설 속 조선이, 그리고 대한이 원체 어지럽고 아팠기 때문이었다.

이제 높고 외롭고 빛나며 뜨거운 그를, 그와 그의 동지들과 무수한 선열들이 이룩한 오늘 세상으로 내보낸다.

2020년 여름, 무등산하에서
송은일

1868년
8월 27일 평양 출생. 부친은 홍윤식. 모친은 출산 7일 만에 사망.

1876년(8세)
부친 사망. 머슴살이로 생계 유지.

1883년(15세)~1887년(19세)
자원 입대하여 평양 감영 소속 부대의 나팔수가 됨.

1887년(19세)~1890년(22세)
군대 내의 차별과 폭행에 항거한 후 탈영.
황해도 수안의 종이공장에서 노동자로 일함.
공장 주인이 폭언과 폭력을 일삼고 임금을 7개월이나 주지 않자 때려눕
힌 후 도피.

1890년(22세)~1892년(24세)
금강산 신계사에서 지담 스님의 상좌로 삭발승이 됨.

1892년(24세)
신계사 인근의 비구니 절에서 여승인 단양 이씨를 만나 사랑에 빠짐.
평생 함께할 것을 약속하고 금강산을 떠남. 만삭의 몸인 단양 이씨와 함
경도 북청으로 향하던 도중 건달패의 습격으로 아내와 헤어짐.

1893년(25세)~1895년(27세)
강원도 회양 먹패장골로 들어가 3년간 농사짓고 총연습하며 은둔.

명성황후 시해 사건(10월 8일)에 분노하여 은둔생활을 청산하고 하산.

1895년(27세)~1897년(29세)
10월 24일경 단발령에서 황해도 서흥 출신의 김수협을 만남. 의기투합하여 의병대 조직 결의(제1차 거의).
철령에서 일본군 12명을 섬멸하여 최초의 승전보를 올림.
의병부대를 조직한 후 유인석 부대에 합류.
동지인 김수협 전사.
유인석 부대를 나와 황해도 연풍에서 금전판 노동자로 은신했으나 일본군의 추격이 끊이지 않음.
함경도로 가는 도중 박말령에서 일본군 3명을 때려눕히고, 함경도 덕원읍 좌수 전성준의 금품을 빼앗음.
헤어진 지 5년 만에 북청에서 죽은 줄로만 알았던 아내와 아들을 만남.
둘째 용환이 태어남.

1898년(30세)~1900년(32세)
평남 양덕, 성천, 영원의 산간지방에서 단독으로 의병 활동 전개.

1900년(32세)~1904년(36세)
의병운동이 쇠퇴하자 북청군 안산에 정착하여 농사지으며 포수 생활.
러일전쟁 발발. 1904년 중반, 일본인들에 의해 투옥됨.
6개월 만에 탈옥하여 1904년 말에 항일 의병 봉기에 나섬(제2차 거의).

1907년(39세)
9월 총포 및 화약류 단속법이 반포됨.
10월 14일 북청 일진회 사무소 습격. 서짝골 포수막에서 14명의 포수들과 함께 의병 봉기 결의(제3차 거의).
11월 2일 안산, 안평 지역 포수계를 중심으로 의병부대를 조직. 일진회 회원 다수와 부일배들을 처단.

11월 25일 후치령에서 일본군 1400여 명과 전투를 벌여 큰 승리를 거둠.

1908년(40세)

후치령 전투 이후 10개월 동안 약 60여 전투를 치름. '날으는 홍범도'라는 별명이 붙음. '의병은 귀순하여 해산하라'는 순종의 칙령, 일본의 귀순 공작과 의병 색출, 연이은 전투에 따른 피로와 굶주림으로 의병대가 흔들리기 시작.

일진회 간부들이 아내인 단양 이씨와 큰아들 양순을 인질로 삼고 홍범도를 회유. 단양 이씨는 회유와 고문에 굴하지 않고 혀를 끊어 벙어리가 되었고 그 후유증으로 사망. 큰아들 양순 사망.

일본의 의병 대토벌 작전이 시작되면서 국내 투쟁이 한계에 이름.

11월 초순에 소수의 의병과 함께 국경을 넘어 중국 길림에 도착. 둘째 용환 동행.

1909년(41세)

중국 상황도 여의치 않아 러시아 연해주 블라디보스트크로 갔으나 의병들의 사기가 꺾인 상태.

10월 26일 안중근이 이토 히로부미를 처단하자 의병들이 활기를 되찾게 됨.

1910년(42세)

4월경 30여 명의 의병들과 국내 진입 작전 시도.

일본의 강제병합을 저지하기 위한 국내외 의병 단일 지휘 체계인 '13도 의군'이 창설되자 참모부 의원에 선출됨.

일본이 조선을 강제병합하자 러시아에서도 한인들이 무효 시위를 벌임. 일본과의 마찰을 우려한 러시아는 한인 독립운동가를 체포함. 체포령을 피해 도피.

1911년(43세)

인근 지역을 옮겨 다니며 군자금을 모으고 의병 활동 지원.

6월 항일운동단체인 권업회의 부회장으로 선임됨.

청년회를 결정하여 청년들의 항일정신을 강화함.

부두의 노동판에서 짐꾼으로 일하는 한편 한인 노동자들로 조직된 노동회를 결성.

1912년(44세)

1월 이범석, 유상돈 등과 '21인의 형제 동맹'을 맺음.

11월 북간도 훈춘현에서 한인 100여 명의 군사훈련을 지휘함.

1913년(45세)

아무르강 어장에서 1년간 노동하여 번 돈을 자본으로 신문잡지를 발행하고자 운동함.

1914년(46세)

제1차 세계대전 발발. 러시아가 일본의 요구를 받아들여 한인 독립운동단체를 해산시킴. 이후 러시아 당국의 감시를 받게 됨.

쿠르바트, 퉁구스크 등지의 금광에서 노동하여 모은 돈으로 무기를 구입하고 재차 무장투쟁을 준비.

1915년(47세)～1918년(50세)

9월 5일 부대를 이끌고 북만주의 밀산으로 근거지를 옮김.

척박한 땅을 개간하며 교육에 전념. 남백포우자와 한흥동에 고등소학교, 십리와와 쾌상별이에 소학교를 설립함.

1919년(51세)

3.1운동이 일어남.

블라디보스토크에서 이동휘를 중심으로 조직된 '조선인 군정부'에서 '대한독립군 총사령관'으로 임명함. 북간도에 가서 독립군을 지휘하라는 명령이 내려짐.

12월 북간도에 입성. 300여 명으로 이루어진 부대를 '대한독립군'이라 명명하고 「대한독립군 유고문」에서 독립전쟁을 개시할 것임을 천명.

1920년(52세)

홍범도의 대한독립군, 최진동의 대한군무도독부, 안무의 국민회군이 연합하여 대한북로독군부를 결성.

상반기에만 32차례 국내 진공 작전 개시.

6월 4일 독립군 연합부대가 삼둔자 마을의 일본군 초소 격파. 일본군이 월강추격대를 편성해 보복 공격 개시.

6월 7일 홍범도 장군이 지휘하는 독립군 연합부대가 일본군 1개 대대를 섬멸시킴. 독립전쟁의 첫 승리.

8월 7일 독립군 연합부대가 붕괴되어 세 군단별로 각자의 길을 가게 됨.

10월 13일 화룡면 이도구에 집결한 여러 독립군 부대들이 연합부대 편성. 홍범도 장군의 지휘 하에 전쟁을 수행하기로 결의.

10월 20일 독립군 근거지를 파괴하겠다는 목표로 일본군 2만여 명이 간도를 공격해옴.

10월 21일~26일 청산리 일대에서 10여 차례의 전투가 벌어짐. 백운평, 완루구, 어랑촌, 천수평, 멍개골, 고동하 전투에서 홍범도 장군의 연합독립군과 김좌진의 북로군정서군이 대승을 거둠. 일본군 1,245명이 전사하고 200여 명이 부상.

일본군이 보복으로 5천여 명의 한인을 잔인하게 학살하자 12월 밀산에 모인 독립군단들은 '대한독립군단'을 결성하고 러시아 이만으로 향함.

1921년(53세)

3월 독립군단들이 러시아령 아무르 주 자유시(스보보드니)로 집결.

러시아 극동공화국의 지원을 받으려 했으나 극동공화국은 독립군단의

무장해제를 요구.

6월 27일 무장해제 명령에 불응한 독립군이 러시아 적군과 교전을 벌임

(자유시 참변). 이 사건으로 수많은 독립군이 전사하고, 러시아군에 강제 편

입됨.

8월 부대는 해산되고 '소비에트 적군 제5군단 직속 조선여단 제1대대장'

이 됨. 부대원 1,745명과 함께 이르쿠츠크로 가는 열차에 오름.

1922년(54세)

1월 극동 피압박민족의 문제를 다룬 '극동민족대회'가 모스크바에서 개

최됨. 홍범도 장군은 고려혁명군 대표 자격으로 참석. 레닌은 홍범도 장

군의 빨치산 투쟁을 높이 평가하며 홍범도 장군의 이름이 새겨진 권총 한

자루와 군모, 군용 외투, 금화 100루블을 선물로 건넴.

1923년(55세)

사할린의용대 출신의 김창수와 김오남에게 피습당하여 이가 부러지는 부

상을 입었으나 레닌이 준 총으로 두 사람을 사살. 감옥에 감금되었다가

석방됨.

1924년(56세)~1926년(58세)

독립전쟁의 물적 토대를 위해 독립군 부대원들과 농업조합을 만들고 소

련 정부의 개간 허가를 받아냄.

1927년(59세)

집단농장을 안정적으로 운영하기 위해 소련공산당에 입당.

1928년(60세)~1933년(65세)

학교나 한인 구락부 등에 초청되어 강연을 통해 동포들의 단합과 분발을 촉구함.

1929년(61세)

이인복 여사와 재혼.

1937년(69세)

스탈린이 강제집단이주 정책을 단행. 36,442가구, 171,781명의 한인은 124대의 수송 열차에 실려 지금의 카자흐스탄으로 강제이주됨.

1938년(70세)

크즐오르다의 고려극장 극작가 태장춘이 고려극장 경비 책임자 일자리를 마련해주면서 그의 삶과 투쟁의 역사를 기록으로 담겨달라고 부탁. 그래서 만들어진 것이 '홍범도 일지.' 이를 바탕으로 연극 〈홍범도〉가 만들어져 공연됨.

1942년(74세)

고려극장에 침입한 강도들과 싸우다 부상을 입음.

1943년(75세)

10월 25일 일제 패망을 2년 앞두고 카자흐스탄 크즐오르다에서 서거.

1962년

대한민국 정부가 건국훈장 대통령장 추서.

2018년

육군사관학교에서 교정에 흉상 건립 및 명예졸업장 추서.